Das Buch

Der UFO-Beobachter Harry Reynolds wird, während er gerade auf der Toilette sitzt, von Außerirdischen entführt. Das Raumschiff erweist sich zwar zu seiner Beruhigung als Attrappe – aber die Menschen, denen er sich plötzlich gegenübersieht, exekutieren ihn trotzdem kurzerhand.

Schnitt: Dr. Everett Scarborough ist ein erfolgreicher Sachbuchautor, der einen regelrechten Kreuzzug gegen UFO-Gläubige führt. Begonnen hat der streitbare Rationalist seine Karriere in den Sechzigern, als er für das Projekt ›Blue Book‹ im Auftrag der Army UFO-Sichtungen untersuchte.

Bei einem seiner Vorträge wird Everett von einem gestörten UFO-Fanatiker angeschossen. Eine geheimnisvolle CIA-Abteilung, die Everetts Karriere genau verfolgt, schickt daraufhin den psychopathischen Killer Justine los, um ihn vor weiteren Anschlägen zu beschützen. Was niemand ahnt: Diese geheimnisvolle Abteilung gehört in Wirklichkeit zum noch viel geheimnisvolleren Geheimbund der ›Publisher‹ ... Und schneller, als es Everett lieb ist, findet er sich im Fadenkreuz einer großangelegten Verschwörung wieder!

Der Autor

David Bischoff ist ein bekannter amerikanischer SF-Autor, der bereits einige Romane – darunter ›Wargames – Kriegsspiele‹ und ›Hackers‹ – veröffentlicht hat.

Der zweite und dritte Band der packenden UFO-Trilogie von David Bischoff erscheinen im Wilhelm Heyne Verlag unter den Titeln ›Getäuscht‹ (01/11531) und ›Enthüllt‹ (01/11532).

DAVID BISCHOFF

DIE UFO VERSCHWÖRUNG

ENTFÜHRT

Roman

Aus dem Amerikanischen
von Jürgen Langowski

Deutsche Erstausgabe

WILHELM HEYNE VERLAG
MÜNCHEN

HEYNE ALLGEMEINE REIHE
Nr. 01/10530

Titel der Originalausgabe
ABDUCTION

Erscheinungstermine:
Band 2: 01/10531 ›Getäuscht‹: März 1998
Band 3: 01/10532 ›Enthüllt‹: April 1998

Umwelthinweis:
Das Buch wurde auf
chlor- und säurefreiem Papier gedruckt.

Redaktion: Werner Heilmann

Printed in Germany 1998
Umschlagillustration: doManski, München
Umschlaggestaltung: Atelier Ingrid Schütz, München
Gesamtherstellung: Ebner Ulm

ISBN 3-453-13114-2

Für Susan Benton

Prolog

An dem Abend, als Harry Reynolds von den Außerirdischen entführt wurde, saß er gerade mit der *Weekly World News* und einer üblen Verstopfung auf dem Klo.

Trotzdem war Harry Reynolds durchaus vorbereitet.

Er hatte sich schon gedacht, daß die kleinen Kerle irgendwann kommen und ihn holen würden. Harry wußte ganz genau, daß sie da waren. Er wußte es, seit Anfang der fünfziger Jahre die UFO-Euphorie begonnen hatte. Da hatte er hin und wieder mal ein paar fliegende Untertassen gesehen, die über Maisfelder gehuscht oder hinter Bäumen aufgestiegen waren, aber es waren nicht diese Sichtungen, die ihn so fest daran glauben ließen, daß Wesen aus dem Weltraum auf der Erde herumschwirrten, Raketensilos ausspähten, mit Verkehrsflugzeugen Fangen spielten und den Autoren von Horrorgeschichten medizinische Instrumente in die Ärsche schoben.

Er wußte es, weil er sie mit seinem Kurzwellenfunkgerät gehört hatte.

Harry war seit den fünfziger Jahren ein begeisterter Kurzwellenamateur; seit er in Korea das rechte Bein verloren hatte und aus der Army ausgeschieden war. Damals war ihm nichts übriggeblieben, als viel zu sitzen, weil die künstlichen Beine noch nicht so gut waren wie die Prothesen, die es heute gab, und an das Holzbein hatte er sich nie richtig gewöhnen können. Deshalb hatte er mit elektronischen Apparaten herumgespielt und aus einem Bausatz ein niedliches kleines Kurzwellengerät gebastelt. Er hatte gesendet und andere Sendungen empfangen und sich gefühlt wie ein Diskjockey, wenn er seinen Funknamen – Aardvark – durch den Äther jagte. Fliegende Untertassen gehörten nicht gerade zu seinem Interessengebiet, aber als er seltsame Sendungen empfangen hatte, ein ungewöhnliches Piepsen und Summen, ein komisches Geschnatter, das mit Sicherheit kein Englisch war und auch keiner anderen Sprache ähnelte, die Harry jemals gehört hatte – da hatte er sich sofort an sie drangehängt. Er hatte regelmäßige Sendungen für die Außerirdischen ausgestrahlt, seine Adresse genannt und sie sogar auf ein Bier eingeladen. Er hatte versucht, ihnen dieses und jenes zu erklären – Dinge, die sie vielleicht nicht so ohne weiteres verstehen konnten, wenn sie mal einem Amerikaner begegneten. Das hatte ihm unter den Kurzwellenamateuren einen gewissen Ruf verschafft. Nicht lange, und er wurde Klaatu genannt, nach der Figur aus *Der Tag, an dem die Erde stillstand*. Es störte ihn nicht im mindesten. Im Gegenteil, es freute ihn, daß die Leute ihm neugierig zuhörten.

Leider kamen keine kleinen grünen Männchen in glänzenden Anzügen auf ein Bier und einen Plausch vorbei.

Trotzdem, Harry wußte genau, daß sie eines Tages auftauchen würden. Sie waren da draußen, das war mal sicher. All die klugen Köpfe auf der ganzen Welt, die sich so sehr bemüht hatten nachzuweisen, daß es keine fliegenden Untertassen gab, hatten sich geirrt.

Harry dagegen fing nach wie vor gelegentlich Botschaften der Außerirdischen auf und hielt deshalb viele der Menschen, die Außerirdische gesehen und mit ihnen gesprochen hatten, für glaubwürdig. Er las UFO-Zeitschriften, die UFO-Bücher besorgte er sich aus der Bibliothek von Dubuque und hielt sich so auf dem neuesten Stand; und der neueste Stand war der, daß seine Intergalaktische Hörerschaft – so nannte Harry die Außerirdischen – dazu übergegangen war, in ihren fliegenden Untertassen Leute mitzunehmen, um sie zu untersuchen, wobei sie die Frauen manchmal sogar schwängerten.

In der Tat, das waren faszinierende Geschichten. Zu schade, daß sie nicht auch diesen Whitley Strieber oder diesen Maximillian, wie hieß er noch gleich . . ., daß sie nicht auch die beiden geschwängert hatten. Mann, das wäre eine Story gewesen!

Harry Reynolds war sicher, daß die Außerirdischen ihn irgendwann holen würden, und wenn sie ihn holten, dann wollte er die Chance nutzen, einen Beweis für ihre Existenz mitzunehmen. Da sollte den anderen Amateurfunkern vor Staunen der Unterkiefer bis zum Anschlag herunterklappen.

Als die Besucher ihn dann endlich entführten, war der alte Harry auf sie vorbereitet. In der Werkstatt im Keller seines kleinen Hauses, das ein Stück außerhalb von Dubuque lag, hatte er eigens für diesen Fall ein Gerät konstruiert. Harry wußte, daß er keine Vorwarnung bekommen würde, wenn die Besucher ihn holten, deshalb nützte es nichts, das Ding in der Tasche herumzuschleppen oder es sich gar um den Hals zu hängen. Sie würden es sehen und es ihm sofort abnehmen.

Nein, er hatte den Apparat eigens so konstruiert, daß er die richtige Größe und das richtige Gewicht hatte, um in einem Hohlraum im Innern seines künstlichen rechten Beins untergebracht zu werden.

Als die Außerirdischen kamen, um Harry Reynolds zu holen, als sie ihn aus seinem weiß gekachelten Bad in seinem Haus in der Nähe von Dubuque, Iowa, entführten, da hatten sie keine Ahnung, was ihnen blühen würde.

Nachdem er mit seinem 76er Chevy-Kombi von seiner Druckerei aus nach Hause gefahren und dort angekommen war, bemerkte Harry Reynolds sofort, daß etwas Seltsames im Gange war.

Er fuhr den Wagen in die Garage, stieg aus und lief in der frühen Abenddämmerung – es war Frühling, und die Tage waren noch kurz – zur Vorderseite seines Hauses, um sich zu vergewissern, daß er richtig gesehen hatte.

Sein Haus schien in eine Art Aura gehüllt zu sein.

Er blieb mitten auf der Wiese stehen (das Gras mußte dringend geschnitten werden – er würde am Wochenende den alten Rasenmäher in Betrieb nehmen) und betrachtete das aus Fertigteilen und Hohlziegeln errichtete kastenförmige Gebäude. Die Umrißlinien, wo Schornstein und Dach, die Seitenwände und die hohe Funkantenne sich von Gras und Bäumen und dem zart kobaltblauen

Abendhimmel im Hintergrund abhoben, faßte er besonders scharf in Auge. Irgendwo da oben, dachte er, hatte er eine Art Lichtschein bemerkt, als er über die Zufahrt dem Haus näher gekommen war – eine flimmernde Kuppel aus Licht, als hätte eine Fee sein Haus im Elmore Drive Nr. 3210 mit einem Zauberbann belegt.

»Da soll mich doch dieser und jener!« rief er und starrte noch einen Augenblick das Haus an; dann gab er es auf. Das mußte er am Abend in seiner Kurzwellenshow unterbringen. In seiner Sendung brachte er fast alles unter, was er tagsüber erlebt hatte, und womöglich fand sich sogar ein Funkkamerad, der auf die Sendung anspringen und bis zum Morgengrauen mit ihm quatschen würde. »Vielleicht waren es die Centaurianer.«

Harry zuckte die Schultern und marschierte zum Auto zurück, um die Tüte mit Lebensmitteln aus dem Val-U-Markt zu holen. Obwohl er ein künstliches Bein hatte, konnte man kaum sehen, daß er humpelte. Die Katzen saßen schon innen vor der Tür und maunzten, was das Zeug hielt.

»He, Joker! He, nicht so ungeduldig, Bessie!« Die Katzen machten mit Harrys Beinen das, was alle Katzen tun, wenn ihr Mensch nach Hause kommt. »Na, ihr freut euch aber, mich zu sehen. Oder habt ihr etwa nur Hunger?«

Er wußte, es war beides. Die Katzen blieben im Haus, während er nicht daheim war, er ließ sie nur nach draußen, wenn er sich zu Hause aufhielt. Natürlich wußte er, daß die Katzen auf sich selbst achtgeben konnten, aber wenn er zurückkehrte, wollte er einfach wissen, wo sie waren, denn sonst würde er sich Sorgen machen, und das könnte ihm den ganzen Abend verderben. Als seine Frau noch gelebt hatte, waren immer wieder mal Katzen weggelaufen und nicht zurückgekehrt, und das hatte ihn damals nicht weiter gestört. Aber jetzt, da Carolyn fort war . . . Nun ja, vielleicht ging es ihm in Wirklichkeit vor allem um das Gefühl, daß jemand auf ihn wartete, wenn er nach Hause kam.

Harry öffnete eine Dose Katzenfutter mit Fisch und

teilte es zwischen dem schwarzen Manx-Kater und der Tigerkatze auf. Er rümpfte die Nase, das Futter stank entsetzlich. Dann füllte er frisches Wasser in die Schale und setzte sie in der Ecke vorsichtig auf die Unterlage mit dem grinsenden Katzengesicht, wo die Katzen eng aneinandergedrängt ihr Futter verschlangen. Später würde er ihnen vielleicht noch etwas Trockenfutter spendieren – aber nur, wenn sie ihn ordentlich nervten. Katzen mögen Menschen, bei denen sie ein bißchen für ihr Futter arbeiten müssen.

Nachdem Harry seine Einkäufe verstaut hatte, schob er ein paar Burger in den Backofen und sah seine Post durch. Rechnungen, das *Fate Magazine*, die neue *Weekly World News* – und wieder nichts von seinen Kindern Hattie und Ted, die inzwischen verheiratet waren und an entgegengesetzten Küsten des Kontinents lebten. Am Vatertag würden sie sich sicher wieder melden, was so ungefähr das gesamte Ausmaß ihrer rituellen Kommunikation ausmachte. Na gut, sie mußten sich um ihr eigenes Leben kümmern. Ihren Vater hielten sie sowieso für einen Spinner – für eine eher peinliche Figur, die sie zusammen mit ihren Kinderzimmern im Mittelwesten zurückgelassen hatten.

Harry kippte eine Dose Hormel Hot Chili über seine Burger und blätterte beim Essen die neue *Fate* durch. Eine gute Zeitschrift, aber nicht mehr zu vergleichen mit dem Blatt, das der gute alte Raymond Palmer vor Jahren gegründet hatte. Zum Beispiel wurde jetzt viel zuviel Unfug über parapsychologische Themen veröffentlicht. In dieser Ausgabe gab es einen Artikel über den untergegangenen Kontinent Lemuria, einen Beitrag über das Wünschelrutengehen und ein langes, bisher unveröffentlichtes Interview mit dem verstorbenen J. Allen Hynek. Das war alles, was vielversprechend aussah; bei dem übrigen handelte es sich um den üblichen New Age-Quark oder Harrys liebstes Ärgernis, die Voraussagen von Hellsehern. Das war fast so schlimm wie die Astrologie. Ein verdammter Mist, mit dem man nichts Gescheites anfangen konnte, aber die Leute verschlangen das Zeug wie Schokoladenkuchen.

Als er mit Essen fertig war, stellte er den Teller in die Spüle und rülpste laut. »He, die Bohnen wirken schon, meine Tiger«, sagte er zu seinen erschrockenen Haustieren. »Ich lasse euch wohl besser nach draußen. Diese verfluchten Bohnen schmecken echt gut, aber die produzieren das einzige Gas, das nach unten sinkt. Vielleicht hilft mir das, meine Verstopfung wegzublasen, damit die Post wieder richtig abgehen kann, was?«

Er ließ etwas Wasser über den Teller laufen, um die Chilisauce abzuspülen. Abwaschen konnte er später noch. Als er danach aus dem hinteren Fenster schaute, glaubte er, in den Bäumen hinter dem Haus einen Lichtblitz zu sehen und dachte sogar, er könne ein Flüstern hören, das sofort wieder verstummte, als er darauf aufmerksam wurde.

Unwillkürlich schauderte er, und seine Nackenhaare sträubten sich. Was, zum Teufel, war da draußen los?

Er ließ die Katzen hinaus und folgte ihnen in den hinteren Garten. Die Sonne war längst untergegangen, und eine der für diese Gegend typischen rabenschwarzen Nächte hatte begonnen. Es war kalt geworden, die Frühlingsluft schmeckte immer noch ein wenig nach Frost, und Harry bekam eine Gänsehaut, als er an der verrosteten Gartenschaukel und dem zerbrochenen Grill vorbeiging. Hier draußen duftete es nach frischem Gras.

»Ist da jemand?« rief er. Aber das Licht war verschwunden, und jetzt waren nur noch das Rascheln von Blättern und das Knacken von Ästen zu hören, in denen der Wind spielte. »Wenn ihr es seid, ihr Centaurianer, dann kommt heraus. Ich warte schon auf euch, und ich werde euch nichts tun, das solltet ihr eigentlich wissen.«

Harry war ziemlich sicher, daß die Außerirdischen überhaupt nicht von Alpha oder Beta Centauri kamen, aber ihm gefiel der Klang des Wortes, und deshalb nannte er sie so. Droben wurden die Sterne nur hin und wieder von ein paar vereinzelten Wolken verdeckt. Harry Reynolds blickte einen Augenblick hinauf, und er bekam wieder eine Gänsehaut. Dieser Schauder jedoch war ein beinahe ehrfürchtiger.

»Ihr Kerle seid da oben«, flüsterte er. »Ich weiß genau, daß ihr da oben seid. Ihr könnt meinetwegen bis zum nächsten Jahrhundert warten, bis ich sechs Fuß unter der Erde liege, ehe ihr euch zeigt . . ., aber die Leute, die sich an mich erinnern können, die werden sagen, verdammt, der verrückte alte Harry Reynolds hatte doch recht!«

In seinem kurzärmeligen Hemd, ohne Unterhemd darunter, wurde es ihm bald zu kalt. Harry zog sich ins warme Haus zurück.

Er war jetzt in der richtigen Stimmung, keine Frage.

Er war in der richtigen Stimmung für seine *Sendung*!

Ein beißend riechendes Rauchwölkchen stieg auf, waberte um die Neonröhre der Arbeitsleuchte und verschwand in der Dunkelheit der Kellerwerkstatt. Harry prüfte seine Lötarbeit durchs Vergrößerungsglas, dann schob er den Schaltkreis vorsichtig in das große Gehäuse zurück, in dem sein Kurzwellensender steckte. Es war keine große Reparatur gewesen. Mit solchen Ausfällen mußte man rechnen, wenn man sich seinen Sender selbst zusammengebaut hatte. Er setzte den Schraubenzieher an und verschloß das Gehäuse.

Überall in der Werkstatt hingen Werkzeuge wie Fledermäuse an der Decke einer Höhle. Harry hatte die ganze Einrichtung selbst gebaut, und er hielt alles peinlich in Ordnung. Hin und wieder bastelte er an einer Erfindung herum. Nichts Ernsthaftes – verbesserte Mausefallen, eine neue Art von Katalysator für ältere Fahrzeuge, eine elektronisch gesteuerte Katzentür, Sachen wie diese eben. Eigentlich ging es ihm nur darum, mit Widerständen und Kondensatoren, Transistoren und Drähten herumzuspielen wie ein Kind mit seinem Legokasten.

Harry schleppte das Kurzwellengerät aus dem Keller, balancierte es auf dem Knie, während er das Licht in der Werkstatt ausknipste, und trug es in den Raum, in dem er die meiste Zeit verbracht hatte, seit seine Frau gestorben war: auf den Dachboden. Als er mit seiner Frau und den Kindern im Jahre 1959 hier Einzug gehalten hatte, war es noch ein normaler Spitzboden mit Isoliermatten zwischen den Balken gewesen. Trotz Carolyns Einwand, daß sie Stauraum brauchten, hatte Harry den Raum für sich beansprucht und seine handwerklichen Fähigkeiten genutzt, um sich ein Arbeitszimmer einzurichten. Der Keller war ihm immer ein wenig bedrückend vorgekommen. Das Trampeln der Kinder über seinem Kopf und die Störungen durch seine Frau, die mit der Wäsche hantierte, nebst den unzähligen anderen lästigen Kleinigkeiten, all dies hatte ihn in seiner Konzentration und seiner Abgeschiedenheit empfindlich gestört. Aber hier oben ...

Selbst jetzt noch, da außer seinen Katzen alle Bewohner fort waren und wo ihm klar geworden war, daß die vermeintlichen Störungen sich im Laufe der Zeit in liebgewordene Erinnerungen an die Angehörigen verwandelt hatten – selbst jetzt noch überkam ihn das Gefühl, in eine andere Welt einzutreten, sobald er die Stiege zum Dachboden herunterklappte, um zu seiner Zentralen Kontaktstelle emporzusteigen.

Er stellte das klobige Funkgerät ab, schloß das Stromkabel an, stöpselte das Mikrofon ein und setzte den Kopfhörer auf. Der Drehstuhl quietschte, als er sich vorbeugte, um an den Kontrollen die Frequenz für die bevorstehende Abendsendung einzustellen. Unterschiedlich laute Signale piepsten und kreischten, während er die Skala nach einem freien Kanal absuchte. Es klang wie die Samstagabendunterhaltung aus der Hölle. Zum Glück war sein Lieblingskanal nicht belegt.

Er schaltete das Mikrofon ein, lehnte sich bequem zurück und begann:

»UFOs, Achtung! UFOs, Achtung! Alle Centaurier und ihr anderen menschlichen und menschenähnlichen Zuhörer, paßt genau auf! Hier ist Klaatu auf einundfünfzigkommazwei Megaherz. Die Nummer meiner Zulassung lautet: ... Mist, ich hab's vergessen. Aber ich habe jedenfalls eine Lizenz, ganz im Gegensatz zu euch!«

Er drehte sich hin und her, beugte sich zum Mikrofon vor, legte eine Hand an den Kopf und einen Finger aufs Ohr, um die Resonanz seiner Stimme besser einschätzen zu können. Wenn er sich zu sehr aufregte, ließ ihn manchmal sein Bariton im Stich, und es klang beinahe so, als würde er quieken. Seine Funkkameraden hatten ihn früher, in den sechziger Jahren, ›Klaatu die Maus‹ genannt, wenn es besonders schlimm geworden war.

Harry war jetzt sechzig Jahre alt. Er hatte nie geraucht, und er trank höchstens mal ein Bier, und auch das nur am Wochenende. Da er immer Sport getrieben hatte, war er alles in allem ziemlich gut in Form. Er hatte eine Stupsnase und große braune Eulenaugen, die er jetzt, während er sprach, aufriß, als könne er selbst nicht glauben, was er sagte. Früher, als junger Mann, hatte er einen Spitzbart getragen, weil seines Wissens alle UFO-Experten so einen Bart trugen, aber jetzt war sein Kinn, von den abendlichen Stoppeln abgesehen, glattrasiert.

»Ich weiß, daß ihr um mein Haus herumschnüffelt. Ich habe eure Lichter gesehen, und ich habe euch sogar gehört – Teufel auch, ich *spüre* doch, daß ihr da seid. Ich will euch nur sagen, daß meine Einladung heute noch genauso gültig ist wie damals, als ich das erste Mal aus meiner Zentralen Kontaktstelle zu euch gesprochen habe. Kommt nur her, dann können wir persönlich miteinander reden. Ich weiß, ihr mögt es nicht, wenn zu viele Leute erfahren, daß ihr da seid, aber eurem alten Harry Reynolds könnt ihr doch vertrauen.« Harry blickte zur Sternenkarte hoch, die er an die schräge Decke geheftet hatte. Sie war eine von zahlreichen Karten und Fotos, die diesen Raum schmückten. Alle hatten sie auf irgendeine Weise mit UFOs zu tun. »Ich warte schon soooo lange darauf, daß ihr mal vorbeikommt! Weil ich doch weiß, daß ihr da draußen seid!«

Der Spruch war sein Markenzeichen. Er hatte es den Fernsehstars abgeschaut, die sich immer mit irgendeinem

Scherz oder einer Redewendung meldeten. Die anderen Funker mochten ihn, sie redeten gern mit ihm und hörten seiner ›Show‹ zu, falls sie Zeit hatten. Denn Harry Reynolds hatte Humor. Wenn es darauf ankam, dann war es ihm mit den UFOs todernst, aber ansonsten konnte er durchaus auch mal einen Scherz über sie machen, und er tat es, wann immer sich eine Gelegenheit dazu bot.

»Wartet mal . . . wenn ich euch schon alle dran habe . . . letzten Sonntag habe ich über . . .« Er blicke rasch zu dem Bücherstapel, der vor ihm auf dem Tisch lag. »Oh, yeah, dieses verdammte neue Buch von diesem verrückten Scarbaloney.« Er zog das schwere Buch aus dem Stapel und las den Titel vor. »*Above Us Only Sky* von Dr. Everett Scarborough. Von wegen ›Über uns nur der Himmel‹. Was ist das bloß für ein komischer Doktor, der so einen Mist schreibt? Was glaubt der Kerl denn, wer er ist? Und dann dieser Titel! Den hat er bei John Lennon geklaut. Hört zu, ich kenne diesen Scarborough, ich habe alle seine Bücher gelesen. Yeah, yeah, genau der ist es, höchstpersönlich. Das ist der Trottel, der die Regierung 1969 davon überzeugt hat, das Projekt Blue Book einzustampfen. Heute ist er der führende UFO-Skeptiker, für uns UFO-Anhänger mindestens so übel wie James ›The Amazing‹ Randi. Aber jetzt seht euch bloß mal an, wieviel *Kohle* dieser Knallkopf damit verdient hat, mit seinen Büchern und seinen Vorträgen und als Berater . . . Teufel auch, ich habe sogar gehört, irgendein verrückter Fernsehsender will aufgrund seiner sogenannten UFO-Forschungen eine Show produzieren. Mann, was der für eine *Kohle* damit macht!«

Reynolds blätterte das Buch durch und murmelte dabei immer wieder den Namen des Verfassers, damit die Centaurianer und seine menschlichen Zuhörer nicht etwa glaubten, er hätte mit der Sendung aufgehört.

»Yeah, yeah, jetzt habe ich es gefunden – der Mann hat eine Einstellung, die mich einfach *rasend* macht.« Er zitierte aus dem Buch: ›Leichtgläubigkeit. Wenn ich in einem Wort zusammenfassen sollte, welche Grundlage dieses Phänomen des zwanzigsten Jahrhunderts hat, dann würde ich ganz einfach das Wort *Leichtgläubigkeit* benutzen. Als Wissenschaftler wende ich auf alle meine Ermittlungen die strengen Maßstäbe und Methoden an, die meiner Ausbildung zugrunde liegen. Und meine wissenschaftlichen Recherchen ergaben nicht den geringsten Hinweis darauf, daß Besucher von anderen Planeten oder aus anderen Dimensionen oder anderen Einkaufszentren die Erde besuchen. Die Menschen erleben einfach nur das, was sie erleben *wollen*. Die Menschen glauben das, was sie glauben *wollen*. Und manche Menschen wollen eben an Wesen aus dem Weltraum glauben. Ob diese Menschen massive psychische Probleme haben? Defizite? Ob sie paranoid sind? Ob sie an Geisteskrankheiten leiden, die der Schizophrenie ähnlich sind, die aber von unseren Ärzten bisher noch nicht diagnostiziert wurden? Wer weiß? Aber der gemeinsame Nenner ist jedenfalls leicht zu finden, und Leichtgläubigkeit ist das richtige Wort dafür.‹

Harry Reynolds holte tief Luft, bevor er weitersprach. »Ich werde wild, wenn ich so was lese!« Den letzten Satz intonierte er fast im Sopran. Harry hielt einen Moment inne, bis er sich wieder in der Gewalt hatte.

»Centaurianer, hört ihr zu? Natürlich hört ihr zu. Dies sind die Leute, die euch das Leben schwermachen werden, wenn ihr eines Tages den Entschluß faßt, euch der ganzen Welt zu zeigen. Ich habe eine ausgezeichnete Idee. Wißt ihr, wir Erdenbürger, wir kennen in unserer Literatur . . . also, es gibt da so eine interessante Legende. Eine römische Legende – nein, eine griechische. Yeah. Also, paßt auf. Die Griechen hatten einen ganzen Haufen Götter. Zeus und Aphrodite und Odin zum Beispiel. Yeah. Und die haben die Menschen gemacht, aber sie hatten ein ziemlich komisches Verhältnis zu Menschen und Tieren – also, der alte Zeus ist zum Beispiel immer auf die Erde herabgestiegen und hat es mit Schwänen getrieben. Aber wenn so einen Kerl – einen wie Doktor Scarborough –, wenn so einen der Hafer gestochen hat, und er hat sich für wer weiß wen gehalten, dann gefiel das den Göttern überhaupt nicht. Dann haben sie gemeint, dieser Kerl wird zu hochnäsig und hat zuviel *Hybride*. Yeah, das ist so was ähnliches wie Stolz und Arroganz, nur noch schlimmer. Dann haben die Götter ihn ein oder zwei Nummern kleiner gestutzt und ihm das Gesicht in den Dreck gedrückt. Manchmal haben sie auch die Furien auf so einen gehetzt, und manchmal haben sie solche Typen auch geblendet. Vielleicht ist es genau das, was dieser Scarborough braucht, was? Nehmt ihn doch in einer von euren Untertassen mit und fahrt mit ihm spazieren. Erschreckt ihn mal ein bißchen, damit er nicht mehr so arrogant daherkommt. Ich glaube, das könnte ihm ganz gut tun.« Reynolds kicherte. »Aber ihr solltet natürlich trotzdem als erstes zu mir kommen. Weil ich doch weiß, daß ihr da draußen seid!«

Er setzte seine Kommentare noch eine halbe Stunde fort, beendete schließlich die vernichtende Buchbesprechung, erwähnte einige amüsante Begebenheiten seines Arbeitstages in der Druckerei und erörterte noch einmal seine alte Idee, sein Buch über UFOs im Eigenverlag herauszubringen, nachdem es von dreißig Verlegern abgelehnt worden war. Dann beschrieb er die Aura, die er um sein Haus gesehen hatte, als er nach Hause gekommen war, und sprach über die Lichter und die Geräusche, die er im Wald gehört hatte.

»So, jetzt muß ich aber Feierabend machen, Leute. Mein Gedärm fängt an zu rotieren, und das finde ich zur Zeit überhaupt nicht witzig.« Damit schloß er.

Er meldete sich ab und nahm sich vor, in ein paar Stunden mit den Kollegen zu sprechen und sich zu erkundigen, ob jemand zugehört hatte. Vielleicht konnte er sogar ein paar Sendungen von UFOs abfangen. Es sah ganz danach aus, als würde es eine ziemlich aufregende Nacht werden.

Dann ging er nach unten, schnappte sich die *World Weekly News* und machte sich hoffnungsvoll auf den Weg zum Klo.

»UFO-SCHOCK!« schrie die Schlagzeile.

»ANGRIFF DER AUSSERIRDISCHEN!«

»Bei allen Centaurianern«, sagte Harry Reynolds und wiegte sich lachend so heftig auf der Schüssel, daß seine Gürtelschnalle auf den Bodenkacheln klingelte, während er den Artikel über ein Heavy Metal-Konzert in Südamerika las. Offenbar waren UFOs das Thema der Veranstaltung gewesen. »Diese Komiker!«

Er blätterte um und überflog die Meldung über die schwangere Hundertjährige. ». . . und Dad ist hundertvier!«

Ungefähr in diesem Augenblick wurde ihm schwindlig.

Er sah nach oben und bemerkte, daß die Lampe im Badezimmer irgendwie komisch aussah. Jetzt saß er seit ungefähr einer Viertelstunde auf dem Klo. Schon nach fünf Minuten hatte er das Gefühl gehabt, daß das Licht ein wenig flimmerte. Und irgendwo im Haus hatte etwas gekracht. Nichts, das Anlaß zur Besorgnis gegeben hätte. Es war nicht gerade ein neues Haus, und es kam hin und wieder mal vor, daß irgendwo im Gebälk komische Geräusche entstanden. Aber die Lampe – er hielt das Haus gut in Schuß, und mit elektrischen Anlagen kannte er sich aus. Die Jeans und die Unterhosen um die Fußgelenke geringelt, kam er sich lächerlich und verwundbar vor, und jetzt spielte die Lampe verrückt . . .

Hastig legte er die *World Weekly News* zur Seite und machte Anstalten, vom Klo aufzustehen, als der Zauberbann ihn traf. Es war nicht direkt so, als wäre er gelähmt worden – eher so, als hätte sich die Luft plötzlich in Wakkelpudding verwandelt, so daß er sich nur noch langsam bewegen konnte. Schon der Gedanke, daß er sich jetzt eigentlich die Hosen hochziehen mußte, kostete ihn eine ungeheure Anstrengung. Er blinzelte, blieb vorgebeugt sitzen und war froh, daß er überhaupt noch atmen konnte.

Was, zum Teufel . . .

Es klang wie das rasche Tappen kleiner Füße, und er

hörte zarte Stimmchen. Zuerst schien es, als kämen die Geräusche aus dem Wohnzimmer . . . Aber dann veränderte sich der Klang ein wenig, und jetzt war ein Nachhall zu hören, die Geräusche wurden lauter, und es hörte sich beinahe so an, als käme jemand durch einen Tunnel näher.

Ja, die Geräusche kamen näher. Sie näherten sich dem Badezimmer! Harry Reynolds wurde von einer Furcht gepackt, wie er sie noch nie empfunden hatte. Diese Geräusche berührten irgend etwas tief in ihm, schienen Urinstinkte zu wecken – ein uraltes Warnsignal, das die meisten Menschen in ihrem ganzen Leben niemals wahrnehmen. Der Schweiß lief ihm in kleinen Bächen übers Gesicht, und er bemühte sich noch einmal, hinunterzulangen und sich die Hosen hochzuziehen. Er mußte jetzt aufstehen! Er mußte die Tür versperren! Durch die Nebelschwaden, die durch seinen Kopf trieben, hörte er die Sirene in seinem Innern, die ihn aufzufordern schien: SCHLIESSE DIE TÜR! SPERRE DIE TÜR AB! SIE SIND *DA*, HARRY! SIE SIND GEKOMMEN, UM DICH ZU HOLEN!

Er berührte den Gürtel, verkrampfte die Finger um den Hosenbund. Doch als er die Hose packte, wußte er schon, daß er nicht mehr genug Zeit haben würde. Mit aller Kraft stieß er sich von der Toilette ab, rutschte auf den Boden und blieb auf dem Bauch liegen, die Hände in Richtung Tür ausgestreckt. Die Fransen der Badezimmergarnitur ragten wie ein rosa Urwald vor seinem linken Auge auf. Er hatte die Badezimmertür einen Spalt offen gelassen, und jetzt mußte er sie schließen und absperren.

Durch die zähflüssige Luft robbte er zur Tür und streckte die Hände aus, so weit er nur konnte.

Seine Finger waren nur noch ein paar Zentimeter vom Holz entfernt, als eine Hand um den Türrahmen griff.

Die Hand kam unterhalb des Türknopfes herum. Harry konnte lange, zierliche Fingerglieder sehen, die um die Kante der Tür krochen wie Spinnenbeine.

Schieres Entsetzen lähmte ihn jetzt. Harry Reynolds

konnte nur noch hilflos nach oben starren, während das Wesen hereinkam. Sprache gab es nicht mehr in seinem Bewußtsein, und Worte wie *Alien* oder *Besucher* oder all die anderen Synonyme, die er seit mehr als dreißig Jahren im Zusammenhang mit dem UFO-Phänomen benutzte, waren vergessen. Sein Gehirn war auf die allereinfachsten Funktionen reduziert, auf die Instinkte, die das Leben seiner prähistorischen Ahnen geprägt hatten. Auf dieser Ebene gab es nichts als Flucht oder Kampf, doch gelang es ihm nicht, seine Lähmung abzuschütteln.

Die Tür wurde geöffnet, und das Wesen schwebte herein.

Es war knapp einen Meter groß und entfernt menschenähnlich. Die schlanken Gliedmaßen waren mit einem dunkelblauen Overall bedeckt, der das Licht im Badezimmer eher zu absorbieren als zu reflektieren schien. Auf dem schmalen Kopf, der an ein Insekt erinnerte, saß eine Art Mütze. Aber darauf achtete Harry Reynolds in diesem Augenblick nicht. Es waren die Augen, die ihn in ihren Bann zogen.

Die Augen sahen aus wie riesige, pechschwarze Mandeln. Sie blickten, unergründlich tief und fremd, auf Harry hinab. Das Gesicht des Außerirdischen war grau, die Haut lag straff über dem zartknochigen Schädel.

Harry verlor sich einen Moment in den Augen. Sie waren schwarz wie der Weltraum selbst. Tief wie ein Weltraum, in dem es keine Zeit mehr gab, in dem es keine Menschen gab. Ein Weltraum, der irgendwie aus sich selbst heraus zu leben schien.

Das Wesen kam in den Raum und blieb am Waschbekken stehen. Ein weiteres folgte. Es war vom ersten nicht zu unterscheiden. Jenseits der Tür, für ihn unsichtbar, konnte Harry hören, wie noch andere leise miteinander schnatterten.

Der zweite Besucher hatte einen Stab in der Hand, und plötzlich war Harrys Angst wieder da, stärker denn je. Denn die Spitze des Stabes leuchtete auf und pulsierte kirschrot, ähnlich der Spitze eines glühend heißen Feuerhakens. Und das Wesen brachte die Spitze immer näher an Harrys Gesicht heran.

Plötzlich bemerkte Harry, daß er schrie.

Das sah ihm überhaupt nicht ähnlich. Unversehens und wild brach der Schrei aus ihm heraus wie ein Schwall von Erbrochenem.

Die Besucher wichen zurück, blinzelten und schienen über Harrys Reaktion überrascht. Ein weiterer kam herein. Der mit dem Stab beugte sich vor und sagte etwas, ohne die Lippen zu bewegen. »Sei bitte still. Du erschreckst uns.«

Harry schrie weiter, er konnte sich nicht beherrschen. Ein winziger Teil seines Bewußtseins sah ihm zu und fragte sich, warum er diese Reaktionen zeigte, nachdem er dreißig Jahre lang auf genau dieses Ereignis gewartet hatte. Aber dieser winzige Teil verblaßte, ging unter in seinem Schrei . . .

Sie waren nicht mehr irgendwo da draußen, sie waren *hier*!

Der Stab wurde gehoben. Er schien zu schweben, als wäre er schwerelos. Dann sank er sachte herab und berührte Harry Reynolds' Stirn.

Die Nacht griff durchs Badezimmerfenster nach ihm, hüllte ihn ein und riß ihn in bodenlose Dunkelheit davon.

Pappe und Gewürze.

Dieser Geruch. Im Dunkeln bemerkte er als erstes den Geruch. Es war, als hätte sich der Geruch wie ein gekrümmter Finger in seinen Kopf gehakt, um ihn aus der Bewußtlosigkeit herauszuziehen.

Harry Reynolds kam zu sich und schrie nicht mehr.

Er lag auf einer Art Pritsche, die ihn an den Untersuchungstisch eines Arztes erinnerte. Zögernd öffnete er die Augen. Sein Hemd war weg, aber die Jeans hatte er noch an. Er sah sich um, konzentrierte sich zunächst auf die blinkenden Lichter, die Bildschirme und die Anzeigen auf einem Schaltpult. Es mußte sich um irgendeine Art von Steuerung handeln. Einige Anzeigen schienen dreidimensionale Dinge abzubilden, so ähnlich wie Hologramme. Dann erkannte er, daß er nicht allein war. Langsam kamen sie in Sicht.

Diejenigen, die jetzt über ihm schwebten, waren größer als die Wesen, die ihn aus dem Badezimmer geholt hatten. Es waren drei, und er hatte das unbestimmte Gefühl, daß sie weiblich waren. Die Köpfe schienen menschlichen Köpfen etwas ähnlicher, die dreieckige Form war weniger stark ausgeprägt, und die Augen hatten, auch wenn sie immer noch sehr schräg im Kopf saßen, Pupillen. Die Overalls glänzten metallisch. Silberne Hüllen, in denen zierliche Körper steckten.

Der Tisch, auf dem Harry lag, befand sich dicht an der Wand eines kreisrunden Raumes von ungefähr fünf Metern Durchmesser. Er konnte im halbdunklen Hintergrund undeutlich einen ovalen Tunnel sehen. Der Ausgang?

»Was habt ihr vor?« fragte er, als sich eines der Wesen zu einem kugelförmigen Vorsprung in der Wand umdrehte.

Er konnte reden. Er hatte immer noch schreckliche Angst, aber er konnte reden! Irgendwie war alles immer noch neblig und verschwommen, als wäre es nur ein Traum, aber wenigstens hatte er ein gewisses Maß an Kontrolle zurückgewonnen.

Das Wesen, das ihm am nächsten war, drehte sich um. Es schien ihn neugierig anzusehen. »Wir werden dir nichts tun.« Der Mund bewegte sich nicht, als es sprach. Harry hatte das Gefühl, die Worte entstünden in seinen Ohren, als seien dort akustische Blumen aufgeblüht.

Er hob den Kopf, aber schon das Sprechen war ihm schwergefallen, und so ließ er den Kopf wieder sinken. Er war immer noch benommen und konnte im Augenblick nur stumm beobachten, was die Wesen taten.

Das kugelförmige Ding an der Wand schien ein Behälter zu sein. Das Wesen öffnete eine Schublade, in der irgend etwas metallisch zu glänzen und wie ein Kristall zu funkeln schien. Es wählte eine Art langer Nadel aus, die aus sich selbst heraus zu leuchten begann, und trug das Instrument vorsichtig und anmutig zu Harry herüber. Er konnte das Funkeln des Geräts aus den Augenwinkeln sehen, als die Spitze oder die Nadel knapp unter seinem Ohr an seinen Hals geführt wurde.

»Nein«, sagte er. »Ich will nicht, daß ihr das macht.«

Sie hörten nicht auf ihn. Er spürte einen scharfen Stich im Hals und konnte fühlen, wie das Metall eindrang, ähnlich dem Rüssel einer Stechmücke, die nach einer Ader sucht. Tiefer und immer tiefer drang die Nadel ein . . . und die Schmerzen hörten nicht auf. Irgendwann schien die Nadel nicht mehr weiter in Richtung seines Gehirns vorzudringen, aber vor Schmerzen zersprang ihm fast der Kopf. Wieder verlor er das Bewußtsein, und als er eine Weile später abrupt zu sich kam, geschah das abermals, weil ihm ein Geruch in die Nase drang.

Jetzt riecht es nach Pappe und Rosen.

Dieses Mal beugten sich zwei der Wesen über ihn. Eine Art Schlauch hing an der Decke. Er war aufgerollt, und am Ende befand sich ein Gerät aus Metall, der Alptraum jedes Zahnarztpatienten. Eines der Wesen langte nach dem Gerät und legte einen Schalter um. Das Instrument summte und glühte hellgrün. Das Wesen tastete Harry Reynolds mit dem Gerät vom Schädel bis zum Bauch gründlich ab, während der Apparat ebenso unirdisch wie grauenerregend piepste und summte. Die drei anderen Besucher, die anwesend waren, sahen aufmerksam zu.

»Würde ihr wohl SOFORT damit aufhören!« kreischte Harry. »Redet mit mir – ihr sollt mich nicht sezieren!«

Sie legten die Köpfe schräg und betrachteten ihn, als wäre er das Seltsamste, was sie im ganzen Universum bisher gesehen hatten. Dann begannen sie, miteinander zu schnattern.

»Ihr Mistkerle! Hört auf, mir weh zu tun! Laßt uns doch *reden*! Seit Jahren verteidige ich euch, und jetzt tut ihr mir das hier an!«

Er wollte sich aufrichten, konnte sich aber kaum bewegen.

»Was für Biester *seid* ihr überhaupt?«

Sein ganzes Leben lang hatte er sich für das Ausgefallene und Ungewöhnliche interessiert. Aber das hier war nicht einfach nur ausgeflippt, das hier machte ihm *angst*.

Eines der Wesen kam näher und beugte sich über ihn. Der Atem roch schlecht, so ähnlich wie Maschinenöl mit einer Prise Knoblauch, durch alte Pappe gefiltert. »Sei bitte still«, sagte das Wesen, und die lautlos gesprochenen Worte erfüllten seinen Kopf. »Du bist der Geehrte.«

»Yeah, genau so sieht's aus!« Und dann schwappte die Angst wie eine Woge über ihm zusammen; Harry Reynolds glaubte, er müsse sterben. Ihm war kalt, er war allein. Die Lichter über ihm funkelten grell wie Diamanten. Er fühlte sich einsam, als hätte man ihn in einem Universum ausgesetzt, das nicht einfach nur seelenlos war, sondern das ihm Böses wollte.

Harry stöhnte. Schreien konnte er nicht mehr. Es war, als hätte er sich vorher übergeben und könne jetzt nur noch trocken würgen.

Ein weiteres Gerät, eine Art Periskop mit Klauen, wurde von der dunklen, durch Dunstschleier halb verborgenen Decke heruntergefahren. Die Wesen berieten, dann wandten sie sich wieder Harry zu. Die zarten Hände griffen nach seinen Hosen. Mit einigen wenigen zielstrebigen Bewegungen hatten sie seinen Gürtel geöffnet, den Reißverschluß aufgezogen und die Hose und die Unterhose heruntergestreift, bis seine Genitalien freilagen. Kälte und Angst hatten sie schrumpfen lassen, und im neuen Schub des eisigen Schreckens, der ihn jetzt überrollte, zogen sie sich noch weiter zusammen. Einer der Besucher nahm das Gerät, das gerade abgesenkt worden war, und richtete das becherförmige Objekt am Ende aus.

Harry konnte es nur entsetzt anstarren. Das »Nein!« blieb ihm im Hals stecken wie eine verschluckte Gräte. Rasiermesserscharfer Edelstahl glänzte, Glas funkelte, Nadeln blitzten. Das Ende des Geräts wurde geöffnet, und was zum Vorschein kam, sah aus wie ein robotisches Stachelschwein. Das Wesen steuerte das Gerät weiter herunter, bis der Becher sich über Harrys Geschlecht legte. Harry spürte nichts von den scharfen Teilen des Geräts, aber das tat seiner Angst keinen Abbruch. Es war, als würde er gleich in den Genuß einer Fellatio von einer Muräne kommen.

»Nein!« flüsterte er.

Das Wesen berührte einen Schalter am Arm des Instruments, und einige Lichter – rot, gelb und blau – begannen geräuschlos zu rotieren. Ein Kitzeln folgte, das ihn bis in die tiefsten Tiefen seiner Seele zu erschüttern schien. Dann begann der Schmerz zu wüten, schlimmer als alles, was ihm bisher widerfahren war. Es fühlte sich an, als würden seine Geschlechtsteile durch den Fleischwolf gedreht, wieder zusammengesetzt und noch einmal durchgedreht. Irgendwie blieb Harry trotz der unerträglichen Schmerzen bei Bewußtsein. Tränen rannen ihm aus den Augen, er bog den Rücken durch, konnte sich ansonsten aber nicht bewegen.

Und die ganze Zeit über spürte er die schwarzen Augen der Außerirdischen auf sich gerichtet, die ihn ohne jede Gefühlsregung anstarrten.

Irgendwann gelang es seinem Bewußtsein dann doch, sich loszureißen, und Harry Reynolds versank in einer gnädigen Ohnmacht.

Als Harry wieder aufwachte, waren seine Muskeln gespannt, als stünde der nächste schmerzvolle Eingriff unmittelbar bevor. Er keuchte, und er spürte den Schweiß im Gesicht und auf der Brust.

Die Besucher beugten sich nicht mehr über ihn. Zwei standen in der Nähe vor dem Steuerpult, die anderen waren verschwunden.

Harry bemerkte, daß er sich wieder bewegen konnte, und er hatte keine Schmerzen mehr. Aber er fühlte sich sehr verwirrt und verunsichert. Mühsam hob er den Kopf und sah, daß die Hosen noch heruntergezogen waren. Auf seinen Genitalien bemerkte er kleine rote Punkte, aber Blut war keines zu sehen. Als die amerikanische Moral den Sieg über die Lähmung davontrug, stemmte er sich hoch und zog sich die Hosen über die Lenden.

Die Wesen an der Kontrolltafel schienen nicht bemerkt zu haben, daß er wach war. Sie starrten wie gebannt auf ihre Bildschirme oder Anzeigen oder was auch immer das war, ohne auf Harry zu achten.

Harry schauderte auf dem Untersuchungstisch, doch dann riß er sich zusammen. Die Schmerzen, die Furcht und der Schrecken, all das hüllte ihn ein wie ein Leichentuch. Aber irgendwie kamen jetzt auch sein Ego und die anderen Emotionen wieder zum Vorschein, setzten sich durch und übernahmen nach und nach die Kontrolle.

Harry Reynolds empfand Scham. Eine tiefe, unerklärliche Scham. In diesem Augenblick erkannte er, wie unendlich entwürdigend eine Vergewaltigung für eine Frau sein mußte. Die Schmerzen und die körperlichen Folgen des Mißbrauchs – das war bei weitem nicht alles. Da war außerdem etwas Tiefes, Unerklärliches, etwas äußerst Beunruhigendes, dem Harry lieber nicht weiter nachspüren wollte. Er konzentrierte sich zunächst auf die anderen, vertrauteren Gefühle.

In erster Linie empfand er Wut und Zorn. Und außerdem . . . jawohl, er fühlte sich *betrogen*.

Es war lange her, daß Harry Reynolds damit begonnen hatte, zum Himmel hinaufzustarren und über höhere Lebensformen nachzudenken. Die Reinheit seiner anfänglich beinahe religiösen Gefühle war inzwischen ganz und gar vergessen. Wie lange schon sehnte er sich nach der Begegnung und schämte sich für seine Sehnsucht, wenn andere Menschen ihn dafür verspotteten. Er hatte den Besuchern Funksignale geschickt, hatte endlich Kontakt mit ihnen aufnehmen wollen . . .

Und jetzt das hier.

Aber irgendwie war tief in seinem Innern schon die ganze Zeit die Angst existent gewesen, daß etwas Schlimmes passieren würe. Korea und die Army hatten Harry die Unschuld geraubt, und ein sehr bitterer Teil in ihm wußte genau, daß die Besucher durchaus etwas ganz anderes als heilige Botschafter aus dem Paradies sein konnten.

Und außerdem – sie hatten nichts getan, um seinen Zorn zu besänftigen und sein Gefühl, betrogen worden zu sein, zu lindern.

In Harrys rechtem Hosenbein war ein Reißverschluß. Er hatte die Jeans selbst umgenäht wie alle anderen Hosen, damit er leichter an sein künstliches Bein kam, wenn er etwas nachstellen oder es abnehmen wollte, ohne sich gleich die ganze Hose ausziehen zu müssen. Er fand den Reißverschluß und zog ihn vorsichtig und leise bis zum Schritt hoch, so daß sein künstliches Bein freilag.

Gut. Die Besucher hatten nicht damit herumgefummelt. Ein rascher Blick hinüber zeigte ihm, daß die beiden noch anwesenden Außerirdischen nach wie vor in ihre Arbeit vertieft waren.

Harry betrachtete wieder das künstliche Bein. Eine MASH-Einheit hatte ihm das rechte Bein knapp oberhalb des Knies amputiert, nachdem ihm eine chinesische Granate den Unterschenkel in Fetzen gerissen hatte. Verständlicherweise gehörte die Fernsehserie MASH nicht zu seinen Lieblingssendungen. Jahrelang war er auf einem klobigen Holzbein herumgehumpelt, das die Veteranenvereinigung ihm zur Verfügung gestellt hatte; und die ganze Zeit war eine Krücke als Unterstützung notwendig gewesen. Doch Ende der sechziger Jahre hatte er sich eines dieser an die normalen Körperformen angepaßten Kunststoffdinger besorgt und hatte es nie bereut. Angeblich konnte man mit diesen neuen Prothesen sogar Basketball spielen, so stabil wären sie konstruiert. Aber Harry spielte nicht Basketball. Er hatte ziemlich schnell herausgefunden, wie die Prothese funktionierte (und sich dafür verflucht, daß er nicht selbst darauf gekommen war), und begonnen, sein Modell zu vervollkommnen. Unter anderem hatte er ein Geheimfach eingebaut.

Er drückte auf den Knopf, und federnd sprang ein Deckel auf. Harry wartete einen Augenblick, bis das Zittern seiner Finger nachließ, dann holte er seine Erfindung aus dem Fach.

Die geringe Größe des Hohlraums in der Wade war das Schwierige. Dort paßte nur ein einziger Gegenstand hinein, und Harry wollte natürlich mehrere Gegenstände unterbringen. Er bezeichnete das Gerät als seine ›Schweizer Armeekamera‹.

Es war Harry Reynolds' sehnlichster Wunsch, einmal im Leben ein UFO fotografieren zu können. Nach seinen ersten beiden Sichtungen unbekannter Flugobjekte hatten ihm nur Worte zur Verfügung gestanden, um sein Erlebnis zu beschreiben. Falls er jemals von Außerirdischen entführt wurde, wollte er sie fotografieren können. Außerdem, hatte er sich überlegt, wäre es sicher auch nützlich, eine akustische Aufzeichnung zu machen. Aber als er das Geheimfach ins Bein eingebaut hatte, mußte er feststellen, daß keine zwei Geräte hineinpassen würden. Also hatte er ein Gehäuse gebastelt, das perfekt in die Öffnung paßte, und in das Gehäuse hatte er die Kamera und einen kleinen Kassettenrecorder eingebaut.

Harry checkte die Lage. Er nahm an, daß er genug Zeit hatte, um ein paar Fotos zu machen, richtete die Kamera aus und drückte ein paarmal ab – der Apparat erledigte die Schärfeneinstellung automatisch. Dann nahm er die Filmrolle heraus und verstaute sie in der Hosentasche, um sie unauffällig hinausschmuggeln zu können – falls er überhaupt noch lebend hier herauskam, woran er starke Zweifel hegte. Was er als nächstes tat, das würde den verdammten Biestern überhaupt nicht gefallen.

Tatsächlich hatte Harry Reynolds in seinen paranoiden Alpträumen diese Möglichkeit vorausgesehen. Er hatte die Berichte über Entführungen durch Außerirdische aufmerksam verfolgt, und er wußte, wie verwirrt die Entführten nach ihrem Erlebnis waren. Harry dachte, daß es zwei Möglichkeiten gebe. Entweder die Besucher waren ausgesprochen naiv (dabei hatte er sich in seinen Sendungen soviel Mühe gegeben, sie zu informieren), oder sie waren bösartig. Nach allem, was er selbst gerade erlebt hatte, blieb nur die Bösartigkeit. Und jetzt sollten die Mistkerle dafür bezahlen, daß sie seine Hoffnungen enttäuscht, seine Träume zerstört und seinen Körper verletzt hatten. Anscheinend war nicht bloß der Planet Erde, sondern das ganze Universum ein Saustall.

Für Feuerwaffen interessierte Harry Reynolds sich nicht besonders, aber bei der Army und in Korea hatte er sich auf Sprengstoffe spezialisiert. Er hatte früher kleine Raketen für seinen Sohn gebaut, und als er sich erst einmal dazu entschlossen hatte, war es ihm nicht schwergefallen, bei der Konstruktion seiner Schweizer Armeekamera etwas Platz für eine kleine Kugel Plastiksprengstoff und einen Zünder vorzusehen. Die Sprengladung hatte haargenau in den restlichen verbleibenden Platz des Kameragehäuses gepaßt. Dann hatte er dafür gesorgt, daß es verdammt schwer war, den Stift, der den Zeitzünder in Gang setzte, versehentlich zu betätigen – man mußte den Stift aus der Kamera herausziehen, herumdrehen und kippen, bevor der Zünder scharf wurde.

Harry Reynolds machte den Sprengstoff scharf. Wut und Zorn tobten in ihm, er hatte Kopfschmerzen, und sie hatten seine Genitalien mißhandelt.

Er stellte den Zünder ein – fünf Sekunden. Harry betrachtete das Schaltpult, vor dem die Besucher standen. Er konnte die Kamera mit dem Sprengstoff unter das Pult werfen, so daß die Schweinehunde sie nicht erreichen konnten. Und wenn das Ding explodierte – Harry hatte keine Ahnung, wo er war. Er nahm an, daß er sich in einem ihrer Raumschiffe befand. Möglicherweise flog das Schiff sogar gerade, und sein kleines Geschenk würde es abstürzen lassen. Doch waren seine Wut und seine Schmerzen so stark, daß er keinen zweiten Gedanken daran verschwendete. Vielleicht wäre das sogar ein schönes Geschenk für die UFO-Fangemeinde: ein abgestürztes UFO, präsentiert von Harry Reynolds!

Was auch geschah, er mußte einfach zurückschlagen. Jede Faser seines Körpers brannte darauf. Und wenn er starb – nun, nach allem, was er gehört hatte, kamen die

Außerirdischen immer wieder zurück und mißhandelten ihre Opfer erneut, wenn sie erst einmal dagewesen waren. Er hatte nicht glauben wollen, daß es wirklich so schlimm war, aber jetzt wußte er, daß es schlimmer war, als er es sich überhaupt hatte vorstellen können. Es war besser zu sterben, als noch einmal das durchzumachen, was er gerade erlebt hatte.

Er drückte auf den Zünder und hörte, wie er zu ticken begann. Er zählte.

Eine Sekunde.

Zwei Sekunden.

Drei Sekunden.

»Schluckt das, ihr Mistkerle«, knurrte er leise und warf die Kamera.

Sie fiel zwischen den Außerirdischen auf den Boden, doch die reagierten überhaupt nicht, obwohl das Gerät mit einem ziemlich lauten Knall aufgeprallt war. Sie blieben stehen, wo sie waren, und starrten auf ihre Schalttafeln, während die Kamera in den dunklen Spalt unter dem Pult rutschte, vor dem sie standen.

Vier Sekunden.

Obwohl er überrascht war, daß sie überhaupt nicht reagiert hatten, konnte Harry sie nicht weiter beobachten. Er drehte sich um, rollte sich zusammen und legte Hände und Arme schützend über den Kopf.

Fünf Sekunden.

Der Raum bebte.

Der Knall war ohrenbetäubend. Ein Schwall heißer Luft fegte über Harrys nackten Rücken, dann prasselten Trümmer auf ihn herab.

Er machte sich schon darauf gefaßt, daß das Raumschiff heftig schlingern und abstürzen würde, weil der Pilot die Kontrolle verloren hatte. Oder, wenn sie im Weltraum waren, dann würde die Luft durch das Loch entweichen, das der Sprengstoff gerissen hatte. Das wäre ein schneller Tod. Aber nichts dergleichen geschah – seine Lage blieb stabil.

Er wartete ein paar Sekunden, dann drehte er sich um und betrachtete den Schaden.

Schwarzer Rauch drang aus einer Wand, gerissene Stromkabel knisterten und versprühten Funken, die allmählich schwächer wurden. Der Rauch entwich durch das Loch, das die Ladung in die Wand gerissen hatte, und trotz der beißenden Dämpfe roch Harry Reynolds frische Luft und ...

Nein, das konnte doch nicht sein!

Dung?

Es roch nach Ackerland in Iowa. Sollte das Raumschiff denn wirklich die ganze Zeit auf dem Boden gestanden haben?

Er schöpfte neue Hoffnung und kam rasch auf die Füße. Seine Überlebensinstinkte waren wieder da, und jetzt wußte er, daß er noch eine Chance hatte. Aber er mußte hier herauskommen. Er konnte nur beten, daß das Loch, das er in die Seite des Raumschiffs gesprengt hatte, groß genug war, damit er hindurchkriechen konnte.

Im Licht der elektrischen Funken und der Lampen, die noch brannten, konnte Harry sehen, daß die Explosionen den Außenirdischen buchstäblich die Köpfe abgerissen hatte. Die Befriedigung, die er empfand, verschwand sofort, als er erkannte, daß die Wesen eigentlich nicht mehr hätten aufrecht stehen dürfen und daß Kurzschlußfunken in ihren Körpern zuckten. Fasziniert näherte er sich ihnen.

In den verkohlten Rümpfen konnte er verschmorte Isolierungen und zahllose bunte Leitungen, geschwärzte Spulen und Metallteile erkennen. Waren das etwa nur Roboter gewesen? Waren die Besucher, die ihn entführt hatten, in Wirklichkeit nur mechanische Wesen?

Eine nähere Untersuchung zeigte, daß sie tatsächlich genau das waren. Aber im flackernden Licht und in den spuckenden Blitzen erkannte Harry Reynolds sofort noch etwas anderes. Diese Biester waren tatsächlich Roboter, und das Zeug, das in ihnen steckte, waren handelsübliche Bauteile, wie man sie überall in Amerika kaufen konnte.

»Was, zum Teufel, ist hier los?« murmelte er.

Dann sah er nach unten und bemerkte das Kabel, das die Roboter mit dem Schaltpult verband. Die Hand eines

›Außerirdischen‹ zuckte, immer mit der gleichen Bewegung, vor und zurück. Solche Figuren hatte Reynolds schon einmal in Disney World gesehen! Das waren ja nicht einmal richtige, frei bewegliche Roboter!

Er sah zur Tür und erwartete schon, daß jeden Augenblick der Moderator hereinkommen und ihn anbrüllen würde: »Herzlich willkommen bei der Versteckten Kamera!«

Erst jetzt hörte er, daß irgendwo ein Feueralarm schrillte. Es war zwar noch weit entfernt, aber es klang genauso wie die Sirene der freiwilligen Feuerwehr in einer Kleinstadt. Der Rauch zog allmählich durch das Loch in der Wand ab. Die Explosion hatte die Instrumententafel zur Seite gerissen und billige Drähte freigelegt. Das war kein außerirdisches Raumschiff, das war nichts weiter als ein ziemlich aufwendiger Schwindel.

Er näherte sich dem Loch. Es war groß genug, und er konnte sich hindurchzwängen. Hinter einer Baumgruppe in der Nähe dämmerte schmutziggrau der Morgen. Links erkannte er den klobigen Umriß eines Getreidesilos.

Harry stieß ein Stück gesplittertes altes Holz und einen Fetzen Wellpappe zur Seite. Deshalb der Geruch! Dann zwängte er sich durch das Loch, des Rauches wegen ein paarmal hustend. Das Gras draußen war mit herausgeschleuderten Trümmerteilen übersät, und Harry schauderte in der morgendlichen Kälte, aber alles in allem war er froh, wieder auf der festen, vertrauten Erde zu stehen.

»He!« rief jemand hinter ihm. »He, Sie da! Bleiben Sie stehen!«

Er drehte sich um und sah eine Tür, die sich öffnete wie eine Irisblende. Dahinter war ein glänzender Schutzanzug zu erkennen.

Harry ergriff die Flucht. Wenn das einer der Jungs war, die ihn entführt hatten, dann war er sicher nicht gut auf ihn zu sprechen, nachdem er ihnen ihr kleines Spielchen vermasselt hatte.

Er fühlte sich immer noch benommen, und allmählich wurde ihm klar, daß sie ihn unter Drogen gesetzt hatten.

Aber sie hatten ihm die Schuhe gelassen, und der Adrenalinstoß, dem er in den letzten paar Sekunden ausgesetzt gewesen war, reichte aus, um ihn voranzutreiben. Rennend entfernte er sich weit genug vom Gebäude, bis er erkannte, daß es eine Scheune war. Doch er blieb nicht stehen, um den Bau näher in Augenschein zu nehmen, er umrundete ihn schnaufend und versuchte, dem Mann im Schutzanzug zu entkommen.

Ich muß Hilfe holen, dachte er. *Ich muß die Cops finden.*

Hinter der Scheune war ein Bauernhof zu sehen, aber nicht das war es, was seine Aufmerksamkeit erregte. Auf einem quadratischen, asphaltierten Flecken stand eine Bell, ein Hubschrauber der Air Force. Daneben war ein Militärjeep geparkt.

Harry dachte gerade ernsthaft darüber nach, den Jeep kurzzuschließen, als die Hintertür des Bauernhauses geöffnet wurde. Ein Mann trat heraus und näherte sich ihm. Der Mann trug die blaue Uniform der Air Force. Er hatte volles weißes Haar und sah sich einigermaßen verwirrt um. Aber er war unbewaffnet, und er starrte Harry so überrascht und sogar schockiert an, daß Harry daran zweifelte, daß er mit den Ereignissen in der Scheune etwas zu tun haben könnte.

»Hilfe!« rief Harry. »Da ist ein Mann hinter mir her! Die Außerirdischen . . . das sind überhaupt keine Außerirdischen! Helfen Sie mir, ich muß hier weg . . .«

»Wer sind Sie?« fragte der Mann. Harry erkannte an den farbigen Abzeichen, daß es ein waschechter Colonel war.

»Reynolds«, gab er zurück. Der bloße Anblick der Uniform löste die antrainierten Respektsbezeugungen aus. Er salutierte. »Harry Reynolds, Sir! Ich bin entführt worden. Und . . . und ich weiß nicht, warum!«

Der Colonel verzog mißmutig das Gesicht. »Die Explosion . . .«

»Yeah. Ich bin geflohen. Aber da ist ein Kerl, der . . .«

Noch während er sprach, bog ein Mann im Schutzanzug um die Ecke und rannte in ihre Richtung.

Erschrocken wollte auch Harry wieder losrennen, aber der Colonel hob eine Hand und beruhigte ihn. »Bleiben Sie, wo Sie sind, Mr. Reynolds. Ich muß der Sache auf den Grund gehen.«

Der Mann im Schutzanzug blieb ein paar Meter vor ihnen stehen, hob ein Funkgerät und sprach hinein: »Junior hier. Ich habe ihn, direkt am Landeplatz.« Es war ein großer Mann mit kurzem Haar und tiefen Falten im Gesicht. Die Hautfarbe war blaß, nur die blauen Augen, die den Schimmer der Morgendämmerung reflektierten, schienen lebendig zu sein.

Aus dem Funkgerät kam die gedämpfte Antwort: »Ich bin gleich da.« Das war eine Frauenstimme gewesen.

Harry wußte nicht, was er tun sollte, aber da ihm der Offizier mit sonorer Stimme befohlen hatte, sich nicht vom Fleck zu rühren, blieb er einstweilen stehen, solange ihm nichts Besseres einfiel.

»Mr. Reynolds, das tut mir wirklich leid. Ich werde das gleich in Ordnung bringen, ich verspreche es Ihnen«, sagte der Colonel. »Warten Sie noch einen Moment hier – wir werden gleich sehen, daß wir dieser Morgenkälte entkommen.« Der Offizier drehte sich zu dem Mann im Schutzanzug um. »Woodrow, ich will sofort wissen, was in diesem Laden hier vor sich geht! Das ist ein Zivilist, der Mann hat gewisse Rechte!«

Der Mann im Schutzanzug seufzte, wiegte sich hin und her und dachte nach. Dann schüttelte er den Kopf und lachte. »Ich fasse es nicht. Ich kann das einfach nicht glauben. Sie müssen eine Bombe dabei gehabt haben«, wandte er sich an Harry. »Woher, zum Teufel, hatten Sie die Bombe?«

In der Seitenwand der Scheune wurde eine Tür geöffnet, und eine blonde, mit einem Laborkittel bekleidete Frau kam heraus und näherte sich ihnen. Sie hatte ein Klemmbrett in der Hand, trug eine Brille, war anscheinend Mitte dreißig und ziemlich hübsch. Aber ihr Mund war verkniffen. Hart und streng.

»Ich werde der Sache gleich auf den Grund gehen, Mr.

Reynolds«, sagte der Colonel. »Aber Sie frieren ja. Hier ...« Der Colonel ging zum Jeep und nahm eine Armeedecke heraus. »Wärmen Sie sich damit, während ich einigen Leuten in den Arsch trete.«

Harry wollte eigentlich nichts weiter als auf der Stelle verschwinden, aber der Colonel hatte so beruhigend gesprochen, daß er sich in guten Händen glaubte.

Der Colonel wandte sich an die Frau im Laborkittel. »Nun?«

»Großer Ärger«, sagte sie leise. Sie schien peinlich berührt, weil der Offizier anwesend war. »Ein großer Mist ist das. Wir konnten ja nicht ahnen ... Mr. Reynolds hat die Doppel-A-Behandlung bekommen. Drogen, Hypnose, alles mögliche.«

»Mein Gott!« knurrte der Mann im Schutzanzug. »Sagen Sie das doch nicht in Hörweite der Zielperson!«

Die Frau schien noch bleicher zu werden, ihr Mund noch härter. »Sie verstehen das nicht. Es spielt jetzt keine Rolle mehr, was er hört. Die Prozedur wurde mittendrin unterbrochen. Und das ist das Problem.«

»Colonel«, sagte Harry. Ihm war übel, aber er war dankbar für die Decke. »Ich weiß nicht, was die da reden. Ich bin ein Veteran, ich bin ein Bürger der Vereinigten Staaten. Ich habe gewisse Rechte. Und da Sie Angestellter der amerikanischen Regierung sind, ist es Ihre Pflicht, dafür zu sorgen, daß ich beschützt werde.«

»Natürlich haben Sie keine Ahnung, Mr. Reynolds«, sagte jemand, der sich unbemerkt von hinten aus dem Bauernhaus genähert hatte. Harry fuhr erschrocken herum. Dort stand ein Mann im Morgenmantel, der eine Zigarette rauchte. »Wir arbeiten alle für die Regierung.« Der ungefähr vierzigjährige Mann, dessen Haare an den Schläfen ergraut waren, wandte sich lächelnd an den jüngeren Mann im Schutzanzug. »Justine, Mr. Reynolds ist bewegungsfähig. Könnten Sie das bitte in Ordnung bringen?«

»Kein Problem«, sagte der Mann im Schutzanzug, und bevor Harry reagieren konnte, war der Mann schon zu ihm gerannt und hatte ihm das Funkgerät knapp unter das Ohr geknallt. Harry ging sofort zu Boden. Sein Gesicht lag im Dreck, er stöhnte, und sein Kopf fühlte sich an, als hätte jemand eine glühende Nadel hineingestochen. Mühsam rollte er sich auf den Rücken, blieb aber bei Bewußtsein und konnte alles verstehen, was gesprochen wurde.

»Das war nicht nötig«, sagte der Colonel.

»Yeah«, sagte der Mann im Schutzanzug. »Aber es hat gutgetan. Sie sollten das Chaos sehen, daß er da drinnen angerichtet hat. Wie, zum Teufel . . .« Harry spürte, wie er herumgedreht und durchsucht wurde. Jemand zog fest an seinem rechten Bein – und riß es ab. »Was haben wir denn da? Ein falsches Bein! He, das ist ja wundervoll, bei diesem Kerl habt ihr ja wirklich erstklassig recherchiert. Er hat die verdammte Granate in seiner Prothese reingeschmuggelt!«

»Das stört mich jetzt weniger«, dröhnte die tiefe Stimme des Colonels. »Cunningham, können Sie ihn wieder in Ordnung bringen? Können Sie dafür sorgen, daß er das alles vergißt? Ihr seid doch die Editoren.«

»Ich fürchte, der negative Realinput ist zu stark. Ich glaube, wir können jetzt nicht einmal mehr eine Abschirmung einpflanzen.« Die Frau sprach mit kalter, monotoner Stimme. »Er hat zuviel gesehen und gehört. Drogen und Hypnotherapie, computergestützte Suggestion, das ist jetzt alles viel zu riskant.«

»Was ist . . .«, stöhnte Harry. Er hatte starke Schmerzen.

Der Colonel sagte: »Darüber werden die Publisher alles andere als erfreut sein.«

Harry hob den Kopf ein wenig an und rollte sich herum. Er konnte die vier sehen, die ihn umringt hatten und über ihn Gericht hielten wegen eines Verbrechens, das er nicht begangen hatte. »Hilfe«, quetschte er heraus. »Krankenhau . . .«

Der Mann im Morgenmantel bückte sich. Reynolds hustete, als der Mann ihm eine Rauchwolke ins Gesicht blies. »Harry, wir hatten so große Hoffnungen in Sie gesetzt. Sie hätten ein Star werden können.«

Der Mann machte ›tsk-tsk‹, stand wieder auf und schnippte die Zigarette fort. »Erledigen«, sagte er zu dem jüngeren Mann. Dann ging er davon.

»Mein Gott«, sagte der Colonel. »Warten Sie! Das erlaube ich nicht! Ich werde melden, daß noch andere Optionen offenstanden.«

Harry versuchte, mit einer übermenschlichen Anstrengung auf die Beine zu kommen. Aber sein künstliches Bein war fort, und er fiel hilflos stöhnend wieder auf den Rücken.

Der Mann im Schutzanzug trat näher an Harry heran, und die Frau beobachtete ihn. Der unpersönliche Gesichtsausdruck war verschwunden. Sie wirkte jetzt interessiert, und in ihren Augen schien sogar so etwas wie Begeisterung zu funkeln. Der Mann, der Justine hieß, langte in die Tasche seines Schutzanzugs und zog eine 38er Smith and Wesson mit Schalldämpfer heraus.

»Es wird Zeit für die große Abmeldung, Klaatu«, sagte der Mann und grinste wie ein Totenschädel. »Deine Einschaltquoten waren sowieso im Keller.«

Die erste Kugel schlug in Harrys Brust ein und nahm ihm den Atem. Er sah sein eigenes Blut über die Schuhe der Frau spritzen.

Die zweite Kugel war für ihn nicht mehr als ein Flüstern. Es wurde dunkel um ihn, und als die nächsten beiden Kugeln seinen Kopf trafen, war für ihn die Welt bereits so schwarz wie das Nichts zwischen den Sternen.

1. Kapitel

Washington, D.C., ist möglicherweise eine der ungewöhnlichsten Städte der Welt: strahlende Schönheit, durchsetzt mit Paradoxem und erfüllt von Geheimnissen, die das Land ruinieren oder den verschandelten Planeten retten könnten.

Jedes Jahr im April sprießen rosafarbene und weiße Blüten an den Bäumen, die einen von Menschenhand geschaffenen Zufluß des Potomac River säumen. Es sind die Geschenke eines Landes, das von der Nation besiegt wurde, deren Hauptstadt Washington ist: Japan. Obwohl diese Gegend um 1800 aufgrund der Sommerhitze und der Feuchtigkeit vom British Foreign Service als ›subtropisch‹ einklassifiziert wurde, ist der Frühling in Washington eine Zeit mit gemäßigten, angenehmen Temperaturen – ein farbenfrohes Fest in den Parks zwischen den Regierungsgebäuden und Herrenhäusern, wo Blumen blühen und Bäume ausschlagen.

Washington, D.C., ist eine Stadt der Fassaden. Denn hinter den Marmorsäulen des Kapitols, hinter den grauen Türen des häßlichen Executive Buildings, das aus dem Weißen Haus herauszusprießen scheint wie ein viktorianischer Tumor, und hinter den militärisch strengen Mauern des Pentagon machen Geheimnisse die Runde, dort wird über Ränke getuschelt, die in den Pressemitteilungen und offiziellen Verlautbarungen keine Erwähnung finden. Die Macht, die auf den Fluren dieser Gebäude verwaltet wird, gleicht einer unsichtbaren Strömung unter der Oberfläche eines vermeintlich stillen Gewässers.

Hier wird im Namen der Bürger der Vereinigten Staaten von Amerika die demokratische Macht von rechtmäßig gewählten Abgeordneten ausgeübt – und von Beamten und Angestellten in der Legislative, der Exekutive und der Jurisdiktion in Amtshandlungen umgesetzt.

Gruppen, Vereinigungen und Cliquen, ob alt oder neu, kämpfen um die Herrschaft im Lande, vielleicht sogar in der ganzen Welt.

Und falls die Wahrheit jemals ans Licht kommen würde, falls jemals die Geheimnisse enthüllt werden sollten, bekäme das Gefüge der gesamten zivilisierten Welt Risse.

Es war ein Tag irgendwann Mitte April. Die ersten Kirschblüten waren zu sehen, gerade genug, um die Parade am Sonntag zu rechtfertigen, mit der man dieses Ereignis feiern wollte. Der kalte und feuchte März wich einem heiteren, sonnigen April.

Die beiden Männer, die um 12 Uhr 10 Dominique's Restaurant an der Pennsylvania Avenue in Northwest Washington betraten, sahen aus wie typische Verwalter der Macht in der Hauptstadt der Nation. Allem Anschein nach waren es Anwälte aus der K Street, die wie viele ihrer Kollegen vorhatten, um diese Zeit zu Mittag zu essen. Sie trugen geschmackvolle, teure graue Nadelstreifenanzüge, rote Krawatten und auf Hochglanz polierte schwarze Schuhe. Der größere war zugleich auch der ältere. Sein militärisch kurzgeschnittenes Haar war an den Schläfen ergraut, und unter den Augen breitete sich ein Spinnennetz von Fältchen aus. Der jüngere sah aus, als hätte er gerade erst das Jurastudium beendet. Seine Augen funkelten, und er lächelte, als er höflich dem älteren Kollegen die Glastüre des teuren Restaurants öffnete. Ja, das war der typische gerissene Seniorpartner einer noblen Anwaltskanzlei, der seinem jungen Mitarbeiter die Tricks und Tücken des Gewerbes zeigte.

Genau dies war der Eindruck, den die beiden Männer zu erwecken suchten. Es war die perfekte Tarnung. Denn sie waren keine Anwälte.

Sie waren Verwalter einer ganz anderen Art von Macht, die nichts mit Legalität zu tun hatte.

Die Glastür schloß sich hinter ihnen und sperrte das Dröhnen der Motoren und das Gehupe der Autos draußen aus. Leise plätscherte ein Klavier Prélude von Chopin aus versteckten Lautsprechern und bot einen reizvollen Kontrast zu den Gesprächen der Gäste, dem Klingeln der Gläser und dem Klirren des Bestecks. Der ältere Mann ließ sich einen Augenblick Zeit, bis sich seine Augen vom Sonnenlicht des Frühlingstages auf die Beleuchtung im Restaurant umgestellt hatten, dann überblickte er diskret den Speisesaal, in dem es nach Lilien und französischer Küche duftete. Er brauchte nur wenige Augenblicke; inzwischen näherte sich ihnen der Oberkellner und erkundigte sich, ob die Herren reserviert hätten. Der ältere Mann hatte unterdessen die Zielperson gefunden.

»Hm – dürften wir uns dort drüben in die Ecke setzen? Ungefährt dorthin, wo der Gentleman und die junge Frau sitzen? Nicht zu nahe natürlich, nur in etwa in diese Gegend.«

Der jüngere Mann zog eine Zwanzigdollarnote aus der Hosentasche und drückte sie dem Oberkellner in die pummelige Hand. »Für Ihre Mühe.«

Der ungefähr vierzigjährige Oberkellner im Smoking begann zu strahlen. »Selbstverständlich. Hier entlang, bitte.«

Sie bekamen einen kleinen Tisch neben einer Topfpalme. Der ältere Mann wies seinem Begleiter den Platz an, von dem aus er die beiden Gäste beobachten konnte. Er selbst setzte sich unter die Palmwedel in den Schatten. Seine Gucci-Aktentasche stellte er auf den Boden und nahm vom Kellner die Speisekarte entgegen.

»Das dort drüben ist Dr. Everett Scarborough«, erklärte der ältere Mann mit gedämpfter Stimme seinem Kollegen. »Unsere Zielperson, wenn Sie so wollen.«

Der junge Mann drehte sich um und musterte ein paar Sekunden lang den Mann, der Scarborough hieß. »Central hatte recht. Er hat unverkennbar ein gewisses Charisma. Schauen Sie nur, wie er die junge Frau in seinen Bann zieht.«

»Sehen Sie in eine andere Richtung«, wies ihn der ältere Mann an, während er die riesige, aufwendig gebundene blaue Speisekarte öffnete. »Hören Sie eine Weile zu. Bleiben Sie aber ganz passiv.«

Die beiden Männer studierten schweigend ihre Speisekarten und belauschten die Unterhaltung, die nur ein paar Meter entfernt stattfand.

»Außerdem«, sagte die junge Frau gerade, »würden unsere Leser sicher gern noch folgendes wissen . . .« Sie war eine zierliche, brünette Frau mit langen, schlanken Beinen und einem Überbiß, gekleidet in ein schlichtes hellblaues Kostüm. »Glauben Sie nicht zumindest an die *Möglichkeit*, daß Außerirdische von einem anderen Planeten uns besuchen könnten? Schließlich ist das Universum ziemlich groß, und wenn es intelligentes Leben auf der Erde gibt, dann spricht doch einiges dafür, daß es auch anderswo intelligente Lebensformen gibt.«

»Intelligentes Leben auf der Erde?« sagte Scarborough lächelnd. »Das wäre mir neu.«

Die Frau kicherte. »Bitte, Dr. Scarborough, die Zeitschrift, die mich beauftragt hat, Sie zu interviewen, ist sehr seriös und konservativ. Wir wollen doch nicht zu zynisch werden.«

»Miß Ennis, Sie haben ja nicht die Verrückten kennengelernt, denen ich begegnet bin. In dem Bereich, in dem ich arbeite, wimmelt es von Spinnern.« Dr. Everett Scarborough war ein recht ansehnlicher Mann mit dunklem Teint, schlank und durchtrainiert; die braunen Augen blitzten hellwach und gescheit. Er trug einen dunklen Blazer, ein weißes Hemd, einen rot gestreiften Schlips und eine dunkle Hose. Offensichtlich besaß er die Nonchalance eines Unterhaltungskünstlers und zeigte keineswegs die distanzierte Nachdenklichkeit, die man bei einem Wissenschaftler seines Kalibers erwartet hätte. Am Arm trug er eine Rolex, die er jedoch nicht ins Blickfeld rückte. Er konzentrierte sich allem Anschein nach ganz und gar auf die junge Journalistin, die ihm gegenübersaß.

»Bitte, Dr. Scarborough, nennen Sie mich doch Kate«, sagte die Frau. In ihrer Stimme lag ein verführerischer, fröhlicher Unterton.

»Aber nur, wenn Sie Everett zu mir sagen, meine Liebe.« Der Wissenschaftler hielt inne und räusperte sich. Sogar dieses Geräusch klang bedeutsam, als wolle er gleich eine ungeheuer wichtige Sache vortragen. »Ist Ihr Recorder eingeschaltet? Ich werde Ihnen jetzt gleich eine humorvolle und brillante Antwort geben, die ein wenig nach einem Monolog klingen könnte. Sie dürfen dann später Ihre entsprechenden Fragen einschieben, und wenn wir fertig sind, wäre es Ihnen vielleicht möglich, auch etwas über sich zu erzählen.«

»Der Recorder läuft, Everett, und ich bin verheiratet.« Doch ihre Stimme klang immer noch so, als hätte sie nichts gegen einen Flirt einzuwenden.

»Oh, natürlich sind Sie verheiratet, meine Liebe. Alle wirklich anziehenden, schönen Frauen sind verheiratet.«

Die Frau errötete, wie es sich gehörte, sagte aber nichts, damit Scarborough fortfahren konnte.

»Ja, schon gut. Das Interview.« Er lächelte und spielte mit der Gabel auf seinem Salatteller herum. »Sie haben nicht ganz unrecht, Kate. Statistisch gesehen könnte durchaus irgendwo im Universum Leben existieren. Vielleicht sogar in dieser Galaxis. Ich will Ihre Leser nicht mit wissenschaftlichen Details langweilen, sondern nur soviel sagen, daß der Wissenschaft diese Tatsache durchaus bekannt ist. Daher wurden Projekte wie SETI ins Leben gerufen: Die ›Suche nach Extraterrestrischer Intelligenz‹. Mit Radioteleskopen wird der Himmel abgehört, und dabei sollen nicht nur die Strahlungen der Sterne, sondern auch Signale anderer Zivilisationen, also anderer Lebensformen, aufgefangen werden. Wir haben auch selbst gesendet und mit der Pioneer-Sonde eine Art Vermächtnis unserer Zivilisation in den Himmel geschossen: Bilder der menschlichen Rasse, Musik von Chuck Berry. Aber vielleicht sollten Sie über solche Dinge lieber mit Fachleuten wie etwa Carl Sagan sprechen. Er ist in dieser Hinsicht viel beschlagener als ich. Mein Aufgabengebiet ist nämlich nicht die Erweiterung des menschlichen Wissens, sondern dessen *Korrektur*. Jede Zivilisation hat ihre Mythen. Die Menschen haben natürlich ein Recht darauf, Geschichten über fliegende Untertassen spannend zu finden und von Außerirdischen zu träumen, die uns besuchen und den Frieden verkünden oder die uns ihre guten Schwingungen quer durch alle Dimensionen übermitteln. Oder sogar, Gott behüte, sich vor bösartigen Entführungen durch Außerirdische und Versuchslabors, in denen mit Menschen experimentiert wird, zu ängstigen. Aber da ein gewisser Prozentsatz unserer Bürger tatsächlich glaubt, daß dies die Wahrheit sei – und da es nun einmal *nicht* die Wahrheit ist –, halte ich es für nötig, mich zu Wort zu melden und ein paar Dinge richtigzustellen. Das ist notwendig, damit die Wissenschaft in der Bevölkerung als das anerkannt wird, was sie wirklich ist. Alle meine Bücher, meine Vorträge und meine Auftritte im Fernsehen, all das dient nur einem einzigen Zweck: Ich kämpfe gegen das schleichende Aufkommen von Pseudowissenschaftlichkeit und Falschheit. Unsere Zivilisation ist gewiß nicht unproblematisch, und der industrielle und wissenschaftliche Fortschritt hat gewisse Nachteile – aber ich bin fest davon überzeugt, daß die Anwendung wissenschaftlicher Prinzipien die Grundlage aller Hoffnungen der Menschen darstellt. Wir müssen unser Wissen über das Universum auf empirische Nachweise stützen – das heißt, wir müssen alles, was wir sagen, beweisen können. Was viele als New Age bezeichnen, ist meiner Meinung nach nichts anderes als ein Rückfall ins Mittelalter. Und ausgerechnet diejenigen, denen ich entgegentrete – die Ufologen, die so wortgewandt ihren Unsinn verbreiten –, behaupten, sie hätten sachliche Beweise. Wie ich es sehe, besteht meine Aufgabe darin, die Beweise logisch und intelligent zu prüfen und zu zeigen, daß es sich dabei um nichts weiter als um Schaumschlägerei und unlogische Fantasien handelt. In meinem neuen Buch *Above Us Only Sky* behandle ich nicht nur zahlreiche UFO-Sichtungen und UFO-Theorien, sondern ich diskutiere auch meine eigenen Untersuchungen. Beispielsweise war ich Ende der sechziger Jahre am Projekt Blue Book beteiligt. Ich möchte hier betonen – da will ich wirklich nicht mißverstanden werden –, daß die Wissenschaft ein Werkzeug ist, das die Menschheit entwickelt hat. Normalerweise liegt es uns nicht, die Dinge mit wissenschaftlichen Methoden zu analysieren. Das erklärt, glaube ich, die Leichtigkeit, mit der wir hereingelegt werden können. Es ist meine Aufgabe, die Menschen daran zu erinnern – und Gott weiß, daß ich mich manchmal auch selbst daran erinnern muß –, daß die wissenschaftliche Methode, die auf den vernünftigen und funktionierenden Regeln der Logik beruht, als Werkzeug benutzt werden muß. Sie ist dazu da, uns zu dienen, damit die menschliche Rasse intellektuell und spirituell weiter wachsen kann. Um nun auf Ihre Frage zurückzukommen: Nein, ich glaube nicht, daß die Erde schon einmal von Wesen von einem anderen Planeten besucht worden ist oder daß sie im Augenblick besucht wird. Unter den Tausenden von Sichtungen und Erfahrungen, die überprüft worden sind, kann unter Anwendung der wissenschaftlichen Methode *kein einziges* Ereignis als Beweis für die Besuche von Außerirdischen betrachtet werden. Aber was bei den Sichtungen wirklich vor sich gegangen ist – nun ja, in dieser Hinsicht sind wir in gewisser Weise noch hinter dem Mond.«

Neben ihnen trat gerade der Kellner an den Tisch, an dem die beiden Männer saßen, und nahm die Bestellungen auf. Der jüngere Mann bestellte einen einfachen Coq au vin, der ältere entschied sich für das Tagesgericht: Seebarsch provenzalisch. Den angebotenen Wein lehnten beide Männer ab. Sie bestellten frisch gepreßten Orangensaft.

Als der Kellner ging, hörte der junge Mann wieder eine Weile zu, was an dem knapp sechs Meter entfernten Tisch gesprochen wurde, dann wandte er sich an seinen Kollegen: »Er ist ein stolzer Mann. Ich spüre eine Menge Selbstvertrauen. Er liebt seine – seine Arbeit.« Der jüngere Mann hatte einen Akzent, als wäre er im Mittelwesten geboren worden, obwohl er jedes Wort klar verständlich und mit sauberer Betonung aussprach. Der ältere redete wie ein Bewohner der Ostküste: Amerikanisch mit dem leichten Hauch eines britischen Akzents, vielleicht war auch etwas Deutsches darunter.

»Ja«, sagte der Ältere und lächelte. »Bei diesem Beruf braucht er das auch. Für einen Wegerklärer oder Debunker – ein negativer Beruf, der ihm viel Feindschaft einträgt und für den sich oft verbitterte, negative Menschen entscheiden – für einen Debunker ist er sehr populär. Seine Bücher laufen gut, und er kassiert hohe Honorare für seine Vorträge. Er wird oft zu Talkshows eingeladen, auch bei größeren Sendern, um einen Gegenpol zu den gläubigen Ufologen zu bilden. Er ist stolz darauf, ein bedeutender Gegenspieler des verstorbenen J. Allen Hynek gewesen zu sein, und er setzt sich leidenschaftlich gern mit Größen wie Stanton Friedman, Whitley Strieber, Maximillian Schroeder und Typen wie Jacques Vallée auseinander.«

»Jacques Vallée?«

»Ja, die Figur, die François Truffaut in *Unheimliche Begegnung der Dritten Art* gespielt hat. Sie sind ein ausgezeichneter Partner, klug und geschickt, aber Sie müssen, was UFOs angeht, noch eine Menge lernen. Ich hoffe, das wird in den kommenden Monaten auch geschehen. Und nun lassen Sie uns noch ein wenig lauschen. Das ist für Ihre bevorstehende Mission äußerst wichtig.«

Das Interview am Nebentisch machte gute Fortschritte. Dr. Everett Scarborough ließ sich ausführlich über seine auf Fakten beruhenden Ansichten aus und bemerkte nicht, daß die beiden Männer, die nicht weit entfernt hinter einer Topfpflanze saßen, aufmerksam zuhörten. Er beantwortete Kate Ennis Fragen routiniert und humorvoll und ergriff freudig die Gelegenheit, gleichzeitig mit ihr zu flirten. Vor allem schien ihm die Einstellung der amerikanischen Öffentlichkeit zu UFOs am Herzen zu liegen.

»Wissen Sie, ich habe irgendwo gelesen, laut einer Meinungsumfrage glaubten mehr als fünfzig Prozent der Amerikaner daran, daß Außerirdische am Himmel herumschwirren. Ungefähr genauso viele glauben, daß es eine Art Verschwörung der Regierung gibt, dieses Wissen vor der Öffentlichkeit geheimzuhalten. Erinnern Sie sich noch an Ronald Reagans hypothetische Bemerkung über aggressive Eindringlige von einem anderen Planeten?«

»Oh, natürlich. Das war guter Stoff für eine angeregte Unterhaltung im Front Page«, erwiderte Kate Ennis. Das Front Page war ein Lokal am Dupont Circle, in dem hauptsächlich Journalisten verkehrten. »Ein Angriff von Außerirdischen würde alle Länder der Welt, die Sowjetunion und die Vereinigten Staaten eingeschlossen, vereinen und uns vor Augen führen, daß unsere größte Gemeinsamkeit unsere Menschlichkeit ist.«

»Eine recht unschuldige Bemerkung war es, obschon ein bißchen an den Haaren herbeigezogen – nun ja, die UFO-Trottel, wie ich die Ufologen immer nenne, haben sich jedenfalls mit Begeisterung darauf gestürzt, Kate. ›Der Präsident hat doch beinahe zugegeben, daß er von Außerirdischen weiß, die die Erde besuchen!‹ haben sie geschrien. ›Da gibt es schon seit Jahren ein ungeheures Vertuschungsmanöver! Wir hatten die ganze Zeit recht!‹«

Scarborough tippte sich an den Kopf. »Unser Verstand ist ein ziemlich kompliziertes Ding, Kate. Er funktioniert wie ein Filmprojektor. Die meisten dieser armen, getäuschten Menschen erkennen nicht, daß das, was sie erleben, nichts weiter als eine Projektion ihres eigenen fest eingebauten Kopfkinos ist.«

»Aber die Leute sehen doch wirklich Dinge am Himmel!« sagte Kate Ennis mit Nachdruck. »Mein Schwager hat in der Nähe von Westchestre, Maryland, eine Art schwebendes Licht gesehen.«

»Natürlich gibt es Erscheinungen am Himmel. Ich sage ja gar nicht, daß es keine UFOs gibt. Aber wir vergessen viel zu schnell, daß UFOs Unidentifizierbare Flugobjekte sind – keine kreiselnde Scheiben voller glotzäugiger Monster. Die meisten UFOs, die sorgfältig untersucht werden, verwandeln sich in IFOs – in Identifizierte Flugobjekte. Oft sind es Wetterballons oder Flugzeuge, Wolken oder andere natürliche Erscheinungen wie helle Sterne oder

Planeten, die durch atmosphärische Effekte verzerrt und verändert werden. Was wir sehen, Kate, sind nicht die Dinge selbst, sondern die Reflexionen der Dinge und die Lichtbrechungen, die durch sie entstehen. Unsere Atmosphäre ist – besonders wegen der heutigen Verschmutzung mit zahlreichen Chemikalien – das reinste Spiegelkabinett. Die meisten Sichtungen gehen auf atmosphärische Effekte zurück, aber die Fantasie spielt den Leuten oft einen Streich. Und das ist noch gar nichts verglichen mit den paranoiden Ideen der wirklich verrückten Ufotrottel, die die Sichtungen interpretieren und eine Pseudowissenschaft daraus gemacht haben: Eine Narrheit, über die unsere Nachkommen noch in Jahrhunderten lachen werden, genau wie wir heute über die Phrenologen lachen, die glaubten, man könne die Intelligenz eines Menschen an der Zahl der Wölbungen auf seinem Schädel ablesen.«

Die Reporterin lachte, und Dr. Everett Scarborough lächelte verschmitzt, während er sein Glas, in dem Eiswürfel klingelten, an die Lippen hob. Gleich darauf bezahlten sie und beschlossen, in der Devonshire Bar ein Stück die Straße hinunter etwas zu trinken und ihr Gespräch fortzusetzen.

Auch als sie hinausgingen, würdigten Scarborough und die Reporterin die beiden Männer, die das Interview belauscht hatten, keines Blickes.

Den Lauschern wurde inzwischen das Essen serviert, und als der Kellner sich zurückgezogen hatte, betrachtete der jüngere Mann seinen dampfenden, duftenden Coq au vin und sagte: »Er ist wirklich ein überzeugender Redner. Aber da ist noch mehr – ich spüre seine Kraft und seine Fähigkeiten. Erst jetzt erkenne ich, wie wichtig er ist. Ich freue mich auf meinen Auftrag.«

Sein Gefährte nickte. »Ja. Die nächsten zwei Monate sind für unsere Mission von entscheidender Bedeutung, und Dr. Everett Scarborough spielt eine Schlüsselrolle.« Er nahm seine Aktentasche auf den Schoß, tippte eine Zahlenkombination ein und öffnete sie. Drinnen blinkten kleine bunte Lichter, als wäre ein Weihnachtsbaum in der Tasche versteckt. Der Mann zog einen Schnellhefter heraus und gab ihn seinem Schützling; dann verschloß er die Tasche und stellte sie wieder neben dem Stuhl ab. »Sie werden dort drinnen alle Informationen finden, die Sie für den Anfang brauchen.«

Der junge Mann öffnete den Schnellhefter und achtete darauf, den Inhalt mit Kopf und Oberkörper vor neugierigen Blicken abzuschirmen.

Das erste Blatt war ein Bild von Dr. Everett Scarborough. Danach folgten Sachinformationen über den Wissenschaftler.

»Ja«, sagte der ergraute Mann, während er die schmalen, feingeschwungenen Lippen leicht schürzte. »Die nächsten Wochen werden für Dr. Everett Scarborough voller Gefahren, Traumata und Ängste sein. Nur wenige Menschen haben die seelische Kraft, das durchzustehen, was er bald erleben wird. Die meisten zerbrechen psychisch daran. Falls sie es überhaupt überleben.«

Das nächste Dokument war ein Bild einer blonden Frau – jung, lächelnd, strahlende Augen, voller Lebensfreude.

»Und das«, erklärte der ältere Mann, als könnte er die Gedanken seines Kollegen lesen, »das ist Dr. Everett Scaroboroughs Tochter Diane. Sie ist sein einziges Kind. Diane Scarborough ist der wichtigste Mensch in Doktor Scarboroughs Leben.«

Der junge Mann musterte den Computerausdruck, der hinter das Bild geheftet war. »Die Mutter ist tot. Diane Scarborough ist ihrer Mutter geistig und körperlich sehr ähnlich. Ich glaube, wir könnten diese junge Frau als die Achillesferse des Doktor Scarborough betrachten.«

»Allerdings«, stimmte der ältere Mann zu, nahm die Gabel in die Hand und begann zu essen. »Nach so vielen Jahren im Verborgenen, nach so vielen vorsichtigen Manövern kommt das Projekt nun in die gefährlichste Phase, in der auch Gewaltanwendung nicht mehr auszuschließen ist. Vielleicht steuern wir auf einen krisenhaften Höhepunkt zu, und Dr. Everett Scarborough ist der Mensch, der im Zentrum der Umwälzungen stehen wird.«

»Und wenn es ungünstig verläuft«, gab der jüngere Mann monoton zurück, »dann muß ich das tun, was man mir in meiner Ausbildung beigebracht hat. Jetzt verstehe ich es.«

»Akzeptieren Sie trotzdem?«

»Ich habe keine Wahl. Ich habe mich der Sache verpflichtet. Wenn Dr. Everett nicht tut, was er tun soll, dann werde ich ihn beseitigen.«

Der ältere Mann pflückte das Auge aus dem im Ganzen servierten Seebarsch. Er betrachtete es einen Augenblick, wie es am Zinken seiner Gabel hing. »Und seine Tochter?«

»Und seine Tochter.«

2. Kapitel

Dr. Everett Scarborough, dachte sie.

Da saß sie nun mitten in der Nacht in einem Auto, das an einer romantischen Stelle in freier Natur geparkt war. Ihr Freund hatte ihr die linke Hand auf die Brust gelegt und die rechte unter ihr Kleid geschoben, wo er sich aufreizend langsam um ihren Slip bemühte. Und sie hatte nichts Besseres zu tun, als an ihren Vater zu denken.

»Äh, Tim«, sagte Diane Scarborough mit leicht erhobener Stimme, um seine keuchenden Atemzüge zu übertönen. Plötzlich fühlte sie sich von seinem ›Obsession for Men‹ überhaupt nicht mehr angemacht – von seinem Rasierwasser, das ihre Gliedmaßen normalerweise in einen wohlig schlaffen Zustand versetzte. Im Augenblick wurde ihr von dem Geruch sogar ein wenig schlecht. Sie wandte sich ab, zum offenen Fenster hin, und blickte zu den Bäumen hinaus, auf denen das Mondlicht der Frühlingsnacht schimmerte. »Tim, können wir nicht mal einen Augenblick Pause machen?«

Ihr Freund tauchte aus der Beuge zwischen ihrem Hals und ihrer Schulter auf, blinzelte und begann zu stottern. »Was ... was ist denn los?«

»Ich glaube, ich bin einfach nicht in Stimmung«, sagte sie, schob sich etwas höher und zog ihr Kleid herunter. Das uralte Signal weiblichen sexuellen Desinteresses.

Timothy Reilly schwieg einen Augenblick. Sein Gesicht sah im roten Schein des Autoradios wie versteinert aus. ›One of these Nights‹ von den Eagles spielte der Softrock-Sender gerade. Dann hob er die Hände, als wollte er den Allmächtigen im Himmel selbst anflehen. »*Du* wolltest doch mit mir hier herausfahren.«

Sie tippte nervös auf das Lenkrad ihres Nissan. Der Ring, den Tim ihr geschenkt hatte, klickte leise. »Ich dachte, es könnte mich auf andere Gedanken bringen.«

»Du meinst deinen verdammten Vater, was?« sagte er. Es klang einigermaßen empört. »Diane, man kann mir wirklich nicht nachsagen, ich hätte kein Mitgefühl, aber so langsam kann ich diese Geschichten über deinen Alten nicht mehr hören.«

»Sei nicht so hart, Tim. Er ist noch nicht alt, und du bist noch kein erwachsener Mann.«

»Er ist fast fünfzig, also ist er alt. Ich bin fast fünfundzwanzig und damit längst volljährig. Und was meine Härte angeht – was soll's, ich kann ja nachher kalt duschen.«

Sie lachte. »Tut mir leid. Ich kann manchmal ekelhaft sein. Aber ich mache mir wirklich Sorgen um ihn.«

Tim Reilly seufzte genervt und sah zu den Feldern und Straßen von Kansas hinaus, die sich bis zum Horizont erstreckten. Er war ein schlanker Bursche, hatte langes rötliches Lockenhaar und helle Augen. Bekleidet war er mit einer Blue Jeans und einem rotkarierten Flanellhemd von Sears. Die Ärmel hatte er hochgerollt. Alles, von seiner Schlagfertigkeit bis hin zu seinem eckigen, gefurchten Kinn verriet, daß er von irischen Vorfahren abstammte. Seiner Aussprache war das allerdings nicht anzumerken.

»Der Kerl ist bei bester Gesundheit, eines seiner Bücher

steht in der Sachbuch-Bestsellerliste der *New York Times* ganz oben, er scheffelt mit seiner Vortragstournee haufenweise Kohle, und du wirst ihn nächste Woche treffen, wenn die Frühjahrsferien beginnen. Warum machst du dir da Sorgen um ihn?«

»Er ist in Gefahr«, sagte Diane leise, aber entschieden. »Ich weiß es.«

»Quatsch, er ist nicht in Gefahr«, meinte Tim. »Mach dir keine Sorgen.«

»Tim, die Tarotkarten sprechen von Gefahr, in seinem Horoskop stehen alle Warnlampen auf Rot, und ich habe so eine Ahnung . . .«

»Mein Gott, seit du letzte Woche mit dieser Wahrsagerin gesprochen hast, kannst du an nichts anderes mehr denken. Es war doch letzte Woche, oder? Was hat dir diese verrückte Hellseherin da bloß über deinen Alten eingeredet!«

»Sie war nicht verrückt, sie hat eine Menge faszinierende und wahre Dinge gesagt. Auch über uns.«

»Hör mal, mein Interesse an diesen Dingen ist genauso groß wie deines, aber es ist offensichtlich, daß ich *viel* skeptischer bin als du. Ich beschäftige mich schon seit Jahren damit, ich war in einem Ashram, ich war in Indien, ich habe zahlreiche mediale Phänomene untersucht – und ich weiß, meine Liebste, daß du das alles nicht zu wörtlich nehmen darfst. Das ist der entscheidende Punkt. Wir fließen mit dem Tao der Existenz, und all die unsinnigen Sachen, die du siehst, sind nichts weiter als Frequenzen auf deinem persönlichen Fernseher. Du kannst sie einstellen, und du kannst sie wieder abschalten.«

»Mein Vater ist trotzdem in Gefahr, und zwar wegen der Dinge, die er tut – ich *muß* ihn einfach warnen. Dazu bin ich fest entschlossen.«

Tim nickte. »Oh, ich verstehe. Du weißt nur noch nicht, ob du die Nationalgarde rufen oder es ihm direkt sagen und dich von ihm auslachen lassen willst.«

Diane zuckte zusammen. Er hatte den Nagel auf den Kopf getroffen. Ihr Vater, der berühmte Everett Scarborough, Doktor der Naturwissenschaften, war die Vernunft in Person. Genau wie Mr. Spock aus *Star Treck*, der weder Augenbrauen noch menschliche Regungen hatte. Normalerweise liebte Diane es, ihren Vater wegen seiner bedingungslosen Hingabe ans Reich der Logik aufzuziehen. Der größte Teil ihrer Jugendzeit war eine Rebellion gegen seine kalten, analytischen Zahlen und die sogenannten nackten Tatsachen gewesen. Ihr Interesse an der Spiritualität – ein Interesse, das zu einer kurzen Mitgliedschaft in der Lifespring-Bewegung, zu einer kurzen Phase als Schülerin von Sri Hasha Rodani sowie zu einer Begegnung mit Astralprojektionen und Trance-Channeling geführt hatte – ganz zu schweigen von dem Wochenendseminar mit Shirley McLaine – hatte ihren Vater buchstäblich erbleichen lassen. Er hatte stundenlang versucht, gütlich mit ihr zu reden, hatte ihr die Irrtümer und Fehlleistungen der New Age-Bewegung vor Augen geführt. Und jetzt fühlte sie sich wie der Junge, der genau einmal zu oft »Der Wolf kommt!« geschrien hatte. Sie machte sich wirklich Sorgen um ihren Vater, aber sie hatte außer Tarotkarten, ein paar Bemerkungen von einer Hellseherin und einem Haufen böser Vorahnungen nichts vorzuweisen. Gut möglich, daß sie eine ganz neue Gefahr heraufbeschwören würde, wenn sie ihrem Vater die Auslöser ihrer Ängste nannte: Ihm würde die Luft wegbleiben, er würde blau anlaufen und an einem Herzschlag sterben.

Trotzdem, sie mußte ihn einfach warnen.

Irgend etwas würde ihm zustoßen.

Etwas *Schreckliches*.

»Ich muß es einfach versuchen, Tim. Ich muß.«

»Na schön. Sag's ihm doch nächste Woche, wenn du wieder in D.C. bist. Ich verstehe nicht, warum du dir auf einmal solche Sorgen machst. Und inzwischen, da wir schon einmal hier draußen sind«, Tim langte auf den Rücksitz und nahm eine Dose Bier aus der Kühlbox, »wollen wir uns etwas entspannen. Es ist jetzt elf Uhr nachts, der Mond sieht aus wie eine große weiße Pizza mit extra viel Amore drauf, ich bin mit meiner Liebsten zusammen, und auch wenn sie meine heißen, verzweifelten Gelüste nicht befriedigen kann, möchte ich den Abend mit ihr doch genießen.« Er knackte die Dose Coors und bot sie ihr an. »Also – wollen wir's uns gemütlich machen, ja?«

»Es tut mir leid, Tim. Vielleicht solltest du dir eine andere Freundin suchen. Ich lasse mich viel zu sehr von meinen Stimmungen mitreißen.«

Tim nahm einen tiefen Schluck. »Tut mir leid, Süße, aber das geht nicht. Ich habe da ein Problem. Ich bin in dich verknallt.«

Sie schmiegte sich an ihn und küßte ihn auf die Wange. »Danke.«

Timothy Reilly studierte an der University of Kansas. Angeblich bemühte er sich um einen Master's Degree in Psychologie, aber in Wirklichkeit lungerte er nur an der Universität herum, weil er seinem Vater, dem größten Autohändler in Massachusetts, einen Gefallen tun wollte. Sein Vater legte großen Wert darauf, daß sein Sohn einen akademischen Grad erwarb. Tim hatte sich zunächst ein paar Jahre in der Weltgeschichte herumgetrieben, aber dann war ihm das Geld ausgegangen. Sein Daddy hatte ihm Nachschub unter der Bedingung gewährt, daß Tim mit einem Bachelor abschloß. Den Abschluß hatte er geschafft, aber kaum war ihm die Urkunde ausgehändigt worden, da hatte er Diane Scarborough kennengelernt. Na schön, hatte er sich gedacht, es konnte ja nicht schaden, noch eine Weile auf der Universität zu bleiben. Sein Wunsch, den Master's Degree anzupacken, verschaffte ihm die notwendige Finanzierung, und der alte Herr in Massachusetts war außerdem hocherfreut.

Viele junge Männer hatten ihre akademischen Grade aus erheblich schlechteren Motiven erworben. Diane Scarborough war ein schönes, lebhaftes Mädchen mit einem geradezu perversen, entwaffnenden Humor, den Tim Reilly noch nie bei einer Frau erlebt hatte. Sie war ungeheuer abenteuerlustig, und ihrer Fantasie entsprach ein Liebesnest im Maisfeld viel eher als eines in bürgerlichen Bettlaken. Vermutlich war sie die Art Frau, die Alfred

Hitchcock für einen seiner Krimis ins Auge gefaßt hätte – um es kurz danach schon wieder zu bereuen. Sie sah der jungen Grace Kelly sogar ein wenig ähnlich: blaue Augen, die vor Lebendigkeit blitzten, eingerahmt von blondem Haar. Aber hinter dem bezaubernden Äußeren steckte ein komplizierter, ungewöhnlicher Mensch voller Staunen und Furcht – unkonventionell und unberechenbar.

Diane war Dr. Everett Scarboroughs einziges Kind. Er hatte es zum Doktor sowohl in Physik als auch in Maschinenbau gebracht, war aber im Laufe seines Berufslebens irgendwann auf die Nebenwege der Wissenschaft geraten. Noch während er an seinem ersten Doktortitel arbeitete, hatte er Phyllis Poindexter kennengelernt, eine junge Frau aus der feinen Gesellschaft Bostons. Nach allem, was Diane gehört hatte, war es eine leidenschaftliche Romanze gewesen, aber irgendwie konnte sie sich das nicht richtig vorstellen. Ihr Vater kam ihr so unromantisch vor. Seit ihre Mutter vor sieben Jahren an Krebs gestorben war, hatte er sich sogar sehr verschlossen. Oh, er war ihr gegenüber auf seine seltsame Art äußerst aufmerksam, aber seine körperlichen Zuwendungen beschränkten sich auf flüchtige Küsse auf die Wange, und dies auch noch in Situationen, wo sie viel lieber von ihm in die Arme genommen werden wollte. Sein größter Traum war es, daß sie in die Fußstapfen ihrer Mutter treten würde. Phyllis Poindexter hatte sich trotz ihrer betuchten Familie, was normalerweise eine klassische Ausbildung nahegelegt hätte, für Computerwissenschaften entschieden und sich auf künstliche Intelligenz spezialisiert. Obwohl sie in Mathematik sehr begabt war, beschloß Diane, das Geld, das die Treuhänder für ihre Ausbildung bereitgestellt hatten, zu benutzen, um sich intellektuell möglichst weit von ihrem Daddy zu entfernen. So begann sie ohne Zögern einen Ausbildungsgang, in dem außer Geisteswissenschaften nicht viel anderes vorkam. Ihr Vater war einigermaßen ungehalten, daß sie anschließend in vielen verschiedenen Fächern diese und jene Abschlüsse machte, launisch wie das Frühlingswetter in Washington, aber kein einziges wissenschaftliches Fach belegte.

Im letzten Semester hatte sie beispielsweise Kunstgeschichte studiert, nachdem sie mit Tim in Europa durch zahlreiche Museen gestreift war. Es war ihr erste gemeinsame Reise gewesen – sie hatten sich ein Jahr vorher kennengelernt, und sie hatte die Reise aus dem Treuhänderfonds ihrer Mutter finanziert, der sie glücklicherweise von den Vorstellungen ihres Vaters unabhängig machte. Sie hatten die Museen in Florenz besucht, sie waren im Louvre in Paris und im Prado in Madrid gewesen, und, das war ihr Favorit, sie hatten das Van Gogh-Museum in Amsterdam durchstreift. Drucke konnten die Ausstrahlung und die Kraft der Farben dieses geisteskranken Meisters nicht wiedergeben, sie konnten die Tiefe und das Furiose seiner Pinselstriche nicht lebendig machen.

Aber als Tim dann zu lesen bekam, was sie über ihre Gefühle beim Betrachten der Kunstwerke aufgeschrieben hatte, war er sofort der Meinung, sie hätte das Zeug zur Schriftstellerin. Diane malte und zeichnete gern, aber sie wußte genau, daß sie in dieser Hinsicht nicht besonders begabt war. Als Tim ihr dann sagte, sie hätte das Zeug zur Autorin, stürzte sie sich begeistert auf einen Kurs in kreativem Schreiben. Zuerst ein paar Kurzgeschichten und Gedichte, und kurz danach steckte sie bereits mitten in einem Roman, der im Kansas der Jahrhundertwende spielte. Der Arbeitstitel lautete *The Innocent and the Damned*, und ihren Lehrern zum Trotz, nach deren Geschmack viel zu viele leidenschaftliche Szenen vorkamen, schrieb sie jedes Wochenende auf ihrem Computer – ein Geschenk ihres Vaters – zwei neue Kapitel.

Everett Scarborough hatte ihr, auch das ein Wink mit dem Zaunpfahl, ausschließlich Programmiersprachen und mathematische Software dazugegeben, aber es war kein Problem gewesen, eine Raubkopie des Textverarbeitungsprogramms WordPerfect zu ziehen, die Tim auf seinem billigen, selbstgebauten IBM-kompatiblen Computer benutzte. So konnte sie ohne große Verzögerung ihre schriftstellerische Karriere in Angriff nehmen.

»Ich glaube, ich nehme auch eins«, sagte sie mit einem Blick auf seine Bierdose.

»He, Lady. Alkohol gibt's in dieser Gegend erst ab einundzwanzig«, entgegnete Reilly.

»Dann mal her mit dem Bier, und danach kannst du mich ja anzeigen«, neckte sie ihn.

Er lachte und fischte ihr eine Dose Bier aus der Kühlbox.

»Mann, was gäbe ich darum, wenn ich als Fliege an der Wand lauschen könnte, wenn du deinem Daddy einen Vortrag hältst«, sagte er, während sie trank.

»Er würde dich zerquetschen. Er mag keine Fliegen an der Wand.«

Sie unterhielten sich angeregt über die verschiedenen taktischen Möglichkeiten, die ihr für die schwierige Aufgabe zur Verfügung standen – als *es* geschah.

Es begann als eine Vibration.

Eine Art Pochen schien den roten Nissan, die Bäume und die Luft in der Umgebung zu erschüttern – Diane hatte sogar das Gefühl, daß ihre Zahnfüllungen schepperten.

»Was war denn das?« sagte Tim und sah sich nach der Quelle der Erschütterungen um. Die Bierdose rutschte vom Armaturenbrett, und ein Schwall Bier spritzte ihm auf die Hose. »Verdammt!«

Der Sender, der gerade ›Moonshadow‹ von Cat Stevens spielte, ging in einem wilden Knistern und Knattern unter. Das Gras auf der Weide vor ihnen wellte sich, als liefe ein Schauder durch den schütteren Pelz eines riesigen Wesens.

Dianes Herz schlug wie wild. Sie packte Tim am Arm und hielt sich an ihm fest, als sollte er ihr das Leben retten. Von den Vibrationen abgesehen, *spürte* sie irgend etwas. Irgend etwas Bedrohliches, etwas *Schreckliches*. Es kam ihr vor, als wäre es nicht von dieser Welt, genau wie der zehntausend Jahre alte Geist, den die medial begabte Frau vor einer Woche vom untergegangenen Kontinent Mu herbeigerufen hatte. Irgend etwas Übersinnliches war im Gange.

»Meine Güte, ich kann es nicht glauben«, sagte Tim. Er deutete nach oben und verrenkte sich den Hals, um durch die Windschutzscheibe zum Himmel zu schauen. »Sieh nur!«

Diane sah nach oben.

Am Rand des Ackers, direkt über einem kleinen Wäldchen, schwebte eine Gruppe von Lichtern. Als Dianes Augen richtig fokussierten, konnte sie einen Umriß erkennen, der die Lichter zusammenhielt.

Die Lichter waren rot und blau. Die blauen waren als einzelne winzige Punkte auf dem Objekt verteilt, die roten bildeten ein leicht schimmerndes Band, das die anscheinend diskusförmige untere Hälfte des Objekts von der oberen Hälfte trennte, die kleiner und wie eine Kuppel geformt war. Sie konnte jetzt sogar sehen, daß von der unteren Hälfte ein leichter Dunst ausging – eine Art Nebel, der sich plötzlich grellorange färbte, als das schwebende Objekt herabsank. Es glitt an den Bäumen vorbei und verschwand langsam. Diane Scarborough hatte nicht den geringsten Zweifel, was sie gerade beobachtet hatte.

»Hast du das gesehen?« flüsterte Tim.

»Daddy würde sich in die Hosen machen«, sagte sie, während sie zu der Stelle starrte, wo das Objekt aufgetaucht war.

»Yeah«, sagte Tim, und seine Stimme klang fast ehrfürchtig, »ich kann's nicht fassen. Ich glaube, wir haben gerade ein UFO hei der Landung beobachtet.«

Diane öffnete die Tür und war schon ausgestiegen, bevor sie überhaupt bemerkte, was zu tun sie im Begriff war.

»He«, sagte Tim, »was machst du da?«

»Ich will mir das mal aus der Nähe ansehen.«

»Was? Bist du verrückt?«

»Nein. So eine Gelegenheit bekommt man nur einmal im Leben.«

Sie schlug die Tür zu und zwängte sich durch dichtes

Unterholz auf die Weide hinaus. Der Mond, obwohl nicht ganz voll und durch eine Wolke teilweise verhüllt, legte ein weiches Licht über die Frühlingswiese. Sie konnte nicht sehen, was sich jenseits der Baumgruppe befand, hinter der das Objekt heruntergekommen war. Keine Lichter, kein Blinken, gar nichts. Waren sie und Tim einer Art Halluzination oder einem Trugbild zum Opfer gefallen? Sie hatte ihr Leben lang die Monolge ihres Vaters über dieses Thema anhören müssen (auch wenn sie es geflissentlich vermied, seine Bücher und Artikel zu lesen – jedenfalls die über UFOs), und daher war sie mit allen denkbaren natürlichen Erklärungen bestens vertraut. Das Ding – falls es keine Illusion war – konnte ein militärischer Ballon sein, ein seltsam ausgestatteter Zeppelin zur Wetterbeobachtung, ein verrückter Streich von High-School-Schülern. Gott allein wußte, welch erstaunliche Tricks man heutzutage mit Licht produzieren konnte, da Lasertechnik und Neonlampen praktisch jedermann zur Verfügung standen. Trotzdem stapfte Diane weiter. Sie mußte es einfach sehen. Irgendwo in ihr schrillten Alarmglokken. Intuition? Vielleicht – aber was es auch war, es zog sie zum Wäldchen wie ein Magnet.

»He!« rief eine Stimme hinter ihr. »Willst du wohl warten?«

Sie drehte sich um. Tim kam hinterdreingeschnauft. Er stolperte über ein Grasbüschel, fing sich aber rechtzeitig ab. Als er sie erreicht hatte, packte er ihren Arm, um das Gleichgewicht wiederzufinden. »Na, du Nervenbündel?« bemerkte Diane spöttisch.

»Nun halte aber mal die Luft an! Im Gegensatz zu dir stürze ich mich nicht wie ein Verrückter auf alles, was Ärger verspricht«, sagte er. Aber sie konnte im Mondlicht sehen, daß er nervös lächelte. »Ich denke erst einmal nach, ehe ich ins kalte Wasser springe.«

Sie faßte seine Hand. »Schon gut. Aber wir müssen uns beeilen. Wenn dort drüben wirklich etwas ist, dann könnte es jederzeit wieder verschwinden.«

»Hoffentlich«, sagte Tim, doch als Diane sich in Richtung der Bäume aufmachte, hielt er Schritt mit ihr, ohne sich zu beschweren. Sie liefen eine Minute schweigend weiter. Diane wurde immer aufgeregter, je näher sie dem Wäldchen kamen, dessen Bäume mit ihren Frühlingstrieben und dem dichten Blattwerk den Blick auf das Feld dahinter versperrten. Diane roch das Geißblatt, das hier überall wuchs.

Tim erwärmte sich allmählich für die Situation. »Das ist einfach *spitze*«, sagte er. »So was ist mir wirklich noch nicht passiert. Danke für den Schub, Diane. Wie gut, daß du mich, deinen Glücksritter, in Bewegung gebracht hast.«

»Glücksritter?« sagte sie. »Aber klar doch.«

»Selbst wenn wir hinter den Bäumen überhaupt nichts sehen«, fuhr er fort, »haben wir eine Menge zu berichten. Ich habe es gesehen, du hast es gesehen, und vielleicht gibt es noch weitere Zeugen. Das kommt sicher in die Lokalzeitungen, und ich werde Craig von der Studentenzeitschrift anrufen. Und weißt du was, Diane?«

»Was denn?« fragte Diane etwas ungehalten. Tim hatte die unangenehme Eigenschaft, nachgerade geschwätzig zu werden, wenn er aufgeregt war.

»Der *National Intruder*. Ich wollte schon immer mal in den *National Intruder* kommen.«

»Alles klar. Ich sehe schon die Schlagzeile: ›UFO-Fee leiht mittellosem Studenten Ersatzhirn‹.«

»Nein, wirklich. Wie hieß noch gleich der Reporter, den sie auf solche Fälle ansetzen? Jake Camden? Ich habe sein Buch vor ein paar Jahren gelesen. Der Bursche schreibt über Sichtungen und so weiter, und was er schreibt, ist wirklich interessant.«

»Klar, für einen Journalisten gibt es ja nichts Wichtigeres als eine blühende Fantasie.«

»Könntest du dir diese Witzchen nicht mal eine Weile verkneifen? Ich bin ja nicht dein Feind, oder?« Das klang verletzt, und Diane bekam ein schlechtes Gewissen. Sie hatte ihn nicht wirklich treffen wollen. Aber sie konnte machen, was sie wollte, sie war und blieb ihres Vaters Tochter. Sarkasmus strömte ihr von den Lippen wie einer Schlange das Gift. Nur was ihre Unbefangenheit, ihre Leichtgläubigkeit und ihr gutes Aussehen anging, war sie das Ebenbild ihrer Mutter. Doch den glasklaren Verstand und den unerbittlichen Wissensdrang hatte sie vom Vater geerbt.

Sie erreichten die Bäume, und noch während sie sich einen Weg durch das Wäldchen bahnten, spürte Diane einen Hauch, der die Äste umspielte. Auf dem leichten Schweißfilm, der sich auf ihrem Gesicht gebildet hatte, fühlte sich der Luftzug kühl an. In ihrer Aufregung schien sie jeden Sinneseindruck doppelt stark zu spüren, vom Schrei einer Eule in den Bäumen bis zum Duft von Tims Rasierwasser, in das sich sein Schweißgeruch mischte. Stark und sinnlich gegenüber dem zarten Duftaroma des Geißblatts.

»Kannst du was sehen?« fragte er atemlos.

Sie konnte nichts sehen. Der Wald war stockdunkel, nur hier und dort war ein Schimmer zu ahnen, wo die Bäume etwas weniger dicht standen.

»Verdammt«, sagte sie. »Ich wünschte, ich hätte die Taschenlampe mitgenommen.«

»Warte mal – was ist denn *das* da?« Tim deutete nach rechts, wo die Bäume lichter standen. Diane konnte zunächst nur ein Gebüsch erkennen. Im Mondschein hoben sich einige Beeren ab.

Sie sah schärfer hin, aber sie sah immer noch nicht, was er meinte. Doch dann – bemerkte sie einen kurzen Lichtblitz, als hätte jemand einen Klecks helles Orange auf eine Leinwand gesprüht.

»Komm schon!« rief sie aufgeregt, zog Tim am Hemd und stürmte ihm voran ins Unterholz. Zweige und Brombeerranken zerrten an ihren Socken, und sie bereute sofort, ein Kleid angezogen zu haben. Normalerweise trug sie Jeans und Sweater, höchstens einmal eine Bluse. Aber Jeans waren sehr unbequem, wenn ein Mädchen sich mit seinem Freund im Auto vergnügen wollte, und sie hatte ja vorher nicht wissen können, daß sie im Wald ein UFO jagen würden.

»Warte doch!« rief Tim. Sie hörte ihn durchs Gehölz

trampeln wie eine Elefantenherde. Ganz bestimmt würden sie niemanden mehr überraschen können, der auf der anderen Seite war, also kam es jetzt nur noch auf Schnelligkeit an. Diane, die sich mit Squash in Form hielt, dachte nicht daran, auf Tim zu warten. Im Gegenteil, sie beschleunigte noch. Zur Hölle mit ihm – sie wollte endlich sehen, was dort los war.

Das helle, orangefarbene Licht blinkte, dann kam ein verschwommenes magentafarbenes Glühen hinzu, das aus einer Senke hinter den Bäumen aufzusteigen schien wie ein Sonnenaufgang auf einem fremden Planeten. Ein schwaches Summen war zu hören, als hätte jemand eine Leuchtstoffröhre eingeschaltet. Ein paar Sekunden später flammte ein grelles, kaltes blaues Licht auf, das alles andere überdeckte – dann erlosch es, und nur auf Diane Scarboroughs Netzhaut blieb für ein paar Sekunden ein Nachbild stehen. Plötzlich wurde es stockdunkel. Nur der Mondschein über dem Wald und dem Acker dahinter war zu sehen. Es war völlig still.

Diane blieb, völlig überrascht, wie angewurzelt stehen. Da stimmte etwas nicht. Irgendwo in ihrem Kopf war etwas aus dem Leim gegangen. Wo sie vorher Erregung und Neugierde empfunden hatte, waren jetzt nur noch Furcht und Angst. Es war, als hätte irgendeine Kraft in ihren Kopf gegriffen und ihre Emotionen umgedreht. So, als hätte man einen Sender verstellt. Sie konnte kaum noch atmen.

Dann holte Tim sie ein. Er hätte sie fast umgestoßen.

»Diane, was war das? Wie . . . Geht's dir nicht gut?«

Sie gewann die Kontrolle zurück und holte tief Luft. Das Gefühl, in einen Strudel geraten zu sein, ließ nach. Unwillkürlich faßte sie Tim am Arm, drehte ihren Freund zu sich herum und drückte sich an ihn.

»Es waren diese Lichter«, sagte er. Ihm war klar, daß etwas mit ihr geschehen war. »Diane, das kommt mir ziemlich unheimlich vor. Wir sollten lieber sehen, daß wir hier wegkommen.«

»Nein!« gab sie zurück. Es kostete sie eine große Willensanstrengung, aber sie löste sich von ihm und schwankte in die Richtung, wo sie die Lichter gesehen hatten. »Ich muß – ich muß einfach sehen, was dort ist.«

Noch während sie die Worte aussprach, kehrte die Angst, dreifach stärker, zurück. Jede Faser ihres Körpers befahl ihr, sich umzudrehen, ihren Geliebten beim Arm zu nehmen und so schnell wie möglich wegzurennen. Einfach ins Auto zu steigen und so weit wie möglich von diesen schrecklichen Lichtern wegzukommen, um ihre Seele zu retten. Aber ihr Bewußtsein schob diese instinktiven Warnungen beiseite. Wenn dort, nur ein paar Meter entfernt, ein seltsames Flugobjekt gelandet war, sei es nun von Beteigeuze oder vom nächsten Flugplatz gekommen, dann mußte Diane Scarborough alles in ihren Kräften stehende tun, um es aus der Nähe zu sehen.

Und sie wollte es *gründlich* ansehen.

Die Nacht schien sich um sie zu drehen. Der Mond kam ihr auf einmal gewaltig vor, als würde er durch die Lükken zwischen den Blättern lugen wie ein riesiges, aufgedunsenes Auge. Plötzlich drang ihr der Geruch abgestorbener Pflanzen in die Nase. Der Lufthauch zwischen den Zweigen, die tiefen Schatten zwischen den Bäumen, alles bekam eine neue Bedeutung, alles war auf einmal verzerrt, als hätte nicht nur ihre Angst einen Adrenalinstoß ausgelöst, sondern als hätte sie obendrein auch noch Psychopharmaka genommen. Aber eine Frage gab es, die sie weitertrieb, trotz ihrer Angst, trotz der Kälte, die ihre Wirbelsäule entlangkroch: *Was war dort hinter den Bäumen? Was wartete dort auf sie?*

Und dann auf einmal hatte sie ein Déja-vu-Erlebnis. Irgendwo in ihrem Innern entfaltete sich eine uralte Bewußtseinsebene wie eine Blüte.

Irgendwo und irgendwie hatten sie diese Gefühle schon einmal überschwemmt.

Sie hatte diese Lichter schon einmal gesehen, sie hatte diese eigenartige Mischung aus Angst und freudiger Vorahnung schon einmal empfunden. Die Erinnerung tauchte aus dem dunklen Gewirr ihrer Erinnerungen auf wie eine Blase, noch formlos und dennoch vertraut.

Diane konnte jetzt das Feld hinter den Bäumen überblikken. Sie hörte Tim hinter sich, der keuchend ihren Namen rief. »Diane! Diane, so warte doch!« Und als sie näherkam, konnte sie sehen, daß das Feld jenseits der Bäume stark abschüssig war. Sie konnte eine Kuppel ausmachen – Glas und Metall. Lichter.

Als sie den Waldrand erreichte, wurden die Lichter grell wie der Kern einer explodierenden Sonne. Diane wurde in einem Strom aus Farben davongeschwemmt, und sie hatte das Gefühl zu stürzen, unendlich tief, unendlich lange.

»Diane!« rief Tim hinter ihr. »Mein Gott, ich kann nichts mehr sehen!«

Dann wurden die Lichter ausgeschaltet, und mit den Lichtern verblaßte auch ihr Bewußtsein.

Bevor sie die Pubertät erreicht, ihre eher jungenhafte Seite verloren und ihre Weiblichkeit entwickelt hatte, war das Campen eine von Diane Scarboroughs liebsten Beschäftigungen gewesen. Sie liebte es, draußen zu sein, sie genoß es, durch den Wald zu wandern und die Tannenzapfen und die rauschenden Bäche zu riechen, die stillen, glatt wie Spiegel vor ihr liegenden Seen zu betrachten. Ihre Mutter, Phyllis Scarborough, hatte sie darauf gebracht. Sie hatte darauf bestanden, daß sie ihren Urlaub in Zelten und Kanus und in Wohnwagen an Flüssen und in Wäldern verbrachten, wo der Himmel weit war und wo es wilde Tiere gab.

Diane hatte mit ihren Eltern einen großen Teil Neuenglands und der Staaten New York und Pennsylvania sowie das östliche Kanada durchstreift. In einem unvergeßlichen Urlaub waren sie sogar nach Kalifornien gefahren und hatten unterwegs die Rocky Mountains und den Yellowstone Park besichtigt. Everett Scarborough hatte sich gefügt, aber wenn es nach ihm gegangen wäre, dann hätte es ihm gereicht, in einem verlausten Hotel mitten in Manhattan Urlaub zu machen, solange er nur seine Bücher und seinen Computer dabei hatte. Er widersprach energisch, wenn man sagte, er könnte eigentlich gar nicht wirklich Urlaub machen, aber das war nur ein Lippenbekenntnis. Dianes große Hoffnung war es gewesen, daß eines Nachts, wenn sie ihr Zelt aufgeschlagen hatten und die traditionellen Marshmallows am Lagerfeuer rösteten, das große Himmelstheater ein Sondergastspiel für sie geben und ein in wild zuckende Lichter getauchtes UFO schicken würde. Uh-Fuh, so hatte sie die Objekte damals immer genannt – sehr zum Entzücken ihres Vaters, der seinen Lesern pflichtschuldigst das Interesse seiner Tochter an diesem Thema vermeldet hatte.

Später, als sie älter wurde, fragte Diane sich, ob sich der Große Debunker nicht insgeheim auch so eine himmlische Show wünschte, trotz der Logik und des Sarkasmus, die er an den Tag legte, wenn er nachwies, daß UFOs nicht existieren konnten. Vielleicht steckte hinter seiner Einstellung zu diesem Thema am Ende doch nur die Enttäuschung des kleinen Jungen darüber, daß die Außerirdischen nicht herunterkamen, um ihm ihre Strahlenwaffen zu zeigen.

Eines der schönsten Gefühle, die Diane überhaupt kannte, war es, in einem Zeltlager *aufzuwachen*. Es war wundervoll, im Zelt die Augen aufzuschlagen, noch gemütlich in den Daunenschlafsack gekuschelt, dicht an einem erloschenen Lagerfeuer, in dessen Nähe ein Bach plätscherte, so daß einem sofort der Geruch von verkohltem Holz zusammen mit der kühlen, frischen Morgenluft, die so lebendig nach Ahorn oder Gras duftete, in die Nase stieg.

Im Innern eines Hauses aufzuwachen, das konnte schrecklich und bedrückend sein – da war es viel zu leicht, einfach wieder einzunicken. Aber wenn man draußen auf einen Schlag hellwach wurde – ah! Man war sofort ganz und gar da, brauchte keine Anlaufzeit und fühlte sich, als hätte man gerade einen Stapel Pfannkuchen verspeist, süß und klebrig von Sirup.

So fühlte Diane Scarborough sich, als sie jetzt aufwachte. Nur, daß sie nicht in einem Schlafsack steckte und nicht im Zelt übernachtet hatte.

Es roch nach dem Tau, der auf Blättern und Gräsern lag. Die Morgendämmerung zog rosa und blau herauf, düstere Wolken verstreuten sich im frühen Licht. Diane hatte einen Geschmack nach Zimt im Mund. Sie bewegte sich, gähnte und streckte sich. Ihre Hände berührten ein Lenkrad. Blinzelnd erkannte sie, daß sie auf dem Fahrersitz ihres Autos saß. Der Wagen war ein Stück von der Straße entfernt zwischen einigen großen Eichen geparkt. Von hier aus konnte man eine schöne Frühlingswiese sehen, wie sie für Kansas typisch war. Der Morgenwind formte sanfte Wellen im Gras.

Sie fühlte sich ruhig, völlig gelassen; eins mit dem Himmel und den Bäumen und dem wogenden Gras, als wäre sie gerade aus einer tiefen Meditation oder Trance erwacht.

Neben ihr stöhnte jemand, dann verwandelte sich das Stöhnen in ein Schnarchen. Sie drehte sich um. Ihr Freund, Timothy Reilly, hatte den Sitz weit zurückgeklappt und lag mit offenem Mund noch im Tiefschlaf. Sie sah ihn an. Sein hellrotes Haar war zersaust, das hübsche sommersprossige Gesicht jungenhaft und unschuldig. Sie liebte ihn sehr. Ja, sie war glücklich, daß er bei ihr war und streckte die Hand aus, um ihn zu berühren – da zerplatzte der Friede wie eine Seifenblase.

Was taten sie hier? Sie hatte keine Erinnerung daran, wie sie ins Auto gekommen war. Ihre letzte Erinnerung war, daß sie am Schreibtisch gesessen und sich auf eine Grammatiklektion vorbereitet hatte. Sie hatte über die Strukturen des Satzbaus nachgedacht und sich sehr gelangweilt. Danach – nichts mehr.

Und jetzt saß sie in einem Auto – in ihrem eigenen Auto. Sie erkannte sofort den Müll neben der Knüppelschaltung – Kaugummipapiere, ein Kamm, ein leerer Kaffeebecher. Zwischen dem Beifahrersitz und der Handbremse klemmte eine zerknüllte Coors-Bierdose. Auf dem Rücksitz stand Tims verbeulte alte Kühlbox. Hatten sie sich zusammen betrunken? Hatte sie getrunken und dann die Erinnerung verloren?

Unwahrscheinlich. Diane trank gelegentlich mit Tim ein Bier, aber betrunken war sie so gut wie nie. Und wenn sie wirklich viel Bier getrunken hätte, dann würde sie es im Mund schmecken können, von ihrem Kater ganz zu schweigen. Nein, körperlich ging es ihr gut. Sie war hellwach und klar im Kopf. Aber sie hatte ihr Gedächtnis verloren.

Was war gestern abend passiert?

Sie hatte das Gefühl, daß die Ereignisse des vergangenen Abends äußerst wichtig waren. Vielleicht sogar lebenswichtig; frustriert mußte sie aber feststellen, daß sie keinen Schimmer hatte, was geschehen war.

Hastig schüttelte sie Tims Schulter. »He, Tim! Wach auf!«

Er fuhr zusammen, blinzelte, sah sich um und rieb sich verdutzt die Augen. Dann, als er erkannte, wo er war und sich zurechtfand, sah er Diane an und sagte: »Wow!«

»Tim, was tun wir hier?«

Tim schüttelte den Kopf. »Diane – ich weiß nicht. Ich wollte dich gerade das gleiche fragen.«

»Warum hast du ›wow‹ gesagt?«

»Habe ich das? Keine Ahnung ... ich hatte nur so einen Eindruck, daß ich gerade etwas sehr Wichtiges erlebt habe.«

»Wie fühlst du dich?«

»Ausgezeichnet. Habe mich nie besser gefühlt.«

»Ich auch. Was ist die letzte Erinnerung, die du hast? Ich weiß noch, wie ich meiner Wohnung am Schreibtisch saß. Ich habe gelernt und mich gelangweilt.«

Tim dachte einen Augenblick nach. »Lichter«, sagte er entschieden. »Ja, bunte Lichter. Und ... und Leute. Komische Leute, wie ich sie noch nie gesehen habe. Aber so voller Lebenskraft, fast elektrisch. Ich weiß nicht, es kommt mir vor wie ein Traum. Vielleicht war es wirklich ein Traum.«

Er schüttelte den Kopf, drehte sich um, nahm den Dekkel von der Kühlbox und holte ein Coors aus dem Eiswasser. Kleine Eisbrocken fielen klimpernd in den Behälter zurück. Er knackte die Dose und trank einen Schluck.

»Bier? Am frühen Morgen?« sagte sie.

»Es fühlt sich nicht nach Morgen an . . . he, das Bier auf dem Rücksitz! Ich erinnere mich daran. Wir müssen gestern abend hier herausgefahren sein. Warum? Um zu reden . . . nein, wegen Sex. Du hattest keine Lust mehr, es immer nur im Bett zu machen, und du hast gesagt, du brauchst frische Luft. Ja, du wolltest es in der frischen Luft machen und knutschen und fummeln und Radio hören und dabei die Sterne sehen.«

Genau, das klang plausibel. Es paßte zu ihr. Sie war manchmal ziemlich impulsiv, und es sah ihr ähnlich, Tim auf diese Weise abzuschleppen. Aber warum konnte sie sich nicht einfach daran erinnern?

Tim trank wieder einen Schluck Bier. Und dann, mitten im Schlucken, riß er plötzlich die Augen auf. Er hielt inne, und das Bier schäumte aus seinen Mundwinkeln und tropfte auf seine Jeans.

»He«, sagte sie und nahm ihm die Dose ab. »Was ist denn los?«

Er schluckte, und ohne sie anzusehen, flüsterte er: »Jetzt erinnere ich mich wieder an alles.«

»An was denn?«

»Wir haben hier gesessen, wir haben uns geküßt und rumgemacht, aber du warst nicht bei der Sache. Dann haben wir geredet, und dann haben wir es gesehen. Es kam über das Feld dort. Es war unglaublich. Ein untertassenförmiges Objekt mit kreisenden Lichtern. Es ist hinter dem Feld, hinter einer Baumgruppe gelandet. Jedenfalls sah es so aus, als wäre es dort gelandet, und wir sind ausgestiegen. Ja, wir sind aus dem Auto gestiegen und – und sind hingegangen, um es uns anzusehen.«

Sie war nicht sicher, ob sie ihm das glauben konnte, aber sie wollte es auch nicht einfach abtun. »Und dann?« fragte sie.

»Und dann . . . Lichter. Das ist alles. Einfach nur Lichter.«

Diane seufzte und schloß die Augen. »Ich kann mich an nichts erinnern. Ich weiß überhaupt nichts mehr.« Aber als sie die Augen schloß, gab es in ihrem Kopf einen Lichtblitz, als wäre ihr ein Feuerwerk eingefallen. Sie erinnerte sich nicht, wie man sich gewöhnlich an Erlebnisse erinnert; vielmehr zuckten kurze, unzusammenhängende Sinneseindrücke durch ihren Kopf. Der Geruch der Kuhfladen, als sie über die Weide geeilt waren. Die Angst, was wohl hinter den Bäumen sein könnte. Die Begierde, es herauszufinden. Die Sehnsucht, etwas zu packen, etwas zu fassen – eine Art Beweis, den sie ihrem Vater vorlegen konnte, damit er ihr endlich glaubte.

»Daddy!«

»Mein Gott, ist das wirklich alles, was dir jetzt in den Sinn kommt? Wir sind mit einer Teilamnesie in einem Auto aufgewacht, und du denkst an deinen fantasielosen Vater.«

»Nein ... Doch ... Entschuldige. Tim, mir ist es gerade wieder eingefallen. Die Erinnerung kommt zurück. Ein Teil jedenfalls. Genug.« Sie sah ihn an, starrte ihn verschüchtert und ängstlich an. »Wir müssen mit meinem Vater reden, Tim. Du hast doch gehört, welche Themen mein Vater kürzlich recherchiert hat. Die Veröffentlichungen von Budd Hopkins, Whitley Strieber, Maximillian Schroeder – fehlende Zeit. Das Ding, das wir gesehen haben ... Tim, wir wurden von einem UFO entführt!«

Timothy Reilly widersprach ihr nicht. Er trank sein Bier aus, und als er fertig war, schnappte er sich sofort die nächste Dose.

3. Kapitel

»Ein Mann in Schwarz«, so nannten ihn später, nach der Schießerei, die Leute, die im Vortragssaal, wo Dr. Everett Scarborough redete, neben dem Mann auf dem Balkon gesessen hatten.

Alfred und Gertie Hoppers stärkster Eindruck war der, daß sich der Mann völlig in Schwarz gekleidet hatte: schwarze Tennisschuhe, schwarze Hose, ein schwarzer Gürtel, ein zerknittertes schwarzes Hemd, ein schwarzer Mantel, ein verbeulter schwarzer Hut, den er nicht aufgesetzt hatte, sondern in den Händen hielt; und man konnte sehen, daß die Fingernägel des Mannes bis aufs rohe Fleisch abgekaut waren.

»Ein *Regenmantel.* Das kam mir gleich komisch vor. Es war doch so ein schöner Abend«, sagte Gertie Hopper später. »Ich fand das sehr seltsam. Aber andererseits muß man bei so einer Veranstaltung natürlich damit rechnen, allerhand verrückte Leute zu treffen, also hat er irgendwie wohl doch dazugepaßt. Vielleicht hat er den langen schwarzen Mantel nur getragen, um die Waffe zu verbergen. Und das Komische war ja, das fällt mir jetzt erst ein, daß seine Waffe *auch* ganz schwarz war.«

Alfred und Gertie Hopper kamen aus dem Charles County in Maryland. Alfred betrieb in Waldorf einen Spirituosenladen, und in der Chesapeake Bay hatte er ein Motorboot liegen, mit dem er an schönen Sonnabenden oder Sonntagen zum Krabbenfischen hinausfuhr. Gertie half im Laden aus und war in der örtlichen Baptistengemeinde sehr aktiv. Sie hatten zwei Söhne, die inzwischen erwachsen waren, und interessierten sich beide für fliegende Untertassen. Schon vor Jahren hatten sie UFOs gesehen. Gerties UFO hatte über einem Tabakfeld geschwebt, Alfreds UFO war während eines Angelausflugs spät am Abend aufgetaucht. Sie waren Mitglieder der UFO-Organisation MUFON und begeisterte Leser all der Zeitschriften und Bücher, die es zu diesem Thema gab. Beide waren keineswegs besessen und durchaus nicht begierig, möglichst bald mit Außerirdischen von fernen Planeten in Kontakt zu treten. Sie fanden einfach nur, daß es ein höchst interessantes Thema war, daß die Menschen besser achtgeben sollten und daß die Regierung eine Art Fortsetzung des Projekts Blue Book auflegen sollte, um das Phänomen zu untersuchen.

Alfred hatte sich einen gewissen Ruf als eifriger Leserbriefschreiber der UFO-Publikationen erworben. Einer seiner Lieblingsautoren war Doktor Everett Scarborough. Natürlich stimmte er mit Scarborough nicht darin überein, daß *alle* UFO-Berichte Schwindeleien wären, aber er liebte die Art und Weise, wie dieser Mann die verrückten, völlig ausgeflippten Typen im Umfeld der UFO-Szene demontierte. Als sie hörten, daß Scarborough auf dem Campus der University of Maryland sprechen würde, um die landesweite Werbekampagne für sein neues Buch *Above Us Only Sky* einzuläuten, beschlossen sie, die Veranstaltung zu besuchen. Sie hatten ihn schon zweimal gesehen, einmal im Prince George's Community College und einmal im Sheraton Park in Washington, D.C., beim nationalen Kongreß von MUFON. Sie waren sich einig, daß Scarborough ein faszinierender Redner war, und außerdem präsentierte er eine spektakuläre Show.

Der ›Mann in Schwarz‹, neben dem sie gesessen hatten, zeichnete sich durch ein weiteres Merkmal aus, das ihnen sofort aufgefallen war. »Glubschaugen«, sagte Alfred Hopper später zur Polizei. »Wissen Sie? Wie bei Insekten. Wie heißt das noch – oh, ja. Hyperthyreose – die Leute, deren Gehirne anschwellen und von hinten gegen die Augen drücken.« Sonst konnte man nicht viel Auffälliges über den Mann sagen: leicht hinkend, langes Haar, dunkle Augen. Ende dreißig, vielleicht Anfang vierzig.

»Während der ganzen Show hat er mucksmäuschenstill dagesessen und Dr. Scarborough zugehört. Er hat sich den Diavortrag angesehen, er hat die Musik gehört, und erst als Dr. Scarborough mit seinen Demonstrationen anfing, hat er sich ein bißchen bewegt. Aber ganz am Ende, als man Fragen stellen durfte und als Scarborough über die mögliche Verbindung mit Zeta Reticuli sprach, da wurde er anscheinend nervös. Und als dann dieser Mann auf die Bühne kam und das Streitgespräch mit Dr. Scarborough begann, da hat er seine Waffe gezogen.«

Dr. Everett Scarborough stand vor dem Rednerpult und

freute sich über den Applaus. Er genoß die Früchte eines höchst eindrucksvollen Vortrages und seiner Demonstrationen. Mein Gott, wie er diese Augenblicke liebte! Als er vor fünfzehn Jahren, nach Erscheinen seines ersten kritischen Buches zu den UFO-Phänomenen, mit den Vorträgen begonnen hatte, da hatte er die allererste Einladung, die von einer Bibliothek gekommen war, nur widerstrebend angenommen. Er hätte sich fast in die Hosen gemacht und war schrecklich nervös gewesen – auch heute noch überkam ihn in den letzten Minuten vor einem Vortrag ein wenig Lampenfieber –, aber als er damals mit seinem ersten Medizintanz begonnen hatte, wie er es nannte, da hatten sich ganz unerwartet die Flügel seiner Redegabe entfaltet, und eine höchst erfolgreiche zweite Karriere hatte ihren Anfang genommen.

»Danke, danke«, sagte er ins Mikrofon. Die Worte dröhnten über den Köpfen der Zuhörer, als hätte ein Halbgott seinen Anhängern eine Offenbarung verkündet. »Aber das beste kommt erst noch. Soweit ich weiß, sind hier auch die Mitglieder einiger UFO-Clubs anwesend. Die Gläubigen sind unter uns!« Er überblickte lächelnd sein Publikum. »Ich hoffe doch, die UFO-Fans werden meine weisen, logischen, intelligenten und wahren Worte zum Anlaß nehmen, einige pseudowissenschaftliche, schlecht begründete Bemerkungen zu machen, um das bislang klare Wasser des Abends auf höchst unwissenschaftliche Weise zu trüben.«

Die beißende Ironie und die gespielte Überheblichkeit brachte die Zuhörer zum Lachen, aber zugleich erfüllte sie auch ihren eigentlichen Zweck. Den ohnehin schon wütenden UFO-Fans gingen die Nerven durch. Eingeschüchtert durch die grandiose Vorstellung und den überzeugenden Vortrag waren sie vorübergehend sprachlos. Sie brauchten einen kleinen Klaps auf den Po, eine kleine Ermunterung, damit sie anbissen.

In einer der vorderen Reihen stand ein junger Mann auf, der eine dicke Brille trug. Er winkte, um Scarboroughs Aufmerksamkeit zu erregen.

»Ja, bitte! Die erste Frage dieses Abends. Falls Sie es noch nicht bemerkt haben, ich habe viele Antworten parat.«

Wieder Gelächter. Er hatte das Publikum in der Tasche. Sie liebten die technischen Spielereien seiner Show – die Laserstrahlen, die Zaubertricks, die neuen Scherze, die eigens für diesen Zweck komponierte Musik. Seine Ahnungen hatten sich als richtig erwiesen. Wenn er den Unterhaltungswert seiner Vorträge steigerte, dann konnte er ein breiteres Publikum ansprechen. Mehr Menschen würden seine Argumente hören, und er würde mit den Vorträgen mehr Geld verdienen – ganz zu schweigen davon, daß er danach im Vorraum haufenweise Bücher verkaufen konnte.

»Dr. Scarborough, letzte Woche in der Carson Show und auch heute abend wieder haben Sie sich ausschließlich auf neuere Phänomene konzentriert, vor allem auf die UFO-Kontakte, wie sie von Leuten wie Whitley Strieber und Maximillian Schroeder beschrieben werden – genauer gesagt, geht es also um Entführungen. Aber Sie haben sich nicht mit der Tatsache beschäftigt, daß die Menschheit seit Anbeginn und vor allem seit 1947 einer wahren Flut von UFO-Erfahrungen ganz unterschiedlicher Art ausgesetzt ist. Da geht etwas vor, Dr. Scarborough, und ich kann Ihnen Ihre glatten, wohlklingenden Erklärungen einfach nicht abkaufen.«

»Na schön, da geht etwas vor«, sagte Scarborough. Er ließ sich einen Augenblick Zeit, um sich die Pointe zurechtzulegen. »Die Leute haben fliegende Besen und schwarze Katzen mit Düsenantrieben ausgerüstet.« Die Zuhörer kicherten. »Ich meine es ernst! In den Köpfen mancher Menschen hat das Zeitalter der Aufklärung nicht stattgefunden, dort herrscht immer noch finsteres Mittelalter. Hört ihr mich, ihr armen Ritter?« Er hob die Arme wie ein Dirigent und wiederholte den Refrain, den er schon oft angebracht hatte. Er begann ihn aufzusagen, und die Hälfte der Zuhörer – seine getreuen Anhänger und diejenigen, die er gerade dazugewonnen hatte –

stimmten ein: »Die Menschen glauben, weil sie glauben wollen.« Er nahm das Mikrofon aus dem Ständer und ging nach vorn bis an den Rand der Bühne. Dort lächelte er den jungen Mann an, der vor Verlegenheit am liebsten im Boden versunken wäre.

»Waren Sie vielleicht gerade draußen und haben Popcorn gekauft, als ich darüber gesprochen habe? Als ich die Zaubertricks vorführte, die mir James ›The Amazing‹ Randi offenbart hat? Als ich demonstriert habe, wie sie funktionieren? Waren Sie da vielleicht gerade mal für kleine Jungs? Ich will es noch einmal für Sie zusammenfassen: Die Macht der Suggestion, das ist der Punkt. Ich sage jetzt zu Ihnen: He, wäre es nicht nett, nach der Show ein Eis zu essen? Vielleicht Vanille mit heißer Schokoladensauce und Schlagsahne? Und vergessen Sie nicht den Krokant und die Maraschinokirsche. Und ich garantiere Ihnen, ein guter Teil der Anwesenden hier wird *vergessen*, daß ich diesen Vorschlag gemacht habe, aber trotzdem werden die Leute hinausgehen, an einer Eisdiele vorbeifahren und auf die Idee kommen, daß es ganz nett wäre, ein Eis zu essen. Dabei bin ich nicht einmal ein Hypnotiseur oder ein Werbefachmann für Milchprodukte. Ich hole nur die Strömungen ans Licht, die sowieso schon in Ihrem Unterbewußtsein vorhanden sind. Das menschliche Bewußtsein besteht aus erheblich mehr als nur Ihren bewußten Gedanken. Es kann Ihnen einige ausgesprochen merkwürdige Streiche spielen, und dieses komplizierte Ding ist mit Ihren Augen, Ihren Ohren und Ihrem ganzen Sinnesapparat verbunden. Haben Sie schon einmal eine Weile auf dem Rücken gelegen und zu den Wolken hochgesehen? Das hat bestimmt jeder schon einmal getan. Manche Leute sehen gespenstische Galeonen durchs Himmelsmeer segeln. Aber lüsterne junge Männer – oder sogar ältere Männer, die den Geschmack an Frauen nicht verloren haben, und das sage ich jetzt aus eigener Erfahrung – sehen dort nackte Frauen vorbeifliegen!«

Er machte eine Kunstpause und wartete, bis das Lachen verklungen war.

»Ich muß zugeben, daß ich heute abend tatsächlich großes Gewicht auf einen einzigen Aspekt des UFO-Phänomens gelegt habe. Aber als Chirurg, der sich der Logik und der Wahrheit verpflichtet fühlt, sehe ich meine Aufgabe darin, als erstes die größten Krebsgeschwüre des Denkens herauszuschneiden. Falls Sie es noch nicht bemerkt haben, Sir, die Entführungen sind heutzutage eine Art Hauptgewinn der UFO-Lotterie.«

»He, Mann«, rief jemand von weiter hinten, »Sie leben aber gar nicht schlecht von diesem Geschäft!«

Scarborough zuckte die Schultern. »Damit haben Sie natürlich recht. Aber wenn ich höre, daß für *Die Besucher* von Whitley Strieber ein Vorschuß von einer Million Dollar und für *Star Son* von Max Schroeder sogar zwei Millionen gezahlt worden sind – nun ja, dann kann ich eigentlich nur noch in den Garten gehen, die Arme zum Himmel heben und rufen: Bitte, ET, nimm *mich*!«

Das gefiel dem Publikum. Die Leute brüllten vor Lachen. Nichts kommt in Amerika besser an als ein Scherz über das Geld.

Everett Scarborough lächelte wohlgefällig auf sein Publikum hinab. Er war fast einsneunzig groß, hatte dunkles Haar und ausdrucksvolle dunkle Augen, die er von seiner italienischen Mutter geerbt hatte. Sein markantes, gutaussehendes Gesicht hatte er jedoch seinem Vater zu verdanken, einem Nachkommen englischer Siedler in Massachusetts. Manche, die ihn kannten, behaupteten sogar, er sei eine Art britischer Roy Scheider, aber Scarborough wollte für sich selbst lieber in Anspruch nehmen, so etwas wie ein italienischer Cary Grant zu sein. Regelmäßige Übungen mit Gewichten hielten seinen Bauch flach und die Schultern und den Brustkorb breit. Er war in seinem maßgeschneiderten englischen Dreiteiler eine eindrucksvolle Erscheinung. Die Jacke hatte er allerdings schon vor einer ganzen Weile abgelegt, und inzwischen hatte er sich auch die Weste aufgeknöpft. Manche Leute behaupteten sogar, Everett Scarborough unterscheide sich bei seinen feurigen Ansprachen in nichts von einem begnadeten Priester, der das Evangelium predigte. Nur hieß der Gott in diesem Fall Sir Isaac Newton, und die Zeitschrift *Scientific American* war die Bibel, in der die Psalmen standen.

»Im Ernst«, sagte er, jetzt wieder ganz der Inbegriff von Sachlichkeit und Würde, »ich gehe in meinen Büchern auf alle Aspekte des UFO-Phänomens ein, und ich danke Ihnen, Sir, daß Sie noch einmal das Thema zur Sprache gebracht haben, von dem viele Menschen geradezu besessen sind.

Wir stehen heute an einem Punkt in der Geschichte, von dem aus wir zurückblicken und leicht erkennen können, wie zutreffend meine Kommentare über die Suggestion in Wahrheit sind. Ich will Ihnen dafür noch zwei weitere Beispiele geben«, fuhr er rasch fort und schritt eilig über die Bühne, um einen Eindruck von Dringlichkeit zu vermitteln. Er hatte diesen Trick bei Jimmy Swaggart abgeschaut, dem Prediger, der sich durch seine sexuellen Eskapaden selbst ruiniert hatte.

»In meinem Buch *History of a Delusion* gehe ich nicht nur auf moderne Sichtungen ein, sondern auch auf uralte Berichte über unidentifizierte Flugobjekte. Wir wissen ja, daß den Brüdern Wright im Jahre 1901 in Kitty Hawk, North Carolina, der erste Flug mit einem motorgetriebenen Flugzeug gelungen ist, was man kaum ein Vierteljahrhundert vorher noch für unmöglich gehalten hätte. Aber wußten Sie auch, daß es in den Jahren 1897 und 1898 eine Welle von UFO-Sichtungen gegeben hat? Viele Schreiber stürzen sich nun auf diese Tatsache, genauso wie sich andere auf die Feuerräder stürzen, die in der Bibel erwähnt werden, oder auf ähnliche Dinge. Wir jedoch wollen die Sichtungen im Zusammenhang untersuchen.

Zunächst einmal hatten die Sichtungen mit fliegenden Objekten zu tun, die alles andere als untertassenförmig waren. Die Objekte sahen eher so aus wie Boote, die am Himmel kreuzten. Die am weitesten verbreitete Geschichte handelt von Ankern, die vom Himmel herabgelassen wurden, woraufhin Männer in viktorianischer Kleidung aus Fahrzeugen herabstiegen, die direkt einem

Roman von Jules Verne entsprungen schienen. Keine kleinen Männer in glänzenden Anzügen, keine Kahlköpfe, keine schrägen Augen – und ganz gewiß keine kostenlosen Darmuntersuchungen.«

Auch darüber lachten die Zuhörer, und Scarborough gestattete sich ein Lächeln. Er bemerkte, daß seine Unterarme schweißnaß waren.

»Aber wir müssen diese angeblichen Beobachtungen – die meisten wurden übrigens von Amerikanern gemacht – aus dem richtigen Blickwinkel sehen. Zu dieser Zeit sind Flugmaschinen als Möglichkeit am Horizont aufgetaucht. Sie boten Stoff für Groschenromane, und auch wenn die Science-fiction damals noch in den Kinderschuhen steckte, haben viele Autoren sich an Jules Verne orientiert. Der junge H. G. Wells begann damals gerade, seine berühmten technischen Romane zu schreiben. Außerdem gab es zu jener Zeit internationale Spannungen – zweifellos haben viele dieser UFO-Besatzungen mit deutschem Akzent gesprochen.

Aber denken Sie doch nur mal über folgendes nach: Das Unterbewußtsein vieler Amerikaner hat diese fantastischen wissenschaftlichen Durchbrüche irgendwie zur Kenntnis genommen. Es muß damals viele psychologische Projektionen gegeben haben. Wie wir wissen, ist es ja wissenschaftlich bewiesen, daß der Himmel und die ganze Welt, ganz zu schweigen vom Universum, voller verrückter Phänomene steckt. Bei Gelegenheiten wie diesen hier weise ich gern darauf hin: Wenn die Menschen einfach nur nach absonderlichen Tatsachen suchen, dann können sie durch die Naturwissenschaften auf ihre Kosten kommen, ganz zu schweigen von den Randbereichen der wissenschaftlichen Forschung. Und wenn es wirklich bizarr werden soll, dann beschäftigen Sie sich doch bitte mit der Quantenmechanik. Meiner Meinung nach sind einige meiner Kollegen erheblich verrückter als irgendeine Kontaktperson, die mit dem König der Saturnringe Tee getrunken hat – und dabei arbeiten die Quantenmechaniker auf der Grundlage wissenschaftlicher Fakten! Aber wie Alexander Pope sagte, ist der Mensch das angemessene Studienobjekt für die Menschheit. Menschen werden von anderen Menschen beeinflußt, und wenn jemand eines der vielen natürlichen Phänomene am Himmel sieht, überlagert er die Sichtung möglicherweise mit unbewußten Informationen.«

Scarborough gab den Zuhörern einen historischen Abriß, machte ausführliche Anmerkungen zur Geschichte der UFO-Sichtungen und flocht einige Hinweise auf das Thema der Suggestion ein. Als er mit einem Scherz über die Clubs der UFO-Anhänger schloß, lachten die Zuhörer erneut.

»Sehen Sie«, sagte Scarborough, um etwas Schärfe herauszunehmen, »ich muß ja zugeben, daß ich mit den Leuten, die ich als Ufotrottel bezeichne, auch meinen Spaß habe. Ich würde mich nicht so intensiv mit dem Thema beschäftigen, wenn ich es nicht faszinierend fände. Wir müssen natürlich diese geheimnisvolle Welt erforschen, in der wir leben, und ich freue mich über jeden, der es tut. Neugierde ist eine wundervolle Gabe. Aber ich glaube, wenn ich meine Absichten in einem einzigen Gedanken zusammenfassen sollte, dann würde ich der ganzen Welt gern erklären, daß wir ein unvergleichlich wundervolles und nützliches Werkzeug haben, um das Unbekannte zu studieren. Es ist die *wissenschaftliche Methodik*, die sich aus der Logik ableitet. Das ist die Meßlatte, die wir benutzen, um das zu messen, war wir kennen. Es ist das Schwert, das Wissen von Unwissenheit trennt. Und wenn ich den Menschen den Wert dieses unglaublichen Werkzeuges vermitteln kann, indem ich es unerbittlich und unbestechlich auf moderne Mythen wie den UFO-Mumpitz anwende, dann habe ich das Gefühl, daß dieses Leben für mich einen Sinn hat.«

Seine Worte wurden mit donnerndem Applaus quittiert. Einige Zuschauer erhoben sich sogar und klatschten wie wild. Nicht mehr als eine Handvoll, aber das war genug. Scarborough stand auf der Bühne und nahm die Ovationen ernst und gefaßt entgegen.

»Danke, vielen Dank. Aber da wir nicht mehr viel Zeit haben, würde ich gern noch eine oder höchstens zwei Fragen beantworten. Nach der Veranstaltung können Sie dann draußen in der Lobby signierte Exemplare meines neuen Buches *Above Us Only Sky* erwerben.«

Er kehrte zum Rednerpult zurück und schenkte sich ein Glas Eiswasser ein. Eiswürfel klingelten, und er konnte hören, wie die Leute murmelten. Er trank einen langen Schluck kühles Wasser, dann zog er das Leinenhandtuch aus einem Fach am Pult und wischte sich die Stirn ab. Irgendwann, dachte er, müßte es doch mal jemandem gelingen, Scheinwerfer zu erfinden, die einen Anzug nicht in eine Dampfsauna verwandelten. Andererseits fragte er sich, ob ihm wirklich daran gelegen war, auf die dramatische Wirkung zu verzichten, die er mit seinem Schweiß erzielte. Es war ein feuchter Kommentar zu seiner Leidenschaft – ein unabdingbares Kontrastmittel zu seiner Botschaft, in der es schließlich um Vernunft und einen kühlen Kopf ging.

Scarborough dachte an die Geschichte, die James Randi ihm über den Prediger der Erweckungsbewegung erzählt hatte, der sich mit einer unsichtbaren Farbe ein Kreuz auf die Stirn gemalt hatte. Wenn der Prediger gegen Ende seines Auftritts stark ins Schwitzen geriet, begann das Kreuz feuerrot zu glühen, und die Gemeinde glaubte, sie hätte ein Wunder gesehen.

Solche Tricks gab es an diesem Abend nicht. Oh, natürlich setzte er alle Tricks und Manöver der Überzeugungskraft, der Argumentationstechnik und der Rhetorik ein, aber das diente ja einer guten Sache. Der Wissenschaft. Der Logik. Es diente schlicht und ergreifend der Vernunft seiner amerikanischen Mitbürger.

Er stellte das halb geleerte Glas ab und betrachtete wieder sein Publikum. Mehrere Leute hatten die Arme gehoben, aber er wurde sofort auf die Hand einer jungen Frau aufmerksam. Dem Alter nach konnte sie eine Studentin sein. Sie trug Jeans und stand ziemlich weit vorne im Gang. Irgendwie erinnerte sie ihn an seine Tochter Diane, und aus einem Impuls heraus rief er sie auf. Ihm fiel ein, daß die Frühjahrsferien unmittelbar bevorstanden und daß Diane ihn bald besuchen kommen würde.

»Ja! Sie dort, die hübsche junge Frau ganz vorne! Sie sehen wie ein intelligenter Mensch aus. Haben Sie eine Frage?«

»Allerdings!« sagte sie mit harter Stimme. »Dr. Scarborough, Sie sind ein glänzender Redner, und Sie sind ein sehr kluger und gebildeter Mann. Ich habe Ihren Vortrag sehr genossen. Wie ich hörte, sind Sie alleinstehend . . .«

»Bitte . . . das ist zwar sehr schmeichelhaft, Miß, aber ich möchte auf meinen Vortragsreisen doch versuchen, das Geschäftliche vom Privaten zu trennen, und . . .«

»Nun«, unterbrach sie ihn mit einer so lauten Stimme, daß die meisten im Saal sie hören konnten, »eigentlich hatte ich eher die Absicht, Sie meiner verwitweten Mutter vorzustellen.«

Scarborough machte eine übertriebene Geste, die andeuten sollte, daß er sich auf eine längere Wartezeit einrichtete, und die gleichzeitig seine gespielte Verzweiflung zum Ausdruck brachte. Die Zuschauer begannen wieder zu lachen. Ausgezeichnet! Everett Scarborough hatte gelernt, alle Arten von Humor zu seinem Vorteil zu nutzen, und wenn er sich auf diese Weise ein wenig selbst auf den Arm nahm, ohne seine Würde zu verlieren, dann hatte er die Zuhörer immer auf seiner Seite. Das Gelächter wollte kaum enden. Er hatte schnell gelernt, daß ein in der Öffentlichkeit stehender Mensch, der sich nicht selbst auf den Arm nehmen konnte, meist für arrogant oder affig gehalten wurde. Everett Scarborough wußte, daß er beide Faktoren durchaus in sich vereinigte – aber dank Phyllis hatte er immerhin gelernt, sich nicht *zu* ernst zu nehmen. In bezug auf seine wissenschaftlichen Überzeugungen war er unerbittlich, da er jedoch ein kluger Mensch war, wußte er genau, daß er Schwächen hatte.

Als das Gelächter etwas abgeflaut war, sagte er: »Meine Liebe, ich bin sicher, daß Ihre Mutter so hübsch ist wie Sie, und ich würde sie wirklich gern kennenlernen, wenn sie mir ein Buch zum Signieren vorlegt. Aber jetzt möchte ich eigentlich zum Thema zurückkommen, zu fliegenden Untertassen.«

»Entschuldigen Sie, Doktor – ist Ihnen schon einmal der Gedanke gekommen, daß auch Sie vielleicht nur das glauben, was Sie glauben wollen?«

»Das ist keine Frage des Glaubens, meine Liebe. Ich benutze ein System, das eigens konstruiert wurde, um empirisch nachweisbare *Fakten* zu bewerten.«

»Okay, wenn Sie das nicht akzeptieren wollen ... lassen Sie mich eine andere Frage stellen. Sie haben viel über die Entführungen jüngeren Datums berichtet. Ich habe neulich abends einen Film mit James Earl Jones gesehen. In diesem Film ging es um ein Ehepaar, das bereits im Jahre 1961 entführt wurde.«

»Ja, ich glaube, der Film hieß *The UFO Encounter* ... ein Fernsehfilm aus den siebziger Jahren, nicht wahr?«

»Richtig. Der Film ist lange vor der heutigen UFO-Welle entstanden. Und außerdem, Dr. Scarborough, denken Sie an das, was Betty und Barney Hill passiert ist – das war dem, was wir in den letzten Jahren gehört haben, sehr ähnlich. Vielleicht geht das schon lange Zeit so, und es kommt jetzt erst ans Licht!«

Scarborough massierte ein paar Sekunden lang sein markantes, sauber rasiertes Kinn. »Ich freue mich, daß Sie auf diesen Fall zu sprechen kommen. Glauben Sie mir, ich bin damit vertraut. Es gibt ein Buch von John Fuller mit dem Titel *Interrupted Journey*, das man im Hinblick darauf unbedingt lesen sollte. Ich widme diesem Thema in meinem zweiten Buch, *Unidentified Flying Oddballs*, das fünfte bis zehnte Kapitel. Dort werden meine früheren Theorien über die Suggestion vertieft. Für diejenigen unter Ihnen, die mit dem Fall nicht vertraut sind, will ich die Ereignisse kurz zusammenfassen.«

Er wandte sich jetzt wieder an das Publikum.

»Betty und Barney Hill waren nach einem Urlaub in Kanada auf dem Rückweg zu ihrem Heim in Portsmouth, New Hampshire. Sie haben ein UFO beobachtet. Aus irgendeinem Grund bog Barney Hill in eine Nebenstraße. Auf einmal war es, sie wußten nicht wie und warum, mehrere Stunden später.

Sie versuchten, normal weiterzuleben, aber dieser Abend hatte sie in große Unruhe versetzt, und sie suchten Rat bei Fachleuten. Als das unidentifizierte Flugobjekt bei den Sitzungen immer wieder zur Sprache kam, wurde Dr. Benjamin Simon hinzugezogen. Er arbeitete mit Hypnotherapie und war darauf spezialisiert, bei seinen Patienten verschüttete Erinnerungen zurückzuholen. Dr. Simon hypnotisierte die Hills, und die folgende Geschichte ist das, woran sie sich unter viel Angst und Melodramatik erinnern konnten.«

Scarborough machte wieder eine Kunstpause. Das Schöne an diesen UFO-Geschichten war, auch wenn es sich dabei um den reinsten Unfug handelte, daß sie sich ausgezeichnet erzählen ließen. Er hatte an diesem Abend die meisten Zuhörer davon überzeugen können, daß die UFOs nichts weiter als Zutaten moderner Märchen waren – und trotzdem konnte er sehen, wie ihre Augen fasziniert auf ihm ruhten. Einige hatten sich leicht vorgebeugt und lauschten der spannenden Geschichte, die er ihnen jetzt erzählte.

»Laut Simon wurden die Hills von einer Gruppe humanoider Wesen, ungefähr einszwanzig groß, abgefangen. Irgendeine hypnotische Beeinflussung veranlaßte sie, ihr Auto zu verlassen und ins Fahrzeug der kleinen Wesen zu steigen, das im Wald stand. Es handelte sich natürlich um ein untertassenförmiges Fluggerät. Im Innern der fliegenden Untertasse wurde von Mrs. Hills Arm ein Stückchen Haut entfernt. Mr. Hill erklärte, von ihm habe man eine Samenprobe genommen. Zuerst hatten die Hills Angst, aber dann begannen sie, mit den Besuchern zu reden und beruhigten sich etwas. Sie wurden wieder freigelassen und zu ihrem Auto zurückgebracht, und man sagte ihnen, sie würden sich nicht an den Vorfall erinnern. Dies ist der erste dokumentierte Fall von Außerirdischen, die Biopsien durchführen und Genitalsekrete als Probe nehmen. Derartige Vorfälle wurden Ende der sechziger bis Anfang der siebziger Jahre nur sehr selten gemeldet. Aber jetzt passen Sie auf – unmittelbar nachdem der Film landesweit einem Millionenpublikum vorgestellt worden war, wurden vermehrt Fälle von Außerirdischen gemeldet, die sich an Menschen vergriffen hätten. Wissen Sie, ich frage mich da, ob ich nicht eine Untersuchung durchführen sollte, wie viele der Leute, die solche Erfahrungen berichteten, vorher den Film gesehen hatten.

Natürlich darf man dem Film allein keine Schuld geben. Seit dreißig Jahren kann man nicht mehr in den Supermarkt gehen, ohne in den Zeitschriftenregalen Geschichten über sexuelle Begegnungen mit Außerirdischen und Entführungen zu finden. Vielleicht ist der Song von Julie Brown, ›Earth Girls Are Easy‹, inzwischen in der ganzen Galaxis ein Hit.«

Das Publikum lachte. Aber dann marschierte ein Mann den Gang herunter. Er hatte ein Buch in der Hand, blieb geduldig vor der Bühne stehen, bis sich das Gelächter gelegt hatte, rief dann: »Sie manipulieren die Berichte, bis sie Ihren Zwecken dienlich sind, Scarborough!«

Scarborough, der den Mann erkannte, zuckte innerlich zusammen. Der Kerl hatte ihn schon einmal angegriffen. Es war ein fülliger Mann mit kurzem Haar und einer dicken Hornbrille, durch die er kurzsichtig zu Scarborough heraufstarrte wie eine wütende Schildkröte. Er hatte eine Hakennase und war gekleidet wie der typische Spießer, von den Sandalen über das kurzärmelige weiße Hemd bis hin zu dem Taschenschoner aus Plastik in der Brusttasche, der mit Stiften vollgestopft war. Dieser Mann war über das Stadium des Ufotrottels weit hinaus – er war das, was Scarborough bei sich als Unidentifiziertes Fluchobjekt bezeichnete. Den Namen wußte er nicht mehr, aber ihm war bekannt, daß der Typ irgendwo im örtlichen Büro von MUFON, der UFO-Forschungsvereinigung, eine Position bekleidete.

»Oh, du meine Güte. Was habe ich denn ausgelassen?« fragte Scarborough und wandte sich mit gequältem Gesicht an das Publikum.

»Den *wichtigsten Teil* des Hill-Falles. Wie konnten Sie das nur vergessen! Die Verbindung mit Zeta Reticuli!«

»Ach herrje«, sagte Scarborough. »Zeta Reticuli. Wie konnte mir das nur passieren.«

Irgendwo weit hinten rief jemand: »Was ist nun mit Zeta Reticuli?«

»Das werde ich Ihnen gleich sagen«, erklärte der Mann. Er hob ein Buch hoch. »Es ist einer der wichtigsten Beweise dafür, daß wir von Wesen besucht werden, die in Raumschiffen von einem anderen Planeten zu uns kommen. Wenn Sie mich Ihren Overhead-Projektor benutzen lassen, Dr. Scarborough, kann ich es allen zeigen.«

Scarborough hob die Schultern. »Aber sicher doch, Mr. . . .«

»Tamowitz. Jacob Tamowitz. Ich bin Vizepräsident der örtlichen MUFON-Gruppe.« Er stieg die Treppe zur Bühne hinauf, während Scarborough dem Publikum deutlich machte, daß er selbstverständlich im Bilde war.

»Betty Hill hat erklärt, auf ihre Frage, woher diese Wesen kämen, hätten sie ihr eine dreidimensionale Karte gezeigt, auf der ein Sternbild eingezeichnet war. Einige dieser Sterne waren mit dicken Linien verbunden, die von den Außerirdischen als ›Sternenstraßen‹ zwischen diesen Sternen bezeichnet wurden. Als dies während einer Hypnosesitzung ans Licht kam, fragte Dr. Simon Mrs. Hill, ob sie die Karte rekonstruieren könne. Sie tat es. Erst mehrere Jahre später, nachdem Fullers Buch über die Erlebnisse der Hills veröffentlicht worden war, konnte man Näheres herausfinden – und ich glaube, Mr. Tamowitz möchte Ihnen jetzt ein Foto dieser Karte zeigen.«

In der Tat, genau das hatte Mr. Tamowitz vor. Er baute sich neben Scarborough auf und funkelte ihn aus erbosten Augen an. Sein Gesicht war ungesund rot angelaufen, und er preßte das geöffnete Buch krampfhaft vor die Brust. Er war so nahe, daß Scarborough die schwüle Mischung aus Right Guard und Brut riechen konnte, die der wütende Ufotrottel ausdünstete.

Scarborough nahm das Buch entgegen und legte es auf die Linse des Tageslichtprojektors. Dann schaltete er das Gerät ein. Die Sternenkarten erschienen auf der Leinwand: eine bunte Versammlung von Punkten, gestrichelten und durchgezogenen Linien, deren Bedeutung in der Legende erklärt wurde: ›Betty Hills ursprüngliche Zeichnung‹, ›Die Fish-Interpretation‹ und ›Die Atterberg-Interpretation‹.

Tamowitz schnappte sich das Mikrofon und begann zu erklären.

»Es ist bezeichnend, wie Sie die Tatsachen verdrehen, bis sie Ihnen in den Kram passen, indem Sie einfach einige wichtige Informationen unterschlagen, Scarborough. Die Sternenkarte von Betty Hill ist das möglicherweise wichtigste Detail dieses Entführungsfalles. Sie bestätigt nicht nur die Richtigkeit des Berichts der Entführten, sondern sie beweist auch, daß die Besucher in ihren fliegenden Untertassen tatsächlich von anderen Planeten in unserem Universum kommen.«

Scarborough warf in gespielter Hilflosigkeit die Hände hoch. Kein Problem, dachte er. Alles war unter Kontrolle. Er gab den Helfern ein Zeichen, und einer der studentischen Assistenten, die ihm zugeteilt waren, kam mit einem drahtlosen Mikrofon gerannt, das eigens für Situationen wie diese bereitgehalten wurden. »Sie halten das für einen Beweis?« fragte er. »Das wäre mir aber neu. Würden Sie das bitte ein wenig erläutern, Mr. Tamowitz?«

»Aber sicher! 1968, kurz nachdem sie Mrs. Hills Karte gesehen hatte, überprüfte Mrs. Marjorie Fish – ein Mitglied von MENSA – die Karte und verglich sie mit Dorrit Hoffliets *Catalog of Bright Stars*. Sie sah die Karte als den möglicherweise ersten astronomischen Beweis für die Existenz außerirdischer Besucher an und baute ein dreidimensionales, maßstabgetreues Modell der Karte. Nachdem sie sechs Monate geforscht und das Modell verfeinert hatte, entdeckte sie Sterne, die exakt an den richtigen Positionen standen! Die Arbeit wurde fortgesetzt, als *The Catalog of Nearby Stars* von Wilhelm Gleiss erschien. Mrs. Fish forschte weiter, baute neue Modelle und fand heraus, daß Betty Hills Karte Zeta 1 und Zeta Reticuli in verhältnismäßig wenigen Lichtjahren Entfernung zeigte, gesehen im Hinblick auf unsere eigene Sonne. Auch der Stern 82 Eridani ist auf der Karte eingezeichnet, aber das wirklich Verblüffende ist, daß es diese Anordnung von Sternen wirklich gibt. Astronomen stimmen darin überein, daß es in den abgebildeten Sonnensystemen Planeten geben könnte, auf denen Leben existiert, Dr. Scarborough! Mrs. Hill muß eine echte Karte gesehen haben. Was sagen Sie nun?«

»Ich würde sagen, daß es dort draußen in Reichweite unserer Teleskope Milliarden und Abermilliarden von Sternen gibt.« Das Publikum erfaßte die Anspielung auf Carl Sagan und applaudierte. Er lächelte. »Die Wahrscheinlichkeit, daß eine Anordnung wie die existiert, die Mrs. Hill gezeichnet hat, ist recht hoch. Das ist nicht gerade das, was ich unter einem wissenschaftlichen Beweis verstehe, Mr. Tamowitz. Es ist eher eine Art Bilderrätsel für MENSA-Mitglieder, bei dem man Punkte miteinander verbinden muß, bis sich ein Bild herausschält.«

Der Mann wurde fuchsteufelswild. »Ich sollte Ihnen vielleicht sagen, daß ich ein MENSA-Mitglied bin und daß es sich dabei um eine bedeutende und renommierte Organisation handelt, in der sich Menschen zusammengeschlossen haben, deren Intelligenz über dem Durchschnitt liegt.«

»Ich habe doch überhaupt nichts gegen Intelligenz! Ich wünschte nur, die Menschen würden sie für nützlichere Dinge verwenden als ausgerechnet dafür, Außerirdische zu suchen, wo es keine gibt.«

»Ich bin noch nicht fertig«, sagte Tamowitz. Er stach mit dem Zeigefinger auf die Abbildung, daß die ganze Leinwand wackelte. »Nachdem Mrs. Fish ihren Bericht auf einem MUFON-Kongreß veröffentlicht hatte und nachdem er im *Astronomy Magazine* abgedruckt worden war, hat ein Luftfahrtingenieur und Amateurastronom namens Charles Atterberg ...«

Scarborough fragte sich, warum Tamowitz ausgerechnet Atterberg erwähnte, der behauptet hatte, auf der Karte von Betty Hill sei möglicherweise eine ganz andere Sternenregion abgebildet. Das kam seiner eigenen Argumentationskette natürlich sehr zunutze, denn er konnte entgegnen, daß immer wieder willkürlich festgelegte Tatsachen mit vermeintlich sinnvollen Erklärungen überlagert wurden. Wie hieß das noch? Er könnte den Fachausdruck dafür in seiner Erwiderung unterbringen, wenn er ihm nur einfallen würde ...

Er kam nicht mehr dazu.

Denn in diesem Augenblick fielen die Schüsse.

Der erste Schuß klang eher nach der Fehlzündung eines Lastwagens draußen auf dem Parkplatz. Er hallte in der schlechten Akustik des Vortragssaales lange nach.

Aber noch bevor der Nachhall zu hören war, zerbarst der obere Teil des Plastikrednerpultes in tausend Splitter.

1987 starb ein Komödiant namens Dick Shawn während seiner Vorstellung mitten auf der Bühne. Er blieb vor den Augen von Hunderten von Zuschauern ausgestreckt liegen. Die Leute warteten geduldig darauf, daß er wieder aufstehen und die Vorstellung fortsetzen würde. Es paßte durchaus zu seinem Stil, einfach umzufallen und so zu tun, als sei er tot. Die Leute hielten es eben für einen Teil der Show.

Das Publikum bei Everett Scarboroughs Vortrag im Tawes Auditorium der University of Maryland jedoch brauchte nur wenige Sekunden, um zu erkennen, daß Schüsse und ein explodierendes Rednerpult nicht zur Vorstellung gehörten – aber da ihnen im Laufe des Abends einige verblüffende Zaubertricks vorgeführt worden waren, herrschte vorübergehend dennoch eine gewisse Verwirrung. Die Zuschauer taten vorerst überhaupt nichts und warteten in betäubtem Schweigen ab, wie sich die Dinge entwickeln würden. Dr. Everett Scarborough jedoch wußte ganz sicher, daß explodierende Rednerpulte nicht im Programm vorgesehen waren. Ein paar Sekunden nach dem Schuß und nachdem ihm die Plastiksplitter gegen die Wange geflogen waren, war er schon abgetaucht, um kein Ziel zu bieten.

Die zweite Kugel sauste über Scarboroughs Kopf hinweg, während er Deckung suchte. Sie traf den Projektor, und ein Schauer von Glassplittern rieselte auf den Boden. »Runter!« rief er dem entsetzten Tamowitz zu, der wie gelähmt an Ort und Stelle stehengeblieben war. Der Mann sah aus wie ein erschrockenes Reh, das von Autoscheinwerfern erfaßt wurde.

»Was . . .« Die dritte Kugel traf den Mann mitten in die Brust und warf ihn um. Ein Blutschauer regnete über die Leinwand hinter ihm.

Beim zweiten Schuß begriffen die Hoppers, daß der ganz in Schwarz gekleidete Mann neben ihnen der Schütze war. Sie waren von den Vorgängen auf der Bühne so gefesselt gewesen, daß sie nicht bemerkt hatten, wie der Mann aufgestanden und nach vorn zur Brüstung gegangen war. Dort stand er jetzt und feuerte aus einem langläufigen 44er Revolver den dritten Schuß ab. Sein glattes Haar war in der Mitte gescheitelt und hing seitlich bis zu den Wangen herunter. Er hielt die Waffe mit beiden Händen. Sein Gesicht war völlig ausdruckslos.

»He!« rief Alfred Hopper und sprang auf.

Gertie Hopper schrie und versuchte hektisch, ihren Mann zurück auf den Sitzplatz zu ziehen. Ihr war nicht danach, die Witwe eines toten Helden zu spielen.

Als das Blut des MUFON-Funktionärs auf die Leinwand spritzte, schrien mehrere Zuschauer auf, andere kreischten entsetzt und deuteten in die Richtung, aus der die Schüsse kamen.

Everett Scarborough versuchte, die Panik niederzukämpfen, die ihn übermannen wollte. Sein Instinkt sagte ihm, daß er aufstehen und wegrennen müsse, aber er hatte genug Zeit gehabt, um den Winkel einzuschätzen, aus dem die Schüsse kamen, und wußte, daß er in der

Falle saß. Er konnte nur zum halb zerstörten Rednerpult kriechen, wo er etwas Deckung fand. Als er sich in Sicherheit gebracht hatte, bemerkte er, daß er eine Blutspur hinter sich herzog. Er betastete sein Gesicht und sah, daß die Handfläche hellrot war. Die Splitter hatten sich in sein Gesicht gebohrt. In der Nähe lag der Mann mit den Sternenkarten auf dem Bauch. Er war schwer verletzt und zitterte am ganzen Körper. An seiner linken Seite bildete sich langsam eine Blutlache, die sich bis zum Rand der Bühne ausbreitete und hinuntertropfte. »Licht aus!« rief Scarborough. Solange die Scheinwerfer eingeschaltet waren, bot er ein hervorragendes Ziel.

Der Mann in Schwarz feuerte weiter, und die Kugel schlug links neben dem Rednerpult in den Holzboden der Bühne ein. Dann flankte er wie ein durchtrainierter Akrobat über das Geländer des Balkons. Sein Regenmantel blähte sich auf wie Zorros Cape, dann landete er drei Meter tiefer in dem mit roten Läufern ausgelegten Gang.

Mehr und mehr Menschen begannen zu schreien.

»Haltet ihn auf!« rief ein Mann.

»Sind Sie verrückt? Er ist bewaffnet!« antwortete der nächste.

Falls der Attentäter gehofft hatte, vom Boden aus besser zielen zu können, dann hatte er sich geirrt. Der Mann warf einen raschen Blick zur Bühne, richtete drohend den Revolver auf die Gaffer in der Nähe und wandte sich nach rechts, wo er mit der Schulter kräftig gegen den Verschlußbügel des Notausgangs drückte. Dann wehte kühle Nachtluft herein, man hörte draußen Autos vorbeifahren, ein leises Flappen des Regenmantels – und der Mann in Schwarz verschwand auf dem dunklen Parkplatz, wo nur wenige Lampen zwischen den Bäumen verstreut standen.

Hinter ihm fiel die Tür mit einem lauten Knall zu.

Aus seiner Deckung hinter dem Rednerpult konnte Scarborough den athletischen Sprung des Mannes vom Balkon herunter beobachten. Leider brach er sich dabei nicht die Beine, sondern entkam ungehindert.

Scarborough spürte, daß das Publikum in Panik geriet; er verstand einiges von Gruppenpsychologie. Wenn die Leute jetzt durchdrehten, dann würden sie zu den Notausgängen rennen, als hätte jemand ›Feuer‹ gerufen. Mühsam schluckte er seine eigene instinktive Angst herunter, denn er rechnete durchaus mit der Möglichkeit, daß ein zweiter Killer nur darauf wartete, daß er die Nase hervorsteckte, um die nächsten Schüsse abzufeuern. Aber dieses Risiko mußte er eingehen. Er stand auf, fand das Mikrofon und wandte sich an das Publikum, um die verängstigten Menschen zu beruhigen.

»Bitte! Leute, nun beruhigt euch doch!« schrie er. In diesem Augenblick bot er ein leichtes Ziel, aber er hielt das Leben all der anderen Menschen für wichtiger. »Bleiben Sie bitte sitzen!« rief er. Seine befehlsgewohnte Baritonstimme übertönte alles andere, und der Lärm legte sich. Die meisten Zuschauer wandten sich ihm zu, als rechneten sie damit, er werde sie aufklären, daß alles nur ein Teil der Show wäre. Doch er ging zum Rand der Bühne und kniff die Augen zusammen. »Gibt es hier denn keine Wachleute? Und einen Arzt! Wir brauchen einen Arzt, der Mann hier wurde angeschossen. Ruft einen Krankenwagen. Beeilt euch.«

Seine sonore Stimme dämpfte die aufkeimende Panik der Menschen. Sie blieben tatsächlich, wo sie waren. Niemand rannte zum Ausgang. Es gab kein Gerangel, kein Getrampel. Sie schienen abzuwarten, was Scarborough ihnen zu sagen hatte.

»Das hier«, sagte er, indem er sich etwas Blut aus dem Gesicht wischte, »das hier ist leider die Realität. Aber keine Panik. Der Mann, der die Schüsse abgefeuert hat, ist geflohen.«

Zwei Männer rannten auf die Bühne und knieten sich neben den angeschossenen Mr. Tamowitz. Ein weiterer kam und sagte etwas zu Scarborough. Die Zuhörer konnten es jedoch nicht verstehen, weil Scarborough sich das Mikrofon unter die Achsel geklemmt hatte.

Scarborough antwortete dem Mann mit einem Nicken.

Dann wandte er sich wieder ans Publikum. »Die Polizei verfolgt den Attentäter bereits, und der Rettungsdienst ist unterwegs. Die Verantwortlichen haben mich gebeten, Ihnen zu sagen, daß Sie vorerst bitte sitzen bleiben sollen, bis die Polizei hier eingetroffen ist und anordnet, was weiter zu tun ist.«

Scarborough sah, daß der UFO-Anhänger inzwischen an seiner Verletzung gestorben war. Ein Bühnenarbeiter brachte ein Stück Leinwand und bedeckte den Toten und das Blut.

Scarborough wandte sich wieder an das Publikum. »Meine Damen, meine Herren, meine Freunde«, sagte er. Seine Augen glänzten feucht, als ihm die ganze Tragweite der Ereignisse dämmerte, und seine Stimme wäre beinahe gebrochen. »Ich habe schon mehrmals Morddrohungen bekommen, aber ich hätte nie gedacht, daß es tatsächlich einmal so weit kommen würde. Es tut mir sehr leid.«

Draußen heulte eine Sirene.

4. Kapitel

Everett Scarborough wohnte in einem großen Haus im Kolonialstil, das an der River Road in Bethesda im US-Bundesstaat Maryland lag. Das Gebäude war von Gruppen großer Eichen, von Ahornbäumen und einigen blühenden Kirschbäumen umgeben. Er hatte das Haus Mitte der sechziger Jahre gekauft, als er nach Washington umgezogen war, um seinen Posten als leitender wissenschaftlicher Berater des Projekts Blue Book zu übernehmen. Nach der Einstellung des Projekts war er in der Gegend geblieben, denn Washington bot zahlreiche Beraterjobs für einen klugen und gutaussehenden Wissenschaftler wie Dr. Everett Scarborough. Er konnte gut leben, versuchte sich aber dennoch gleichzeitig als Autor von Artikeln für Fachzeitschriften und Sachbücher. Er und Phyllis hatten das breite Ziegelhaus im Nordwesten der Stadt ins Herz geschlossen, die ihnen die richtige Mischung aus weltstädtischem Flair, interessanten Menschen und einer attraktiven Landschaft zu bieten schien. Sie hatten beschlossen, an diesem Ort eine Familie zu gründen.

Spät am Abend nach der Schießerei lenkte Scarborough seinen Mercedes auf die geteerte Zufahrt.

Die oberflächlichen Schnittwunden in seinem Gesicht waren im Holy Cross Hospital versorgt worden. Einige größere Splitter hatte man extrahieren müssen. Er trug jetzt einen Verband und hatte ein Päckchen mit Klebeband, Watte und einem frischen Verband sowie etwas Desinfektionsmittel für den nächsten Tag dabei. Der Aufenthalt im Krankenhaus hatte nicht lange gedauert, und auch die Polizei hatte ihn nach einer kurzen Befragung gehen lassen. Den Beamten wäre es lieber gewesen, wenn er bei einem Freund oder in einem Hotel übernachtet hätte, aber Scarborough hatte ihnen versichert, daß er seinen Wohnort geheimhielte, weil ihm bewußt wäre, wie viele Verrückte es auf der Welt gab. Trotzdem hatten die Staatspolizisten versprochen, sie würden die Kollegen im Montgomery County bitten, das Haus ein wenig im Auge zu behalten.

Scarborough schloß die Tür des blauen Mercedes, seufzte und sah zu den Fenstern hoch, hinter denen kleine Nachtlichter schimmerten.

Wenn nur Phyllis noch da wäre. Wenn sie nur noch am Leben wäre und auf ihn wartete. Dann würde er sich innerlich bestimmt nicht so leer und einsam fühlen wie jetzt. Seine Frau war vor sieben Jahren gestorben. In den letzten vier Jahren war Scarborough zwar gelegentlich wieder mit Frauen ausgegangen, aber nur eine einzige Affäre hatte länger als sechs Monate gedauert. Zwar gab es viele Frauen, die ihn anziehend fanden; er war ein sehr charmanter und attraktiver Mann, und er besaß sogar ein gewisses Charisma. Aber wenn eine Frau ihn wirklich näher kennenlernte, wenn eine Frau eine dauerhafte Beziehung mit ihm eingehen wollte, dann stellte sie rasch fest, daß sie mit einem Gespenst konkurrieren mußte – mit den Erinnerungen an Scarboroughs verstorbene Frau.

Im großen und ganzen genoß Scarborough es sogar, allein zu leben. Er hatte in Washington und in der Umgebung viele Freunde. Nein, eigentlich waren seine Freunde sogar über die ganze Welt verteilt, und er lud oft Gäste ein, gab Partys oder traf sich mit Kollegen zum Pokern. Scarborough legte Wert darauf, den Strom von Besuchern seinen Bedürfnissen anpassen zu können, so daß er allein sein konnte, wenn er es wollte, um ein Buch fertigzustellen oder einen Artikel zu schreiben; oder um sich einfach in seine riesige Bibliothek und seine Sammlung musikalischer Meisterwerke zu vertiefen.

Heute abend, dachte er, heute abend hätte er wirklich gern einen Menschen in seiner Nähe gehabt. Phyl ...

Als er über die Steinplatten zur Haustür ging, trat er auf die Kirschblüten, die der Baum neben dem Vordereingang abgeworfen hatte. Die Kirschblüte war kurz, doch war der April eine wundervolle Jahreszeit. Phyllis hatte die Bäume gepflanzt, als sie eingezogen waren. Sie habe Washington immer mit Kirschblüten in Verbindung gebracht, hatte sie erklärt, und sie wollte auch selbst ein paar Bäume ihr eigen nennen, damit sie sich nicht mit den Touristen am Tidal Basin drängeln mußte. Trotzdem, Touristen oder nicht – Phyllis war jedes Jahr dort hingefahren und hatte sich die Kirschblüte angesehen; und ganz besonders, als ihre Tochter Diane groß genug geworden war, um ebenfalls Gefallen daran zu finden. Scarborough waren die Bäume herzlich gleichgültig gewesen, bis Phyllis gestorben war – danach waren sie ihm auf einmal sehr wichtig geworden.

Er schob den Schlüssel ins Schloß und öffnete die Haustür. Auf einmal spürte er einen unwiderstehlichen Drang, einen Drink zu nehmen. Nach dem Vortrag am Abend und den schrecklichen Ereignissen an dessen Ende spürte er eine Menge Adrenalin im Kreislauf. Er war eindeutig überdreht. Die Trauer dämpfte ihn zwar wieder ein wenig, aber er fühlte sich trotzdem sehr zerrissen und unruhig. Eines seiner Laster war guter, zwölf Jahre alter Scotch. Er schmeckte fast schon das leicht stechende Aroma eines drei Finger hohen Drinks auf der Zunge, als er die Türe aufstieß.

Doch als er das Haus betrat, wurde ihm sofort bewußt, daß etwas nicht in Ordnung war.

Keine seltsamen Geräusche, keine komischen Gerüche – alles schien bestens. Sauber, aufgeräumt – vielleicht war es das? Ja, sagte er sich, als er seine Aktentasche neben der Treppe auf einen Tisch stellte. Er erinnerte sich. Heute war Mrs. Morgans Tag. Da er seit zehn Uhr am Morgen in der Universität gewesen war, um den Vortrag vorzubereiten – den ersten Auftritt einer landesweiten Tournee, auf der er sein neues Buch *Above Us Only Sky* vorstellen wollte, das bei Quigley Publishers erschienen war –, hatte Scarborough sie nicht gesehen. Die ältere Frau, die schon fast so lange bei ihm putzte, wie ihm das Haus gehörte, hatte einen eigenen Schlüssel. Und jetzt fühlte sich das Haus wohl anders an, weil alles aufgeräumt, gesaugt, abgestaubt und abgewischt war. Es roch sogar noch leicht nach Reinigungsmitteln, Kiefernnadeln und Limonen.

Außerdem war Scarborough ein Mann, der nichts von Ahnungen hielt. Er glaubte, menschliche Regungen wie Intuitionen seien nichts anderes als primitive, im Unterbewußtsein angesiedelte Ausdrucksformen logischer Prozesse, die von den ersten Primaten als Verteidigungsmechanismen entwickelt worden waren. Falls er wirklich einmal etwas wie eine Vorahnung hatte, dann gelang es ihm schnell, sie ans Licht zu bringen, mit seinem geschulten Verstand zu untersuchen und entsprechend zu handeln oder sie zu verwerfen. Das Gefühl, im Haus sei etwas nicht in Ordnung, tat er jetzt als Folge der Ereignisse des Abends ab. Eine Art Paranoia. Er wußte, wenn er das nicht in den Griff bekäme, dann würde er am Ende noch unter dem Bett nachsehen, ob ihm dort jemand auflauerte.

Scarborough lachte sich selbst aus. »Guten Abend, liebe Gespenster, der verwundete Soldat kehrt aus der Schlacht heim.«

Seine Stimme hallte durch das leere Haus. Natürlich bekam er keine Antwort.

Er hängte seine Jacke in den Schrank. So, jetzt den Drink. Das Gesicht tat ihm immer noch weh. Es stach zwar nicht mehr, aber ein steifer Drink würde den dumpfen Schmerz vertreiben, der geblieben war, und ihn entspannen. Vielleicht würde er später sogar schlafen können, obwohl er in dieser Hinsicht keine großen Hoffnungen hegte.

Er ging durchs Wohnzimmer auf die Veranda, die er zum Arbeitszimmer ausgebaut hatte. Die großen Fenster mit den Jalousien hatte er jedoch gelassen, wie sie waren, so war sein Arbeitszimmer tagsüber ein sehr heller, luftiger Ort. Als er jetzt das Licht einschaltete, fiel sein Blick sofort auf den wichtigsten Einrichtungsgegenstand seines Arbeitszimmers: Nicht auf den IBM-PC, der in einer Ecke stand, nicht auf den Schreibtisch, auf dem sich Papiere stapelten – sondern zur großen Bar aus Walnußholz, die eine Hälfte der unverputzten Ziegelwand einnahm. Sie war mit viktorianischem Krimskrams vollgestellt und großzügig verspiegelt. Sechs Hocker gab es dort, eine kupferne Fußstütze und englische Zapfhebel, die mit Fässern mit Bass Ale, Watney's Red Barrel und John Courage verbunden waren, den einzigen englischen Biersorten, die man in den USA in Fässern bekommen konnte. Die Bar war der Dreh- und Angelpunkt von Scarboroughs Partys, und seine Pokerkumpel hatten sie mittlerweile in ›Die Bar, die ET gebaut hat‹ umbenannt, weil Scarborough die Einrichtung dank einer großzügigen Tantiemenzahlung für seinen dritten UFO-Bestseller hatte kaufen können: *Cultural Profiteers and Alien Visitors* war der Name des Buchs. Es war eine Studie über die Art und Weise, wie Massenmedien die Mythologie außergewöhnlicher Phänomene beeinflußten. Ein großer Teil des Werkes war dem berühmten Film ›ET‹ von Steven Spielberg gewidmet gewesen.

Scarborough trat hinter die Bar, wo die Spirituosen ordentlich in Regalen standen. Er überblickte die Auswahl an Scotch und entschied sich für eine halbvolle Flasche Dewars. Aus dem Gläserfach über seinem Kopf nahm er ein langstieliges Glas, entkorkte die Flasche und schenkte sich einen großzügigen Drink ein, den er langsam nippte; das holzige Aroma kostend, als wäre es ein seltener Wein.

Genau, wie es die Alkoholiker immer beschreiben, dachte Scarborough, als sich der Knoten in seinem Bauch langsam löste. Das Schöne an einem Drink war, daß er immer wirkte.

Gerade wollte er die Stereoanlage einschalten und Chopin oder etwas ähnlich Beruhigendes auflegen, um sich auf dem Sofa vor der Bar auszustrecken, als er das Geräusch hörte.

Es klang, als hätte sich jemand im Keller bewegt.

Sofort wurde ein neuer Adrenalinstoß freigesetzt. Er blieb wie angewurzelt stehen, die Hand so fest um das Glas gelegt, daß es fast zersprang. Dann stellte er den Drink ab und lauschte. Das Geräusch war wieder zu hören – da war eindeutig jemand im Souterrain. Es klapperte und knirschte, als wäre etwas auf den Boden gefallen und zerbrochen.

Mit rasendem Herzklopfen ging er zum Kamin, zog die Schublade eines Schränkchens auf und schob das Tuch zur Seite, unter dem eine geladene 38er verborgen war. Eigentlich haßte er Waffen, aber nach der zweiten bissigen und in hoher Auflage verkauften Abrechnung mit den UFO-Fanatikern hatte er die ersten Beschimpfungen abbekommen und einige Morddrohungen dazu. Da die Drohungen meist indirekt gehalten waren und ihm die himmlische Vergeltung in Form von Todesstrahlen und Desintegration prophezeiten, nahm er sie nicht sonderlich ernst. Aber damals hatte er noch eine Familie gehabt, und so war es ihm vernünftig erschienen, sich für alle Fälle eine Waffe zuzulegen. Und natürlich hatte er dafür gesorgt, daß niemand seinen Wohnort erfuhr.

Aber jetzt war jemand im Untergeschoß, und es war beinahe zwei Uhr morgens.

Er dachte daran, die Polizei zu rufen, aber dann überlegte er sich, daß die Cops nicht schnell genug eintreffen würden. Er mußte mit dem, was dort unten war, selbst zurechtkommen. Nachdem er erst vor wenigen Stunden gesehen hatte, wie der arme Tamowitz niedergeschossen worden war, freute er sich beinahe über diesen Eindringling. Es war eine willkommene Gelegenheit, seine Frustration loszuwerden, die entstanden war, weil er nichts hatte tun können. Jetzt hatte er eine Waffe in der Hand, die sich kühl und sicher anfühlte, und er konnte etwas tun.

Vorsichtig schlich er in den Flur, schaltete das Licht nicht ein und hielt sich auf dem Teppich. Er tastete sich weiter zum Beistelltisch mit den künstlichen Blumen, an dessen Position er sich genau erinnern konnte. Vom Flur führte eine mit Läufern ausgelegte Treppe in den ersten Stock hinauf. Neben dieser Treppe gab es den Zugang zu einer weiteren Treppe zum Souterrain, wo Scarborough seine Bibliothek untergebracht hatte. Er schlich durch die Dunkelheit zur geschlossenen Tür, drehte vorsichtig den Knopf herum und spähte hinunter.

In der Bibliothek brannte Licht.

Er hatte es doch nicht selbst brennen lassen? Er dachte nach. Mrs. Morgan ging normalerweise nicht ins Untergeschoß, wenn er es ihr nicht ausdrücklich aufgetragen hatte. Die Bibliothek war der einzige Ort, an dem er seiner Unordnung freien Lauf ließ. Hier bewahrte er auch den größten Teil seiner Schallplatten- und CD-Sammlung auf, und hier lagen immer Stapel neuer Aufnahmen, die einsortiert werden mußten und die seine Putzfrau keinesfalls durcheinanderbringen durfte.

Er hörte jetzt keine Geräusche mehr. Ob einfach nur einer dieser Stapel umgefallen war? Möglich, aber eher unwahrscheinlich. Er mußte sich vergewissern.

Diese Treppe war nicht mit Teppichen ausgelegt. Vorsichtig und lautlos schlich er Stufe um Stufe hinunter. Er zwang sich, gleichmäßig und geräuschlos zu atmen, hob die Pistole, entsicherte sie und ging weiter.

Das Blut pochte ihm in den Ohren, und er hatte das Gefühl, daß sein Herz wie wild in der Brust hämmerte.

Am Fuß der Treppe hielt er an.

Wieder ein Geräusch. Etwas quietschte. Es klang wie sein Eames-Sessel – er vergaß immer wieder, ihn zu ölen. Wenn man in dem Ungetüm aus Leder saß und sich herumdrehte, quietschte das Ding wie eine verletzte Katze. Scarborough brauchte seine logischen Fähigkeiten nicht sehr zu beanspruchen, um zu der Schlußfolgerung zu kommen, daß irgend jemand auf diesem Sessel saß. Er holte tief Luft und nahm die letzte Stufe, bis er auf dem Treppenabsatz stand. Dort drehte er sich herum, damit er die Bibliothek überblicken konnte, die 38er im Anschlag. Er bemerkte kaum, daß seine Hand zitterte.

Der große Raum war rundherum mit Regalen möbliert, und auf diesen Regalen standen Tausende von Büchern. Alte Bücher, neue Bücher, Taschenbücher, Zeitschriften. Weitere Bücher und Zeitschriften lagen auf den beiden Kaffeehaustischen und dem großen Orientteppich, der den Boden bedeckte. An der hinteren Wand war ein Kamin. Der Raum roch nach Ruß und dem verkohlten Holz, das auf dem Gitter lag. In diese Gerüche mischten sich die Ausdünstungen von Scarboroughs Pfeifensammlung und der Duft der Wasserpfeife auf dem Kaminsims aus Walnußholz.

Scarborough bemerkte sofort, daß seine Fischer-Stereoanlage in Betrieb war. Ein geringeltes Kopfhörerkabel lief von der Buchse zum Eames-Sessel und verschwand dahinter. Von seinem Standort aus konnte er nur die hohe Rückenlehne des Sessels sehen. Rings um den Sessel waren seine neuesten CD-Erwerbungen verstreut. Dann entdeckte er zwei mit Jeans bekleidete Beine, die auf einer Fußbank lagen. Die Füße steckten in schwarzen Reebok-Turnschuhen.

Er seufzte schwer und schüttelte den Kopf. »Was machst *du* denn hier?« Schnell ließ er die Waffe sinken.

Er bekam keine Antwort, bemerkte aber, daß die Fußspitzen auf der Fußbank im Takt einer Musik wippten, die er nicht hören konnte. Scarborough sicherte die Pistole und schob sie an einer Stelle, wo keine Bücher standen, ins

Regal. Was sie auch hier tat, sie wäre nicht erfreut, wenn er mit der Pistole im Anschlag auf sie losging. Außerdem wollte er ihr keine Angst einjagen, denn das hätte ihr Bild von ihm als unerschrockenem Ritter ins Wanken gebracht. Er kontrollierte, ob seine Hände immer noch zitterten. Sie taten es. Er gab ihnen den Befehl, sich zu beruhigen, und nach ein paar Sekunden und einigen tiefen Atemzügen gehorchten sie.

Scarborough ging zum Verstärker und schaltete ihn aus.

Die Reaktion kam sofort. Der Eames-Sessel wurde herumgedreht, und er sah das überraschte Gesicht seiner Tochter, die seinen Koss-Kopfhörer trug. Sie blinzelte ihren Vater an, dann veränderte sich der erschrockene Gesichtsausdruck rasch zu einem freudigen, breiten Strahlen.

»Daddy!« rief sie, riß sich den Kopfhörer herunter, stand auf und stürmte ihm entgegen. »Daddy, da bist du ja!«

Sie wollte ihn umarmen, doch dann bemerkte sie den Verband. »Mein Gott, was ist dir denn passiert?«

»Darüber können wir später noch sprechen.«

Er wollte sie festhalten, wollte sie umarmen und lange festhalten. Doch statt dessen, wie immer, seit sie in die Pubertät gekommen war und sich zur Frau entwickelt hatte, beschränkte er sich darauf, ihr einen Kuß auf die Wange zu drücken. Als sie die Arme um ihn legte und sich an ihn preßte, verspannte er sich. Sie erinnerte ihn viel zu sehr an die junge Phyllis. Außerdem war er ohnehin kein sehr sinnlicher Mann. Er war eben so erzogen worden. Zwei Sekunden lang ließ er sich die Umarmung gefallen, dann löste er sich behutsam von ihr. »Du hast dir ja die Haare geschnitten«, sagte er. »Mir haben sie viel besser gefallen, als sie lang waren. Aber was tust du überhaupt hier? Ich dachte, du wolltest erst nächste Woche Montag kommen?«

»Ich habe meine Pläne geändert.« Sie trat einen Schritt zurück, streckte den Arm aus und berührte sanft seinen weißen Verband. »Es gibt etwas, über das ich unbedingt mit dir reden muß. Etwas sehr Wichtiges. Aber das kann warten. Ich will zuerst erfahren, was dir passiert ist. Daß du so spät nach Hause kommst! Ich bin noch auf die Zeitzone im Mittelwesten eingestellt, deshalb dachte ich, ich bleibe einfach hier sitzen und probiere deine Anlage aus.«

»Was denn ... du interessierst dich auf einmal für Jazz und Klassik?« sagte er überrascht.

»Nein«, entgegnete sie und deutete auf eine CD-Box, die zwischen einer Tüte Kartoffelchips, einer Dose Zwiebeldip und einer halbleeren Classic Coke stand. »Ich habe meine eigenen mitgebracht.«

Er ging zum CD-Spieler und besah sich die leere Hülle. »Depeche Mode? Hört sich irgendwo modisch an.«

»Elektronische Popmusik, Dad. Willst du mal hören?«

»Nein, danke, Diane. Ich hoffe nur, dein modischer Müll hat meine Anlage nicht ruiniert.« Er lächelte, während er das sagte – sie stritten immer wieder scherzhaft über ihre sehr unterschiedlichen Vorstellungen von guter Musik. Es war ein sicheres Territorium, auf dem sie spielerisch ihre Spannungen abbauen konnten.

»Wenn deine Anlage das Katzengeheul von Mingus und Coltrane aushält, dann wird sie Depeche Mode allemal überstehen. Allerdings ist es eine satt orchestrierte Aufnahme, und ich hoffe, dir ist kein Modul kaputtgegangen.« Sie trank einen Schluck Coke.

Scarborough freute sich, daß sie die rote Bluse und die Halskette trug, die er ihr zu Weihnachten geschenkt hatte. Und sie hatte *Opium* aufgelegt, das Lieblingsparfüm ihrer Mutter. Darüber war Scarborough nicht sehr glücklich.

»Dad, jetzt mußt du mir aber wirklich erzählen, was mit deinem Gesicht passiert ist.«

Er seufzte. »Du wirst es ja sowieso früher oder später erfahren. Ich will nur nicht, daß du dir Sorgen machst.« Wieder begann er innerlich zu zittern, ging zum Tisch, wo ein paar Flaschen Scotch standen, und schenkte sich einen Glenlivet ein. »Das war ein einmaliges Erlebnis, und ich wußte, daß so etwas früher oder später mal passieren würde.«

»Was meinst du damit? Spuck's aus, Dad. Du bist immer so umständlich, wenn du etwas Wichtiges zu sagen hast, ich halte das einfach nicht aus.«

Er trank einen Schluck der bernsteingelben Flüssigkeit. »Ich hatte heute abend einen Vortrag in der University of Maryland. Irgendein Verrückter hat ein paarmal auf mich geschossen.«

»Daddy!« Sie hätte beinahe die Coke fallenlassen. Entsetzt starrte sie ihn an.

»Oh, die Kugeln haben mich nicht getroffen«, fuhr er fort, während er unwillkürlich die Hand hob und über seine Wunden strich. »Das waren Splitter des Rednerpults. Oberflächliche Verletzungen. Leider wurde aber ein Mann, der gerade bei mir auf der Bühne war, von einer Kugel erwischt. Er ist tot.«

»Das ist ja schrecklich!«

Er leerte sein Glas. »Ja.«

Sie wollte ihn wieder in die Arme schließen, doch er wich ihr aus, indem er zum Tisch ging und sich noch einen Drink einschenkte. »Mir ist weiter nichts passiert. Ich bin natürlich etwas durcheinander . . . aber der Grund dafür sind eher die Schüsse und der Tote als meine eigenen Verletzungen.«

»Gott sei Dank bist du in Ordnung.«

»Falls da wirklich irgendein Gott im Spiel war, dann wollte er mich wohl eher in die Leichenhalle bringen«, sagte er ein wenig verbittert.

Diane schwieg. Religion war einer der Punkte, über die sie sich gelegentlich ernsthaft stritten. Sie wollte in dieser Situation aber lieber nicht auf das eingehen, was ihr Vater von Gott und der Religion hielt. Mit einer linkischen Bewegung stellte sie die Coke ab und schlang die Arme um sich, als wäre ihr kalt. »Du mußt ziemlich durcheinander sein, Dad.«

»Ja, und sogar ein bißchen überängstlich. Ich habe oben gehört, wie du einen Stapel CDs umgeworfen hast. Und dachte, du wärst ein Attentäter, der gekommen ist, um den Job zu Ende zu bringen.«

»Hast du die Polizei angerufen?« fragte sie.

»Nein. Vielleicht hat mir mein Unterbewußtsein gesagt, daß du es warst. Ich weiß ja, daß du öfter mal was umwirfst.« Er betrachtete sein Glas und überlegte, ob er noch einmal einschenken sollte. Aber er spürte, wie ihn der Whisky bereits von innen wärmte, und er war sogar schon etwas benommen. Also genug. »Nun, jetzt ist ja alles in Ordnung, Diane. Aber was war denn nun diese wichtige Angelegenheit, über die du dringend mit mir sprechen wolltest?«

»Vielleicht sollten wir damit bis morgen warten«, sagte sie und verzog unsicher das Gesicht. »Vielleicht wäre es besser, erst einmal richtig auszuschlafen. Wir haben beide einen anstrengenden Tag hinter uns, und . . .«

Plötzlich war sie nicht mehr zwanzig Jahre alt. Scarborough sah in ihr auf einmal wieder das kleine, achtjährige Mädchen mit Pferdeschwanz und Zahnlücke, das schuldbewußt mit dem Fuß auf dem Boden scharrte. »Diane!« sagte er mit tiefer, energischer, aber dennoch väterlich-warmer Stimme. »Sag es mir sofort!«

Sie zierte sich etwas und wandte den Blick ab. Dann aber faßte sie sich, richtete sich auf, holte tief Luft und war wieder sie selbst – eine bemerkenswert selbständige junge Frau, die Phyllis schmerzhaft ähnlich war.

»Dad, ich hatte ein unglaubliches Erlebnis. Und du bist der einzige, der mir helfen kann, es zu verarbeiten. Tim und ich – wir haben es zusammen erlebt. Du kannst uns beiden helfen, das denkt auch Tim. Aber du mußt für uns . . . du mußt uns entgegenkommen. Du mußt dich auf etwas Seltsames einlassen . . .«

»Oh, nein. Was kommt jetzt schon wieder? Wie heißt die neue Religion? Die Quäker? Die mystischen Nabobs des Narzißmus?«

»Dad, ich meine es ernst. Tim und ich – wir haben ein unidentifiziertes Flugobjekt gesehen.«

»Was?« Es war, als hätte einer der Kennedys im Familienkreis mitgeteilt, er werde zu den Republikanern überlaufen.

»Und das ist noch nicht alles, Dad. Wir glauben, daß wir von Wesen aus dem UFO entführt wurden. Entführt und dann wieder freigelassen – aber irgendwie haben wir uns dadurch verändert.«

Scarborough war wie vor den Kopf geschlagen, er konnte nicht fassen, was er da gehört hatte. Seine eigene Tochter – erzählte so einen *Unfug*!

»Das ist ein Witz, oder?« Er schüttelte den Kopf, als hätte sie ihm eine Ohrfeige verpaßt. »Du weißt genau, wie ich über diese Dinge denke, und deshalb hast du dir mit deinem irischen Taugenichts einen kolossalen Aprilscherz ausgedacht, um deinen Alten hereinzulegen.«

Sie schüttelte den Kopf und sah ihm unverwandt in die Augen. »Nein, Dad. Über so eine ernste Sache würde ich keine Scherze machen. Vorgestern abend haben Timothy Reilly und ich in meinem Auto gesessen. Wir haben ein untertassenförmiges Gebilde gesehen, das mit seltsamen Lichtern bestückt war. Es ist in einer Wiese gelandet. Wir sind ausgestiegen, um es uns anzusehen, und wir sind, glaube ich, recht nahe daran herangekommen.«

»Du *glaubst* es? Du *weißt* es aber nicht genau?«

»Nein. Denn das nächste, was wir wissen, ist, daß wir plötzlich wieder im Auto saßen und daß bereits der Morgen dämmerte. Wir haben keine Erinnerung an das, was in der Nacht davor geschehen ist, Dad. Tim hat sich schon einen Termin bei einem Hypnotiseur geben lassen, der die verschüttete Erinnerung an unsere Erlebnisse zurückholen soll. Ich wollte so schnell wie möglich mit dir darüber sprechen, weil ich glaube, daß du uns vielleicht mit deinem Wissen helfen könntest herauszufinden, was da passiert ist.«

Everett Scarborough war wie betäubt. Er hatte ein paar Sekunden lang das Gefühl, sein Gehirn sei einfach eingefroren und nicht mehr imstande, sich auf die Situation einzustellen. Er starrte Diane an und sah zum erstenmal in seinem Leben in ihr nicht mehr die Tochter, sondern eine Fremde, die er nicht kannte, die er nicht verstand, die er nicht verstehen *wollte*.

Ihre New-Age-Religiosität war schon schwer genug zu ertragen gewesen. Er wußte, daß ein Teil davon eine ganz normale Rebellion gegen das Vorbild des Vaters war, und war deshalb so großzügig wie möglich mit ihr umgegangen, hatte versucht, vernünftig mit ihr zu reden, soweit ihm das möglich schien. Wenn er ihr zustimmte, hatte er sich überlegt, dann würde sie mit ihrem Wunsch, zu rebellieren und zu provozieren, ins Leere laufen. Meditation war in Ordnung. Kristalle? Eigentlich harmlos. Channeling und Rebirthing? Ein bißchen ausgeflippt, doch er hatte sich nachsichtig gezeigt. Aber Entführungen durch Außerirdische in einer fliegenden Untertasse?

»Die Schlange an meinem Busen genährt«, flüsterte er, während er noch einmal zum Glenlivet griff.

»Was? Dad, wollen wir nicht darüber reden? Willst du mir nicht wenigstens in die Augen sehen? Hast du vergessen, daß ich dein Fleisch und Blut bin? Bin ich dir gleichgültig?«

Er schenkte sich Scotch ein, trank zwei Schlucke und wußte doch, daß ein ganzes Faß von dem Zeug nicht ausgereicht hätte. »Wir reden morgen früh darüber, Diane. Einverstanden?«

Sie senkte den Blick und ließ die Schultern hängen. In ihren Augen schimmerte es feucht. »Na schön, Dad«, sagte sie enttäuscht.

»Geh jetzt ins Bett. Mrs. Morgan hat dein Zimmer schon vorbereitet. Du weißt ja, wo alles ist.«

»Ja, gut. Aber es gibt noch mehr zu erzählen, über das wir morgen früh reden müssen, okay? Etwas Wichtiges, das wir besprechen müssen. Nur wir zwei.« Sie sprach tonlos, als sagte sie mechanisch den Text einer vorbereiteten Rede auf.

»Ja«, murmelte er etwas ungehalten. Sie wandte sich um und stieg die Treppe hinaus. Er trank sein Glas aus und sah ihr nach, lauschte dem Tappen ihrer Füße.

Seinem Entschluß zum Trotz holte er sich doch noch einen Drink und suchte eine Aufnahme der Deutschen

Grammophon von Beethovens Neunter heraus. Er wußte, daß er vorläufig nicht würde schlafen können.

Bestimmt würde Diane die Botschaft verstehen. Wenn er Beethovens Neunte auflegte, dann war er ernstlich verärgert.

Scarborough schaltete die Anlage ein und startete die CD. Er machte es sich in seinem Eames-Sessel bequem. Unter seinem Hintern knirschten verstreute Kartoffelchips.

Vielleicht, dachte er, vielleicht wäre es am Ende sogar besser gewesen, wenn der Kerl im schwarzen Regenmantel nicht danebengeschossen hätte.

5. Kapitel

Als um sieben Uhr das Telefon klingelte, war Woodrow Justine schon bei der Morgengymnastik.

Er hob die zweihundert Pfund schweren Gewichte an und ließ sie wieder sinken, spannte die Brustmuskulatur und spürte, wie sich die Milchsäure in den Muskeln sammelte. Gerade war er über den kritischen Punkt hinweg – das war der Augenblick, in dem das Krafttraining am besten wirkte. Ein Trick, den die wirklich starken, breitschultrigen Jungs drauf hatten: Man mußte sich belasten, bis man nicht mehr konnte, und dann mußte man irgendwie noch ein bißchen weiter gehen. Dehnübungen, Pyramidentraining, den Fettstoffwechsel in Gang bringen – es gab mehrere Methoden, aber die Wirkung war immer die gleiche. Hypertrophie. Das Gewebe mußte wachsen.

Daher war Woodrow Justine, als das Telefon klingelte, alles andere als begeistert. Er war erst am vergangenen Abend von einem einwöchigen Aufenthalt auf dem Land zurückgekehrt und freute sich auf die körperliche Bewegung. Wenn es nicht die Geheimnummer gewesen wäre – der Anschluß, über den die Anrufe vom Hauptquartier kamen, von der Firma, wie er sie nannte, dann hätte er sich überhaupt nicht gemeldet.

Laut schnaufend hängte er die Hantel in den fest mit der Bank verbundenen Ständer ein, wo sie klappernd und zitternd zur Ruhe kam. Dann stand er auf und tappte durch den mit Matten ausgelegten Fitneßraum, danach über die Teppiche in seiner Wohnung und vorbei an den Hamsterkäfigen, bis er den Schreibtisch erreichte, auf dem eines der drei Telefone klingelte, während gleichzeitig ein rotes Licht blinkte.

Er nahm ab. »Eins-eins-null-sechs«, meldete er sich, von der Anstrengung noch etwas atemlos. »Bananen zum Mittagessen.«

»Schon gut«, sagte der Anrufer knapp. »Nummer Zwei hier, Woody. Tut mir leid, daß ich Sie stören muß, aber ich habe einen Einsatz für Sie.«

Er kniff die Augen zusammen. Das mußte wichtig sein, denn normalerweise ließen sie ihm genug Zeit, sich wieder in Höchstform zu bringen, ehe sie ihn erneut einsetzten. Deshalb sagte er nicht: »Mensch, ich habe eine anstrengende Woche hinter mir!« Er dachte es zwar, aber es war nicht Woodrow Justines Stil, so etwas auszusprechen. Außerdem wußte er nicht, was sie für ihn hatten. Es konnte durchaus eine spannende Sache werden.

»Okay. Was ist los?« Er nahm das Ende des Handtuchs, das er sich um den Hals geschlungen hatte, und tupfte sich den Schweiß von der Stirn und den Schläfen.

»Wir haben für Sie einen Pan Am-Flug um dreizehn Uhr nach Washington gebucht. Die Tickets liegen in LAX am Schalter. Wir treffen uns am Flughafen, dort bekommen Sie Ihre Instruktionen und die Ausrüstung. Bringen Sie Ihre Muskeln und Ihr Köpfchen mit, Sie werden beides brauchen.«

»Yeah, klar doch«, sagte Justine mit seiner normalen monotonen Stimme. »Verraten Sie mir auch, was ihr für mich habt?«

»Es wird Ihnen gefallen, Woody. Sie kriegen einen Code Vier.«

Code Vier. Woodys Spezialparty, wie die Leute in der Abteilung es nannten. Terminierung mit höchster Priorität. Dazu die Möglichkeit, vorher ein bißchen Überzeugungsarbeit zu leisten, wenn sich die Gelegenheit dazu ergab. Im Klartext: Folter.

»Yeah«, sagte Woody. »Yeah, alles klar. Das gibt's jetzt nur noch sehr selten, dafür bin ich immer zu haben. Was genau ist angesagt?«

»Wir erzählen Ihnen alles, wenn Sie hier sind. Auf jeden Fall ist Scarborough im Spiel.«

Woody grinste. »Dieser Hampelmann! Ausgezeichnet!«

»Ich werde Sie persönlich in Empfang nehmen, Woody, und Sie werden die Details direkt von mir erfahren.« Der Mann legte wie üblich auf, ohne sich zu verabschieden. Sehr professionell, immer bei der Sache. Nun, das war Woodrow Justine gerade recht. Er sah auf die Uhr und entschied, daß er noch genug Zeit für ein paar Trainingsrunden hatte, bevor er sich fertigmachen mußte. Schön, also machen wir uns fit. Topfit. Er konnte unterwegs im Flugzeug schlafen oder wenigstens ein Nickerchen halten, und dann wäre er bereit, die ganze Nacht auf den Beinen zu bleiben. Aber zuerst wollte er sich scharf machen.

Scharf.

Auf dem Rückweg blieb er an den Goldhamsterkäfigen stehen. Sein Hausmädchen Conchita hatte offensichtlich gestern die Wassernäpfe und die Freßnäpfe nachgefüllt. In allen drei Käfigen lagen noch reichlich Sonnenblumenkerne, und die Möhren und der Salat, obschon angeknabbert, schienen frisch. Der mittlere Käfig war ein ganz normales Drahtgestell. Dort wohnte Albert, der Urgroßenkel von Woodrow Justines erstem Hamster Sniffles. Er rannte gerade wie von Furien gehetzt im Laufrad. Der linke Käfig war eigentlich ein großes Aquarium, in dem Justine den größten Teil seiner Hamster hielt. Der rechte Käfig war eine komplizierte und bunte Anlage aus Gängen und Brücken und Kuppeln, wo sich die Tiere vergnügen konnten. Justine hatte jetzt zweiundzwanzig Hamster, und da Mildred schwanger war, würden bald ein paar neue dazukommen.

Woodrow Justine liebte seine Goldhamster.

»Code Vier, Al«, sagte er zum rennenden Hamster, während er in den Käfig schaute. »Tut mir leid, daß ich euch schon wieder allein lassen muß, Jungs, aber ich habe einen Code Vier. Conchita wird sich um euch kümmern, keine Sorge.«

Albert rannte einfach weiter, aber ein paar der anderen hoben die Köpfe und sahen ihn mit zitternden Schnurrbärten an, die runden dunklen Augen wie Knöpfe im goldenen Pelz. April Bluesbuster gähnte und zeigte ihm die niedlichen Schneidezähne. In der Ecke lag Opa Bluesbuster auf einem Stapel Zeitungsschnipsel und schlief. Opa wurde schon ein wenig grau ums Maul, aber er konnte immer noch wie ein Teufel rennen. Justine blies den alten Hamster fest an. Das Tier schreckte auf, rollte sich herum, bis das weiche weiße Fell auf seinem Bauch zu sehen war, und hob zur Verteidigung die Pfoten. Als er keine Bedrohung erkennen konnte, sah sich der Goldhamster verwirrt um.

»War nur ein Scherz, Opa, nur ein Scherz«, sagte Justine.

Er verabschiedete sich mit einem Wackeln des Zeigefingers von seiner Hamsterbrut und kehrte in den Fitneßraum zurück, um sich noch einmal richtig ins Zeug zu legen – Dehnübungen für die Beine, Bankdrücken, Seitenbeugen und Hocken.

Woodrow Justine war neunundzwanzig Jahre alt und arbeitete seit seinem achtzehnten Geburtstag für die US-Regierung. Er war direkt nach der High-School zu den Marines gegangen. In den ersten beiden Jahren hatte er eine Reihe technischer Ausbildungsgänge absolviert und eine hervorragende Schulung in Kampftechniken und Waffenkunde genossen. Er war schnell befördert und in einer Reihe von Krisengebieten auf der ganzen Welt eingesetzt worden, darunter die Philippinen und Beirut. Überall hatte er es geschafft, sich nicht in die Luft jagen zu lassen, aber seine wahre Begabung sollte sich erst bei der Invasion Grenadas zeigen, als er die Karibikinsel mit dem

Elan und der Begeisterung eines jungen John Wayne gestürmt hatte. Kurz danach hatte sich eine Spezialeinheit der CIA bei ihm gemeldet. Ein paar Interviews und eine Reihe von Tests später wurde John dazu eingeladen, dem Land auf eine ganz besondere Art und Weise zu dienen – als Agent der CIA. Er wurde weitere sechs Monate ausgebildet, bevor er den ersten Einsatzbefehl bekam, und machte sich anschließend rasch einen Namen, weil er sich in unübersichtlichen Situationen rücksichtlos und effizient durchzusetzen wußte. Nach drei Jahren erstklassiger Arbeit nicht nur in den USA, sondern in verschiedenen Teilen der Welt – er nannte dies ironisch seine James-Bond-Einsätze –, nahm die Leitung einer anderen Abteilung des CIA mit ihm Kontakt auf. Eine höchst geheime Abteilung war es – so geheim, daß man nicht einmal sagen konnte, ob es überhaupt eine Abteilung der CIA oder ob die CIA nicht vielmehr die Hilfstruppe dieser Abteilung war.

Es waren die Editoren.

Im Laufe von nur drei Jahren stieg Woodrow Justine zum Junior Editor auf und wurde zu einem Sonderprojekt mit dem Namen Skylark abgeordnet. Er bekam streng geheime Unterlagen in die Hände, und mit ihnen die entsprechenden Vollmachten. Er genoß die Macht, und er amüsierte sich unverhohlen über die Geheimnisse, in die er nun eingeweiht war. Amüsant fand er sie, weil er eine psychotische Persönlichkeitsstruktur hatte, die mit Medikamenten kontrolliert wurde – die Geheimnisse paßten hervorragend zu seinen ohnehin schon paranoiden Ansichten über das Universum. Natürlich war er ein braver Junge, nahm seine Medizin und ließ sich regelmäßig untersuchen; im Gegenzug bezahlte die amerikanische Regierung sein Gehalt, nahm ihm die Steuern dafür wieder ab und sagte ihm, welche Leute er umbringen mußte. Natürlich alles im Namen einer guten Sache. Justine war selbstverständlich ein Patriot. Seine Opfer waren Feinde der Demokratie – auch wenn sie selbst gar nichts davon wußten. Alles in allem war Woodrow Justine seinem

Land äußerst dankbar, und ganz besonders dankbar war er den heimlichen Machthabern, die das Land *wirklich* regierten. Justine war ein gefährlicher psychotischer Killer. Hätte er nicht für die Marines und die CIA arbeiten dürfen, dann wäre er im Handumdrehen ein *krimineller* psychotischer Killer geworden. Der Unterschied machte sich in Form seines Dienstgrades, seines Ansehens, seines Gehalts und einiger weiterer Vergünstigungen bemerkbar – zu letzteren zählte auch ein wunderschönes Haus in Venice, Kalifornien, nur eine halbe Meile vom World's Gym entfernt. Ein prachtvolles Heim in einer Stadt, die er liebte: L.A., Kalifornien. Die beschwingte, seelenlose Stadt. Aber das Freizeitangebot war überwältigend.

Als er mit seiner verkürzten Trainingsstunde fertig war – normalerweise trainierte er zwei bis drei Stunden –, machte Woodrow Justine vor einem mannshohen Spiegel noch einige Dehnübungen. Er hielt sich gut in Form und war sehr geschmeidig, legte aber keinen Wert darauf, mit Muskelpaketen zu protzen, wie es viele Gewichtheber taten. Lieber achtete er darauf, daß sein Körper ausgewogen blieb und ihm beim Karate und Aikido gute Dienste leistete. Die Leute sagten, er sähe aus wie der Sänger Bryan Adams – bis hin zum pockennarbigen Gesicht. Justine wußte, daß viele sich vermutlich fragten, warum er als gut verdienender Mann, für den eine kosmetische Operation ohne weiteres erschwinglich gewesen wäre, sich nicht das Gesicht ein wenig glätten ließ. Dabei wirkte er nicht einmal besonders entstellt oder unansehnlich – es war einfach so, daß sein Gesicht nicht zu seinem übrigen Körper paßte.

Justine rieb sich das Gesicht trocken und betrachtete sich stirnrunzelnd. Sie konnten ja nicht wissen, wie wichtig es für ihn war, genau dieses zerklüftete Gesicht zu behalten, das ihn an die Akneausbrüche seiner Jugend erinnerte. Damals waren die Pickel ein Makel gewesen, der seine Außenseiterrolle noch verstärkt hatte. Nein, er wollte sich daran erinnern, er wollte den Schmerz, der immer noch in seiner Seele brannte, niemals vergessen. Das gab ihm das nötige Feuer und die Leidenschaft, die er brauchte. Seine ehemaligen Klassenkameraden zählten zwar ebensowenig zu seinen Opfern wie seine ehemaligen Lehrer oder Vorgesetzten aus dem Vorort von Houston, Texas, in dem er aufgewachsen war – aber sie waren ihnen doch sehr ähnlich. Überhaupt waren die meisten Leute einander sehr ähnlich. Sie waren nichts als Stücke von Scheiße, die in diesem Dreckloch namens Erde schwammen. Yeah, der alte Charlie Whitman, der damals in Texas auf diesen Turm geklettert war, der hatte schon recht gehabt. Aber er war nicht so helle gewesen wie Woody Justine. Ein Psychopath kann so viele Leute umbringen, wie er will, solange er nur das Gesetz auf seiner Seite hat.

Justine bewunderte ein letztes Mal seinen Bizeps und die Delta- und Trapezmuskeln. Wie schön das helle Sonnenlicht Kaliforniens auf der Patina aus Schweiß auf seiner Haut schimmerte. Er liebte den Geruch seines Schweißes, sog ihn tief ein und spürte dabei, wie sein Schwanz in der Turnhose steif wurde, obwohl er sich nur ansah. Er hatte es mal wieder nötig und rieb sich ein wenig.

Vielleicht konnte er Conchita anrufen, dachte er. Die illegal eingewanderte Mexikanerin war immer scharf darauf, ein paar Dollar extra zu verdienen. Oder vielleicht auch Candy.

Aber nein, er mußte sich um die Zielperson kümmern, und es war nicht gut, vor einem Anschlag zu vögeln.

»Finger weg, Junge«, sagte Justine und klatschte sich scherzhaft aufs Handgelenk. »Nimm eine kalte Dusche, Junge. Du mußt *scharf* sein, Woodrow Justine. Kannst es dir nicht leisten, deine Energie auf diese Art zu verpulvern.«

Nach der Dusche packte er ein paar Sachen in seinen Bordkoffer. Waffen brauchte er nicht mitzunehmen ... das war das Schöne, wenn man für eine Regierungsbehörde mit vielen Niederlassungen arbeitete. Sie würden ihm alles bereitstellen, was er benötigte. Er stieg unschuldig wie ein Neugeborenes ins Flugzeug. Und wenn er aus irgendeinem Grund doch mal eine Waffe mitnehmen mußte – nun ja, dann hatte er natürlich auch eine Lizenz und die entsprechende Dienstmarke dabei. Justine hatte das Gefühl, daß seine Vorgesetzten gut für ihn sorgten. Und es war eine Ehre, für so gescheite Leute zu arbeiten – zu wissen, daß das Schicksal der Erde in den Händen intelligenter, kundiger Menschen lag. Jawohl, er hatte seine ökologische Nische gefunden, das wußte er genau. Und er war stolz darauf, ein Junior Editor zu sein. Er war stolz darauf, daß er für sein Land töten durfte.

Er stellte sein Gepäck an der Tür ab und schrieb Conchita einen Zettel. Sie würde am Montagmorgen kommen, die Käfige säubern und den Tieren frisches Futter und Wasser geben. Wahrscheinlich war er bis dahin sogar schon wieder zurück, aber er wollte ihr trotzdem eine Nachricht hinterlassen. Für alle Fälle.

Da er noch einiges zu erledigen hatte, brach er früh auf. Aber eines mußte er noch in seiner Wohnung tun. Er ging noch einmal zurück und kniete sich vor die Hamsterkäfige.

»He, Jungs«, sagte er. »Tut mir leid, daß ich schon wieder weg muß, aber ich habe einen Job. Ihr wißt ja, was Daddy macht, nicht wahr? Und das ist einer der Gründe dafür, daß ihr hier seid. Ihr sollt ihm helfen, nicht wahr? So, und wer ist jetzt an der Reihe, mir seine Liebe zu beweisen?«

Keiner der Hamster meldete sich freiwillig, aber einige Tiere reagierten auf den Klang seiner Stimme. Sie wackelten mit den Schnurrbärten und schnüffelten, drangen bis zum Rand ihrer Welt vor und sahen zum Großen Wesen auf, das sie fütterte. Die Käfige rochen nach frischer *Los Angeles Times*, Nagetierurin und dem flüchtigen Duft des Lebens, der alle lebendigen Wesen einhüllt. Justine atmete tief ein und hielt die Hände über die kleinen Tiere wie ein Gott, der einen Segen spricht. »Seht! Seht euren Schöpfer und euren Wohltäter«, begann er zu deklamieren. »Euren Ernährer und euren Vater, euren Gott. Verneigt euch und betet mich an, meine Kinder, denn ich bin ein eifersüchtiger Gott, und ich dulde keinen anderen Gott neben mir.«

Die Hamster zuckten zusammen. Einer gähnte und ging weiter seinem Tagesgeschäft nach, indem er an einer Möhre kaute. Ein anderer schnuffelte versuchsweise an einem Weibchen herum.

»Heute morgen will ich einen von euch erwählen«, murmelte der muskulöse Jehova, während er sich über die Hamster beugte. »Einen will ich erwählen, der mir seine Liebe erweisen soll. Tut es kund unter euresgleichen, daß ich einen Freiwilligen brauche.«

Einige Minuten lang beobachtete Justine die Hamster, die sich von ihm nicht weiter stören ließen. Dann sprang ein junges Männchen – nach den bunten Farbtupfern auf dem Rücken zu schließen war es Earnest – ins Rad und begann zu rennen.

»Ah!« sagte Justin lächelnd. »Der Auserwählte.«

Er öffnete dem Käfig, hielt das Laufrad mit einer Hand an, griff hinein, faßte Earnest vorsichtig um die Taille und hob ihn aus dem Käfig.

Der Hamster quiekte protestierend, er wand sich und zappelte mit den Beinen. Aber als Justine ihm den Nacken streichelte, beruhigte sich das Tier und genoß die Zuwendung seines Herrn.

»Sehr gut, sehr gut, Earnest. Du bist mein Geliebter. Komm, und ich will dir meine Schätze zeigen.« Während er den Hamster sanft weiter streichelte, trug Justine ihn durch den Flur, durch das dunkle, kühle Eßzimmer, das geschmackvoll und modern eingerichtet war, in die Küche, die von der hellen kalifornischen Sonne erleuchtet wurde. Edelstahl funkelte, das frisch gewachste Linoleum glänzte, und es roch leicht nach Kiefernnadeln. Obwohl er die Küche nur selten benutzte und lieber auswärts aß, hielt Justine sie extrem sauber; sie war gut ausgestattet mit den besten Küchengeräten und Utensilien. Seine Kindheitserinnerungen an Küchen waren nicht sehr angenehm – Gasflammen, Müll, Hitze, spuckendes Fett. Seine eigene Küche blieb makellos sauber.

»Hier, Earnest, schau her«, sagte Justine, während er die Kühlschranktür öffnete. »Ist das nicht schön? Soviel zu essen. Du brauchst mich nicht mehr Gott zu nennen, und ich werde dich nicht mehr Diener nennen. Wir sind jetzt einfach zwei Kumpel, nicht wahr, Earnest? Willst du Salat, mein Freund? Warte, ich hole dir etwas Salat.«

Justine öffnete das Gemüsefach und riß ein Salatblatt vom Kopf ab, der darin lag. Er schloß die Tür und trug den Salat und den Hamster zur Arbeitsfläche neben der Spüle. Dort legte er den Salat ab und setzte den Hamster daneben. Der Hamster schnüffelte ein paarmal, dann kauerte er sich hin und knabberte an dem knusprigen grünen Blatt.

Justine beugte sich über ihn, stützte den Kopf in die Hände und sah dem Tier zu. »So ist es schön. Genieße es, Earnest.« Er sah kurz zur Spüle, lächelte und wandte sich wieder an den Hamster. »Weißt du, Kumpel, es ist folgendermaßen: Ich brauche dich. Ich gehe auf einen Code-Vier-Einsatz – yeah, das ist aufregend, was? Und das ist noch nicht alles. Ich habe vorhin trainiert, ich habe meine Sachen gepackt, aber ein Mann in meiner Position – nun ja, ich muß mich eben innerlich wirklich vorbereiten. Ich muß mich *scharf* machen. Und du kannst mir dabei helfen.«

Der Hamster mampfte selbstvergessen und war mit dem frischen Salat rundherum glücklich.

»So ist das, Earnest. Lange nur tüchtig zu, genieße es. Genieße es.«

Justine holte tief Luft und schloß die Augen. Er stellte sich den Mann vor, den Nummer Zwei erwähnt hatte: Dr. Everett Scarborough. Seit drei Jahren drehte sich Justines Lebens nun um Scarborough. Er kannte ihn, er hatte alle seine Bücher gelesen, er hatte viele seiner Vorträge besucht. Zwar hatte er ihm nie die Hand gegeben und kein Wort mit ihm gewechselt, aber trotzdem kannte Woodrow Justine ihn in- und auswendig. Ein arroganter, überheblicher, charmanter Kerl – ein Angehöriger der heimlichen Führungsschicht des Landes. Justine haßte den Mann aus diesem und aus einigen anderen Gründen.

Als wollte er sich wie ein Samurai mit Hilfe einer Zen-Meditation vorbereiten, konzentrierte Woodrow Justine sich innerlich auf den populären Wissenschaftler. »Scarborough!« flüsterte er.

Mit einer einzigen raschen Bewegung – nur möglich dank seiner Reflexe, die auf Geschwindigkeit trainiert worden waren – schnappte Justine den Hamster, trat an die Spüle und stopfte den sich windenden Nager in den Abfluß, vorbei an dem Gummistopfen, der über dem Abfallzerkleinerer gelegen hatte. Der Hamster kreischte schrill und wollte wieder herausklettern. Justine schob mit der linken Hand den Gummistöpsel auf den Abfluß. Mit der rechten langte er zum Schalter.

»Yeah!« sagte er und schaltete den Abfallzerkleinerer ein.

Der Hamster konnte noch ein letztes Mal kreischen, bevor das Mahlwerk in Gang kam. Das Gerät gurgelte und hustete und spuckte, als es mit Knochen und Fell kämpfte, aber am Ende zermalmte es das Tier, als wäre es nichts weiter als ein großes Stück Abfall gewesen.

Eine kleine Blutfontäne spritzte zwischen dem Gummistopfen und dem Metallring des Abflusses hervor und landete auf Justines Fingern. Er schaltete den Abfallzerkleinerer ab und atmete den Geruch des frischen Bluts im Abfluß tief ein.

Ja, jetzt war er scharf.

Woodrow Justine war bereit für seinen Auftrag.

Er war bereit für Dr. Everett Scarborough.

6. Kapitel

»Wissen Sie«, sagte Jake Camden zu dem Farmer aus Iowa, »Sie scheinen mir der ehrlichste Mann zu sein, der mir je begegnet ist.« Der Reporter des *National Intruder* zog an seiner Camel und blies den Rauch aus, ohne die fast aufgerauchte Zigarette aus dem Mund zu nehmen. Er schielte den Bauern aus wäßrig-blauen Augen an und notierte sich etwas auf dem langen gelben Notizblock, der ihn als Reporter auswies. Der zerknitterte Pappdeckel des Blocks hing nur noch mit wenigen Ösen an der Drahtspirale. »Yeah, ich sehe schon, wie das funktionieren könnte. Clyde Whitcomb, ein ehrbarer Farmer aus dem Land des ehrbaren Abe Lincoln, erzählt seine entsetzliche UFO-Geschichte.«

»Mister«, sagte der Mann mit dem kantigen, wettergegerbten Gesicht und den kurzen Haaren. »Abraham Lincoln stammte aus Illinois.«

»Oh, yeah. Das ist aber schade.« Camden nahm wieder einen Zug aus der Zigarette, ließ sie fallen und trat sie aus. Er griff zum Zaunpfosten, nahm die Tasse Kaffee herunter, die ihm die Frau des Farmers gegeben hatte, und trank einen Schluck des bitteren Gebräus. Jetzt bereute er, daß er sich am Abend vorher mit einigen Studenten in einer Szenekneipe von Iowa City herumgetrieben hatte. Sie hatten ihm bewiesen, daß sie die besseren Leberwerte hatten. Aber andererseits, wenn er nicht ins Dirty Harry's gegangen wäre, dann wäre er auch nicht mit der Nackttänzerin Carrie ins Gespräch gekommen, und wenn er nicht mit Carrie ins Gespräch gekommen wäre, dann hätte er in der letzten Nacht keine Nummer machen können. Was soll's, dachte er. Für den Beruf des Journalisten mußte man eben Opfer bringen. Außerdem war ihm beim Vögeln (natürlich mit Kondom – sein Revolverblatt hatte schon lange vor Aids die Verbreitung von Geschlechtskrankheiten sehr aufmerksam verfolgt) eine Geschichte eingefallen: »Exotische UFO-Tänzerinnen stehlen Sperma ihrer Kunden.« Dieser Geschichte mußte er natürlich auf den Grund gehen.

»Also, wie groß waren denn nun diese Wesen, die Sie aus der gelandeten fliegenden Untertasse aussteigen sahen?« Seine Stimme war von seinem anstrengenden Leben heiser und rauh geworden, aber sie übte auf die meisten Interviewpartner dennoch eine seltsam beruhigende Wirkung aus. Camden dachte, daß sie möglicherweise im Unterbewußtsein das Gefühl hatten, mit einem Stammgast in ihrer Stammkneipe zu plaudern.

Der Farmer – ein wortkarger Bursche von ungefähr fünfzig Jahren mit kaputten Zähnen, der einen Overall voller Grasflecken trug – starrte Camden fragend an. »Mr. Camden, ich habe Anfang des Jahres nur ein paar komische Lichter und vielleicht den Umriß eines ... nun ja, Luftschiffs gesehen. Das habe ich der Polizei gemeldet, und dadurch hat es die Lokalzeitung erfahren.«

Camden nickte, als hätte der Farmer ihm gerade etwas Weltbewegendes erklärt. Er machte sich eine Notiz. »Und wo genau haben Sie dieses UFO nun gesehen, Mr. Whitcomb?«

»Das war da drüben im Süden auf dem Acker«, erwiderte der Farmer. Er deutete an der windschiefen Scheune und dem Bauernhaus vorbei, das dringend einen neuen Anstrich gebraucht hätte. Am Horizont verschmolz der Himmel mit endlosen Maisfeldern. »Ich hatte gerade etwas Dünger ausgebracht. Es war schon dunkel. Da höre ich ein summendes Geräusch, ich sehe nach oben. Dann sehe ich da diese Lichter – rot und purpurfarben –, und sie wandern ungefähr fünfhundert Meter von mir entfernt über den Boden. Das Ding ist ziemlich schnell vorbeigerauscht, und dann hat es angehalten und ist geschwebt – und dann ist es, sogar noch schneller, wieder weggeflogen. Ich hatte eine Heidenangst – so was hatte ich noch nie gesehen.«

Jake Camden nuckelte am Radiergummi am Ende seines Bleistifts und betrachtete das Silo und den Zaun daneben. Eine bunte Versammlung von Nutztieren war in der Nähe zu sehen: ein Schwein in einem Pferch, ein paar Hühner, die hinter dem Haus herumpickten, ein räudiger hell- und dunkelbraun gescheckter Mischling, der sabbernd neben seinem Bauern hockte. Es gab hier Dreck und Dung, den Geruch nach Urin und Heu in genau der Mischung, die für amerikanische Farmen typisch war. Camden wußte Bescheid, denn er war auf zahlreichen Farmen gewesen. Er hatte schon daran gedacht, ein Buch mit dem Titel *Old Macdonald Had a UFO* zu schreiben, in dem es um die Abenteuer von Farmern mit Außerirdischen gehen würde.

»Sind in der letzten Zeit Tiere gestorben, Mr. Whitcomb? Gestorben oder verschwunden?«

»Nun ja, die alte Gertie – die ist im Winter gestorben, aber das war eigentlich keine Überraschung.«

Camden notierte: »Gertie – Kuh – Viehverstümmelung.«

»Ich verstehe. Und jetzt sagen Sie mir – konnten Sie und Ihre Frau gut schlafen, seit Sie das UFO gesehen haben?«

»Nun ja, Peg, die schläft wie ein Murmeltier. Aber ich, ich habe so einen leichten Hexenschuß, und ich wache manchmal mitten in der Nacht auf.«

Camden kritzelte: »Entführung, nächtliches Erwachen, Erinnerungen gelöscht.«

»Und Ihre Träume, Mr. Whitcomb? Hatten Sie in der letzten Zeit mal ungewöhnliche Träume, beispielsweise von Leuten mit dunklen, mandelförmigen Augen und Fingern mit nur einem Gelenk?«

»Also, ich kann mich eigentlich nicht so richtig an meine Träume erinnern, Mr. . . .«

»Camden. Jake Camden, der berühmteste UFO-Journalist der Welt.« Camden zog eine zerknüllte Camel-Pakkung aus der Brusttasche seiner blauen Leinenjacke. Er hatte die Ärmel hochgerollt und seine dünnen Unterarme entblößt. »Haben Sie *Unheimliche Begegnung der Dritten Art* gesehen?«

»Nein, nicht, daß ich wüßte. Ist das ein Film?«

Mein Gott. Das war aber eine harte Nuß. Camden hatte gehofft, der Kerl wäre gut für eine brauchbare Geschichte, aber wie es aussah, konnte er schon von Glück reden, wenn eine Kurzmeldung für seinen Monatsüberblick dabei heraussprang. Er brauchte einen Ansatzpunkt, irgend etwas Einzigartiges, an dem er die Geschichte aufhängen konnte. Aber was? Dieser Trottel war ein typisch langweiliger Mann aus dem Mittelwesten und ungefähr so geschwätzig wie ein Baumstumpf. Camden wünschte sich allmählich, er wäre zum Angeln gegangen.

»Haben Sie mal was von dem Mottenmann gehört, Mr. Whitcomb?«

»Warten Sie, warten Sie ... das ist eine Comicfigur, nicht wahr?«

»Wie ist es mit schwarz gekleideten Männern? Men in Black? Sind schon einmal seltsam aussehende Männer mit schwarzen Anzügen in schwarzen Cadillacs zu Ihnen gekommen und haben Sie wegen der unidentifizierten Untertasse ausgefragt?«

»Nein.«

Camden zog einen Stapel Karten aus der Gesäßtasche. Seine guten alten Identifikationskarten. Wenn die nicht funktionierten, dann konnte er die Sache vergessen, dann hätte er ebenso gut gleich im Bett bleiben können. »Mr. Whitcomb, vielen Dank, daß Sie mir gesagt haben, was Sie beobachten konnten. Ich bin aus ganzer Seele Journalist, und ich habe mir geschworen, auf diesem ebenso wichtigen wie geheimnisvollen Gebiet die Wahrheit herauszufinden. Darf ich Sie jetzt noch bitten, mir zu sagen, was Sie *glauben*, dort gesehen zu haben? Und was Sie von fliegenden Untertassen im allgemeinen halten?«

»Ich habe Ihnen doch schon gesagt, was ich gesehen habe. Eigentlich habe ich überhaupt keine Meinung dazu. Außer, daß es vielleicht überhaupt keine fliegende Untertasse war. Mann, ich habe in den letzten Jahren hier in der Gegend hin und wieder mal Fahrzeuge von der Air Force und der Army gesehen, dabei gibt es ein paar hundert Meilen im Umkreis keinen einzigen offiziellen Stützpunkt der Streitkräfte.«

Camden befingerte die fünf Identifikationskarten mit Zeichnungen von verschiedenen Typen von Außerirdischen. Er dachte daran, Abbildungen von Richard Nixon und Elvis dazuzulegen, falls Whitcomb auf eine dieser im Mittelwesten so beliebten Figuren anspringen sollte. »Elvis erscheint Farmer im Mittelwesten«, das könnte als

Schlagzeile in Ordnung gehen. Oder vielleicht auch: »Richard Nixons fliegende Untertassen auf streng geheimer Mission im Mittelwesten.« Aber dann wurde ihm klar, was Whitcomb gerade gesagt hatte, und er riß den Kopf hoch und lächelte. Rasch schlug er nach einer riesigen Stechfliege, die gerade in den Sturzflug überging, um ihn anzugreifen.

»Was haben Sie gerade gesagt, Mr. Whitcomb?«

»Ich sagte, daß ich zu diesen Lichtern eigentlich gar keine Meinung habe.«

»Nein, darüber, daß es hier keinen Luftwaffenstützpunkt gibt.« Camden unterbrach sich und zog sein weißes Taschentuch hervor, um sich die Stirn abzuwischen. Er entspannte sich. Das war der Ansatzpunkt. Sein Fehler war, daß er sich zu lange mit diesem ausgeflippten Quatsch aufgehalten hatte. Diese Bauern, die redeten manchmal in fremden Zungen oder fuchtelten bei ihren Sonntagsgottesdiensten mit Schlangen herum. Sie sahen die Offenbarung aus jeder Zeitungsschlagzeile herauslugen, aber Gott verhüte, daß sie über seltsame Dinge wie außerirdische Besucher sprachen, die sich am Arsch ihrer Welt zeigten. Über Dinge, die möglicherweise der Teufel geschickt hatte. Nein, wenn er den Mann zum Reden bringen wollte, dann mußte er ein alltäglicheres Gesprächsthema wählen.

Camden schürzte die Lippen. »Wissen Sie, hier ist es wirklich schön, Sir. Wie ich hörte, hat die Regierung in den letzten Jahren aber leider nicht viel getan, um Farmer wie Sie zu unterstützen.«

Whitcomb sprang sofort darauf an. »Mann! Diese Hunde! Ich hätte beinahe sogar meine Farm verloren! Ich habe sie von meinem Daddy übernommen, und ich hätte sie wegen einer Hypothek fast aufgeben müssen. Ich mußte ein paar Morgen von meinem besten Land verkaufen. Hören Sie, Mister, wenn Sie eine Geschichte brauchen, dann schreiben Sie über das, was die Regierung in Washington hier mit uns macht, mit den Ernährern des ganzen Landes.«

»Yeah, ich werde das erwähnen. Aber nun sagen Sie mir – glauben Sie, diese Lichter, die Sie da gesehen haben – glauben Sie, daß die vielleicht von einer fliegenden Untertasse der Regierung gekommen sind oder so?«

»Ich sage Ihnen, das könnte ich viel leichter glauben als alles andere.«

»Vielleicht spioniert die Regierung euch Farmern hier in Iowa hinterher? Von einer geheimen Basis mitten im Staat aus?«

»Kann schon sein. Das würde ich den Hundesöhnen durchaus zutrauen.«

»Aber andererseits – vielleicht kommen die fliegenden Untertassen wirklich aus dem Weltraum und arbeiten für die CIA, um euch Farmer auszuspähen.«

»Yeah!« Whitcombs Gesicht lief rot an, und seine Augen glühten inbrünstig. »Wissen Sie, da Sie es gerade erwähnen, Mr. Camden . . .«

»Jake. Bitte, nennen Sie mich Jake.«

»Jake. Ja, Sie haben wohl recht. Da geht etwas *verdammt* Komisches vor, und ich würde mich überhaupt nicht wundern, wenn da eine transpirative Behörde aus Washington dahintersteckt.«

»Konspirativ, meinen Sie. Eine geheime Behörde der Regierung – wie die CIA oder die NSA oder das FBI oder vielleicht sogar das Militär.« Camden räusperte sich und neigte vertraulich den Kopf zu dem Farmer hin. »Um ehrlich zu sein, Clyde, ich arbeite selbst an einem Geheimprojekt. Wußten Sie, daß es eine streng geheime Vertuschungsaktion gegeben hat, an der mindestens die CIA und die Luftwaffe beteiligt waren, nachdem in Roswell, New Mexico, Ende der vierziger Jahre ein UFO abgestürzt ist?«

»Was Sie nicht sagen!«

»Doch, so ist es. Eine Art Watergate im Weltraum. Ich habe Freunde unter den Ufologen, die versuchen, an die betreffenden Papiere und an andere wichtige Akten heranzukommen. Sie haben sich auf den Freedom of Information Act berufen, aber was soll ich Ihnen sagen, die Papiere wurden brutal zensiert! Washington hat etwas zu verbergen, und Gott weiß, um was für ein heimtückisches Projekt es da geht – und das ganze ausgerechnet auch noch in Ihrem Hinterhof!«

Whitcomb blinzelte und wich einen Schritt zurück. Er sah sich irritiert in alle Richtungen um, als suchte er Regierungsagenten, die sich hinter den Zaunpfählen versteckt haben könnten. »Wissen Sie«, sagte er schließlich, während er mit dem Unterkiefer mahlte, als müßte er seinen Gedanken gründlich durchkauen, »ich habe da was läuten hören, daß auf der alten Bennington-Farm, ungefähr dreißig Meilen nördlich von hier, etwas Komisches im Gange sein soll. Bisher hab ich noch nicht weiter darüber nachgedacht – die meisten Leute hier haben ja nichts weiter zu bereden als albernen Klatsch und Tratsch. Aber seit sechs, sieben Jahren höre ich immer wieder was von der Bennington-Farm, und zwar genau seit der alte Rick Bennington den Laden verkauft hat und nach Sun City, Arizona, umgezogen ist.«

»Was haben Sie denn so gehört?«

»Oh, daß da viel los wäre. Krach. Und Hubschrauber würden da herumfliegen. Und was haben Hubschrauber mit der Landwirtschaft zu tun?«

»Das ist aber wirklich sehr interessant«, sagte Jake und notierte alles auf seinem Block. »Das muß ich unbedingt überprüfen, Clyde. Aber jetzt würde ich gern auf Sie und Ihr UFO zurückkommen. Wie ich schon sagte, Clyde, sind Sie offensichtlich ein ehrlicher Mann, deshalb muß ich Sie bitten, keiner Menschenseele zu verraten, was ich Ihnen jetzt anvertraue.«

Whitcombs Augen wurden groß und rund, und er begann in der stärker werdenden Sonne sichtlich zu schwitzen. Der Mann begann jetzt sogar zu stinken, aber Jake konnte es noch eine Weile aushalten. Der Fisch hatte endlich den Köder geschluckt. »Sie haben mein Wort darauf, Jake«, sagte der Farmer. Er leckte sich aufgeregt die Lippen.

»Clyde, Sie sind nur einer von einer wachsenden Zahl

von Farmern im Mittelwesten, die einer Serie von erschreckenden, furchtbaren Erfahrungen mit UFOs ausgesetzt waren. Und nachdem ich jetzt mit Ihnen gesprochen habe, beginne ich zu glauben, daß es Beweise dafür gibt, daß die Außerirdischen im Dienst der amerikanischen Regierung stehen und in deren Auftrag versuchen, Farmer von ihrer Scholle zu vertreiben!«

Der Mann sperrte den Mund auf. »Nein!«

Jake nickte traurig, seine Augen konnten kaum aufrichtiger dreinschauen. »Und Sie sind der Mann, der mir helfen soll, diese elenden Schurken aufzuhalten.« Er zog die Karten hervor, nahm die Bilder von Nixon und Elvis heraus und mischte ein paar andere Zeichnungen von Aliens darunter: Wesen mit langen Hälsen, mit dicken Nasen, mit spitzen Ohren. »Vielleicht wissen Sie es nicht, Clyde, aber Sie scheinen förmlich danach zu riechen – Sie hatten direkten Kontakt zu Aliens in einer fliegenden Untertasse! Diese Wesen haben große Kräfte, und sie können unsere Gedanken kontrollieren. Sie sorgen dafür, daß wir es vergessen, wenn wir mit ihnen gesprochen haben. Sie machen den Laden dicht, wie wir manchmal sagen. Sie fälschen die Erinnerungen. Clyde, Sie denken, Sie wären nur aufs Klo gegangen, um Ihr Frühstück abzudrücken, aber in Wirklichkeit haben Sie mit einem ET gesprochen! Sehen Sie sich jetzt bitte diese offiziellen Zeichnungen einiger Typen von Außerirdischen an, denen normale Menschen wie Sie in den letzten Jahren begegnet sind. Sagen Sie mir bitte, welches Bild Ihnen irgendwie bekannt vorkommt.«

Mit großen Augen nickte der Farmer und studierte sorgfältig die Bilder.

Jake hielt seine Kamera bereit, um ein Foto von Clyde und dem Bild zu schießen, das dieser auswählen würde. Die Schlagzeile hatte er schon im Kopf: »Regierungsufo versklavt gottesfürchtigen Farmer.«

Perfekt.

7. Kapitel

Everett Scarborough wurde vom Telefon geweckt. Er hatte schreckliche Kopfschmerzen, tastete nach dem Hörer, nahm ab und murmelte in die Sprechmuschel: »Ja, bitte?«

»Guten Morgen, Mr. Scarborough«, sagte eine unbekannte Stimme. »Hier ist Lieutenant James Daniels von der Montgomery County Police. Wir wurden gebeten, uns darum zu kümmern, daß Ihnen nichts zustößt, und haben in der letzten Nacht halbstündlich Streifenwagen an Ihrem Haus vorbeigeschickt. Unregelmäßigkeiten konnten wir keine beobachten, wollten aber heute morgen sicherheitshalber noch einmal anrufen.«

Scarborough sah auf den Wecker. Fünf Minuten vor elf. Er hatte Kopfschmerzen, aber das lag, dachte er, nicht nur am Scotch, sondern auch an den Verletzungen im Gesicht. Wie auch immer, es tat weh.

»Ja, Lieutenant, vielen Dank für Ihren Anruf. Es geht mir gut. Ich wollte heute mal ausschlafen.«

»Kein Problem, Sir, und entschuldigen Sie, daß ich Sie geweckt habe. Wir werden heute nachmittag noch einmal vorbeischauen. Werden Sie da sein?«

»Ja, und vielen Dank, daß Sie sich solche Mühe machen.«

»Ich tue nur meine Pflicht, Dr. Scarborough«, erwiderte der Lieutenant. Seine Stimme verriet, wie wichtig er sich, seinen Job und seine gesammelten Erfahrungen nahm.

Scarborough legte auf, schleppte sich aus dem Bett ins Bad, öffnete den Medizinschrank und nahm eine Packung Veganin heraus. Er drückte zwei Tabletten durch die Folie und nahm sie mit einem Schluck Wasser. Jedesmal, wenn er nach England fuhr, nahm er sich vor, den Vorrat des Schmerzmittels zu ergänzen. Es bestand zum größten Teil aus reinem Aspirin, enthielt aber außerdem auch Spuren von Codein, das im Vereinigten Königreich in kleinen Mengen nicht rezeptpflichtig war. Die Tabletten waren in der Lage, seine Scotch-Kopfschmerzen binnen Sekunden zu vertreiben. Vielleicht waren sie sogar eigens zu diesem Zweck entwickelt worden – er stellte sich einen schottischen Chemiker vor, der morgens mit einem Kater ins Labor kam und sich Gedanken machte, wie dieser Kater zu beheben sei. Nun ja, Hauptsache, es wirkte.

Scarborough entfernte den Verband und nahm eine kurze, heiße Dusche. Er beeilte sich, weil er so schnell wie möglich nach unten wollte, um mit Diane zu reden. Er konnte einfach nicht glauben, was sie ihm am vorhergehenden Abend erzählt hatte, aber inzwischen hatte er eingesehen, daß seine Reaktion zu heftig gewesen war. Am besten, er würde sich entschuldigen und in Ruhe ihre Geschichte anhören. Es gab immer mehrere Möglichkeiten, zum Ziel zu kommen, und dies war eine verdammt haarige Angelegenheit. Aber mit dem Morgenlicht war auch sein Selbstvertrauen zurückgekehrt, und da er wußte, daß Diane so etwas nicht wirklich zugestoßen sein konnte, folgte daraus logischerweise, daß er mit etwas Geduld und Behutsamkeit fähig sein mußte, sie davon zu überzeugen, daß sie einer Sinnestäuschung erlegen war.

Vielleicht hatte sie Drogen genommen. Der Gedanke, daß Diane Drogen nahm, gefiel ihm überhaupt nicht, aber ihm war klar, daß sie es wahrscheinlich tat. Das machten viele Kinder, das hatte mit Intelligenz überhaupt nichts zu tun. Warum also nicht auch Diane? Phyllis hatte in den sechziger Jahren LSD probiert, als sie schon am College lehrte, und obwohl er es nicht gern zugab, hatte sogar er selbst, nachdem er Phyllis kennengelernt hatte, eine Zeitlang Marihuana geraucht. Allerdings war ihm das Zeug nie sehr wichtig gewesen.

Das war es. Nachdem er mit ihr über das ›Erlebnis‹ geredet hätte, geduldig und klug und gründlich, würde er vorsichtig darauf zu sprechen kommen, daß sie möglicherweise durch den Genuß illegaler Drogen bei sich selber eine ›komplexe Sinnestäuschung‹ ausgelöst hatte, wie er dieses psychologische Phänomen nannte. Er würde nicht mißbilligend mit ihr reden und keinesfalls den alten, weisen Mann herauskehren. Er würde es ganz einfach als eine Möglichkeit in den Raum stellen.

Scarborough untersuchte seine Verletzungen. Zum Glück hatte man ihn nicht nähen müssen, und die meisten Kratzer waren bereits verschorft. Er legte den Verband wieder auf, achtete jedoch darauf, daß er locker saß, damit Luft an die Wunden kommen konnte. Dann zog er ein Flanellhemd und eine alte Jeans an – seine gewohnte Samstagskleidung, weil er an diesem Tag normalerweise im Garten arbeitete – und ging nach unten.

Als er auf der Treppe war, roch er schon den Speck, den Frühstückskuchen und den frisch aufgegossenen Kaffee. Er lächelte in sich hinein und fühlte sich sofort besser. Nicht einmal Entführungen durch Außerirdische und Attentate von Verrückten konnten ihn daran hindern, am Samstagmorgen ausgiebig zu frühstücken.

Diane saß im Eßzimmer und las die *Washington Post*. Sie hatte sich schon eine Tasse Kaffee eingeschenkt, die sie beim Lesen trank. Vor ihr stand ein Teller mit einem Stapel frisch aufgebackener Blaubeerkuchen, daneben Marmelade und Butter.

»Hi, Dad«, sagte sie zerknirscht. »Wie geht's dir?«

»Besser«, sagte er, beugte sich vor und küßte sie auf den Kopf. Es war die einzige liebevolle Geste, die sich seit ihrer Kindheit nicht verändert hatte. Er ging zur Anrichte und schenkte sich aus der Kaffeemaschine eine Tasse Kaffee ein, gab Milch dazu und setzte sich neben sie.

»Ich habe etwas Speck gebraten. Wie willst du deine Eier?«

»Rührei«, sagte er lächelnd. »Damit sie zu meinem alten Kopf passen.«

Sie berührte ihn am Arm. »Das war schlimm gestern, was? Und ich war dir überhaupt keine Hilfe. Es tut mir leid.« Sie wandte den Blick ab und trank einen Schluck Kaffee. Dann stand sie auf, um ihm das Frühstück zu machen. Auf halbem Weg blieb sie stehen. »Dieser Mann, der auf dich geschossen hat – ich habe ganz vergessen zu fragen. Hat man ihn erwischt?«

»Nein, soweit ich weiß, bisher noch nicht. Aber ich bin sicher, daß sie ihn schnappen werden. Allem Anschein nach war das kein professioneller Killer. Meine Güte, er hat mit einer Handfeuerwaffe vom Balkon aus geschossen! Der Kerl war ein Irrer, der wütend auf mich war. Falls du es noch nicht bemerkt hast, es gibt eine ganze Menge Leute, die wütend auf mich sind. Ich erhielt in der letzten Zeit mehr Drohbriefe als sonst, habe das aber als Anzeichen für die wachsende Massenpsychose in diesem Land abgetan. Nie hätte ich gedacht, daß eines Tages wirklich mal jemand auf mich schießen würde.«

»Ich hoffe nur, daß sie den Kerl erwischen.«

»Bei meinen Vorträgen waren bisher noch nie Sicherheitskräfte dabei. Es war einfach nicht nötig, aber das wird sich jetzt wohl ändern. Schade. Aber eigentlich wollte ich dich fragen, wie du gestern abend hergekommen bist. Hat dich die fliegende Untertasse in der Nähe abgesetzt?« Er lächelte, aber sie verzog ob seines lahmen Scherzes nur das Gesicht.

»Ich bin geflogen, aber mit einem normalen Flugzeug. Von der U-Bahnstation Bethesda aus habe ich dann ein Taxi genommen.«

»Das dachte ich mir schon fast. Aber es wäre trotzdem möglich gewesen, daß dich einer unserer Freunde aus der Gegend am Flughafen abgeholt hätte.«

»Nein. Ich habe mich sehr kurzfristig entschlossen, jetzt schon zu kommen.« Sie berührte vorsichtig seinen Verband. »Ich habe Angst um dich, Dad. Vielleicht solltest du deine Vortragstournee lieber absagen.«

»Das geht nicht, Liebes.« Er schlürfte seinen dampfenden Kaffee. »Ich muß was für mein Buch tun. Es soll ein Gegenmittel gegen diese neue UFO-Welle sein. So, und jetzt müssen wir uns unterhalten.« Er räusperte sich. »Es tut mir leid, daß ich gestern abend so heftig reagiert habe, aber du kannst dir denken, daß ich unter einer ungewöhnlichen Belastung stand. Diane, ich will mir eure seltsame Geschichte anhören, und ich will versuchen, dir und Tim nach Kräften zu helfen.«

»Oh, Daddy!« sagte sie. Plötzlich begann sie zu strahlen. »Ich wußte doch, daß du das tun würdest.« Sie umarmte ihn und rannte dann fröhlich davon. »Ich mache nur schnell deine Eier, dann kann ich dir die ganze verrückte Geschichte erzählen.«

»Verrückt ist bestimmt ein gutes Wort dafür«, erwiderte Scarborough, stand auf und ging mit seinem Kaffee zum Telefon. »Ich verspreche dir, daß wir die Sache in Ordnung bringen.«

Er wählte Abe Novaks private Nummer aus dem Gedächtnis. Es war sicher gut, sofort mit ihm zu reden und dafür zu sorgen, daß für die bevorstehende Vortragsreise zusätzliche Sicherheitsvorkehrungen geplant wurden. Abraham Novak war der Agent, der seine Vortragsreisen organisierte. Er arbeitete eng mit den Verlagen zusammen, wenn Scarborough den Verkauf eines neuen Buches fördern wollte. In den letzten Jahren hatte Novak nicht nur Scarboroughs Honorare in die Höhe getrieben – inzwischen bekam Scarborough zehntausend Dollar für einen einfachen Vortrag und erheblich mehr für seine Show, die aufwendiger produziert war und Hilfskräfte erforderte –, er hatte auch dafür gesorgt, daß Scarborough für die nächsten paar Jahre ausgebucht war. Dr. Scarborough war so etwas wie eine nationale Größe geworden, eine Symbolfigur, die Logik und Wissenschaft verkörperte und sich durchaus mit dem verstorbenen Isaac Asimov oder Carl Sagan messen konnte; dabei sah er besser aus und war charmanter und erheblich witziger. Im letzten Jahr waren ihm sogar Filmrollen angeboten worden, doch er hatte abgelehnt. Was er wirklich wollte, war eine Show im Bildungskanal. Scarborough hatte mehr als genug Geld verdient, um seinen Lebensstandard beliebig lange halten zu können. Was ihm jetzt noch vorschwebte, war ein Platz in der Wissenschaft – vielleicht sogar in den Annalen der Geschichte. Außerdem genoß er seine Rolle als Vorkämpfer gegen die Verbreiter unwissenschaftlicher Verrücktheiten und spielte gerne den Erzbösewicht für alle Anhänger der Pseudowissenschaft.

»Ja?« meldete sich eine Stimme am anderen Ende.

»Abe, hier ist Ev Scarborough. Sie haben sicher schon gehört, was gestern abend passiert ist.«

»Everett! Everett! Mann, wie geht's Ihnen?«

»Soweit ganz gut, ich habe nur ein paar Kratzer abbekommen.«

»Yeah, ich wollte Sie auch gerade anrufen. Verdammt, wenn Henry mich nicht angerufen hatte, dann hätte ich es womöglich erst aus der Zeitung erfahren! Wer hätte das gedacht!«

Abraham Novak lebte auf Long Island und arbeitete in einem Büro in Manhattan. Er und Scarborough kannten sich schon aus der Zeit, bevor Scarborough mit seinen lukrativen Vortragsreihen begonnenn hatte. Es war nur natürlich gewesen, daß der lockenköpfige, energiegeladene Agent und er eine feste Geschäftsverbindung eingegangen waren. Sie hatten immer gewußt, daß sie bei der Arbeit ein ebenso gutes Team abgeben würden wie beim Bridge.

»Sie kommen aus den Löchern gekrochen, Abe«, sage Scarborough.

»Was ist mit den Drohbriefen, die Sie unlängst bekommen haben? Steht in einem etwas drin, das auf den Vorfall gestern abend hinweist?«

»In einigen sogar, aber das ist nichts, was ich ernst nehmen würde.«

»Mann, wir leben in einer gefährlichen Welt. Ich glaube, bisher hatten wir einfach Glück.«

»Wir müssen in Zukunft gewisse Sicherheitsvorkehrungen treffen.«

»Klar doch, klar. Aber als erstes müssen wir jetzt mal die Vortragstour verschieben.«

»Wie bitte? Abe, das können wir nicht machen. Ich muß was für mein Buch tun!«

»So dringend ist das nicht. Die Tour bei den Radio- und Fernsehsendern haben Sie schon vor zwei Wochen absolviert. Das Buch steht auf den Bestsellerlisten. Was wollen Sie noch?«

»Ich muß raus und mit den Leuten reden, Abe. Ich brauche das einfach.«

»Sie brauchen das so nötig wie ein Loch im Kopf. Kommen Sie schon, Everett. Sie sind doch sonst der Inbegriff der Vernunft. Denken Sie darüber nach. Zuerst einmal haben wir nicht genug Zeit, um für alle Termine Sicherheitsvorkehrungen zu treffen. Zweitens hat sich wahrscheinlich jeder ausgeflippte Ufo-Fan im ganzen Land inspirieren lassen, das gleiche noch einmal zu versuchen. Drittens will ich keine Gans verlieren, die goldene Eier legt und die jederzeit beim Saufen mithalten kann. Tut mir leid, daß ich Ihnen das so drastisch sagen muß, Kumpel, aber ich will Sie nicht loswerden.«

»Sie sagten, man müsse die Tour verschieben. Wie lange denn?«

»Ein paar Monate. Wir reden ja nur über eine kleine Verschiebung. Nach dem Vorfall von gestern abend werden die Leute das verstehen. Außerdem wird man Sie gar nicht mehr haben wollen, solange nicht die richtigen Sicherheitsvorkehrungen getroffen sind. Die wollen ja keine Leichen auf ihren Bühnen herumliegen sehen.«

Plötzlich kam Scarborough eine beunruhigende Idee. »Die werden doch hoffentlich nicht glauben, daß ich Angst habe, oder?«

»Nach dem, was gestern abend passiert ist? Wie ich hörte, sind Sie sofort wieder aufgestanden und haben die Menge unter Kontrolle gebracht, Everett. So was macht einen zum Helden. Aber wenn Sie irgendwo hingehen, wo die Kugeln fliegen, ohne vorbereitet zu sein, dann sind Sie ein Idiot.«

Das war nur vernünftig, aber wenn Scarborough ehrlich war, dann haßte er es, auf seine sorgfältig ausgearbeiteten Vorträge verzichten und ein paar Monate warten zu müssen, nachdem er gerade erst in Schwung gekommen war. Trotzdem hatte Abe natürlich recht. Vielleicht konnte er noch einige Termine bei Fernseh- und Rundfunkstationen einschieben, um die verlorene Publicity wettzumachen. Andererseits verschaffte es ihm sicherlich viel Aufmerksamkeit, wenn dieser Zwischenfall in den überregionalen Zeitungen gemeldet wurde. Dann hatte die Sache womöglich doch noch einen positiven Nebeneffekt.

»Na schön, Abe, wenn Sie es so sehen. Wahrscheinlich haben Sie recht. Aber um die Einzelheiten müssen Sie sich kümmern.«

Der Agent seufzte. »Das ist mein Job, Everett. Also nehmen Sie's leicht, mein Freund. Ich melde mich wieder.«

Sie tauschten noch einige Belanglosigkeiten aus, dann legte Scarborough auf. Die Leute, die sich für ihn um die Öffentlichkeitsarbeit kümmerten, würden vermutlich allein zurechtkommen, dachte er. Also brauchte er nur eine kurze Presseerklärung herauszugeben und sich, wie Abe vorgeschlagen hatte, eine Weile bedeckt zu halten.

Er würde sich bedeckt halten und sich um die merkwürdige Sache kümmern, die seine Tochter ihm vorgesetzt hatte.

Nachdenklich kehrte er zum Tisch zurück und nippte wieder an seinem Kaffee. Wie sollte er mit Diane umgehen? Darüber mußte er nicht lange nachdenken. Er würde mit ihr genauso umgehen wie mit allem anderen in seinem Leben: rational.

Sie brachte seinen Speck, das Rührei und eine Scheibe gebutterten Toast. Er bedankte sich und begann zu essen, während sie sich neben ihm auf einem Stuhl niederließ. »Soll ich sofort beginnen, oder willst du erst zu Ende frühstücken?«

Die paar Bissen, die er inzwischen gegessen hatte, reichten aus, um seine Lebensgeister zu wecken. »Fang nur an, ich höre zu, während ich esse.«

Sie erzählte ausführlich, was sie schon in der Nacht angedeutet hatte, und fügte dazu noch die Details ein. Als Scarborough die Geschichte hörte, hatte er Mühe, gelassen zu bleiben. Er kam sich betrogen vor. Daß ausgerechnet seine eigene Tochter so ein albernes Erlebnis haben mußte – aber andererseits war es, dachte er dann, auf eine verrückte Art und Weise gar nicht so abwegig. Diane hatte sich schon immer für mystische Dinge interessiert. Schon als Kind hatte sie ihre Zeit mit unsichtbaren Gefährten in ihrer eigenen Märchenwelt verbracht. Und die Entführungen durch Außerirdische entsprachen schließlich nur der Art mystischer Erfahrung, die zur Zeit angesagt war. Nein, es war wirklich nicht überraschend, daß Diane mit dieser Geschichte zu ihm kam.

Aber das war noch nicht alles. Bei dieser Sache handelte es sich anscheinend um eine ganz besondere Art von Entführungserlebnis. Lange nicht so bizarr wie bei anderen Menschen. Weder Tim noch Diane hatten die üblichen Stigmata davongetragen – Narben oder Einstiche im Hals oder auf dem Kopf –, die sonst bei solchen Entführungen beobachtet wurden. Sie waren auch bei weitem nicht so fassungslos oder verwirrt wie andere Menschen. Die Begegnung mit dem UFO schien für sie eher ein sehr angenehmes Erlebnis gewesen zu sein, das jedoch durch eine Gedächtnislücke getrübt wurde und nur vage Erinnerungen an ein Hochgefühl hinterlassen hatte.

Scarborough wies sie darauf hin.

»Yeah!« rief Diane. »Tim hat das auch erwähnt. Deshalb sind wir ja auch nicht sicher, was da überhaupt passiert ist.«

»Wo ist Tim jetzt?«

»Er verbringt das Wochenende in Kansas City und sucht einen guten Hypnotiseur. Ich fahre am Montag zurück. Daddy, da du jetzt die Vortragsreise abgesagt hast . . .«

»Du hast mein Gespräch mit Abe belauscht, was?«

»Ich habe zufällig mitbekommen, worum es ging – und ich glaube wirklich, du solltest etwas warten, ehe du wieder auf Tournee gehst.«

Er nickte. »Das werde ich auch tun. Darf ich annehmen, daß ich nun mit dir und deinem Geliebten ausziehen soll, die bösen Außerirdischen zu jagen?«

»Oh, Daddy, würdest du das wirklich tun? Du bist der Beste. Und weißt du was? Du hast schon lange keine Feldforschung mehr gemacht.« Sie strahlte ihn begeistert an, und die blauen Augen funkelten fast so hell wie ihr Haar. Scarborough war einen Augenblick tatsächlich in Versuchung, ihrer Bitte zu entsprechen. Doch sein Entschluß stand bereits fest, und nicht einmal die starke Persönlichkeit seiner Tochter konnte ihn davon abbringen.

»Ich habe im letzten Jahr für *Above Us Only Sky* Feldforschungen durchgeführt, Diane. Und die Ergebnisse waren die gleichen wie immer, seit ich vor fünfundzwanzig Jahren für meine ersten Recherchen unterwegs war. Keine schlüssigen Beweise. Nada. Null. Und ich habe nicht die Absicht, meine Zeit auf einen weiteren Fall zu verschwenden. Nicht einmal, wenn meine Tochter beteiligt ist. Ich weiß nämlich, daß ich in diesem Fall genau das gleiche herausfinden würde wie sonst auch. Nichts.«

»Daddy, du bist so stur! Opfere uns doch ein paar Tage, und sei es nur, damit du bei mir sein kannst. Das könnte eine sehr aufregende und wichtige Sache werden.«

»Diane, du spielst dich auf wie die Prinzessin auf der Erbse. Jeder Moment, den du wach bist, ist der wichtigste im Leben. Obwohl die Tournee ausfällt, habe ich eine Menge Dinge zu tun, und ich kann es mir nicht erlauben, auf Gespensterjagd zu gehen.«

Sie stand auf, und plötzlich blitzten ihre Augen unerwartet wild. »Oh, ich hasse es, wenn du so verdammt überheblich bist!«

»Hör zu, Diane. Es gibt wirklich keinen Grund, sich aufzuregen. Das hier ist, wie alles andere, nur eine Phase, die du durchmachst. Du weißt doch, daß ich zwanzig Jahre lang dabei war und alles mitbekommen habe, angefangen mit deinen Windeln. Nein, so leid es mir tut, ich kann dir da nicht helfen. Übrigens würde es auch nicht besonders gut aussehen, wenn die Presse davon Wind bekäme. Stelle dir nur die Schlagzeilen im *National Intruder* vor: ›UFO-Überraschung! Schöne Tochter des UFO-Forschers von Außerirdischen vergewaltigt.‹«

»Es würde dir anscheinend nichts ausmachen, wenn uns wirklich etwas passiert wäre«, sagte sie, immer noch wütend.

»Okay, laß es uns noch mal durchgehen, Diane, da du dich ja weigerst, meine Bücher über das Thema zu lesen. Ich muß mich entschuldigen, falls das wirklich überheblich klang. Ich entschuldige mich dafür, daß ich manchmal zu heftig reagiere. Aber du mußt zugeben, daß dies noch viel abstruser und viel verrückter ist als deine Idee, du seist eine herübergerettete Astrologin aus dem alten Lemuria.«

»Oh, Daddy, damals war ich doch gerade erst auf der Junior High-School! Ich bin jetzt eine erwachsene Frau. Und ich habe deine Intelligenz geerbt – und Moms Köpfchen noch dazu! Also gib mir etwas Vertrauensvorschuß, ja?«

»Okay, den sollst du haben.« Er schob den Frühstücksteller beiseite. Nur eine einsame Scheibe Toast war übriggeblieben. »Kommen wir zur Sache. Im Jahre 1969 habe ich meine vierjährige Arbeit für die Air Force im Rahmen des Projekts Blue Book eingestellt. Die Schlußfolgerung lautete, daß die Erde nicht von fliegenden Untertassen besucht würde und daß keine Wesen von anderen Planeten oder aus einer anderen Galaxis oder gar aus einer anderen Dimension in unsere Galaxis kämen. Ich habe in den letzten Jahren fast dreihundert der am besten dokumentierten Sichtungen überprüft. Du kannst die Unterlagen zu meiner Untersuchung gern nachlesen; die wichtigsten habe ich in meinen Büchern zu diesem Thema angeführt. In all den Jahren und trotz all dieser Fälle habe ich nichts gefunden, was auch nur entfernt nach außerirdischen Artefakten aussieht, und ich habe herausgefunden, daß buchstäblich alles, was an sogenannten Beweisen überhaupt vorliegt, auf Hörensagen beruht und nicht nachvollziehbar und in manchen Fällen sogar der reinste Schwindel ist.«

»Aber was ist mit all den Menschen, die UFOs gesehen und ihre Erfahrungen mit ihnen gemacht haben! Dad, du kannst doch nicht sagen, daß dort draußen absolut nichts ist! In meinem Fall kann ich nichts beweisen, aber ich kann, wissenschaftlich gesehen, auch nicht beweisen, daß ich dich liebe. Trotzdem liebe ich dich – und trotzdem ist mir etwas passiert.«

»Warte, ich bin noch nicht fertig. Ich sage nicht, daß den Leuten überhaupt nichts zugestoßen ist. Aber ich glaube, daß die Erlebnisse durch natürliche Ursachen, psychologische Phänomene oder, am häufigsten, durch eine Kombination beider Faktoren erklärbar sind. Wetterballons, große Sterne, Planeten, Wolken, Kugelblitze, Feuerkugeln – Gott weiß wie lange es dauern wird, bis wir all die meteorologischen Phänomene, die es auf unserem Planeten gibt, enträtselt haben. Aber die Menschen geben sich mit natürlichen Erklärungen nicht zufrieden. Nein, wenn sie etwas Ausgefallenes sehen, dann heißt es sofort, sie hätten eine fliegende Untertasse beobachtet. Wir sind aufgrund unserer Kultur mit Vorurteilen belastet. Diese Sache mit dem Schweizer Billy Meier zum Beispiel – da hängt so ein Kerl ein Modell einer fliegenden Untertasse vor eine Super 8-Kamera und erzählt der ganzen Welt, eine außerirdische Frau hätte ihn in der Zeit zurückreisen lassen, damit er mit Jesus reden könne. Oh, geh mir weg mit dem Zeug!«

»Aber unser Erlebnis hat damit doch überhaupt nichts zu tun, Dad. Ich habe dir meine Geschichte erzählt, und du glaubst sie nicht. So einfach ist das.«

»Ich will dir jetzt auch eine Geschichte erzählen, meine Liebe«, sagte Scarborough. Er griff nach dem letzten Strohhalm, sprach sanft und aufrichtig, und sein Tonfall bezeugte seine Liebe und sein Verständnis für seine Tochter. »Im letzten Jahr habe ich inkognito einen New Age-Kongreß besucht. Ich habe einen Bart und eine Perücke getragen und abgerissene Kleidung angezogen und sogar die Farbe meiner Augen mit bunten Kontaktlinsen verändert.«

»Daddy, das hast du mir ja noch gar nicht erzählt!«

»Nun ja, ich wollte einfach herausfinden, wie die Gläubigen sich verhalten, wenn sie unter sich sind. Ich glaube, du kennst das Phänomen, über das Quantenphysiker in der letzten Zeit sprechen: die Erkenntnis, daß sogar die

Beobachtung schon das Beobachtete verändert. Ich weiß, daß die UFO-Gläubigen stark auf mich reagieren, wenn sie mich erkennen und wollte sehen, wie sie sind, wenn sie nicht durch den Anblick meines Gesichts gestört werden. Auf dem Kongreß habe ich mir die Rede einer Frau angehört, die eine UFO-Zeitschrift herausgibt. Man sollte doch annehmen, daß man in so einer Rede eine Menge Informationen über Sichtungen bekommt, nicht wahr? Aber ich hatte Pech. Was ich da vor mir hatte, war eine schüchterne Frau, die über das Gefühl sprach, nicht von dieser Welt zu sein. Sie hätte dieses Gefühl schon seit ihrer Kindheit und komme sich in ihrem physischen Körper sehr seltsam vor. Als sie dann davon hörte, daß fremde Wesen auf fernen Sternen lebten, war sie natürlich fasziniert. Hat sie jemals an die Möglichkeit gedacht, daß es überhaupt keine Außerirdischen gibt? Nein, natürlich nicht. Sie war nicht nur bereit für die Besucher, sie wollte ihnen sogar entgegengehen.

Ich dachte, irgend jemand aus dem Publikum müßte sie doch mal darauf hinweisen, daß dies eine schlechte Grundlage für intelligenten, verantwortungsbewußten Journalismus sei. Aber das hat niemand getan. Die Leute waren im allgemeinen nicht nur vom Thema fasziniert, sondern neigten sogar zum blinden Glauben und waren mehr als bereit, einfach zu akzeptieren, daß Außerirdische schon längst Kontakt zur Regierung aufgenommen hätten. Sie hingen einer fast religiösen Glaubensideologie an, in der sie sich gegenseitig noch bestärkten.«

»Daddy, bist du lebensmüde? Wenn sie dich erkannt hätten, dann hätten sie dich gekreuzigt!« Es klang fast so, als könnte sie dieser Vorstellung einiges abgewinnen.

»Das ist noch nicht alles. Ich habe dann noch einen Vortrag von niemand geringerem als Dr. Fenton Leiberman besucht.«

Dr. Leiberman war Scarboroughs Erzfeind – ein Ufologe und Akademiker, der seine Arbeiten im Selbstverlag herausbrachte und davon lebte, durchs Land zu reisen und über UFOs und die Vertuschungsaktion der Regierung zu sprechen. Er war ein guter Redner, der seine Fakten geschickt einzusetzen wußte, aber nach Scarboroughs Meinung trotzdem nichts weiter als ein übergewichtiger Trottel, der zu tief ins Glas schaute und eine Paranoia entwickelt hatte, die einer psychiatrischen Behandlung bedurfte.

»Daddy! Leiberman!« Diane war zugleicht entsetzt und fasziniert. Fenton Leiberman hatte einmal nach einer hitzigen Debatte ihren Vater zum Faustkampf herausgefordert.

»Ja. Und zufällig sprach er über einige Bemerkungen des früheren Präsidenten Reagan hinsichtlich der Einigung aller Länder, die rasch erfolgen würde, falls Außerirdische eine Invasion versuchten. Als Ufologe nahm er solche Geschenke natürlich mit Kußhand an. Er hat das nicht als vagabundierende Gedanken eines alternden Präsidenten betrachtet, der allmählich senil wurde, sondern hat diese Bemerkung als eindeutigen Beweis aufgefaßt. Der Präsident selbst – jawohl! – hätte höchstpersönlich zugegeben, daß wir Kontakt mit Außerirdischen haben.«

Diane schüttele den Kopf. »Das ist alles sehr interessant, Dad, aber was hat das mit mir zu tun?«

Scarborough seufzte.

»Verstehst du es denn nicht, meine Liebe? Dein Vater ist ein bekannter UFO-Debunker. Zuerst einmal ist es naheliegend, daß du gegen die wichtigste Autoritätsfigur in deinem Leben rebellierst. Ich glaube, das ist ein Teil des Drangs, unabhängig zu werden. Zweitens – vielleicht bin ich da ja etwas paranoid – zweitens wissen viele Menschen, wer du bist. Menschen, die alles dafür geben würden, mich lächerlich zu machen. Angenommen, jemand hat dich hereingelegt ... angenommen, es ist ein Schwindel, der nur dazu dienen soll, mich sehr, sehr dumm dastehen zu lassen.«

Diane schien verblüfft und zugleich verletzt. »Glaubst du – glaubst du wirklich, ich würde dich hereinlegen? Ich könnte etwas tun, das dich verletzt? Du weißt doch, daß mir so etwas nie in den Sinn käme, Dad.«

»Natürlich würdest du es nicht tun – jedenfalls nicht bewußt. Aber glaube mir, in diesem Land und auf dieser Welt gibt es eine Menge Leute, die in diesem Augenblick nichts lieber täten, als mich dem Gespött der Öffentlichkeit preiszugeben. Und welch bessere Methode gäbe es da, als eine leichtgläubige, ein wenig ausgeflippte Tochter hereinzulegen und den berühmten Wissenschaftler und Debunker zu diskreditieren? Ich sage nicht, daß dies so sein muß. Ich sage nur, daß dies eine Möglichkeit ist, die ich berücksichtigen muß. Ich habe einen guten Ruf zu verlieren.«

»Ist dir denn dein guter Ruf wichtiger als deine Tochter, dein eigen Fleisch und Blut?«

»Nein. Aber wie ich schon sagte, warst du das Opfer eines Schwindels – oder du hast unter irgendeiner Täuschung gelitten.« Er räusperte sich unbehaglich, weil er auf ein heikles Thema zu sprechen kommen wollte. »Äh, Liebes, ich will nicht in den Dingen herumschnüffeln, die nur dich und deinen irischen Taugenichts etwas angehen . . .« Es war schon seit längerer Zeit klar, daß Scarborough nicht viel von Timothy Reilly hielt. »Aber habt ihr zwei in der letzten Zeit mal psychedelische Drogen genommen? Das ist ein Thema, mit dem ich mich in meinem nächsten Buch beschäftigen werde, denn mir wird so langsam klar, daß das Zeitalter der UFOs mit dem Zeitalter der psychedelischen Drogen zusammenfällt.«

»Daddy, das reicht jetzt.« Diane stand auf und schritt wild gestikulierend durch den Raum. »Du bist einfach unmöglich. Tim hatte recht. Er sagte, es wäre sinnlos, mit dir zu reden, du würdest sowieso nicht kommen und uns helfen. Du bist viel zu festgefahren, du kannst aus deinen Gleisen nicht heraus.«

Scarborough lachte. »Diane!«

»Ich hätte auf ihn hören sollen. Ich hätte einfach in Kansas bleiben und mit Tim nachforschen sollen. Es war sinnlos, dich zu belästigen.«

»Aber das ist doch nicht wahr, Diane! Ich freue mich doch, dich zu sehen. Und du weißt, daß es mir nichts ausmacht, dir einen Rat zu geben.«

»Und was weißt du, mein liebster Daddy?« fuhrt sie fort. Ihr Gesicht lief langsam rot an. »Zumindest weißt du nicht, daß du mir vertrauen kannst. Mir ist nämlich bekannt, daß es etwas in deiner Vergangenheit und in Moms Vergangenheit gibt – und damit auch in meiner eigenen – irgend etwas, das du nicht zugeben willst. Seltsame Erfahrungen, vielleicht fehlende Zeit. Mom hat mir von den Erlebnissen in Massachusetts erzählt, die du nicht akzeptieren wolltest. Sie hat es mir erzählt, bevor sie gestorben ist. Ich selbst bin jetzt verwirrt, aber was hinter meinen Erlebnissen steckt, das kann möglicherweise die Hypnose aufklären. Jedenfalls platze ich nicht einfach damit heraus, nicht wahr? Ich bin im Besitz einer geradezu vernichtenden Information – vielleicht kenne ich sogar die wahre Ursache dafür, warum du so besessen davon bist, die Existenz von UFOs zu bestreiten. Ich wollte das eigentlich nicht zur Sprache bringen, aber du hast mich dazu gezwungen!«

Scarborough war wie vor den Kopf geschlagen. Er hatte nicht gewußt, daß Phyllis diesen Unfug ihrer Tochter gegenüber erwähnt hatte. Vermutlich hatte sie es getan, als sie schon an Lungenkrebs litt und nicht mehr die alte war. Er versuchte, sein Entsetzen zu unterdrücken und seiner Tochter möglichst ruhig zu antworten: »Ich habe aus meinem Interesse für UFOs nie ein Geheimnis gemacht, habe das bereits in meinem ersten Buch erklärt, und jeder kann es nachlesen. Vielleicht habe ich tatsächlich selbst einmal eines gesehen. Ich neige dazu, das ist psychologisch erwiesen, mich für kulturelle Archetypen zu interessieren. Aber ich gehe auf wissenschaftliche, logische Weise damit um. Und ich sehe es als meine Pflicht an, anderen meine Erkenntnisse darzulegen, Diane. Das weißt du.«

»Gib's zu, Dad – was dem großen Dr. Everett Scarborough mehr angst macht als alles andere, das ist der Gedanke, daß es womöglich wirklich Außerirdische gibt, die unseren Planeten besuchen. Denn das würde für dich eine Art Büchse der Pandora öffnen – vielleicht würden dann all die Leichen, die du im Keller hast, wieder zum Vorschein kommen. Du willst lieber alles ordentlich unter Verschluß halten, katalogisiert, erklärt und gut beleuchtet. Im Leben der größten Autorität auf diesem Gebiet darf es keine Geheimnisse geben. Nichts Mystisches, nichts Spirituelles – weil diese Dinge unversehens allerhand Emotionen im Großen Kühlen Mann wecken könnten, dem Inbegriff wissenschaftlicher Sorgfalt. Dr. Scarborough könnte in die Verlegenheit kommen, etwas zu fühlen – er könnte in die Lage kommen, sich seinen Emotionen stellen zu müssen, und, bei Gott, das wäre für ihn das Schlimmste überhaupt.«

»Diane! Wie kannst du so etwas sagen! Ich habe Gefühle, und du tust mir gerade weh.«

»Das wage ich zu bezweifeln. Du bist seit Jahren auf eine Situation wie diese vorbereitet. Du weißt genau, welche Worte du sagen mußt, und deine Logik schützt dich. Aber ich bin deine Tochter, Dad. Ich weiß noch, wie es zwischen dir und Mom manchmal war. Diese Tage, an denen du kein Wort mit ihr oder mit mir gesprochen hast – an denen du so abwesend warst, daß ich nicht einmal mehr wußte, ob ich überhaupt einen Vater hatte. Du bist nur auf mich aufmerksam geworden, wenn ich etwas falsch gemacht habe – oder, noch schlimmer, wenn ich dir auf die Nerven ging. Und Gott verhüte, daß ich Schulnoten mit nach Hause brachte, die vermuten ließen, daß ich in Mathematik und Naturwissenschaften irgend etwas anderes war als Dads kleines Genie.«

»Dein IQ ist wirklich etwas, auf das ich stolz bin, Liebes. Deine mathematische und naturwissenschaftliche Begabung ist vielversprechend, und ich möchte natürlich, daß du deine Fähigkeiten nutzt . . .«

»Einen Scheißdreck willst du!« Diane begann zu weinen. »Du willst nichts weiter, als daß ich dein kleiner Klon bin. Dein kleiner Roboter. Ich will dir was sagen, du wissenschaftlicher Hexenmeister – ich bin nicht dein Klon! Ich bin ein eigenständiger Mensch. Ich weiß, was ich gesehen und erlebt habe. Und ich werde in Erfahrung bringen, was mir zugestoßen ist. Wenn deine kostbare Position im

Pantheon der Wissenschaft, wenn deine Stellung in den Annalen der höheren Bildung dadurch ein bißchen gefährdet wird, nun ja, dann hast du eben Pech gehabt.«

Sie drehte sich um und rannte zur Treppe.

»Was hast du vor, Diane?« rief er hinterher. Er bemühte sich, ruhig zu bleiben.

»Ich packe und bestelle ein Taxi. Dann fliege ich nach Kansas zurück.«

»Das kannst du nicht machen!«

»Du vergißt es immer wieder, was? Ich habe eigenes Geld, Daddy. Du hast mir in dieser Hinsicht nichts vorzuschreiben. Mom hat mir genug hinterlassen, damit ich mir mein College selbst aussuchen und unabhängig leben kann, während ich es besuche – und wenn ich einundzwanzig bin, bekomme ich den Rest. Du kannst mich nicht kontrollieren, du kannst meine Gedanken nicht beeinflussen. Es tut mir leid, wenn ich nicht die Tochter bin, die du gern gehabt hättest, und es tut mir leid, wenn ich dich dadurch in Verlegenheit bringe, daß ich für alles offen und sehr neugierig bin. Wenn du nicht so verkniffen auf deinen Status in der Wissenschaft achten würdest, auf dein Ansehen in der Öffentlichkeit, dann würdest du dich vielleicht mal daran erinnern, worum es in der Wissenschaft wirklich geht. Es geht darum, zu lernen, etwas zu riskieren und neue Dinge zu entdecken. Und man muß nicht unbedingt einen Mann anbeten, dem ein Apfel auf den Kopf gefallen ist, wenn man offen sein und Fragen stellen will.«

Sie wandte sich ab und stürmte, zornig weinend und heftig schniefend, die Treppe hinauf.

Scarborough folgte ihr ein paar Schritte, dann blieb er stehen, als sie ihre Zimmertür zuknallte. Er hörte, wie Gepäckstücke herumgeschoben wurden.

»Verdammt auch! Du bist so schlimm wie deine Mutter in ihren schlimmsten Phasen!« rief er nach oben. »Mach was du willst, Diane. Sage über mich, was du willst, zu wem und wann immer du willst, du dummes, bockiges Kind!«

Plötzlich ging die Tür wieder auf, und sie stand oben am Rand der Treppe. Sie hatte ihren alten Pandabären, Colonel Blimp, dessen linkes Auge seit langer Zeit fehlte, fest in die Arme genommen. »Oh, yeah! Da hätte ich noch eine Neuigkeit für dich, Daddy. Hoffentlich erstickst du nicht daran. Rate mal, mit wem Tim wegen dieser Geschichte Kontakt aufnehmen will. Ich habe gesagt, er soll es lassen, aber da du mir jetzt Grünes Licht gegeben hast, werde ich es mir vielleicht noch einmal überlegen.«

»Es ist mir egal, mit wem du redest. Ich habe meine Leistungen vorzuweisen, meinen Ruf, und alles ist auf harter Wissenschaft aufgebaut, alles ist bewiesen.«

Sie verzog das Gesicht zu einer ironischen Grimasse. Jetzt war sie wieder ganz das ungezogene, rebellische kleine Mädchen. »Hast du schon einmal den Namen ›Jake Camden‹ gehört, Daddy?«

»Jake Camden!« Der Name ließ ihn zusammenzucken.

»Ich wußte, daß du ihn kennst.« Sie warf den Plüschbären nach ihm, und Scarborough taumelte zwei Stufen zurück. Als er wieder hochsah, war sie schon wieder verschwunden und kramte in ihrem Gepäck herum.

Eine unbändige väterliche Wut stieg in ihm auf, wie er sie nicht mehr verspürt hatte, seit sie mit neun Jahren mit dem Fahrrad in seinem geliebten Tulpenbeet herumgekurvt war. Am liebsten wäre er die Treppe hinaufgelaufen und hätte die ungezogene Göre gewürgt – oder ihr wenigstens für einen Monat das Taschengeld gestrichen. Aber er fing sich rasch wieder, weil er wußte, daß er keines von beidem tun konnte. Seine Frustration breitete sich aus wie ein körperlicher Schmerz, als er sich vorstellte, was ein Mann wie Jake Camden aus so einer Geschichte machen würde. Oh ja, Diane kannte seine wunden Punkte ganz genau, und wenn sie wütend war, dann ging sie aufs Ziel los wie ein Bomberpilot.

Er holte tief Luft.

»Fang dir nur keine Krankheit ein, wenn du mit dem Schmierfinken sprichst, Diane!« rief er. Dann stampfte er zur Seite, riß die Tür zum Untergeschoß auf, trampelte hinunter und legte Beethovens Neunte auf.

Laut.

8. Kapitel

Jake Camden jagte den gemieteten Toyota Corolla die Route 80 hinunter, fünfzehn Stundenkilometer über dem Tempolimit und die Kassette von Bob Seger so laut aufgedreht, daß ihm die Ohren klingelten. Er hätte an so einem herrlich sonnigen Frühlingswochenende lieber ein Cabriolet gehabt, aber dieses grellrote Auto war auch nicht schlecht. Was soll's, dachte er und sang ›Ramblin' Gamblin' Man‹ mit, das aus den Lautsprechern dröhnte. Morgen nachmittag geht meine Maschine, und bis dahin habe ich frei!

Schließlich war seine Geschichte inzwischen komplett.

Camden war im Rahmen seiner UFO-Recherchen im Mittelwesten auf mehrere Spuren gestoßen, aber wie bei Whitcomb hatte es sich in allen Fällen lediglich um vage Angaben zu Sichtungen gehandelt. Er würde das telefonisch abwickeln und anschließend noch ein paar bereitwillige Helfer bitten, ihm Aufnahmen von verdächtigen Fußabdrücken oder verbrannten Landeplätzen zu schikken. Den Rest konnte er erledigen, wenn er wieder in Florida in der Redaktion war.

Nein, er hatte jetzt frei, und verdammt wollte er sein, wenn er auch nur einen Gedanken auf seine Arbeit verwendete. Diese Sichtungen, das war sowieso immer das gleiche. Im allgemeinen konnte man schon vorher sagen, was diese Trottel faseln würden. Keine Fantasie hatten die Leute! Fantasie, das war nämlich Jake Camdens Job. Jawohl, meine Herren, er hatte reichlich Fantasie – und er setzte sie für einen guten Zweck ein. Schließlich trug er zur intellektuellen Bildung dieser Halbaffen bei. ›FJ‹, so nannte Camden das, was er tat: ›Freier Journalismus‹. Immerhin lieferte er den ungewaschenen Trotteln eine Art alternative Bildung. He, auch wenn der Durchschnittsamerikaner Monet nicht von Mozart unterscheiden konnte, er wußte ganz bestimmt, daß es in dieser Galaxis andere Planeten gab, die ihre Raumschiffe in der Erdatmosphäre herumschwirren ließen. Vielleicht klang das, was Camden ablieferte, nicht ganz so gebildet wie die Werke von Carl Sagan, aber immerhin, man bewegte sich doch im gleichen Sonnensystem.

Der Wind ließ Camdens langes, fettiges Haar flattern, und hinter der teuren Sonnenbrille funkelten seine Augen, während er in sich hineingrinste. Es würde eine hervorragende Geschichte werden. Dank einer brillanten Eingebung hatte er nicht nur die Arbeit des ganzen Wochenendes erledigt, sondern der Geschichte für den *Intruder* auch eine ganz neue Wendung geben können. Vielleicht hatte er sogar eine Grundlage, eine Art Arbeitshypothese für sein neues UFO-Buch vorgezeichnet. Wirklich Grund genug zu feiern. Nur noch ein paar Kilometer bis zum Motel. Dort würde er sich eine kleine Siesta genehmigen, anschließend in den Pool springen und sich später vergewissern, wie es um das Nachtleben von Iowa City bestellt war. Der letzte Kater war längst vergessen; er mußte ein paar Sachen für die nahe Zukunft vorbereiten, und er würde seine Texte mit Bier und Whisky schreiben. Alles für die Forschung. Noch ein paar Jahre, und er konnte den Außerirdischen nachspüren, die in Entziehungskliniken herumgeisterten.

Camden rauchte eine Camel und grinste, während er über den Highway raste.

Nachdem er in einem Schnapsladen in der Nähe eine Flasche Jack Daniels gekauft hatte, lenkte Camden seinen Wagen in eine Parkbucht vor dem Comfort Inn. Dann transportierte er seinen Notizblock, die Kamera und die neutrale braune Tüte mit dem Whisky ins Zimmer 124. Auf dem Weg dorthin bemerkte er ein paar blutjunge Schönheiten, die sich vor dem Videoraum herumtrieben. Mann, dachte er, vielleicht sollte ich schleunigst überprüfen, ob meine Feinmotorik in Ordnung ist.

Einer der großen Vorzüge seiner Arbeit für den *National Intruder* waren die Reisen. Camden war normalerweise gar nicht so gern auf Achse, und das einzige, was ihm bei Flügen half, waren haufenweise Pillen gegen die Reisekrankheit, aber unterwegs zu sein, das war immer noch besser, als irgendwo in Florida am Arsch der Welt zu hokken, wo der *Intruder* seine Büros hatte.

Es gehörte zu seinem Job, regelmäßig Recherchen durchzuführen, hier und dort auf den Busch zu klopfen und vielleicht die eine oder andere UFO-Geschichte aufzutun – aber im allgemeinen sorgte er dafür, daß die Arbeit ebenso schnell wie schlampig erledigt wurde, damit er feiern, Leute treffen und sich vergnügen konnte. Mann, die Hälfte seiner Geschichten stammte ohnehin von Besoffenen und Barkeepern. Diese Leute waren äußerst wichtige Quellen für Recherchen aller Art.

Camden fischte den Schlüssel aus der Jackentasche und öffnete seine Zimmertür. Ein Schwall kühler Luft von der Klimaanlage traf sein Gesicht. Es roch nach schalem Bier und kaltem Rauch. Der Fernseher lief, der Ton war leise gedreht; ein murmelnder Reporter kommentierte ein Basketballspiel. Er trat ins halbdunkle Zimmer, schloß die Tür und zog eine Jalousie auf.

»He!« rief eine verkaterte Stimme. »Laß das!«

Camden grinste, stellte die braune Papiertüte auf einen Tisch und setzte sich davor. »Ich hätte nicht gedacht, daß du noch da bist, Carrie!«

»Corey. Ich heiße Corey, und würdest du *bitte* das Licht verschwinden lassen.«

»Klar, Baby.« Er kippelte mit dem Stuhl zurück, langte hinauf und zog die Jalousie vor das Fenster, bis wieder schummriges Halbdunkel im Zimmer herrschte. Dann öffnete er die Klappe der Klimaanlage und stellte die Kühlung ab. Aus dem Durcheinander auf dem Tisch wählte er ein benutztes Glas aus, in dem eine Zigarettenkippe in einem Rest Budweiser schwamm. Er kippte den Inhalt in einen vollen Aschenbecher, zog die Flasche Jack Daniels aus der Papiertüte und füllte das Glas zur Hälfte.

»Es ist halb zwei, Corey«, sagte er, schnaubte und spuckte Ascheflocken aus. »Wann mußt du wieder tanzen?«

Im Gewirr von Decken, Bettlaken und Kissen bewegte sich etwas. Eine rote Haarsträhne kam zum Vorschein. Die Frau hustete, bevor sie antwortete: »Heute, am Samstag? Nicht vor zehn Uhr abends. Wir machen erst spät auf.«

»Und deshalb hast du beschlossen, dich in meinem Zimmer mal richtig auszuschlafen, was?«

»Ich habe nichts beschlossen«, sagte sie, während sie sich aufrichtete. »Ich bin einfach nicht wach geworden.« Grüne Augen starrten ihn benebelt an, die Wimperntusche war verschmiert. Sie schob die Decke weg und entblößte zwei äußerst ansehnliche straffe Brüste. Sie war ein ausgesprochen hübsches Mädchen. Ihre schwedischen und deutschen Erbanteile hatten die Stupsnase, die hohen Wangenknochen und das eckige Kinn reguliert, die normalerweise zusammen mit dieser hellen Pfirsichhaut geliefert wurden. Corey studierte an der University of Iowa und arbeitete nebenbei als Tänzerin in der Bar. Sie stand kurz vor ihrem Abschluß in Wirtschaftswissenschaften, und was Jack Camden anging, so konnte sie jederzeit mit ihm herumwirtschaften.

Parfüm und Moschus wehten in köstlichen Schwaden von ihr herüber, und Jack bekam wieder Lust auf sie, als er sich an gewisse Höhepunkte der gestrigen Abendunterhaltung erinnerte. Sein Grinsen wurde breiter. »Yeah, schon gut, bleib nur, solange du willst.«

Sie ließ sich zurückfallen, wobei ihre Brüste wogten wie Götterspeise. »Außerdem, Jake«, sagte sie, während sie sich die Ohren rieb, »hast du versprochen, mir etwas über fliegende Untertassen zu erzählen. Du bist doch der berühmteste Fachmann der Welt auf diesem Gebiet, oder? Das hast du jedenfalls gesagt. Aber dann war ich wohl doch zu besoffen, und dann haben wir gevögelt, und dabei bin ich eigentlich nur mitgekommen, um mir deine UFO-Geschichten anzuhören. Du hast mir da doch nicht nur einen Bären aufgebunden? Du bist doch wirklich bei der Zeitung, oder?«

»Ganz richtig, Süße.« Er stand auf, ging zur Kommode, öffnete seine Aktentasche, die darauf lag, und zog eine neuere Ausgabe des *National Intruder* heraus.

Das Blatt war offensichtlich ein Ableger des *National Enquirer*. Die Titelseite produzierte sich als ein Getöse greller Farben und schreiender Schlagzeilen. In dieser Ausgabe sollte es um Liz Taylors neue Fettabsaugtechnik gehen, Barbra Streisand versprach eine Lektion im Schwertschlucken, und es gab einen astrologischen Leitfaden für den Genuß von Fast Food. Der *Intruder* hatte, was Grafik und Aufmachung anging, anscheinend Anleihen beim *Star* gemacht, war jedoch, was dem Inhalt betraf, eine extreme Version der *Weekly World News* mit einem Anflug von Seriosität. Das Blatt beschäftigte angesehene Reporter, die dringend Geld brauchten. Die Beiträge waren erstklassig geschrieben, die Fotos gut gemacht, alles zusammen bot dem durchschnittlichen Zeitschriftenkonsumenten eine angenehme, unterhaltsame Lektüre. Außerdem waren mindestens 75 Prozent der gedruckten Geschichten wahr, und damit lag das Blatt im Vergleich zu ähnlicher Supermarktware eindeutig an der Spitze.

»Hier, siehst du?« sagte Jake, indem er ihr die Zeitung vor die Nase hielt. Die Seiten durchblätternd fand er schließlich seinen Artikel in dieser Ausgabe: »Russen spielen Schach mit Wodka saufenden Absturzopfern.« Er gab dem nackten Mädchen die Zeitung und tippte auf die Verfasserzeile. »In meiner monatlichen Kolumne wird mein Name sogar noch größer gedruckt.«

»Wow!« meinte sie. »Meine Mom liest das Blatt. Dad meint, das sei alles nur Schrott, aber weißt du, jetzt, wo ich darüber nachdenke – er hat dich sogar mal erwähnt. Du bist *der* Jake Camden? Ich glaube, mein Vater hat sogar ein Buch von dir.«

»Ich kann ihm jetzt ja keine Widmung reinschreiben, aber wenn du mir einen Stift gibst, könnte ich sein kleines Mädchen anmalen.« Als ihre Brüste über den Rand der

Zeitung lugten, spürte er, wie sich etwas bei ihm regte. »Wenn du willst, habe ich den Stift sofort bei der Hand.«

Corey hatte ihn anscheinend nicht verstanden. »Meine Güte, ein UFO in Sibirien, und die Außerirdischen haben mit den Russen geredet«, sagte sie, als sie schließlich aufblickte. »Wie bist du da nur rangekommen?«

»Ich habe ganz geheime Quellen und kann dir das leider nicht sagen.« Er saß behaglich auf seinem Stuhl und ließ sich gebührend von ihr bewundern. Manche Leute verspotteten ihn sogar, wenn sie hörten, daß er für den *Intruder* arbeitete ... aber das waren normalerweise nur Snobs, mit denen er sowieso nichts am Hut hatte.

»Wie bist du denn Reporter geworden?« fragte Corey als sie aufstand und ihre anmutigen Rundungen zur Schau stellte, die am vergangenen Abend so nachhaltig auf Camden gewirkt hatten. Ihr Schamhaar war blond und seidenweich wie das Haar auf dem Kopf eines Babys. Es verriet ihre wirkliche Haarfarbe – aber das rot gefärbte Kopfhaar paßte gut zu den smaragdgrünen Augen.

»Das ist eine lange Geschichte«, sagte er. Er hatte keine große Lust, ins Detail zu gehen.

»Ich habe Zeit. Ich will mich nur schnell frischmachen.« Sie tappte näher, bückte sich und küßte ihn auf die Stirn. Ihre vollen Brüste schwankten wie reife Früchte vor seiner Nase. »Vielleicht ist der edelmütige Herr so nett, dem armen kleinen Mädchen ein Frühstück aufs Zimmer zu bestellen?«

»In einer Absteige wie dieser gibt's keinen Zimmerservice«, sagte Jake. »Aber ich glaube, ich könnte ein paar nette Sachen zum Frühstück auftreiben.«

»Fein«, schnurrte sie und verschwand im Badezimmer, nicht ohne züchtig die Tür hinter sich zu schließen.

Jake Camden ging zu seinem Koffer. Er wühlte sich durch Socken und Unterwäsche, die er aus reiner Faulheit nicht im Schrank verstaut hatte, und nahm einen Riegel Snickers, eine Packung Fritos, eine halb geleerte Dose Oreo-Kekse und eine Packung Juicy Fruits-Kaugummi heraus. Dann wühlte er noch einmal und fand eine unverdächtig aussehende Medizinflasche. All dies legte er zusammen mit seinem Rasierzeug auf den Tisch. Aus der Medizinflasche zog er eine handelsübliche Grammpakkung Koks, im Rasierzeug fand er den Spiegel und die Rasierklinge.

Während er einen Oreo kaute, kippte er eine kleine Portion des hochkarätigen weißen Pulvers auf den Spiegel und teilte es mit der Rasierklinge auf. Das war guter Stoff – er bekam ihn von einem Direktimporteur in Florida. Dieses köstliche Produkt des Cocastrauchs hatte eine weite Reise hinter sich.

Ein paar Sekunden später kam Corey aus dem Bad und gesellte sich zu ihm. Sie war von dem Frühstück, das er ihr anzubieten hatte, alles andere als begeistert, lächelte aber, als sie die beiden schnurgerade gezogenen Streifen Koks auf dem Spiegel sah.

»Das ist sogar noch besser als Kaffee«, sagte sie, nachdem sie den ersten Streifen mit einer zusammengerollten Dollarnote eingesogen hatte.

»Ich weiß nicht«, erwiderte Camden. »Koks ist Luxus, Kaffee ist lebensnotwendig.« Sie hatte sich noch nicht angezogen, und er hatte absolut nicht die Absicht, sie zu drängen. Diesbezüglich gingen ihm einige Ideen durch den Kopf, und diese Ideen waren wiederum die Ursache für seine ungewöhnliche Großzügigkeit mit dem Kokain einer Frau gegenüber, die er praktisch nicht kannte.

»So«, sagte sie, indem sie den Kopf zurücklegte und laut schniefte. »Du wolltest mir doch erzählen, wie du ins UFO-Geschäft gekommen bist.«

Er trank einen Schluck Whisky und dachte nach. Warum eigentlich nicht? Er würde sie wahrscheinlich nie wieder sehen. Sie war eine offenherzige, angenehme Frau, ungefähr so unschuldig wie ein freundlicher Cokker-Spaniel. Er war dagegen ein bekannter Reporter, aber es war ja nicht so, daß er einen guten Ruf zu verlieren gehabt hätte. Ihm war niemand auf den Fersen, der ein paar saftige Details über Jake Camdens Leben herausfinden wollte. Außerdem stand sowieso alles im

Klappentext seines ersten Buches, *The National Intruder UFO Investigator*.

»Ich habe in Princeton Journalismus studiert«, begann Camden. »Scheiße, damals hatte ich wirklich hochfliegende Pläne – ich wollte ein neuer Tom Wolfe werden, oder arbeiten wie Woodward und Bernstein, die die Watergate-Affäre inszenierten. Ich wollte zur Spitze gehören. Aber alles, was ich dann kriegen konnte, war ein Job bei einer Zeitung in Maine, wo ich Nachrufe schreiben und über gesellschaftliche Ereignisse im County berichten durfte. Meine Güte, ich habe mich immer wieder bei den großen Zeitungen beworben, bekam aber einfach nicht den Fuß in die Tür. Dabei konnte ich es mir nicht leisten, einen Job in der Poststelle anzunehmen, weil ich ein großes Darlehen abzahlen mußte.«

Er zog eine Zellophantüte hervor, in der er getrocknete Kräuter und eine Packung Zigarettenblättchen aufbewahrte. »Hier, bau uns mal einen Joint.«

»Klar«, sagte sie, ausgiebig vom Koks beglückt.

»Yeah, ich habe also ein paar Jahre beim *Monitor* gearbeitet – und bin eingegangen wie eine Primel. Nebenbei schrieb ich zwei Romane, die nicht gelaufen sind. Ich hatte ein paar Freundinnen, war aber letzten Endes ein verdammt unglücklicher Wichser. Glücklicherweise wurden die Scouts einiger Zeitschriften auf mich aufmerksam, und dann bekam ich ein paar Anrufe von Chefredakteuren. Die verdammten Illustriertenbosse, die haben meine Sachen gelesen, es hat ihnen gefallen, und sie wollten mich haben. Zum Teufel, eigentlich wollte ich doch zur *Washington Post* oder zur *New York Times* und nicht zum *Enquirer*! Aber dann hat man mir gutes Geld geboten, dreimal soviel, wie ich in Maine verdient habe, plus Auslagen. Irgendwann war ich dann soweit. Mein alter Buick hat den Geist aufgegeben, meine Katze Puddles ist gestorben, der zwanzigste Verleger hat meinen neuen Roman abgelehnt – also sagte ich, was soll's. Warum nicht, dachte ich und nahm das nächstbeste Angebot an, und das war der *Intruder*. Ich bin nach Florida gezogen und habe es bis heute nicht bereut.«

Sie saugte probeweise am Joint, und Camden kam wieder auf Ideen. Lässig nahm sie das Ding aus dem Mund und reichte es Camden. »Aber was ist mit den UFOs? Darüber wollte ich doch was hören.«

Camden seufzte und zündete den Joint mit einem Wegwerffeuerzeug an. Es war schon komisch. Da schüttete er einer Frau sein Herz aus, aber sie wollte nur etwas über fliegende Untertassen hören. Er hatte sie anders eingeschätzt, aber vielleicht hatte sie sich ein bißchen in ihn verknallt und wollte ihm nicht nur unten herum in Erinnerung bleiben. Aber nein, nein – sie war eindeutig ein Untertassengroupie. Natürlich nicht die Sorte mit spitzen Ohren, die sich nichts sehnlicher wünschte, als eine Nummer mit Mister Spock zu machen, aber eindeutig eine UFO-Verrückte. Ach, was soll's, sagte er sich. Die Kleine war die Show wert.

»Oh, yeah«, fuhr er fort. Es war Zeit, eine andere Platte aufzulegen. »Ich habe schon als Kind ein paar komische Sachen am Himmel gesehen, und auf dem College lernte ich jemanden kennen, der mit einer Untertasse geflogen ist. Aliens von Beta Centauri hatten ihn entführt. Ich habe ein paar Bücher über das Thema gelesen, und als ich dann mit dem Chefredakteur sprach, meinte er, ich hätte wohl eine natürliche Affinität zur UFO-Forschung, und die sollte ich doch mit meiner journalistischen Ausbildung zusammenbringen. Daraufhin habe ich angefangen, für Pete Hubley zu arbeiten, den damaligen UFO-Reporter des *Intruder*. Er hat mir seine – hm, seine Ermittlungsmethoden beigebracht, gab mir einen Haufen Bücher und Papiere und Berichte, die ich lesen sollte, und nahm mich auf ein paar UFO-Konferenzen mit. Und dann – peng! – ist das große Mutterschiff aus dem Himmel heruntergekommen und hat ihn abgeholt. Herzinfarkt. Ich habe seinen Posten übernommen. Das war zu einer Zeit, als der *Intruder* gerade auf den Büchermarkt vorstoßen wollte. Ich hatte ja sowieso schon eine Weile an meinem Buch gearbeitet, schrieb es schnell zu Ende, und dann stand mein Name drauf, und seitdem jage ich Außerirdische.«

»Hast du denn selbst schon einmal Außerirdische gesehen?« fragte Corey. Ihre Augen blitzten vor Begeisterung.

»Ich persönlich nicht, aber ich habe einige Dinge gehört und gesehen, die du dir nicht vorstellen kannst. Eine Menge davon wurde bisher noch nicht veröffentlicht, und wahrscheinlich wird es auch nie veröffentlicht werden. Ich habe Geschichten gehört, bei denen dir die Zehennägel hochklappen würden. UFOs sind *real*, Corey, laß dir von niemandem was anderes einreden. Es gibt ein paar absolut *paranormale* Sachen, die ständig um uns herum passieren.«

Corey schnupfte den nächsten Streifen Kokain und wandte sich atemlos wieder an ihn. »Ich habe gehört, daß die Außerirdischen hier landen, Frauen mitnehmen und sie zwingen, unglaublichen außerirdischen *Sex* mit ihnen zu machen!« Die Vorstellung schien sie sichtlich anzuregen. Ihre rosafarbenen Brustwarzen wurden härter und dunkler.

»Ähm, ja, also . . . das stimmt, Baby. Die machen ziemlich ausgeflippten, unglaublichen Sex. Wie ich hörte, haben die Plejadianer zum Beispiel Orgasmotrone. Die stekken den Frauen erst mal die Dinger rein, um sie aufzuwärmen. Die Mädels, die mir das erzählt haben, meinten, daß sie eine halbe Stunde ohne Unterbrechung gekommen sind! Und dann holen die Außerirdischen ihre Sexualorgane raus, und im Verhältnis dazu, daß die Plejadianer so kleine Kerle sind, haben sie Schwänze wie Hengste!«

»Oh, wirklich!« Sie packte seine Knie und drückte fest zu. Hektisch leckte sie mit der flinken kleinen roten Zunge die Lippen, kniff die Augen zusammen und hing ihren geheimen Fantasien nach. »Erzähl mir mehr«, verlangte sie atemlos. »Erzähl mir mehr!«

Camden wußte, daß manche Leute auf Sex mit Außerirdischen abfuhren, aber er hatte es noch nie bei so einem hübschen Mädchen erlebt. Mein Gott, dachte er, was die Leute manchmal für einen Scheiß im Kopf haben. Aber er war nicht der Typ, der sich so eine Gelegenheit entgehen ließ, wenn sie schon einmal nur Zentimeter von seinem Schoß entfernt zu kochen begann.

»Eine Frau hat mir die ganze Geschichte erzählt«, berichtete er. Es fiel ihm nicht schwer, sich etwas einfallen zu lassen. »Sie meinte, zwei männliche Aliens hätten sich um sie gekümmert. Mit Penissen wie dicke Antennen, die sie so weit ausfahren konnten, daß sie die Frau quer durch den Raum hätten vögeln können. Und die Penisse haben vibriert! Und verströmten dabei einen Duft, der sie geradezu verrückt gemacht hat.«

Ihre Finger wanderten nach oben und lange, rot lakkierte Fingernägel kratzten leicht über die Schwellung in seiner Hose. »O ja«, seufzte sie. »Irgendwie habe ich mir das genauso vorgestellt.«

»Aber das ist noch nicht alles. Die haben sich also zu zweit um das Mädchen gekümmert, einer von vorn und der andere durch die Hintertür, und weil sie so klein waren, ihre Körper jedenfalls, konnte sie sich eng an sie schmiegen.«

Ihre schlanken Finger zogen seinen Reißverschluß auf, und er verlor fast die Kontrolle und hätte sich beinahe in seine Hose ergossen. Dieses Gesicht, dieses nackte Mädchen mit dem roten Haar, die Brüste, die sich unter ihren schweren Atemzügen hoben und senkten, dieser Inbegriff der Leidenschaft . . .

»Oooh«, machte sie noch einmal. »Wie . . . wie lange haben sie es denn mit ihr gemacht?« Sie hatte ihm inzwischen den Gürtel und den Knopf geöffnet und senkte den Kopf über das, was sie dort fand. Ihr heißer Atem strich über sein Glied. »Sag's mir, du mußt es mir sagen!«

»Stunden!«

Plötzlich ließ sie sich auf den Boden zurückfallen, breitete die Beine aus und streckte ihm die Arme entgegen. Mit geweiteten Augen, die vor Lust blitzten, wand und bog sie sich. »Nimm mich, Jake! Nimm mich jetzt! Du bist mein außerirdischer Geliebter, Jake. Mache es mir *stundenlang*!«

Das mit den Stunden würde wohl nichts werden, aber er konnte es immerhin versuchen, und danach konnte er sich immer noch entschuldigen. Grinsend nahm er einen letzten Zug von der Marihuanazigarette, schnupfte die letzten

Krümel Kokain und trank einen letzten Schluck Whiskey. Dann, immer noch grinsend, zog er sich die Jeans herunter.

Das Telefon klingelte.

Später, als er Gelegenheit hatte, den Augenblick zu rekonstruieren, erkannte Jake, warum er abgenommen hatte, warum er das Telefon nicht einfach hatte läuten lassen. Der Grund war, daß er viel zu lange an Redaktionsschreibtischen gesessen hatte, um ein Telefon klingeln zu lassen. Es kam soweit, daß man es klingeln hörte und dachte, das könnte endlich die große Geschichte bringen, oder es konnte der entscheidende Zeuge sein, der Informationen liefern wollte, oder es wäre die Buchhaltung, die Bescheid sagen wollte, daß das Gehalt etwas früher ausbezahlt würde.

Wie auch immer, er zog sich mit einer Hand weiter die Jeans herunter, langte mit der anderen automatisch zum Hörer und nahm ab.

»Yeah?« sagte er mit seiner gewohnten unfreundlichen Telefonstimme.

»Camden!« Das unverwechselbare Organ donnerte aus dem Hörer wie der göttliche Zorn vom Olymp. »Camden, hier ist Kozlowski. Wir müssen einiges besprechen, Mann.«

Au weia. »Es tut mir leid, aber Sie müssen sich verwählt haben«, sagte er mit verstellter Stimme. »Hier ist Bob Smith.«

»Ich weiß, daß Sie es sind, Mann. Wenn Sie auflegen, werfe ich Ihre Eier meinen Krokodilen zum Fraß vor.«

Das Blut in seinen Adern schien sich in Eiswasser zu verwandeln. Howard Kozlowski war der Chefredakteur und Herausgeber des *Intruder*, und Jake Camden war absolut nicht in der Position, es auf einen Hinauswurf ankommen zu lassen. Er war dem kolumbianischen Koksdealer in Miami ein paar Monatsgehälter schuldig, und die Jungs aus Südamerika hatten todsichere Methoden, mit säumigen Zahlern abzurechnen.

Corey stöhnte noch ein wenig, dann zog sie einen Schmollmund.

»Hab nur Spaß gemacht, Koz. Was gibt's?« sagte Camden. Er versteckte seine Panik hinter seinem üblichen ungehobelten Verhalten.

»Sie treten am Montag morgen um Punkt neun Uhr in meinem Büro an, Camden«, sagte sein Boß. »Seien Sie pünktlich, und sehen Sie zu, daß Sie ein paar gute Erklärungen mitbringen.«

»Was ist denn los, Koz?«

Corey zerrte an seinen halb ausgezogenen Jeans herum und blinzelte ihn mit Schlafzimmeraugen an. Camden schüttelte heftig den Kopf, zeigte mit dem Daumen nach unten, legte die Hand auf den Hörer und flüsterte: »Mach, daß du hier rauskommst . . .«

»Was ist los, Camden? Ich will doch hoffen, Sie arbeiten an Ihrer Geschichte«, dröhnte es aus dem Telefon. »Sie würden wirklich gut daran tun, damit voranzukommen, das kann ich Ihnen flüstern, Freundchen.«

Beleidigt stand Corey auf und sammelte ihre Kleider ein, die sie über einen Stuhl geworfen hatte. Sie zog sie an, aber Camden würdigte sie keines Blickes. Er war viel zu sehr damit beschäftigt, sich am Telefonhörer festzuhalten und zu schwitzen. Mein Gott, dachte er, das klang verdammt ernst. Kozlowskis Tonfall gefiel ihm überhaupt nicht. Das war nicht der Herausgeber, der mit einem Mitarbeiter etwas Geschäftliches zu besprechen hatte. Das war etwas anderes im Busch, und Camden fürchtete, daß er nur zu gut wußte, was es war.

»Also, Mr. Kozlowski, ich kann Ihnen schon mal sagen, daß gerade heute morgen meine Recherche zu ein paar sehr erfreulichen Ergebnissen geführt haben, und ich wollte eigentlich gleich wieder los und sehen, ob ich noch mehr herausfinden kann.«

»Klar doch, Camden, klar doch.« Die Stimme drang so laut aus dem Hörer, daß Camden ihn ein Stück vom Ohr weghielt. »Ich wette, Sie haben eine Nutte auf dem Zimmer. Saufen, vögeln und Gott weiß was noch alles. Das sind doch Ihre üblichen Ermittlungsmethoden.«

Corey hatte die letzten Worte gehört. Sie knöpfte sich

ihr Hemd zu, bedachte Camden mit einem erschrockenen und zugleich wütenden Blick und schnappte sich ihre Schuhe. »Arschloch!« brüllte sie und stürmte zur Tür.

»Wer war das, Camden?« wollte sein Boß wissen.

»Äh, das war das Zimmermädchen. Ich habe das Zimmer ziemlich in Unordnung gebracht, und jetzt ist sie wütend.« Er zuckte zusammen, als sie die Tür zuknallte. Soviel zu einem Nachmittag voller heißem, außerdirdischem Sex.

»Camden, lassen Sie sich eins gesagt sein: Wenn ich Sie nicht brauchen würde, dann würde ich Sie lieber heute als morgen rausschmeißen. Lieber heute als morgen.«

»Ich dachte, Sie wären mit meiner Arbeit zufrieden, Mr. Kozlowski!« Verdammt. Camdens schlimmsten Ängste nahmen Gestalt an. Der Boß hatte herausgefunden, was er mit Cynthia angestellt hatte.

»Mehr als mäßig war das nie, Camden, aber das meine ich jetzt nicht. Nein, meine Tochter ... nun ja, sie hat sich gestern abend betrunken und wohl auch Drogen genommen. Und sie hat mir gesagt ...« Kozlowskis Stimme brach beinahe, »sie hat mir gesagt, was Sie mit ihr gemacht haben.«

»Das kann ich erklären, Sir. Cynthia hat ein paar sehr schwerwiegende Probleme, Mr. Kozlowski, und ich dachte, vielleicht braucht sie eine Art psychologischer Hilfe. Ich habe ihr das gesagt, und ich wollte auch mit Ihnen noch darüber sprechen. Ich habe Ihre Tochter wirklich sehr ins Herz geschlossen, und ...«

»Ins Herz geschlossen! Einen Scheißdreck haben Sie. Sie ist gerade mal siebzehn Jahre alt, Sie lüsterner Schweinehund! Man sollte Sie einsperren lassen!«

»Darf ich Sie daran erinnern, daß sechzehn das Mindestalter ist? Und Cynthia ist eine sehr eigenwillige junge Dame«, verteidigte Camden sich. »Ich kann Ihnen sagen, daß ich wirklich kein schwacher Mann bin, Mr. K. Aber Ihre Tochter hatte gewisse Ideen, und ich konnte einfach nicht widerstehen.«

Sein Arbeitgeber schwieg.

»Sir? Sind Sie noch da? Wenn ich wieder zurück bin, dann sollten wir uns unter vier Augen darüber unterhalten«, fuhr Camden fort. »Und was meine nächste Geschichte angeht – ich glaube, Ihnen wird gefallen, was ich da habe.«

»Was denn?«

»Oh, äh . . .« Kozlowskis Frage war so abrupt gekommen, daß Camden für einen Moment die Fassung verlor. Was war es noch gewesen? Entführungen? Riesige Kreaturen mit drei Augen, die aus einer fliegenden Untertasse stiegen? Nein, natürlich nicht. Jetzt hatte er's wieder. »Ich bin einer Verschwörung der Regierung mit Außerirdischen auf der Spur, wo es darum geht, Farmer zu verängstigen und von ihrem Land zu vertreiben.« Die Worte sprudelten aus seinem Mund – er hoffte nur, sie wären verständlich.

»Schon wieder eine Verschwörung der Regierung«, stöhnte Kozlowski. »Diese Geschichte ist beinahe vierzig jahre alt.«

»Aber ich sage Ihnen, das ist ein völlig neuer Aspekt. Ich haben den Aufhänger für all die Recherchen gefunden, die ich bei Farmern gemacht habe, und . . .«

Kozlowskis Stimme wurde kalt und hart. »Camden, ich wollte mir das eigentlich bis Montag aufheben, aber ich kann es Ihnen auch gleich sagen. Ich bin diesen Mist, den Sie mir in der letzten Zeit geliefert haben, ziemlich leid. Ihre Kolumne geht den Bach runter, und die Geschichten, die Sie schreiben, sind nichts weiter als alte Aufgüsse aus den sechziger und siebziger Jahren. Ich gebe Ihnen noch einen Monat, um einen Knüller aufzutun – eine Geschichte, die sich nachhaltig auf unsere Auflage auswirkt. Die verdammten Zeitschriften in New York veröffentlichen bessere UFO-Geschichten als wir. Wenn Sie mir den Knüller nicht liefern, dann sind Sie erledigt, Camden. Betrachten Sie dies im Lichte der jüngsten Entwicklungen und im Zusammenhang mit meiner minderjährigen Tochter als Bewährungsstrafe.«

»In Ordnung, Mr. K. Ich bin einer wirklich aufregenden Sache auf der Spur. Ich würde sogar sagen, ich bin . . .«

»Vergessen Sie's nicht, Camden. Montag morgen. Und ich hoffe, Sie mögen es, wenn Ihnen jemand den Arsch aufreißt, Camden, denn am Montag nachmittag werde ich genau das tun.«

Klick! Die Verbindung wurde unterbrochen, und Jake Camden stand allein im Zimmer, die Hosen bis zu den Knien heruntergezogen und in Gefahr, seinen Job zu verlieren. Er legte den Hörer auf, zog sich die Jeans hoch und schloß den Gürtel. Verdrießlich betrachtete er die Stelle, wo gerade noch die nackte Corey gelegen hatte. Seine Lust, vor ein paar Minuten noch so heftig, war ihm gründlich vergangen.

Camden seufzte und setzte sich. Er zog eine Camel aus der Packung und rauchte.

Diese verdammte kleine Cynthia! Er hatte sich ja gleich gedacht, daß es nicht gut wäre, sich von ihr um den Finger wickeln zu lassen.

»Ausgerechnet die Tochter des Chefs!« knurrte Camden. »Jakey, du bist ein Idiot.« Er vögelte jetzt seit ein paar Monaten mit ihr, und als sie letzte Woche gemeint hatte, er müsse sie heiraten, hatte er sie natürlich ausgelacht und gedacht, sie würde scherzen. Das mußte einfach ein Scherz gewesen sein! Aber sie war unter Tränen davongelaufen – anscheinend schnurstracks zu ihrem Daddy. Zum großen Howie Kozlowski, dem Eigentümer des *Intruder*, einer Orangenplantage, eines Fernseh- und eines Radiosenders – und der größten Alligatorfarm im Orlando County. Jetzt saß Jake Camden in der Tinte. Seine Dominosteine kippten der Reihe nach um.

Er schenkte sich noch einen Whisky ein und dachte fieberhaft nach. Binnen weniger Minuten hatte er das Glas geleert und sich das nächste eingeschenkt. Dann drückte er die Zigarette im Aschenbecher aus und sah Schlagzeilen vor seinem inneren Auge.

›UFO-Verleger wirft UFO-Reporter in Krokodilteich.‹

Camden trank einen Schluck Whisky.

›Jugendliche Zeitungserbin: Habe UFO-Reporter die Genitalien abgeschnitten und den Außerirdischen gegeben.‹

Camden trank einen Schluck Whisky.

›Außerirdische beamen bedrohten UFO-Reporter in ihr Schiff. Rettung in letzter Minute vor wütendem Chef.‹

»Yeah«, sagte Jake Camden. Er starrte zur Decke hoch, oder genauer gesagt, durch die Decke hindurch. »Yeah, bitte. Jetzt könnt ihr kommen und mich holen, verdammt. Los doch!«

Er trank den Whisky aus.

9. Kapitel

»So, da bist du ja, du alter Hurensohn«, knurrte der Mann mit der Baßstimme, als er von der Couch in der Lobby aufstand. Dabei spritzte etwas Schaum aus einem Bierkrug auf den alten Teppich. »Hätte nicht gedacht, daß du kommst, Scarborough, du altes Stinktier!«

Everett Scarborough schlug in die fleischige Pranke ein, die ihm entgegengestreckt wurde, und verzog pflichtschuldigst das Gesicht, als Captain Eric MacKenzie sich mit der üblichen Begeisterung und Kraftanstrengung bemühte, ihm die Hand zu zerquetschen.

»Tja, Mac, wie ich dir schon am Telefon sagte, hätte ich das Abendessen mit dir beinahe vergessen. Weiß der Himmel, welche statistischen Gesetze des Unglücks sich da gegen mich verschworen haben.«

»Yeah, ich habe gestern abend schon davon gehört. Dieser Kerl, der auf dich geschossen hat . . . also, den würde ich mir gern mal in freier Wildbahn vorknöpfen. Nur er und ich und Betsy, meine gute alte Schrotflinte.« MacKenzie zielte auf die Decke. »Nun setz dich schon und entspanne dich. Ich sehe mal, ob ich dir ein Bier besorgen kann. Ein dunkles, wenn du mir versprichst, daß du ein braver Junge bist und mir alle Einzelheiten erzählst.«

»Natürlich«, sagte Scarborough. »Geht in Ordnung, Mac. Ich könnte ein Bier und ein geneigtes Ohr gut gebrauchen.«

»Wird gleich geliefert«, versprach der bärbeißige Mann und marschierte zur Bar.

Sie hatten sich im Empfangsbereich des Tabard Inn verabredet, weil dies einer ihrer liebsten Treffpunkte in Washington war. Das Lokal, nur ein paar Blocks vom Dupont Circle entfernt gelegen, war ein alter, geschichtsträchtiger Ort. Die Einrichtung, die aus schwerem, altem Holz bestand, schien eine fast körperlich spürbare Verschrobenheit auszustrahlen. Scarborough lehnte sich bequem zurück und genoß die Ruhe des Raumes. Vor ihm brannte ein kleines Feuer in einem altmodischen, aus Ziegelsteinen gemauerten Kamin. Es knackte und spuckte und sandte hin und wieder einen Schwall heißer Luft zwischen die dick gepolsterten, gemütlichen Stühle und Sofas im Vorraum. Auf dem Kaminsims stand eine Reihe alter Nippsachen und Bilder. Nebenan, im schwach beleuchteten Speiseraum, waren die gedämpften Geräusche von Bestecken und Tellern und die leisen Gespräche der Gäste zu hören. Man konnte sich beinahe vorstellen, hundert Jahre in der Zeit zurückversetzt zu sein. Genau das war es gewesen, was er und Phyllis so gemocht hatten, als MacKenzie sie kurz nach ihrem Umzug nach Washington zum erstenmal in dieses Lokal geführt hatte. Das war Mitte der sechziger Jahre gewesen. So etwas erwartete man normalerweise nur in Neuengland zu finden. Dieser überwältigende Charme war ungewöhnlich für ein teures Lokal, das sich mitten in Washington, D. C., befand.

Und es gab hier ausgezeichnetes Essen und gutes Bier, dachte Scarborough, während er die Düfte roch, die aus dem Speisesaal herüberwehten. Als Eric MacKenzie mit zwei randvollen, riesigen englischen Bierhumpen zurückkam, war Scarborough mehr als bereit für einen guten Schluck.

Er nahm sein Glas und trank etwas Schaum ab. »Hier hat sich ja wirklich nicht viel verändert«, sagte er.

»Teufel, nein, Gott sei Dank auch. Die paar Zimmer, die sie hier haben, die können mir gestohlen bleiben, aber das Restaurant ist großartig. Abgesehen davon fühle ich mich auch im Hilton ganz wohl.«

Captain Eric MacKenzie war gut über fünfzig und damit fünf Jahre älter als Scarborough – aber Scarborough dachte, daß sein Freund ungefähr fünf Jahre *jünger* aussähe. Er war ein breitschultriger, knorriger Mann mit dem roten Haar der Schotten und einem immer geröteten Gesicht, was auf die Leidenschaft zurückzuführen war, mit der er sich seinen Hobbys hingab: Jagen und Fischen. Nur die Fältchen unter den Augen, das graue Haar in seinen langen, altmodischen Koteletten und der Ansatz eines Doppelkinns verrieten sein wahres Alter. Mit blauen Augen schaute er fröhlich in die Welt, unendlich amüsiert über beinahe alles, was er zu sehen bekam. Ein buschiger Schnurrbart rundete sein Äußeres ab.

»Eric, du weißt doch, daß du auch bei mir hättest wohnen können«, sagte Scarborough. »Du bist jederzeit willkommen.«

MacKenzie nahm einen langen Schluck Whatney's, wischte sich den Schaum vom Schnurrbart, rülpste, grinste und tätschelte Scarboroughs Knie. »Ach was, Doc. Ich habe so oft bei dir gewohnt. Denk nur an die Pokerwochenenden, zu denen du uns immer einlädst. Außerdem findet die Konferenz im Hilton statt, und das ist bequemer, weil ich nur übers Wochenende hier bin. Trotzdem dachte ich, weil wir uns ja eine ganze Weile nicht mehr gesehen haben, daß wir eine Weile hier herumhängen und uns was erzählen könnten wie in alten Zeiten, ohne daß uns dauernd eine Frau im Nacken sitzt.«

MacKenzie nahm wieder einen großen Schluck. Seine Frau, Tama, hatte ihn vor sechs Jahren verlassen. Sie war mit einem feingeistigen Poeten davongelaufen, der an einem gemütlichen College im Mittelwesten eine Professur in Englisch innehatte. Tama und Phyllis waren, seit sie sich 1965 kennengelernt hatten, enge Freundinnen gewesen. Damals war Scarborough nach Washington gezogen, um für die Air Force tätig zu sein. MacKenzie hatte ebenfalls eine Weile für das Projekt Blue Book gearbeitet und dafür gesorgt, daß sich der frisch angeheuerte Scarborough in der fremden Stadt einlebte. Sie hatten nur bei einigen wenigen UFO-Nachforschungen eng zusammengearbeitet, waren sich aber oft im Pentagon oder im Hauptquartier in Virginia begegnet, und sie hatten sich auch privat häufig getroffen. MacKenzie hatte ein paar Jahre nach Ende des Projekts Blue Book gekündigt, um sich dem zu widmen, was er immer schon hatte tun wollen. Er schrieb Romane. Insgeheim beneidete Scarborough seinen Freund. Er selbst hatte sich auf Sachbücher verlegt, weil er die Allüren und das Getue der Romanschriftsteller nicht leiden konnte. Trotzdem war er der Versuchung erlegen, denn MacKenzie hatte immer wieder mal versucht, ihn für das eine oder andere ausgeflippte Projekt zu gewinnen – aber der Wissenschaftler Scarborough mußte zugeben, daß Prosa schreiben etwas war, das er einfach nicht konnte. Vielleicht hatten seine Kritiker recht, doch genau dies war die Eigenschaft, die ihn zu einem erstklassigen Debunker machte: Er hatte keine Fantasie.

MacKenzie war sicherlich kein zweiter Saul Bellow. Er war eher so eine Art Ernest Hemingway für arme Leute und hatte sich auf Abenteuerserien für ein männliches Publikum spezialisiert, in denen es reichlich Kanonen, vollbusige Puppen und Autos gab. Zur Abwechslung schrieb er gelegentlich für Männermagazine Artikel über Accessoires wie die Uzi-Maschinenpistole oder, noch lieber, über die Vorzüge der Farbe Orange bei selbstgebastelten Fliegen, wenn man Flußforellen angeln wollte. Aber wenn der Mann nicht gerade Rehböcken hinterherstiefelte oder Angelleinen in Gewässer warf, saß er mit Sicherheit tippend an seinem Computer und hörte John Philip Sousa, seine Lieblingsmusik beim Schreiben. Eric MacKenzie schrieb gern, und so beinhaltete seine Prosa das Temperament und die Ausgelassenheit – und leider auch die ganze Verschrobenheit – seiner Persönlichkeit.

»Welche Konferenz, Mac?«

»Oh, nur so ein langweiliges Treffen von Zeitschriftenjournalisten.« MacKenzie fischte eine Zigarre aus der Brusttasche seiner Tweedjacke. »Ich wollte mit ein paar Herausgebern sprechen. Das ist hier einfacher, als wenn ich nach New York City fahren müßte, wo die meisten ihre Büros haben. Mein Gott, wie ich diese Stadt hasse. Irgendwie fände ich den Gedanken, daß dieser ganze Dreck und Beton einfach im Atlantik absäuft, ganz reizvoll. Aber ich wäre im Eimer, wenn das wirklich passieren sollte. Da kommt nämlich mein Geld her.« MacKenzie zündete sich eine Ortega y Gasset an und paffte heftig, bis die Zigarre brannte, dann warf er das Streichholz in den Kamin. »Ich hoffe, du hast Hunger. In fünfzehn Minuten wird unser reservierter Tisch frei. Ich dachte, du würdest es genießen, wenn wir vorher eine Weile hier sitzen wie in alten Zeiten.«

Pause. Er paffte wieder.

»Nun ja . . . Ist ein dummes Gefühl, wenn auf einen geballert wird, was? Ich habe in Korea einen Vorgeschmack davon bekommen, das kannst du mir glauben. In meiner *Immolator*-Serie sind dann mehr Kugeln herumgeflogen als im ganzen Zweiten Weltkrieg. Aber ich bin ja nicht blöde – ich mag Waffen, aber ich mag's nicht, wenn man auf mich schießt.«

Für MacKenzies Verhältnisse war das ein recht unverblümtes Eingeständnis seiner Wut darüber, daß man seinen Freund beinahe erschossen hätte. Scarborough verstand ihn, und es rührte ihn an wie so vieles, was dieser Bär von Mann tat. Damals, beim Projekt Blue Book, war zwischen ihnen, ohne daß es je ausgesprochen worden wäre, ein unsichtbares Band entstanden. Keiner der beiden zeichnete sich durch besondere Herzlichkeit aus, aber sie waren, ohne es offen zu sagen, übereingekommen, das Band nicht abreißen zu lassen.

»Das war schrecklich, aber es war noch viel schrecklicher zu sehen, daß dieser UFO-Verrückte direkt vor meinen Augen erschossen wurde.« Scarborough nippte an dem bitteren, herzhaft schmeckenden Bier. »Weißt du, Mac, auch wenn ich ihre Sichtungen verfluche und mich über die UFO-Trottel und ihre schwachsinnigen Kollegen lustig mache – es sind Menschen wie du und ich, und ich mag es nicht, wenn sie verletzt oder sogar umgebracht werden.«

»Ach, du alter Weichling. Hör mir auf mit diesem Geschwafel von Mitmenschlichkeit. Du bist ein Kreuzfahrer der Wissenschaft, und du bist auf deine Art so schlimm wie Jerry Falwell oder Billy Graham. Du bist ein Prediger. Du willst die UFO-Freaks über den breit ausgetretenen Pfad der Wissenschaft tappen und vor deinem Altar der Logik niederknien sehen. Du willst sie vor der Sünde des unscharfen Denkens erretten. Jawohl, Reverend Scarborough steht auf der Kanzel und predigt den Menschen: ›Tretet vor und wascht eure Sünden mit dem Blut von Isaac Newton und Albert Einstein ab.‹«

Es sah irgendwie obszön aus, wie ihm die Zigarre im Mundwinkel hing. MacKenzie hob die Hände und wakkelte mit den Fingern. »Halleluja.«

Scarborough kicherte. Mac war nahezu der einzige Mensch, von dem er sich auf diese Weise auf den Arm nehmen ließ. Trotzdem, das konnte er nicht auf sich sitzen lassen. »Oh, na schön. Ein heruntergekommener Groschenheftschreiber kritisiert die Wissenschaft«, sagte er. Das war eine oft erprobte Beleidigung.

MacKenzie hob die Augenbrauen. »Wenigstens habe ich meine Fakten richtig sortiert.«

Scarborough wandte den Blick ab und nahm sein Bierglas in die Hand. Darauf wollte er nicht eingehen. Mac wollte wieder auf ein eigentliches Thema zu sprechen kommen, und das war das letzte, was Scarborough im Moment interessierte. Nicht nach dem Wochenende, das er hinter sich hatte. »Tatsächlich? Aber deine Fakten sind nur so lange in Ordnung, wie der Zeitschrift *Gun World* keine Tippfehler unterlaufen. Im Ernst, Mac, ich bin ziemlich erschüttert, und zwar nicht nur wegen des Anschlags auf mich.«

»Dann erzähle mir doch ausführlich, was passiert ist.«

Scarborough berichtete seinem Freund die Einzelheiten. MacKenzie hörte aufmerksam zu, nickte und grunzte hin und wieder, und als Scarborough geendet hatte, sagte er: »Nein, deshalb würde ich mir keine großen Sorgen machen. Das klingt eher nach einem einsamen Verrückten. Sicher kein professioneller Killer. Ein Revolver oder eine Pistole aus so großer Entfernung? Er konnte sich ja schon glücklich schätzen, daß er überhaupt die Bühne traf.«

»Abe meint jedenfalls, ich sollte für eine Weile von der Bildfläche verschwinden. Für alle Fälle.«

MacKenzie zuckte die Schultern. »Klar, man kann nie vorsichtig genug sein. Aber große Sorgen würde ich mir nicht machen. Im Grunde wundere ich mich sogar, daß dir so etwas nicht schon viel früher passiert ist. Ich habe dir ja immer gesagt, daß du mit solchen Dingen rechnen mußt.«

»Und wer predigt jetzt – du Jünger der American Rifle Association?« Scarborough lehnte sich zurück, starrte ins Leere und tippte mit dem Fingernagel an sein Glas. »Das ist aber noch nicht alles. Was ich dir jetzt sage, mußt du wirklich für dich behalten.«

MacKenzie begriff, daß er es ernst meinte. »Klar, Doc. Du weißt doch, daß du mir vertrauen kannst.«

»Was jetzt kommt, ist ein Hammer. Wenn die Medien davon Wind bekommen, gibt es einen Haufen Ärger. Meiner Glaubwürdigkeit würde es wohl nicht schaden, aber ich kann diese Art von Publicity überhaupt nicht gebrauchen.« Möglichst knapp erzählte er MacKenzie von der UFO-Sichtung, die Diane zusammen mit ihrem Freund Timothy Reilly erlebt hatte.

»Sie will, daß ich der Sache nachgehe«, meinte er dann. »Sie glaubt wirklich, sie und Tim seien entführt worden. Ich habe das zurückgewiesen und gesagt, die beiden hätten wohl Drogen genommen oder so etwas. Wir haben uns heftig gestritten, und sie ist sofort zur Universität zurückgeflogen. Jetzt will sie selbst nachforschen und sich jemand anders suchen, der ihr hilft.«

MacKenzie zog nachdenklich an seiner Zigarre, dann blies er eine dicke Rauchwolke aus. »Ich kann verstehen, warum du so reagiert hast, Everett. Diane ist für deinen Geschmack einfach zu unberechenbar und eigensinnig. Aber vielleicht müßtest du ihr mal ein bißchen entgegenkommen. Ich meine nicht, daß du plötzlich väterliche Gefühle entwickeln sollst, aber es könnte nicht schaden, wenn du hinfährst und ein bißchen herumstocherst – um danach dein negatives Urteil zu verkünden und beruhigt wieder nach Hause zu fahren.«

»Nein!« entgegnete Scarborough. »Dazu wird sie mich nicht herumkriegen. Es ist ja zum Beispiel denkbar, daß sie, ohne es selbst zu wissen, Teil eines Manövers ist, das dazu dient, meinen guten Ruf anzukratzen. Wenn gestern abend jemand auf mich geschossen hat, dann könnte jemand anderes längst damit beschäftigt sein, an meinem Stuhl zu sägen. Mac, ich weiß schon seit geraumer Zeit, daß ich in meiner Branche ein paar erbitterte Feinde habe.«

»Yeah, ich verstehe, was du meinst.« Der große Mann zog wieder an der Zigarre und trank einen Schluck Bier. »Okay, aber ich glaube trotzdem, daß du sie besuchen solltest. Immerhin ist sie deine Tochter. Nur, daß du auf deinen alten Kumpel Mac sowieso nicht hören willst, was? Ich wünschte wirklich, du würdest mal einen Rat von mir annehmen.«

So. Also waren sie wieder einmal beim *Thema*. Nun gut, dachte Scarborough, dann bringe ich es eben sofort hinter mich. Er wußte genau, daß er MacKenzie nicht ohne ein kleines Kämpfchen entkommen könnte.

»Mac, ich habe im letzten Monat dein Paket bekommen, aber es tut mir leid, ich hatte wirklich noch keine Gelegenheit, es näher anzusehen.«

»Das letzte Paket davor habe ich vor ungefähr sechs Monaten geschickt, und auch darauf hast du bisher noch nicht geantwortet.«

»Es tut mir wirklich leid, Mac. Ich habe einfach andere Prioritäten. Und etwas, das vor zwanzig Jahren passiert ist, das hat für mich heute keinen großen Aufmerksamkeitswert mehr.«

»Junge, hast du dich verändert«, sagte MacKenzie. Er runzelte finster die Stirn. »Früher warst du mal ein erstklassiger Forscher, Doc. Weißt du, was ich denke? Ich glaube, du willst einfach nicht die Möglichkeit ins Auge fassen, daß wir damals für einen Haufen hinterhältiger Schurken gearbeitet haben. Du arbeitest ja sogar heute noch für sie.«

Scarborough schnalzte mit der Zunge. »Hinter jedem Busch ein Verschwörer, Mac? So etwas gibt's nur in Romanen. Weißt du, was dein Problem ist? Du solltest lieber nicht mehr versuchen, Robert Ludlum zu imitieren. Du hast nur noch deine Abenteuergeschichten im Kopf, und das ergibt zusammen mit deinem alkoholgetränkten Hirn keine gute Mischung.«

Dieser Streit hatte vor ungefähr einem Jahr begonnen, als MacKenzie eingewilligt hatte, für *True Magazine* eine Artikelreihe über seine Mitarbeit beim Projekt Blue Book zu schreiben. Gründliche Recherchen waren noch nie Eric MacKenzies Stärke gewesen, und als er Scarborough von dem Auftrag erzählt hatte, war Scarborough sofort bereit gewesen, seinem Freund ein wenig zu helfen. Mit mehr als einem gelegentlichen Telefonanruf hatte er damals nicht gerechnet.

Aber Scarborough hatte seinen Freund falsch eingeschätzt. Er hatte nicht die Zeichen gesehen, die verrieten, was wirklich in MacKenzie vorging – der ehemalige Captain wollte Neuland betreten. Es reichte ihm nicht mehr, Geflügel und anderes Wild abzuknallen und schuppige Geschöpfe aus den Flüssen zu zerren. MacKenzie war scharf auf größeres Wild – genau wie damals, als er in Vietnam oder Korea Kommunisten oder in Nebraska UFOs gejagt hatte. Außerdem hatte er in den letzten Jahren viel zu viele Veröffentlichungen der UFO-Anhänger gelesen. Nein, natürlich glaubte er nicht an Unfug wie die kleinen Männchen von anderen Planeten, die angeblich Menschen entführten. Aber irgendwie hatte sich bei ihm die Idee festgesetzt, daß irgendeine Regierungsbehörde – oder mehrere Behörden gemeinsam – gewisse Fakten unter den Teppich kehrten, die mit den unredlichen UFO-Forschungen der Regierung zusammenhingen. Kein Zweifel, der Gedanke, daß hinter dicken Eichentüren in Washington Drahtzieher am Werk waren, die Papiere verbrannten und Agenten ausschickten, um Akten zu vernichten – und die beim FBI oder bei der CIA die Fäden zogen –, gefiel MacKenzie sehr. Aber vor allem brachte es ihn in Rage, daß er als ehemaliger Angestellter der amerikanischen Regierung auch selbst hinters Licht geführt worden war.

MacKenzie hatte die offiziellen Berichte des Projekts Blue Book noch einmal gelesen und die Aufzeichnungen der Ermittlungen durchgesehen, an denen er mit oder ohne Dr. Everett Scarborough beteiligt gewesen war. Dann hatte er aus den gewaltigen alten Aktenstapeln, die er in Fort Meyer gestohlen hatte, die Akten über die betreffenden Fälle herausgesucht. Als er die offiziellen Berichte nochmals durchging, fielen ihm gewisse Unstimmigkeiten auf. Einige Kleinigkeiten hier und dort, die er ... nun ja, die er etwas anders in Erinnerung hatte.

In der Tat, es gab in den Details gewisse Abweichungen. Zum Beispiel die Farben der Lichter, welche die Zeugen von UFO-Sichtungen beschrieben hatten. Zum Beispiel die Anzahl der Menschen, die als Zeugen der Sichtungen genannt wurden. In den meisten Fällen war es nichts wirklich Wichtiges, aber die Sache ging MacKenzie nicht aus dem Kopf. Wenigstens war dies den Briefen zu entnehmen gewesen, die er Scarborough geschrieben hatte.

Im letzten Bericht, hatte MacKenzie erklärt, waren die Schilderungen zweier Ermittlungen ganz besonders kraß verfälscht worden. An einer der beiden, in North Dakota, war MacKenzie selbst beteiligt gewesen. Es waren streng geheime Vorgänge, da die Sichtungen in der Nähe von Raketensilos stattgefunden hatten. In der Folge hatte es in der elektrischen Anlage des Stützpunkts außerdem einige

Störungen gegeben. Der zweite Fall war eine Ermittlung, an der sie in Iowa gemeinsam gearbeitet hatten. Es war dort um die Higsdon Farm gegangen.

MacKenzie hatte seine Unterlagen kopiert, an Scarborough geschickt und seinen Freund um Kommentare gebeten. Scarborough hatte die Dokumente nur flüchtig durchgesehen. Soweit er es beurteilen konnte, gab es keine gravierenden Abweichungen. Es war ohnehin ein verwirrender Fall gewesen, und der wichtigste Zeuge – ein gewisser Charles Higsdon – hatte verschiedenen Interviewern unterschiedliche Versionen seiner Geschichte erzählt. Begonnen hatte es damit, daß eine Reihe von Leuten über den Äckern im Süden Iowas unidentifizierte Flugobjekte beobachtet hatte. Schließlich hatte man die Mitarbeiter von Blue Book hinzugezogen und um Nachforschungen gebeten. Im Abschlußbericht war es dann zu folgender Schlußfolgerung gekommen. Meteorschauer hätten zusammen mit gewissen astronomischen Phänomenen, die durch ungewöhnliche atmosphärische Bedingungen verstärkt worden waren, den Eindruck von UFOs erweckt.

In Zusammenhang mit Higsdons angeblicher Entführung war man rasch auf psychologische Probleme gestoßen. Der Farmer hatte zugegeben, die Artikel von John Fuller in der Zeitschrift *Look* über die Entführung von Betty und Barney Hill gelesen zu haben. Zweifellos hatten diese Schilderungen starken Eindruck auf ihn gemacht, denn auch die »Entführung«, die er selbst beschrieb, war angeblich mit einer medizinischen Untersuchung durch kleine Wesen verbunden gewesen.

Trotz der kritischen Anmerkungen, mit denen der Fall im Jahre 1968 zu den Akten gelegt wurde, war die ursprüngliche sensationelle Geschichte durchgesickert und hatte sich wie ein Lauffeuer verbreitet. MacKenzie war nun auf gewisse Widersprüche zwischen seinen Notizen und dem veröffentlichten Bericht über die Ermittlungen gestoßen. Scarborough sollte zusätzlich auch seine eigenen Akten zu diesem Fall durchsehen, verlangte MacKenzie. Aber Scarborough war natürlich nie dazu gekommen. Er versuchte, sein Leben nach seinen Prioritäten auszurichten, und die Überprüfung des Higsdon-Falles, wobei höchstens ein Artikel für ein zwielichtiges UFO-Magazin herausgekommen wäre, stand ziemlich weit unten auf seiner Liste. Außerdem stieß man bei solchen Feldforschungen immer auf kleine, unbedeutende Widersprüche, und das galt ganz besonders, wenn die Berichte später von gelangweilten Bürokraten dokumentiert wurden, die an der Operation selbst überhaupt nicht teilgenommen hatten. Auch in der Geschichtsforschung gab es unzählige vergleichbare, geringfügige Fehler. Damit mußte man leben.

MacKenzie leerte sein Glas und grinste. »Yeah. Kann sein. Aber so leicht kommst du mir heute nicht davon. Und sei es nur, weil ich dich mal ein bißchen in Bewegung bringen will. Schau dir die verdammten Akten an, Doc. Und gib mir einen Kommentar dazu, damit ich dich wenigstens als Handlanger der Regierung zitieren kann.«

Scarborough seufzte. »Okay, okay. Ich sehe sie mir mal an.«

MacKenzie beugte sich vor und sprach im Verschwörerton weiter. »Yeah, und vielleicht bist du auch in der Lage, etwas über den alten Dolan auszugraben. Du kannst dir sicher denken, daß ich ihn nicht anrufen wollte, denn wir sind damals nicht besonders gut miteinander ausgekommen. Aber du siehst ihn ja hin und wieder noch. Vielleicht kannst du aus dem alten Kampfhahn etwas herausholen.«

»In dieser Hinsicht kann ich dir nichts versprechen, aber die Akten werde ich mir ansehen. Ich glaube, ich habe tatsächlich noch eigene Unterlagen, mindestens über den Litton-Fall. Das werde ich mal überprüfen, Mac. Aber nur unter der Bedingung, daß du mich nicht mehr als Handlanger der Regierung bezeichnest. Du weißt, daß das der Kampfschrei der UFO-Trottel ist. Mein Beschäftigungsverhältnis bei der Regierung ging zusammen mit dem Projekt Blue Book zu Ende, und die Kontakte, die ich später noch hatte, dienten ausschließlich meinem eigenen Vorteil, denn ich habe sie benutzt, um Informationen zu bekommen. Colonel Dolan war in dieser Hinsicht ganz besonders hilfsbereit.«

Colonel Dolan war damals, in den Tagen des Projekts Blue Book, ihr Abteilungsleiter gewesen. Scarborough stand nach wie vor beruflich und auch privat mit dem Mann in Kontakt, der inzwischen in einem Büro im Pentagon residierte. Dies verschwieg er MacKenzie jedoch zunächst, um seinem Freund keinen Anlaß für eine erneute Attacke zu bieten. MacKenzie hatte sich immer wieder mal mit der Air Force angelegt, und Colonel Walter Dolan war eins seiner liebsten Ziele gewesen.

»Abgemacht!« sagte MacKenzie. »Ich wußte doch, daß ich dir irgendwann etwas Vernunft einbleuen würde.« Scarborough mußte noch einmal den schmerzhaft-herzhaften Händedruck seines Freundes über sich ergehen lassen.

»Nun ja, vielleicht hättest du die Resultate früher bekommen, wenn ich nicht so beschäftigt gewesen wäre. Da die Vortragstour verschoben wurde, sieht es jetzt aber so aus, als hätte ich etwas Zeit. Ich werde mich am Montag darum kümmern. Einverstanden?«

»Yeah. Und jetzt laß uns in den Speisesaal gehen und zusehen, daß wir was zwischen die Kiemen bekommen. Ich bin am Verhungern!« Sie standen auf, und MacKenzie klopfte seinem Freund wohlwollend aber so kräftig auf die Schulter, daß Scarborough beinahe umgefallen wäre.

»Ich bin wirklich froh, daß du mein Freund bist, Mac«, sagte Scarborough. »Die Vorstellung, deinen Pranken in einer Schlägerei ausgesetzt zu sein, ist mir äußerst unangenehm.«

»Tja, Doc, du warst manchmal verdammt nahe dran, sie zu spüren zu bekommen, du störrischer Esel.«

Sie gingen zur Empfangsdame und ließen sich ihren Tisch zuweisen.

10. Kapitel

Die Boeing 707 der Pan Am landete um 21 Uhr 43 auf dem National Airport in Washington, D. C. – mit fast einer halben Stunde Verspätung. Er mußte aus beruflichen Gründen viel fliegen, das bedeutete aber nicht, daß er nach mehreren Stunden in der vollen Kabine, auf engem Raum eingesperrt mit Dutzenden verkrampfter, schwitzender Leute, dem unvermeidlichen brabbelnden Säugling und den üblichen rotznasigen Kindern völlig frei von jeglicher Klaustrophobie und Aggressivität gewesen wäre. Im Gegenteil. Manchmal hatte er nicht übel Lust, einfach jemanden umzubringen.

Vielleicht war es heute abend sogar möglich, seine Spannung im Rahmen seiner beruflichen Pflichten abzubauen. Da er nur einen Bordkoffer dabei hatte, brauchte er sich nicht mit der Gepäckausgabe aufzuhalten. Erleichtert, wieder auf dem Boden zu sein, floh Justine sofort aus der Halle des Flughafens, eilte an den Schlangen der Taxis vorbei, drängte sich durch das Gewühl der Menschen und trat in den schönen Frühlingsabend in Washington, D. C., hinaus. Er wanderte am abgesperrten VIP-Parkplatz vorbei, der für Senatoren, Kongreßabgeordnete und Diplomaten reserviert war. Dahinter kamen die Kurzzeitparkplätze, und ein Stück davon entfernt erhob sich auf Stützpfeilern der Bahnhof der Metro. Hinter einem der Betonpfeiler auf dem Langzeitparkplatz, genau dort, wo sie sein sollte, stand eine extralange schwarze Limousine von Williams Motors.

Justine lächelte in sich hinein. In den meisten Städten würde so ein Auto auffallen wie ein bunter Hund. Aber hier, am National Airport der Landeshauptstadt, wo sich mächtige Menschen ein Stelldichein gaben, gehörten Wagen wie dieser zur Landschaft. Die Triebwerke eines startenden Düsenflugzeugs kreischten über dem Potomac River, als Justine an der Barriere vorbeiging und sich der hinteren Tür des Wagens näherte, die ihm im gleichen Augenblick einladend geöffnet wurde.

»Steigen Sie ein«, sagte eine befehlsgewohnte Stimme.

Justine stellte den Bordkoffer vorsichtig auf den mit Teppich ausgelegten Boden und stieg ein. Drinnen roch es nach Lederpflegemitteln, französischen Zigaretten und englischem Rasierwasser. Die Klimaanlage war in Betrieb, und ein Radio spielte leise. Die Trennscheibe zwischen Vordersitz und Rücksitz war undurchsichtig. Justine konnte den Fahrer nicht sehen und konnte nicht erkennen, ob auf dem Beifahrersitz ein zweiter Agent mit einer Waffe saß. Er fühlte sich etwas unwohl. Auch wenn er auf heimischem Terrain war, hätte er gern Bescheid gewußt, ob irgendwo jemand den Finger am Abzug hatte.

»Guten Flug gehabt?« fragte Brian Richards. Justine kannte den Mann als Leitenden Editor. Die höfliche Frage überraschte ihn. Er nahm an, das war Richards' Art und Weise, ihm zu sagen: ›Tut mir leid, daß wir Sie Hals über Kopf aus Los Angeles herbestellen mußten.‹

»Sie haben mich neugierig gemacht«, erwiderte Justine grinsend.

»Müde?«

»Ich habe mich unterwegs etwas ausgeruht, und die letzte Nacht habe ich wie ein Baby geschlafen. Ich fühle mich gut.«

»Ausgezeichnet. Darf ich das so auffassen, daß Sie schon heute abend aktiv werden können?«

»Verdammt, Chief, wenn es um den Mistkerl Everett Scarborough geht, dann wäre ich am liebsten schon gestern abend aktiv geworden.«

Richards' Stimme wurde etwas schärfer. »Woodrow, nennen Sie mich bitte nicht Chief. Ich komme mir dann vor wie ein Polizeileutnant aus einer billigen Serie.«

»Ja, okay, tut mir leid«, sagte Justine.

»Wollen Sie Mineralwasser? Oder lieber Malzbier? Ich habe es eigens für Sie kalt gestellt, und Eis ist auch da. Sie trinken ja keinen Alkohol, was ich, nebenbei bemerkt, sehr begrüße.« Richards' Stimme klang ausgesprochen freundlich und einschmeichelnd. »Übrigens, Sie haben mich da wohl falsch verstanden. Everett Scarborough steht heute abend nicht auf dem Programm. Sie müssen sich das vorerst aus dem Kopf schlagen. Scarborough ist ein schwieriger Fall, aber die Führung braucht ihn noch.«

Justine konnte seine Enttäuschung nicht verbergen. »So ein Mist.« Er beugte sich vor, suchte sich ein Glas aus und füllte es mit Eis und Malzbier.

»Ich weiß, daß Sie allen Grund haben, den Mann zu hassen, Woodrow. Vielleicht wird Ihr Wunsch eines Tages sogar in Erfüllung gehen. Aber ich bin nicht derjenige, der Ihnen die Erlaubnis dazu geben kann.« Der Rauch der Gauloise kräuselte sich vor Richards' ernstem, nachdenklichem Gesicht. »Sie hätten besser zuhören sollen. Sie konnten meinem Anruf lediglich entnehmen, daß dies ein Code Vier ist, bei dem es um Scarborough geht – was in diesem Fall aber bedeutet, daß er beschützt und nicht eliminiert werden soll.« Ein kleines, herablassendes Lächeln spielte um Richards' schmale, blasse Lippen. Justine erkannte, daß sein Boß sich einen Scherz mit ihm erlaubt hatte. Ein klein wenig emotionaler Sadismus – ein Spiel von der Art, wie Richards sie liebte. Aber Justine schwieg und entschied sich, seinen Ärger und seine Enttäuschung herunterzuschlucken. Richards war der Mann, der Woodrow Justines zufriedenes und ertragsreiches Leben durch Geld, Glück und legale Morde bereichern konnte. Editor Richards war der Mann, der ihn angeworben und ausgebildet hatte und der jetzt seine Einsätze leitete. Wenn Brian Richards sagte: ›Töte‹, dann tötete Justine, und wenn Brian Richards sagte, ›bei Fuß‹, dann hielt sich Justine bei Fuß.

»Ich soll ihn beschützen? Welcher lobenswerte Mitmensch will den Mistkerl denn ausknipsen?« Justine nahm einen Eiswürfel in den Mund und lutschte ihn.

»Gestern abend, bei einem von Scarboroughs Vorträgen, hat ein Attentäter einen Revolver gezogen und versucht, ihn zu erschießen. Von einem Balkon im Tawes Auditorium in der University of Maryland aus. Ein Mann wurde getötet, Scarborough wurde nur leicht verletzt. Der Angreifer konnte fliehen.« Richards paffte nachdenklich. »Da Scarborough im Editorial Panorama eine äußerst wichtige Rolle spielt, waren einige Mitarbeiter im Publikum. Es war die Premiere von Scarboroughs neuer Bühnenshow. Raffinierter gemacht als die alte, ein paar neue Spezialeffekte und Zaubertricks, um bestimmte Dinge nachzuweisen. Laser, Musik, Dias – ganz unterhaltsam, wie es scheint, und es kommt beim Publikum gut an. Jedenfalls haben die Agenten einiges über den Attentäter zusammengetragen, und unsere Verbindungsleute beim FBI konnten den Mann tatsächlich identifizieren und herausfinden, wo er wohnt. Wir haben darum gebeten, daß dieser Informationsaustausch nicht in den Berichten dokumentiert wird. Nach gründlicher Prüfung der Sachlage habe ich heute morgen beschlossen, daß es das beste wäre, dieses Sicherheitsrisiko für Scarborough einfach zu beseitigen.«

»Ach, und an dieser Stelle komme ich ins Spiel«, sagte Justine.

»Ja. Eine extreme Maßnahme, aber ich habe die Akten des Mannes sorgfältig studiert. Bisher keine Straftaten, keine Verbindungen zu subversiven oder möglicherweise gefährlichen Gruppen. Mit Sicherheit kein Profi.«

»Sir, ich brauche mehr konkrete Informationen, wenn ich meinen Job ordentlich erledigen soll.« Justine knackte den Eiswürfel zwischen den Zähnen.

Richards hob die Augenbrauen und zuckte leicht zusammen, als er das Knacken hörte. »Ja. Tut mir leid, Woodrow, ich war gerade nur etwas in Gedanken. Dieser Bursche ist ein komischer Kerl. Wir haben keine Beschreibung seines Charakters und kein psychologisches Profil, aber nach allem, was wir uns zusammenreimen können, ist er offenbar verhaltensgestört. Sein Name ist Arnold Klinghoffer. Alter: einundvierzig. Er arbeitet als Nachtwächter an der Catholic University.«

Papier raschelte. Justine sah, daß sein Boß die Informationen von einem Notizzettel ablas, den er aus der Jackentasche gezogen hatte. »Der Mann lebt in Takoma Park, Maryland. Hier ist die Adresse. Es ist ein altes Haus, das seine vor zwei Jahren verstorbene Mutter ihm hinterlassen hat. Anscheinend hat er sein ganzes Leben dort verbracht; er ist nicht verheiratet. Hat die High-School abgebrochen – die Northwestern High. Hm ... was haben wir sonst noch? Hat eine ganze Reihe bizarrer Zeitschriften abonniert, darunter sämtliche UFO-Magazine, die überhaupt auf dem Markt sind. Die Nachbarn berichten, daß er sich absondert, aber keinen Ärger macht. Er ist eine Art Einsiedler.«

»Wie kommt so ein Knallkopf auf die Idee, Scarborough umlegen zu wollen?«

»Wie Sie wissen, erhält der gute Doktor hin und wieder einmal Morddrohungen. Er geht den UFO-Anhängern ziemlich auf die Nerven.« Richards lächelte versonnen. »Ihnen geht er ja auch auf die Nerven, Woodrow.«

»Sie wollen doch nicht sagen, daß dieses Arschloch von Scarborough im Panorama so wichtig ist, daß Sie meine Talente dazu verschwenden wollen, jeden UFO-Freak auszuknipsen, der den großen Mann schräg ansieht?«

»Nein. Im Augenblick geht es nur darum, Mr. Klinghoffer aus dem Weg zu räumen. Wie auch immer, ich ziehe es vor, wenn die Lage einfach und übersichtlich ist. Und Ihre hervorragenden Fähigkeiten zu nutzen, ist eine schnelle und wirkungsvolle Lösung. Wir brauchen uns dann jedenfalls nie wieder Sorgen zu machen, Klinghoffer könnte noch einmal versuchen, Scarborough umzulegen.«

»Sagten Sie nicht, daß auch Scarborough eines Tages abtreten muß?«

»Eines Tages sicherlich, Woodrow. Vielleicht schon morgen. Aber es kann auch erst im nächsten Jahrhundert nötig werden. Viel wichtiger ist es jedoch, daß wir die Kontrolle über die Situation behalten. Mann, wir sind immerhin die Editoren. Wir sind dafür verantwortlich, daß das Skript auf das Nötigste beschränkt bleibt, daß es sauber durchkonstruiert ist und im richtigen Tempo umgesetzt wird. Es darf keine fremden Einflüsse geben. Und vor allem müssen wir jederzeit die absolute Kontrolle behalten.« Die Rauchwolke über dem Mann wurde dichter, als Richards, anscheinend ein wenig erregt, heftiger an seiner Zigarette zog. »Wir sind die Schicksalsgötter, Woodrow, wir spinnen unser Netz – und wir durchschneiden es, wo es zu undurchsichtig wird. Das ist unser Job. Aber vergessen Sie nicht, daß wir nur die Anweisungen ausführen, die uns von anderer Stelle gegeben werden. So sehr Sie Scarborough auch hassen mögen, diese ›anderen Stellen‹ haben den Eindruck, daß Scarborough unseren Plänen sehr nützlich ist.«

»Die verdammten Publisher«, sagte Justine. Er schüttelte den Kopf und kicherte in sich hinein. »Vielleicht steigen sie irgendwann einmal von ihren Elfenbeintürmen herunter und erklären mir, warum sie den ganzen Mist überhaupt abziehen.« Er hob die Schultern.

»Ihre Aufgabe als Junior Editor ist es nicht, sich über das Warum Gedanken zu machen. Das Panorama dient den Interessen unseres Landes, da darf es keinen Zweifel geben!« Das Gesicht des Mannes wurde hart und ernst, als rezitierte er ein Glaubensbekenntnis, von dem er zutiefst überzeugt war. »Es gibt Mächte, welche die größte Nation auf dieser Erde zerstören wollen. Und es ist unsere heilige Pflicht, mit allen Methoden, die wir für notwendig halten, die Vereinigten Staaten von Amerika zu beschützen.«

»Klar doch. Vielleicht sollte ich mich nicht so oft beschweren. Im Grunde liebe ich ja meinen Job.«

Auf jeden Fall würde er heute abend seinen Abschuß bekommen, auch wenn er nicht wie gehofft Scarborough aufs Korn nehmen konnte.

»Ja, das weiß ich. Sie waren doch ein artiger Junge und haben die Medizin genommen, die Ms. Cunningham Ihnen gegeben hat?«

»Klar doch.« Justine zog die hellbraune Medizinflasche aus der Jackentasche und ließ die Pillen klappern. Seine Denktabletten, so nannte er sie. Eine kleine Dosis Thorazin, dazu eine Spur anderer Psychopharmaka, alles genau aufeinander abgestimmt, damit seine biochemischen Prozesse den gewünschten Zustand aufbauen konnten.

»Heute abend muß ich die nächste nehmen. Ich mache es am besten sofort und spüle sie mit dem Malzbier hinunter.«

Richards legte ihm eine Hand auf den Unterarm und schüttelte den Kopf. »Das ist noch nicht alles. Wir haben keinen Hinweis darauf gefunden, daß dieser Klinghoffer mit irgendwelchen Organisationen in Verbindung steht. Aber wir können gar nicht vorsichtig genug sein, Woodrow. Finden Sie es heraus. Setzen Sie aber kein Pentathol ein, sondern benutzen Sie die klassischen Methoden.«

»Aha, dann soll ich heute abend also ein bißchen unhöflich werden?«

»Sagen wir, es ist vielleicht angebracht, daß Sie Ihre Medizin erst nach dem Einsatz nehmen.« Richards deutete nach draußen. »Wir haben Ihnen einen unauffälligen Chevrolet Kombi besorgt. Er ist ordnungsgemäß angemeldet, aber nicht zurückzuverfolgen. Auf dem Beifahrersitz finden Sie den Koffer mit den üblichen Scherzartikeln. Außerdem einige Beutel Marihuana, Crack und PCP. Lassen Sie das Material an Ihrem Einsatzort zurück. Das Prince George's County ist nur einen Steinwurf entfernt. Hunderte Menschen werden dort jedes Jahr umgelegt. Bandenkriege im Drogenmilieu, betrogene Kunden, alles mögliche. Die Polizei im Montgomery County weiß sicher auch nicht viel über Mr. Klinghoffer. Sie sollen annehmen, daß sein Tod mit dem Drogenhandel in Zusammenhang steht. Vorausgesetzt natürlich, die Leiche wird überhaupt gefunden. Sorgen Sie dafür, daß es absolut diskret verläuft.«

»Klar doch. Sonst noch was?«

»Wir haben für Sie im Crystal City Mariott ein Zimmer reserviert. Geht auf Kosten der Editoren. Sie schlafen morgen aus, lassen das Auto auf dem Hotelparkplatz stehen und fahren mit der Metro wieder hier heraus, um den Flug um siebzehn Uhr nach Los Angeles zu nehmen. Danach spannen Sie ein paar Tage aus.«

Justine hielt ihm die Hand hin. »Schlüssel?«

»Stecken im Zündschloß.«

»Was steht anschließend auf dem Programm? Soll ich danach wieder beim Panorama Abduction Project arbeiten?« Seine Stimme klang verächtlich.

»Das Entführungsprojekt sagt Ihnen nicht zu, was, Justine?«

»Ich glaube, ich bin viel zu ungeduldig für so eine Sache. Mir wär's lieber, ich könnte Feinde und Hindernisse einfach umbringen oder aus dem Weg räumen, statt in den Köpfen anständiger Menschen herumzupfuschen.«

»Justine«, sagte Richards feierlich, »unsere Namen werden wahrscheinlich in keinem Geschichtsbuch je genannt werden, aber halten Sie sich vor Augen, daß wir bei einem Projekt mitwirken, das nicht nur unser Land schützt und ihm dient, sondern das auch unserem Volk eine glänzende Zukunft bescheren wird. Das Projekt ist lebenswichtig für unsere Ziele, und es entwickelt sich prächtig. Betrachten Sie sich als privilegierten Menschen, als einen Soldaten, der für das Wohl Amerikas kämpft.«

Justine streckte die Hand aus und nahm den Zettel mit den Informationen entgegen. Er bemerkte, daß unten ans Blatt eine grobkörnige Fotografie geheftet war. »Yeah. Dann schwinge ich mich mal lieber aufs Pferd und reite los.«

»Sie sind einer unserer Besten, Justine. Sie dürfen sich schon auf den üblichen Bonus freuen.«

Justine stieg aus und drehte sich noch einmal zu dem Mann um, der auf dem Rücksitz der Limousine saß. »Also dann, auf in den Kampf.«

11. Kapitel

›Sehr geehrter Captain MacKenzie,
in Iowa ist etwas oberfaul.
Mein Name ist Walter K. Mashkin. Ich arbeite seit mehreren Jahren als ehrenamtlicher UFO-Forscher. Vielleicht haben Sie schon von mir gehört. Ich fand Ihre Artikelreihe

in der Zeitschrift *True* sehr gut, und deshalb wende ich mich jetzt an Sie und an andere Leute in der UFO-Forschung, die ich respektiere.

Ich bemühe mich, mit den Menschen Kontakt zu halten, die wie ich versuchen, die Wahrheit über die zahlreichen Besuche von UFOs herauszufinden, die seit vierzig Jahren auf unserem Planeten stattfinden. Einer meiner Brieffreunde ist ein gewisser Mr. Harry Reynolds aus Dubuque, Iowa.

Captain, mein Freund Harry Reynolds ist verschwunden.

Ich fürchte, Harry ist von Außerirdischen entführt worden. Noch mehr Angst macht mir aber der Gedanke an die Möglichkeit, daß Harry das Opfer der Leute geworden sein könnte, die in diesem Land an der UFO-Verschwörung beteiligt sind. Was auch immer zutrifft, ich versuche jetzt nach Kräften, das Interesse und vielleicht sogar die Wut und Empörung jener zu wecken, die mir helfen können, der Sache nachzugehen.

Harry Reynolds hat regelmäßig auf Kurzwelle gesendet. Er hat sich ganz besonders für UFOs interessiert und war begeistert von der Idee, daß außerirdische Lebensformen versuchen könnten, mit unserem Planeten Kontakt aufzunehmen. Oft hat er die Insassen der fliegenden Untertassen über Funk aufgefordert, zu landen und persönlich mit ihm zu sprechen. Ich habe mich mit Harry häufig über Kurzwelle unterhalten und hin und wieder auch mal seine ›Radiosendung‹ gehört. Und wir haben uns Briefe geschrieben. Zweimal bin ich ihm auf UFO-Konferenzen begegnet und war von diesem aufrichtigen und freundlichen Mann sehr beeindruckt. Als ich nun zwei Tage nacheinander seine Sendungen nicht mehr hörte, machte ich mir natürlich Gedanken und rief ihn daheim an. Als er sich nicht meldete, informierte ich die Polizei, die mir versprach, bei ihm vorbeizuschauen. Der Rückruf ergab dann, daß die Polizei von Dubuque das Haus verlassen vorgefunden hatte. Nur zwei hungrige Katzen waren noch dort. Harrys Auto stand in der Einfahrt, seine Brieftasche und seine Ausweise wurden im Schlafzimmer gefunden.

Ich treffe gerade Vorbereitungen, um persönlich nach Dubuque zu fahren und mir die Sache selbst anzusehen. Allerdings muß ich mich vorher um persönliche Angelegenheiten kümmern. In der Zwischenzeit wollte ich schon einmal meine Mitstreiter im Kampf um die Wahrheit über die UFOs informieren. Wir dürfen diese schreckliche Vertuschung der amerikanischen Regierung oder vielleicht aller Regierungen auf der ganzen Welt nicht länger hinnehmen.

Vielleicht interessieren Sie sich für diese Angelegenheit, da Sie ja selbst aus dem Mittelwesten stammen, und vielleicht können Sie sogar nach Iowa fahren und Nachforschungen anstellen; wenn schon nicht für Harry, dann wenigstens, um möglicherweise Material für einen spannenden Artikel zu finden.

Ich freue mich auf Ihre Antwort und hoffe, daß wir uns eines Tages persönlich kennenlernen.

Mit freundlichen Grüßen
Walter K. Mashkin‹

Everett Scarborough ließ den Brief sinken und sah MacKenzie verwundert an. »Du willst mir doch hoffentlich nicht sagen, daß du das ernst nimmst, oder?« Die Überreste eines guten, handfesten Essens mit Roastbeef, gebackenen Kartoffeln und Salat ›Cäsar‹ lagen auf den Tellern verstreut und warteten darauf, vom Kellner entsorgt zu werden. Der Speiseraum des Tabard Inn wurde gemütlich von flackernden Kerzen erhellt.

»Natürlich nehme ich das ernst, Ev«, erwiderte MacKenzie. »Ich habe mir sogar die Freiheit genommen, die Polizei in Dubuque anzurufen. Alles, was dieser Mashkin schreibt, ist wahr. Dieser Reynolds ist tatsächlich verschwunden. Spurlos. Es ist ähnlich wie bei der *Marie Celeste* – Teller stehen auf dem Tisch, das Klo ist nicht gespült, das Licht brennt noch, das Radio läuft. Wenn das eine Entführung durch Außerirdische sein sollte, dann ist das ein sehr ungewöhnlicher Fall. Normalerweise dauern solche Erlebnisse doch nicht länger als einige Stunden, nicht wahr? Der Mann ist aber inzwischen seit mehr als einer Woche verschwunden.«

»Da fällt mir der Fall des Travis Walton aus den siebziger Jahren ein«, unterbrach ihn Scarborough. »Das war in Arizona ... genau, 1975 war es. Eine ziemlich windige Sache, wenn ich das mal so sagen darf. Ich habe dem Fall in meinen Büchern mehrere Kapital gewidmet. Anscheinend hat Travis Walton für eine Firma gearbeitet, die von der Regierung den Auftrag bekommen hatte, in einem Gebiet, das Turkey Springs hieß, eine Schonung auszulichten. Die Firma war aber in Verzug, und sie wäre um den vereinbarten Lohn für ihre Arbeit gekommen, wenn sie den Termin nicht eingehalten hätte. Mike Rogers, der Vorarbeiter des Trupps, hat zugegeben, daß er ein paar Wochen vor dem Verschwinden mehrere Folgen einer UFO-Serie gesehen hatte. Travis Walton ist in der Nähe von Turkey Springs verschwunden. Die Suche nach ihm gab der Mannschaft von Rogers nicht nur einen Vorwand, den Job nicht zu erledigen, sondern obendrein auch noch eine Entschuldigung dafür, daß sie Angst hatten, in das Gebiet zurückzukehren. Dadurch konnten sie eine Verlängerung der Frist bewirken, und dank der Verlängerung haben sie es noch geschafft. Anscheinend haben die Leute dann nämlich gearbeitet, obwohl sie angeblich Angst hatten, von einer fliegenden Untertasse aufgelesen zu werden.«

»Yeah, ich erinnere mich an die Abschnitte in deinen Büchern«, sagte MacKenzie. »Aber, verdammt noch mal, Mann, was hat das mit dieser Sache hier zu tun?«

»Ich wollte dich nur an einen weiteren Fall erinnern, wo jemand über längere Zeit verschwunden blieb.« Scarborough lehnte sich müde zurück und trank seinen Wein aus. »Vermutlich wirst du am Ende feststellen, daß Mr. Reynolds aus irgendwelchen Gründen verschwunden ist, die mit UFOs überhaupt nichts zu tun haben. Vielleicht ist er nur ein einsamer Mann, der etwas Aufmerksamkeit bekommen wollte. Es beunruhigt mich jedenfalls, wenn ausgerechnet du sobald ein Mann verschwindet, zu schreien beginnst: ›Vielleicht wurde er von einem UFO geschnappt und zum Pluto entführt!‹ Mac, ich denke, du bist da einfach zu leichtgläubig. Erinnerst du dich noch an das Wort von Francis Bacon? Ein Mann, der gerne glaubt, täuscht seinen Nächsten wie sich selbst.«

MacKenzie runzelte die Stirn. »Willst du mich etwa einen Lügner nennen?«

»Nein, ganz bestimmt nicht. Immer mit der Ruhe, Mac. Aber ich glaube, Bacon hat recht, wenn er sagt, daß man leichtfertig eine Menge Unwahrheiten verbreiten kann, wenn man voller Begeisterung alles schluckt, was einem aufgetischt wird. Es ist unsere Pflicht als intelligente Wesen, all unsere Erfahrungen und Fähigkeiten sinnvoll einzusetzen. Unsere Fähigkeit zu analysieren zum Beispiel. Mensch, wir haben beim Projekt Blue Book doch darüber gesprochen. Und da wir gerade dabei sind, du warst es doch, der dieses Zitat gefunden hat.«

MacKenzie sank etwas in sich zusammen. »Yeah. Ich weiß. Es tut mir leid, daß ich so hart mit dir umgesprungen bin, Ev. Vielleicht neige ich wirklich zu sehr dazu, mich blind auf alles mögliche einzulassen.« Der große Mann kratzte sich an seinem buschigen Schnurrbart. »Aber im Ernst, Ev – ich bitte dich ja nur, etwas vorurteilsloser zu sein. Da ist wirklich etwas Verrücktes im Gange. Diesen Brief habe ich dir nur gezeigt, weil mir gerade etwas eingefallen ist, und weil ich dachte, daß du mir dabei helfen könntest.«

»Was denn?«

MacKenzie sah sich rasch um, als rechnete er damit, belauscht zu werden. Er senkte verschwörerisch die Stimme und stützte die Ellbogen auf den Tisch.

»Du hast doch jetzt etwas Luft. Komm einfach mit mir nach Iowa. Laß uns mal wieder forschen, so wie früher. Das Wenigste, das dabei herauskommen wird, ist eine neue Geschichte, die du widerlegen kannst. Wer weiß, auf welche interessanten Dinge wir da stoßen. Laß uns die

Fälle überprüfen – den Higsdon-Fall, den Reynolds-Fall ...«

»Meine Güte, du klingst genau wie meine Tochter!«

»Yeah, und ich bin nach wie vor der Meinung, daß du außerdem einen kurzen Aufenthalt in Kansas einschieben solltest«, sagte MacKenzie. Sein Blick wurde hart. »Komm schon, Mann. Laß uns losziehen und den Acker pflügen, ehe wir zu alt dazu sind. Es warten Leute auf uns, die wir vor den Kopf stoßen können, und Geheimnisse, die gelüftet werden wollen. Nur eine Woche, Ev. Mehr verlange ich gar nicht. Ich will's noch einmal so probieren wie in alten Zeiten.«

Scarborough nickte. »Die alten Zeiten, das war wirklich schön. Damals schien alles so ... Nun ja, irgendwie scheinen manche Klischees einfach zu stimmen. Es schien alles viel einfacher zu sein.«

Der große Mann strahlte. »Dann machst du also mit? Du versuchst, Colonel Dolan alles aus der Nase zu ziehen, was er dir sagen will, und dann komst du mit mir, und wir machen ein bißchen Feldforschung. Du bist auf diesem Gebiet der beste Mann, Ev. Oder wenigstens warst du es früher. Ich brauche dich.«

Scarborough nagte einen Moment an der Unterlippe und dachte nach. Vielleicht sollte er wirklich mal wieder Feldforschung betreiben. Mac hatte recht, ihm stand tatsächlich etwas Zeit zur freien Verfügung. Er könnte ja versuchen, den Ausflug als eine Art Arbeitsurlaub zu sehen. Mal wieder etwas Aufregendes erleben. Auf die Jagd gehen wie Sherlock Holmes und Watson.

Aber dann kamen ihm Bedenken.

Wenn er die Einladung seines Freundes annahm, dann würde er damit gleichzeitig zugeben, daß alles, was er seit dem Projekt Blue Book vertreten hatte, alles, was er seitdem in seinen Büchern geschrieben und unzählige Male auf Vorträgen verkündet hatte, daß all dies vielleicht doch nicht der Wahrheit entsprach. Es wäre fast so, als hätte Doktor Everett gesagt: »He, womöglich gibt es doch eine Verschwörung, und vielleicht sausen wirklich fliegende

Untertassen herum, die von kleinen grünen Männchen gesteuert werden.« Nein, so ging das nicht. Er würde dabei zuviel riskieren.

»Es tut mir leid, Mac. Ich werde mir die Diskrepanzen ansehen, die du erwähnt hast, aber ich werde es diskret tun. Ich will nicht alles aufs Spiel setzen, was ich mir bisher erarbeitet habe. Zumindest nicht auf der Grundlage einiger wild zusammengewürfelter Fakten, nicht aufgrund der Erfahrungen meiner ausgeflippten Tochter und sicher nicht aufgrund der sogenannten Beweise eines ehrenamtlichen Ufologen, der höchstwahrscheinlich ein hauptamtlicher Knallkopf ist.« Er gab seinem Freund den Brief zurück.

MacKenzie knallte die Faust auf den Tisch. »Verdammt noch mal, was ist nur in dich gefahren, Everett Scarborough?« fragte er zähneknirschend.

Scarborough war peinlich berührt, denn einige Gäste und ein Kellner drehten sich neugierig zu ihnen um. »Nicht so laut, Mack.«

»Ich bin so laut, wie es mir gefällt, Mann! Und ich werde jedem sagen, daß der Everett Scarborough, den ich früher mal kannte, tot ist. Der Scarborough, der unbeirrbar und offen war, der Einzelgänger, der wie ein Jäger Fakten aufspürte und seinen Instinkten folgte, der ist verschwunden. Was ist geblieben? Ich sage dir, was geblieben ist! Ein bequemer, angepaßter und fauler Sack, der vor der Regierung kriecht. Ein verdammter Vogel Strauß, der den Kopf in den Sand steckt und sich Tausenddollarnoten in den Arsch schieben läßt. Ruhm und Geld – mein Gott, darauf bist du aus, Ev, nicht mehr auf die Wahrheit. Du hast dich verkauft, Mann! Ich hätte nie gedacht, daß das passieren könnte, aber du hast dich, verdammt noch mal, verkauft.«

Mit puterrotem Gesicht stand der große Mann auf und warf seine Serviette auf den Tisch. Scarborough war so verblüfft, verletzt und peinlich berührt, daß er nicht wußte, was er antworten sollte.

»Ich glaube nicht, daß wir sonst noch etwas zu besprechen haben, Dr. Scarborough, Sir«, sagte Mac. »Guten Abend.«

Damit stolzierte der ältere Mann hinaus.

Schockiert blinzelnd saß Scarborough am Tisch. Hatte sich denn das ganze Universum gegen ihn verschworen? Nur weil er eine Position einnahm, die andere Leute nicht teilen konnten? Ein Irrer mit einem Revolver, seine Tochter und jetzt auch noch sein bester Freund – die hatten ja nicht mehr alle Tassen im Schrank.

Was, zum Teufel, war hier eigentlich los?

Ein Kellner näherte sich zögernd. »Ist alles in Ordnung, Sir?«

Nein, gar nichts ist in Ordnung, hätte Scarborough am liebsten gesagt, doch dann beruhigte er den Kellner, daß nichts weiter geschehen wäre.

»In diesem Fall, Sir«, sagte der Mann, indem er einen langen Kassenbon aus der Brusttasche zog, auf dem die Speisen und Getränke notiert waren, »darf ich Ihnen die Rechnung vorlegen?«

Scarborough seufzte. »Setzen Sie noch einen Scotch dazu. Einen Glenlivet. Einen doppelten. Ordentlich eingeschenkt.«

Der Kellner nickte. »Sehr wohl, Sir.«

Scarborough fischte seine Kreditkarte heraus und starrte finster das Hologramm an.

12. Kapitel

Der dunkle Umriß von Roosevelt Island zog vor dem rechten Fenster des Chevrolet Kombi vorbei. Dahinter erstreckte sich die Stadt, die sich in den Potomac River zu ergießen schien, wie ein gefrorener, glitzernder Auswurf der Zivilisation.

Hinter dem Parkway, auf der anderen Seite der Key Bridge, flackerte das Nachtleben von Georgetown. Woodrow Justine konnte sich lebhaft vorstellen, wie die Studenten sich auf dem Kopfsteinpflaster der Straßen drängten, wie sie trunken von einer Bar zur anderen zogen und die Auslagen der altmodischen Geschäfte betrachteten, während Fetzen von Rock und Jazz durch die milde Frühlingsluft wehten. In Washington, D. C., lag das Mindestalter für Alkoholgenuß bei achtzehn Jahren, in den Nachbarstaaten Virginia und Maryland jedoch bei einundzwanzig. Die Gaststätten in Georgetown, die in der vornehmen Landeshauptstadt unglaublicherweise bis drei Uhr morgens geöffnet bleiben durften, zogen die jungen Leute aus dem Umland magnetisch an.

Justine mochte Georgetown. Er genoß es, sich im Gedränge der jungen Menschen zu verlieren, mit ihnen zu plaudern und sich immer wieder darüber zu wundern, wie naiv und dumm, wie *minderwertig* diese armen Würstchen eigentlich waren, obwohl sie die Nachkommenschaft der privilegierten Klasse darstellten. Er machte es sich zum Hobby, sich vorzustellen, wie leicht es wäre, einen beliebigen Studenten mit seinen Sandalen und den scharfgebügelten Hosen oder auch eine Studentin mit ihrer Wimperntusche und den auf gebraucht getrimmten Jeans von einem Nobelhersteller einfach zu schnappen, in eine Seitengasse zu zerren und umzulegen. Natürlich tat er es nicht. Justine war viel zu sehr Profi, um solchen Impulsen nachzugeben. Außerdem war er beruflich in dieser Hinsicht ohnehin ausgelastet. Dennoch malte er sich gern aus, wie es wäre.

Aber heute abend hatte er keine Zeit für Georgetown. Sein grauer Chevrolet rollte unter der Brücke hindurch und dann den Georg Washington Parkway hinauf. Justine genoß den Ausblick über den Fluß bis zu den angestrahlten Türmen der Georgetown University auf der anderen Seite. Er hätte auch die 295 nehmen und am Tidal Basin entlang fahren können, um dann auf den Baltimore Washington Parkway zu kommen. Der Weg, den er jetzt nahm, war nicht der kürzeste, aber der angenehmste.

Nachdem er zehn Meilen am Potomac entlang gefahren war, bog er auf die 495 ein, Washingtons Ringstraße. Auf dem vierspurigen Highway fuhr er über die American Legion Bridge nach Maryland hinein. Trotz des angenehmen Frühlingsabends und obwohl es ein Samstag war, kam ihm der Verkehr jetzt, um elf Uhr, nicht mehr sehr dicht vor. Justine passierte Glen Echo, Bethesda und Kensington und begann allmählich, sich auf das zu konzentrieren, was er zu tun hatte.

Auf dem Beifahrersitz neben ihm lag ein unauffälliger brauner Aktenkoffer. Über den Inhalt hatte er sich vergewissert, bevor er vom National Airport losgefahren war. Das Wichtigste darin war die ziemlich unhandliche 38er Special und einer der neuen Schalldämpfer, die am Geschoß keine Spuren hinterließen. Justine zog eigentlich andere Handfeuerwaffen vor – er hätte lieber seine Walther PPK oder die Beretta Automatik benutzt, zwei geliebte Mitglieder einer umfangreichen Waffensammlung. Aber die 38er paßte zu dem Eindruck, den die Editoren erwecken wollten – einen Mord zu inszenieren, der nicht die Handschrift eines Profikillers trug. Außerdem hatte Justine seine üblichen Scherzartikel dabei – gewisse Instrumente, die einen KZ-Kommandanten der Nazis in helles Entzücken versetzt hätten. In der Aktentasche hatte er auch eine Karte des Montgomery County gefunden. Klinghoffers Wohnort war genau eingezeichnet, und die Karte lag jetzt ausgebreitet auf der Aktentasche. Der Geheimagent der Regierung sah noch einmal nach, als er sich den Schildern näherte, die die Ausfahrt Georgia Avenue ankündigten.

Er nahm die südliche Ausfahrt. Nach weiteren zwölf Minuten, mehrmals unterbrochen durch Ampelstops und kurze Pausen an Stoppschildern, erreichte er den Ort Takoma Park. Auf der Karte sah die Kleinstadt aus wie eine Warze am nordöstlichen Rand des großen Rechtecks, das Washington, D. C., darstellte. Als er nun hindurchfuhr, kam ihm die Stadt eher vor wie ein stiller, alter Vorort voller alter Häuser, ein wenig angenagt vom Zahn der Zeit, aber ganz gewiß nicht so heruntergekommen wie manche andere Vororte. Nein, Takoma Park war eine Siedlung aus den zwanziger Jahren, und nur ein wenig verstaubt, weil hier eben die Zeit stehengeblieben war.

Was Justine an Washington besonders beeindruckend fand, waren die vielen Bäume. Große Bäume, kleine Bäume, Ozeane und Flüsse voller Bäume, die an den Häusern vorbeiströmten. Takoma Park war besonders reich mit dicken Eichen und Pappeln gesegnet. Die im Frühling neu ausgetriebenen Blätter schlossen sich stellenweise wie ein Dach über ihm.

Klinghoffers Haus lag an der Greenbriar Road, ganz in der Nähe der Kreuzung Piney Branch Road und Flower Avenue (hier sind ja sogar die Straßen nach Pflanzen benannt, dachte Justine). Er fand das Haus ohne Schwierigkeiten. Es war ein Einfamilienhaus – alt und ein wenig windschief, wie er im Vorbeifahren registrierte. Glücklicherweise lag es ein gutes Stück von den Nachbarhäusern entfernt. Er fand es beruhigend, daß im Wohnzimmer und im Keller Licht brannte. Die Zielperson war also zu Hause. Genau wie Richards versprochen hatte.

Justine bog um eine Ecke und stellte den Wagen ein Stück weiter in einer Seitenstraße ab. Er steckte die Waffe ein und nahm die Aktentasche mit seinem Handwerkszeug, dann blickte er im Licht der Innenbeleuchtung noch einmal auf das grobkörnige Foto, das Klinghoffer zeigte. Am unteren Bildrand war ein Schriftzug eingedruckt: MARYLAND DEPT. OF VEHICLES, 1986. Das Bild zeigte einen Mann mit alltäglichem Gesicht und leicht vorstehenden Augen. Das dunkle, flach anliegende Haar war schon etwas schütter. Klinghoffer lächelte nicht auf dem Foto, seine Wangen waren ein wenig aufgedunsen. Der Mann hat Übergewicht, dachte Justine. Ist nicht in Form. Das wird ein Kinderspiel. Trotzdem, dieser Sprung über den Balkon, das hatte eine gewisse Beweglichkeit und Körperkraft verraten. Es konnte nicht schaden, vorsichtig zu sein.

Er schloß das Auto ab und steckte die Schlüssel ein, dann marschierte er in Richtung 1345 Greenbriar und sah sich unterwegs aufmerksam um. Die Häuser waren alt, einige sahen aus, als wären sie in der letzten Zeit modernisiert worden. Hier und dort brannte Licht, aus einem Haus drang Musik von Mozart. Keine Partys, nichts los in der Gegend – das war gut. Ein stilles Wohnviertel. Es würde später am Abend, wenn Justine seine Arbeit bereits erledigt hatte, sogar noch ruhiger werden.

Klinghoffers Haus war alt. Das Gras und die Hecken, die es umgaben, hätten dringend geschnitten werden müssen. Es war kein großes Haus, auch wenn eine weitläufige, offene Veranda diesen Eindruck zu erwecken suchte. Als Justine sich dem Haus näherte, konnte er sehen, daß die dunkelgrüne Farbe sich in langen Streifen vom Holz pellte. Darunter kam dunkelgraue Grundierung zum Vorschein, stellenweise sogar braunes, faulendes Holz. Trotz des betörend süßen Dufts des Geißblatts, das in Büschen das Haus umgab, bekam Justine auf einmal das Gefühl, daß etwas faul war. Seine Nackenhaare sträubten sich, als er auf die Veranda trat und sich an der alten Schaukel vorbeischob, deren Kette gerissen war und rostend auf den teilweise gesplitterten Bodenbrettern lag. Eindeutig, hier stimmte irgend etwas nicht.

Justine wurde nervös. Das war ein Gefühl, an das er nicht gewöhnt war.

Er schob die Hand in die Tasche und suchte den Trost der Waffe. Der graue Stahl war kalt und fest. Justine fühlte sich sofort besser, als er die 38er berührte.

Die Veranda roch irgendwie verschimmelt, nach Erde und Pilzen; in diesen Geruch mischte sich der Duft von Hyazinthen. Justine lief es kalt über den Rücken. Er umrundete das ganze Haus, tappte fast geräuschlos durch wucherndes Gras. Das Fundament war aus Stein, das Haus selbst aus Holz gebaut. Ein Ziegel, der beim letzten Sturm vom Dach gefallen war, knirschte unter seinen Schuhen. Die Kellerfenster waren mit verrosteten Gittern gesichert und erleuchtet. Durch den Dreck und Staub, der sich auf den Scheiben gesammelt hatte, konnte er jedoch nicht sehen, was dahinter vorging. Auf der Rückseite des Hauses wuchs eine windschiefe Schaukel aus dem Boden wie ein metallener Baum. Daneben standen zwei Pfähle mit einer Wäscheleine. Die Leine war leer bis auf arbeitslose Klammern. Justine überprüfte die Hintertür. Verschlossen. Aber hier konnte er leicht einbrechen, wenn er es für nötig hielt. Kein Geräusch war im Innern des Hauses zu hören, aber Justine spürte, daß jemand drinnen war. Er wanderte weiter zur Nordseite. Hier waren die Fenster genauso dick verhängt wie auf den anderen Seiten.

Es wäre kein Problem, ins Haus zu kommen. Einmal anklopfen, das Abzeichen präsentieren, darum bitten, ein paar Fragen stellen zu dürfen – aber das hing natürlich davon ab, daß ihm die Tür auf sein Klopfen überhaupt geöffnet würde. Er betrat wieder die Veranda. Das Holz stöhnte unter seinem Gewicht. Verfault. Justine hoffte, er würde nicht durchbrechen. Schon wieder dieser muffige Geruch. Er wurde ungeduldig, wollte es hinter sich bringen.

Vor der Haustür war eine zweite Tür als Windschutz angebracht. Die obere Scheibe fehlte. Eine Türklingel war nirgends zu sehen. Justine klopfte viermal an die Holztür. Die Geräusche hallten durchs ganze Haus, aber es kam keine Reaktion. Justine klopfte noch einmal, und wieder geschah nichts.

Er packte den Türgriff.

Der Knopf ließ sich mühelos drehen, und er stieß mit einem leichten Schnaufen die Tür auf.

»Hallo?« rief er. »Mr. Klinghoffer?« Er überlegte sich, daß er sich lieber doch nicht als Mitarbeiter der Regierung zu erkennen geben sollte. Gut möglich, daß der Mann sich hier verschanzt hatte und nur darauf wartete, jeden Cop umzupusten, der den Fuß über seine Schwelle setzte. Aber im Wohnzimmer waren keine Anzeichen eines Hinterhalts zu erkennen. Und er bekam immer noch keine Antwort.

Justine rümpfte die Nase, als er den uralten Müll roch. Im schwachen Licht, das aus dem Eßzimmer hereinfiel, konnte Justine sehen, daß im Wohnzimmer hohe Stapel von Zeitungen neben schweren Müllsäcken lagen. Die Müllsäcke waren nur teilweise mit Klammern verschlossen. In einer Ecke stand neben einem Kamin ein alter Schwarzweißfernseher von RCA.

Während er in der Tasche die Hand an der Waffe behielt, umrundete Justine die Müllhaufen und schlich ins Eßzimmer hinüber.

»Mr. Klinghoffer?« rief er noch einmal.

Auch an einer Wand des Eßzimmers waren Zeitschriften bis zur Decke gestapelt. Die andere Wand war mit Bücherregalen zugestellt, in denen modrige alte Bücher und Zeitschriften lagerten. In der Mitte des Raumes befand sich ein Tisch, auf dem eine schmierige Tischdecke lag. Auf dem Tisch standen Reihen von Bechern mit Fertigmüsli, einige geöffnet und geleert, einige noch verschlossen. Vor einer halb mit Müsli gefüllten Schale stand eine halbvolle Flasche Milch. Das Müsli war mit bunten Punkten durchsetzt, und der ganze Raum roch nach saurer Milch.

»Mein Gott«, flüsterte Justine.

Jenseits der Müslibecher häuften sich Bücher, Zeitschriften und Zeitungen auf dem Tisch. Justine betrachtete sie. Der *National Enquirer* war darunter, der *Star*, die *World Weekly News* und der *National Intruder*. Die Hefte waren durchgeblättert und einige Artikel herausgeschnitten worden. Außerdem entdeckte Justine mehrere Ausgaben von *Omni*. Eine der Zeitschriften war aufgeschlagen – ein Artikel über Antimaterie. Daneben ein paar weitere wissenschaftliche Zeitschriften, weiter hinten die *Washington Post* und mehrere andere überregionale Zeitungen. Alle Publikationen hatte jemand mit der Schere bearbeitet. Die aufgestapelten Bücher beschäftigten sich ausnahmslos mit UFOs. Viele waren von Dr. Stanton Friedman, die meisten hatten das unprofessionelle Aussehen von Werken, die im Eigenverlag herausgebracht worden waren. Die Zeitschriften *Fate* und *California UFO* bildeten gesonderte Stapel. Daneben erhob sich ein Turm alter, vergilbter Ausgaben der Zeitschrift *Flying Saucer* aus den fünfziger Jahren.

Justine trat ans Bücherregal. Weitere UFO-Bücher, aber

dazwischen auch eine Menge Science-fiction von Piers Anthony bis Roger Zelazny, nicht alphabetisch geordnet. Als er weiterging, trat er auf lose Seiten, sah hinunter und erkannte, daß es die Überreste eines Buches waren. Genauer gesagt, handelte es sich um Scarboroughs neues Buch *Above Us Only Sky*. Es war mit einem Messer oder einer Rasierklinge zerlegt worden. Amüsiert hob Justine das Buch auf und ließ es sofort wieder fallen, als ihm der Geruch in die Nase stieg. Das zerstörte Buch war mit Exkrementen verschmiert worden.

»Ein Kritiker«, knurrte Justine. »Eindeutig ein Kritiker.«

Die Frage war nur, wo der Kritiker steckte. Im Keller? Auf dem Dachboden? Lege ihn endlich um, sagte Justine zu sich selbst. Lege ihn so schnell wie möglich um und sieh zu, daß du hier wieder herauskommst.

Die Küche war ein stinkendes Chaos. Im Grunde eine Neuauflage des Eßzimmers, nur daß hier die Auswahl an Essensresten samt zugehöriger Flecken größer war. In der Spüle lag ein riesiger Haufen verfaulender organischer Materie, bei deren Anblick und Geruch es Justine sofort übel wurde. Mein Gott, dachte er, der Kerl war schlimmer, als er selbst es als Kind je gewesen war. Viel schlimmer. Mein Gott, möglichst schnell unter die Erde mit diesem Typ.

Justine entschloß sich, zuerst oben nachzusehen. Mit dem, was im unterirdischen Teil dieser Kloake lag, wollte er sich nur beschäftigen, wenn es sich wirklich nicht vermeiden ließ. Er schlich in den Flur, um vorsichtig das unordentliche Wohnzimmer zu durchqueren und über die verkratzte und verzogene Treppe nach oben zu steigen. Da flog plötzlich die Kellertür auf. Die große Tür knallte gegen die Wand, und ein Mann sprang aus der Finsternis hervor. Er schrie aus Leibeskräften und hielt sich die Hände an den Kopf, als könnte ihm jeden Augenblick der Schädel explodieren.

»Argh!« kreischte der Mann, als er gegen die Wand prallte. »Auuuuh!« heulte er, ging in die Knie, krümmte sich vor Schmerzen und sank auf dem Boden in sich zusammen.

Justine wich erschocken zwei Schritte zurück. Er zog seine Waffe. Wenn er seinen Instinkten freien Lauf gelassen hätte, dann hätte er sofort geschossen, aber der eiserne Wille des Berufskillers und seine jahrelange Ausbildung sorgten dafür, daß seine Panik nicht die Oberhand gewann. Er beobachtete und schätzte die Lage ein, bevor er eine Entscheidung traf.

Anhand des Fotos konnte Justine den Mann, der auf dem Boden lag, als Arnold Klinghoffer erkennen. Der Mann hatte die Knie angezogen und sich wie ein Embryo gekrümmt. Krämpfe zuckten durch seinen Körper, er roch nach altem und frischem Schweiß, und das schüttere Haar klebte feucht an den Schläfen. Auf dem Kopf trug er einen seltsam aussehenden Helm, den er anscheinend aus Aluminiumfolie und Drahtkleiderbügeln selbst gebastelt hatte. Zwei gekrümmte Drähte standen wackelnd hervor wie die Antennen eines grotesken Insekts.

Justine steckte die Waffe wieder ein. Es war eine Schande, daß er den Verrückten nicht sofort umlegen konnte, aber Richards hatte ihm ausdrücklich befohlen, ein Verhör durchzuführen. Er lehnte die Aktentasche an die Wand und beugte sich, immer noch vorsichtig, über den zitternden Mann. Dann griff er in die eigens zu diesem Zweck eingenähte Seitentasche seiner Hose und schaltete den winzigen Recorder ein.

»Arnold Klinghoffer«, sagte er, während er den Kerl an der Schulter berührte.

Der Mann riß sofort den Kopf herum. Die Bewegung war so abrupt, daß ihm der improvisierte Helm herunterrutschte. Klinghoffer blinzelte den Besucher an, der im Licht, das vom Eßzimmer hereinfiel, nur als Silhouette zu erkennen war, und öffnete den Mund wie ein gestrandeter Karpfen. »Antares ... eine Botschaft von Antares ... wir werden Krebs heilen ... wir werden AIDS heilen. Hilfe von den Sternen. Die Freunde des Universums sind gelandet. Bereitet euch vor, die Plejadianer zu empfangen. Jesus wird in einer fliegenden Untertasse zurückkehren . . .«

»Ich bin ein Freund«, sagte Justine leise, »und bin hier, um Ihnen zu helfen.«

Die vorspringenden Augen wurden auf Woodrow Justine gerichtet. Einen winzigen Augenblick lang schienen sie erschrocken dreinzuschauen, dann aber – akzeptierend. »Ja«, sagte der Mann. »Sie. Sie sind gekommen. Sie sagten, Sie würden heute abend kommen. Ich habe mit ihnen gesprochen. Der Helm hat wieder funktioniert. Die Solarnarium-Chrystoid-Verbindung kann die Sendungen nur hin und wieder auffangen.«

Er drehte sich zu dem zerdrückten Helm um. Die Aluminiumfolie knisterte, als er ihn aufhob und das Gerät anstarrte, als wäre es der Heilige Gral. »Ich habe die Botschaft bekommen, und ich werde handeln!«

Klinghoffer war mit einer schwarzen Hose und einem schmutzigen weißen Unterhemd bekleidet. Schuhe trug er keine, und die schwarzen Socken hatten Löcher, durch die lange Zehennägel herausragten.

»Mr. Klinghoffer, ich hoffe, Sie können mir helfen«, sagte Justine, fürs erste eine sanfte Behandlungsmethode wählend. »Es tut mir leid, daß ich Sie belästigen muß, aber ich bin . . .« Im letzten Augenblick entschied er sich für eine wildere Geschichte. »Ich bin von den Plejadianern geschickt worden, die Sie erwähnt haben. Sie sind sehr verwirrt. Sie möchten wissen, ob es die Leute von Antares waren, die Ihnen sagten, Sie sollten auf Everett Scarborough schießen.«

Als der Name ›Scarborough‹ fiel, wären dem Mann die ohnehin schon vorstehenden Augen fast herausgefallen. »Feind«, flüsterte er heiser. »Lügner! Gefahr!« Er richtete sich auf, bis er knien konnte. »Muß ihn aufhalten!«

»Wer hat Ihnen gesagt, daß Sie auf ihn schießen sollten, Arnold?«

Klinghoffer kam auf die Beine und betrachtete neugierig seinen Besucher. »Wissen Sie es nicht? Dann kommen Sie auch nicht von den Plejadianern. Sie gehören zu den Mondleuten.«

»Hoppla, tut mir leid, mein Freund. Ich bringe das immer durcheinander«, sagte Justine.

Klinghoffer nickte wissend. »Die Mondleute sagten, sie würden heute abend jemand herschicken. Sie also. Sie sollen das Solarnariumgerät in Empfang nehmen, das ich konstruiert habe. Ihre Schiffe brauchen es, damit sie fliegen können. Aber Sie sind menschlich – ich habe nicht mit einem Menschen gerechnet.«

»Ich bin ihr Freund.«

»Ja, sie haben menschliche Freunde.« Klinghoffer sah sich nervös um. »Ist Ihnen auch niemand gefolgt?«

»Nein, ich bin allein.«

»Gut. Ich habe mir die letzten Tage freigenommen, um die Arbeit für Ihre Freunde zu beenden«, sagte der Mann mit großem Ernst. Plötzlich beugte Klinghoffer sich vor und faßte seinen Besucher genauer ins Auge. »Aber woher wissen Sie von dem Vorfall mit dem ungläubigen Scarborough?«

»Meine ... äh, die Mondleute haben mir den Tip gegeben. Yeah. Und wie ich schon sagte, waren sie ziemlich verwirrt über das, was Sie da getan haben.«

Klinghoffer mußte plötzlich Schleim abhusten, und Justine bekam eine Wolke schlechten Atems ab, die seinen Magen in Aufruhr versetzte. Aber er rührte sich nicht. »Eingebung, mein Freund, reine Eingebung. Vor dem Vortrag spürte ich den Ruf, und ich habe mein Armbandfunkgerät angelegt. Das Konsortium hat mir gesagt, ich sollte meinen Revolver mitnehmen und mich in die erste Balkonreihe setzen. In die Loge. Ja, die Loge.«

Das Konsortium? Was, um alles in der Welt, sollte das sein? Justine hoffte nur, daß der kleine Recorder alles aufzeichnete.

»Hat Ihnen das Konsortium den Auftrag gegeben, Scarborough zu töten?«

»Nein. Ich war ... ich war so wütend. Und habe die Beherrschung verloren. Es geht mir ja schon längere Zeit nicht mehr so gut. Seit meine Mutter vor zwei Jahren gestorben ist, geht es mir nicht mehr gut.« Er deutete auf das Bild einer fülligen älteren Frau, die mit ewig mütterlichem Stirnrunzeln auf das Chaos im Wohnzimmer herabblickte. »Aber meine Arbeit hier ... das gibt mir Halt.«

»Ach ja, das Konsortium«, sagte Justine. »Würden Sie mir etwas mehr darüber erzählen? Die Mondleute waren da etwas ungenau. Und ich würde mir auch gern Ihr Armbandfunkgerät ansehen.«

»Später. Zuerst will ich Ihnen das Solarnariumgerät geben, das ich gebaut habe.« Klinghoffer winkte, Justine möge ihm in den Keller folgen.

Justine war ein wenig enttäuscht, als sie in den düsteren, kühlen und feuchten Keller hinunterstiegen. Der Kerl erzählte ihm freiwillig alles, was er wissen wollte. Er würde die Scherzartikel in seiner Aktentasche nicht brauchen. Auch gut. Je eher er aus diesem unheimlichen Haus wieder herauskäme, desto besser.

Der Keller sah, wenn das überhaupt möglich war, noch schlimmer aus als das Erdgeschoß, auch wenn hier kein Müll verstreut lag. Er war halbwegs wohnlich eingerichtet, den Zementboden bedeckte ein Teppich, und der Bereich, wo Waschmaschine und Trocker standen, war gekachelt. Es war nur ein einziger großer Raum. In einer Ecke stand ein Schmelzofen wie ein Metallungeheuer, das in einer Sperrholzhöhle hauste. Justine bemerkte, daß unter der Decke Leuchtröhren befestigt waren, doch das Licht kam von nackten Vierzigwattbirnen, die in verschiedenen Ecken des Raumes brannten.

Ein Teil des Kellers hatte früher anscheinend als eine Art Freizeitraum gedient. Eine alte Couch und ein paar Stühle standen um eine Kombination mit Farbfernseher und Radio. Dieser Bereich wurde von nackten Schaufensterpuppen und mehreren aufblasbaren Gespielinnen bevölkert, die in ewigem Erstaunen den Mund zu einem *O* geformt hatten. Die Puppen saßen und lagen in bizarren Verrenkungen herum – vielleicht war hier das passiert, was sich der Herr des Hauses unter einer außerirdischen

Orgie vorstellte. Neben dem Fernseher stand ein Videorecorder, vor dem mehrere Pornokassetten lagen. Auf einem kleinen Tisch standen mehrere Maßkrüge. Sie waren mit Klarsichtfolie verschlossen, die Folien hatte man mit Gummibändern gesichert. Die Krüge waren verschieden hoch mit einer milchigen Substanz angefüllt, der Inhalt von zweien schimmerte verschimmelt und grün. Der Geruch, der Justine in diesem Raum entgegenschlug, war unbeschreiblich. Er hielt sich die Hand vor den Mund und starrte die Krüge an.

Klinghoffer, der es bemerkte, trat zu ihm und nichte in Richtung der Krüge. »Ja, ich bin ein produktiver Spender. Samen für die Sterne!« Er blickte ehrfürchtig zur Decke hoch und streckte die Arme aus, als wolle er das Universum umarmen. »Meine Kinder sollen die Galaxis bevölkern.«

Dann wandte er sich wieder an seinen Besucher. »Die Behälter werden sicher bald abgeholt.« Plötzliches Verstehen dämmerte in seinen Augen, und er strahlte Justine an, wobei er faulende Zähne entblößte. »Sie sind es! Sie sollen alles mitnehmen und den Mondleuten bringen. Und die können es dann verteilen . . .«

»Nein«, sagte Justine, dem sich der Magen umdrehte. »Ich soll nur das Gerät mitbringen. Mehr kann ich nicht befördern.«

Klinghoffer zuckte die Schultern. »Okay, es ist hier drüben auf der Werkbank. Ich habe es gerade eben fertiggestellt.«

Der Mann winkte ihm, und Justine folgte.

Die Werkbank war der Mittelpunkt eines großzügig bemessenen Arbeitsbereichs, der den größten Teil des Kellers einnahm. An den Wänden hing eine ansehnliche Sammlung von Werkzeugen: Von Hämmern über Meißel bis zu Schraubenziehern und Ahlen war alles vorhanden. In zahlreichen Schubladen waren anscheinend elektrische Bauteile untergebracht. In einer Ecke stand eine Motorsäge, daneben hingen Handsägen.

Seitlich neben der Arbeitsfläche waren Notizbretter befestigt, auf die Klinghoffer Artikel aus Zeitungen und Zeitschriften geheftet hatte – hauptsächlich ging es um UFO-Phänomene und andere paranormale Erscheinungen. Daneben befand sich eine riesige Schultafel, die mit seltsamen Gleichungen und noch seltsameren Diagrammen vollgekritzelt war. Auf dem Boden verteilt lagen die Trümmer verschiedener halbvollendeter Projekte, lose Drähte, Transistoren und Module. Justine hatte nicht die geringste Ahnung, was für Geräte das sein sollten. Sie kamen ihm vor wie die Eingeweide mutierter Roboterkinder – aber bei näherem Hinsehen waren es nichts weiter als alltägliche Haushaltsgeräte, die man aufs Geratewohl zusammengeklebt und verlötet hatte. Es roch nach verbrannter Isolierung und Lötzinn, und natürlich nach verwesendem organischen Material.

Das Zentrum der Werkbank stellte eine größere Kopie von einigen der Seltsamkeiten zur Schau, die auf dem Fußboden verstreut waren. Der Gegenstand sah aus wie die Bildröhre eines alten Schwarzweißfernsehers, komplett mit Transistoren und Widerständen und Spannungswandlern, an die hier und dort auf gut Glück weitere Drähte angelötet worden waren. Das Ganze war mit Bändern aus verknitterter Aluminiumfolie umwickelt worden.

»Das ist es!« sagte Klinghoffer eifrig. Ein sehnsüchtiger Ausdruck trat in seine Augen. »Das ist das Gerät, das die Wesen von Antares mich für ihr Schiff bauen ließen.«

»Äh . . . was genau soll das nun sein?« Am besten, er sorgte dafür, daß der Verrückte nicht aufhörte zu reden. Gott allein wußte, welche Informationen im Strom seiner Worte verborgen sein mochten.

»Ich glaube, es ist ein Teil ihres Sternenantriebs. Damit werden die Abgase ionisiert und in Treibstoff zurückverwandelt. Der Schlüssel«, sagte er, indem er auf die Aluminiumfolie tippte, »ist das Solarnarium. Sie müssen es genau auf diese Weise falten, um die gewünschten magnetischen Harmonien herzustellen. Solarnarium ist das Schlüsselelement für die Kommunikationshelme. Es erzeugt ein harmonisches Feld, das die Botschaften aus den Untertassen auffangen kann.« Er tätschelte liebevoll sein Gerät. »Sie werden doch vorsichtig damit umgehen, nicht wahr?«

»Oh, sicher, natürlich. Und die Mondleute, nun ja, die kennen sich ganz besonders gut mit solchen mechanischen Sachen aus.«

Klinghoffer nickte und starrte den sinnlosen Apparat an. Er schien in tiefes, meditatives Schweigen versunken.

»Aber sagen Sie mal – diese Solarnarium-Helme ... ist das die Art und Weise, auf die Sie mit dem Konsoritium Kontakt aufnehmen?« fragte Justine.

Die Reaktion kam sofort, und sie fiel sehr heftig aus. Klinghoffer fuhr herum, die Augen traten ihm aus den Höhlen, und er legte die Stirn in tiefe Falten. »Natürlich nicht, Sie Idiot! Das Armbandfunkgerät! Ich benutze das Armbandfunkgerät, um mit dem Konsortium zu sprechen.« Speichel lief ihm über die Lippen. Er knirschte mit den Zähnen.

»Entschuldigen Sie«, sagte Justine. »Yeah, Sie sagten ja auch, daß Sie es mir zeigen wollten. Aber verraten Sie mir eines, Arnold. Die Mondleute haben im letzten Jahr Kontakt mit mir aufgenommen, und da wußte ich noch nicht viel über außerirdische Lebensformen. Wie sind Sie da drangekommen? Und wie sind Sie auf dieses Konsortium gestoßen?«

Der Mann hustete trocken, dann noch einmal. Es dauerte einen Augenblick, bis Justine merkte, daß Klinghoffer ihn auslachte. »Seit ich ein kleiner Junge war, wußte ich ganz genau, daß dort oben auf den Sternen Leute wohnen. Und dann hat sich das Konsortium an mich gewandt und gesagt: ›Ja, du bist der richtige, Arnold. Lerne und studiere sie. Vielleicht kannst du eines Tages zu uns stoßen.‹ Und deshalb studiere ich sie. Ich weiß alles über die Sternenleute. Es gibt nämlich viele verschiedene Rassen. Manche sind gut, manche sind böse. Ich, Arnold Klinghoffer, helfe natürlich nur den guten, wie zum Beispiel den Antarianern und den Plejadianern und den Mondleuten und den Goldenen Wesen. Eines Tages werden sie sich der ganzen Welt zeigen und in ihren silbernen Schiffen angeflogen kommen und den Herrn Jesus Christus und all die guten toten Menschen wie meine Mutter zu uns bringen. Und es wird eine Zeit voller Freudenfeste auf der Erde sein.« Klinghoffer ballte die Hand zur Faust und drückte sich die langen Fingernägel tief ins Fleisch. »Aber zuerst müssen die Bösen besiegt werden.«

»Ja, sicher, Arnold. Aber wie war das nun mit dem Konsortium? Wie nehme ich Verbindung mit ihm auf? Muß ich dazu auch ein Armbandfunkgerät benutzen?« Dieses Konsortium konnte eine Gruppe von ähnlichen Verrückten sein; die Editoren mußten das unbedingt in Erfahrung bringen.

»Warum wollen Sie etwas über das Konsortium wissen?« fragte Klinghoffer.

»Nun ja, ich kenne eben nur die Mondleute. Ich will aber sozusagen auf einer umfassenderen Ebene für die Sache arbeiten.«

Klinghoffer musterte seinen Besucher einen Augenblick aus zusammengekniffenen Augen. Justine fühlte sich, als wäre er ein Pantoffeltierchen, das unter einem Mikroskop begutachtet wird. Dieser verdammte Kerl war wirklich völlig verrückt. Ich mag ja ein Grenzfall sein, dachte Justine, aber so verrückt bin ich nun doch nicht.

Schließlich, nach längerem Schweigen, leckte Klinghoffer sich über die Lippen und nickte. »Ja, gut. Ich will Ihnen etwas über das Konsoritium erzählen. Sie sollen es erfahren. Aber zuerst müssen Sie mir Ihren Namen sagen.«

»Samuels«, erwiderte Justine. Das war eine der Persönlichkeiten, die ihm zur Verfügung standen. »Peter Samuels.«

Der Mann mit den vorstehenden Augen nickte, als hätte er sich das schon gedacht. »Sehr gut. Es paßt alles sehr gut zusammen. Haben Sie schon einmal bemerkt, wie die Dinge zusammenpassen? Sogenannte Zufälle? Synchronizität? Die Goldenen Wesen – sie haben mir erzählt, daß dies ein Teil des inneren Wirkens der Realität ist. Und an dieser Stelle kommt das Konsortium ins Spiel, Peter Samuels.« Klinghoffer wandte sich ab und ging zu einer Reihe verbeulter Metallschränke. Er zog eine Schublade auf.

»Hat dieses Konsortium irgendwie mit einer Regierung zu tun?« fragte Justine.

»Mit allen Regierungen und mit keiner. Seine Agenten arbeiten auf der ganzen Welt. Peter Samuels, wußten Sie eigentlich, daß man auch mich anwerben wollte? Ich arbeite ja für die gleichen Ziele wie sie, aber es ist schwer, unglaublich schwer. Diese Opfer! Die mentale Energie! Erstaunlich.« Er schüttelte müde den Kopf und nahm etwas aus der Schublade, das er seinem Gast brachte. »Aber Sie wollten ja das Funkgerät sehen. Hier ist es.«

Justine nahm das Gerät entgegen, und Klinghoffer kehrte zum Schrank zurück, um etwas anderes hervorzukramen. Justine betrachtete das Ding, das der Verrückte ihm gegeben hatte. Es war ein breites silbernes Band, das mit einem Zickzackmuster von blankem und isoliertem Draht überzogen war. Die Drähte verbanden zweckentfremdete Uhren, und am Ende des Geräts waren ein winziger Lautsprecher und ein Mikrofon befestigt, die von einer 9-Volt-Batterie gespeist wurden. All dies war in das magische Solarnarium gehüllt, das von den Unwissenden als Aluminiumfolie bezeichnet wurde.

Justine starrte das Band einen Moment kopfschüttelnd an. Schon wieder so ein Fantasiegerät. Der Kerl hatte ihn tatsächlich hinters Licht geführt. Das Konsortium war also nichts weiter als ein Bestandteil seiner verdrehten Fantasien, genau wie die Antarianer oder die Mondleute oder die Goldenen Wesen. Das arme Schwein hatte über eine Organisation gesprochen, aber die Verschwörergruppe, mit der Arnold Klinghoffer zusammenarbeitete, bestand nur aus einem einzigen Mitglied.

Trotzdem, er mußte ganz sichergehen, spielte an den Kontrollen herum und versuchte, das Gerät einzuschalten.

»Ja, das Konsoritum! Die Männer in Schwarz! Ein ehrgeiziges Ziel! Sie wären sicherlich auch ein guter Kandidat«, sagte Klinghoffer, indem er sich abwandte.

»Was?« fragte Justine erstaunt.

Plötzlich fiel Klinghoffer ihn an, und Justine spürte einen scharfen Stich im linken Bizeps. Er ließ das Armbandfunkgerät fallen, wich aus und stieß Klinghoffer zurück. Der üble Körpergeruch des Mannes drang in Justines Nase. Erschrocken sah Justine, daß Klinghoffer eine große leere Spritze in der Hand hatte. Den Inhalt hatte er ihm injiziert.

»Keine Sorge, Peter Samuels«, sagte Klinghoffer. »Es tut nicht weh. Auch Sie sind jetzt ein Kandidat. Jetzt können Sie ins Konsortium aufgenommen werden.«

»Was haben Sie mir da eingespritzt?« kreischte Justine. »Sie sind ja irre! Was haben Sie mir injiziert?«

Klinghoffer deutete auf eine Flasche mit einer durchsichtigen Flüssigkeit, die auf dem Schrank stand. »Sternenwasser! Es wird Ihren Geist reinigen und Sie auf den Kontakt mit dem Konsortium vorbereiten. Das Konsortium wird Ihnen dann sagen, was Sie ...«

»Sie verdammter Irrer!« Justine war außer sich vor Wut. Er ging auf den pummeligen Mann los und packte ihn am Hals. »Was ist das für ein Zeug? Reden Sie!«

»Ich habe es Ihnen doch gesagt ... Sternenwasser«, gurgelte Klinghoffer. »Hören Sie auf damit, Sie tun mir weh.«

Justine schleuderte den Mann gegen die Werkbank. Klinghoffer schlug hart auf und warf dabei das Gerät für das Sternenschiff der Antarianer um. Dann fiel er zu Boden. Justine machte einen Satz und trat ihn mit voller Wucht in die Seite. »Was war das für ein Mist?« brüllte er, während er sich den immer noch schmerzenden Arm hielt. »Was war das?«

Ein weiterer Tritt an den Kopf brach dem Mann einige Zähne. Blut sprudelte aus seinem Mund. »Sie ... Sie kommen überhaupt nicht von den Mondleuten!« schrie Klinghoffer. »Sie sind nicht mein Freund. Sie sind einer von den Bösen.«

»Darauf kannst du einen lassen, du Arschloch«, keuchte Justine. Der Verrückte versuchte, sich kriechend in Sicherheit zu bringen. »Ich komme von der großen bösen Regierung der Vereinigten Staaten. Und jetzt sage mir, was du mir gespritzt hast.«

Klinghoffer packte mit glasigen Augen das Armbandfunkgerät, das heruntergefallen war. Eine Blase aus Speichel, Blut und Rotz bildete sich vor seiner Nase, während er einen Schalter umlegte und heiser ins Mikrofon sprach: »Helft mir, bitte helft mir!«

Woodrow Justine rastete endgültig aus. Er war nicht mehr der kühle Profikiller. Der rasende Berserker von den Marines, der den Strand von Grenada erstürmt hatte, übernahm die Kontrolle. Er zog den Revolver, stellte sich breitbeinig über den wimmernden Mann und feuerte mit einem Kampfschrei auf Arnold Klinghoffers Kopf. Er schoß die Waffe leer, und die auf den Betonboden durchschlagenden Geschosse heulten als Querschläger durch den Raum und rissen Blut, Hautfetzen, Knochenteile und Gehirnmasse mit sich. Als er fertig war, hatte er mit den Schüssen Klinghoffers Kopf fast vom Rumpf getrennt. Eine große Blutlache breitete sich vor dem noch zuckenden Leichnam aus und durchnäßte den Teppich.

Erst nachdem der Hammer auf leere Kammern klickte, gewann Justine die Beherrschung zurück. Er schob die Waffe wieder in die Tasche und brachte sich mit einem Schritt vor dem rinnenden Blut in Sicherheit. Entnervt stellte er fest, daß etwas Blut auf seine Hose gespritzt war. Aber das spielte keine Rolle. Er mußte sowieso verschwinden, mußte sofort zur Operationszentrale fahren und sich untersuchen lassen. Er hatte nicht die leistete Ahnung, was der Irre ihm gespritzt hatte. So ein verdammter Mist ... wahrscheinlich war außerdem auch noch die Nadel dreckig gewesen.

Justine nahm dem Toten die Spritze aus der Hand und wickelte sie in einen ölverschmierten Lumpen. Dann nahm er die Flasche mit der Flüssigkeit an sich, auf die Klinghoffer gedeutet hatte. Die Jungs im Labor mußten das Zeug analysieren. Glücklicherweise spürte er bisher keine Wirkung der Injektion. Wenn es ein Schlafmittel gewesen wäre, dann müßte er sich inzwischen mindestens etwas benommen fühlen. Aber alles, was Justine registrierte, war das Wüten des Adrenalins in seinem Kreislauf. Er wickelte die Flasche in ein weiteres Stück Tuch und stieg die Treppe hinauf, um seine Tasche zu holen, verstaute die Flasche darin und nahm die Zellophantüte mit dem Drogensortiment heraus, das er hier hinterlassen sollte. Er hatte keine Lust, noch einmal in den Keller zu gehen und warf das Zeug einfach auf den Tisch im Eßzimmer zwischen die Bücher und Zeitschriften.

Woodrow Justine holte tief Luft. Ein langer, heftiger Schauer lief durch seinen ganzen Körper.

Er brauchte seine ganze Willenskraft und die ganze Erfahrung, die er während seiner Ausbildung gesammelt hatte, um nicht die Beherrschung zu verlieren und klar im Kopf zu bleiben.

Die Kleidung und die Handschuhe mußte er verbrennen. Und dann wollte er lange, lange duschen.

Mit einem geflüsterten Fluch verließ Woodrow Justine eilig das Haus. Es fiel ihm schwer, nicht Hals über Kopf zu seinem Wagen zu rennen.

13. Kapitel

Seit Jahrhunderten werden seltsame Dinge am Himmel beobachtet.

Aber erst am 24. Juni 1947 begann das moderne UFO-Zeitalter. Es war der Tag, an dem der Geschäftsmann Kenneth Arnold aus Boise, Idaho, mit einem Privatflugzeug in Chehalis, Washington, startete, um nach Yakima, Washington, zu fliegen.

An diesem Tag war dem Vernehmen nach in der Nähe des Mount Rainier, dem höchsten Punkt der achtundvierzig auf dem Landweg miteinander verbundenen Staaten, ein Transportflugzeug der Marine abgestürzt. Arnold, ein begeisterter Flieger, beteiligte sich an der Suche. Er stieg auf über 3000 Meter und suchte die Umgebung des schneebedeckten Gipfels ab, versuchte auf Höhenzügen und in Canyons Trümmer und Überlebende zu entdecken.

Ein Wrack fand er nicht, sah aber etwas viel Spektakuläreres als ein abgestürztes Flugzeug.

Es war ein Tag mit kristallklarer Luft, und Arnold steuerte sein kleines Flugzeug über die prächtige Bergwelt. Plötzlich bemerkte er auf einer Tragfläche seiner Maschine einen Lichtreflex. Da in unmittelbarer Umgebung keine Lichtquelle auszumachen war, die den Reflex erzeugt haben konnte, sucht er den Horizont ab. Nördlich des Mount Rainier, in einer Höhe von ungefähr 3200 Metern und vielleicht fünfunddreißig Kilometer entfernt, sah Arnold eine Kette fliegender Objekte, die sich rasch dem Berg näherten. Es waren neun Objekte. Zuerst hielt er sie für konventionelle Flugzeuge, vielleicht ein Geschwader der neu entwickelten Düsenjäger der Air Force, aber nachdem er sie gründlich beobachtet hatte, stellte er fest, daß sie weder über Tragflächen noch Leitwerke verfügten und keine Kondensstreifen zogen. Mit Hilfe eines Geräts, das Zeus Fastener genannt wurde und das man bei der Wartung von Flugzeugen benutzte, konnte er die Größe schätzen. Die Flugobjekte waren ungefähr ein Drittel kleiner als eine DC-4. Durch einige Berechnungen war es ihm auch möglich, die Geschwindigkeit der Objekte ermitteln, die sich in einer perfekten Formation hielten wie ein Schwarm Wildgänse. Sie flogen mit einer Geschwindigkeit von ca. 2500 Kilometer pro Stunde – schneller als jedes Flugzeug, das 1947 in den Vereinigten Staaten hergestellt wurde.

Die Flugzeuge bewegten sich ». . . so ähnlich wie eine Untertasse, die man über eine Wasserfläche titschen läßt«. So beschrieb Arnold seine Beobachtung später den Reportern. Der Vergleich mit einer Untertasse, die durch den Himmel fliegt und von geheimnisvollen Wesen gesteuert wird, beflügelte die Fantasie der Amerikaner.

Abgesehen von den eigenartigen Sichtungen im Luftraum, die es vorher gegeben hatte, beispielsweise die bizarren ›Foo-Jäger‹, die im Zweiten Weltkrieg die B-52 Bomber verfolgt hatten, war dies die erste echte Begegnung mit ›fliegenden Untertassen‹. Der Begriff fand rasch Aufnahme in die Umgangssprache, und das Phänomen wurde sehr schnell in ganz Amerika bekannt.

Die Air Force bewertete die Sichtungen kurzerhand als ›Luftspiegelungen‹. Kristallklare Luft, die sich nicht bewegt, geht oft mit stabilen atmosphärischen Verhältnissen einher, die zu Inversionswetterlagen führen. Gleichzeitig wird der Refraktionsindex erhöht, was Luftspiegelungen entstehen läßt. Aber die Erklärung der Air Force stieß auf taube Ohren. Die Amerikaner waren begeistert von der Idee, daß unbekannte Flugobjekte die Behörden an der Nase herumführten, und so begann die Ära der fliegenden Untertassen.

Es war eine seltsame Ära. Die Anzahl der UFO-Sichtungen stieg proportional mit dem Interesse der Öffentlichkeit an dem Phänomen.

Dr. Everett Scarboroughs Problem als Historiker in diesem Bereich – noch dazu als einer, der die Phänomene wegerklären wollte – bestand darin, daß viele der sogenannten Fakten über unidentifizierte Flugobjekte anekdotischer Natur waren. Und da so viele Berichte in der populären Literatur verbreitet wurden – beispielsweise durch Bücher von Daniel Keyhoe und durch Frank Edwards Buch *Flying Saucers, Serious Business* – gab es häufig keine harten Fakten, mit denen man arbeiten konnte. Solche Fakten sind aber eine zwingende Voraussetzung, wenn ein Historiker gewissenhaft und sauber forschen will. Was in den von UFO-Anhängern bevorzugten Büchern verbreitet wurde, baute häufig auf die Gutgläubigkeit der Leser und war mit allerhand unbewiesenen Beobachtungen und Theorien garniert. Das machte die Quellenlage äußerst unübersichtlich. Wenn Scarborough über fliegende Untertassen schrieb, ging es ihm neben der Bewertung der UFO-Literatur auch um die Beurteilung der Sichtungen selbst, deshalb hatte er im Laufe der Zeit ein umfangreiches Archiv mit Aufzeichnungen und Berichten angelegt. Hinzu kamen noch die Ergebnisse seiner eigenen Nachforschungen und Literaturrecherchen.

Da es auf diesem Gebiet soviel Unfug, Schwindelei, Mißverständnisse, Heimlichkeiten und unklare Äußerungen der Regierung gab, war es sehr schwierig, klare Aussagen zu machen. Genau hier lag aber Everett Scarboroughs Stärke. Jeder halbwegs intelligente Leser konnte leicht nachvollziehen, was er in seinen Büchern diskutierte. Er ging gut organisiert und mit wachem, klarem Verstand vor. Im Gegensatz zu den UFO-Anhängern, die ihre Artikel über Sichtungen von fliegenden Untertassen mit himmelschreienden Spekulationen und dreisten Behauptungen würzten, schrieb Scarborough ausschließlich über Fakten. Er legte unmißverständlich dar, was eine Tatsache war und was nicht, und trug seine Ideen in humorvollem, witzigem Stil vor.

Wer Scarboroughs Bücher über das UFO-Phänomen kannte – er hatte zwar noch einige andere Bücher geschrieben, aber seine UFO-Bücher waren die bekanntesten –, wurde in groben Zügen über die Geschichte der UFOs informiert. Die Leser wußten nicht nur Bescheid über Arnolds Sichtung und die ›Foo-Jäger‹ im Zweiten Weltkrieg, sondern auch über die ›Geisterschiffe‹, die in den dreißiger Jahren Skandinavien und Europa heimgesucht hatten, und ihnen war bekannt, daß nicht lange nach dem Angriff auf Pearl Harbor ein Flugobjekt in der Nähe von Santa Monica langsam an der Küste entlanggeflogen war. Dieses Objekt war von Tausenden von Einwohnern von Los Angeles beobachtet worden General George Marshall hatte in dieser Angelegenheit sogar Präsident Roosevelt persönlich Bericht erstattet. Die Leser waren auch darüber informiert, daß die Air Force nach mehreren Sichtungen eines angeblich metallischen, kreisrunden Objekts die erste Untersuchung in Gang gesetzt hatte: das Projekt Sign, das im Jahre 1947 gestartet wurde. Die Leser wußten ebenfalls, daß Captain Thomas Mantells Düsenjäger, eine P-51 Mustang, am 7. Januar 1948 bei der Verfolgung seltsamer metallischer Objekte, die zwischen den Wolken aufstiegen, plötzlich abgestürzt war.

Sie wußten, daß die Air Force sich zunächst große Sorgen gemacht hatte, weil man glaubte, die Sichtungen könnten irgendwie das Werk des neuen großen Feindes sein, der kommunistischen Sowjetunion. Sie wußten, daß das Projekt Sign 1949 in das Projekt Grudge überging, nachdem es zahlreiche Gerüchte über angebliche Landungen von Außerirdischen in Roswell und Aztec, Arizona, gegeben hatte. Dabei seien verbrannte Leichen von Außerirdischen gefunden worden, was man jedoch streng geheim hielt. Sie wußten, daß als nächstes das Projekt Blue Book begonnen hatte und daß die Central Intelligence Agency mit der Air Force zusammengearbeitet hatte, um zu erforschen, inwieweit die Sicherheit der Vereinigten Staaten von Amerika durch UFOs bedroht sein könnte. Sie wußten, daß Edward J. Ruppelt, der erste Direktor des Projekts Blue Book, den Begriff ›UFO‹ geprägt hatte – die Abkürzung für ›Unidentifiziertes Flugobjekt‹ –, und daß dieser Begriff die irreführende Bezeichnung ›fliegende Untertasse‹ abgelöst hatte.

Am wichtigsten aber war, daß Scarboroughs Leser wußten, wie das Interesse an dem Phänomen durch eine Reihe von Verrückten, opportunistischen Reportern und Medienzaren wach gehalten wurde, die nichts anderes im Auge hatten als hohe Auflagen. Seine methodische Diskussion jener Ereignisse, die in den fünfziger Jahren beinahe eine Massenhysterie ausgelöst hätten – als das Gerücht umging, die Präsidenten Truman und Eisenhower wären Teilnehmer an Konferenzen mit außerirdischen Existenzen gewesen –, war ein Musterbeispiel für eine klassische soziologische Analyse. Scarborough hatte zwar eine Ausbildung in Physik und Mathematik genossen, aber die Soziologielehrer empfahlen sein Buch *Anatomy of a Stellar Hysteria* ihren Studenten vor allem, weil in ihm unter anderem anhand des 1951 gedrehten Films *Der Tag, an dem die Erde stillstand* der Einfluß der Medien auf das Sozialverhalten herausgearbeitet wurde. Scarboroughs

Leser wußten, daß nach dem Abflauen der Krise Fanatiker und Verrückte wie Raymund Palmer oder Richard Shaver mit ihren Publikationen das Interesse an den UFOs und an Außerirdischen wach gehalten hatten.

Scarboroughs Lesern war auch bekannt, wieviel Detailarbeit ein methodischer UFO-Forscher leisten muß, und sie bekamen in seinen Büchern beinahe tagebuchartige Berichte über seine Beratertätigkeit für das Projekt Blue Book von 1966 bis zum offiziellen Ende des Projekts im Jahre 1969 serviert. Das Ergebnis des Projekts war die Schlußfolgerung gewesen, es gäbe keine zwingenden Beweise dafür, daß irgendein UFO außerirdische Lebensformen zur Erde transportiert hätte.

In seinen Büchern schilderte Scarborough stets die neuen Moden und Torheiten der UFO-Manie, und so waren seine Leser, was die jüngsten Verrücktheiten anging, immer auf dem laufenden. Besondere Freude machte es ihm, ganze Kapitel absurden Veröffentlichungen, Gruppen oder Kulten zu widmen, die sich um das UFO-Phänomen rankten. Er forderte seine Leser auf, das *Saucerian Magazine*, *Californian UFO* und andere Zeitschriften zu lesen, über die er sich in seinen Büchern lustig machte.

Das Interessanteste an Dr. Everett Scarboroughs Büchern und eines der wichtigsten Merkmale, das ihn von anderen bedeutenden Debunkern unterschied, war sein Eingeständnis, daß das UFO-Phänomen nur deshalb so populär war – und ihm zugegebenermaßen zugleich ein gutes Einkommen sicherte –, weil es so großen Unterhaltungswert besaß. Scarboroughs Leser wußten also auch, daß sie nicht nur Berichte über harte, nackte Tatsachen vor sich hatten, wenn sie etwas über dieses eigenartige Phänomen nachlasen – sie wußten, daß sie zugleich einen Blick in die Niederungen menschlicher Überspanntheit warfen.

Dennoch war jedem, der Dr. Everett Scarboroughs Bücher las, klar, daß sie gut recherchiert waren und daß die Fakten immer stimmten. Scarborough erwähnte auf seinen Vorträgen und in Interviews häufig sein umfangreiches Archiv zu diesem Thema und seine große Aktensammlung, die er durch eigene Nachforschungen zu UFO-Sichtungen und dank der Hilfe anderer Menschen zusammengetragen hatte.

Als Scarborough nun in seinen Aktenschränken nachsah, um seine Version der Dokumente zu prüfen, wie sein Freund Eric MacKenzie ihn gebeten hatte, war er ziemlich schockiert über das, was er fand – oder besser, über das, was er nicht fand.

Die Aktenschränke standen im Heizungskeller. Es war ein Teil des Kellers, der nicht wohnlich eingerichtet und durch eine dünne Holzwand von der Bibliothek getrennt war. Mit dem Rücken zur Trennwand standen dort fünf große, schwere graue Schränke, angeschlagen, zerkratzt und verbeult. Im Gegensatz zu MacKenzie, der seine Schränke bei der Air Force ›ausgeliehen‹ hatte, war es Scarborough gelungen, seine Exemplare für wenig Geld bei einer Auktion zu erstehen. Er schauderte, wenn er an die Büros dachte, in denen sie so lange Jahre gestanden hatten, aber sie erfüllten ihren Zweck: Sie waren wie geschaffen für die Aufbewahrung von Dokumenten, die er nur selten zur Hand nahm, die er andererseits aber auch nicht wegwerfen mochte.

Es war schon Sonntag nachmittag, als Scarborough dazu kam, die Akten durchzusehen. Seine Stimmung war so düster wie die Wolken über Washington, D. C., die etwas kühle Luft und den Geruch von Regen mit sich brachten. Er hatte lange geschlafen, was bei ihm sehr selten vorkam, und als er erwachte, schmerzte sein Gesicht stärker als am Vortag. Er quälte sich aus dem Bett, wechselte den Verband und stellte erfreut fest, daß kein Eiter und keine Entzündung zu sehen waren. Dann machte er sich einen Pott Kaffee und versuchte, die sonntägliche Einsamkeit zu überbrücken, indem er die *Washington Post* und die noch dickere *New York Times* las. Einer der Vorzüge dieser beiden Blätter war es, daß auf ihren ehrwürdigen Seiten so gut wie nie Berichte über UFOs gedruckt wurden. Rezensionen seiner Bücher waren ihm dagegen jederzeit willkommen, und wenn er die beiden besten Zeitungen der Welt zur Hand nahm, dann wußte er, daß er sich entspannen konnte. Er brauchte sich nicht mit barbarischen fliegenden Untertassen abzugeben, sondern konnte sich mit Atomsperrverträgen, Drogenpolitik, Diskussionen über Krankheiten, Geschäftsübernahmen und so weiter beschäftigen. O du süße Realität!

Aber schließlich, nachdem er genüßlich die Bestsellerliste der *New York Times* studiert hatte, wo *Above Us Only Sky* bei den Sachbüchern den achten Platz hielt, goß er sich eine weitere Tasse Kaffee ein, gab fettarmen Kaffeeweißer dazu, raffte seinen schweren Hausmantel aus blauer Baumwolle um sich und tappte nach unten, um die verdammten Akten zu suchen.

Er legte eine Mozart-Einspielung von Sir Neville Marriner und The Academy of St. Martin-in-the-Fields in den CD-Spieler, suchte den Stapel Fotokopien heraus, den Mac ihm geschickt hatte, und las eine Weile, damit er wußte, was er suchen mußte. Diese Ermittlung in Iowa, derentwegen Mac sich so aufgeregt hatte – es sollte kein Problem sein, die Notizen zu diesem Projekt zu finden.

Er mußte zugeben, daß ihn das Verhalten seines Freundes am Vorabend sehr verletzt hatte, aber es war nicht das erstemal, daß sie sich auf diese Weise stritten. Und es war immer das gleiche. Mac mit seinem irischen Temperament auf der einen Seite, er mit seinen unerschütterlichen Ansichten auf der anderen Seite. Sie hatten über Politik, über Frauen und sogar über Whiskysorten gestritten und waren ein paarmal sogar nahe daran gewesen, sich zu prügeln. Aber es war noch nie so persönlich geworden. Eigentlich hatte es immer einem derben, aber irgendwie trotzdem noch herzlichen Krach unter Männern geähnelt, wo eher die Fassaden als die inneren Wertvorstellungen aufeinanderprallten. Gestern abend aber hatten sie sich offenbar gegenseitig verletzt, und jetzt hatte Everett Scarborough ein schlechtes Gewissen. Ihm war schon gestern abend nach ein oder zwei Drinks klargeworden, daß es das nicht wert war. Er wollte die Akten durchsehen, mit Mac vernünftig darüber reden und zusehen, daß sie ihre Freundschaft kitten konnten.

Natürlich war sein Freund völlig von der Rolle, aber Scarborough hielt es für das beste, ihm vorerst ein wenig nachzugeben und ihn mit einer Art väterlicher Geduld auf den rechten Weg zurückzubringen. Das war bestimmt besser, als ihre Beziehung zu gefährden.

Sie waren von Anfang an gute Freunde gewesen. Beide liebten es, zu reden oder Karten zu spielen. Scarborough hatte überrascht festgestellt, daß er sogar die Angelausflüge genoß, zu denen MacKenzie ihn mitgeschleppt hatte. Nur beim Jagen spielte Scarborough nicht mit. Er hatte sehr eigensinnige Ansichten über Feuerwaffen, deren Besitz seiner Meinung nach strengen Kontrollen unterworfen werden mußte, und hegte sowieso eine tiefe Abneigung gegen alle Arten von Waffen. In diesem Zusammenhang bedauerte er die Umstände, die ihn selbst zwangen, eine registrierte Waffe im Haus aufzubewahren und hatte sogar einmal einen Artikel über dieses Thema geschrieben, der ihm geholfen hatte, seine eigene Seele zu erforschen. Als er elf Jahre alt war, wurde einer seiner Lieblingsonkel auf der Jagd erschossen. Ein Unfall. In diesem Augenblick hatte er alle Spielzeugpistolen weggeworfen. Zwar hatte er für die Streitkräfte gearbeitet, aber er war ihnen nie beigetreten und hatte sogar den Militärdienst umgehen können, indem er sich in Harvard und dann beim MIT einschrieb. Dadurch war ihm die Einberufung erspart geblieben.

Die Freundschaft der beiden Männer hatte begonnen, als sie entdeckten, daß sie sich über praktisch alles unter der Sonne – und sogar noch darüber hinaus – ebenso angeregt wie tiefsinnig unterhalten konnten. Ihre Gespräche dehnten sich oft zu endlos langen Sitzungen aus. Sie spornten sich gegenseitig an; zwischen ihnen wirkte eine Art Zauberkraft oder Alchimie der Worte, oft beflügelt durch Alkohol, aber nicht auf diese Droge angewiesen. Neue Welten hatten sich für beide durch ihre Bekanntschaft aufgetan. In MacKenzies Romanen tauchten nicht selten Figuren auf – meist als Helden, auch wenn ab und zu mal ein Schurke nach diesem Muster gestrickt war –, die an Dr. Everett Scarboroughs Vorbild orientiert waren. Umgekehrt gaben Captain Eric MacKenzies literarische Abenteuer auch Scarboroughs Werken die richtige Würze. MacKenzies Arbeit hatte Scarborough Ende der Sechziger und Anfang der siebziger Jahre vor Augen geführt, daß er damit aufhören mußte, ausschließlich für die stickige akademische Welt zu schreiben. Scarborough hatte von Eric gelernt, klare, lebendige und starke Sätze zu formulieren, die den Leser am Nacken packten und ihm sagten: »He, du da! Jetzt paß mal auf!«

Sie waren von Anfang an Freunde gewesen, und ihre Freundschaft war erheblich tiefer geworden, als Phyllis Scarborough erkrankt war. Eric MacKenzie war in diesen langen, schrecklichen Monaten für sie beide dagewesen. Er hatte sich sogar für einen ganzen Monat samt Schreibmaschine bei ihnen einquartiert, als Phyllis im Krankenhaus war, hatte Diane geholfen, das Essen zubereitet und ihnen im Angesicht des Todes das Leben erleichtert. Der Brustkrebs hatte Metastasen gebildet, nach einiger Zeit war auch Phyllis' Leber angegriffen, und nicht einmal Macs Tapferkeit, seine Energie und seine groben Scherze konnten verhindern, daß sie eines Tages starb. Er war bis zur Beerdigung und noch etwas länger geblieben, hatte mit Scarborough Gin Rummy gespielt und ihn überredet, das Manuskript seines letzten Romans gegenzulesen. Und er hatte den Wissenschaftler gebeten, für seinen nächsten Roman, in dem Insekten eine wichtige Rolle spielen sollten, einige gründliche Recherchen über Entomologie zu machen.

Von allen Freunden und Verwandten wußte Mac am besten, wie bedrohlich der Tod seiner Frau für Everetts geistige Gesundheit war. Nur Mac war imstande, auf der gleichen instinktiven Ebene wie Phyllis zu verstehen, daß all die Logik und Wissenschaftlichkeit, die mathematischen Formeln und die rigiden Strukturen, die Everett seinem Leben auferlegt hatte, einzig und allein dazu dienten, das anscheinend bedeutungslose Chaos des Lebens zu organisieren und zu kategorisieren, um irgendwie damit zurechtzukommen. Dieses Chaos hatte Scarborough nun die Seele aus dem Leib gerissen. Es hatte ihm die geliebte Frau genommen. Natürlich verlor Mac kein Wort darüber und brachte das Thema nie zur Sprache. Everett Scarboroughs brillante Logik, seine Schlußfolgerungen, seine wissenschaftlichen Forschungen, all dies machte Mac ständig zum Ziel seines Spotts, aber er wagte sich niemals bis zu den wahren psychologischen Ursachen vor, auch wenn sie ihm bekannt waren. Phyllis hatte Mac von Everetts Kindheit und Jugend erzählt. Andererseits wäre auch Scarborough von sich aus nie auf dieses Thema zu sprechen gekommen, aber es machte ihm nichts aus, daß Mac Bescheid wußte.

Ja, in jenen Tagen der intravenösen Injektionen, der Krankenhausgerüche, der zusammengebissenen Zähne und der gemurmelten Trostworte hatte nicht einmal Eric MacKenzie eine Ahnung, wie dicht der große Dr. Everett Scarborough wieder vor jenem Abgrund stand, dem er seit seiner Jugend ständig aus dem Weg gegangen war. MacKenzies Gegenwart, seine Liebe für Diane und seine unerschütterliche, unbezwingbare Willenskraft hielten Scarborough davon ab, in den Abgrund zu stürzen. Captain Erich MacKenzie spürte durchaus die inneren Stürme, die hinter Scarboroughs unbewegtem Äußeren tobten. Mac stellte keine Fragen, als sein Freund bei Phyllis' Beerdigung nicht weinte und scheinbar stoisch den Verlust hinnahm. Er wußte, daß Scarborough diese kalte Kontrolle brauchte, denn wenn er seinen Emotionen freien Lauf ließe, dann bestünde die Möglichkeit, daß er sie nie wieder würde bezähmen können.

Ja, dachte Scarborough, als er seine Unterlagen durchging, es gab eine tiefe Bindung zwischen ihm und Mac. Ein Band, das aus Verständnis und Mitgefühl geknüpft war. Und Mac hatte ihm einen kurzen Einblick in seine tiefsten Ängste, Befürchtungen und Unsicherheiten gewährt – in das Rohmaterial, aus dem der Autor einen ganzen Strom von Büchern gewann.

Die Schubladen waren mit Kärtchen beschriftet, die über den Metallgriffen in kleinen Rahmen steckten. Scarborough schaltete die Leuchtstoffröhre über den Schränken ein, und als die Lampe flackernd zum Leben erwachte, sah er die Schilder durch. Er hatte die Akten, die seine Arbeit beim Projekt Blue Book dokumentierten, lange nicht mehr in der Hand gehabt; nicht mehr, seit er das Buch über seine Zeit bei der Air Force geschrieben hatte. Fast hatte er vergessen, wo genau die Akten untergebracht waren. Wie gut, daß es solche Aufzeichnungen, Archive und Notizen gab – sein Gedächtnis wurde ja mit den Jahren nicht besser.

Endlich fand er die richtige Schublade im vierten Aktenschrank. Es war die zweite von oben, und sie trug die schlichte Aufschrift PROJEKT BLUE BOOK in Schreibmaschinenschrift. Er lächelte in sich hinein, als er sich an die ordentliche Archivarin erinnerte, die dieses Kärtchen geschrieben hatte: Phyllis Scarborough. Vorsichtig berührte er die vergilbte Karte.

»Ja, Phyl. Ich glaube, ich bin es dem verrückten alten MacKenzie schuldig, meine Notizen zu dem Fall in Iowa durchzusehen.«

Er öffnete die Schublade.

Die Dokumente waren in Hängeordnern abgelegt, deren Schilder ordentlich beschriftet waren. ›Lichter in Massachusetts‹, stand auf einem. ›Die Rexton-Familie‹ lautete eine weitere Aufschrift. ›Der Hill-Bericht‹ befaßte sich mit Scarboroughs Untersuchung von weiteren Sichtungen, die Betty Hill gemeldet hatte. Ihre Berichte hatten ihn davon überzeugt, daß sie ihre geistige Stabilität verloren hatte, nachdem ihr Mann im Jahre 1968 gestorben war. Wie er sich jetzt erinnerte, mußte der Ordner, um den es MacKenzie vor allem ging, ziemlich dick sein und ganz einfach den Namen des Staates tragen: ›Iowa‹.

Genau, da war er auch, alphabetisch einsortiert wie die anderen.

Nur eins kam Scarborough merkwürdig vor. Er spürte es sofort, als er ihn herauszog. Der Ordner war viel zu dünn.

Als Scarborough ihn öffnete, stellte sich sogar heraus, daß er völlig leer war. Das ist aber seltsam, dachte Scarborough. Hatte er die Dokumente über die Ermittlungen in Iowa etwa mit anderen Akten durcheinandergeworfen?

Die nächste halbe Stunde verbrachte er damit, systematisch die ganze Schublade durchzusehen, aber er konnte keine Spur der vermißten Papiere finden.

Dafür entdeckte er zwei weitere Ordner, die genauso leer waren wie der erste, die aber ebenso dick hätten sein müssen: ›Tjunga, Kalifornien‹, eine Sammlung mit Sichtungen, und der ›Hudson Valley Report‹.

Er nahm die leeren Ordner heraus und ging nach oben in sein Büro, um MacKenzie im Hotel anzurufen.

»Es tut mir leid«, sagte die Vermittlung, »aber Captain MacKenzie ist bereits abgereist.«

»Ich verstehe«, sagte Scarborough. »Vielen Dank.«

Nun, dann würde er versuchen, ihn morgen abend zu erreichen. Das war kein Problem, denn Everett Scarborough wußte auch so, was er zu tun hatte.

Er mußte sich an Colonel Dolan wenden, an den großen Mann höchstpersönlich. Mac hatte recht. Dolan war der einzige, der in diesem Fall die richtigen Antworten geben mochte.

Beunruhigt schenkte Scarborough sich eine neue Tasse Kaffee ein, ging wieder nach unten und sah die übrigen Ordner durch.

14. Kapitel

»Sie verdammter, elender Schweinehund«, sagte der Mann mit dem schütteren Haar und einer Nase, die an W. C. Fields erinnerte. »Sie haben verdammt großes Glück, daß wir im zwanzigsten Jahrhundert leben, sonst würde ich Ihren Kopf auf einen Speer spießen und Ihre Eier in Essig einlegen lassen.«

Der Mann mit dem schütteren Haar war Howard Kozlowski, Jake Camdens Boß, der Herausgeber, Chefredakteur und Besitzer des *National Intruder*. Seine behaarten Finger hatten Jakes Jackenaufschläge gepackt. Wenn ihm dieses Gesicht noch näher kam, dachte Jake, dann mußte er sich entscheiden, ob er seinen Chef küssen oder beißen wollte. Jake roch, was der Mann gefrühstückt hatte: Bagels mit Zwiebeln und Lachs.

»Ja, Sir«, sagte Jake Camden. »Es tut mir wirklich leid, was ich da angerichtet habe, Sir. Ich hoffe, Sie geben mir noch eine Chance.«

Kozlowski gab Camden einen Stoß, und der Reporter plumpste so heftig auf eine Couch, daß hinter ihm an der Wand laut klapperte, was Kozlowskis Büro schmückte: gerahmte Auszeichnungen und eine antike Coca-Cola-Uhr mit Zeigern, die wie Flaschen geformt waren und die auf 11 Uhr 32 zeigten.

»Sie haben wirklich noch einmal Glück gehabt, Sie Dreckstück«, sagte Kozlowski. »Wenn ich nicht schleunigst ein paar Geschichten von Ihnen brauchen würde, dann würde ich Sie auf der Stelle hier raussetzen.«

Howard Kozlowski sah aus wie ein Sumo-Ringer, der im wirtschaftlichen und journalistischen Überlebenskampf kräftige Muskeln entwickelt hatte. Sein Kopf erinnerte an eine Bowlingkugel mit Hornbrille, und er war berühmt für seine altmodischen dreiteiligen Anzüge aus synthetischem Material.

Verdrossen ließ er von seinem Reporter ab und setzte sich in den edlen Eames-Bürosessel. Vor ihm auf dem blankpolierten Mahagonischreibtisch stand der übliche teure Schnickschnack; ein mit Diamanten besetztes Tischfeuerzeug, ein mit Gold eingelegter Füller und ein Satz Kugelschreiber. Der Mann, dem man Verbindungen zum organisierten Verbrechen nachsagte, hatte den *Intruder* Anfang der siebziger Jahre in New Jersey gegründet, als der Markt für Zeitschriften, die in Supermarktregalen verkauft werden konnten, stark gewachsen war. Fast zwei Jahrzehnte später wurden die Verbindungen zum organisierten Verbrechen nur noch flüsternd und als sehr unbestimmte Möglichkeit erwähnt. Kozlowski hatte es sich zum Prinzip gemacht, niemals nach New York City zu fahren, obwohl die Stadt das wichtigste Finanzzentrum der Welt war. Vielleicht hatte er einen guten Grund, auf jenem Territorium um sein Leben zu fürchten.

Das Ansehen, das er sich im Laufe der Zeit erworben hatte, konnte nicht über sein ungehobeltes Geschäftsgebaren hinwegtäuschen. Kozlowski leitete den *Intruder*, verwaltete sein Vermögen und führte seine Alligatorfarm mit der gleichen Gerissenheit wie ein Diktator seine Bananenrepublik; und er genoß die Kotaus des Fußvolks sogar noch mehr als seine berühmten nachmittäglichen Ginseng-Einläufe, ein unter großer Geräuschentwicklung gefeiertes Badezimmerritual, dessen Verlauf man dank der schlechten Klimaanlage im ganzen einstöckigen Gebäude verfolgen konnte.

Jake Camden bezweifelte nicht, daß der kochende größenwahnsinnige Kerl es ernst meinte. Wenn ihm das möglich gewesen wäre, dann hätte er schon längst von sich aus den Job an den Nagel gehängt, hätte Gitarre, Schnaps und Schreibmaschine geschnappt und wäre in sonnigere Gefilde entschwunden. Aber er hatte Schulden bei Leuten, die äußerst ungemütlich werden konnten.

Es war Zeit, seinem Chef trotz der Ginseng-Schwaden in den Arsch zu kriechen.

»Koz, ich habe Ihnen ja schon gesagt, daß ich ein paar hervorragende Spuren habe«, sagte er, während er sich hochrappelte. »Wir kommen in eine neue Phase der UFO-Ära, Chef, und ich stehe an vorderster Front. Ist Ihnen nicht klar, wie das New Age das Interesse an den alten Geschichten wiederbeleben wird? Statt mit zweiköpfigen grünen Wesen aus fliegenden Untertassen haben wir es jetzt mit zweiköpfigen grünen Wesen zu tun, die mit Shirley MacLaine per Channeling Kontakt aufnehmen! Wir werden bald unglaubliche Geschichten zu hören bekommen, das verspreche ich Ihnen. Ich habe mit unseren Informanten in Hollywood geredet und war kurz davor, eine Geschichte aufzutun, derzufolge Rock Hudson von plejadischen Ledertunten mit AIDS infiziert wurde. Das Interesse an solchen Themen wird wachsen, und für den *Intruder* wird eine goldene Zeit anbrechen.«

Kozlowski starrte Camden unbewegt an. Er hielt eine teure südamerikanische Zigarre zwischen den Fingern einer Hand. Oft rauchte er sie überhaupt nicht, sondern hielt sich nur daran fest. Es kam ihm anscheinend vor allem auf die Wirkung an. Hin und wieder zerbrach er auch mal eine Zigarre, wenn es galt, seinen Standpunkt deutlich zu machen.

»Yeah, und Koz – das mit Ihrer Tochter tut mir wirklich leid. Aber wissen Sie ... Koz, hören Sie – ich bin einfach nur ein einsamer, schwacher Mann, und sie ist eine lebhafte, anziehende, wunderschöne junge Dame, und ich ...«

Howard Kozlowski brach seine Zigarre durch und warf die Bruchstücke nach dem Reporter. »Noch ein Wort über meine Tochter, und ich vergesse, daß ich Ihre Hinrichtung aufgeschoben habe, Camden.«

»Okay, ich verstehe.«

»Wenn ich Sie noch einmal in ihrer Nähe erwische, Sie Schweinehund, dann werde ich die nächste Ausgabe der Zeitschrift mit Ihrem Blut drucken lassen.«

Er lehnte sich zurück und sah aus blutunterlaufenen Augen seinen Angestellten müde an. »Sie hat mir versprochen, ein braves Mädchen zu sein, und dazu müssen auch Sie beitragen, Jake. Sie soll sich mit netten Jungen ihres Alters treffen. Mit Jungen, die in die Kirche oder meinetwegen in eine anständige Synagoge gehen. Sie ist mein Baby, Jake, und ich bin ausgesprochen *sauer*, weil Sie mir das angetan haben.«

Camden nickte bußfertig.

Kozlowski seufzte schwer und rutschte auf seinem Sessel herum, der protestierend quietschte. »Im Ernst, Jake. Die Auflage geht seit einem Jahr zurück. Wir müssen den

Lesern das geben, was sie haben wollen. Es stimmt, die wollen anscheinend UFO-Geschichten hören, bei denen die persönliche Ebene nicht zu kurz kommt. Ich kann Ihnen hinsichtlich Ihrer Arbeit keinen Vorwurf machen. Der *Intruder* war jahrelang die führende Zeitschrift, was UFO-Geschichten angeht. Aber einige der anderen Blätter stehlen uns die Schau. Bringen Sie mir binnen eines Monats einen Knüller, und Sie können Ihren Job behalten. Wenn nicht, fliegen Sie raus, Amigo.«

»Sicher doch, Sir. Vielleicht können Sie mir einen Hinweis geben, was für eine Geschichte Sie haben wollen.«

Der Boß beugte sich vor und nahm die Brille ab. Kleine graue Augen starrten Camden hart an. »Ich will eine Geschichte, die dafür sorgt, daß jeder, der in den Supermarkt geht, ein Exemplar der Zeitschrift kauft. Ich will eine Geschichte, bei der die Leute nicht nur schockiert sind, sondern die sie *glauben* können. Etwas Persönliches – etwas mit menschlichem Gefühl, das die Leute sofort aufrüttelt. Etwas, das den Normalverbraucher, wenn er seinen Einkaufswagen durchs Geschäft schiebt, auf der Stelle veranlaßt, stehenzubleiben. Die Leute müssen blinzeln und sagen: »He, vielleicht wird die Erde am Ende *doch* von Wesen von einem anderen Planeten besucht.«

Die glänzende, sommersprossige Halbglatze schien sich zu kräuseln, und die grauen Augen funkelten über dem Schildpattrahmen der Brille. Schweißtropfen rannen dem Herausgeber über die Schläfen. »Und noch etwas, Jake. Ich will, daß die Geschichte durch *Fakten* abgestützt wird.«

Camden blinzelte. Dieser Irre meinte das ja *ernst*. Anscheinend brauchte er wirklich schleunigst einen Knüller. Der Kampf um den Platz in den Supermarktregalen war hart, und die Blätter kämpften um die Aufmerksamkeit der amerikanischen Leser wie streitende Straßengören. Nur daß es hier nicht um Kinderkram ging. Es ging um die grünen Scheine, um Kohle, um das Geld, das den Reichen reich machte und den Armen zur Verzweiflung trieb.

»Sicher doch, ich besorge Ihnen die Story«, sagte Camden. Er wurde etwas zuversichtlicher. »Und wenn ich es innerhalb eines Monats schaffe, behalte ich meinen Job.«

»So sieht das aus«, sagte Kozlowski, und seine Hand kroch zur Zigarrenkiste, um die nächste Beruhigungszigarre herauszuziehen.

»Boß, und wenn ich Ihnen diese große Story bringe, kann ich dann eine Gehaltserhöhung bekommen? Das Leben wird ja nicht billiger, und ...«

»Sie unverschämtes Arschloch! Machen Sie, daß Sie hier rauskommen, und schaffen Sie die Geschichte her, sonst fordere ich das Gehalt des letzten Monats *zurück.*« Der Boß lief gefährlich rot an.

»Okay, aber wie wäre es dann mit einer einmaligen Prämie?« fragte Camden mit hoffnungsvollem Grinsen. »Natürlich nur, wenn die Geschichte wirklich gut ist.«

»Raus!« rief sein Boß, und Camden mußte sich ducken, um *Iacocca* auszuweichen, Kozlowskis immer griffbereitem Lieblingsbuch. Er hatte von Bantam tausend Restexemplare für einen Spottpreis bekommen und schenkte jedem, der sein Büro betrat, ein Exemplar, ob der Besucher es nun haben wollte oder nicht. »Passen Sie bloß auf, sonst drehe ich Ihnen wirklich noch den Hals um!« brüllte Kozlowski, als das Buch gegen ein handsigniertes Foto von Lyndon Baines Johnson knallte.

»Schon gut«, sagte Jake Camden. Er machte, daß er hinauskam.

Die Arbeitsplätze des Fußvolks beim *Intruder* waren nicht mit dem Büro des Herausgebers zu vergleichen. In letzterem lagen dicke Teppiche, und die Möbel bestanden aus echtem Leder und Teakholz. Draußen in der Redaktion war der Boden mit Linoleum ausgelegt, die Schreibtische waren billig, und die Leuchtstoffröhren darüber in langen Reihen wie in einer Fabrik aufgehängt. Die meisten Reporter, Redakteure und Redaktionsassistenten hockten dicht gedrängt nebeneinander wie am Fließband. Die etwas glücklicheren Redakteure und Reporter hatten winzige verglaste Kästen mit Schreibmaschinen zur Verfügung gestellt bekommen. Wenn sie wollten, durften sie ihre eigenen Computer von zu Hause mitbringen. Der *Intruder* hatte sich immer noch nicht auf die moderne Technik umgestellt, obwohl sich die Mitarbeiter ständig beklagten. Der Boß sah nicht ein, warum er einen Haufen Geld ausgeben sollte, wenn das alte System zuverlässig funktionierte.

Ein Computersystem, wie es bei fast allen Zeitungen längst üblich war, hätte die Produktion viel flüssiger gestalten können. Andererseits war der *Intruder* ein kleines Blättchen mit nur achtundvierzig Seiten, und die Geschichten waren meist so kurz und so bar jeglichen Sachgehalts, daß sie abgesehen von einer flüchtigen Korrektur keine große Bearbeitung erforderten. Der einzige, der sie gründlich durchsah, war Joe ›Hackmesser‹ Donohue, der Syndikus des *Intruder,* der die Artikel auf mögliche Anlässe für Verleumdungsklagen abklopfte.

Jake Camden hatte schon kurz nach Beginn seiner Karriere bei diesem Blattt einen Computer von IBM gekauft, um seine Artikel zu schreiben, aber im letzten Jahr hatte er ihn wieder versetzt, um einen größeren Kokain-Deal zu finanzieren. Der Deal war in die Hose gegangen, und Jake war nicht dazu gekommen, sich einen neuen Computer zu kaufen. Eigentlich war es ihm auch egal, denn die alte IBM-Schreibmaschine mit Korrekturband, die ihm zur Verfügung gestellt worden war, reichte völlig aus.

Nachdem er aus dem Büro seines Chefs geflohen war, wandte Jake sich als erstes zur Kaffeemaschine. Er hatte schon den ganzen Morgen Kaffee in sich hineingeschüttet und brauchte dringend Nachschub. Nach einer schlaflosen Nacht war er pünktlich um 8 Uhr angetreten, doch Kozlowski hatte ihn in seiner unnachahmlichen Art bis 11 Uhr 15 auf die versprochene Abreibung warten lassen. Jake hatte unterdessen wie auf glühenden Kohlen gesessen, hatte fünf Tassen Kaffee getrunken, war dreimal auf dem Klo gewesen und hatte die erste Seite seiner

Reportage über die Ereignisse in Iowa zehnmal umgeschrieben. Zufrieden war er immer noch nicht.

Jetzt ließ Jake demonstrativ einen Vierteldollar in die Blechdose fallen und zog die halbvolle Kanne aus der Kaffeemaschine. Er goß sich einen Styroporbecher dreiviertelvoll und kippte Zucker und zwei Löffel Kaffeeweißer nach. Dann rührte er um und schnüffelte an dem Gebräu. Trotz des Brechreizes (die leere Kaffeedose war zwar von Maxwell House, aber die Sekretärinnen, die die Maschine nachfüllten, kauften meist billigeren Kaffee aus dem Sonderangebot) nahm er einen Schluck. Er fühlte sich danach nicht besser, aber es wurde auch nicht schlimmer. Jake sah sich um, ob ihn niemand beobachtete, und fischte seinen Vierteldollar und dazu noch einen zweiten wieder aus der Dose heraus.

Dann setzte er sein berüchtigtes Grinsen auf, zeigte den Kollegen sein ungewöhnlich gut rasiertes Gesicht und tat so, als könne ihm nicht einmal der Teufel etwas anhaben. Er machte sich darauf gefaßt, neugierige Fragen abzuwimmeln und marschierte siegesgewiß durch den Gang zu seinem Schreibtisch.

»Hey, Jake!« rief Quentin Marshall, der Redakteur, der für die Abteilung ›Prominente Persönlichkeiten‹ zuständig war. Mit gepflegten Fingern rückte er sich die Designerbrille auf der Nase zurecht. »Da drinnen hat's ja gerade mächtig geknallt. Darfst du deine Untertasse überhaupt noch draußen auf dem Parkplatz abstellen?«

In der Umgebung wurden sämtliche Aktivitäten sofort eingestellt. Schreibmaschinen hörten auf zu klappern, telefonierende Kollegen sprachen plötzlich mit gedämpfter Stimme, Ohren wurden gespitzt. Die Klimaanlage schepperte und räusperte sich, in der Luft hing der Geruch von Druckerschwärze und Papier wie ein Gespenst. Jake lehnte sich lässig an den Fernschreiber von UPI und blinzelte Sheryl Stippens zu, einer Fotoredakteurin, deren Schreibtisch mit Bildern von Michael J. Fox in Begleitung verschiedener Frauen übersät war. Er trank einen Schluck des bitteren Kaffees und schenkte dem wartenden Publikum ein kleines Lächeln. »Wird Liz Taylor Malcolm Forbes verklagen?«

»Komm schon, Camden«, knurrte Bill Walters, der für Astrologie und Okkultismus zuständige Redakteur, indem er sich an seinem schwer erarbeiteten Bierbauch kratzte. »Wir neugierigen Geister wollen es jetzt wissen.«

»Nun ja, der alte Herr war wohl ziemlich wütend auf mich. Die Auflage sinkt, er will einen Knüller, und in der letzten Zeit sind eben in Sachen UFO nicht sehr viele sensationelle Dinge passiert.« Jack zuckte nonchalant die Schultern und spähte zum Schreibtisch eines Kollegen hinüber. Dort lag eine Liste mit Ideen für Themen, und er hoffte, sich etwas Passendes unter den Nagel reißen zu können.

»Mensch, nun hör schon auf damit, Jake«, sagte Sadie Diamond, eine etwa fünfzigjährige Frau mit bläulich schimmerndem blondem Haar und einem Gesicht wie ein Schnittmusterbogen. Zwischen ihren Lippen wippte eine Zigarette, während sie sprach. Sie zog ein Blatt aus der Schreibmaschine. »Du hast seine Tochter gevögelt, das weiß doch jeder hier. Hat er dich jetzt rausgeworfen oder nicht?«

Camden schlenderte zum Schreibtisch der Frau hinüber, schnappte sich ihre Packung Chesterfield und nahm eine heraus. »Nein«, sagte er, während er sich die Zigarette zwischen die Lippen schob, »er wollte eigentlich nur ein paar Sextips haben. Hast du mal ein Streichholz, Süße?«

»Leck mich doch, Jake«, sagte Sadie. »Und gib mir meine Zigaretten zurück. Ich habe deine Schnorrerei satt. Eigentlich hatte ich gehofft, der alte Knacker würde dich teeren und federn und auf ein Stück Schiene gebunden hier raustragen lassen.«

»Immer mit der Ruhe, zieht eure Krallen wieder ein, meine geliebten Freunde und Kollegen bei diesem unvergleichlich ehrbaren Druckerzeugnis.« Er drehte sich um und wandte sich an alle, die zuhörten. »Mir ist sehr bewußt, daß ihr alle neidisch seid, weil ich Chefreporter bin und an den wichtigsten Geschichten dieses Jahrhunderts arbeiten darf. Aber laßt euch gesagt sein, daß Jake Camdens Stern weiter steigen und alle möglichen Sorten faszinierender Lebensformen auf unseren Planeten schikken wird, über die auf der Titelseite berichtet werden muß. Ich wage sogar euch vorauszusagen, daß bald eine ganze Flotte von Raumschiffen von den Plejaden in Kiss Grits, Florida, landen wird, um die internen Kämpfe beim *Intruder* zu unterbinden und unserer gebeutelten Redaktion Ruhe und Frieden zu bringen.«

Sein Vortrag wurde mit höflichem Lachen quittiert, und die Kollegen machten sich wieder an die Arbeit, da ihre Fragen beantwortet waren.

Jake warf die Packung Chesterfield auf Sadies Schreibtisch zurück. »Danke, Mädchen. Ich kaufe dir eine Tabakplantage in Maryland, wenn ich die Goldader gefunden habe.«

Sadie schüttelte den Kopf und fuhr damit fort, die Meldungen aus der Weltpresse nach geeigneten Themen zu durchforsten. »Jake Camden, du bist das, wovor uns der Gesundheitsminister auf den Packungen warnt.«

Aber Jake hatte sich schon getrollt. Er schlenderte an seinen Kollegen vorbei zu seinem Kabuff, das hinten im Großraumbüro abgetrennt war, die Lippen fest um die noch nicht entzündete Zigarette gepreßt. Dabei summte er ›People Who Need People‹ und nickte oder zwinkerte allen zu, die ihn ansahen. Schließlich betrat er seinen Verschlag, stellte den Kaffeebecher neben einen Stapel unbeantworteter Post und Hausmitteilungen ab, sank auf seinem Stuhl zusammen und legte den Kopf auf die Arme.

Eine sensationelle UFO-Geschichte, die durch Fakten abgesichert war! Woher sollte er die nehmen? Und er hatte nur einen Monat Zeit. Was, zum Teufel, konnte er jetzt tun? Johnny Plentenos war einverstanden, daß Camden seine Schulden in Raten abzahlte, aber wenn Camden sein Gehalt verlor, dann konnte die Arbeitslosenversicherung bestimmt nicht verhindern, daß eine kubanische Machete ihn von gewissen lebensnotwendigen Anhängseln seines Körpers befreite.

Camden seufzte müde und kramte in dem Chaos auf seinem Schreibtisch herum, als wäre irgendwo ein Schatz verborgen. Er stieß nicht auf Gold, fand aber immerhin ein Streichholzbriefchen mit der Werbung einer Bar: ›Ginos Go-Go-Girls‹. Entnervt zündete er die geschnorrte Chesterfield an und blies eine Rauchwolke in Richtung Decke.

»Jake, entschuldige, daß ich dich störe, aber dieser Tim Reilly hat schon wieder angerufen«, sagte plötzlich eine Stimme hinter ihm. Jake sah sich mutlos um. Es war Betty Norton, die Sekretärin und Assistentin, die er sich mit drei anderen Reportern teilte. »Er behauptet, er hätte eine UFO-Geschichte für dich.« Sie blinzelte ihn kurzsichtig durch riesige, blau eingefaßte Brillengläser an. Camden schlug eine schwere Wolke Chanel Nr. 5 entgegen.

»Das ist dieser Student aus Kansas, nicht wahr? Verdammt, der hat doch am Donnerstag und am Freitag schon mehrmals angerufen. Ich brauche keine Geschichte aus Kansas . . . Geschichten aus dem Mittelwesten gibt es wie Sand am Meer.«

»Es sieht wirklich sehr nach einer ganz normalen Entführungsstory aus.« Betty bearbeitete eifrig ihre extragroße Portion Kaugummi, während sie ihre Notizen durchsah. »Er sagt, er wäre mit seiner Freundin irgendwo in Kansas aufs Land gefahren, und am nächsten Morgen wären sie in ihrem Auto aufgewacht und hätten nichts mehr gewußt. Die Freundin würde dich auch gern kennenlernen, sagte er. Sie heißt Diane Scarborough. Die wollen wohl wirklich dringend mit dir sprechen, Jake. Was soll ich jetzt machen?«

»Notiere die Telefonnummer und sage ihnen, ich rufe zurück«, erwiderte Jake.

»Yeah, okay.« Rosafarbene Rocksäume flatterten, und sie schwebte davon.

»Aber nicht vor 2020«, fügte Jake Camden halblaut hinzu und starrte wehleidig den Stapel unerledigter Arbeit an, der sich auf seinem Schreibtisch türmte.

Das war das Problem bei diesen verdammten UFO-Berichten. Sobald eine originelle Idee sich in den Köpfen der Masse festsetzte, drehten die Leute durch. Es funktioniert wie bei einem Fotokopierer, dachte Jake. Deshalb mußte man manchmal die Wahrheit ein wenig strapazieren – und oft sogar selbst fabrizieren –, um aus diesem verdammten Phänomen überhaupt noch etwas herauszukitzeln. Aber trotz seines Zynismus in dieser Hinsicht war Jake nicht völlig sicher, daß dies alles wirklich nur ein großer Haufen Vogelkacke war. Einerseits gab es viele Sichtungen, die sich nicht durch Beweise belegen ließen, andererseits gab es viele Beweise dafür, daß wirklich etwas im Busch war.

Er konnte nicht genau sagen, worum es sich handelte, aber irgend etwas war mit Sicherheit im Gange.

Lange blieb er in seinem Verschlag sitzen und dachte nach. Während er dachte, machte er sich Notizen auf seinem gelben Block. Als er sich notierte: ›Projekt Blaue Eier: Sexskandal unter Ufologen‹, summte er ein altes englisches Volkslied vor sich hin, das Simon und Garfunkel aufgenommen hatten. Er hatte das Stück sehr gemocht, und nach einer Weile sang er sogar leise die Worte:

»Are you going to Scarborough Fair? Parsley, sage, rosemary and thyme. Remember me . . .«

Mitten in der Zeile brach er ab.

Jake Camden schüttelte den Kopf. Nein, das konnte einfach nicht sein . . .

Aber er war Reporter, und er wußte, daß es manchmal ausgesprochen seltsame Zufälle gab.

Und wenn es wirklich zutraf . . .

Er rollte auf seinem Bürostuhl aus seinem Verschlag, beugte sich zur Seite und legte die Hände wie einen Trichter vor den Mund.

»He, Betts! Wie hieß noch die Freundin dieses Kerls aus Kansas?«

15. Kapitel

Diane Scarborough wollte meditieren, aber es klappte nicht.

Sie saß auf einem riesigen gelben Kissen, das auf einem Perserteppich lag, mit dem Blick auf Tims Balkontür, wo ein Urwald großer Topfblumen ein paar Marihuanapflanzen tarnen sollte. In Kansas schien die Sonne, nur ein paar dicke Kumuluswolken zogen draußen vorbei wie die Atemstöße eines Riesen, der über den Himmel schnaufte.

Diane atmete durchs rechte Nasenloch tief ein, hielt inne und ließ die Luft wieder ausströmen, während sie sich auf den kleinen Quarzkristall konzentrierte, den sie in der Hand hielt. Sie atmete wieder durch das rechte Nasenloch ein, verlagerte dieses Mal die Aufmerksamkeit aber auf ein hoffentlich empfänglicheres Chakra. Aus den Lautsprechern der Stereoanlage drangen die leisen Töne von Ravi Shankars Gitarre, begleitet von Tablas. Normalerweise half ihr diese Musik, den meditativen Zustand zu erreichen, in den sie sich versetzen wollte.

Aber sie kam innerlich einfach nicht zur Ruhe. Sie war immer noch wütend auf ihren Vater.

Der verdammte Kerl! Sie kochte, und der innere Friede, soweit sie ihn überhaupt auf irgendeiner Ebene gefunden hatte, sei es spirituell, physisch oder emotional, verflüchtigte sich. Konnte er denn nicht einfach mal den Wissenschaftler vergessen und sich wie ein liebevoller, sorgender Vater verhalten? Sie war nicht das Ergebnis eines Laborexperiments. Sie war keine komplizierte Gleichung, die er mit mathematischen Lösungsansätzen bearbeiten mußte. Sie war ein Wesen aus Fleisch und Blut, und er war ihr Daddy, und ... Scheiße!

»Scheiße«, sagte sie, stand auf und warf den Kristall in den Korb zurück, in dem ein Häufchen ähnlicher Kristalle lag. »Scheiße, Scheiße, Scheiße«, murmelnd ging sie zum Plattenspieler und stellte Ravi Shankar und Begleitung ab.

Tim, der am Schreibtisch über einem Text brütete, hob den Kopf. Sein Schreibtisch war mit Büchern und Zeitschriften übersät, und die Stapel drohten über seinem halb verspeisten Sandwich und einer Tasse kaltem Kamillentee zusammenzubrechen. Er roch immer noch nach dem Marihuana, das sie gestern geraucht hatten. »Was ist los, Mädchen?«

»Oh, ich komme einfach nicht in die Meditation rein, dabei würde ich das jetzt wirklich brauchen.« Sie suchte eine andere Schallplatte heraus und setzte die Nadel auf. ›Birth, School, Work, Death!‹ von den Godfathers dröhnte aus den Lautsprechern. Eine lautstarke Unmutsbekundung.

Diane machte ein paar Tanzschritte und boxte im Takt zu dem harten Rhythmus in die Luft. Als Tim ihr auf die Schulter tippte, drehte sie sich um. Er sah sie ernst an. »He, du wütende Lady. Kannst du mir vielleicht bei meinen Nachforschungen helfen? Wir brauchen deinen alten Herrn nicht, um die Sache aufzuklären.« Er gab ihr das Buch *Missing Time* von Budd Hopkins.

Sie nahm das Taschenbuch entgegen, öffnete es jedoch nicht, sondern hüpfte weiter zur Musik. Im Vorbeigleiten gab sie ihm einen raschen Kuß auf den Mund, dann hopste sie neckisch davon. »Ich weiß. Ich glaube, es geht mir auch eher ums Prinzip.«

»Yeah, das ist wohl so ähnlich wie bei einem Chirurg, der sich weigert, seiner Tochter den Blinddarm herauszunehmen.« Tim nickte verständnisvoll.

Diane betrachtete unterdessen das grellbunte Titelbild des Taschenbuchs und verzog das Gesicht. »Nein, es ist eher wie bei einem Orthopäden, der sich weigert, etwas einzurenken, aber du denkst schon in die richtige Richtung.«

»Dieser elende, selbstsüchtige Schweinehund«, sagte Tim grinsend.

»Dieses feige, selbstgerechte Arschloch!« heulte Diane und boxte wieder mit der Luft. »He, Freundchen – sollen wir uns ein bißchen prügeln?«

»Wenn du Körperkontakt willst, dann könnte ich mir angenehmere Möglichkeiten vorstellen«, gab Tim zurück und wandte sich wieder seinem Schreibtisch zu. »Diane, wir müssen da wohl allein durch. Dein Vater hilft uns nicht, die Leute, die wir angerufen haben, helfen uns nicht, und die Polizisten, mit denen ich gesprochen habe, sahen mich an, als wäre *ich* der Außerirdische. Nein, nach Lektüre dieser Dokumentationen hier und wenn wir bei der Hypnosesitzung waren, die ich für diese Woche mit dem Psychiater vereinbart habe, dann können wir uns vielleicht auch selbst zusammenreimen, was mit uns passiert ist.«

»Hast du mit diesem Joe Camden gesprochen, dem UFO-Spezialisten?«

»Jake Camden heißt er. Er ruft einfach nicht zurück. Ich habe ihm bei seiner Zeitung mehrere Nachrichten hinterlassen, und die Strafe werde ich mit der nächsten Telefonrechnung bekommen. Zur Hölle mit dem Kerl. Ich glaube, wir können bessere Helfer finden als ausgerechnet einen Reporter vom *National Intruder*.«

»Das glaube ich auch. Aber weißt du, mein Vater hätte sich fast in die Hosen gemacht, als ich Jake Camdens Namen erwähnt habe.«

»Das kann ich mir lebhaft vorstellen. Vor allem, nachdem im letzten Jahr der satirische Film *Heimliche Begegnung der geilen Art* herausgekommen ist. Aber ist er eigentlich sicher, daß Jake Camden die Figur erfunden hat, wegen der dein Vater so sauer ist?«

»Nein, er nimmt es aber an. Es hat für eine Beleidigungsklage nicht gereicht, aber Daddy würde ihn am liebsten erwürgen.«

Vor ein oder zwei Jahren hatte eine kleine Filmgesellschaft einen billig produzierten Film herausgebracht. Angeblich beruhte er auf *The National Intruder Books of UFOs*, und im Nachspann wurde Jake Camden als Fachberater genannt. In diesem Film – im Grunde eine Fantasie über ausgeflippte Sexpraktiken zwischen Menschen und den Insassen fliegender Untertassen – spielte ein UFO-Debunker namens Titus Wound die Hauptrolle, der als unglaublicher Trottel dargestellt wurde: Er wollte nicht glauben, daß im UFO ein Monster saß, und dafür wurde ihm im zweiten Teil des Films zur Strafe das Gehirn aus dem Kopf gesaugt. Die Figur trug unverkennbar Züge von Dr. Everett Scarborough – besonders seine blendenden Auftritte auf Bühnen und im Fernsehen wurden zum Ziel des Spotts –, und der Wissenschaftler war fuchsteufelswild geworden, weil man seine wissenschaftliche Arbeit auf diese Weise durch den Kakao zog. Später gab er zu, daß die Publicity der Auflage seiner Bücher alles andere als geschadet hatte, aber es hatte ihn dennoch getroffen. Noch immer machte es ihn wütend, wenn Jake Camden ihn in seinem Revolverblättchen erwähnte; er hätte den Reporter am liebsten mit Schuhen aus Beton im nächsten See versenkt.

»Der Mann hat aber auf diesem Gebiet einige Erfahrung, und selbst wenn er nichts tun kann, wäre er in der Lage, uns mit Leuten zusammenzubringen, die uns helfen könnten.«

»Was ist mit dem hier?« Diane tippte auf den Buchrükken und zeigte ihrem Freund den Namen des Autors.

»Da habe ich angerufen, aber die sind völlig überlastet; es würde lange dauern, bis wir bei einem aus seiner Gruppe einen Termin bekommen. Aber immerhin hat mir einer von Hopkins' Mitarbeitern einen angesehenen Psychologen in Kansas City empfohlen. Dort machen wir unsere Hypnosesitzung. Ganz umsonst war die Mühe also nicht.«

Diane warf das Taschenbuch auf den Stapel zurück, ging zum Bett, das mitten im Raum stand, und ließ sich darauf fallen. Sie legte sich auf den Bauch und verschränkte die Arme über dem Kopf, hilflos und verzweifelt. »Nein, das war es wohl nicht.«

»He, Baby«, sagte Tim leise, setzte sich zu ihr und streichelte zärtlich ihren Rücken. »Wir müssen einfach etwas Geduld haben.«

»Ich weiß, Tim«, entgegnete sie mutlos. »Ich will doch einfach nur herausfinden, was mit uns passiert ist. Und ich weiß genau, daß in diesen Büchern nichts steht, was sich mit unserem Erlebnis vergleichen ließe. Ich bin jedenfalls sicher . . .« Sie hob den Kopf und sah verträumt die große Abbildung eines Mandala an. »Ich weiß nur, daß wir etwas wirklich Wundervolles und Einzigartiges erlebt haben.«

Tim kratzte sich am Stoppelbart. »Yeah, mir ist schon klar, was du meinst. Es war wirklich ziemlich aufregend. Die Entführungserlebnisse, die in den Büchern beschrieben werden, sind entweder der Stoff für Horrorromane, oder es sind die Fantasien von Irren und Verrückten. Wir sind aber nicht verrückt, Diane. Wir gehören zu den vernünftigen Leuten, soviel ich weiß.« Er lächelte und tippte auf ihre Nasenspitze. »Ich jedenfalls.«

»Idiot.«

Er schlenderte zur Anlage und drehte die Musik etwas leiser. »Das Verrückte bei dieser Sache ist ja, daß wir beide ein UFO gesehen haben, daß uns beiden Zeit fehlt und daß wir uns trotzdem ziemlich gut dabei fühlen. Ich weiß natürlich, daß du wegen deines Vaters ziemlich unter Dampf stehst, aber verdammt, ich habe mich gefühlt, als hätte ich ein ganzes Wochenende mit erstklassigen Drogen und einer gründlichen Shiatsu-Massage hinter mich gebracht. Mir kommt's so vor, als hätte ich an jenem Abend ein Maslowschee Gipfelerlebnis gehabt, obwohl ich mich an nichts erinnern kann. Ich fühle mich einfach so, als wäre mir eine volle Ladung kosmisches Bewußtsein verabreicht worden.« Seine Augen glühten vor Begeisterung, als er sich wieder an Diane wandte. »Und ich würde es gern noch einmal erleben.«

Diane schwieg. Sie fühlte sich genau wie er, aber ihr war zugleich ausgesprochen unbehaglich zumute. Sie hatte den ganzen gestrigen Tag darüber nachgedacht und wußte genau, was der Grund ihrer unguten Gefühle war. Sie wollte mit ihrem Vater besprechen, was sie erlebt hatte, und sie wollte, daß ihr Vater sich an den Nachforschungen beteiligte.

Das unbestimmte Gefühl ließ nicht nach, daß ihr Vater, als er ihr gegenüber so abweisend gewesen war, in erster

Linie auf etwas reagiert hatte, das in ihm selbst aufgebrochen war. Irgendwie hatte er wohl trotz allem den Wunsch, im Kosmos auf etwas außerordentlich Bedeutsames zu stoßen, verbarg seine Sehnsucht aber hinter Logik und Polemik und gab sich als hartherziger Sklave der Wissenschaft. Er war so verklemmt, weil er Angst vor dem Loslassen hatte, wollte sich keinesfalls einer Existenz voller Liebe und Freunde hingeben, weil er fürchtete, noch einmal so sehr verletzt zu werden.

Wie gern wäre Diane irgendwie zu ihm durchgedrungen. Sie wußte nur zu gut, daß er, als er ihre Bitte um Hilfe abgelehnt hatte, nicht nur sie selbst zurückgewiesen, sondern auch den Blick vor etwas verschlossen hatte, das seinem öden Leben eine neue, wundervolle Spiritualität hätte schenken können.

Tim streichelte sie weiter. »He, denkst du nicht genau wie ich, Diane? Du warst doch ziemlich aufgeregt danach.«

»O ja, natürlich«, sagte sie etwas lahm. »Und ich werde Himmel und Hölle in Bewegung setzen, um herauszufinden, was mit uns passiert ist, Tim. Ich muß nur über die enttäuschende Begegnung mit Daddy hinwegkommen.«

Tim schüttelte den Kopf. »Ich denke, du hast dich aus freien Stücken in die Schußlinie begeben, Diane. Dein Daddy hat dich abgeknallt, aber du hast vorher gewußt, was passieren würde. Im Grunde war es fast, als hättest du selbst auf dich geschossen. Tu mir weh, Daddy, das hast du ihm zu verstehen gegeben. Wenn du mich schon nicht liebst, dann zeig mir wenigstens irgendein Gefühl, selbst wenn es Wut ist. Mein Gott, was ist der alte Doc Scarborough doch für ein Trampeltier.«

Diane fuhr wütend vom Bett auf. »Wage es ja nicht, ihn noch einmal so zu nennen, Tim. Everett Scarborough ist ein großartiger Mann. Er hat nur ... er hat nur manchmal ein paar emotionale Probleme.«

»Yeah, zum Beispiel hat er an der Stelle, wo das Herz sein sollte, ein großes Loch.«

Sie packte eine kupferne Vase, in der eine verwelkte

Blume steckte, und schleuderte sie nach ihm. Stinkendes Wasser spritzte im ganzen Raum herum. »Halt den Mund! Halt sofort den Mund, Tim! Mein Vater liebt mich.« Tränen kullerten über ihre Wangen, und ihre Stimme brach. »Er liebt mich sehr.«

»He, ich bin doch nur auf deine Stimmung eingegangen, Diane. Werde nur nicht gewalttätig, ja? Ich hab's ja ganz gern, wenn meine Freundin herzhaft zupackt, aber das geht zu weit.«

Diane ließ sich schluchzend aufs Bett fallen. Jetzt brach alles aus ihr heraus, die Enttäuschung, die sie das ganze Wochenende mit sich herumgeschleppt hatte, die Erinnerung an die Verletzungen ihrer Kindheit. Sie konnte es nicht mehr zurückhalten, und so ließ sie einfach ihre Tränen auf Tims teure Daunenkissen fließen. Sie schluchzte und heulte und bekam einen Schluckauf.

»He«, sagte Tim, indem er sich über sie beugte. Er hielt sie und tröstete sie. »Es tut mir leid. Ich bin manchmal wirklich ein ziemlicher Idiot, Diane. Es tut mir leid, wenn ich einen wunden Punkt getroffen habe.«

Sie drehte sich um und sah ihn an. Er war zweifellos ein gutaussehender Junge, das war trotz der zotteligen Haare, der alten Jeans und seiner altmodischen Kleidung unverkennbar. Ihr Vater hatte Probleme damit, wie Tim sich anzog. Diane hatte er früh dazu angehalten, ihre Schönheit durch ein entsprechendes Outfit zur Geltung zu bringen. Ihr Daddy kleidete sich stets geschmackvoll und ordentlich. Auf die Revolution der Sechziger hatte er mit Empörung reagiert. Oh, natürlich hatte er sich immer liberal gegeben, aber es war im Grunde eine sehr hochnäsige Art von Liberalität gewesen.

Tims verrückte Ideen waren schon schlimm genug, aber das Bewußtsein, daß mehr als nur Tims Ideen seine Tochter vereinnahmte, bestärkte ihn in seiner negativen Einschätzung des jungen Mannes. Natürlich war ihr Dad, dachte Diane, nicht in der Lage, das zu sehen, was sie in ihrem Freund sah: Timothy Reilly hatte Qualitäten, die mit ordentlicher Kleidung und gutem Geschmack ebensowenig zu tun hatten wie mit seinen radikalen Ansichten zu Politik, Religion, Philosophie und zu Drogen.

Und außerdem war er mindestens so intelligent wie sie. Wenn nicht sogar noch intelligenter.

»Ich glaube, manchmal verdient er es nicht besser«, sagte sie leise. »So, wie er dich behandelt hat und wie er sich manchmal benimmt.«

»Yeah, aber er ist dein Vater. Du liebst ihn, und er hat deine Liebe verdient. Er ist ein guter Mann. Das Salz der Erde und so weiter, Diane. Ich rege mich nur manchmal darüber auf, wie er mit dir umspringt. Aber irgendwie kann ich das auch ein bißchen verstehen.« Er legte die Hand auf ihr langes Haar, dann fuhr er mit dem Finger an ihrem Kinn entlang. »Du kannst einen Mann aber auch zur Weißglut reizen.« Er hob ihr Kinn hoch und küßte sie sanft; ein Kuß, der plötzlich sehr erotisch wirkte. Old Spice von gestern abend mischte sich im Kuß mit Marihuana und Pepsodent.

»Wirklich?« Lachend griff sie nach unten und legte die Hände in seinen Schritt. »Wie kommst du denn darauf?«

Sie spürte, daß es ihn durchfuhr wie ein elektrischer Schlag. Seine Augen blitzten, und nicht nur die Muskeln in seinem Gesicht spannten sich. »Erfahrung«, schnaufte er.

Kehlig kichernd streichelte sie die Schwellung in seiner Hose mit den Fingerspitzen, zog sich dann zurück und setzte sich auf die Bettkante. »Es ist wirklich schade, daß ich so starke Kopfschmerzen habe. Ansonsten hätte ich richtig Lust . . .«

»Äh . . . soll ich dir ein Aspirin holen?« fragte er, hockte sich hinter sie und küßte ihren Nacken. Seine Bartstoppeln jagten ihr eine Gänsehaut über den Rücken.

»Nein, aber vielleicht ein anderes oral einzunehmendes Medikament . . .«

»Kannst du das präziser formulieren?«

Er ließ die linke Hand an ihrer Seite hinunterwandern.

»Mensch, mir fällt das richtige Wort einfach nicht ein. Dabei lag es mir schon auf der Zunge.«

Er lachte. »Sagen Sie jetzt nichts mehr, Madame. Wir haben heute frischen Cunnilingus hereinbekommen. Außerdem gibt's harte kalte Zunge im Sonderangebot, abgesehen von unserer Spezialität, heißer und scharfer Zunge, und es ist auch noch zarte, saftige Zunge da. Was darf es sein?« Er umarmte sie und legte eine Hand auf ihre linke Brust.

»Oh, packen Sie's ein und legen Sie's mir für später in den Kühlschrank. Ich glaube, ich nehme jetzt erst mal das Hauptgericht.«

»Aber selbstverständlich, Madame. Also Würstchen à la Kansas City, extragroß und extrahart. Mir scheint, es steht bereits vortrefflich angerichtet in der Küche. Darf ich es Ihnen zur Begutachtung vorlegen?«

»Gewiß. Und Sie wissen ja wohl selbst, wohin Sie es dann bringen können.«

Er sprang kichernd vom Bett, streifte seine Turnschuhe ab und kämpfte mit seinen Jeans. »Soviel zur feinen Kunst der Verführung, Diane.«

Sie lehnte sich in die Kissen und fuhr sich mit der Zunge über die Lippen. Mit halb geschlossenen Augen schenkte sie ihm einen Schlafzimmerblick. Er stöhnte leise und schaffte es endlich, die Hose von den Beinen zu bekommen. Einen Augenblick später lag er neben ihr, nestelte an ihrer Bluse herum, küßte sie auf die Lippen, auf den Hals und den Brustansatz.

Es dauerte nicht lange, sie aus dem rot gestreiften Unterhemd zu befreien. Sie hatte heute keinen Büstenhalter angezogen, und der schwierige Moment, wenn er die Haken löste und ihr das Ding von den Schultern zog, blieb ihnen erspart. Vorsichtig streichelte er ihre schönen, festen Brüste, leckte und küßte sie und ließ ihnen jede Zuwendung zuteil werden, die sie verdienten.

Tim besaß die seltene und erregende Fähigkeit, ein Wüstling und zugleich dennoch zärtlich zu sein. Andere Männer hätten ihre Brüste vielleicht viel zu grob geknetet, aber Tim traf irgendwie das richtige Maß zwischen barbarischer und erotischer Behandlung. Manchmal, wenn sie in der entsprechenden Stimmung war, hatte sie das Bedürfnis, vom aufregendsten Liebhaber der Welt einfach genommen zu werden, ohnmächtig und die Situation dennoch genießend.

Während er mit den Lippen eine Brustwarze umschloß, war er mit der linken Hand damit beschäftigt, den Knopf und den Reißverschluß ihrer Jeans zu öffnen. Bald darauf trug sie nur noch ihren schwarzen Seidenslip. Tim grunzte erfreut, als er den Stoff spürte. Er hatte ihr das Höschen geschenkt, weil er nun einmal Seide mochte, und obwohl seine eigene Garderobe hauptsächlich aus Baumwolle und Leinen bestand, sorgte er dafür, daß seine Freundin reichlich Auswahl an seidenen Slips, Hemdchen und Negligés hatte.

Aber jetzt hatte er keine Zeit für dekoratives Beiwerk, er mußte das Hauptgericht servieren. Sein Atem wurde schneller. Sie sah seine Lippen über ihren Bauch wandern, sah seinen Kopf zwischen ihren harten Brustwarzen hin und her gleiten. Wohlige Schauder liefen wie Spinnweben über ihre Haut, wo immer er sie berührte, und als er ihren Slip erreichte, war ihre Erregung bereits auf dem Höhepunkt.

Aber bevor sie dazu kam, sich seinem Mund entgegenzuheben, hielt er inne und hob lächelnd den Kopf.

»Oh, yeah. Jetzt hätte ich es beinahe doch noch vergessen. Das Hauptgericht . . .«

Flüssiges Feuer strömte durch ihre Lenden, und sie konnte nur nicken. Manchmal dauerte das Vorspiel eine ganze Stunde, ehe sie es miteinander trieben. So zärtlich und so wild, so köstlich – aber jetzt wollte sie ihn in sich spüren, wollte seine Stöße fühlen und sich von ihm in die zeitlose Versunkenheit treiben lassen, die sie mit ihm erreichen konnte.

Er rollte sich vom Bett und zog seine Boxershorts aus. Sie hob die Hand und umfaßte zärtlich und trotzdem fest seinen Penis. Tim spannte sich, hielt den Atem an und schloß die Augen. »Whoaah«, machte er. »Whooaa.« Wie eine Katze, die gestreichelt wird, blieb er still stehen und ließ sich von ihr liebkosen, bis er noch härter war. Dann wanderten ihre Finger nach unten und spielten mit seinen Hoden.

»Diane«, flüsterte er, während er sich zu ihr auf das Bett legte, »Diane . . .«

Ihre Lippen waren trocken, ihre Lippen waren feucht. Sie spürte, wie feucht sie war, spreizte ihre Beine und half ihm, den richtigen Weg zur wartenden Wärme zu finden.

»Ja«, flüsterte sie.

»Ja«, sagte er.

›Ring‹, machte das Telefon.

Sie zuckten zusammen, und Tim verharrte unmittelbar vor ihr. Er sah Diane an, und seine Augen baten: ›Bitte sag, daß das nicht wahr ist.‹ Ihre Lust dagegen verflüchtigte sich wie Morgentau in der Wüste. Sie mußte sofort daran denken, daß es möglicherweise ihr Vater war, der sich entschuldigen und ihr mitteilen wollte, daß er mit der nächsten Maschine ankäme, daß er sich um alles kümmern würde, daß er ihr jetzt glaubte und daß es ihm schrecklich leid tat, je an ihr gezweifelt zu haben.

»Oh, zum Teufel mit dem Ding«, sagte Tim und wollte in ihr versinken.

Aber Diane richtete sich auf, entzog sich ihm geschmeidig und hüpfte aus dem Bett, um das Telefon abzunehmen, das auf dem Schreibtisch stand. »Di-ane«, stöhnte er enttäuscht und dennoch belustigt über die Komik der Situation.

»Tut mir leid, Liebster. Aber du weißt ja, wie wichtig dieser Anruf sein könnte.« Sie griff nach dem Hörer.

»Yeah«, sagte er. Seine Stimme drang gedämpft aus den Kissen. »Yeah, ich weiß.«

Sie nahm ab.

»Hallo?«

»Hallo, bin ich richtig verbunden mit Reilly? Ich soll zurückrufen, es sei sehr wichtig.«

Ihr sank das Herz. Nein, es war nicht ihr Vater. Die belegte Stimme, die aus dem Hörer drang, war nicht mit dem angenehmen Bariton ihres Vaters zu vergleichen.

»Ja, das ist richtig.«

»Schön. Sind Sie vielleicht Diane Scarborough?«

Sie war überrascht. »Ja, sicher, die bin ich.« Aber nicht mehr ganz die alte, fügte sie in Gedanken hinzu.

»Tja, dann habe ich wohl wirklich Glück gehabt, denn ich möchte mit Ihnen über das unglaubliche Erlebnis sprechen, das Sie kürzlich hatten. Aber lassen Sie mich erklären – mein Name ist Jake Camden, und ich würde mich sehr freuen, wenn ich Ihnen beiden nach Kräften helfen könnte.«

Im ersten Augenblick erschrak sie unwillkürlich. Der Name weckte gewisse unschöne Erinnerungen, denn Jake Camden war, wie sie wußte, einer von Daddys Feinden. Aber dann erinnerte sie sich, daß sie und Tim dringend den Beistand eines Experten brauchten, und von Everett Scarborough hatten sie anscheinend keine Hilfe zu erwarten.

»Oh, Mr. Camden. Natürlich. Wir haben gar nicht mehr damit gerechnet, daß Sie zurückrufen würden.«

»Yeah, es tut mir wirklich leid, aber ich war seit Freitag unterwegs, und hier ging's in der letzten Zeit ziemlich hektisch zu. Hören Sie, Miß Scarborough – Sie sagen, Sie und Ihr Freund, Timothy Reilly, seien von Wesen in einer fliegenden Untertasse entführt worden?«

Sie blickte zu Tim hinüber, der sich inzwischen aufgesetzt hatte. Immer noch ärgerlich wegen der Unterbrechung, wickelte er sich in eine Decke, langte nach dem Telefon und bedeutete ihr lautlos: ›Laß mich mit ihm reden.‹

Sie wich kopfschüttelnd zurück und ging mit dem Telefon zum Fenster, wo sie sich setzte. »Genau, Mr. Camden. So scheint es jedenfalls.«

Sie gab ihm eine sehr knappe Beschreibung ihrer Erlebnisse.

»O Mann! Das hört sich ja ziemlich abgefahren an. Geht es Ihnen auch gut? Haben Sie Male am Körper, psychologische Traumata? Oh, und bitte nennen Sie mich Jake.«

»Nein, keine Schmerzen und keine Male. Wir sind in erster Linie nur neugierig. Ausgesprochen neugierig sogar –

äh, Jake, ich glaube, wir könnten wirklich Ihre Hilfe gebrauchen. Jemanden, der uns glaubt und der uns helfen kann herauszufinden, was geschehen ist. Jemand, der Erfahrung mit solchen Dingen hat.«

»Nun ja, ich hatte mit vielen UFO-Entführungsfällen zu tun Diane. Ich kenne das alles. Ihre Geschichte klingt allerdings etwas anders – keine Ängste, keine schrecklichen Erinnerungen im Zusammenhang mit dem Erlebnis? Hmm. Das könnte etwas Neues auf diesem Forschungsgebiet sein. Aber ich will ganz offen mit Ihnen reden, Diane. Sind Sie nicht die Tochter von Dr. Everett Scarborough?«

»Das ist richtig.«

»Nun, entschuldigen Sie bitte, wenn ich mich in Ihre persönlichen Angelegenheiten einmische, aber selbst wenn Ihr Vater ein Debunker ist, halte ich ihn immer noch für einen erstklassigen Ermittler. Haben Sie Angst, ihm zu erzählen, was Ihnen passiert ist?«

»Nein, Jake. Ich habe es ihm erzählt, doch er will nichts damit zu tun haben. Er will nicht zur Kenntnis nehmen, daß mir so etwas passiert ist. Ich habe meinen Vater um Hilfe gebeten, und er hat mich abgewiesen.«

»Meine Güte, das tut mir aber leid, Diane.« Er schwieg einen Augenblick. »Hören Sie, ich glaube, ich weiß, was Ihr Vater von mir hält ...«

»Ja, Jake. Aber wir brauchen jemanden, der uns hilft.« Mein Gott, dachte Diane, wollte auch Jake Camden nichts mit der Sache zu tun haben?

»Oh, nun gut. Ich will sehen, was sich machen läßt. Das scheint ein interessanter Fall zu sein, den man nicht einfach ignorieren sollte. Ich meine, das könnte wirklich etwas Neues sein, wie ich schon angedeutet habe. Eine UFO-Entführung, die nicht als bedrohlich erlebt wird. Wow. Nun, ich will Ihnen nicht weh tun, Diane, aber ich muß Ihnen eines ganz deutlich sagen. Wenn Sie mich hinzuziehen, dann wird Ihr Vater fürchterlich sauer sein.«

»Das ist dann aber sein Problem, nicht wahr, Jake?« gab Diane Scarborough kalt zurück.

»Yeah, yeah, so sieht es wohl aus. Hören Sie, ich glaube, Sie und dieser Reilly, wir sollten uns mal treffen. Vielleicht könnten wir rausfahren und uns die Stelle ansehen, wo Sie das UFO entdeckt haben. Übrigens würde mich interessieren, ob es noch jemand anders beobachtet hat. Gab es Anrufe bei der Polizei oder Berichte in den Zeitungen?«

»Nicht daß ich wüßte. Aber wir haben es nicht sehr gründlich überprüft. Daran haben wir gar nicht gedacht.«

»Schon gut. Das ist ja auch mein Gebiet. Wir können die Nachbarn befragen und noch einige andere Dinge tun. Diane, wir werden dieser Sache auf den Grund gehen, das verspreche ich Ihnen. Entspannen Sie sich einfach und versuchen Sie, sich wohl zu fühlen, denn Sie sind ein ganz besonderer Mensch, und Sie werden all die Hilfe und Aufmerksamkeit bekommen, die Sie brauchen.«

So ein netter Mann, dachte sie. Ganz und gar nicht der schmierige Typ, den ihr Vater beschrieben hatte. Schon das erste Telefongespräch mit ihm schien eine schwere Last von ihren Schultern genommen zu haben. »Vielen Dank, Jake. Wann können Sie kommen?«

»Morgen. Wäre das in Ordnung? Ich muß im Büro noch einiges erledigen, aber ich kann morgen zu Ihnen fliegen, ein Auto mieten und Sie besuchen. Aber Sie müssen mir den Weg beschreiben.«

»So etwas kann ich nicht besonders gut«, sagte Diane. »Aber mein Freund wird Ihnen sagen, wie Sie uns finden. Noch einmal, vielen Dank für Ihre Hilfe, Jake. Ich glaube, das Schwierigste dabei ist für mich die Art und Weise, wie die Leute mich ansehen, wenn ich darüber rede.«

»Das ist ein Teil des Syndroms, mein Kind. Da sind Sie nicht die einzige. Bis morgen dann, Diane.«

Sie kehrte mit dem Telefon zum Bett zurück und gab Tim Reilly den Hörer. »Jake Camden ist dran, Tim.«

»Was du nicht sagst«, erwiderte Tim, während er den

Hörer nahm. »Hallo, Mr. Camden. Ich freue mich, daß Sie zurückgerufen haben.«

Während Tim mit dem Erzfeind ihres Vaters sprach, zog Diane ihre Unterwäsche, ihre Bluse und ihre Jeans wieder an. Sie fühlte sich auf einmal seltsam leer.

Als Tim auflegte, lächelte er. Diane hatte inzwischen ein Buch vom Stapel auf dem Schreibtisch genommen: *The National Intruder Book of UFO Investigation* von Jake Camden. Sie setzte sich auf einen alten Liegestuhl und blätterte das Buch durch. Tim kniete sich neben sie und rieb ihr den Rücken.

»Er will morgen kommen«, sagte er. Tim hatte das Laken mitgeschleppt, das er sich umgelegt hatte. Es war nicht zu übersehen, daß er gern da weitergemacht hätte, wo sie unterbrochen worden waren. Diane war jedoch nicht mehr in Stimmung.

»Gut. Wir sollten vorher vielleicht noch ein paar Sachen durcharbeiten.«

»Durcharbeiten – Ja, das ist eine gute Idee, Geliebte«, sagte er fröhlich.

»Tim, du Liebe meines Lebens und vertrauenswürdiger Gefährte, es gibt wichtigere Dinge im Leben als die schnöde Fleischeslust.«

Lachend küßte er sie auf die Wange. »Yeah, da hast du wohl recht.« Er schnappte sich ein Buch und legte sich aufs Bett. »Der Kerl hat tatsächlich angerufen. Ich kann's kaum glauben, er hat sich wirklich gemeldet! Wir haben einen qualifizierten UFO-Forscher gefunden. Jetzt können wir der Sache auf den Grund gehen.«

»Hast du ihm eigentlich von der Hypnosesitzung erzählt, die wir vereinbart haben?« Diane blickte von der künstlerischen Darstellung eines Außerirdischen mit Mandelaugen auf, die sie betrachtet hatte.

»Nein. Hätte ich das tun sollen?«

»Wir können es ihm ja auch morgen noch sagen.« Sie tippte auf das Bild, dann hob sie das Buch, damit Tim es sehen konnte. »Timothy, fällt dir zu dieser Abbildung hier etwas ein?«

Tim sah hinüber und kicherte. »Yeah, das sieht so aus wie das Titelbild von *Communion*.«

»Nein, ich meine . . . glaubst du, wir haben in der Zeit, für die uns die Erinnerung fehlt, solche Wesen gesehen?«

Tim hob die Schultern. »Ich kann mich an überhaupt nichts erinnern, Diane, aber das dort ist der typische Außerirdische. Viele Leute sind solchen Gestalten begegnet. Das ist anscheinend ein Teil unseres kollektiven Unbewußten.«

Diane Scarborough betrachtete die Augen, die an ein Insekt erinnerten, das dreieckige Gesicht, den zarten Mund und die zierliche Nase.

»Tim, ich kann mich genau wie du an nichts erinnern, aber meine Intuition sagt mir, daß wir mit Sicherheit kein Wesen wie dieses hier beobachtet haben.«

16. Kapitel

Everett Scarborough blieb beim vietnamesischen Imbiß vor dem Pentagon stehen und wartete, bis er, wie er es früher oft getan hatte, an die Reihe kam und eine Frühlingsrolle und einen eisgekühlten Jasmintee kaufen konnte. Das asiatische Ehepaar, das den Stand betrieb, bot neben den üblichen Hot Dogs, Colagetränken und Fritten auch eine kleine Auswahl fernöstlicher Speisen an.

Scarborough hatte sich irgendwann einmal ausgerechnet, daß die Stelle, an der sich die Bude befand, den genauen Zielpunkt der russischen Atomraketen markierte. Das erste, was im großen Blitz verbrennen würde, wären Unmengen von gebratenem, mit Minze gewürztem Reis, und dann erst würde der Feuersturm auf das gewaltige fünfeckige Verwaltungsgebäude des amerikanischen Militärs übergreifen, um noch etwas später den Potomac und die übrigen Regierungsgebäude zu erreichen.

»Danke, Anna«, sagte er zu der dunkelhaarigen Frau, als er seinen Imbiß entgegennahm.

»Dr. Everett«, sagte sie lächelnd. »Wir haben Sie in der letzten Zeit ja wirklich nicht mehr oft gesehen. Sie waren mindestens drei oder vier Wochen nicht mehr da.« Anna und Trung Dai waren in Südvietnam Geschäftsleute gewesen, bevor die Kommunisten die Macht übernommen hatten. Sie waren in die Vereinigten Staaten geflohen und lebten jetzt in Clarendon, Virginia, einem Stadtteil von Arlington, den man wegen der vielen Einwanderer eines Tages bestimmt ›Little Saigon‹ nennen würde. Die Dais hatten das wenige Geld, das sie hatten mitbringen können, riskiert, um den Imbißstand zu kaufen. Jetzt gehörten ihnen noch zwei weitere der gleichen Art, und sie waren wieder wohlhabende Geschäftsleute. Dennoch legten sie Wert darauf, zur Mittagsstunde ihre Gäste persönlich zu bedienen.

»Ich hatte in der letzten Zeit ziemlich viel zu tun, Anna.«

Einige Jahre zuvor war Scarborough, als er an einem seiner Bücher arbeitete, im Pentagon ein und ausgegangen. In dieser Zeit hatte er den vietnamesischen Imbiß so oft besucht, daß er mit den freundlichen Inhabern persönlich bekannt geworden war. Eines Abends hatten sie ihn in ein Restaurant auf dem Wilson Boulevard eingeladen, wo sie etwas serviert bekamen, das Trung als ›ordentliches vietnamesisches Essen‹ bezeichnet hatte – scharf gewürzte Suppen und köstliche Salate, Fleischspieße und Huhn mit Zitronengras, wundervoll gebratenen Reis mit einem Hauch Fischsauce. Im Gegenzug hatte er dafür gesorgt, daß sie handsignierte Exemplare aller seiner Bücher bekamen.

»Trung, schau mal, wer hier ist.«

Der grauhaarige Mann begrüßte Scarborough herzlich. »Ich habe Ihr Buch mit großem Interesse gelesen, Dr. Everett. Aber ich schwöre Ihnen, ich habe ein paar Kilometer von Saigon entfernt einmal ein Flugobjekt gesehen, das kein amerikanischer Hubschrauber war.«

»Trung, Sie müssen doch zugeben, daß es in Ihrem Teil der Welt eine Menge Sumpfgas gibt.«

Sie lachten und bestanden darauf, ihm eine zusätzliche Frühlingsrolle zu schenken.

Er setzte sich in der Nähe auf eine Steintreppe in die Nachmittagssonne und genoß die leichte Brise, die aus Richtung des Arlington Cemetery herüberwehte und leise in den Bäumen raschelte. Er trank einen Schluck kalten Tee, hörte das Eis im Becher knirschen und tauchte die erste Frühlingsrolle in den kleinen Behälter mit Entensauce, den die zierliche Vietnamesin ihm gegeben hatte.

Nachdenklich blickte er zum riesigen Klotz des Pentagon hinauf und flüsterte: »Dolan, gleich bin ich bei dir.«

Am Morgen, nach einem weiteren vergeblichen Anruf bei Mac, hatte er sich bei Colonel Walter Dolan angemeldet. Dolan war Scarboroughs Verbindungsmann bei der Air Force. Dolans Büro war, genau wie die Büros von insgesamt 23000 weiteren Mitarbeitern des Verteidigungsministeriums, der Armee, der Marine und der Air Force im Pentagon untergebracht. Scarborough hatte Colonel Dolan von den verschwundenen Akten erzählt. Dolan hatte freundlich, aber ungläubig reagiert, das Gespräch mit einer abrupten Entschuldigung beendet und versprochen, sich ›gegen Ende der Woche‹ noch einmal zu melden. Das war Scarborough natürlich viel zu spät. Er wollte den Mann zur Rede stellen, und zwar *jetzt*.

Ein normaler Bürger hätte natürlich warten müssen. Glücklicherweise hatte Scarborough aber, da er häufig hier ein- und ausging, einen zeitlich nicht eingeschränkten Besucherausweis. Falls Dolan die hauseigene Militärpolizei informiert hatte, könnte es natürlich schwierig werden, bis zu den inneren Büros vorzudringen, wo Dolan residierte. Aber Everett Scarborough war ein ruhiger, gesetzestreuer Bürger, oder etwa nicht? Noch nie hatte er Ärger gemacht.

Scarborough lächelte in sich hinein, während er die mit Shrimps und Gemüse gefüllte Frühlingsrolle verspeiste. Er zählte darauf, daß der Colonel ihn exakt so und nicht anders einschätzte.

Nachdem er seinen Imbiß beendet hatte, wischte er sich

die Hände mit einer Serviette sauber, trank den Tee aus und stopfte den Abfall in einen Mülleimer.

Dann zog er sein Namensschild aus der Hosentasche und machte sich auf zur Sicherheitskontrolle.

Das Pentagon war in einem Sumpfgebiet gebaut worden, das ›Hell's Bottom‹ hieß, und der schwierige Untergrund hatte die ungewöhnliche Form nötig gemacht. General Brehon Burke Somervell, der im Zweiten Weltkrieg für den Nachschub der Army zuständig gewesen war, hatte die Idee gehabt: Warum sollte man nicht alle wichtigen Büros der amerikanischen Militärverwaltung in einem einzigen großen Gebäude unterbringen, um die Kommunikation und die Kooperation zu erleichtern? Das Modell, für das man sich schließlich entschied – fünf konzentrische Ringe, die einen offenen Innenhof umgaben und durch zehn Korridore wie Speichen miteinander verbunden waren – benötigte keine Aufzüge, bot der Witterung eine geringe Angriffsfläche und sparte Baustahl, der 1941 und 1943, als der Komplex gebaut wurde, knapp war.

Im Zweiten Weltkrieg und während des Korea- und Vietnamkrieges schien alles hervorragend zu funktionieren. Was aber, wenn durch eine genau gezielte Atomrakete auf einen Schlag alle hohen Militärs des Landes ausgeschaltet worden wären? Nun, es gab reichlich Raketenbasen, die im Falle eines Angriffs auch ohne Befehl aus dem Pentagon ein paar Raketen zurückgeschossen hätten. Was die Zerstörung der Welt anging, war man vorzüglich gerüstet.

Es waren weder der Kalte Krieg noch die Drohung eines Nuklearschlages, die das Pentagon gefährdeten. Es waren Bürokratie, Korruption, Betrug und Bestechung. Scarborough hatte aus der Distanz, aber mit einigem Entsetzen den Verfallsprozeß beobachtet. Aufgrund seiner kritischen Einstellung war ihm das Militär ziemlich gleichgültig, und er hielt nichts von den Scharfmachern bei den Republikanern, die auf einen schier unendlichen Ausbau der militärischen Vormachtstellung der USA zu setzen schienen. Bei seinen Vorträgen und in seinen Büchern ließ er genügend Dampf ab, und aus diesem Grund konnte ihm niemand vorwerfen, zum Establishment zu gehören und eine fette Katze zu sein, die noch fettere Katzen beschützte und an einer Verschwörung beteiligt war.

Was Scarborough anging, so waren die Bürokraten der Gegenwart und der Vergangenheit, ob von der CIA, von der NSA oder der FDA, viel zu beschränkt und dumm, um den Absturz fliegender Untertassen vor der Öffentlichkeit geheimzuhalten. Und erst das Militär! Die Militärs wurden nicht umsonst als engstirnige Knallköpfe bezeichnet, und die Marines waren unter den schießwütigen Irren noch die klügsten. Er betrachtete seine Zusammenstöße mit der Air Force beim Projekt Blue Book als unglückliche, aber leider notwendige Begegnungen, und bei seinen späteren Kontakten hatte er sich nicht anders gefühlt. Irgendwie hatte sich das Land aber trotz allem durchgewurstelt, und darüber war Scarborough recht glücklich. Er trug seine zynischen Bemerkungen über die Regierung auf eine ausgesprochen amüsante und geistreiche Art und Weise vor, was die meisten militärischen und zivilen Angestellten nicht nur humorvoll hinnahmen, sondern unter vier Augen sogar billigten. »Der rettende Strohhalm in diesem ganzen verzwickten Chaos«, hatte Scarborough einmal in einem Buch geschrieben, »ist schlicht und ergreifend die Tatsache, daß die Demokratie funktioniert und daß die Verfassung dieses Landes die immer noch sehr lebendige Grundlage eben dieser Demokratie ist.«

Scarboroughs Ausweis brachte ihn problemlos durch mehrere Sicherheitskontrollen, die auf den langen, mit Linoleum ausgelegten Fluren des riesigen Gebäudes eingerichtet waren. Er konnte bis zu Colonel Dolans Sekretärin vordringen, einer streng aussehenden Vorzimmerdame mit gestärkter Uniformbluse und einer Hornbrille, die überrascht zur Stirn gehoben wurde, als die Frau ihn sah.

»Doktor Scarborough, was tun Sie denn hier?« fragte die Frau mit nasalem Queens-Akzent. »Sie haben doch gar keinen Termin.«

»Das stimmt zwar«, gab Scarborough zurück, »aber ich muß dringend mit dem Colonel sprechen. Ich weiß, daß er im Büro ist, weil ich mit ihm telefoniert habe.«

Die Sekretärin legte die Hände schützend auf einen Stapel Akten. »Es tut mir leid, aber der Colonel hat gerade eine Besprechung. Sie müssen entweder später noch einmal wiederkommen oder sich gegen Ende der Woche einen Termin geben lassen.«

»Hmm, ich verstehe«, meinte Scarborough. Er sah sich überlegend in dem spartanisch eingerichteten Büro um, das lediglich mit einigen Luftaufnahmen von Washington und Bildern früherer Präsidenten und berühmter amerikanischer Generäle geschmückt war. »Nun ja, in diesem Fall geben Sie mir wohl besser einen Termin. Der Colonel hatte keine Zeit, das selbst zu tun, aber vielleicht können Sie mir ja sagen, wann er diese Woche frei ist.«

Die Sekretärin – Corporal Ellen Nichols –, die Scarborough von früheren Begegnungen kannte, entspannte sich sichtlich. Sie beugte sich zur Seite, öffnete eine Schublade und nahm den Terminkalender des Colonels heraus. »Ja, ich glaube, das läßt sich machen, Dr. Scarborough«, sagte sie geschäftsmäßig und vertiefte sich in die Eintragungen.

Scarborough nutzte die Gelegenheit, an ihrem Schreibtisch vorbeizulaufen, den Knopf der Tür zu drehen und in Colonel Walter Dolans Büro zu stürmen.

»Dr. Scarborough!« rief die Sekretärin.

Colonel Walter Dolan, Offizier der Air Force der Vereinigten Staaten von Amerika, saß an einem großen Schreibtisch aus Walnußholz und hatte sich einen Telefonhörer zwischen Wange und Schulter geklemmt. Dolan trug ein blaues Hemd, das nicht zur Uniform gehörte, er hatte den Schlips gelockert und die Ärmel hochgekrempelt. Die Uniformjacke der Air Force mit den vielen Orden hing ordentlich auf einem Kleiderständer unter der steifen blauen Mütze. Sein Bürostuhl quietschte, als er sich herumdrehte, um zu sehen, wer der ungebetene Besucher war. Die dunklen Augenbrauen, die einen deutlichen Kontrast zu dem buschigen weißen Haar bildeten, wurden überrascht gehoben.

Scarborough marschierte bis zum Schreibtisch, knallte die flache Hand auf den Tisch und sagte: »Dolan, ich verlange eine Erklärung, was mit meinen Akten passiert ist!« Er beugte sich vor und funkelte den Offizier an, der verlegen blinzelte und grinste.

»Captain, können wir das Gespräch später fortsetzen? Ich habe unerwarteten Besuch bekommen. Ja, eine halbe Stunde wird reichen.« Langsam legte Dolan den Hörer auf und beugte sich vor. Er faltete die Hände und nahm eine Pose väterlich entspannter Autorität ein. »Ev, ich kann mich nicht erinnern, Sie hereingebeten zu haben.«

»Er ist einfach an mir vorbeigestürmt, Sir«, sagte die Vorzimmerdame und betrachtete nervös den großen, eindrucksvollen Everett Scarborough, der anscheinend seine Kampfposition eingenommen hatte. »Soll ich den Sicherheitsdienst verständigen?«

Colonel Dolan schüttelte energisch den Kopf. »Ach was, natürlich nicht. Ev Scarborough war schon oft in meinem Büro. Allerdings bisher noch nie ohne Einladung.« Er warf seinem Besucher einen mißbilligenden Blick zu.

Scarborough wich dem Blick nicht aus. »Es tut mir leid, Walter, aber ich lasse mich nicht gerne abwimmeln. Ich habe mit Ihnen etwas Wichtiges zu besprechen, und ich verlange eine Antwort.«

Dolan schien einen Augenblick zu schwanken, ob er nicht doch noch den Wachdienst rufen sollte. Ein Anflug von Zorn, Kummer und vielleicht auch Angst flackerte einen Moment lang in seinen normalerweise freundlichen grauen Augen auf. Aber dann senkte er nachdenklich den Blick, holte tief Luft, hob den Kopf wieder und setzte ein schiefes Grinsen auf.

»Mensch, ein Nein als Antwort können Sie wohl einfach nicht akzeptieren.« Unwillkürlich gewann der osttexanische Dialekt wieder die Oberhand, den er in seiner Jugend gesprochen hatte.

»Deshalb haben Sie mich damals für das Projekt Blue Book angeheuert, und deshalb sind wir in Kontakt geblieben, Walter. Sie kennen mich, und wenn ich mich jetzt wie ein Flegel aufführe, dann wissen Sie auch, daß es um etwas geht, das dieses Verhalten rechtfertigt.«

Der Colonel winkte seiner Sekretärin. »Alles klar, Corporal. Sie brauchen nicht die Militärpolizei zu rufen.« Dolan lehnte sich in seinem weich gepolsterten Bürosessel zurück. »Aber wenn der Trottel hier nicht etwas wirklich Wichtiges vorzubringen hat, sollten Sie möglicherweise nachher die Sanitäter informieren.«

Immer noch nicht ganz zufrieden, aber dennoch gehorsam marschierte die Frau steif hinaus. Scarborough wartete, bis sie die Tür geschlossen hatte, bevor er sich wieder an den älteren Mann wandte. »Colonel Dolan, Sie wissen, warum ich hier bin. Wir haben uns heute morgen nicht sehr lange unterhalten, aber das Wesentliche habe ich Ihnen gesagt.«

»Ev! Was soll das auf einmal, daß Sie mich mit ›Colonel Dolan‹ anreden! Seit fünfzehn Jahren nennen Sie mich ›Walt‹ – los doch, setzen Sie sich. Wollen Sie eine Tasse Kaffee?« Dolan brachte seine Leibesfülle in Bewegung und wanderte zu einer Kaffeemaschine, wo er einen Pott mit der Aufschrift ›Sirly‹ füllte. »Ich glaube, ich gebe mal etwas Süßstoff dazu«, sagte er, indem er eine Whiskyflasche aus einer Schublade holte.

»Nur Kaffee, Walt. Wir müssen uns unterhalten, und es ist eine ernste Sache.«

»Okay, Mann. Reden geht in Ordnung. So, bitte.« Dolan stellte den Pott mit dampfendem Kaffee vor Scarborough ab und setzte sich wieder. »Ich hatte heute morgen wirklich keine Zeit zum Plaudern, Ev. Ich habe verdammt viel zu tun. Wissen Sie, ich habe nur noch ein paar Jahre bis zur Pensionierung und gewinne den Eindruck, daß die Regierung jedes Quentchen Saft aus mir herausquetschen will, ehe sie mich fallen läßt wie eine ausgepreßte Orange.«

»Colonel – Walt . . .« Scarborough zog die zusammengefaltete Fotokopie aus dem Stapel der Dokumente, die Mac ihm geschickt hatte. »Erinnern Sie sich an Captain MacKenzie?«

»Natürlich erinnere ich mich an diesen verrückten Hund. Er hat mich 1968 beim Pokern ziemlich übel übers Ohr gehauen.« Dolan beugte sich vor und deutete auf Scarboroughs Gesicht. »Ist Ihnen etwas zugestoßen, Evvie? Ich habe gehört, was am Freitag abend bei Ihrer Veranstaltung passiert ist. Wir wollen Sie nicht verlieren, Mann. Passen Sie bloß gut auf sich auf.«

Scarborough berührte die Pflaster im Gesicht. »Nein, das ist weiter nichts. Ich bin sicher, daß Sie alles wissen, was es darüber zu wissen gibt.« Er glättete die Papiere und legte sie dem Colonel vor, tippte mehrmals darauf und sagte: »Das hier sollten Sie sich mal ansehen, Walt.«

»Sind das die Berichte, über die Sie gesprochen haben, Ev?«

»Das sind Kopien der Berichte aus Macs Unterlagen«, sagte Scarborough. Er stand auf und ging zu einem großen Regal, wo er die Buchrücken durchsah – gebundene Ausgaben der *Congressional Quarterly*, militärische Publikationen, das Buch *Pentagon* von Allen Drury –, bis er gefunden hatte, was er suchte. Es war ein in Leder gebundener Band mit dem Titel *The Abridged Report on Project Blue Book*. Er zog das dicke Werk aus dem Regal und schleppte es zum Schreibtisch. Rasch fand er die Seiten, die er gestern in seinem eigenen Exemplar herausgesucht hatte, schlug den Band an der richtigen Stelle auf und bot sie dem Colonel zum Lesen an.

»Soll ich das jetzt alles lesen?« fragte Dolan und zückte seine halbseitig gefaßte Lesebrille.

»Ich kann auch zusammenfassen. Lesen können Sie später noch. Man kann hier erkennen, daß Informationen in signifikanter Weise verändert worden sind. Ganz besonders hinsichtlich der Ereignisse in Iowa. Der Bericht über das Projekt Blue Book weicht stark von den Untersuchungsberichten ab. Mac hat einige weitere krasse Diskrepanzen gefunden, und er bat mich, sie zu überprüfen. Ich habe es zunächst nicht für sehr wichtig gehalten . . .«

»Verdammt, Ev, das ist es auch nicht! Der Mist ist zwanzig Jahre alt. Das hier sind Berichte über UFO-Ermittlungen, und Sie wissen genau, daß die Air Force nach Blue Book alle Ermittlungen in dieser Hinsicht eingestellt hat. Sie haben uns doch selbst dabei geholfen! Und jetzt versuchen wir, Leuten wie Ihnen dabei zu helfen, unsere Informationen in der Öffentlichkeit bekanntzumachen. Wir denken, daß wir es den Menschen schuldig sind, immer wieder daran zu erinnern, daß all diese Geschichten über Wesen von anderen Planeten ein großer Unfug sind. Aber das ist auch so ungefähr alles, was wir heute noch auf diesem Gebiet tun, und das wissen Sie selbst am besten, Mann. Sie haben doch über die Verwicklung der Air Force in die UFO-Geschichten ganze Bücher geschrieben.«

Scarborough sah den Offizier einen Augenblick lang schweigend an. Dolans Worte und seine Körpersprache vermittelten den Eindruck unbedingter Aufrichtigkeit. Er senkte nicht den Blick, und alles, was er sagte, klang wahr – aber dieser Südstaatenakzent! Dolan hatte ihn niemals ganz abstreifen können, aber so deutlich wie heute war er noch nie zutage getreten. Der Colonel pries seinen Standpunkt an wie ein Immobilienhai seine Wohnungen in Ocean City. Und Scarborough glaubte ihm kein Wort.

»Wenn Sie bitte ganz einfach diese Informationen überprüfen könnten, Walt? So bald wie möglich? Und antworten Sie mir bitte schriftlich und geben Sie eine offizielle Erklärung ab. Ich werde das in mein nächstes Buch aufnehmen.« Scarborough trank einen Schluck abgestandenen Kaffee und räusperte sich. »Was mir im Augenblick aber noch viel wichtiger ist – wo sind meine fehlenden Unterlagen?«

»Yeah, das haben Sie schon am Telefon erwähnt.« Dolan machte eine geringschätzige Geste. »Sie müssen sie verloren oder falsch einsortiert haben.«

Scarborough schüttelte den Kopf. »Nein. Ich habe das

überprüft. Übrigens hat meine verstorbene Frau meine Akten verwaltet. Sie hat die Ordner für die Dokumente selbst angelegt.« Scarborough beugte sich stirnrunzelnd vor. »Walt, ich glaube, die Akten sind gestohlen worden.«

Colonel Dolan hob hilflos die Hände. »Warum sollte jemand vergilbte alte Berichte über Sichtungen von Flugobjekten stehlen, die niemals existiert haben?«

»Das frage ich mich auch schon die ganze Zeit.«

»Nun aber mal langsam, Mann. Allmählich beginne ich zu verstehen, worauf Sie hinauswollen.« Dolan wedelte verächtlich mit den Fotokopien herum. »Diese Berichte hier entsprechen nicht dem Abschlußbericht des Projekts Blue Book. Gevatter Mac sieht Gespenster und heult seinem Kumpel, dem UFO-Experten, etwas vor. Und der Doc glaubt, man hätte ihm seine Akten geklaut. Das klingt, als hättet ihr Jungs eine große Portion Paranoia gefrühstückt.«

»Vielleicht«, sagte Scarborough. »Und dann wollten Sie heute morgen nicht mit mir sprechen. Das hat es nicht besser gemacht.«

»Du meine Güte, Ev, ich hatte viel zu tun. Es tut mir leid. Aber, Mann, jetzt *reden* wir doch miteinander, oder?«

»Ja.«

Dolan schüttelte den Kopf und fuhr sich mit gespreizten Fingern durch das volle weiße Haar. Dann beugte er sich verschwörerisch vor. »Mensch, Ev, Sie wissen doch, daß die Idioten in diesem Laden nicht einmal eine ordentliche Preisabsprache bei einer Bauausschreibung über die Bühne bekommen. Die guten Leute landen in der Wirtschaft, und das Militär kann schon froh sein, wenn sich der Offiziersnachwuchs die Ärsche wischen und dabei gleichzeitig in der Nase bohren kann.« Dolan schnaubte. »Sie glauben also, wir hätten eine Art James Bond losgeschickt, der Ihnen Ihre UFO-Akten geklaut hat? Mein Gott, bei Ihnen da draußen in Bethesda muß es wirklich komische Zusätze im Trinkwasser geben.«

»Ich gebe zu, daß es etwas weit hergeholt klingt. Aber es bleibt die Tatsache, daß ich auf eine Diskrepanz gestoßen bin. Ich möchte von Ihnen wissen, wer diesen Teil des Berichts über das Projekt Blue Book verfaßt hat. Und ich möchte wissen, warum man von meinem Entwurf für den Bericht abgewichen ist.«

Dolan zuckte die Schultern. Er betrachtete einen Augenblick die Dokumente, die Scarborough auf dem Schreibtisch ausgebreitet hatte, dann wandte er sich dem Buch zu, das aufgeschlagen vor ihm lag. »Hmm, ich verstehe, was Sie meinen. Ja, da gibt es einige Abweichungen. Grüne Lichter im Bericht, rote im Buch. Yeah. Vielleicht haben Sie recht, Ev. Ich werde mich darum kümmern. Wir kennen uns jetzt schon ziemlich lange, und ich denke, das bin ich Ihnen wohl schuldig. Aber was Ihre verschwundenen Akten angeht – ich glaube, in diesem Fall bellen Sie wirklich den falschen Baum an.«

»Das mag sein. Vielen Dank jedenfalls, Walt. Ich hoffe, Sie werden sich bei meiner nächsten Anfrage ebenso kooperativ zeigen.«

Dolan verdrehte die Augen. »Himmel, hilf! Der Kerl wird als nächstes wohl die Schlüssel für den Massagesalon der Offiziere verlangen.«

Scarborough mußte kichern. »Nicht ganz. Die Sache mit dem Attentäter bei meinem Vortrag hatte zur Folge, daß ich meine Vortragstour verschieben mußte. Ich habe jetzt etwas freie Zeit, deshalb werde ich morgen nach Iowa fahren und mit meinem Freund Captain MacKenzie zusammen noch einmal eine Feldforschung über UFO-Sichtungen machen. Ich würde mich freuen, wenn die Air Force mich dabei unterstützen könnte, falls und soweit dies nötig werden sollte.«

Dolans Wange bekam eine Beule, als er nachdenklich von innen die Zunge dagegendrückte. Er warf wieder einen Blick in den zerknitterten Bericht, dann sah er Scarborough an. »Zwanzig Jahre sind eine verdammt lange Zeit, Ev. Was hoffen Sie damit zu erreichen?«

»Ich will die Sache ordentlich abschließen. Ich rühme mich in meinen Büchern damit, korrekt zu recherchieren und möchte ganz sicher gehen, daß die Fakten stimmen.

Außerdem will MacKenzie, daß ich ihn besuche. Vielleicht fahren wir zusammen zum Angeln.«

»Kann ich demnach alles, was ich finde, an seine Adresse schicken? Sie haben sie nicht zufällig zur Hand, oder?«

Scarborough stand auf. »Er war früher Offizier bei der Air Force, Walt. Ich glaube doch, daß Sie irgendwo in einem Aktenschrank seine Adresse und seine Telefonnummer finden können.«

Dolan lächelte leicht und nickte. »Ja, klar. Sicher. So können wir es machen.«

»Schön.« Scarborough zielte mit einem Finger auf die Kopien, die Mac ihm geschickt hatte. »Setzen Sie jemanden darauf an, Walt. Sofort. Ich kann natürlich nicht beweisen, daß meine Unterlagen wirklich gestohlen wurden. Höchstwahrscheinlich wurden sie überhaupt nicht gestohlen. Aber es ist eine Tatsache, daß zwischen dem Bericht und dem *Blue Book* einige Diskrepanzen bestehen. Erklären Sie das oder korrigieren Sie es. Einen guten Tag noch.«

Er drehte sich um und marschierte zur Tür.

»Ev!« rief der Colonel, als Scarboroughs Hand den Türgriff faßte.

»Ja?« Er drehte den Griff herum.

Colonel Walter Dolan stand auf und lehnte sich breit lächelnd an seinen Schreibtisch. »Ev, ich habe irgendwie das Gefühl, daß Sie sehr wütend sind.«

»Ich *bin* sehr wütend«, sagte Scarborough und wurde noch wütender, weil der Colonel versucht hatte, ihm humorvoll zu kommen.

»Everett, wie lange arbeiten wir jetzt zusammen? Das müssen doch inzwischen beinahe fünfundzwanzig Jahre sein. Mensch, ich habe Ihre kleine Tochter auf meinen Knien reiten lassen, wir haben tonnenweise Rippchen gegrillt, und wir haben mit Sicherheit ein paar hundert Kisten Bier und ein paar Fässer von Ihrem ausgezeichneten schottischen Whisky vertilgt. Ev, wir sind *Freunde*! Und jetzt kommen Sie hier rein, als würde es irgendwo brennen, hauen auf meinen Schreibtisch und stellen Forderungen. Was ist los, Ev?«

»Tun Sie einfach, was ich Ihnen sage, Walt. Wir können später noch darüber reden, okay?«

»Nein, das ist nicht okay. Sie stehen anscheinend unter großem Druck, mein Freund. Diese Sache am Freitag abend muß Ihnen sehr zugesetzt haben. Sie steuern auf einen Nervenzusammenbruch zu, das kann ich in Ihren Augen lesen. Und ich sehe, daß Ihre Hände zittern.«

Der Colonel hatte recht, das wußte Scarborough. Nicht mit dem Nervenzusammenbruch, aber im Laufe des Wochenendes hatten sich einige Probleme aufgetürmt, und er spürte den Druck. Trotzdem, dies war nicht der richtige Augenblick für ein persönliches Gespräch – nicht, solange Dolan sich benahm wie ein Gebrauchtwagenhändler.

»Ich muß los, Colonel. Besorgen Sie mir einfach, was ich brauche, dann werde ich Sie nicht mehr belästigen.«

»Geht klar, Ev. Und passen Sie gut auf sich auf, ja?«

Scarborough schloß die Tür und ging hinaus. Den bösen Blick, den die Vorzimmerdame ihm nachwarf, ignorierte er.

Er mußte nach Hause und Mac anrufen.

Und dann würde er seine Sachen packen und nach Iowa fahren, und danach, so Gott ihm helfe, zur Kansas University.

Colonel Walter Dolan wartete drei Minuten, nachdem Scarborough gegangen war.

Als sein Blutdruck weit genug gesunken war, griff er zum Telefon.

»Richards?« sagte er. Er sprach leise und mit leicht zitternder Stimme.

»Ja?«

»Wir müssen miteinander reden. Scarborough war gerade hier. Große Probleme.«

Dolan ging nicht weiter ins Detail. Es war nicht gut, am Telefon mit Brian Richards über konkrete Einzelheiten zu sprechen. Der Mann gehörte zur höchsten Ebene, und seine Sicherheitsfreigaben reichten bis wer weiß wo, aber aufgrund des technischen Fortschritts konnte man nicht sicher sein, ob die Leitung nicht vielleicht doch angezapft worden war.

»Okay, ich bin noch in der Stadt. Können Sie in zwanzig Minuten am George Washington Parkway sein?«

»Yeah, ich glaube, das geht.«

»Dieser Scarborough – werden wir auch in Zukunft noch Schwierigkeiten mit ihm haben? Er ist der Grundstein, auf dem die ganze Operation ruht.«

»Ich weiß es nicht«, sagte Dolan. »Wir unterhalten uns besser persönlich darüber.«

»Gut.«

Richards legte auf.

Colonel Walter Dolan wählte eine weitere Nummer. »Fahrbereitschaft? Colonel Walter Dolan hier. Kann ich in fünf Minuten einen Hubschrauber haben?« Dolan fummelte eine vertrocknete Zigarette aus einer uralten Pakkung in seinem Schreibtisch. Er hatte vor zwei Monaten zum x-tenmal das Rauchen aufgegeben, aber dies war der Augenblick, um wieder anzufangen. »Ich mache nur einen kurzen Ausflug.« Er zündete sich die Zigarette an. »Wohin? Nur ein Stück die Straße hinauf. Zur Central Intelligence Agency.«

Er sog den Rauch ein und hustete heftig.

17. Kapitel

»Fick mich«, sagte sie und hob so provozierend das Bekken, daß ihr Schmuck klimperte. »Fick mich, Liebster, und mach es gut.«

»Klar doch, Baby, klar doch«, sagte Justine, zog seine Boxershorts aus und baute sich splitternackt, wie er war, neben dem Bett auf. »Ich will das nur mal schnell überprüfen.« Er beugte sich über sie und zog den Schlüssel aus den Handschellen, mit denen er ihren rechten Arm an den schweren Messingrahmen des Betts gefesselt hatte. »Damit er nicht herausfällt«, erklärte er. »Sonst verliere ich ihn noch.«

Er legte den kleinen silbernen Schlüssel auf den Nachttisch, auf dem eine schwache Lampe brannte.

Die Frau hörte auf, sich lüstern zu winden und lag jetzt entspannt auf dem Bett, den Mund zu einem höhnischen Grinsen verzogen. »Nun mach schon, Woody. Willst du jetzt zur Sache kommen?«

Er schlug sie ins Gesicht, und ihr Kopf wurde herumgeworfen. Eine Wolke aus blondem Haar flog über das Kissen. »Halt's Maul, Schlampe.«

Sie sagte leise und monoton: »Das kostet hundert extra, Woody. Du kennst die Regeln.«

»Oh, yeah. Die Regeln.« Er sprang aufs Bett und landete zwischen ihren gespreizten Beinen, die ebenfalls mit Handschellen ans Fußende des Betts gefesselt waren. Ihr Schweiß und der Geruch ihrer Möse erregten ihn nicht wie sonst. Über sie gebeugt, hockte er jetzt auf dem Bett und betrachtete ihre großen Brüste, die von der Schwerkraft plattgedrückt wurden. Er brauchte es, er brauchte es sogar sehr dringend, nachdem er diese Sache in Washington, D. C., erlebt hatte. Aber aus irgendeinem Grunde blieb die Erregung aus. Sein Schwanz hing schlaff nur ein paar Zentimeter über einer attraktiven nackten Frau, und er fühlte sich, als hätte man den Geysir Old Faithful zugestopft. Vielleicht brauchte er ein paar vorbereitende Maßnahmen? Yeah. Er begann, ihre Knie zu küssen und arbeitete sich langsam die Schenkel hinauf. »Entschuldige, Babe. Ich stehe ein bißchen unter Druck. Du kriegst mehr, das verspreche ich dir.«

»Okay, Süßer. Aber vergiß nicht den Regenmantel, wenn du loslegst.«

Er nahm das in Zellophan verpackte Kondom, das neben ihr lag, und schlug spielerisch auf ihre linke Brustwarze. Sie hieß Candy, und sie war ein billiges Callgirl, aber sie ließ sich von ihm fesseln, und das mochte er. Dafür nahm er ihren nasalen New Yorker Akzent und ihre schnippischen Kommentare in Kauf. Er war am Nachmittag zurückgekehrt und die ganze Zeit über sehr unruhig gewesen. Frauen entspannten ihn. Jedenfalls die Frauen, die wußten, wo sie hingehörten.

Er begann, ihre große dunkle Brustwarze zu küssen, rieb sich an ihr und spürte ein kleines Kitzeln im Becken. He, vielleicht läuft da doch noch was, dachte er.

Kontrolle. Woodrow Justine hatte das Gefühl, sich wieder kontrollieren zu können. Langsam begann der Schrekken zu verblassen, der seit Washington an ihm klebte wie ein übler Gestank. Diese Nutte gehörte ihm, weil er das Geld hatte. Danach würde er ein paar Gewichte stemmen, sich lange im Bad einweichen und tief schlafen. Morgen früh konnte er dann ins World's Gym gehen und drei Stunden anständig schwitzen.

Yeah. Er spürte, wie sein Penis sich regte und steifer wurde. Der Anblick der Prostituierten, die hilflos ausgestreckt vor ihm lag, tat auch dieses Mal seine Wirkung.

Er konnte alles mit ihr tun, was er wollte.

Alles.

»Woodrow!« flüsterte eine Stimme aus dem Schatten. »Erzähl uns von den UFOs. Erzähle es uns!«

Justine riß den Kopf hoch. »Wer war das? Wer hat da gesprochen?«

Die Schatten am Fenster schienen sich zu bewegen. Einen Augenblick glaubte er sogar, den verschwommenen Umriß eines Mannes zu erkennen.

»Mit wem, zum Teufel, redest du da?« fragte Candy.

Justine sprang vom Bett und ging auf die Schatten los. Er packte eine Handvoll Vorhang, sonst nichts. Dort war niemand. »Mein Gott«, sagte er. Er spürte, wie etwas in seinem Kopf ausrastete.

»Wenn du reden willst, dann geh in die Kirche und sprich mit Christus. Aber jetzt sieh endlich zu, daß du fertig wirst, und dann laß mich hier raus.«

Er bemerkte, daß seine Hände zitterten. Seine Atemzüge kamen flatternd und unregelmäßig. *Steig auf die Nutte und fick sie bis zum Umfallen, dann wird es dir besser gehen*, dachte er. »Yeah, yeah«, sagte er und kroch ins Bett zurück.

Er versuchte es und versuchte es wieder, aber es ging nicht.

Candy knurrte verächtlich: »Sieh's endlich ein, Woody. Du kriegst keinen hoch. Jetzt laß mich gehen. Ich habe noch was anderes zu tun.«

Justine schauderte, als wäre eine eiskalte Bö durch den Raum gefahren. Aber sein Gesicht und seine Brust glänzten vor Schweiß. *Raus hier*, dachte er. *Nur raus hier!*

Er stand auf und zog sich an.

»Mach mich los, Liebster«, sagte das Mädchen und klapperte mit den Handschellen.

Justine hörte kaum hin. Er drehte sich um und ging zur Tür.

»He, wohin gehst du? Wenn du dieses Zimmer verläßt, werde ich die ganze Nachbarschaft zusammenbrüllen, Woodrow Justine!«

»Halt's Maul!« schrie er und hielt sich die Ohren zu, um ihre Stimme auszublenden. »Halte doch den Mund!« Er rannte zurück und stopfte ihr ein zusammengeknülltes Bettlaken in den Mund. Sie wehrte sich, aber die Handschellen hielten.

Ihre gedämpften Schreie verfolgten ihn bis auf die Straße.

Raus hier, nur raus hier. Hinaus an die frische Luft.

Er ging die Grand hinunter bis zur Venice Avenue und wanderte durch die frische Nachtluft zum Strand. Wenn er Probleme hatte, ging er immer an den Strand. Die salzige Luft und das Rauschen der Wellen halfen ihm gewöhnlich, sich zu beruhigen, und das brauchte er jetzt dringend.

Die Strandpromenade in Venice Beach hat den Namen ›Promenade‹ nicht verdient. Es ist ein Stück Asphalt mit billigen Buden und Bars auf einer und einem Radweg und einem langen Streifen Sand auf der anderen Seite. Justine schlenderte am berühmten Muscle Beach vorbei, wo alte

Gewichte still verrosteten. Dort trainierte er nie. Im Gegensatz zu vielen anderen Gewichthebern war Woodrow Justine kein Exhibitionist. Die Routine seiner Kraftübungen war genauso wichtig wie die Resultate.

Es war spät, und am Strand bummelten nur noch wenige Menschen. Irgendwo in einer Bar heulte eine elektrische Gitarre. Der Geruch von altem Gyros und Popcorn, totem Fisch und faulendem Tang überlagerte die frische Brise, die vom Meer hereinkam. Palmen wiegten sich schlapp, als wären sie vom Sonnenschein des Tages erschöpft. Über den Bergen von Santa Monica hing ein Halbmond wie ein verstümmeltes totes Auge.

Justine rieb sich den Arm und wanderte zehn Meter in den weißen, mit Müll übersäten Sand hinaus. Dort sank er auf die Knie und stöhnte leise.

Die Ärzte hatten gesagt, es sei harmlos. Die Nadel hatte nur einen kleinen Einstich hinterlassen, und die Lösung, die er mitgebracht hatte, war am Sonntag untersucht worden. Mineralwasser, hatte das Labor verkündet. »Sie sind körperlich absolut in Höchstform«, hatten ihm die Ärzte gesagt, bevor sie ihn wieder nach Hause schickten, damit er sich eine Weile ausruhen könne. Er hatte die obligatorische Besprechung nach dem Einsatz absolviert, und seine Vorgesetzten hatten sich mit stoischer Ruhe das Band angehört. Ihr Urteil lautete, daß Klinghoffer ein Einzeltäter wäre, der keinerlei Kontakte zu irgendwelchen Organisationen unterhielt. Man bedankte sich bei Justine, und er bekam den üblichen Bonus für die Terminierung mit höchster Priorität.

»Der Kerl war völlig verrückt«, hatten sie ihm erklärt. »Machen Sie sich seinetwegen keine Sorgen. Sie haben Ihre Sache gut gemacht.«

Aber warum hörte er dann auf einmal diese Stimmen? Warum sah er aus den Augenwinkeln Dinge, die im Schatten lauerten? Warum pochte sein Arm gelegentlich so heftig? Sie brauchten ihm nicht zu erklären, daß Klinghoffer ein Fall für den Irrenarzt war und daß die einzigen Anweisungen, die er bekam, aus einem kranken Teil seines eigenen Gehirns gesendet wurden. Aber warum suchten ihn diese Bilder, die Geräusche und die verdammten Gerüche dieses verschimmelten Hauses immer noch heim? Warum fühlte er sich, als hätte Klinghoffer ihm doch nicht bloß Wasser injiziert? Als hätte er eine Spritze mit einem ausgesprochen üblen Wirkstoff bekommen? Vielleicht hatte Klinghoffers verwirrte Seele ihn irgendwie angesteckt.

Justine hatte an diesem Tag wie üblich seine Medizin genommen und gehofft, sie würde ihn beruhigen. Was nicht geschah. Doch jetzt, als er beinahe flehend vor dem Pazifik kniete, wurde er allmählich ruhiger. Die vertrauten, einschläfernden Gerüche und Klänge von Venice Beach besänftigten ihn, und er hatte das Gefühl, die Dinge kämen nach und nach wieder ins Lot.

Yeah. Bleib einfach eine Weile sitzen, bis du dich wieder stabilisiert hast. Und dann geh zurück und befreie Candy von den Handschellen.

Der Gedanke, daß die Hure mit ausgebreiteten Armen und Beinen hilflos auf seinem Bett lag, amüsierte ihn. Er kicherte ein wenig und sah einer Möwe zu, die in der Nähe eines überfüllten Mülleimers an einer Hamburgerverpakkung von McDonald's herumpickte.

»Jesus«, sagte er zu sich selbst, schüttelte den Kopf und lachte, als der Wind vor ihm mit einer Serviette spielte. »Ich muß mich von diesem UFO-Geschäft lösen. Vielleicht kann ich mich an einen sicheren und ungefährlicheren Ort abkommandieren lassen, zum Beispiel in eine Baracke der Marines in Beirut.«

Er seufzte schwer, schloß die Augen und konzentrierte sich auf angenehmere Erinnerungen: Kunstgegenstände in Carmel einkaufen; auf der Route 1 in einem Cabrio an der kalifornischen Küste entlangfahren, immer wieder aufs neue überrascht von dem aquamarinblauen Wasser, das die schartigen Felsen umschmeichelte. Sich frei fühlen, sich lebendig fühlen und die Kontrolle behalten ...

Es begann als Flüstern im Wind und baute sich auf, bis er zu glauben begann, jemand wisperte ihm ins Ohr: »Jusss ... Jusss ...«

Er blickte auf, jeder Muskel in seinem Körper war angespannt.

»Jussss ... Jusss ... Jusss ... tine.«

Zuerst schien das Geräusch in der Luft allgegenwärtig zu sein, dann ortete er die Richtung, aus der es kam. Justine riß den Kopf herum.

Zwanzig Meter entfernt, schräg hinter ihm, standen eine öffentliche Toilette und ein Waschraum; es waren gekalkte Kästen aus Hohlziegeln, die auf einem Fundament aus Ziegeln ruhten. Der vordere Teil der Gebäude war von einem Zaun umgeben, das Tor darin war zu dieser späten Stunde abgeschlossen. Am Zaun lehnte eine Gestalt, im bleichen Mondlicht nur ein diffuser Schatten. Die Gestalt trug einen langen schwarzen Regenmantel.

»Du ... bissst ... jetzt ... einer ... von ... unsss«, zischelte die Stimme. »Justine. Einer von uns.«

Als er gekommen war, hatte er dort niemanden bemerkt.

Woodrow Justine sprang auf, vom Mut der Verzweiflung getrieben. Er rannte los, daß der Sand unter seinen Füßen spritzte. Der Mann im schwarzen Mantel bewegte sich nicht und sagte auch nichts mehr.

Justine packte ihn an der Kehle und warf ihn zu Boden. Er drückte zu und preßte den Kopf des Mannes in den Sand, außer sich vor Wut. »Hör auf damit!« rief er. »Hör auf damit! Wer bist du? WER BIST DU?«

Der Mann stöhnte und würgte, und Woodrow Justine schlug der Geruch von ungewaschener Kleidung und billigem Wein entgegen. »Argh ... laß mich los. Bist du verrückt, Mann? Laß mich doch in Ruhe!«

Justine schleifte den Mann an eine Stelle, wo es etwas heller war, und gewann die Kontrolle über sich so weit zurück, daß er es schaffte, ihn loszulassen. Der Mann, der unter ihm lag, keuchte und spuckte. Dann hustete er. In einer Tasche des langen schwarzen Mantels gluckerte eine Flasche. Der lange Flaschenhals, der aus der Manteltasche lugte, funkelte im Mondlicht. »Was soll denn das,

Mann? Ich rufe gleich die Polizei.« Es war ein dunkler, bärtiger Kerl mit einer gebrochenen Nase.

»Wie heiße ich?« fragte Justine tonlos.

»Wie du heißt? Was soll das, bist du verrückt? Ich kümmre mich um meinen eigenen Kram, trinke einen Schluck und sehe mir das Meer an ... ich kenne dich nicht, Mann.«

Justine stand auf. Seine Wut und seine Furcht waren noch da, aber er hatte die Kontrolle zurückgewonnen. Er mußte einsehen, daß dies nur ein heruntergekommener Penner war. Seine Fantasie hatte ihm einen Streich gespielt. Justine unterdrückte den Wunsch, dem Mann einen kräftigen Tritt in die Seite zu versetzen.

»Laß mich in Ruhe ...«, sagte der Mann. »Ich habe Freunde ... ich rufe die verdammte Polizei.« Er war angetrunken und sprach undeutlich.

Justine zog eine Rolle mit Geldscheinen aus der Hosentasche, pellte eine Zehndollarnote heraus und ließ sie neben dem Penner auf den Sand flattern. »Es tut mir leid. Ich habe Sie mit jemand anders verwechselt.«

Der Mann schnappte sich die Banknote, stand auf und begann zu kotzen. Als Justine sich entfernte, fluchte er hinter ihm her.

Justine wußte jetzt, was er tun mußte. Es gab nur einen einzigen Menschen, der ihm helfen konnte. Es war die Frau, die ihm schon einmal geholfen hatte. Die Irrenärztin von der CIA, die sein biochemisches Ungleichgewicht diagnostiziert und ihm die Medizin verschrieben hatte, die ihn stabilisierte. Cunningham. Sie hielt sich jetzt wieder in der Basis in Iowa auf. Er mußte sie nur anrufen und ihr sagen, daß bei ihm etwas nicht im Lot wäre, und dann würde er rasch zu ihr fahren und sich in Ordnung bringen lassen.

Yeah, dachte Justine, während er durch den Sand tappte und dabei ängstlich den tiefen Schatten zwischen den schäbigen Gebäuden auswich, wo weitere eingebildete Phantome lauern mochten. Genau so mußte er es machen. Cunningham würde ihn wieder in Ordnung bringen. Vielleicht brauchte er einfach nur ein neues Medikament. Eine Spur mehr Thorazin, etwas mehr Zink. Cunningham würde eine Computeranalyse machen, die richtigen Drogen zusammenmixen, und Woodrow Justine wäre wieder ganz der alte.

Aber als er durch Venice wanderte, vorbei an den geschlossenen Bars, dem dunklen Penny Lane-Plattenladen und der grellbunten Reklame eines Naturkostgeschäfts, glitt seine Angst, namenlos und viel zu flüchtig, um sie zu packen und im Licht zu untersuchen, wie eine kalte Eidechse in den Teich seines Bewußtseins. Justine hatte lange und intensiv über seinen Besuch bei dem verrückten Kerl am letzten Samstag nachgedacht. Er hatte über das gespenstische Haus nachgedacht und auch über die Kleidung, die der Mann an dem Abend getragen hatte, als er Scarborough umbringen wollte. Woodrow Justine war kein Intellektueller, aber er sah sich wachen Auges um und hielt die Ohren offen. In den letzten drei Jahren, seit er beim Projekt mitarbeitete, hatte er viele Tatsachen erfahren und Geschichten gehört, die mit dem UFO-Phänomen zusammenhingen. Die ganze Sache lief auf nichts Geringeres hinaus als einen neuen amerikanischen Mythos. Und eine oft wiederholte Geschichte, eine Art Begleiterscheinung der fliegenden Untertassen, die über der Erde schwebten und am Himmel herumflitzten, waren Männer – Männer mit seltsamen Augen, die irgendwie asiatisch wirkten. Sie kamen mit schwarzen Cadillacs oder Pontiacs, und sie befragten die Zeugen, die fliegende Untertassen gesehen hatten. Manchmal belästigten sie die Zeugen auch. Die Männer kamen abends, wenn die Schatten lang wurden, und sie trugen schwarze Kleidung.

Hoffentlich ließen sie ihn in Ruhe, dachte Justine. Als er die Grand Avenue erreichte, lief ein heftiger Schauder durch seinen ganzen Körper.

Eine graue Katze kam aus den Schatten gerannt, hetzte über die Straße und versteckte sich unter einem Toyota Celica. Im Mondlicht und im Schein der Straßenlaternen war das Tier praktisch unsichtbar. Der Schauder verwandelte sich in ein ängstliches Zittern, und Justine mußte stehenbleiben und sich zwingen, an etwas anderes zu denken.

Verdammt noch mal! Er kannte die Wahrheit hinter den UFO-Geschichten! Er kannte die Fakten, die harten, nackten Tatsachen, die der CIA-Operation, bei der er mitwirkte, zugrunde lagen. In den letzten drei Jahren hatte ihm dieses Wissen große Macht verliehen. Er konnte sich den törichten Narren überlegen fühlen, die den pseudowissenschaftlichen Unfug glaubten, der von Verrückten ausgeheckt und von Leichtgläubigen geschluckt wurde. Das Drumherum war nur Folklore! Das Ganze nichts weiter als eine moderne Version der Gespenstergeschichten, die man sich früher am Lagerfeuer erzählt hatte. Alles in allem nicht mehr als ein lächerlicher Unfug, der beim Unwissenden eine unbestimmte, diffuse Paranoia auslösen mochte.

Mühsam riß er sich zusammen und gewann die Fassung zurück, übernahm die Kontrolle über Muskeln und Sehnen und setzte sich in Bewegung, um nach Hause zu gehen. Wenn er bei seinen Vorgesetzten so etwas zur Sprache brachte, dann würden sie nicht seine Medikamentierung ändern, sondern ihn einsperren und den Schlüssel wegwerfen.

Aber während er lief, drehte sich die Spirale seiner Gedanken weiter, bohrend und quälend.

Und wenn sie nun doch existierten, die modernen Gespenster der UFO-Geschichten? Wenn sie existierten und darauf aus waren, ihn zu schnappen?

Justine schluckte, als hätte er Sodbrennen. Er wurde die Gedanken nicht los, die wie giftige, grinsende Ungeheuer in seinem Hinterkopf hockten.

Wenn sie ihm auf den Fersen waren, um sich zu rächen?

Sie, die Männer in Schwarz?

18. Kapitel

Am Morgen nach seiner Konfrontation mit Colonel Walter Dolan, es war ein Dienstag, stand Scarborough früh auf, packte einige Sachen ein, stieg in seinen Mercedes und fuhr zum Dulles International Airport. Er stellte den Wagen auf einem Dauerparkplatz ab, weil er nicht wußte, wie lange er unterwegs sein würde und es vermeiden wollte, die hohen Preise der näher am Terminal gelegenen Parkplätze zu zahlen. Gerade noch erwischte er den Flug um 8 Uhr 30 nach Chicago O'Hare und erreichte dort einen Anschlußflug nach Iowa City.

In der Halle, ausstaffiert mit seiner dick gepolsterten Jagdjacke, Jeans, einem rotkarierten Holzfällerhemd und einer Baseballmütze von den Mets, wartete Captain Eric MacKenzie mit breitem Grinsen auf ihn.

»Ev!« rief er und winkte wild. »Ev, alter Kumpel. Wie schön, dich zu sehen!«

Der große Mann mit den ewig geröteten Wangen umarmte Scarborough wie ein Bär. Leute blieben stehen und betrachteten neugierig und amüsiert die beiden erwachsenen Männer, die sich begrüßten wie ein verliebtes Paar, das sich lange nicht gesehen hatte. Scarborough war die Szene ein wenig peinlich. »Mac, äh, also, ich war ja nicht auf See vermißt«, sagte er, nachdem er gezwungenermaßen ausgiebig an MacKenzies Rasierwasser geschnüffelt hatte.

MacKenzie machte ein betretenes Gesicht. »Mein Freund, ich versuche doch nur, dir zu zeigen, wie mies ich mich fühle, weil ich dich neulich so schlecht behandelt habe.«

»Mac, darüber haben wir doch schon gestern gesprochen. Wir haben uns beide nicht mit Ruhm bekleckert. Es tut mir leid, es tut dir leid – wir haben uns entschuldigt und die Entschuldigungen angenommen. Und jetzt bin ich in Iowa, um das große UFO-Geheimnis zu lösen. Alles kein Grund, gleich so zu übertreiben.«

MacKenzie trat einen Schritt zurück und klatschte Scarborough eine große Hand auf den Rücken. Der Schlag hätte den Wissenschaftler beinahe zu Boden gestreckt. »Schon gut, Mann! Wenn man einen Freund nicht anbrüllen darf, wen darf man dann überhaupt noch anbrüllen?«

Scarborough kämpfte einen Augenblick um sein Gleichgewicht. »Hast du eigentlich schon einmal darüber nachgedacht, mit Mike Tyson in den Ring zu steigen, Mac? Du hast eine umwerfende Rechte.«

»Danke, Ev. Was meinst du, sollen wir uns dein Gepäck schnappen und zusehen, daß wir zu mir nach Hause kommen?«

Sie holten Scarboroughs Koffer. Mac bestand darauf, seinem Freund den Koffer zu tragen, und Scarborough ließ ihn gewähren. Der große Mann trug das schwere Gepäck ohne sichtbare Anstrengung auf den Parkplatz hinaus, wo er die Koffer hinten in einen roten Ford Bronco warf. Der Wagen war am Gewehrständer und dem getrockneten Blut auf der Ladefläche leicht als Fahrzeug zu erkennen, das für die Jagd benutzt wurde.

»Hirsche«, sagte Mac entschuldigend. »Ich müßte den Wagen mal gründlich reinigen lassen. Seit die Dame des Hauses nicht mehr da ist, sind meine Sachen nicht mehr ganz so sauber wie früher. Sei gewarnt, Ev. Auf meiner Ponderosa herrscht verschärftes Junggesellenleben.«

Scarborough schnallte sich an. »Hat Hop Sing Urlaub?«

Mac startete den Motor, lenkte den Geländewagen zur Ausfahrt und lächelte Scarborough an. »Nein. Er ist mit Hoss und Little Joe weggelaufen. Ich hatte schon immer so eine Ahnung, daß die drei sich heimlich allen möglichen sexuellen Perversionen hingeben.«

An der Ausfahrt des Parkplatzes zahlte Mac und lenkte den Wagen auf den Highway, der zu seinem Haus am Stadtrand führte.

Iowa City war eine ruhige Universitätsstadt. Die Hochschule galt als Juwel eines Staates, der für seine Bildungseinrichtungen berühmt war, und konnte sich mit Recht als eine der besten Schulen im ganzen Land bezeichnen. Nach seiner Entlassung aus der Air Force hatte Mac beschlossen, den Master's Degree zu erwerben und hatte sich für die Universität of Iowa entschieden, weil es dort ein Förderprogramm für angehende Autoren gab. Außerdem konnte er in der Umgebung der Stadt reichlich offenes Land und frische Luft finden – lebensnotwendiges Zubehör für einen Menschen wie Eric MacKenzie, der jede freie Minute in der Wildnis verbrachte.

Scarborough hatte sich insgeheim Gedanken gemacht, ob sein Freund die literarische Erziehungsanstalt überstehen würde, war diesbezüglich aber einem Irrtum erlegen. MacKenzie hatte sich sehr schnell eingelebt, die richtigen Leute gefunden, die ihn berieten, und hart gearbeitet. Beispielsweise hatte Professor Morrell ihm sehr geholfen – ein mittlerweile berühmter Mann, der die Gestalt des Rambo erfunden hatte, die von Sylvester Stallone verkörpert wurde. Es dauerte nicht lange, bis Mac in der Lage war, brauchbare Prosa zu schreiben. Und noch vor dem Abschluß hatte er seinen ersten Abenteuerroman verkauft: *The Eagle's Claw.* Morell hatte Mac geholfen, einen Agenten zu finden, und der Agent bewies Mac, daß auf dem aufblühenden Markt für blutrünstige Abenteuergeschichten jede Menge Arbeit auf einen produktiven Schreiber wartete. ›Gruselpornos für Spießbürger‹, so nannte Scarborough die Bücher, aber insgeheim las er jedes Wort, das sein Freund schrieb – einerseits erstaunt über die Kantigkeit der Prosa, andererseits aber immer wieder fasziniert von der Energie, der Vitalität und dem Humor dieser Bücher.

Zuerst hatte Scarborough versucht, Mac zu überreden, die Maßstäbe etwas höher zu setzen, aber es machte dem Mann viel zuviel Spaß, fünfzehn Seiten pro Tag auszuspucken. Mac hatte nicht die geringste Lust, über Verbesserungsvorschläge nachzudenken. Er liebte Iowa, er fühlte sich an der Universität wohl, und so ließen er und seine Frau sich nach einiger Zeit in einem großen Haus in der Umgebung nieder. Gelegentlich lehrte er in Anfängerkursen an der Universität, stieg diesem oder jenem Rock hinterher, jagte in den Feldern und Wäldern des Mittelwestens und angelte in den Bächen und Flüssen. Alles in allem war er ein glücklicher Mann, und er fühlte sich noch glücklicher, als seine Frau ihn verließ und ihn aus einer Ehe freigab, die mehr Tiefen als Höhen mit sich gebracht hatte.

Scarborough mußte zugeben, daß Iowa City und die Umgebung der Stadt sehr angenehm waren. Als sie zu Macs Haus fuhren, bewunderte Scarborough nicht zum erstenmal die reichen Felder des Hawkeye State, wie dieser Bundesstaat auch genannt wurde. Iowa umfaßte die fruchtbarste Gegend der USA, denn 95 Prozent des Gebietes waren nutzbar. Iowa, das waren schlichte, saubere Farmen und Scheunen, die sich in leicht hügeliges Land schmiegten, das war grüne und erdbraune Vegetation, die nicht durch Architektur verschandelt wurde.

Mac und Scarborough schwatzten entspannt, während der Bronco die etwas mehr als dreißig Kilometer bis zu Macs Haus zurücklegte. Sie unterhielten sich über dieses und jenes, bevor sie auf die wichtigen Dinge zu sprechen kamen, die sie sich vorgenommen hatten.

»Ich freue mich riesig, daß du doch noch nach Kansas fährst und Diane besuchst«, sagte Mac, als er herunterschaltete und vom Highway abbog. Es ging jetzt über eine unbefestigte Straße bergauf in die bewaldeten Hügel hinein. »Sie ist ein gutes Mädchen, auch wenn bei ihr die eine oder andere Schraube locker sitzt . . .«

»Aber dafür sind es ganz hervorragende Schrauben, was, Mac?«

»Da kannst du Gift drauf nehmen.«

Der Bronco rumpelte einen Hügel hinauf, und oben bog Mac in eine kleine Privatstraße ein. Unter den Rädern knirschte jetzt loser Kies.

»Tja, sie ist ja irgendwie ein Teil von mir, deshalb bin ich wohl dafür verantwortlich«, sagte Scarborough mit einem tiefen Seufzen. »Ich habe nur so ein ungutes Gefühl bei der ganzen Sache.«

Mac hielt vor einer Doppelgarage, die derart mit Krimskrams und Geräten vollgestopft war, daß für das Auto kein Platz mehr blieb. Das Wohnhaus präsentierte sich als ein großes, zweistöckiges Gebäude, das mit Efeu überwuchert und von Hecken und Gärten und saftigem grünem Gras umgeben war – der Bewuchs, typisch für Iowa, wurde von Mac liebevoll gepflegt.

»Zerbrich dir nur nicht deinen Eierkopf«, sagte Mac, während er ausstieg und zum Heck des Wagens ging, um die Koffer zu holen. »Wir können die Kleine später noch anrufen. Verdammt, wenn du mir bei diesen Akten hilfst, dann fahre ich vielleicht sogar mit dir nach Kansas und helfe dir, die Sache aufzuklären.«

»Danke, Mac«, sagte Scarborough. »Wir werden ja sehen, was sich ergibt.«

Eric MacKenzies Haus war eigentlich gar nicht so schlimm, es war im Grunde sogar recht sauber, dachte Scarborough. Nur etwas unordentlich. Kleidungsstücke lagen verstreut über fast alle der alten Möbel, Bücher und Zeitschriften waren gefährlich hoch auf Eßtisch und Fernseher gestapelt. Überall lagen Packungen und Dosen mit Fertiggerichten herum.

Aber in der Spüle stand kein schmutziges Geschirr, das Bad war sauber und roch nach Putzmitteln. Und Macs Arbeitszimmer, dem man die Hobbys des Besitzers ansah, glänzte sogar vor Wachs und Politur. Die Gewehre und Angelruten waren akkurat aufgereiht, in den Bücherregalen herrschte Ordnung, die Trophäen über dem Kaminsims schienen sauber und nicht verstaubt.

»Nicht übel, Mac«, sagte Scarborough, nachdem er sein Gepäck in einem Gästezimmer abgestellt hatte. »Viel besser als im letzten Jahr.«

»Yeah, so sieht's wohl aus. Aber es ist gleich Essenszeit. Wie wär's mit einem Sandwich und einem Bier? Und dann können wir uns an die Arbeit machen.«

Mac machte Sandwiches, bei denen jeder Asket seine Gelübde vergessen hätte, und da Scarborough auf dem Flug nichts gegessen hatte, nahm er das Angebot gern an. Der alte MacKenzie konnte nicht einmal ein Ei ordentlich braten, aber er verstand es, erstklassige Sandwiches herzurichten. Fröhlich stellte er vor Scarborough als erstes eine große Flasche Grolsch auf den Tisch, dann nahm er mehrere Frischhalteboxen aus dem Kühlschrank und holte das Brot und ein Tablett mit weiteren Zutaten.

»Bestimmte Wünsche?« fragte der kräftige Mann, indem er mit einer ausladenden Geste auf die Vorräte deutete, die jedem Delikatessenladen zur Ehre gereicht hätten: frisch geschnittener Kochschinken, Bologneser Würste, Zunge, Roastbeef, Pute, Huhn, Mortadella, Salami, Frischwurst – und erst die Käseplatte! Es gab mindestens zwanzig Sorten, aus denen Scarborough auswählen konnte, und es war nicht irgendein Allerweltskäse aus dem Mittelwesten, sondern ausgefallene Sorten wie europäischer Camembert und Brie, englischer Stilton, Cheddar und echter Schweizer.

»Ich glaube, ich nehme einfach dein Spezialsandwich.«

»Alles klar. Ich habe heute morgen frische Brötchen geholt. Im letzten Jahr hat in Iowa City ein fantastischer Laden eröffnet, eine Kombination aus Bäckerei und Delikatessengeschäft. Da kriege ich fast alles, was das Herz begehrt. Also Roggenbrötchen mit Kümmel. Wie klingt das, Ev?«

Scarborough trank einen Schluck Bier und lächelte erfreut.

»Alles klar. Paß auf, hast du schon mal Bermudazwiebeln auf einem Sandwich probiert? Ich habe neulich was von Lawrence Sanders gelesen. In ›Deadly Sin‹ gibt es bei ihm einen Helden, der so recht nach meinem Geschmack ist. Der macht ausgezeichnete Sandwiches und ißt sie über der Spüle. Kannst du dir das vorstellen? Wie kann man nur über der Spüle essen?« Die auf dem Tisch gestapelten Zeitschriften und Bücher verrieten, wie es um MacKenzies einsame Eßgewohnheiten bestellt war. »Also, dieser Captain Edward X. Deleney – der legt jedenfalls immer Bermudazwiebeln auf seine Sandwiches. Es schmeckt ziemlich gut. Willst du mal probieren?«

Scarborough akzeptierte und sah seinem Freund zu, der ein wahrhaft gewaltiges Sandwich aus dänischem

Schinken, Schweizer Käse, Peperoni, etwas Salami, ein paar Krümeln Kaviar, einigen zarten Alfalfa-Sprossen, einer Scheibe Bermudazwiebel und einer großen Ladung Dijon-Senf fabrizierte.

»Entschuldige«, sagte Mac. »Ich habe gestern vergessen, Tomaten zu kaufen.«

»Verdammt, ohne Tomaten kann ich das bestimmt nicht essen.«

Mac schnitt das Sandwich in der Mitte durch und servierte es seinem Freund auf einem sauberen Teller. »Schluck's runter, Freundchen.«

Er holte sich selbst ein Bier und machte sich ein ähnliches Sandwich. »So, dann hat der alte Eisenbart also angeblich nichts damit zu tun, daß jemand deine Akten geklaut hat?« sagte er endlich, nachdem er die Hälfte seines dick belegten Brötchens heruntergeschlungen hatte.

»Wahrscheinlich steckt er wirklich nicht dahinter. Wer kann das schon wissen? Das Sandwich ist übrigens ausgezeichnet.«

»Danke.« Mac kaute eine Weile gedankenverloren. »Ich kann mir das einfach nicht vorstellen«, knurrte er schließlich, während Sprossen und Senftropfen grün und braun auf seinen Teller kleckerten. »Warum sollten Dolan und die Air Force die Fakten verändern, die wir vorgelegt haben, und dann die Beweise vernichten?«

Scarborough legte sein Sandwich auf den Teller. »He, warte mal. Ich bin eindeutig der Meinung, daß etwas Seltsames vorgeht, aber ganz so verrückt, daß ich bereitwillig eine Verschwörungstheorie schlucken würde wie ein alberner UFO-Trottel bin ich nun doch noch nicht. Du scheinst ja mehr als willig auf diesen Zug aufzuspringen.«

»Mann! Was müssen die denn noch tun, damit du es glaubst? Müssen sie dir erst eine Fünfzigmegatonnenbombe aufs Haupt schmeißen, damit etwas durchdringt? Wach doch endlich auf! Wir haben für eine korrupte Regierung gearbeitet. Der alte Dolan ist ungefähr genauso echt wie eine Dreidollarnote. Nein, ich weiß nicht, was hier los ist, aber ich will es herausfinden.«

Scarborough schüttelte den Kopf. Er schob den Rest seines Sandwichs fort, ihm war der Appetit vergangen. »Nein, das kann ich dir nicht abkaufen. Das würde ja bedeuten, daß bei der Air Force intelligente Leute arbeiten.« Er beugte sich vor, aber bevor er etwas sagen konnte, meldeten sich die Peperoni. Er mußte rülpsen, hielt sich die Hand vor den Mund und entschuldigte sich. »Die Geheimniskrämerei bei der CIA und der Air Force war damals, Ende der vierziger und Anfang der fünfziger Jahre, notwendig, weil man fürchtete, die UFO-Sichtungen hingen irgendwie mit den Russen zusammen. Deshalb war alles als geheim eingestuft – und so ist es bis heute geblieben. Ich habe die Dokumente gelesen. Die alten Knacker wußten damals schon ganz genau, daß sie durch ihre Geheimniskrämerei reichlich Material für Verschwörungstheorien liefern würden, aber du darfst nicht vergessen, daß sie nicht dumm waren. Sie waren die Veteranen des größten Krieges dieses Jahrhunderts, befanden sich plötzlich in einer neuen Welt voller neuer Technologien und neuer Ängste – und mußten *vorsichtig* sein. Wenn man berücksichtigt, wie das Militär und die Regierung arbeiten, dann kann diese Sache mit den Akten aufgrund irgendeiner obskuren Regel oder Vorschrift passiert sein. Dort werden übrigens Namen erwähnt, die nicht hätten erwähnt werden sollen. Es gibt ja mitunter sogar sehr gute Gründe, Material als geheim einzustufen. Ich nenne dir mal ein Beispiel. Du kennst doch Stanton Friedman, oder?«

»Klar, den Physiker und UFO-Forscher.«

»Ich mag Stanton, auch wenn wir uns ein paarmal mächtig in der Wolle hatten. Wie ich hörte, läuft er auf UFO-Konferenzen mit der Kopie eines Dokuments der Regierung herum, das er dank des Freedom of Information Act ausgegraben hat. Er hält es hoch und sagt: ›Seht euch das hier an. Da soll noch einer sagen, daß die CIA nicht irgend etwas vertuscht.‹ Dann hält er das Dokument hoch, das zum größten Teil eingeschwärzt ist. Und dann sieht er sich verschwörerisch um und meint, er hätte es mit den schwarzen Stellen bewiesen.«

»Das kommt mir aber ziemlich dumm vor.«

»Mac, Mac, darauf fallen aber unzählige Idioten herein. Siehst du nicht, daß genau dies die vorschnellen Schlußfolgerungen sind, auf denen die ganzen UFO-Geschichten beruhen? Du weißt so gut wie ich, wie diese Dokumente klassifiziert sind. Allein daraus, daß dort etwas geschwärzt ist, darf man nicht schließen, die Regierung wolle uns verschweigen, daß Präsident Truman mit Außerirdischen von Beteigeuze Schach gespielt hat. Es könnte sein, daß Hinweise auf die Mitwirkung eines Agenten geschwärzt wurden, der offiziell überhaupt nicht für die CIA gearbeitet hat. Oder der einen Geheimkugelschreiber benutzte. In den siebziger Jahren mußten die Akten ja von Gerichten freigegeben werden. Hast du gesehen, bei welchen Sachen die CIA darauf bestand, daß sie gelöscht würden, weil sie geheim wären? Meist hat es sich um absurde oder harmlose oder sogar *komische* Dinge gehandelt. Wir haben es hier nämlich mit einer Bürokratie zu tun, also mit einer Lebensform, die entschieden seltsamer ist als fliegende Untertassen.«

Mac zuckte die Schultern. »Schon gut. Aber wie erklärst du dir die Tatsache, daß dir Unterlagen fehlen, von den Diskrepanzen mal ganz abgesehen?«

»Der Colonel hat möglicherweise recht. Vielleicht habe ich sie wirklich verlegt. Es ist auch möglich, daß sie gestohlen wurden, aber das heißt nicht, daß es sich um eine Verschwörung handelt. Verstehst du das? Laß uns keine vorschnellen Schlüsse ziehen. Vielleicht können wir für alles eine Erklärung finden.«

»Nein, ich verstehe es nicht. Wenn du das glaubst, warum hast du dann bei Dolan auf den Tisch gehauen? Warum bist du hierher zu mir gekommen?«

»Weil es mir auf Genauigkeit ankommt, Mac. Ich will Fakten sehen. Fakten sind die Seele der Religion, der ich diene. Fakten sind die Grundlage meiner Existenz. Fakten sind die Altäre, vor die ich trete. Und wenn meine Fakten falsch sind, dann muß ich sie in Ordnung bringen. Doch nur weil meine Fakten nicht in Ordnung sind und weil der alte ›Eisenbart‹ Dolan so abweisend ist, und weil es vielleicht in der Tat einige Dinge gibt, die er mir verheimlicht, nur deshalb muß ich doch nicht gleich annehmen, daß fliegende Untertassen auf der Erde gelandet sind.«

MacKenzie schürzte die Lippen. »Okay, ich gebe dir recht, mein Freund. Aber du wirst mir doch helfen, die Sache zu überprüfen, oder?«

»Das habe ich dir versprochen, und das werde ich auch tun, Mac. Du weißt, daß ich mein Wort halte.«

»Ja, das tust du.« MacKenzie stand auf und holte zwei neue Flaschen Grolsch, von denen er eine Scarborough gab. »So, jetzt bist du gespeist und getränkt. Und jetzt begleite mich in meine Lasterhöhle. Wir haben einiges zu tun.«

Macs Büro lag im ersten Stock. Zwei Monate nachdem seine Frau Tama verschwunden war, hatte er eine Party gefeiert, die das ganze Wochenende dauerte. Er hatte Scarborough und andere Freunde aus dem ganzen Land und von der Universität eingeladen. Wer keine Bleibe hatte, durfte bei ihm übernachten. Im Laufe der Party hatte Mac gallonenweise Schnaps hervorgezaubert und ohne Pause Musik von Charlie Parker gespielt – Tama hatte Jazz gehaßt. Der Höhepunkt der Party, zu der Frauen keinen Zutritt hatten, war die Offenbarung seines großen Aufräumplans gewesen. Mit Hilfe einiger Gäste hatte er das riesige Ehebett samt Matratze und Bettlaken in den Hinterhof geschleppt. Dann wurden die Gäste aufgefordert, das ganze Haus abzusuchen. Sie sollten alles, was auch nur entfernt feminin schien – Parfüm, parfümiertes Toilettenpapier, Tampons, Make-up und so weiter –, auf das Bett werfen. Um Mitternacht tränkte Mac das Bett und die aufgetürmten Gegenstände mit Benzin und warf ein brennendes Streichholz hinein. Es war ein wundervoller Scheiterhaufen.

Am nächsten Tag hatten die noch anwesenden Gäste geholfen, Macs Schreibmaschine, seinen Schreibtisch, die Aktenschränke und die Stühle ins ehemalige Schlafzimmer zu verlagern. »Meine Schreiberei ist mein Leben«, hatte er an diesem Tag gesagt, während sie die Umstellung mit einer Magnumflasche Champagner begossen. »Und jetzt bin ich mit ihr verheiratet.«

Er weihte sein neues Büro sofort ein, indem er einen Roman schrieb, den Scarborough besonders liebte: *The Immolator. Death to the Matchmakers.* In diesem Buch ließ Harry Diggs, Detektiv, Söldner, Abenteurer, Weiberheld und Hauptfigur in Macs Romanen, eine Gigolovermittlung auffliegen, die von der Mafia und dem KGB betrieben wurde. Unter anderem flog dabei ein ganzes Stockwerk eines New Yorker Wolkenkratzers, der voller ehebrecherischer Ehefrauen steckte, in die Luft.

»He«, sagte Mac, »seit du das letztemal hier warst, habe ich einen neuen Teppich gekauft.« Er schob seinen Freund in den Arbeitsraum und deutete auf den Boden, wo ein hübscher braun-blau-goldener Perser lag, auf dem die meisten Möbel standen, die es in diesem Zimmer gab. »Aus Indien! Handgewebt!«

»Hübsch«, meinte Scarborough und bewunderte die feinen Motive und die fast wie ein Mandala wirkenden Muster.

Macs Domizil war zweifellos der angenehmste Raum im ganzen Haus, und mit Sicherheit der ordentlichste. Es war schließlich der Ort, an dem er den größten Teil seiner Zeit verbrachte. Die großen Doppelfenster boten einen prachtvollen Blick auf die Landschaft. Sie waren von geschmackvollen Vorhängen eingefaßt, die Tama gekauft hatte und die irgendwie der Brandrodung unbeschadet entgangen waren. Eine Couch und zwei bequeme Stühle standen auf dem Teppich, umgeben von Aktenschränken, einem Schreibtisch und natürlich Macs ganzem Stolz, einem nagelneuen PC samt Laserdrucker, den er für seine Arbeit benutzte. An den Wänden reihten sich Bücherregale, die von gebundenen Büchern und Taschenbüchern fast überquollen. Für Macs Werke war ein eigenes Fach reserviert. Darüber hing ein Acrylbild von Boris Vallejo, das Harry Diggs darstellte. Es war der Immolator höchstpersönlich, der einen handelsüblichen Flammenwerfer in der Hand hielt und sich im Stil von Clint Eastwood eine Zigarre zwischen die Zähne geklemmt hatte. Die nackten, muskulösen Oberarme waren von schwellenden Adern überzogen, und das Gesicht zeigte sich im Profil, so daß man die Narben der Brandverletzungen deutlich erkennen konnte.

Harry Diggs war ein Vietnamveteran, der im Krieg mit Napalm in Berührung gekommen war. Nach seiner Rückkehr hatte er sich, da er nicht mehr gegen den Vietcong kämpfen konnte, die bösen Buben vorgenommen, Buch um Buch und einen nach dem anderen. Mac liebte anscheinend Brandwunden und Verbrennungen; das wurde in allen Büchern deutlich, die er selbst schrieb oder in Auftrag gab; einige Titel überließ er anderen Autoren, denn die Serie war inzwischen ein Dutzend Jahre alt und umfaßte mehr als hundert Titel. Nebenher schrieb Mac auch noch andere Bücher, aber ›Old Firebug‹ Diggs war das Fundament seines Broterwerbs.

Scarborough behielt und las nur die Bücher, die Mac selbst geschrieben hatte, und natürlich waren diese Exemplare handsigniert. Ein Vorrat davon lagerte stets auf Scarboroughs Nachttisch. Diese unterhaltsamen Schlächtereien mit knallbunten Titelbildern voller Explosionen und Waffen und rennender und schreiender Männer, im Vordergrund unweigerlich Diggs, der seinen Sargnagel paffte, waren eine ausgezeichnete Klolektüre. Irgendwo waren auf praktisch jedem Titelbild Flammen zu sehen, und bei den Neuauflagen war sogar der Schriftzug ›The Immolator‹ mit kleinen Flämmchen verziert.

Sinnigerweise bewahrte Mac seine Pfeifenbatterie, die Streichhölzer und den Tabak direkt über seinen gesammelten Werken auf. Jetzt wandte er sich sofort in diese Richtung, nahm eine ziemlich neue Pfeife herunter und stopfte sie mit duftendem Tabak. »Setz dich doch«, sagte er, indem er in Richtung der Couch nickte. »Ich hole das Zeug gleich heraus.« Er zündete ein Streichholz an und paffte, bis der aromatische Tabakrauch zur Decke stieg.

Scarborough bemerkte den Stapel Schreibmaschinenpapier, der neben dem Computer auf einem Regalbrett lag, und sah den Titel auf dem obersten Blatt: ›*Until The Dawn* von Eric Landon MacKenzie.‹ Wenn Eric unter seinem eigenen Namen schrieb, dann nannte er sich meist nur Mac MacKenzie. Aber *Dawn* war ein ganz besonderes Buch. Er hatte es zwei Jahre zuvor mit Scarboroughs Hilfe in Angriff genommen. Es sollte sein ›qualitativer Durchbruch‹ werden, ein handwerklich gut geschriebenes Buch, das auf den Erfahrungen beruhte, die er als junger Mann bei der Air Force gesammelt hatte. Scarborough stellte erfreut fest, daß das Manuskript seit seinem letzten Besuch dicker geworden war. Er brannte darauf, es zu lesen, aber Mac meinte, er müsse es erst beenden, bevor er es irgend jemandem zu lesen gebe. Scarborough kehrte zum Sofa zurück. Mac sollte nicht den Eindruck bekommen, daß er herumschnüffelte.

Scarborough klappte den Verschluß auf sein Grolsch und stellte die Bierflasche auf ein Exemplar von *Gnus and Ammo*, das auf einem handgeschnitzten spanischen Kaffeehaustisch lag. Überall im Raum waren Zeitschriften gestapelt: Zwischen Ausgaben von *Soldier of Fortune* lugten Waffenkataloge und Handbücher hervor. All dies war Material, aus dem Mac seine Anregungen bezog. Den größten Teil seiner Nachschlagbibliothek bewahrte er in einem Bücherregal dicht neben dem Computer auf, so brauchte er sich nur auf dem Drehstuhl herumzudrehen, um einen Band der *Encyclopaedia Britannica* oder eine Ausgabe von *Jane's Ships* herauszuziehen. »Hardware!« hatte der große Mann einmal geknurrt. »Meine Leser wollen Hardware sehen. Sie wollen bis auf den Millimeter genau wissen, wie groß die Geschosse sind, die den bösen Buben die Eingeweide herausfetzen und einen Blutregen über die Wände spritzen lassen.«

»Du hast ein sehr geschmackvolles Publikum«, hatte Scarborough erwidert.

»Nein, eigentlich nicht. Im Grunde hat das alles, diese Verrücktheit nach Waffen, etwas mit Penisneid zu tun. Wußtest du das?«

Scarborough hatte gegrinst. »Ehrlich?«

Jetzt sah er seinem Freund zu, der vor einige Aktenschränke trat, eine Schublade öffnete, einen Moment suchte, erleichtert schnaufte und dann mehrere verknitterte Schnellhefter voller Dokumente und Notizen herauszog. »So, da haben wir's, Cowboy«, sagte er, indem er das Material auf den Kaffeehaustisch legte. »Nur noch über den Red River, dann ist die Herde wohlbehalten im Stall.«

»Hast du eigentlich eine Kopie vom Blue Book?« fragte Scarborough.

»Na klar, Partner.« Mac watschelte in wiegendem Gang und o-beinig, als sei er gerade nach einem langen Tag aus dem Sattel gestiegen, zum Regal. Er zog eine eselsohrige Ausgabe des von der Regierungsdruckerei herausgegebenen Bandes *The Abridged Report on Project Blue Book* heraus und knallte sie neben die Ordner auf den Tisch. »Ein Original des *Blue Book*«, sagte Mac, setzte sich neben seinen Gast und klappte einen Schnellhefter auf. Er hob die riesige Bierflasche, öffnete den Verschluß, trank und stellte sie wieder ab. »Ich habe die Sachen schon gestern abend durchgesehen, und außerdem einige andere interessante Unterlagen über diese Farm in Iowa, wo wir 1968 Nachforschungen anstellten.«

»Ich bin ganz Ohr, Mac«, sagte Scarborough. Er war bereit, sich in die Arbeit zu stürzen.

19. Kapitel

Als Diane Scarborough und Tim Reilly den Reporter Jake Camden am Flughafen abholten, bedauerte Diane sofort wieder, daß sie ihn überhaupt hinzugezogen hatten. Camden roch nach Gin und Zigaretten, und er trug ein buntes Hawaiihemd und Jeans. Sein Händedruck war feucht und kühl, und seine Begrüßung klang aalglatt und aufgesetzt. Das einzig Echte an ihm war die Leica, die er sich um den Hals gehängt hatte. Aber selbst in dieser Hinsicht kamen Diane Zweifel.

Tim jedoch schien ihn sofort zu mögen.

»Kinder, ihr müßt mich als erstes ein bißchen füttern«, sagte Camden, nachdem er sein Gepäck – eine geflickte lederne Reisetasche – vom Laufband genommen hatte. »Wir zeichnen eure Geschichte auf Band auf, und dann fahren wir raus und knipsen die Stellen, wo ihr das UFO gesehen habt.«

»Ein Stück die Straße hinunter gibt es ein nettes Denny's«, schlug Tim grinsend vor. Er wußte genau, daß dies nicht das war, was der Journalist im Sinn hatte.

»Aber nicht doch – bringt mich in eins der berühmten Lokale von Kansas City. Wie ich hörte, sind die besten Restaurants, in die man hier überhaupt gehen kann, die Bars.« Er blinzelte Tim zu, der nickte und damit zugab, daß er wußte, was Camden wollte, weil er selbst gern einen trank. Außerdem war Tim immer wieder von echten *Typen* fasziniert. Am wohlsten fühlte er sich bei einem Gelage, wie Dickens es hätte beschreiben können, mit interessanten und faszinierenden Menschen, wo eine gewisse Dramatik zu erwarten war. Und siehe da, vor ihm stand ein veritabler Mr. Macawber mit einem Presseausweis.

Sie führten Camden in ein dunkles Loch namens The Hideaway; dort gab es eine ziemlich neue Bar, aus Schieferplatten gebaute Pooltische im Hinterzimmer und Steaks, die so dick waren wie Ziegelsteine.

Als die Kellnerin ihnen ihre Nische zugewiesen hatte, zückte Camden seinen Sony-Recorder, zündete sich eine Camel an und bestellte ein Steak mit gebackenen Kartoffeln und ein Bier mit Schuß.

»Sie zwei geben ein schönes Paar ab. Man sieht's, daß Sie sehr ineinander verliebt sind. Und Sie, Diane, Sie sind eine wirklich wunderschöne Frau.« Camden lächelte sie an, und in seinen tränenden Augen blitzte es auf. »Ja, ich bin wirklich froh, daß Sie angerufen haben«, fuhr er fort. »Vielleicht hat der *Intruder* unter Intellektuellen einen schlechten Ruf. Aber ist Ihnen eigentlich klar, daß alle Reporter einen Collegeabschluß haben? Auch ich. Sehen wir doch den Tatsachen ins Gesicht – irgendwie muß man sich eben seinen Lebensunterhalt verdienen, und der *Intruder* ist ja im Grunde nichts weiter als eine Boulevardzeitung – eine Zeitschrift, die vor allem der Unterhaltung dient. Nun gut, und weil wir das wissen, strapazieren wir die Wahrheit manchmal ein bißchen. Unsere Leser kennen das, und zur Hölle mit denen, die keinen Spaß verstehen.«

Er tippte mit dem Zeigefinger auf den feuchten Plastiktisch. »Aber ich frage Sie, wie viele Blätter mit unserer Auflage und unseren Möglichkeiten solchen Phänomenen wirklich ernsthaft nachgehen. Die Summe ist gleich Null. Ich meine, jetzt mal ganz im Ernst – da geht wirklich irgend etwas vor, und das muß man überprüfen.« Er sah Diane an, und sie erkannte, daß er ihren skeptischen Gesichtsausdruck richtig interpretierte. »Hören Sie, ich will mich ja nur bedanken, daß Sie mir die Geschichte anvertrauen wollen. Ich habe jahrelange Erfahrung mit diesen Dingen, und ich werde mich bemühen, herauszufinden, was Sie letzte Woche erlebt haben.« Er lächelte und entblößte vergilbte Zähne, dann griff er unter den Tisch und drückte bekräftigend Dianes Schenkel. Die Berührung war ein bißchen zu lang, um nur freundschaftlich gemeint zu sein.

Sein Bier mit Schuß kam. Er nahm das kleine Glas mit dem Whisky und versenkte es, wie es war, in seinem Bierkrug. Dann nippte er und seufzte. »Äh. Das tut gut. Also, dann wollen wir mal ganz vorne anfangen. Erzählen Sie mir einfach, was passiert ist.«

Sie gingen die Geschichte mit ihm durch. Tim übernahm das Reden, während Diane sich zurückhielt. Ihr war die ganze Sache plötzlich nicht mehr geheuer. Der Kerl war *schmierig.* Alle ihre Alarmsignale hatten auf Rot geschaltet. Kein Wunder, daß Daddy so aufgeregt gewesen war, als sie erwähnt hatte, daß Tim und sie Jake Camden hinzuziehen würden. Sie hatte sich nicht vergewissert, was für ein Blatt der *Intruder* wirklich war. Die Bücher dieses Mannes hatten ganz vernünftig ausgesehen, obschon etwas zu reißerisch aufgemacht. Und Tim hatte ihr versichert, daß Camden ein erstklassiger Mann auf diesem Gebiet wäre. Mein Gott, dachte sie jetzt, wenn Camden der Beste ist, dann will ich wirklich nicht sehen, wer sich weiter unten herumtreibt. Sie hatte bisher immer angenommen, daß ihr Vater Camden haßte, weil er auf der anderen Seite stand. Jetzt wußte sie, daß dem nicht so war.

Drei Bier mit Schuß und eine UFO-Geschichte später ließ Jake Camden einen Rülpser los, der nach den Zwiebelringen roch, die er verdrückt hatte. »Entschuldigung«, sagte er. »Ich muß die alte Schüssel mit meiner einäugigen Hosenschlange bewässern.« Er blinzelte Diane zu. »Das ist eine australische Redensart, die Sie in Crocodile Dundee natürlich nicht zu hören bekommen.«

Der Reporter stolperte in Richtung Klo davon.

»Wow!« machte Tim begeistert. »Was für ein Typ. Der ist *Spitze!*«

»Tim«, flüsterte sie mit zusammengebissenen Zähnen. »Der Kerl ist ein richtiges Ekelpaket. Er hat mich unter dem Tisch betatscht. Verglichen mit ihm sieht der billigste Sensationsjournalismus aus wie ein Artikel der *New York Times.*«

»Ach, wahrscheinlich hat er auch im Flugzeug schon ein paar Drinks gekippt. Hast du seine Kommentare gehört? Der Mann kennt sich mit UFOs wirklich aus. Mit dem werden wir weiterkommen. Was für eine Type das ist! Und ich habe es gesehen, er hat nur deinen Schenkel gedrückt.«

»Als wollte er ein Stück Fleisch prüfen. Er riecht nach Sperma. Tim, er fängt meinetwegen schon zu sabbern an. Kannst du nicht sehen, wie er mich begafft?«

»Aber du siehst doch wirklich gut aus. Ich sehe dich die ganze Zeit so an und kann nicht verhindern, daß auch andere Männer das tun. Aber was soll's, Diane. Wir werden nur kurze Zeit mit diesem Mann in Verbindung bleiben, er wird uns bei den Nachforschungen helfen, und das war's dann. Also grinse und trag's mit Fassung.« Tim kicherte und nippte an seinem Bier. »Mann, was für ein Typ.«

»Na schön, aber sieh zu, daß du immer zwischen mir und ihm bleibst«, sagte sie. »Und ich will nicht, daß in der Geschichte in seiner Zeitung mein wirklicher Name erwähnt wird.«

»Was denn – glaubst du, ich hätte meine Zwischenprüfungen in Psychologie mit *Dummheit* bestritten? In dieser Hinsicht kannst du mir vertrauen.« Er tätschelte beruhigend ihre Hand, aber als Camden zurückkam, am Absatz eines Schuhs einen Streifen Klopapier hinter sich herschleifend, war Tim schon wieder völlig hingerissen.

Jake Camden ließ sich auf seinen Platz fallen und zog den Reißverschluß hoch. »So, und was gibt es in diesem Laden zur Verdauung zu trinken?«

Eins mußte sie ihm lassen, sobald Jake Camden ernsthaft mit der Arbeit begann, schien er schlagartig nüchtern zu werden. Wie ein Jagdhund, der einer heißen Fährte auf der Spur ist, rannte er auf dem Acker und im Wäldchen herum, wo sie die schwebenden Lichter gesehen hatten. Er vermaß Winkel, verknipste mehrere Filme und ließ Diane und Tim, so gut sie es noch konnten, ihren Weg vom Auto durch den Wald abschreiten. Vor allem wollte er feststellen, wo genau sie zuletzt gestanden hatten, als sie noch bei Bewußtsein gewesen waren.

»Ja«, sagte Camden schließlich, während er nachdenklich nickte und einen vollen Film aus der Kamera nahm, den er sofort durch einen neuen ersetzte. »Was wir hier haben, meine Freunde, das ist ein Klassiker. Ein wirklich klassischer Fall.«

»Also glauben Sie uns?« sagte Tim.

»Hören Sie, wenn Sie hier einen Schwindel fabrizieren wollten, dann hätten Sie erheblich mehr Beweise.« Camden kicherte. »Aber verdammt, Sie haben ja absolut nichts, rein gar nichts. Keine Fotos, keine Fußabdrücke, keine verbrannten Stellen, wo eine fliegende Untertasse gelandet sein könnte. Aber ich kann Ihnen sagen, was Sie zwei statt dessen auszeichnet. Sie sind *aufrichtig*. Und Sie kommen aus einem guten Stall. Das zählt bei mir.« Camden legte den neuen Film ein und sprach weiter. »Diane hier zum Beispiel – ich höre es förmlich in ihrem Kopf rattern. Mein Gott, da kommt so ein hergelaufener Kerl in einem billigen Anzug, macht Fotos und säuft sich die Hucke voll, als gäbe es kein Morgen mehr. Verdammt, denkt sie jetzt. Mein Daddy hat mich vor Versagern wie diesem hier gewarnt. Der sieht aus wie ein heruntergekommener Paparazzo. Aber jetzt hört mal zu, meine Kinder, ich bin ein guter Reporter. Und das Gebiet, auf dem ich arbeite, mag unorthodox sein, aber ich bin entschlossen, die Wahrheit herauszufinden, und eins kann ich euch sagen: Ich mag ein Arschloch sein, aber ich bin ein ehrgeiziges Arschloch.« Er grinste und schloß die hintere Klappe der Kamera. »Wenn und falls die Außerirdischen sich eines Tages entschließen sollten, offiziell zu landen, dann werde ich mit gezückter Kamera dabei sein. In der Zwischenzeit muß ich mich eben irgendwie durchschlagen. Viele Sachen, die ich ausgrabe, erweisen sich als Unfug, aber so ist das nun einmal im Leben.«

»Was kommt jetzt?« fragte Tim begeistert.

»Also, jetzt haben wir erst einmal alles aus euch herausgeholt, an das ihr euch bewußt erinnern könnt. Ich bin kein Psychologe, und deshalb lasse ich von Hypnose die Finger. Was sagten Sie noch, wann Sie den Termin haben, Tim?«

»Am Donnerstag.«

»Das könnte der entscheidende Durchbruch werden. Inzwischen möchte ich Ihnen noch ein paar Fragen stellen.«

Sie quetschten sich wieder ins Auto und machten sich auf den Weg zu Tims Wohnung. Der Rekorder lief, und Camden, der auf dem Rücksitz saß, feuerte eine Frage nach der anderen ab.

»Okay, Diane, jetzt kommt eine schwierige Frage für

Sie. Glauben Sie, daß die Tatsache, daß Everett Scarborough Ihr Vater ist, Ihre Erlebnisse irgendwie beeinflußt haben könnte?«

Diane war verblüfft. »Was meinen Sie damit?«

»Nun, Ihnen sausen seit frühester Kindheit UFOs um die Ohren – metaphorisch gesprochen, meine ich. Ich weiß genug über dieses Gebiet, um mir darüber im klaren zu sein, daß ein großer Teil von dem, was die Leute am Himmel sehen, in ihren eigenen Köpfen entsteht.«

»Wollen Sie damit sagen, daß ich Sie anlüge, Mr. Camden?« Diane wurde wütend.

»Nein. Wie ich schon andeutete, glaube ich, daß Sie mir die Wahrheit sagen.«

»So ganz unberechtigt ist die Frage nicht, Diane. Eine Art kleine Massenillusion, an der nur du und ich beteiligt waren – vielleicht hast du dir alles nur in deinem Kopf zusammengebraut und an diesem Abend ein inneres Bild nach außen projiziert«, meinte Tim.

»Tim! Wie kannst du das sagen! Du weißt doch, was uns zugestoßen ist . . . das war kein Phantasiemix, den ich mir selbst zusammengebraut habe.«

»Immer mit der Ruhe, Diane«, warf Camden ein. »Ich gehe einfach nur alle Möglichkeiten durch. Wie ich Ihnen schon sagte, bin ich ein ernsthafter UFO-Forscher.«

»Er hat recht, Diane. Denk doch mal gründlich darüber nach.«

»Ich schalte den Recorder ab. Was Sie jetzt sagen, bleibt unter uns.«

Sie dachte darüber nach, während Camden auf dem Rücksitz eine seiner Camel rauchte. Konnte es möglich sein? War sie eine Art Medium oder so, verstört aufgrund der Beziehung zu ihrem Vater, der besessen davon war, die Nichtexistenz der fliegenden Untertassen nachzuweisen? Sie wußte genau, was Camden meinte, und war jetzt über die Intelligenz des Mannes überrascht. Dieses Thema der fliegenden Untertassen und der Besucher war von einer Dimension, die weit über das hinausging, was die meisten Menschen sich darunter vorstellten. Gewiß, ihr Vater hatte nur sehr selten über psychologische Faktoren gesprochen, und die weit hergeholten philosophischen Theorien, die von entsprechenden Leuten vorgetragen wurden, betrachtete er voller Verachtung. Es kam ihm vor allem darauf an, Fehlschlüsse mit harten, nackten Tatsachen und mit Hilfe seiner Logik in der Luft zu zerreißen.

Ihr Vater. Ja, vielleicht war etwas daran.

»Ich denke, das ist eine interessante Idee, Mr. Camden«, sagte sie gelassen, und ohne sich zu ihm umzudrehen. »Mein Vater und ich haben in der Tat gewisse Meinungsverschiedenheiten. Ich glaube aber nicht, daß mich das veranlassen würde, fliegende Untertassen zu sehen und mir ein Entführungserlebnis zusammenzuphantasieren.«

»Gut. Ich will mich damit zufriedengeben, und vielen Dank, daß Sie darüber nachgedacht haben, Diane.« Camden klatschte die flache Hand auf den Rücksitz und lehnte sich bequem an. Er kicherte. »Mann, ich glaube, wir sind hier auf eine wirklich heiße Sache gestoßen. Ich habe da so ein unbestimmtes Gefühl und kann es gar nicht erwarten, die Mitschrift Ihrer Hypnosesitzung zu bekommen . . . Sie werden mich doch hineinsehen lassen, oder? Vertraulich natürlich, das versteht sich.«

»Klar«, sagte Tim. »Aber was hoffen Sie eigentlich dort zu finden?«

»Ich denke, Kinder, daß ihr tatsächlich von etwas oder von jemandem entführt worden seid. Vielleicht war es wirklich ein authentischer Kontakt mit etwas sehr Eigenartigem und Wundervollem.«

Diane sah in den Rückspiegel. Der Mann schien völlig hingerissen.

Auf dem Rückweg erklärte Camden es ihnen.

»Eigentlich ist es ganz einfach. Praktisch alle Entführungsfälle, mit denen ich bisher zu tun hatte, waren, soweit sie einigermaßen glaubwürdig schienen, mit starken paranoiden Elementen durchsetzt. Wir sprechen hier über tiefsitzende psychologische Traumata. Wer kann schon sagen, ob diese Dinge wirklich passieren? Aber wenn sie passieren, dann haben wir es mit ziemlich bescheuerten Außerirdischen zu tun.« Camden lachte in sich hinein. »Leute wie Budd Hopkins und Maximillian Schroeder kommen in der Presse immer gut an – und darüber kann ich mich nicht beschweren, denn ich lebe ja auch selbst davon. Aber wie Ihr Vater Ihnen sicher erklärt hat, sollten Außerirdische, die weit genug entwickelt sind, um Trillionen von Meilen zurückzulegen, doch eigentlich klug genug sein, um zu erkennen, daß sie es hier mit zivilisierten Wesen und nicht mit Laborratten zu tun haben.«

»Aber was ist mit den Beobachtungen, die wir bei Delphinen und in Tierparks durchführen und so weiter?« fragte Tim. »Die Tiere werden von uns markiert und beobachtet.«

»Meine Güte, Tim, fahren Delphine mit Autos herum? Bauen Bären Wolkenkratzer? Wir sind hier nicht in irgendeinem Fantasy-Roman, dies ist die reale Welt. Wenn es die Entführungserlebnisse tatsächlich schon so lange gibt, wie die Fachleute es immer wieder sagen, dann sollten die Außerirdischen doch allmählich erkennen können, daß wir ein langes Gedächtnis haben und daß die Opfer ihrer Mißhandlungen möglicherweise auf die Idee kommen könnten, es ihnen heimzuzahlen und sich zu rächen. So, wie diese armen Schweine manchmal reden, könnte ein Außerirdischer, der versehentlich in eine Konferenz von Entführungsopfern gerät, ohne weiteres gelyncht werden. Man würde ihn dort buchstäblich in der Luft zerreißen. Ich persönlich schenke den meisten Berichten keinen Glauben. Zwar verdiene ich mein Geld damit, das ist eben mein Job. Aber persönlich glaube ich nicht daran.«

»Was denken Sie denn, Mr. Camden?« fragte Diane. Sie fand seine Offenheit entwaffnend.

Camden lachte, beugte sich vor und tippte sich an die Stirn. »Ich glaube, daß die meisten dieser Idioten ganz einfach eine Schraube locker haben.«

»Aber sagten Sie nicht, Sie seien tatsächlich der Meinung, daß irgend etwas Wichtiges hinter den UFO-Berichten steckt?«

»Oh, das denke ich allerdings. Und ich möchte es wirklich herausfinden. Aber – um es mal so zu sagen – es gibt nur sehr wenige Hinweise dafür, daß wir tatsächlich von Außerirdischen von anderen Planeten besucht werden.« Er sprach leise und sehr nachdenklich weiter. »Andererseits gibt es sehr viele Hinweise darauf, daß der menschliche Geist dazu neigt, extreme – äh, Verirrungen zu produzieren.«

Diane mußte lächeln. »Mr. Camden, das klingt jetzt sehr nach meinem Vater.«

»Sie können ihm das Zitat schenken. Ich kann es in meinem Beruf leider nicht gebrauchen. Um nun auf die Frage zu kommen, warum ich Ihretwegen so aufgeregt bin: Sie hatten anscheinend ein Entführungserlebnis. Eine UFO-Sichtung, fehlende Zeit, alles ist da. Aber Sie sind normale, gut angepaßte Menschen, und bei Ihnen gab es im Vorfeld keinerlei emotionale Störungen. Mensch, das ist einzigartig! Ich hoffe wirklich, daß in Ihrem Fall ein echter Kontakt stattgefunden hat.«

Tim setzte Diane an seiner Wohnung ab. Sie war inzwischen schon fast bei ihm eingezogen und mußte sich um einige alltägliche Dinge kümmern: Rechnungen bezahlen, unter die Dusche gehen. Währenddessen wollte Tim den Reporter zum Motel 6 bringen, wo sich Camden einquartiert hatte, und dann nach Hause zurückkehren. Er und Diane hatten sich überlegt, am Abend ins Kino zu gehen, um auf andere Gedanken zu kommen. Wie sich herausstellte, wollte Camden aber nicht ins Motel, sondern vor dem nächsten Striplokal aussteigen, wo er »die äußerst positive Entwicklung der Dinge« zu feiern gedachte.

Es war Spätnachmittag, als Diane sich absetzen ließ. Sie dachte, ein kurzes Nickerchen könne nicht schaden, ließ sich auf Tims großes Bett fallen und versuchte einzuschlafen, aber ihr ging so viel im Kopf herum, daß es ihr einfach nicht möglich war, abzuschalten.

Dieser Jake Camden – vielleicht würden sie doch mit

ihm zurechtkommen. Sie fand ihn zwar nach wie vor etwas schmierig, aber ihr erster Eindruck war nicht ganz korrekt gewesen. Er schien aufrichtig bemüht, die Wahrheit herauszufinden und ihnen zu helfen.

Die Hypnosesitzung sollte am Donnerstag stattfinden. Es war ihre einzige Hoffnung, aufzudecken, was ihnen zugestoßen war. Die Hypnose war der Schlüssel, mit dem sie die verschütteten Erinnerungen ans Licht bringen konnten. Diane lag lange auf Tims Bett und überlegte, welche Erinnerungen es wohl sein mochten. Sie fühlte sich verunsichert und aus der Bahn geworfen, war aber nicht sonderlich beunruhigt. Camden hatte recht. In ihrem Fall gab es, anders als bei allen anderen Entführungsfällen, keine Angst und keine Furcht.

Gerade wollte sie sich aufraffen, um zu duschen, als das Telefon klingelte.

Es war ihr Vater.

20. Kapitel

Am College kann man keinen Abschluß im Fach UFO-Ermittlungen machen.

Es gibt keine Werbesendungen im Fernsehen und keine Anzeigen in Zeitschriften, wo den Kunden »Eine einmalige berufliche Chance auf dem aufregenden Gebiet der unidentifizierten Flugobjekte – technisches Training bei Acme« angeboten wird.

UFO-Interessierte sind meist begeisterte, unbezahlte Forscher – oder einfach nur Verrückte, die von dem Phänomen fasziniert sind und die über ihr Lieblingsthema alles in Erfahrung bringen wollen; immer auf der Suche nach der Wahrheit. Leider kam gerade auf diesem Gebiet jedoch etwas ins Spiel, das Scarborough gern als »quantenmechanischen Effekt« bezeichnete. Er bezog sich damit auf die Begeisterung der Forscher hinsichtlich ihres Forschungsgebiets und spielte auf die noch relativ neue

Erkenntnis der Physik an, daß bereits die bloße Beobachtung von Ereignissen unterhalb der Schwelle, wo Ursache und Wirkung einsetzen, den Verlauf der Ereignisse verändern kann. Anders ausgedrückt, beeinflußten die Forscher die Daten, die sie fanden, weil sie verzückt an die Möglichkeit dachten, sie könnten eines Tages reale Fahrzeuge aus dem Weltraum entdecken – ganz zu schweigen natürlich von der Möglichkeit, daß sie ihre Beobachtungen völlig falsch interpretieren.

Die einzigen echten UFO-Forscher waren diejenigen gewesen, die in den fünfziger und sechziger Jahren beim Projekt Blue Book mitgearbeitet hatten, sei es als militärische oder zivile Angestellte oder als Spezialisten, die als Berater hinzugezogen worden waren. Everett Scarborough war einer dieser Spezialisten gewesen. Seine hervorragenden astrophysikalischen Arbeiten am Massachusetts Institute of Technology wären völlig unbemerkt geblieben, wären nicht Mitte der sechziger Jahre mehrere Artikel von ihm im *Astronomy Magazine* zu den Themen »Die aerodynamische Unmöglichkeit der fliegenden Untertassen« und »Atmosphärische optische Täuschungen« erschienen. Die Artikel waren so erhellend, interessant und amüsant geschrieben, daß größere Magazine wie etwa *Reader's Digest* sie nachdruckten. Vielleicht hatte irgendein hochrangiger Beamter sie gelesen – wahrscheinlich, wie Scarborough vermutete, bei einer Sitzung auf dem Klo –, und beschlossen, den Autor für das Projekt Blue Book zu gewinnen. Das Projekt Blue Book war eine »Untersuchung« der Air Force, bei der, so schrieb Charles Corddry später in der *Baltimore Sun*, so wenig wie möglich herauskommen sollte.

Unter diesen denkbar ungünstigen Umständen nahm der ehrgeizige junge Wissenschaftler Everett Scarborough seine Arbeit auf, um sehr schnell zu entdecken, wie mangelhaft und oberflächlich die Forschungsmethoden auf dem Gebiet der UFOs waren. Einer seiner damaligen Kollegen war Dr. J. Allen Hynek, ein bekannter Astronom, der seit den fünfziger Jahren für die Air Force tätig war.

Doch Hynek und Scarborough waren nie richtig miteinander warm geworden. Nicht lange nachdem Scarborough mit seinen Forschungen begonnen hatte, wurde Hynek nach Michigan geschickt, wo er einige Sichtungen untersuchen sollte, die später auf Sumpfgas zurückgeführt wurden. Diese Aussage wurde von den Medien derart verdreht, daß der Eindruck entstand, Hynek habe gesagt, *alle* Sichtungen könnten mit Sumpfgas erklärt werden, was die UFO-Fraktion mit höhnischem Gelächter quittierte. Wütend und empört, war Hynek danach nicht mehr der alte. Nach einigen Jahren im Dienst der Air Force war er aus gutem Grund von den Ermittlungsmethoden enttäuscht, und schließlich wich seine anfängliche Skepsis dem Glauben. Später wurde er als der wichtigste wissenschaftliche Experte auf diesem Gebiet dargestellt – ein Mann, der tatsächlich daran glauben würde, daß in den UFOs außerirdische Lebensformen herumflogen. Hynek war der Mann, den Spielberg für *Unheimliche Begegnung der Dritten Art* als Berater verpflichtete.

Scarborough bemerkte Hyneks Sinneswandel sehr schnell und nahm eine kritische Haltung an. Die Nachlässigkeit der UFO-Ermittlungen der Air Force brachte ihn nicht auf die Idee, man würde etwas *verbergen*, sondern er glaubte vielmehr, daß die Verantwortlichen der Luftwaffe, hoffnungslos in albernen bürokratischen Vorschriften und Verhaltensregeln befangen, einfach kein großes Interesse an dem Thema hätten und es aus reiner Trägheit weiter verfolgten, obwohl die fünfziger Jahre, in denen es wichtig gewesen war, längst der Vergangenheit angehörten.

Auf Scarboroughs Betreiben hin wurden die Ermittlungsmethoden überarbeitet, bis sie strengsten Maßstäben genügten. Unter seiner Anleitung fertigte man zwischen 1966 und 1968 den O'Brien-Report und den Condon-Report an und veröffentlichte beide. Man sammelte harte, nackte Tatsachen, bis das Projekt Blue Book im Dezember 1969 mit der Wertung schließen konnte, es gebe keine schlüssigen Beweise dafür, daß Außerirdische mit fliegenden Untertassen über dem Land herumsausten.

Scarboroughs Untersuchungsmethoden waren ebenso einfach wie effektiv. Er orientierte sich an den Methoden verschiedener Detektive in der Literatur, nicht zuletzt an Sherlock Holmes. Ihm war völlig bewußt, daß es sich nicht um streng wissenschaftliche Untersuchungen handeln konnte, weil man in der Wissenschaft nicht nur spezifische Bedingungen zu definieren, sondern auch auf die Wiederholbarkeit von Experimenten zu achten hatte. Berichte über UFO-Sichtungen waren aber aufgrund widersprüchlicher Angaben der beteiligten Menschen für gewöhnlich so verworren, daß man sie als erstes zerlegen und Stück für Stück überprüfen mußte. Zu diesem Zweck wurden *alle* verfügbaren Informationen hinzugezogen. Bei Feldforschungen interviewte Scarborough meist alle Menschen, die mit dem Objekt konfrontiert worden waren, und zusätzlich einige Nachbarn, die nichts beobachtet hatten. Er besorgte sich präzise meteorologische Daten für die Zeit der Sichtung und, falls vorhanden, die Logbücher von Radarstationen für das betreffende Gebiet. Er suchte das Gelände nach Energiequellen, nach Starkstromleitungen und ähnlichen Störfaktoren ab. Er machte sich mit den geologischen und geographischen Bedingungen der Gegend vertraut. Fotos wurden mit wissenschaftlichen Methoden gründlich untersucht. Von sogenannten »Landestellen« entnahm man Bodenproben. Scarborough sagte allen Beteiligten, wenn dort wirklich eine fliegende Untertasse gelandet sei oder wenn Außerirdische sich hätten blicken lassen, dann sei *er* derjenige, der als erster den Beweis dafür erbringen wollte. Natürlich gelang ihm das nicht – ganz im Gegenteil.

Die UFOs entpuppten sich in der Regel als Privatflugzeuge, die das Licht auf eigenartige Weise reflektiert hatten, es waren Wetterballons, die Venus, ein heller Stern, ein Hof der Sonne oder des Mondes, eine ungewöhnliche Wolkenformation, fliegende Spinnweben, ungewöhnliche Wetterbedingungen, bei denen sich in Eiskristallen am Himmel das Licht brach – und manchmal war es sogar »Plasma«, ein elektrisches Phänomen, das einer von Scarboroughs respektierten Kollegen, Philip Klass, auf die Nähe von Starkstromleitungen oder Kraftwerken zurückführte.

Scarboroughs Sorgfalt war der Grund dafür, daß er im Jahre 1968 zusammen mit Captain Eric MacKenzie zu einer Farm im Johnson County in Iowa gefahren war. Der Fall schien auf den ersten Blick recht einfach gelagert: Ein silbriges Luftfahrzeug sei von einem Farmer am Himmel beobachtet worden. Wer, dachte Scarborough, als er jetzt die Akten über den Fall durchsah, hätte damals schon wissen können, daß er heute, nach mehr als zwanzig Jahren, noch einmal damit zu tun haben würde?

»Charles Higsdon«, murmelte Scarborough, während er mit einem Stift auf ein Blatt tippte. Das Notizbuch, das er bei Feldforschungen für seine Aufzeichnungen benutzte, lag griffbereit neben ihm auf dem Tisch. Er blickte von dem Stoß Papier auf und sah zu Mac hinüber, der mit einem gelben Textmarker wichtige Stellen im Buch der Air Force anstrich. »Ich kann mich nur vage an ihn erinnern. Ein junger Mann, Familienvater. Die Kinder haben die fliegende Untertasse nicht gesehen, auch die Frau hat nichts beobachtet. Er war am Abend noch draußen, um ein Feld zu pflügen, und die Sichtung ereignete sich in der Dämmerung. Seine Frau gab zu Protokoll, daß danach im Haus Probleme mit der Stromversorgung aufgetreten seien. Mehrere Leute aus der Nachbarschaft sahen etwas Seltsames über den Himmel rasen. Aber das war auch schon alles. Eine ganz einfache Ermittlung, ein unkomplizierter Fall.«

Mac gab ihm das Buch und deutete mit der Spitze des Textmarkers auf die Sätze, die er unterstrichen hatte. »Und jetzt schau her. Hier ist von grünen und roten Lichtern die Rede. In unserem Bericht werden aber rote und blaue Lichter erwähnt.«

»Ja, das ist offensichtlich ein Fehler.«

»Weiter ... nach dem Blue Book ist das Objekt gelandet. In unseren Akten über die Sichtung steht nichts von einer Landung.«

Scarborough zuckte die Schultern. »Selbst wenn das Objekt einen Looping um eine Saatkrähe gedreht hätte, wir mußten damals einräumen, daß nicht genügend Beweismaterial zur Verfügung stand.«

Mac drängte weiter. »Es gibt noch weitere anscheinend unbedeutende Abweichungen. Die meisten spielten sicher keine große Rolle, aber ich wurde neugierig und habe daraufhin auch andere Berichte überprüft. In sämtlichen Berichten im Blue Book gibt es eine Homogenität, die ich sehr seltsam finde, wenn man bedenkt, wie viele verschiedene Berater und Ermittler eingesetzt wurden. In den sechziger Jahren hatte man für die Nachforschungen teilweise ganze Abteilungen von Universitäten rekrutiert, und dennoch sind alle Berichte einander ähnlich. Wir können die anderen Berichte heute wohl nicht mehr überprüfen, aber wir haben unsere eigenen Unterlagen. Und wir wissen, daß unsere Berichte manipuliert worden sind.«

Scarborough nickte. »Das ist beunruhigend. Andererseits wissen wir zwei genau, wie nachlässig man damals vorgegangen ist. Die Reinschriften wurden von karrieregeilen Bürokraten der Air Force angefertigt, die wahrscheinlich bei der Zeitschrift *Stars and Stripes* rausgeflogen waren und sich nun damit beschäftigen mußten, Anleitungen für das Graben von Latrinen zu formulieren.«

»Die Manuskripte sind noch verfügbar, wenn du bereit bist, zu einem Luftwaffenstützpunkt nach Alabama zu fahren und die Sachen durchzusehen. Wahrscheinlich werde ich das sogar irgendwann mal machen. Aber ich weiß jetzt schon, was ich dort finden werde. Bereinigte, standardisierte Berichte. *Veränderte Berichte.*«

»Das ist gut möglich, aber wie ich schon sagte, welche Rolle spielen die Farben der Positionslichter eigentlich?«

»Nehmen wir mal an, du willst etwas verbergen. Wie gehst du vor? Ich sage es dir – du tarnst es. Da alle Leoparden Flecken haben, identifizierst du einen Löwen nicht, der genauso gefärbt ist. Eine oder zwei wirklich verblüffende UFO-Sichtungen scheinen viel alltäglicher, wenn sie unter zahlreichen anderen versteckt werden, die sich leicht als Schwindeleien oder optische Täuschungen erklären lassen.«

»Warte mal, Mac. Du sagst damit, daß die Air Force Berichte über UFO-Sichtungen erfunden und *absichtlich* Details in Berichten über echte Sichtungen manipuliert hat, um die Bedeutung dieser echten Sichtungen zu verfremden.« Scarborough schüttelte den Kopf.

»Das alles hier scheint mir eine deutliche Sprache zu sprechen, Ev.«

»Ja, und das einzige Wort dieser Sprache heißt *Paranoia.*«

Mac ignorierte den Seitenhieb. »Hier ist noch etwas, und das können wir leicht überprüfen, ob wir nun mit Charles Higsdon selbst reden oder nicht. Schau dir mal die Adresse seiner Farm im Bericht an.«

»2319 Hillcrest Street«, las Scarborough.

»Und jetzt sieh dir an, was wir notiert haben.«

Die Adresse in den Notizen lautete: 1352 Ludlow Road.

Scarborough grübelte eine Weile darüber. »Okay, vielleicht wollte Higsdon einfach nicht, daß seine richtige Adresse gedruckt wird.«

»Das ist schwach, Ev. Sehr schwach. Wenn so viele Eier geklaut werden, ist es Zeit, nach dem Fuchs zu suchen, findest du nicht auch? Okay, vielleicht hast du ja mit allem recht, was du sagst, aber ich meine, wir sollten ins Johnson County fahren und nachschauen, ob Higsdon noch dort wohnt. Wenn er da ist, reden wir mit ihm. Ist doch ganz harmlos, oder?«

»Ja, das ist es wohl«, entgegnete Scarborough, der noch nicht recht überzeugt war.

»Braver Junge!« Mac stand auf und klopfte seinem Freund auf die Schulter. »So, ich gehe jetzt runter und hole uns ein paar Flaschen Bier. Dann können wir uns den Bericht noch einmal etwas gründlicher vornehmen, und ich werde mir einiges dazu einfallen lassen. Du wirst eine ganze Wagenladung Theorien zu hören bekommen.«

»Das kann ich mir lebhaft vorstellen.«

Sie arbeiteten den ganzen Nachmittag über, tranken Bier und gingen Notizen und Ideen durch. Der alte Mac hatte eine ausgesprochen lebhafte Phantasie, das mußte Scarborough zugeben. Vielleicht sollten sie wirklich zu der Farm hinausfahren. Sie würden feststellen, daß alles in Ordnung war, und dann konnte Mac sich endlich beruhigen und wieder das tun, was er am besten konnte: Romane schreiben.

»Nun denn«, meinte Mac, während er glücklich die Bücher zuklappte und die Akten einsortierte, »wann willst du die Sache mit Diane erledigen?«

»Ich denke, ich sollte sie mal anrufen, was?« Scarborough war etwas benommen vom Bier.

»Genau. Sag ihr, daß du sie besuchen kommst, sobald du mit dem alten Trottel in Iowa fertig bist.« Mac hob die Hände und maß mit Daumen und Zeigefingern die Größe der Leuchtreklame ab, die er sich vorstellte: »Doc Scarborough, der UFO-Exorzist.«

Scarborough kicherte. »Ich werde was Stärkeres als Grolsch brauchen, um das hinunterzuspülen, Mac.«

Mac grinste. »Genau. Direkt aus dem Land meiner Ahnen.«

»Oh, ich wußte doch schon immer, daß du ein großer Ahner bist.«

Mac blinzelte und machte sich auf, den Scotch zu holen.

Scarborough nahm sein Adreßbuch aus der Aktentasche und schlug Dianes Nummer nach. Er wählte, aber sie meldete sich nicht. Inzwischen war Mac mit einer halbvollen Flasche Dewars zurückgekehrt. Scarborough legte den Hörer auf.

»So, das war's dann wohl. Sie ist nicht da.«

Mac schenkte mehrere Fingerbreit Scotch in ein nicht ganz sauberes Junggesellenglas und gab es seinem Freund. »Hör mir auf mit diesem Mist, Ev. Hat sie nicht einen Freund?«

»Yeah. Er heißt Tim.« Scarborough spuckte den Namen fast aus. Es war nicht zu übersehen, daß er den jungen Mann nicht mochte.

»Also, dann versuchst du jetzt Tims Nummer. Wahrscheinlich ist sie bei ihm und bügelt ihm die Wäsche oder so.«

Scarborough blätterte sein Adreßbuch durch. Diane hatte ihm Tim Reillys Nummer gegeben, sobald klar wurde, daß ihre Beziehung keine Eintagsfliege war. Scarborough hatte das für ein subtiles Manöver gehalten, das ihm weh tun sollte. Wahrscheinlich hatte sie ihm zu verstehen geben wollen, daß sie längst mit Tim zusammenlebte.

Er wählte die Nummer in Kansas City, und beim dritten Klingeln meldete sich eine Frauenstimme.

»Diane, hier ist dein reumütiger Vater«, sagte er und griff rasch nach einem Scotch, aber die Kröte, die er schlucken mußte, ließ sich nicht so einfach hinunterspülen.

»Dad«, sagte sie aufgeregt. »Hallo! Das ist aber schön, daß du dich meldest. Und du rufst sogar bei Tim an, das hast du ja noch nie gemacht.«

»Stimmt. Ich hätte eigentlich schon längst anrufen sollen. Es tut mir leid, daß mir der Kragen geplatzt ist. Wir sind schon zwei komische Vögel, was?«

»Wo bist du, Dad?«

»Ich besuche den Einsiedler in Iowa, Diane. Er hat mich auf eine Jagd nach Wildgänsen mitgeschleppt. Sobald ich seine Gans erlegt habe, komme ich zu dir und erschieße deine.«

Es gab ein kurzes Schweigen am anderen Ende. Dann sagte sie: »Heißt das, du kommst hier herunter und stellst Nachforschungen an?«

»Ja. Das ist doch in Ordnung, oder?«

»Natürlich ist das in Ordnung, Dad. Das ist wundervoll. Es ist nur ... nun ja, doch! Komm herunter, sobald du kannst.«

»Was ist los, Diane? Gibt's was Besonderes?«

»Oh, nein ... wir wollen nur herausfinden, was passiert ist, Dad – Tim und ich. Es bringt ja nichts, einfach nur herumzusitzen ...«

»Du bist so schnell abgereist, ich habe mir Sorgen um dich gemacht.«

»Du weißt doch, daß ich immer auf die Füße falle.«

»Ja, du bist wie eine Katze ... als du noch klein warst, hast du dich sogar für eine Katze gehalten.«

»Ja, und jetzt weiß ich ganz sicher, daß ich eine bin. Wie geht's Onkel Mac?«

»Oh, dem geht es gut.«

Mac hatte erfaßt, daß sie über ihn sprachen und rief: »Hallo, Diane!«

»Ich glaube, der Kerl hat mir den Kopf zurechtgerückt. Ich bin hier oben, um im Johnson County ein paar Nachforschungen anzustellen. Mac glaubt, daß im Zusammenhang mit den UFOs einige finstere Dinge vor sich gehen.«

»Wirklich? Wie aufregend.«

»Danach will ich dann zu dir kommen und dich besuchen, Diane. Wir fahren morgen ins Johnson County, aber Mac meint, er könnte mich am Donnerstag begleiten. Dadurch bekommst du zwei UFO-Forscher zum Preis von einem.«

»Oh, das wäre wundervoll, Dad. Ich habe tagsüber einen Termin, aber wenn ihr gegen Abend kommt, dann werde ich vorher aufräumen.«

»Das wäre schön, Liebes. Willst du jetzt noch mit Mac sprechen und ihm den Weg beschreiben? Ich ...«

Plötzlich entstand bei ihr eine gewisse Unruhe. Scarborough hörte, wie eine Tür geöffnet wurde, dann vernahm er Schritte und Geräusche, und Diane sagte mit gedämpfter Stimme: »Scht! Ich telefoniere gerade.«

»He«, sagte eine weit entfernte Stimme. »Doch wohl nicht mit Ihrem brillanten Vater? Sagen Sie ihm, daß er eine wundervolle, reizende Tochter hat.«

Scarborough fühlte sich, als hätte man ihm eine Eisenbahnschiene mitten in den Solarplexus gerammt. Er erkannte die Stimme, die gelegentlich bei den Vokalen etwas quietschte und die Konsonanten verschliff. Er hatte die Stimme im Fernsehen gehört und am Telefon mit ihrem Besitzer gesprochen. Einmal hatte er sogar mit diesem Mann an einer Sendung teilgenommen, die zu einem Schreiwettkampf ausgeartet war. Am Ende hatten die UFO-Anhänger und ihre Gegner einander mit roten Gesichtern gegenübergestanden. Und er hatte die Stimme in »Entertainment Tonight« gehört, wo sie erklärt hatte, daß ein gewisser UFO-Debunker in einem gewissen schmierigen Film keine Anspielung auf Dr. Everett Scarborough darstellte.

Es war Jake Camden.

»Tut mir leid, Dad«, sagte Diane ein wenig steif. »Tim und ein Freund sind gerade gekommen. Ich muß jetzt weg, aber ich werde später noch einmal anrufen und dir den Weg beschreiben. Dad? Bist du noch da?«

Scarborough quetschte etwas heraus, obwohl er sehr verletzt war. »Diane«, sagte er, »Diane, das war doch Jake Camden ... er ist bei dir!«

Es gab ein langes, peinliches Schweigen. »Äh, ja ... das stimmt. Er wollte unsere Geschichte hören, und er hilft uns bei den Nachforschungen. Aber wir brauchen dich trotzdem, und ...«

Scarborough war den Tränen nahe, und er wußte, daß die einzige Art, dieses Gefühls Herr zu werden, darin bestand, seinem Zorn freien Lauf zu lassen. »Verdammt noch mal, Diane! Verdammt, wie konntest du mir das antun?«

»Dad, Dad! Wir brauchten doch jemanden. Und mach dir keine Sorgen, Dad, es ist alles vertraulich.«

»Diane, du und dein nichtsnutziger Freund, ihr teilt euch ein Gehirn in der Größe einer Erdnuß. Camden ist ungefähr so vertrauenswürdig wie eine Schlange.«

»Dad, laß uns bitte nicht darüber streiten. Geschehen ist geschehen. Komm zu uns herunter, dann können wir darüber reden.« Dianes Stimme wurde hart und abweisend.

Im Hintergrund ließ sich eine Männerstimme vernehmen. »Meine Güte, ist der aber empfindlich.«

»Tim!«

»Diane, wir telefonieren am Donnerstag. Vielleicht ist es doch keine so gute Idee, dich zu besuchen.«

»Dad, ich . . .«

Scarborough knallte den Hörer auf die Gabel. Er sah Mac an, der ihn verblüfft anstarrte.

»Mac«, sagte er, »wenn mir jemals ein Außerirdischer über den Weg läuft, dann kann er sich auf was gefaßt machen.«

21. Kapitel

Keiner von ihnen hatte Lust, früh aufzustehen, und so brachen die beiden Freunde erst relativ spät, gegen zehn Uhr am nächsten Morgen, zum Johnson County auf.

Der gekochte Schinken, die Rühreier und die Kekse gluckerten zusammen mit Macs lebensgefährlichem Kaffee in Scarboroughs Magen herum, und er fühlte sich im ganzen ein wenig flau. Eine Thermoskanne Kaffee stand zwischen ihnen, aber Scarborough übersah sie geflissentlich. Er hielt den Blick auf die Straße gerichtet oder sah höchstens hin und wieder einmal in der Karte nach.

Ganz gegen seine sonstigen Gewohnheiten war auch Mac ausgesprochen wortkarg. Er kannte seinen Freund gut genug, um den Zusammenstoß mit Diane nicht zur Sprache zu bringen. Scarborough wiederum vermutete, daß Mac einigermaßen entsetzt darüber war, daß Jake Camden in Kansas City mit von der Partie sein würde.

Es war keine Frage, worauf Camden hinauswollte. Eine riesige Schlagzeile, die lautete: »Tochter des Debunkers flirtet mit UFO-Piloten« oder etwas in dieser Art. Einen schmierigen Kerl wie Camden hinzuzuziehen, das war so ziemlich das Dümmste, was Diane je gemacht hatte, und sie hatte eine Menge Dummheiten gemacht.

Trotzdem war es ein bezaubernd schöner Frühlingstag: Leichte Kumuluswolken sprenkelten den reinen blauen Himmel und die saftigen Felder Iowas umgaben sie grün und golden, hier und dort mit bunten Blumen durchsetzt. Durchs offene Fenster roch Scarborough den jungen Mais, den Weizen und das Geißblatt in der sanften Luft, und natürlich jede Menge Dung. Als sie gegen ein Uhr nachmittags vom Highway abbogen, fühlte Scarborough sich etwas besser.

Der detaillierten Karte entnahmen sie den richtigen Weg zu einer Kleinstadt namens Tipville, und von dort aus ging es weiter ins Land. Der Ort Ludlow bestand aus nur zwei parallelen Viehpfaden, eingerahmt von Unterholz und Wald. Ungefähr zehn Kilometer weiter sahen die Felder völlig vernachlässigt aus, als würden sie schon lange brach liegen.

»Da ist es«, sagte Mac, und deutete auf einen windschiefen Postkasten, auf dem die Adresse stand. »Erinnerst du dich?«

»An den Stacheldraht kann ich mich ganz bestimmt nicht erinnern«, erwiderte Scarborough. Ein Zaun aus rostigem, böse aussehendem Stacheldraht erstreckte sich in beide Richtungen und umschloß wahrscheinlich das gesamte Land, das zur Farm gehörte. Durch eine Baumgruppe schlängelte sich eine schmale Straße zum Farmhaus und verschwand hinter einer Hügelkuppe. Direkt vor ihnen befand sich ein Tor mit einem Schild, auf das jemand linkisch mit Hand geschrieben hatte: »Zutritt verboten.« Das Tor war mit einer Metallkette gesichert und mit einem Vorhängeschloß versperrt.

Mac betrachtete einen Moment das Tor, dann wandte er sich an Scarborough. »Ich habe hinten im Wagen einen Werkzeugkasten.«

Scarborough mußte zum erstenmal an diesem Tag lächeln. »Nachdem wir so lange gefahren sind, lassen wir uns nicht von so einem Spielzeug aufhalten, was?«

»Wir werden Mr. Higsdon dafür entschädigen«, sagte Mac, der schon mit einer Metallsäge zurückkam.

Er machte kurzen Prozeß mit dem Vorhängeschloß, und nicht lange danach rumpelte der Bronco den Hügel hinauf. Von der Hügelkuppe aus konnte Scarborough das Farmhaus, zwei Scheunen und mehrere Schuppen überblicken. Der Komplex war mindestens einen Kilometer entfernt.

»Das sieht größer aus, als ich es in Erinnerung habe«, sagte Scarborough und kratzte sich am Kopf.

Mac nahm das Fernglas vom Armaturenbrett. »Allerdings, und dort scheint sich nicht viel zu rühren. Keine Tiere, rein gar nichts. Neben dem Farmhaus steht ein alter VW-Bus, mehr sehe ich nicht. Ich glaube, wir sollten da mal anklopfen, was?«

»Deshalb sind wir hergekommen.«

Das Fehlen von Tieren und von jeglicher Aktivität im eingezäunten Bereich ist gespenstisch, dachte Scarborough, als Mac den Bronco hinter den VW-Bus lenkte. Nirgends waren die typischen Geräusche eines Bauernhofs zu hören, und auch die üblichen Gerüche fehlten. Keine Hühner gackerten und scharrten, es roch nicht nach Heu und nicht nach Schweinemist. Ein einsamer Traktor, der neben einem Silo stand, war das einzige, das überhaupt daran erinnerte, daß sie sich auf einer Farm befanden. Wären die Gebäude nicht so gut in Schuß gewesen – sie sahen aus, als wären sie vor nicht allzu langer Zeit gestrichen worden –, dann hätte man glauben können, daß die Farm völlig verlassen sei.

Sie stiegen aus und gingen zur Vordertür des Farmhauses. Mac öffnete die Fliegentür und klopfte fest an die Holztür dahinter. Das Klopfen hallte gespenstisch durch das offensichtlich menschenleere Haus. Mac klopfte noch einmal, aber niemand antwortete ihm.

Er rüttelte an der Tür, die jedoch von innen mit einem Riegel versperrt schien. Mit der Kreditkarte konnte er sie jedenfalls nicht öffnen. Dann ging er zu den Fenstern in den Seitenwänden und versuchte, durch die Fensterläden zu spähen, aber das Innere des Hauses lag in völliger Dunkelheit.

»Laß uns mal eine der Scheunen probieren«, sagte Mac und winkte Scarborough zum nächstgelegenen gedrungenen Gebäude mit blauen Seitenwänden und roten Dachschindeln. »Vielleicht arbeitet dort jemand.«

Auf dem Weg zur Scheune bemerkten sie etwas, das für eine Farm recht ungewöhnlich war. Vor der Scheune befand sich ein Basketballplatz. Aber die Ringe hatten keine Netze, und der Asphalt war nicht mit weißen Linien markiert.

»Schau dir mal diese Spuren hier an«, sagte Mac und deutet auf lange Kratzer im Asphalt. »Solche Spuren habe ich in Vietnam gesehen. Das sieht aus, als wären hier Hubschrauber gelandet.«

»Und?« Scarborough fand die Entdeckung nicht besonders aufregend. »Hubschrauber werden zum Sprühen eingesetzt.«

»Yeah.« Mac winkte ihm. An der Scheune blieb er stehen und versuchte, die Tür zu öffnen. Sie war nicht verschlossen. Mac drehte den Knopf herum und trat ein. »He, Ev! Das mußt du dir ansehen.«

Scarborough rechnete mit Heu, einem mit Maschendraht abgeteilten Verschlag für Hühner und einem großen Raum, in dem es nach Tieren und verdorrten Pflanzen roch. Doch als er die Tür aufstieß, sah er etwas wie den Empfangsbereich eines Büros mit Linoleumboden und schmucklosen Wänden aus Fertigbauteilen.

»Das ist aber seltsam«, meinte Scarborough. »Laß uns mal nachschauen, was es hier sonst noch gibt.«

Sie öffneten die gegenüberliegende Tür und standen in einem Flur, der zu einer Reihe größerer Räume führte. Dort waren Werkbänke und Teile elektrischer Geräte zu sehen. Das Ungewöhnlichste an den Räumen waren jedoch die zahlreichen Starkstromsteckdosen und die niedrig hängenden Gruppen von Leuchtstoffröhren. Es sah aus wie in einer Fabrik.

Scarborough schüttelte den Kopf. »Wenn ich mich nicht sehr irre, wurden diese Räume als eine Art Labor benutzt.«

»Yeah, das denke ich auch. Was meinst du – war das eine Versuchsstation für die Zucht von Nutztieren? Sieht nicht aus, als würde der alte Charlie Higsdon noch hier leben, was?«

»Vielleicht hätten wir vorher anrufen sollen«, sagte Scarborough unsicher.

»Ach was«, meinte Mac. Er kratzte sich nachdenklich am Kopf. »Ich habe da so eine Ahnung, Ev. Diese Anlage hier hat etwas zu bedeuten.«

»Yeah, aber was?«

»Das werden wir sicher herausfinden, wenn . . .«

Plötzlich krachte draußen ein Schuß, und sie hörten das Heulen eines Querschlägers. »Machen Sie, daß Sie hier verschwinden!« rief jemand. »Sie haben hier nichts zu suchen!«

»He, warten Sie mal, Sie haben den Falschen erwischt«, antwortete eine zweite Stimme.

»Sie sind hier, und das ist Hausfriedensbruch. Ich könnte Sie jetzt ohne weiteres erschießen. Also, verschwinden Sie, sonst mache ich das wirklich.«

Scarborough und MacKenzie rannten hinaus, um zu sehen, was dort vor sich ging.

Hinter dem Bronco war ein Lincoln Continental geparkt. Neben dem Wagen stand ein ungepflegter Mann, der eine schlappe Golfmütze und ein Hawaiihemd trug. »Ich bin kein Einbrecher. Aber die Leute in dem Geländewagen . . .«

Das Gewehr krachte. Der Mann mit der Golfmütze verzog das Gesicht, rannte zum blauen Lincoln, öffnete eine Tür und benutzte sie als Schutzschild. »Können wir nicht darüber reden? Ich helfe Ihnen, diese Kerle der Polizei zu übergeben, und dafür beantworten Sie mir ein paar Fragen.«

Der Mann mit dem Gewehr schwankte leicht hin und her, und das Gewehr irrte manchmal vom Ziel ab. Er sah aus, als wäre er nach einer langen, durchzechten Nacht gerade erst aus dem Bett gestiegen. Sein Flanellhemd war verknittert, die verblichenen Jeans fleckig. Er feuerte wieder, und die Kugel schlug durch die Windschutzscheibe des Lincoln; rund um das Einschußloch breiteten sich Spinnweben aus.

»Verdammter Mist, das ist ein Mietwagen, Mann! Ich habe keine Versicherung abgeschlossen.«

»Pech für Sie. Los jetzt.«

Mac gab Scarborough mit einem Blick zu verstehen, was er vorhatte. Er schlich an der Scheunenwand entlang und näherte sich dem Mann mit dem Gewehr von hinten. Scarborough folgte ihm, jederzeit bereit, in Dekkung zu gehen. Doch irgendwie fand er die gewalttätige Szene, die sich vor seinen Augen abspielte, auch faszinierend. Jetzt erkannte er den Mann mit der Golfmütze, den leicht eingefallenen Wangen, den abstehenden Ohren und der Hakennase.

Es war niemand anders als Jake Camden.

Scarborough wünschte beinahe, der Mann mit dem Gewehr würde die kleine Ratte erschießen. Wie, zum Teufel, war Camden hierher gekommen?

Camden schien so außer sich vor Angst, daß er die beiden Männer, die sich seinem Gegner von hinten näherten, überhaupt nicht bemerkte. Mit einem Fluch sprang er in den Lincoln und startete den Motor. Der nächste Schuß riß den Außenspiegel ab. »Scheiße!« schrie Camden. »Hören Sie doch auf!«

Der Mann mit dem Gewehr kicherte und hob wieder die Waffe. Doch inzwischen war Mac nahe genug herangekommen. Er sprang den Mann, der kleiner war als er, von hinten an und drückte ihn mit seinen zweihundert Pfund Gewicht zu Boden. Das Gewehr rutschte klappernd über den Kies.

»Was, zum ...«, setzte der Mann an. Die beiden rollten kämpfend auf dem Boden herum.

»Nimm das Gewehr!« bellte Mac, offensichtlich überrascht, daß der andere überhaupt Widerstand leistete. Scarborough wich den beiden in großem Bogen aus und hob das Gewehr auf. Es war eine alte Winchester. Neben ihm flogen immer noch die Fäuste, Scarborough hörte einen Schlag, jemand stöhnte, und dann war der Mann im Flanellhemd bewußtlos.

Mac stand auf. »Wahrscheinlich haben wir jetzt das Gesetz gebrochen, aber ich mag es nicht, wenn Trottel wie dieser hier in der Gegend herumballern.« Er rümpfte die Nase. »Mann, der stinkt, als würde er die Klamotten niemals ausziehen und nur mit billigem Whisky duschen.«

Der Motor des Lincoln war inzwischen wieder abgestellt worden, und Camden sprang lächelnd aus dem Auto. »He, Mann, vielen Dank auch, Leute. Der Kerl ist ja *irre.* Nur gut, daß ich ihn abgelenkt habe.« Er kam herangetrabt und streckte eine Hand aus. »Doc Scarborough, ich freue mich, Sie zu sehen. Wir haben eine Menge zu bereden. Ich habe Sie in Iowa City knapp verpaßt, deshalb bin ich Ihnen hieraus gefolgt. Mann, was ist eigentlich los?«

Scarborough starrte die angebotene Hand an, ohne einzuschlagen.

»Wer ist das, Ev? Er scheint dich zu kennen.«

»Das ist Camden. Diane muß ihm deine Adresse gegeben haben«, sagte Scarborough müde.

»Wirklich eine großartige junge Frau«, unterbrach Camden. »Ich sagte ihr, daß alles ins Lot kommen würde, sobald ich mit Ihnen gesprochen habe. Sie ist fix und fertig, weil Sie so böse auf sie sind, Doc. Und deshalb hatte ich etwas Zeit, und da dachte ich, fahre am besten hier herauf und renke alles wieder ein.«

»Sie wollten sehen, was ich recherchiere, Camden. Natürlich sind Sie nur hinter einer Geschichte her.«

»Ja, und? Wenn sich hier etwas auftut, warum sollte ich es nicht mitnehmen?« Er ging zu MacKenzie und bot jetzt ihm die Hand. »Und Sie müssen der große Schriftsteller Eric MacKenzie sein. Nun ja, drei Autoren – wir müssen zusammenhalten.« Mac starrte den Reporter böse an, der die Hand sofort sinken ließ. »Was ist hier eigentlich los? Diane sagte, Sie wollten einen alten Fall aus dem Blue Book überprüfen. Was hat das zu bedeuten? Sie können mir vertrauen.«

»Ungefähr so weit, wie Mac Sie werfen kann. Mac, probier doch mal aus, wie weit unser Vertrauen reicht.«

Camden wich zurück und hob beschwichtigend die Hände. »Warten Sie mal, warten Sie. Spüre ich da nicht eine gewisse Feindseligkeit? Ja, eindeutig. Nun kann ich zwar verstehen, daß Doc Scarborough nicht sehr gut auf mich zu sprechen ist, aber ich bin doch gekommen, um das wieder in Ordnung zu bringen – und mit Ihnen, Captain MacKenzie, habe ich doch überhaupt keinen Streit. Außerdem verfüge ich möglicherweise über einige Informationen, die Ihnen bei Ihrer Untersuchung helfen könnten.« Er sah sich um, als wollte er sich vergewissern, daß niemand ihn belauschte. Dann beugte er sich verschwörerisch vor. »Yeah. Ich habe nämlich auch selbst ein wenig recherchiert, und ich kann Ihren ein paar höchst seltsame Geschichten erzählen.«

Mac wandte sich an Scarborough. »Ich überlasse es dir, Ev. Aber sag mir Bescheid, wenn ich . . .«, er nahm die Winchester und legte sie an. »Wenn du meinst, daß er hier verschwinden soll.«

»Aber, aber, immer mit der Ruhe, meine Herren«, sagte Camden, immer noch lächelnd. »Ich bin sicher, daß der Doc hier genau weiß, daß er so einiges erfahren kann, wenn ich in der Nähc blcibc. Außerdem denke ich, er hat es lieber, wenn ich über verstaubte alte Fälle aus dem Blue Book berichte als über die Tatsache, daß seine Tochter von einem UFO entführt wurde.«

»Sie mieses Stück Dreck«, sagte Mac und hob das Gewehr. »Verschwinden Sie.«

»Nicht, daß ich auch Ihren Namen erwähnen würde, Captain«, entgegnete Camden ungerührt.

»Laß ihn bleiben«, sagte Scarborough. »Wir haben sowieso schon Ärger am Hals, weil wir einen Bürger zusammengeschlagen haben und in sein Anwesen eingedrungen sind. Meinem Gefühl nach könnte unser Mr. Camden durchaus in der Lage sein, uns in dieser eigenartigen Situation zu helfen, falls wir Schwierigkeiten mit dem Gesetz bekommen sollten.«

»Genau, Doc! Ich kenne alle Tricks.«

»Das glaube ich aufs Wort.« Er drehte sich um und sah, daß die Vordertür des Farmhauses jetzt offen stand. »Los, wir wollen unseren bewußtlosen Gastgeber ins Haus bringen und sehen, daß er wieder zu sich kommt. Vielleicht ist er ohne sein Gewehr eher bereit, unsere Fragen zu beantworten.«

Das Bauernhaus war bis auf einen einzigen Raum völlig leergeräumt. Nur im hinteren Teil war ein Zimmer wohnlich eingerichtet. Hier lebte der Mann mit dem Gewehr zwischen spartanischen Möbeln, schlief auf einer Matratze, die auf dem nackten Boden lag und ernährte sich offensichtlich von Old Grandad-Whisky. Der Mülleimer war voller leerer Flaschen.

Auf einem Tisch lagen alte Zeitschriften und Zeitungen, zwischen ihnen stand ein maroder Schwarzweißfernseher. Mac hob den Bewußtlosen vor dem Tisch auf einen Stuhl, dann schenkte er etwas Old Grandad in einen Metallbecher, den er in der Spüle fand, und spritzte dem Mann Leitungswasser in das stoppelbärtige, fahle Gesicht.

Hustend kam er zu sich. Mac kippte ihm etwas Whiky in den Mund, und der Mann beruhigte sich sofort.

»Es tut mir leid, daß wir Sie so grob anfassen mußten, Mister«, sagte Mac. Er gab sich liebenswürdig und dennoch befehlsgewohnt. »Wir wollten verhindern, daß Sie jemanden umbringen.«

Der Mann blinzelte und sah zwischen Scarborough und Camden hin und her. Dann richtete er den Blick wieder auf MacKenzie. »Wer, zum Teufel, sind Sie? Was tun Sie hier?«

»Nun, wir sind eigentlich keine Einbrecher, Mister. Es tut uns leid, daß wir Sie überhaupt gestört haben. Wir möchten Sie nur bitten, uns ein paar Fragen zu beantworten, und wenn Sie das getan haben, verschwinden wir sofort wieder.« Er zog ein paar Zwanzigdollarnoten aus der Hosentasche und legte sie auf den Eßtisch. »Wir hoffen, daß Ihnen das als Entschädigung reicht.«

Der Mann starrte mit versoffenen Augen das Geld an.

»Ich heiße übrigens Mac, das dort ist Ev, und der da ist Jake. Wie ist Ihr Name?«

Der Mann zuckte die Schultern. »Clyde. Clyde Evans.

Ich bin hier der Hausmeister, aber ich habe wohl nicht aufgepaßt. Ich soll Eindringlinge fernhalten.«

»Nun ja, es gibt ja keinen Grund dafür, daß irgend jemand außer uns je erfahren muß, daß wir überhaupt hier waren, nicht wahr?« Mac legte einen weiteren Zwanziger auf den Tisch.

Clyde Evans leckte sich die rissigen Lippen. »Nein, das stimmt wohl.«

»Gut«, sagte Scarborough, der jetzt die Befragung übernahm. Er schlug seinen freundlichsten, überzeugendsten Tonfall an. »Mr. Evans, haben Sie schon einmal von einem gewissen Charles Higsdon gehört?«

»Nein.«

»Er hat vor ungefähr zwanzig Jahren auf dieser Farm hier gewohnt. Wir haben ihn damals besucht und ihm geholfen. Man könnte sage, er hatte ein Problem.«

»Yeah! Fliegende Untertassen haben die Schweine nervös gemacht«, warf Camden grinsend ein.

Evans grunzte. »Fliegende Untertassen? Habt ihr etwas damit zu tun?«

»In gewisser Weise schon«, sagte Scarborough. »Es handelt sich nur um eine Routineuntersuchung, Clyde. Sie sagten, Sie seien hier der Hausmeister. Wer bezahlt Sie dafür?«

»Ein Anwalt in der Stadt. Brookings.«

»Gehört ihm das Land?«

»Was weiß ich. Und fliegende Untertassen habe ich auch keine gesehen.«

»Wie lange arbeiten Sie schon hier?«

»Ein paar Jahre werden es schon sein.«

»War das Haus denn immer so . . . so verlassen?«

»Ja.«

»Clyde, haben Sie eine Ahnung, welchem Zweck die Scheunen dienen? Wir haben es uns angesehen. Es sind keine normalen Scheunen.«

Clyde wurde plötzlich abweisend. Er nahm den Metallbecher und kippte den Rest Whisky in einem Zug. »Wenn ich das wüßte. Vielleicht sollten Sie jetzt wirklich lieber gehen. Und halten Sie den Mund, denn ich verliere meinen Job, wenn ...«

»Wenn was?«

»Nichts. Gehen Sie jetzt.«

»Natürlich, Clyde«, sagte Scarborough. »Vielen Dank für Ihre Hilfe, und entschuldigen Sie die Störung.«

»Oh, übrigens«, sagte Mac auf dem Weg nach draußen, »die Kette am Tor ist kaputt. Vielleicht sollten Sie sie ersetzen.«

Als Scarborough sich noch einmal umdrehte, sah er, wie Clyde Evans sich die Zwanzigdollarnoten in die Brusttasche seines rotkarierten Hemds stopfte.

»Wir lassen Ihr Gewehr am Tor zurück, okay?«

Evans grunzte. Scarborough hatte den Eindruck, daß der Mann sehr beunruhigt und sogar verängstigt wirkte.

»Und was jetzt?« sagte Mac draußen. »Sollen wir mit diesem Brookings sprechen?«

»Sie machen wohl Witze! Mit einem *Anwalt*?« Camden kicherte verächtlich. »Aus einem Anwalt bekommen Sie nichts heraus. Also, Leute, was ist hier los?«

Scarborough sah den Mann verwirrt an. Camden schien ehrlich neugierig, und seine Frage klang nach mehr als rein beruflichem Interesse. Er zuckte die Schultern. »Ich glaube, es wird sowieso nichts weiter herauskommen. Wir können es Ihnen wohl sagen, weil wir uns eigentlich keine großen Sorgen machen müssen, daß Sie uns hintergehen. Wir wollen hier nur die Wahrheit herausfinden.«

Mac nickte. »So ist es. Yeah, vielleicht können Sie uns wirklich helfen, Camden. Aber lassen Sie uns nicht hier herumstehen wie auf dem Präsentierteller. Vielleicht hat Clyde noch eine zweite Winchester. Ich habe auf dem Highway, etwas außerhalb der Stadt, ein Café gesehen. Hungry Joe's hieß es. Wir sollten dort etwas essen, und beim Essen können wir Ihnen alles erzählen.«

Camden grinste. »Yeah, gut! Ich bin am Verhungern. Wenn auf einen geschossen wird – das ist harte Arbeit.«

Scarborough schüttelte den Kopf. »Und vielleicht können Sie uns dann auch verraten, was Sie mit meiner Tochter in Kansas zu schaffen haben.«

»Das werde ich tun, Doc«, sagte Camden. Er schien ungeheuer von sich eingenommen, und Scarborough spürte, wie sich sein Haß erneut aufbaute. Er hatte nicht übel Lust, dem Mann einen Kinnhaken zu verpassen, beherrschte sich aber.

Nein, dachte er. Jetzt nicht. Vielleicht später. Inzwischen konnte ihnen der widerliche Schmierfinger möglicherweise wirklich helfen, und sie konnten weiß Gott jede Art von Hilfe gebrauchen.

»O Mann, o Mann«, sagte Camden, den Mund voll Putenfilet. »Diese Woche habe ich aber wirklich Glück. Das ist ja eine irre Story, Mac. Und der Doc . . . die Tatsache, daß Sie zwei hier persönlich erscheinen, spricht Bände. Bände! Ich halte wirklich viel von Ihren Fähigkeiten, Kumpel.« Camden drohte seinem ufologischen Gegner mit einer fettigen Gabel. »Vielleicht ist Ihnen das gar nicht bewußt, aber ich habe Sie immer respektiert.«

Mac hob eine Augenbraue, Scarborough zuckte nur mit den Schultern. Er konnte es nicht abstreiten, diese zerknautschte Parodie von einem Reporter hatte einen gewissen schmierigen Charme. Ungefähr so wie ein nicht mehr ganz frischer Blauschimmelkäse.

»Danke, Mr. Camden. Es tut mir leid, ich habe Sie nie besonders respektiert.«

Camden entblößte lachend eine Fuhre halb gekautes Putenfleisch. »Doktor Scarborough, Sie sind wirklich zu bescheiden. Aber es macht ja gar nichts, wenn wir auf verschiedenen Seiten des Flusses arbeiten. Ich möchte wetten, daß es nicht viele Menschen auf der Welt gibt, die so gut wissen wie ich, was in Ihrem brillanten Kopf vor sich geht.« Camden schob den Teller weg und lehnte sich bequem an. »Außerdem, wenn Leute wie ich Ihnen nicht die Tontauben hochwerfen würden, dann hätten Sie nichts zum Abschießen.«

MacKenzie lachte. »Da hat er nicht ganz unrecht.«

Scarborough sah seinen Freund an. Auf welcher Seite stehst du eigentlich? sollte der Blick bedeuten.

»Wie auch immer, wir alle können durch dieses kleine Abenteuer gewinnen. Ich bekomme eine Geschichte, und Sie finden die Wahrheit, nach der Sie suchen. Wie ich schon sagte, können wir uns gegenseitig helfen.« Er senkte die Stimme. »Wenn Sie mich fragen, dann haben wir es hier mit einer typischen Vertuschungsaktion zu tun. Doc, Mac, Sie zwei waren ja beim Projekt Blue Book dabei. Das war doch damals nur ein Schwindel, um das zu verschleiern, was die Air Force *wirklich* gemacht hat.« Er rutschte vom blaukarierten Plastiksitz in ihrer Nische herunter. »Entschuldigen Sie mich bitte einen Augenblick, ich muß mal 'ne Stange Wasser wegstellen.«

Das Joe's hatte offensichtlich schon bessere Tage gesehen, aber es gab dort immer noch einen anständigen Happen für Reisende. Nach den stromlinienförmigen Formen aus Chrom und Neon zu urteilen, dachte Scarborough, schien es Ende der vierziger oder Anfang der fünfziger Jahre eingerichtet worden zu sein. Als er über dem Rest seines Sandwichs mit Speck, Salat und Tomate meditierte und sich überlegte, ob er einen zweiten Eistee bestellen sollte, tippte Mac ihm auf die Schulter.

»Was ist los, mein Freund? Gestern hast du wegen dieses Kerls noch mit den Zähnen geknirscht, und heute tun wir dicke mit ihm?«

Scarborough nickte. »Das ist wirklich etwas seltsam, aber es ist logisch.«

»Oh, Verzeihung, Mr. Spock.«

»Nein, wirklich, Mac. Denk doch mal darüber nach. Ich würde ihm wirklich gerne eine verpassen. Aber was würde dann passieren? Im günstigsten Fall würde man mich wegen der Tätlichkeit verhaften. Im schlimmsten Fall würde er in seinem Käseblatt darüber schreiben und die ganze Geschichte über Diane und ihr UFO ausspukken. Das weißt du ganz genau. Und wenn wir ihn abschütteln, dann kann ihn nichts davon abhalten, uns zu folgen und auch ohne unser Einverständnis herauszufinden, was wir entdecken. Ist er aber bei uns, kann er uns tatsächlich helfen, und so seltsam es klingen mag, vielleicht ist er vorübergehend wirklich so etwas wie ein Verbündeter.«

»Wie du willst, Ev. Ich habe keine Probleme mit dem Kerl.«

Scarborough lächelte verschlagen. »Außerdem gewinne ich auf diese Weise etwas Zeit, mir eine besonders schreckliche, grausame Todesart für den schmierigen Schweinehund zu überlegen.«

Mac schluckte zuerst, als er aber sah, daß Scarborough nur gescherzt hatte, wieherte er.

Camden kam zurück. »Schade, hier gibt's keine Cocktails«, sagte er niedergeschlagen.

»Also, was jetzt? Sollen wir in der Registratur des County nachsehen?« fragte Mac.

»Teufel, nein«, widersprach Camden. »Woher wissen wir, daß die Aufzeichnungen nicht manipuliert worden sind? Wir wollen zwei Dinge wissen: Erstens, was ist mit diesem Charlie Higsdon passiert? Und zweitens, wem gehört die Farm jetzt? Und wenn ein Anwalt im Spiel ist, dann können Sie davon ausgehen, daß da etwas faul ist. Deshalb spricht einiges dafür, daß wir nicht in der Registratur des County, sondern woanders nachsehen sollten.«

»Oh, und wo, bitte, könnte das sein, Mr. Camden?« fragte Scarborough sarkastisch.

»Bei der Lokalzeitung natürlich«, sagte Camden. »Wo denn sonst?«

Der *Tipville Chronicle* erschien wöchentlich. Das Büro im Zentrum des Ortes sah aus wie eine Kulisse aus einem alten Film nach einem Roman von Sinclair Lewis.

Der ungefähr vierzigjährige Mann mit der Nickelbrille, der sich als Chefredakteur entpuppte, betrachtete die Fremden voller Mißtrauen, bis Camden ihm seinen Presseausweis zeigte und etwas in der Art zum Besten gab, daß man unter Kollegen doch zusammenhalten müsse.

»Wir wollen nur mal einen Blick in Ihr Archiv werfen, Mr. Hawkins. Ich bin einer interessanten Geschichte über eine Farm auf der Spur, die ein Stück westlich vom Ort liegt, und wir brauchen etwas Hintergrundmaterial.«

Der Journalist zuckte die Schultern und räumte ein, seine Zeitung diene natürlich der Öffentlichkeit, und Camden und seine Gefährten kämen wohl als »Öffentlichkeit« in Betracht. Er führte sie in einen staubigen Keller voller staubiger Ablageschränke und warnte sie, daß die Zeitung seit siebzig Jahren existierte und viele Ausgaben vorzuweisen hätte.

»Das ist schon in Ordnung«, sagte Camden. »Wenn ich in einem Zeitungsarchiv wühlen darf, dann fühle ich mich richtig wohl, Mr. Hawkins. Um Ihnen zu zeigen, wie dankbar wir Ihnen sind, werden meine Begleiter hier eine ansehnliche Summe für eine wohltätige Einrichtung Ihrer Wahl spenden.«

Ein Lächeln breitete sich über Hawkins' verkniffenes Gesicht aus. »Also, Leute, das wäre dann wohl meine Zeitung.«

Fünfzig Dollar wechselten den Besitzer.

»Ich verstehe das nicht ganz«, sagte Scarborough. »Sollen wir jetzt alle Ausgaben des *Tipville Chronicle* durchsehen?«

»Doc, das hier ist ein kleiner Ort. Zeitungen in kleinen Orten können problemlos ein Archiv über praktisch *alles* führen, was im Ort passiert. Lassen Sie mich mal sehen – wie hieß noch die Straße, an der die Farm liegt?«

Die Geschwindigkeit, mit der Camden den richtigen Aktenschrank fand, bewies seine Übung. Eine Staubwolke stieg auf, als er die Schublade öffnete, aber er fand rasch den entsprechenden Ordner. »Nur gut, daß das Zeug nicht auf Mikrofilm ist«, sagte er. »Mit Mikrofilm stelle ich mich immer ziemlich ungeschickt an. Im Licht einer altmodischen Lampe blätterte er einen dicken Ordner durch. »Dann wollen wir mal sehen, was wir hier haben.«

Camden überflog die Ausschnitte, zog die richtigen

heraus und fand zusätzlich einige getippte Papiere, die voller Informationen waren. Er gluckste und summte fröhlich, als er sie fand. Schließlich wurde MacKenzie ungeduldig.

»Nun, was ist?« fragte. »Haben Sie was gefunden?«

»Meine Herren, Sie haben doch sicher schon einmal von den Förderprogrammen der Regierung gehört, die zur Regulierung der Landwirtschaft dienen. Vor allem das Landwirtschaftsministerium hat diese Programme aufgelegt. In den fünfziger Jahren hat nun eine bestimmte Regierungsbehörde erheblich mehr getan, als nur ein paar Dollar dafür zu zahlen, daß Farmer keinen Mais mehr anbauen oder daß sie ihre Sojaproduktion nicht steigern. Die Behörde hat mehrere Farmen aufgekauft, die stillgelegt werden sollten. Eine davon war die Farm, auf der wir heute waren.«

Scarborough erschrak. »Soll das heißen, daß die Farm dort der Regierung gehört?«

»Seit den fünfziger Jahren, meine Herren. Ganz genau. Ihr Freund Higsdon hat nach den Informationen hier sogar für die Regierung gearbeitet. Er und seine Familie sind vor ungefähr fünfzehn Jahren nach South Dakota gezogen.«

»Haben Sie auch Informationen gefunden, was die Regierung danach mit der Farm getan hat?«

Camden winkte mit den entsprechenden Ausschnitten. »Offiziell heißt es, das Landwirtschaftsministerium hätte Experimente mit dem Ackerboden durchgeführt, aber 1980 haben sich viele Leute darüber aufgeregt, daß dort ständig Hubschrauber herumgeflogen sind, die ziemlich viel Krach machten. Sie haben eine Bürgerinitiative gegründet, die sich aber sehr schnell wieder aufgelöst hat.«

»Abgefunden«, flüsterte Mac.

»Das vermute ich auch.«

»Die Labors kamen mir aber nicht so vor, als hätten sie etwas mit Bodenuntersuchungen zu tun«, wandte Scarborough ein.

Camden hatte einen speziellen Vorsatz vor seine Kamera geschraubt und rückte die Ausschnitte im Licht hin und her, um sie zu fotografieren. »Meine Herren, es ist was faul in River City . . . oberfaul sogar.«

Er drehte sich um und knipste wie besessen.

22. Kapitel

Spät am Abend setzte der Hubschrauber auf und wirbelte Staub hoch. Er landete sauber zwischen den netzlosen Basketballringen.

Du hättest sie nicht rufen sollen, sagte der Mann zu sich selbst. Du hättest einfach den Mund halten und dir einen hinter die Binde kippen sollen. Aber er wußte genau, daß sie es früher oder später sowieso erfahren hätten.

Wenn es früher geschah, würde man vielleicht noch Gnade vor Recht ergehen lassen.

Erfuhren sie es später, dann wäre er ein toter Mann.

Clyde Evans sah nervös zu, wie die Regierungsagenten in grauen Anzügen und mit grauen Schlipsen aus dem Hubschrauber stiegen. Er war überrascht, daß zuletzt auch eine Frau ausstieg, die einen weißen Laborkittel trug. Aber er wunderte sich überhaupt nicht, daß der Mann, der die Gruppe anführte, der Leiter der gesamten Operation war. Brian Richards.

Der Mann kam auf ihn zu. Seine Mantelschöße flatterten im Luftzug der Rotoren. »Evans«, sagte Richards, »das Wichtigste ist: Was haben Sie gesehen?«

Evans, der dringend einen Drink gebraucht hätte, schluckte trocken. »Ich bin nicht ganz sicher. Zwei von ihnen haben sich da hinten umgesehen – die sind hinter mich geschlichen, als ich den dritten verscheuchen wollte.«

»Okay. Was haben Sie den Eindringlingen erzählt?«

»Daß ich hier der Hausmeister bin, natürlich. Und daß mich ein Anwalt in Tipville bezahlt.«

»Beschreiben Sie die Eindringlinge.«

Evans beschrieb sie, und Richards nickte.

»Wie konnte Ihnen überhaupt entgehen, daß die Leute eingedrungen sind?«

»Ich, äh, ich habe geschlafen . . .«

»Hat der Alarm Sie nicht geweckt? Haben die versteckten Überwachungskameras nichts angezeigt?«

»Hören Sie, es tut mir leid, ja? Ich habe es doch gemeldet, oder?« Evans zog das Geld, das sie ihm gegeben hatten, aus der Hemdtasche. »Sie haben mir das Gewehr abgenommen und mich damit bedroht. Dann wollten sie mich bestechen.«

Richards nahm das Geld, untersuchte es und warf es Evans ins Gesicht. »Mann, als Sie bei der CIA geflogen sind, habe ich Sie von der Straße aufgelesen und Ihnen einen Job besorgt.« Er packte Evans am Kragen.

Ein Agent trat kopfschüttelnd zu ihnen. »Mann, hier stinkt es vielleicht nach Schnaps.«

»Ich dachte, wir hätten Ihnen diese unschöne Angewohnheit ausgetrieben«, meinte Richards.

»Ach, es ist so schrecklich *langweilig* hier. Ich dachte, es kann doch nicht schaden, wenn ich mir hin und wieder mal einen genehmige.«

Richard stieß ihn verächtlich von sich. »Ich fürchte, wir müssen Sie von Ihren Aufgaben hier entbinden, Evans. Wir haben keinen Bedarf an drittklassigen Hausmeistern.«

»Ja, Sir.«

»Steigen Sie in den Hubschrauber. Ihre Sachen schicken wir Ihnen nach. Sie werden in einer geschlossenen Einrichtung trockengelegt, und dann überlegen wir uns, wie wir weiter mit Ihnen verfahren werden.«

Evans ließ die Schultern hängen. »Ja, Sir.«

Ein weiterer Agent gesellte sich zu ihnen. Er blinkte mit der Taschenlampe. »Es sieht so aus, als wäre jemand in die Scheunen eingedrungen.«

»Verdammt!« fluchte Richards. »Und ausgerechnet Scarborough. Der verdammte Sherlock Scarborough! Verdammt!«

Die Frau kam zu ihm. »Machen Sie sich keine Sorgen. Da ist alles ziemlich gründlich ausgeräumt worden.«

»Ja, aber es sieht da drinnen nicht gerade nach einem Bauernhof aus. Es ist ziemlich offensichtlich, daß die Gebäude nie als Scheunen benutzt wurden.«

Evans wollte zum Hubschrauber schlurfen. »Warten Sie, Evans«, sagte die Frau im Laborkittel. Sie zog Richards zur Seite und sprach flüsternd mit ihm.

Evans konnte nichts verstehen, und er wollte es auch nicht verstehen. Er lümmelte im Schatten herum. Ihm war hundeelend. Ihn trockenlegen – da würde er wieder das Delirium tremens bekommen. Schon den Gedanken daran konnte er nicht aushalten, und so verdrängte er die ganze Angelegenheit einfach. Vielleicht konnte er sich wieder ins Haus schleichen, während die beiden redeten. Eine Flasche mitgehen lassen. Nur noch einen Drink ... einen für unterwegs. Seine Hände begannen schon zu zittern.

Plötzlich bemerkte er, daß Richards ihn mit einem seltsamen Gesichtsausdruck beobachtete. Richards – der verdammte Oberheini, so hatten ihn die Agenten früher immer genannt. Jetzt begann er ein wenig zu lächeln. »Ja, das ist eine gute Idee«, sagte Richards zu der Frau, die Evans nicht kannte. »Glauben Sie denn, es könnte ihm helfen?«

»Zweifellos«, sagte die Frau. »Ich habe ihn auf andere Medikamente gesetzt, und er scheint sich etwas gefangen zu haben. Aber er braucht jetzt eine Art Ventil.«

Richards nickte. Er drehte sich um und rief etwas zum Hubschrauber hinüber, dessen Rotor inzwischen fast zum Stillstand gekommen war. »Mr. Justine, kommen Sie bitte mal zu uns?«

Ein Mann mit kurzen Haaren in einem ähnlich schlichten grauen Anzug wie die der anderen stieg aus und kam etwas unsicher zu ihnen. »Ja, Sir?«

»Wie fühlen Sie sich, Mr. Justine?«

»Viel besser, Sir.«

Richards lächelte die Frau an. »Das gefällt mir. Bekommt er jetzt eine ›Sir‹-Droge? Natürlich ist das nicht ganz sein üblicher Stil. Vielleicht brauchen Sie mal einen langen Urlaub, Justine. Wie wäre es, wenn wir Sie vorübergehend in den Ruhestand versetzen?«

»Verdammter Mist, ich bin völlig okay, Richards, Sie gemeiner Hund.« Der kurzhaarige Mann, den Richards als Justine angesprochen hatte, war offensichtlich nicht einverstanden.

»Das gefällt mir, das ist die richtige Einstellung.« Richards ging zu Evans und legte ihm eine Hand auf den Rücken. »Wir sind doch alle eine große Familie, nicht wahr, Mr. Evans?«

»Ja, Sir.«

»Gut. Ich mache so was nicht gerne, Mr. Evans, aber wir brauchen Sie einfach nicht mehr. Ich will Ihnen was sagen: Wir vergessen einfach die goldene Uhr als Abschiedsgeschenk. Statt dessen bekommen Sie einen Vorsprung von dreißig Sekunden, bevor Mr. Justine Ihnen folgt. Oh, Mr. Justine ist übrigens unser Fachmann für Personalabbau.« Richards trat zur Seite. »Machen Sie's gut, Evans. Sie haben eine halbe Minute – von jetzt an.«

»Was . . .« Angst und Verwirrung lähmten Evans.

»Achtundzwanzig Sekunden, Evans.« Richards wandte sich an Justine. »Mr. Justine, ich hoffe, Sie sind der Situation gewachsen?«

Justines Gesicht war kalt wie Stein. »Klar doch.«

»Mein Gott!« sagte Evans, und es klang wie ein echtes Gebet. »Das können Sie doch nicht *machen*! Wir arbeiten doch für die Regierung, wir gehorchen dem Gesetz, wir haben Rechte! Wir sind doch keine Barbaren!«

»Nun ja, Gemeinnutz geht vor Eigennutz, wie man so sagt. Irgend jemand muß nun einmal entscheiden, was für die Allgemeinheit das Beste ist. Und das Beste für die Nation ist, fürchte ich, Sie von der Bildfläche verschwinden zu lassen. Fünfzehn Sekunden.«

Evans drehte sich um und rannte los. Er überlegte nicht, was er tat und wohin er wollte, er rannte nur so schnell wie möglich weg. Der Puls hämmerte in seinen Ohren, und die Luft strich kühl über sein schweißnasses Gesicht.

Er sah den Zaun vor sich, dann das offene Tor. Wenn er an diesem Tor vorbeikommen konnte, dachte er, dann hatte er vielleicht noch eine Chance.

Er war nur noch wenige Meter vom Zaun entfernt, als er vom Strahl einer Taschenlampe erfaßt wurde. Aufschreiend wich er dem Licht aus und rannte weiter zum Tor. Der Strahl erfaßte ihn wieder. Etwas Hartes und Spitzes schlug in seine Schulter. Den Knall des Schusses hörte er erst danach. Er wurde in den dicht gespannten Stacheldraht geworfen, und die scharfen, rostigen Dornen hakten sich in sein Gesicht und seine Brust, bohrten sich in die Kleidung und hielten ihn wie angenagelt fest. Gekreuzigt und wimmernd hing er im Stacheldraht.

»Sie werden vergessen, was Sie gesehen haben«, sagte der Mann namens Justine, der ihn inzwischen eingeholt hatte. »Sie werden die UFOs vergessen, oder Sie müssen dafür büßen.«

Was redet der Kerl bloß? »Sicher doch.« Evans spuckte aus. »Aber laßt mich gehen, laßt mich in Frieden! Ich werde auch nichts über diesen Ort hier sagen ... und nichts über UFOs!« fügte er hastig hinzu.

Schritte. Evans spürte, daß der Mann jetzt sehr nahe war. »Hören Sie auf damit!« schrie Evans gequält. »Was ist denn nur los mit Ihnen, Justine? Sie sind ja nicht bei Trost!«

Es gab ein kurzes Schweigen, und einen Moment lang dachte Evans, der Mann würde ihn vielleicht wirklich aus dem Draht befreien und ihm sagen, daß dies eine neue Form der Bestrafung wäre, daß man ihn einsperren, trokkenlegen und auf einen neuen Posten versetzen würde.

Aber dann fetzten die Kugeln durch seinen Kopf und seine Brust, und Evans starb zuckend im Stacheldraht.

Als Justine zurückkehrte, lächelte er zufrieden in sich hinein.

»Geht es Ihnen jetzt besser?« fragte Richards.

»Viel besser.«

»Okay. Setzen Sie sich in den Hubschrauber und warten Sie dort auf uns. Entspannen Sie sich. Ich sage den anderen beiden Agenten, daß sie sich um die Leiche kümmern sollen.«

»Yeah – Richards.«

»Das ist ganz der alte Woodrow Justine, den wir kennen und lieben.« Richards sah dem Profikiller nach, der mit geschmeidigen Bewegungen in den Hubschrauber stieg. Dann nahm er Julia Cunningham am Arm und führte sie zum Farmhaus. »Nur ein Wort, Julia«, sagte er, drehte sich dabei um und sah, wie Jenkins und Marshall bereits Evans' Leiche zu einer Scheune trugen. Als er annahm, daß sie außer Hörweite waren, fuhr er fort: »Okay, er scheint einsatzbereit zu sein. Aber ich fürchte, wir werden in der nächsten Zeit sehr viel von ihm verlangen müssen. Meinen Sie nicht, ich sollte besser einen anderen Agenten hinzuziehen?«

Julia Cunningham sah ihn kalt an. Ihr markantes Gesicht blieb unbewegt, doch die Augen durchbohrten ihn. »Wie ich Ihnen bereits sagte, hat Mr. Justine heute abend gut gearbeitet. Er wird, wenn es in Zukunft nötig sein sollte, jederzeit einsatzfähig sein. Er ist der beste, den wir haben.«

»Ich weiß nicht, Julia. Er schien mir sehr nervös.«

»Justine ist meine Schöpfung, Mr. Richards«, sagte die Frau eisig. »Wenn ich nicht wäre, dann säße er jetzt als geistesgestörter Krimineller im Gefängnis.«

»Und diese Geschichte über die Männer in Schwarz? Mein Gott, dieses Gerede über karmische Vergeltung?« Eine Motte flatterte gegen die Laterne, die die hintere Veranda erhellte.

»Mr. Justine hatte ein traumatisches Erlebnis. Abgesehen von der Tatsache, daß die Neuabstimmung seiner Medikamente überfällig war, hat ihn das Erlebnis in Takoma Park nachteilig beeinflußt. Sie hätten ihn sofort zu mir schicken müssen. Wie es jetzt aussieht, haben wir es nur seiner Intelligenz und seinem Überlebenswillen zu verdanken, daß er sich von selbst ins Flugzeug gesetzt hat und sofort nach Iowa gekommen ist.«

»Sie haben meine Frage nicht beantwortet. Diese Geschichte mit den Männern in Schwarz – Sie meinen, er hätte das bei diesem verrückten Klinghoffer aufgeschnappt, der ihm eine Ladung Wasser injizierte?«

»Es sieht ganz danach aus, nicht wahr? Sie haben doch den Abschlußbericht über Klinghoffer gelesen, oder?«

»Ich bin sehr beschäftigt.«

»Der Mann war von den UFO-Geschichten förmlich besessen. Ich finde, Sie hätten diesen Schluß auch schon nach dem Mordanschlag auf Scarborough ziehen können. Er hat sich ja selbst ganz schwarz gekleidet.«

»Ich halte nichts von diesem Unfug.« Das zierliche Insekt ließ von der Lampe ab und flatterte zum Betonboden herunter. Richards zertrat es und verschmierte die Motte wie einen Kreidestrich auf dem Boden.

Dr. Cunningham wandte den Blick ab. »Und der Mann fuhr offensichtlich einen alten Pontiac. Einen *schwarzen* Pontiac. Woodrow Justine hat nicht nur eine Injektion mit Wasser bekommen – er war äußerst starken *Suggestivwirkungen* ausgesetzt. Wir haben es hier mit mächtigen Archetypen zu tun. Es kommt vor, daß sich ein Chemiker mit der Säure verätzt, mit der er umgeht.«

Richard schüttelte den Kopf und lehnte sich an die Wand des Gebäudes. Er zog eine Packung Zigaretten aus der Tasche und bot Dr. Cunningham eine an. Sie starrte die Zigaretten an, als hätte Richards Exkremente in der Hand.

»Ach ja, richtig. Sie rauchen nicht. Ich rauche auch nicht mehr viel. Nur ab und zu mal.« Er zuckte die Schultern und zündete sich eine Zigarette an, achtete aber darauf, den Rauch nicht in ihre Richtung zu blasen. »Also, ich bin der Leiter dieser Operation, Cunningham. Ich mache meinen Job, und ich mache ihn gut. Inzwischen weiß ich ziemlich genau über UFOs Bescheid, und was ich weiß«, er kicherte sarkastisch, »ist erheblich mehr, als mir eigentlich lieb wäre. Aber Unfug wie diesen ignoriere ich im allgemeinen.«

»Das sollten Sie aber nicht tun. Es ist ein Teil des Komplexes. Das Phänomen der Men in Black ist ein kaum bekannter, aber dennoch signifikanter Nebeneffekt des UFO-Mythos.« Wie eine Lehrerin, die sich um ein störrisches Kind bemüht, sprach sie klar und ernst. »Manchmal werden Zeugen, die unidentifizierte Flugobjekte beobachtet haben, kurz nach der Sichtung von schwarz gekleideten Männern aufgesucht, die behaupten, von der CIA, vom FBI oder von einer anderen Regierungsbehörde zu kommen. Sie warnen die Betreffenden, über ihre Erlebnisse Stillschweigen zu bewahren, und oft drohen sie ihnen auch. Diese Männer benehmen sich meist absonderlich und ungeschickt, oft haben sie dunkle Haut und asiatische Gesichtszüge. Sie scheinen mit der amerikanischen Sprache nicht besonders vertraut oder reden manchmal übermäßig präzise, als wäre es für sie eine Fremdsprache. Diese Gestalten belästigen die Opfer nur, und setzten nicht in die Tat um, was sie androhen. All dies bringt die Theoretiker zu der Annahme, daß es sich bei ihnen um reine Phantasieprodukte handelt.«

»Männer in Schwarz? Wie Satan oder Dämon oder so etwas – nur moderner.«

»Genau, Mr. Richards. Und deshalb sind sie für den Mythos wichtig. Das kollektive Unbewußte mag heute Düsenflugzeuge und Sportautos einbeziehen, aber es hat immer noch seine dunklen Schattengestalten. Nur daß die Darsteller heute Trenchcoats tragen.« Sie lächelte ihn humorlos an. »Ist doch seltsam, daß es oft CIA-Agenten sind, was?«

»Ich mache nur meine Arbeit, und ich mache sie gut, Miss Cunningham. Genau wie Sie. Und wir bekommen beide unsere Belohnungen dafür. Ich bin nicht in der Stimmung, mich mit Verleumdungen zu beschäftigen. Natürlich kann ich nicht für Sie sprechen, aber *ich* diene einer Sache, an die ich glaube, und ich tue es für mein Land.« Er sah sie trotzig an und blies ihr den Qualm seiner Zigarette ins Gesicht.

Sie hustete. »Sie brauchen mir nicht Ihren Patriotismus zu demonstrieren. Ich halte doch die gleiche Flagge hoch.

Lassen Sie uns wieder zum Thema kommen. Justine. Die Geschichten haben zweifellos einen gewissen Eindruck auf ihn gemacht, und zwar auf einer unterbewußten Ebene. Aber ich habe mit ihm gesprochen und seine Medikamentierung neu eingestellt. Er ist jetzt wieder unter Kontrolle, das kann ich Ihnen garantieren. Dafür kann ich mit meinem guten Ruf einstehen.«

Richards grunzte. »Gut. Ich werde das nicht vergessen.« Er sah sich um. »Es ist möglich, daß wir diese Anlage in Zukunft noch einmal brauchen. Wir müssen Scarboroughs Untersuchung irgendwie eingrenzen, aber ohne ihn dabei zu verletzen und ohne irgend etwas durchsikkern zu lassen. Das wird schwierig.«

»Es war von Anfang an ein schwieriges Unternehmen.«

»Ja, aber wir haben Fehler gemacht. Da ist zum Beispiel dieser MacKenzie – wir wußten nicht, daß er Originale seiner Berichte für das Projekt Blue Book zurückgehalten hat. Auf diese Weise konnte er die Adresse finden.«

»Jedenfalls sollten wir uns glücklich schätzen, daß sie uns nicht auf frischer Tat ertappt haben.«

»Allerdings. Aber was ist mit den anderen Adressen in den Akten des Mannes? Um Scarboroughs Unterlagen haben wir uns schon vor Jahren gekümmert. Jetzt müssen wir auch noch MacKenzie ausschalten, bevor die beiden auf anderen Stützpunkten auftauchen.«

»Die beiden hatten schon unglaubliches Glück, daß sie dieses hier gefunden haben. Außerdem ist das einer der Gründe dafür, daß wir ihn vorübergehend stillgelegt haben. Die Sicherheit war nicht mehr gewährleistet.«

»Ich weiß nicht, Julia. Scarborough ist kein Dummkopf. Er ist hartnäckig, und er schien die Scheuklappen zu lieben, die wir ihm in all den Jahren aufgesetzt hatten. Aber anscheinend sind sie jetzt abgenutzt. Wenn es nach mir ginge, würde ich ihn einfach erledigen lassen. Die Publisher allerdings . . .«

»Die Publisher wissen, was sie tun, Mr. Richards. Wir sind nur einfache Editoren und dürfen uns an der Kreativität erfreuen, die wir in unserem Beruf zum Ausdruck bringen können.« Sie lächelte. »Wobei wir zwei natürlich etwas besser bezahlt werden als viele andere Editoren.«

Die zwei Agenten kamen aus der Scheune zu ihnen zurück.

»Ihr bleibt hier«, befahl Richards. »Morgen werdet ihr abgelöst, und bis dahin muß die Leiche entsprechend behandelt worden sein.«

»Ja, Sir«, sagten sie gleichzeitig.

»Oh, und schafft den Whiksy weg, und zwar nach Möglichkeit, ohne ihn selbst zu trinken.«

Sie lächelten. »Ja, Sir. Wir haben unsere Lektion hier gelernt«, fügte einer hinzu.

Die Agenten gingen ins Farmhaus, und Richards und Cunningham drehten sich um und kehrten zum wartenden Hubschrauber zurück.

»Ich kann Scarborough nicht ausschalten, aber für die Leute in seiner Umgebung wird die Jagdsaison eröffnet, wenn es nötig sein sollte. Dazu brauchen wir Justine. Er ist meine erste Wahl.«

»Sie können auf ihn zählen, Mr. Richards.«

»Gut. Wenn wir zurück sind, werden wir im Pentagon anrufen.« Er duckte sich unter den langsam kreisenden Rotoren, obwohl diese viel höher waren als sein Kopf. »Wir brauchen MacKenzies Adresse. Oder, genauer gesagt, Woodrow Justine wird sie brauchen.«

23. Kapitel

Am nächsten Morgen um acht Uhr dreißig klopfte es an der Tür. Scarborough hörte es als erster, weil das Gästezimmer der Vordertür am nächsten lag. Er war früh zu Bett gegangen, aber Mac war noch wach geblieben und hatte geschrieben. Scarborough dachte daran, daß sein Freund sich die Ruhe verdient hatte und stand deshalb auf, um die Tür zu öffnen.

»Ja?« sagte er gähnend, als er die Eichentür aufzog.

»Captain MacKenzie?«

Vor ihm stand eine Frau, gekleidet in eine blitzsaubere blaue Uniform der Air Force. Sie hatte das Haar zu einem Knoten zusammengebunden und unter die Kappe gestopft. Die Brille mit dem dicken schwarzen Rahmen ließ ihre Augen etwas größer erscheinen.

»Oh, nein. Der schläft noch. Ich bin Dr. Everett Scarborough.«

»Ausgezeichnet. Ich bin Lieutenant Marsha Manning. Sie sind der Mann, dem ich zugeteilt wurde.« Sie gab ihm die Hand. »Guten Morgen, Doktor. Ich freue mich darauf, mit Ihnen zu arbeiten.«

Scarborough schüttelte automatisch die schlanke Hand der Frau. »Ich kann mich gar nicht daran erinnern, die Air Force um Unterstützung gebeten zu haben.«

»Das haben Sie auch nicht. Colonel Dolan hat mich abgeordnet. Darf ich hereinkommen?«

»Oh, natürlich, Lieutenant. Bitte entschuldigen Sie den Zustand des Hauses, ganz zu schweigen von meinem eigenen Zustand.« Scarborough wickelte den alten Morgenrock enger um seinen Schlafanzug.

Der strenge Mund der Frau zuckte leicht, aber sie unterdrückte das Lächeln sofort wieder und musterte das Wohnzimmer. »Das Hauptquartier der Junggesellen dieses Landes, nicht wahr, Dr. Scarborough? Keine Sorge, ich hatte schon öfter mit Junggesellen zu tun.«

»Oh, eine Frau von Welt. Wie wäre es mit einem Kaffee, Lieutenant? Dann könnten wir Colonel Dolan anrufen und fragen, was das überhaupt soll.«

Die Frau nickte und setzte sich an den Eßzimmertisch, während Scarborough den Kaffee suchte.

»Ich möchte die Zeit nutzen und Ihnen erklären, welche Ausbildung ich genossen habe, Doktor Scarborough«, begann sie geschäftsmäßig. »Dank eines Stipendiums konnte ich die Duke University besuchen, habe dort einen Bachelor of Science in Ingenieurwissenschaften erworben und mit dem Master of Science in Computerwissenschaften abgeschlossen. Ich bin dreißig Jahre alt und verfüge über praktische Erfahrungen bei der Untersuchung von Flugzeugabstürzen aus Einsätzen in Japan, Alabama, Kalifornien und Westdeutschland. Meine Aufgaben bei der Air Force umfaßten bisher die Durchführung von Schulungsprogrammen für Techniker und Piloten auf verschiedenen Stützpunkten in den USA. Zuletzt war ich in Vandenberg in Kalifornien stationiert, bis ich vor kurzer Zeit nach Ohio versetzt wurde, wo ich im Rahmen der Ausbildung von Piloten mit Verwaltungsaufgaben beschäftigt bin.«

»Beeindruckend«, murmelte Scarborough, während er versuchte, Macs Kaffeemaschine in Gang zu setzen. Seit seine Frau gestorben war, hatte er sich morgens mit Instantkaffee begnügt, was seine Geschmacksknospen verabscheuten, seinem Terminkalender aber zugute kam.

»Ich nehme an, Sie sind hier, um Captain MacKenzie und mir bei unserer Untersuchung zu helfen? Das ist sehr aufmerksam vom Colonel – aber ich fürchte, wir brauchen wirklich keine Hilfe.«

Sie gab ein Geräusch von sich, das wie ein ersticktes Lachen klang. Scarborough kippte Wasser in die Maschine, schaltete sie ein und beobachtete sie stirnrunzelnd.

»Wollten Sie etwas sagen?«

»Entschuldigen Sie, Doktor Scarborough. Es tut mir leid.« Sie war wieder zur Statue geworden.

Scarborough betrachtete sie. Sie saß steif auf dem Stuhl und blickte starr geradeaus, als müsse sie sogar im Sitzen noch Haltung annehmen. Die Beine waren schlank und gut geformt, die Uniform an den richtigen Stellen ausgefüllt. Eine gutaussehende Frau, tatsächlich. Sie hatte kein Make-up aufgelegt, und Scarborough dachte, daß sie mit etwas Lidschatten und der richtigen Wimperntusche, die ihre blitzenden braunen Augen betonten, eine hinreißend schöne Frau sein könnte. Die Andeutung von Humor, die er hinter der militärischen Panzerung bemerkt hatte, fand er höchst anziehend.

»Darf ich annehmen, daß Colonel Dolan Sie persönlich

eingewiesen und mit negativen Kommentaren über unsere Fähigkeiten nicht gegeizt hat?«

»Nun ja, Doktor Scarborough, er meinte jedenfalls, daß Sie etwas ..., nun ja, daß Sie etwas Hilfe brauchen könnten.«

»Und Sie halten das alles für sehr amüsant. Ich glaube fast, Sie verbuchen Ihren Auftrag als Unterhaltungsprogramm. Zusammen mit ein paar Spinnern UFOs jagen gehen!«

»Nun, Sir, das Projekt Blue Book liefert der Air Force tatsächlich reichlich Stoff für Scherze, Sir.« Sie drehte sich um und sah ihn offen an. »Aber ich bin eine gute Ermittlerin, Doktor Scarborough, und ich bin entschlossen, meine Pflicht zu tun.«

Dieses Funkeln in ihren Augen. Humorvoll und warm war diese Frau, aber leider durch militärische Disziplin gehemmt. Scarborough war hingerissen von ihrer Schönheit und wandte schnell den Blick ab. »Ich nehme die Geste des Colonels dankend zur Kenntnis«, murmelte er, »aber ich glaube nicht, daß Sie bleiben können, Lieutenant.«

Er sah sie wieder an und registrierte weder Enttäuschung noch Dankbarkeit. Sie saß da wie eine Statue.

Nachdem er ihr Kaffee eingeschenkt hatte, ging er zum Telefon, um Dolan anzurufen. An der Ostküste war es bereits später Vormittag. Er wurde sofort verbunden.

»Ganz richtig, Ev. Wenn es um Dinge geht, welche die Air Force betreffen, dann will ich einen Vertreter der Air Force dabei haben. Betrachten Sie Lieutenant Manning als Hilfe oder als Aufsicht, das liegt bei Ihnen. Betrachten Sie sie, wie Sie wollen, aber Sie müssen sie nehmen, ob es Ihnen gefällt oder nicht.«

Scarborough war einen Augenblick in Versuchung, ihn zu fragen, was die Regierung mit der Farm in Iowa zu tun hatte. Aber irgendwie mußte Macs Paranoia ihn ein wenig angesteckt haben, denn er verkniff sich die Frage. Nach wie vor glaubte er nicht an die Verschwörungsgeschichten, die Camden ständig zum besten gab. Sie hatten am vergangenen Abend heftig und lange darüber diskutiert, und Scarborough hatte sich nicht beirren lassen. Es war ihm egal, wenn etwas geheimgehalten wurde; zwar hatte er die CIA sowieso noch nie gemocht, aber bisher war in dem, was sie gefunden hatten, nichts Böswilliges zu entdecken. Vielleicht war die Farm einfach ein geheimes Labor des Landwirtschaftsministeriums oder der Gesundheitsbehörde gewesen. Vielleicht war die Anlage nicht einmal geheim – vielleicht sah es nur so aus, weil inzwischen viel Zeit vergangen war. Wie auch immer, es galt, noch einiges zu überprüfen, ehe man Alarm schlagen konnte.

Immerhin schwieg er und verschwieg Dolan damit auch, wo er am Vortag gewesen war.

»Walter, Sie reden mit mir, als wäre ich einer Ihrer Offiziere. Ich bin ein freier Bürger und kein Corporal, der Ihnen die Schuhe wienert.«

Dolan lenkte ein. »Entschuldigen Sie, Ev. Ich war neulich wirklich ziemlich sauer auf Sie. Natürlich haben Sie recht. Aber Sie können nicht einfach die Sache selbst in die Hand nehmen, wenn es möglicherweise um geheime Dokumente geht. Sie stecken die Nase in eine offizielle Untersuchung der Regierung, und ich bin bereit, Ihnen dafür mein offizielles Okay zu geben – aber nur unter der Voraussetzung, daß Sie mit einem Offizier der Air Force zusammenarbeiten. Genauer gesagt, mit Lieutenant Manning.«

»Drohen Sie mir etwa, mich verhaften zu lassen, Walter?« fragte Scarborough trotzig.

Der Colonel seufzte schwer. »Okay, sehen Sie es mal so, denken Sie doch daran, auf welche Dinge Sie Zugriff haben – ich garantiere Ihnen, daß Lieutenant Manning mit ihrem tragbaren Computer, ihrem Modem und ihrer hohen Zugriffsberechtigung Daten und Fakten über was weiß ich nicht alles schneller ausspucken kann, als Sie in der Lage sind, mir mit dem Krückstock zu drohen. Können Sie das nicht einsehen, mein Freund? Ich will Ihnen helfen, ich will Sie nicht behindern. Das ist meine Art zu sagen, verdammt, Sie haben recht, alter Junge. Machen Sie schon und stecken Sie die Nase in das alte Blue Book. Ich helfe Ihnen sogar dabei.« Er machte eine theatralische Pause. »Ganz im Vertrauen, Ev – eigentlich dürfte ich das gar nicht tun. Aber wie gesagt, vielleicht kann ich so zum Ausdruck bringen: Es tut mir leid, ich habe mich benommen wie ein Arschloch.«

»Hohe Zugriffsberechtigung, sagten Sie?« fragte Scarborough zurück. »Ich kann hier keinen Computer sehen.«

»Mein Laptop und das Modem sind im Motel«, sagte Manning und stellte ihre Kaffeetasse ab. »Es ist nicht weit. Wenn Sie wollen, kann ich hinfahren und die Sachen holen.«

Scarborough hob den Hörer wieder ans Ohr. Was sollte er tun? Er würde sehr schlecht aussehen, wenn er die Hilfe ablehnte. Außerdem war Manning vielleicht wirklich eine Unterstützung, und er wollte es um jeden Preis vermeiden, genauso leicht der Verschwörungsparanoia zum Opfer fallen wie so viele andere. »Na gut, wir werden es versuchen, Walter«, sagte er.

»Wundervoll. Wenn Sie Probleme haben, dann lassen Sie es mich sofort wissen, aber ich kann Ihnen jetzt schon sagen, daß Lieutenant Manning für das, was Sie vorhaben, die erste Wahl ist. Geben Sie mir Bescheid, wenn ich sonst noch etwas für Sie tun kann.«

Scarborough legte auf und schenkte sich Kaffee ein. Die ersten paar Schlucke klärten seinen Kopf ein wenig, und er fühlte sich sofort besser. Ganz besonders jetzt im Morgenlicht, da der ebenso schmierige wie verrückte Reporter nicht mehr da war. Nach ihrer Rückkehr ins Haus war Jake Camden im Bad verschwunden und höchst aufgedreht mit Koksaugen wieder herausgekommen. Er wolle unbedingt noch einmal losziehen, hatte er gesagt. Ja, es ging um wichtige Dinge. Ja, er würde sich bald wieder melden. Schnüff-schnüff.

»Dann sieht es wohl so aus, als wären Sie jetzt im Team.« Scarborough gab ihr noch einmal die Hand. Erst jetzt bemerkte er, daß sie ein dezentes Parfüm aufgelegt hatte. Cinnabar. Einer seiner Lieblingsdüfte.

Er setzte sich zu ihr und erläuterte ihr in knappen Worten die Situation. Er erzählte ihr von dem Besuch auf der Higsdon-Farm, erwähnte nicht die Tatsache, daß das Anwesen der Regierung gehörte, gab ihr jedoch die Adresse, als sie danach fragte. Sie sagte, sie würde Nachforschungen nach dem vermißten Farmer und hinsichtlich der Verwendung der Farmgebäude anstellen und ihren Computerzugang dazu nutzen. Scarborough fand ihre Bereitschaft, sich durch Computerakten der Regierung zu wühlen, ermutigend, aber er fragte sich, ob das in ihrer Situation wirklich von großem Wert war.

Ungefähr eine halbe Stunde später kam Mac herunter. Er sah sich mit trüben Augen um und blieb in Unterhosen und Unterhemd in der Tür stehen. »Hab' den Kaffee gerochen«, murmelte er und kratzte sich am gewaltigen behaarten Bauch.

»Äh, Mac . . .«, sagte Scarborough und verzog das Gesicht.

Mac blieb stehen, musterte Lieutenant Manning mit zusammengekniffenen Augenbrauen, rülpste und holte sich einen Kaffee.

»Mac, das hier ist ja dein Haus, aber könntest du dich trotzdem etwas um Formen bemühen? Wir haben eine Dame zu Besuch.«

Mac kippte sich die schwarze Brühe in einen Pott. »Das ist keine Dame, das ist ein Offizier der Air Force.« Er schlurfte zum Tisch und setzte sich. »Hallo, Lieutenant.«

»Sie müssen Captain MacKenzie sein«, sagte sie kühl.

»Ja, so sieht es mein Dienstplan vor. Täglich.« Er trank einen Schluck und verzog sofort das Gesicht. »Himmel, was ist denn das für ein Dreck?«

»Ich muß etwas falsch gemacht haben, Mac. Tut mir leid.«

Mac hob die Schultern. »Na ja, das Koffein ist noch drin.« Er begutachtete Manning aus der Nähe. »Sie sind nicht von der Militärpolizei. Also werden wir nicht verhaftet.«

Lieutenant Manning blinzelte. »Warum sollte ich Sie auch verhaften?«

»Mac hat eine fixe Idee«, warf Scarborough ein. »Er glaubt, die Air Force und die CIA hätten sich verschworen, um uns daran zu hindern, dieser UFO-Geschichte auf den Grund zu gehen.«

»Captain MacKenzie, glauben Sie denn wirklich, daß die Erde von kleinen grünen Männern in fliegenden Untertassen besucht wird?« Sie kicherte geringschätzig.

»Lieutenant«, entgegnete Mac, und setzte energisch den Kaffeepott auf den Tisch, »ich laufe jetzt seit fünfundfünfzig Jahren auf diesem Planeten herum, und jedes Jahr kommt er mir ein bißchen verrückter vor. Ich hoffe, wenn ich vierundneunzig bin, kann ich endlich als Verrückter sterben.«

»Kommt mir ein wenig phantastisch vor, Captain«, sagte Manning. »Ich halte mich da lieber an die Fakten. Fakten, Logik, Wissenschaft – damit habe ich noch nie falsch gelegen.«

»He, Ev, da ist dein verlorener Zwillingsbruder – minus zwanzig Jahre, plus Geschlechtsumwandlung«, brummte Mac amüsiert.

Scarborough betrachtete die kühle Frau in der Uniform der Air Force. Nein, sie war ihm überhaupt nicht ähnlich. Ihre letzte Bemerkung hatte irgendwie aufgesetzt geklungen. Die eisige Fassade war nicht echt. Er war zugleich neugierig und wütend.

»Lieutenant«, sagte er, »ich ziehe mich jetzt an, und dann holen wir Ihren Computer und Ihr Modem. Ich hoffe, Sie haben Ihre Paßwörter im Kopf, weil wir sie brauchen werden.«

»Nein, Dr. Scarborough. *Ich* werde sie brauchen«, sagte sie beinahe hochnässig. »Die sind nur für meine Augen bestimmt.«

Er fand das eine Spur zu arrogant, ließ es ihr aber durchgehen. Vielleicht lohnte es sich, sie zu nehmen, wie sie war. Der alte Eisenbart hatte ihnen möglicherweise wirklich das Werkzeug an die Hand gegeben, mit dem sie die Wahrheit herausfinden konnten.

Er stand auf und wollte gehen, doch an der Tür blieb er noch einmal stehen. »Kennen Sie *Die Kanonen von Navarone,* Lieutenant Manning? Diesen Kriegsroman?«

Sie blinzelte. Der Themawechsel hatte sie überrascht. »Nein. Geht es da um UFOs?«

Mac lachte schallend. »Keine Sorge, Ev. Ich halte meine M-16 auf ihren Rücken gerichtet, wenn wir die Deutschen fertigmachen.«

Scarborough versuchte, das verrückte Gefühl abzustreifen, das ihn auf leisen Sohlen beschlich. Er ging hinauf, um sich anzuziehen.

24. Kapitel

»So, Diane«, sagte der Psychologe. »Und jetzt entspannen Sie sich bitte noch mehr.« Seine weiche, beruhigende Stimme hüllte sie ein wie Meeresrauschen unter Palmen. »Entspannen Sie sich. Entspannen Sie sich . . .«

Diane Scarborough saß auf einem bequemen Sessel in einem Büro, das nach Pfeifentabak und alten Büchern roch. Ihre Augenlider wurden schwer, und sie sah kaum noch die kleine Topfpalme vor dem mit Blenden abgedunkelten Fenster, während Doktor Raphael Mistone geduldig die Hypnose einleitete. In der Nähe hörte sie das leise Surren des Kassettenrekorders, mit dem die Sitzung aufgezeichnet wurde.

Tim saß stolz auf der anderen Seite des Zimmers auf einer Couch. Vorbedingung war gewesen, daß er kein Wort sprechen durfte, während Dr. Mistone Diane in Trance versetzte. Tim hatte einen Block und einen Stift, um die Erinnerungen zu notieren, die während Dianes Sitzung möglicherweise in ihm selbst geweckt wurden. Er sollte dann als nächster dran sein.

»Ausgezeichnet, Diane«, sagte der kleine, dunkelhaarige Mann, der einen ärmellosen Sweater trug, nachdem sie gehorsam rückwärts von hundert bis achtzig gezählt hatte. »Sie fühlen jetzt nur noch eine tiefe, erfrischende Ruhe. Alles ist sehr friedlich und still. Sagen Sie mir, Diane, fühlen Sie sich friedlich und ruhig?«

Diane hatte das Gefühl, daß die Muskeln in ihren Armen und Beinen flüssig und fast nicht mehr vorhanden waren. Aber sie fühlte sich wach und bewußt, überhaupt nicht wie in Trance. »Ja«, sagte sie. Es schien ihr zu anstrengend, Einzelheiten zu erklären.

»Ich möchte, daß Sie jetzt in Ihrer Erinnerung zurückgehen, Diane. Gehen Sie weit in Ihren Erinnerungen zurück. Es gibt dort eine leere Stelle, aber wenn Sie weit genug zurückgehen, sehr weit und sehr tief, dann werden die Erinnerungen zurückkommen. Ich möchte, daß Sie mir berichten, was Sie sehen und hören, als würden Sie es in diesem Augenblick noch einmal erleben. Haben Sie mich verstanden?«

»Ja«, sagte Diane.

»Es ist wieder der Abend, an dem Sie und Tim die Lichter am Himmel gesehen haben, während Sie Ihr Auto an jener Wiese geparkt hatten. Erinnern Sie sich an diesen Abend, Diane?«

»Ja, ich erinnere mich«, sagte sie.

»Sehen Sie die Lichter?«

»Ja, ich sehe sie«, antwortete sie und sah abermals das Objekt durch die Windschutzscheibe ihres Autos, wie es über dem Feld in Kansas schwebte und die Sterne und den Mond verdeckte.

»Sie folgen dem Objekt und gehen über das Feld. Jetzt sind Sie im Wald. Sie sehen ein helles Licht, das alles einzuhüllen scheint.«

»Oh, ja, ja, ich sehe es.«

»Sagen Sie mir, was als nächstes geschieht, Diane. Beschreiben Sie es, als würde es noch einmal geschehen.«

Unter Diane schien sich der Erdboden aufzutun, und die Erinnerungen kehrten Stück für Stück zurück.

Das Licht verblaßte, und sie stand im Wald. Sie klammerte sich an Tim, verängstigt und dennoch ehrfürchtig staunend.

Vor ihnen war eine Lücke zwischen den Bäumen, und durch die Lücke konnten sie ein Feld sehen. Ein diskusförmiges Gebilde in der Größe eines Einfamilienhauses stand dort, als wäre es nach dem letzten Regen gewachsen wie ein Pilz. Ein Streifen bunter Lichter pulsierte ringsherum. Die Lichter wurden abwechselnd gedämpft und strahlten heller, wie leuchtender Atem, der über die gesprenkelte Metallhülle strich.

»Ich kann's nicht glauben«, sagte Tim, der endlich wieder sprechen konnte. »Diane, sieh dir das nur an. Das ist unglaublich.«

Diane stand wie gebannt da und starrte das Ding an. Seltsamerweise hatte sie keine Angst und spürte auch nicht den Drang, einfach wegzulaufen. Sie war ganz einfach nur schrecklich neugierig. »Komm schon, Tim. Wir müssen näher heran, um es richtig zu sehen.«

Tim stimmte zu, und sie schoben sich langsam durch die stacheligen Büsche. Nach einer Weile traten sie auf die Lichtung.

»Eine fliegende Untertasse. Eine richtige, verdammte fliegende Untertasse«, sagte Tim. Er war ganz außer sich vor Freude. »Sieh dir das Ding nur an, Diane! Das ist kein Scherz, das ist kein Spezialeffekt in einem Film, das ist echt!«

Es konnte keinen Zweifel daran geben, daß das Objekt real war. Es schien schwer auf dem Acker zu lasten, es sah real aus, es wirkte absolut echt. Als sie näher heran waren, konnte Diane hinter den Lichtern die Hülle in Augenschein nehmen. Sie hatte Kratzer und Schleifspuren, sah aber trotzdem irgendwie fremdartig aus. Es gab keine Spuren von den Nähten und Bolzen, die man bei einem irdischen Flugzeug bemerkt hätte.

»Ich wußte es«, sagte sie und brachte damit eine schon lange gehegte Vermutung zum Ausdruck. »Ich wußte, daß sie mich auswählen würden.« Sie strahlte vor Begeisterung.

»He, warte mal«, sagte Tim. »Woher weißt du eigentlich, daß sie nicht mich ausgewählt haben und dich nur mitnehmen, weil du zufällig gerade dabei bist?« Timothy Reilly war imstande, in den seltsamsten Situationen Witze zu reißen.

In diesem Augenblick begannen Maschinen zu arbeiten. Et-

was surrte, es knackte, als würde ein Vakuumverschluß geöffnet, ein Zischen wie bei einem Druckausgleich war zu hören. Im unteren Teil des großen Flugobjekts wurde eine Falltür sichtbar, die sich unter Summen und Zischen der Hydraulik ins Gras absenkte. Drinnen waren Schritte zu hören.

»Was meinst du, Diane?« sagte Tim. »Mandelaugen, dürre Gliedmaßen, telepathische Kommunikation?«

»Ich weiß es nicht. Alles, was ich weiß, ist, daß man sich in so einem Augenblick eigentlich vor Angst die Hosen vollmachen sollte. Aber ich habe keine Angst, sondern ich finde es nur unglaublich spannend.«

Das war die Wahrheit, und sie war selbst überrascht. Sie spürte nur eine große Wärme in sich, sie freute sich und sie fühlte sich gut. Ihr war klar, daß das Fahrzeug vor ihr dieses Gefühl irgendwie auf sie übertrug, aber das war ihr egal. Sie fühlte sich einfach viel zu gut und viel zu real, um sich darum zu kümmern, woher das Gefühl kam.

Geduldig sahen sie zu, als in der Tür der fliegenden Untertasse Füße erschienen. Dann tauchten Beine in Overalls auf, und schließlich waren die ganzen Körper zu sehen.

Diane starrte die beiden Geschöpfe erstaunt an.

Es waren überhaupt keine Außerirdischen.

Sie sahen aus wie zwei ganz normale Männer in ordentlich gebügelten braunen Overalls.

Einer der Männer schien um die fünfzig zu sein. Seine Haare schimmerten silbern, und um die Augen hatte er sehr menschliche Fältchen. Der zweite mußte Mitte zwanzig sein, er hatte schwarzes Haar, ein hübsches Gesicht und ein Grübchen auf dem Kinn. Sie lächelten wie erfahrene und entspannte Geschäftsleute.

»Hallo«, sagte der ältere. »Ich hoffe, Sie haben keine Angst.«

»Nein«, antwortete Diane.

Das Lächeln des jüngeren Mannes wurde etwas breiter, und der ältere nickte ihm zu, als wolle er dem Kollegen zu verstehen geben, daß dieser irgendeine Sache gut gemacht habe. »Ausgezeichnet«, sagte der ältere. »Erfahrungen wie diese können durchaus sehr beunruhigend sein. Ein seltsames Flug-

objekt, das vom Himmel herunterkommt, ein paar komische Leute, die aus einer fliegenden Untertasse steigen . . .«

»Aber Sie . . . Sie sind ganz normale Menschen«, sagte Tim verblüfft.

»Gut möglich, ja. Sind Sie nicht erleichtert?«

»Ich weiß es nicht. Wir können doch kaum erwarten, daß von einem anderen Planeten Wesen zu uns kommen, die aussehen wie wir selbst«, sagte Tim. »Das kommt mir so . . . das kommt mir so banal vor.«

Der ältere der beiden kicherte. »Oh, ganz im Gegenteil, Mr. Reilly.«

»Sie kennen meinen Namen?«

»Ja, und Ihre Gefährtin ist Diane Scarborough.«

Der jüngere drehte sich um und sprach einen Moment mit seinem Kollegen. »Wir sollten keine Zeit verschwenden. Ab jetzt können wir keine weiteren Zeugen gebrauchen.«

»Ja, Sie haben recht.« Der grauhaarige Mann wandte sich wieder an Diane und Tim. »Kommen Sie doch bitte mit an Bord. Wir werden Sie nicht lange aufhalten. Und es gibt äußerst wichtige Dinge zu besprechen.«

Diane zögerte keine Sekunde. Sie ging sofort los, aber Tim hielt sie zurück. »Warte mal«, sagte er. »Das könnte auch eine Art Trick sein, um uns an Bord zu locken.«

»Tim«, sagte sie, »wenn sie wollen, daß wir an Bord kommen, dann könnten sie uns ohne weiteres dazu zwingen.« Sie spürte immer noch dieses prickelnde Wohlbehagen und wußte instinktiv, daß sie diesen Geschöpfen, ob menschlich oder nicht, vertrauen konnte.

Tim nickte. »Yeah, da hast du wohl recht.«

Diane nahm seine Hand. »Dann komm«, sagte sie energisch. »Es wird schon alles gut werden.«

Seine Hand war kühl, und sein Griff war fest. Sie traten unter den überhängenden Rand des großen Flugobjekts und näherten sich der Rampe, die ins Herz des Geheimnisses führen würde . . .

Und plötzlich war da nur noch Leere, überhaupt nichts mehr. Diane erwachte keuchend aus der Trance.

»Geht es Ihnen gut, Diane?« fragte Dr. Mistone.

Diane blinzelte. »Ja, ja . . . es geht mir gut. Und ich habe mich erinnert, nicht wahr? An dieses unglaubliche Raumschiff . . .«

»Ja, Sie haben sich erinnert. Und jetzt werde ich Sie wieder hypnotisieren, und Sie werden sich auch an den Rest erinnern.«

Aber es war, als würde sie vor eine massive Wand laufen. Ihr fiel nichts weiter ein. Der Psychologe sah Tim vielsagend an, aber Tim wußte überhaupt nichts damit anzufangen. Er konnte sich weder an eine fliegende Untertasse noch an Männer in Overalls erinnern, und ganz bestimmt nicht daran, daß er ein Raumschiff betreten hatte.

Dr. Mistone hypnotisierte Diane noch einmal. »Sie haben das Schiff betreten, Diane«, sagte er nach den einleitenden Formeln. »Was sehen Sie jetzt?«

Diane konnte überhaupt nichts sehen. Sie fiel sofort wieder aus der hypnotischen Trance heraus.

»Das ist bemerkenswert«, sagte Mistone, während er seinen Schnurrbart zwirbelte. »So etwas habe ich noch nie erlebt. Wie Sie wissen, habe ich mich ja schon mehrmals mit Entführungsfällen beschäftigt. Deshalb hat Mr. Hopkins' Gruppe Sie an mich verwiesen. Aber eine Situation wie diese ist mir völlig neu. Es kommt mir überhaupt nicht vor wie eine Entführung, falls es wirklich geschehen ist. Es scheint mir eher eine Art Einladung gewesen zu sein.«

»Wollen Sie es noch einmal versuchen, Doktor?« fragte Diane. Sie brannte darauf, die Wahrheit zu erfahren und zermarterte sich das Gehirn, um sich an Details zu erinnern, aber ihr wollte nichts einfallen.

»Nein, wenn es Ihnen nichts ausmacht, würde ich jetzt gern Mr. Reilly hypnotisieren. Bitte bleiben Sie da, Diane. Und nehmen Sie sich ein Blatt Papier, falls Sie sich Notizen machen wollen.«

Tim gab ihr den Notizblock. Er hatte nur Kringel gemalt, aber einer der Kringel fesselte sofort ihre Aufmerksamkeit – es sah aus wie ein einfaches Vendanta-Mandala, ein Kreis mit kleeblattförmigen Figuren darin. Diane kam das Bild irgendwie bekannt vor, aber sie konnte es nicht einordnen.

Tim war schwieriger zu hypnotisieren. Dr. Mistone brauchte eine ganze Weile, bis Tim in Trance fiel. Als Tim dann hypnotisiert war, konnte er sich außer an das blendende Licht im Wald an überhaupt nichts erinnern.

Nach der Sitzung brachte der Psychologe zunächst alltäglichere Dinge zur Sprache. Er seufzte und fuhr sich mit gespreizten Fingern durch das schüttere schwarze Haar. »So, das war's dann für den Augenblick. Wir haben es hier nicht mit einer einfachen Blockade zu tun. Das ganze Erlebnis scheint ausgeblendet zu sein. Vielleicht können wir es nächste Woche noch einmal versuchen.«

»Dr. Mistone, Sie glauben uns doch, oder?«

Der Mann lehnte sich hinter seinem Schreibtisch zurück und spielte nervös mit einem Kugelschreiber. »Sie müssen das verstehen, Diane. Es besteht durchaus die Möglichkeit, daß es sich hier um eine gemeinsame Illusion handelt. Aufgrund meiner Erfahrungen mit Entführungen bin ich überzeugt, daß irgend etwas vor sich geht. Ob es eine empirische Grundlage in dem hat, was wir normalerweise als Realität bezeichnen, weiß ich nicht – Hopkins meint, daß es so sei, aber ich bin da manchmal gar nicht so sicher.«

»Ich verstehe, Doktor«, sagte Diane. Sie stand auf und wollte gehen, doch dann drehte sie sich noch einmal zu ihm um. »Auch wenn sie nicht ausgesehen haben wie die in dem Film von Steven Spielberg, heißt das noch lange nicht, daß sie nicht existieren. Und es bedeutet nicht, daß unsere Erlebnisse nicht real sind.«

»Sie haben völlig recht, Diane. Es tut mir leid, daß ich gezweifelt habe und unhöflich war.« Er klappte seinen Terminkalender auf. »Wie wäre es mit einem weiteren Termin? Nächste Woche Donnerstag zur gleichen Zeit?«

»Ich werde darüber dachdenken«, sagte Diane ein wenig abweisend. Sie wandte sich um und ging hinaus.

»Verlassen Sie sich drauf, Doktor«, sagte Tim. »Wir werden da sein.«

»Vielen Dank, daß Sie zu mir gekommen sind«, entgegnete Mistone. »Das ist wirklich ein höchst merkwürdiger Fall!« rief er Diane hinterher. »Ich würde mich freuen, wenn ich der Sache weiter nachgehen könnte.«

Diane, verwirrt und empört, war schon draußen im Vorzimmer, wo eine Sprechstundenhilfe Protokolle tippte und sie geflissentlich übersah. Ein Mann, der auf der Couch gesessen hatte, stand auf und kam ihr erwartungsvoll entgegen. Es war Camden, der, wenn das überhaupt möglich war, noch zerzauster und verlotterter aussah als je zuvor. Seine Augen waren blutunterlaufen; fast schien es so, als wäre er die ganze Nacht auf den Beinen gewesen.

»Na, wie ist es gelaufen?« fragte er begierig.

Diane zögerte. Sie wollte am liebsten überhaupt nichts sagen. Camden bemerkte ihr Zögern und bemühte sich sofort, sie zu beruhigen. »Diane, keine Sorge! Ihr Vater und ich, wir haben eine Art Waffenstillstand ausgehandelt. Ich war gestern oben in Iowa, habe bei einer Untersuchung mit ihm zusammengearbeitet und habe mit ihm gesprochen. Er ist nicht mehr wütend.«

»Mr. Camden, es tut mir leid, aber ich habe das Gefühl, daß ich Ihnen nicht ganz vertrauen kann.«

»Meine Güte, dann rufen Sie ihn doch einfach an! Ich habe wirklich alles mit ihm bereinigt. Ich bin die Nacht durch hierher zurückgefahren, damit ich Ihre Story . . . Ich meine, weil ich wissen wollte, wie Ihre Hypnosesitzung verlaufen ist.« Er sah sie hoffnungsvoll an, heruntergekommen und unglaublich pathetisch, irgendwie erbärmlich und übermüdet und enttäuscht, als wäre er gerade endlos weit gefahren, um sich nach dem Befinden einer kranken Tante zu erkundigen.

Tim stand inzwischen auch im Vorzimmer. »Hallo, Jake«, sagte er.

Tims freundliche Begrüßung schien den Mann aufzubauen. »Timothy Reilly, mein Junge. Na, ist Ihr Gehirn jetzt ordentlich durchgelüftet?«

Tim warf einen Blick zur Vorzimmerdame. »Vielleicht sollten wir lieber später darüber reden.«

»Yeah, sicher doch, mein Junge. Spitze. Ich rufe Sie an, und wir treffen uns dann.« Er rieb sich erwartungsvoll die Hände. »Genau, wir werden der Sache auf den Grund gehen, bis die nackten Tatsachen auf dem Tisch liegen.« Damit ging er hinaus.

»Ich glaube, für nackte Tatsachen ist Jake Camden immer zu haben«, bemerkte Diane bissig.

»Komm schon, Diane, es ist nicht seine Schuld, daß ich ihn angerufen habe, während du bei deinem Vater warst. Wir haben das doch alles schon durchgekaut. Jetzt sollten wir als erstes über unsere Hypnosesitzung reden.« Er begleitete sie aus der Praxis zum Fahrstuhl, wo er auf den Rufknopf drückte. »Ich erinnere mich nicht an die Dinge, an die du dich erinnern kannst, Diane, und das macht mir Sorgen.«

Diane bemerkte, daß sie noch den Notizblock in der Hand hielt, den Dr. Mistone ihr gegeben hatte. Sie hielt ihn Tim unter die Nase und tippte auf den Kringel, der ihr aufgefallen war. »Tim, warum hast du das hier gemalt?«

Tim besah sich die einem Mandala ähnelnde Figur. »Keine Ahnung, Diane. Ich habe nur herumgekritzelt.«

Diane betrachtete noch einmal die Kringel und die Schleifen, die sich immer rundherum und rundherum drehten, und plötzlich wurde ihr schwindlig. »Das erinnert mich an irgend etwas, Tim«, sagte sie – und konnte plötzlich den Aufzug nicht mehr sehen. Sie schwankte leicht. »Etwas . . .«

Sie verlor das Gleichgewicht, und Tim mußte sie auffangen. »Diane, was ist denn . . .«

Flüstern und Echos. Stimmen und Nicht-Stimmen.

Sie verlor nicht das Bewußtsein, aber sie fiel für einen Moment wieder in die hypnotische Trance zurück, und sah erneut die beiden Männer – den jüngeren und den älteren –, die mit ihr sprachen, klar und unmißverständlich.

Hinter ihnen an der Wand konnte sie das Ding sehen, das Tim gezeichnet hatte. Ein Symbol, das einem hinduistischen Mandala nachempfunden war: Kreise und Schleifen.

»Diane, Sie werden dies jetzt vergessen«, sagte der ältere Mann. »Aber es wird innerhalb einer Woche wieder in Ihrem Bewußtsein auftauchen. Wir werden uns noch einmal treffen. Und jetzt sage ich Ihnen, wo das sein wird.« Er erklärte es ihr.

»Diane!« rief Tim und schüttelte sie leicht. »Diane, was ist los mit dir?«

Sie kehrte in die Realität zurück, sah die Linien und die Schatten in der offenen Aufzugkabine. Tim Reilly anlächelnd, sagte sie: »Ich soll sie noch einmal treffen, Tim.« Sie nahm seine Hand und drückte sie fest. »Und ich weiß jetzt genau, wo und wann das sein wird.«

Dr. Raphael Mistone ging seine Notizen Zeile um Zeile durch. Er brauchte die Tonbänder des Aufzeichnungsgeräts nicht abzuspielen – ihre Worte hatten sich in sein Bewußtsein eingebrannt. »Einzigartig«, lautete das Wort, das ihm immer wieder im Kopf herumging. Einzigartig. Mistone arbeitete jetzt seit fünf Jahren mit Entführungsopfern, und er hatte noch nie etwas gesehen, das den Erlebnissen von Scarborough und Reilly auch nur entfernt ähnelte.

Menschliche Wesen in einer fliegenden Untertasse?

Die beiden schienen gewiß völlig aufrichtig zu sein. Wenn es aber um die menschliche Psyche ging, dann konnten sich Realität und Illusion in jeder nur möglichen oder unmöglichen Weise miteinander vermischen. Aufrichtigkeit war nicht der Maßstab, mit dessen Hilfe man erkennen konnte, ob ein Sachverhalt auch zutraf. Dianes und Tims Geschichte klang eigenartig, und sie war es wert, weiter untersucht zu werden.

Mistone trank einen Schluck lauwarmen Kaffee und brütete vor sich hin. Vielleicht war dies auch ein Ereignis, das zu melden sich lohnte. Immerhin löste er die Schecks dieser Leute regelmäßig und pünktlich ein. *»Nur ein ganz normaler Bericht über Ihre Entführungsfälle, Doktor, das ist alles. Vierteljährlich, schriftlich. Einzelheiten, psychologische Affekte. Wir sind wegen dieses Phänomens sehr besorgt, und* *trotz unserer öffentlichen Ablehnung und Skepsis bei solchen Fällen müssen wir im Interesse der nationalen Sicherheit und in Hinblick auf die psychische Gesundheit unserer Bürger jederzeit auf dem laufenden bleiben. Wenn Sie jedoch auf etwas besonders Bemerkenswertes oder Ungewöhnliches stoßen, dann geben Sie uns bitte unverzüglich Bescheid. Diese Fälle werden wir mit einer Zulage vergüten.«*

Das war sehr plausibel, dachte Mistone. Er lehnte sich bequem zurück und studierte die Reihe der Diplome, die an der Wand hingen. Wenn sie öffentlich zugaben, daß sie sich wegen eines angeblich unwichtigen Phänomens Sorgen machten, dann konnte aus dem, was möglicherweise nur eine begrenzte Erscheinung war, leicht eine Massenhysterie werden. Phantom-Außerirdische würden die ganzen Vereinigten Staaten heimsuchen.

Aber das war sowieso zweitrangig. Die Unterhaltszahlungen an seine geschiedene Frau und die Kinder fielen erheblich höher aus, als er es für möglich gehalten hatte. Er konnte ein kleines Zusatzeinkommen durchaus gebrauchen. Ein *steuerfreies* Zusatzeinkommen.

Mistone zog sein persönliches Telefonverzeichnis heran. Er sah die Karteikarten durch, fand die richtige und wählte die Nummer.

Eine Sekretärin nahm ab. Dr. Raphael Mistone sagte: »Hallo, ich würde gern Mr. Brian Richards sprechen. Es ist dringend.«

25. Kapitel

»Niedlich«, sagte Scarborough.

»Was denn, haben Sie etwa noch keinen?« fragte Lieutenant Marsha Manning erstaunt. Sie war dabei, ihren Laptop auf dem Tisch aufzubauen.

Scarborough zuckte die Schultern. »Ich sollte mir wirklich mal einen zulegen. Ich bin ja oft unterwegs. Andererseits muß ich mich wirklich konzentrieren, wenn ich schreibe, und das scheint mir in Flugzeugen oder in Hotelzimmern irgendwie nicht zu gelingen.«

»Man gewöhnt sich daran«, erklärte Manning, schaltete den Laptop ein und sah zu, wie die ersten Statusmeldungen auf der LCD-Anzeige erschienen. Sie tippte eine Weile und startete ihr DFÜ-Programm. »Okay, Doktor. Sie wollten Informationen aus Regierungscomputern? Die Leitung steht.«

Aus der Küche rief eine barsche Stimme: »He, das ist wundervoll! Ein Bier darauf?«

»Nein, danke, Captain MacKenzie. Ich trinke nicht. Jedenfalls nicht bei der Arbeit.« Sie saß stocksteif am Tisch im Eßzimmer vor der Tastatur. Scarborough hatte den Eindruck, daß sie aussah, als würde sie gern eine Zigarette rauchen, aber er kannte sie nicht gut genug, um einfach danach zu fragen. Außerdem war sie auf der Fahrt in ihr Motel, wo sie den Computer abgeholt hatte, nicht eben sehr gesprächig gewesen. Ihre kurzen Äußerungen hatten genaugenommen sogar eher abweisend geklungen. Aus irgendeinem unerfindlichen Grund kam er mit dem weiblichen Lieutenant der Air Force überhaupt nicht gut zurecht. Er wünschte sogar, sie wäre nicht da, Computer hin oder her.

Wie auch immer, er mußte etwas über diese Dame erfahren, die Dolan ihnen da ins Nest gesetzt hatte. Konnte man ihr trauen – oder war sie eine verdeckte Mitarbeiterin der CIA bzw. das entsprechende Gegenstück der Air Force? Wenn sie nicht sauber gewesen wäre, dann hätte sie sich vermutlich etwas verführerischer gegeben. Lieutenant Marsha Manning hielt sich jedoch, als hätte sie einen Besen verschluckt. Jedenfalls, wenn sie nicht gerade über ein Kabel stolperte. Wie jetzt.

»Verdammt«, sagte sie. Der Kaffeepott flog aus ihrer Hand, rutschte über die Tischkante, und die Brühe landete auf dem Teppich. »Es tut mir leid.«

»Kein Problem«, sagte Scarborough. »Ich hole rasch einen Lappen. Und Sie wühlen inzwischen in den Datenbanken des Landwirtschaftsministeriums herum.«

Er konnte beinahe hören, wie sie mit den Zähnen knirschte, als sie sich dem Computer zuwandte und zu tippen begann. Im Hinausgehen vernahm Scarborough das Piepsen des Modems, das eine neue Verbindung aufbaute.

»Lieutenant Calamity Jane hat gerade deinen Teppich mit Kaffee bewässert, Mac«, verkündete Scarborough in der Küche, während er sich eine Handvoll Papier von der Küchenrolle abriß.

»Ehrlich?« meinte Mac mit vollem Mund. Er futterte eingelegte Gurken, während er das Mittagessen zubereitete. Es gab natürlich Sandwich. »Seltsame Tante. Aber hübsche Beine hat sie, was?«

»Keine Verbrüderung mit dem Feind, Kumpel.«

Mac verteilte Eisbergsalat auf Harvartikäse. »Teufel, nein, Scarborough. Ich will dir nicht in die Quere kommen.«

»Mir in die . . .« Scarborough runzelte empört die Stirn. »Mac, was willst du damit sagen?«

Mac blinzelte ihm zu. »Ich will damit sagen, wenn ich ein heißes Mittagessen wollte, dann würde ich euch beiden Bratpfannen auf den Schoß stellen.«

»Was für ein Unfug! Ich muß zugeben, daß die Frau ganz nett aussieht, aber das heißt doch nicht, daß ich gleich mit ihr in die Kiste springe.«

Mac halbierte die Sandwiches und legte sie auf Teller. »Das wundert mich nicht, Ev. So anziehend und charmant du auch bist, mein Freund, und auch wenn viele Frauen dich einfangen wollen, du mußt anscheinend immer erst ein Ferngespräch führen, wenn du wissen willst, wie es deinen Keimdrüsen geht.«

Aus irgendeinem Grund wurde Scarborough über Macs anzügliche Bemerkungen wütend. Wäre Mac nicht sein bester Freund gewesen, er hätte ihm eine wütende Entgegnung hingeworfen und den Raum verlassen. Sicher, Marsha Manning hatte wundervolle Augen, und ihr Parfüm erregte ihn. Aber Mac lag mit seinen sexuellen Anspielungen völlig falsch, und die Frau benahm sich ohnehin, als würde sie lieber Gift trinken, als ihn zu berühren. Nein, da war dem Romanschriftsteller die eigene Phantasie durchgegangen.

»Mac, wir haben ein paar wichtige Dinge zu klären. Es ist nicht der richtige Augenblick für derbe Scherze und obszöne und unzutreffende Bemerkungen.«

Mac legte das Messer weg. »Kommt dieses Summen von den Hummeln, die du im Hintern hast? Hör doch auf, Doktor Scarborough! Du bist mir in Gegenwart der jungen Dame etwas erregt vorgekommen, und da ich die Logik der Hormone genau kenne, ist nicht schwer zu erraten, was in dir vorgeht. Aber wenn deine zarten Gefühle für die Dame ausschließlich rein und keusch sind, dann bitte ich dich natürlich um Verzeihung.«

»Gefühle? Ich kenne die Dame seit zwei Stunden, und sie wurde von jemandem geschickt, der deiner Meinung nach seit zwanzig Jahren versucht, uns an der Nase herumzuführen. Ich . . .« Er begann tatsächlich zu stottern, und ihm fiel auf, daß sein Gesicht gerötet war. »Zum Teufel damit, MacKenzie. Zum Teufel mit dir. Es geht hier um ernste Dinge, und im Gegensatz zu deinen albernen Fantasy-Romanen muß es nicht in jedem zweiten Kapitel eine Bettszene geben.« Scarborough machte auf dem Absatz kehrt und stakste aus der Küche.

»Mich deucht, Mylord protestieren eine Winzigkeit zu laut!« rief MacKenzie ihm hinterher.

Scarborough stieß wütend und zornig murmelnd die Schwingtür auf. Marsha Manning saß vor dem Computer, völlig versunken in ihre Tätigkeit. Er bückte sich und wischte den Kaffee auf. Dieser Trottel mit seinem Erbsenhirn! dachte er, während er den Teppich betupfte. Nur weil der Kerl mit den Eiern dachte, konnte er doch nicht schließen, daß es bei Scarborough genauso war. Everett Scarborough liebte Frauen, aber er wußte erstens, daß er nie wieder eine Frau so lieben würde wie Phyllis, und zweitens, daß Begegnungen mit dem schwachen Geschlecht ausschließlich dem Vergnügen dienten und keine hohe Priorität genossen. Eine dumme Liebesaffäre wäre wirklich das Allerletzte, was er jetzt gebrauchen konnte, und außerdem würde er diese stocksteife Kreatur in der blauen Uniform nicht einmal anfassen wollen, wenn sie über die Vergabe des Nobelpreises in Naturwissenschaften an ihn zu entscheiden hätte.

Über sich hörte er ein leises Seufzen. Ein sanftes, feminines, zufriedenes Geräusch. Er schaute auf und starrte geradewegs zwischen ihre Schenkel, wo die weichen Rundungen sich allmählich im Halbdunkel zwischen spitzenbesetzter rosafarbener Unterwäsche verloren. Unter dem gestärkten Rock drang ein schwacher, verlockender Parfümduft hervor.

»So!« bellte hinter ihm eine tiefe Männerstimme. »Jetzt gibt's Futter, Leute!«

Er fuhr erschrocken auf und knallte mit dem Kopf unter die Tischplatte. Der Schmerz fuhr wie eine heiße Nadel durch sein Gehirn.

»Oho«, dröhnte Mac, als er das Tablett mit den Sandwiches auf dem Tisch abstellte. »Schaust du etwa der Dame unter den Rock, Doktor Scarborough?«

»Das ist lächerlich!« sagte Marsha Manning. »Wie können Sie so etwas sagen? Doktor Scarborough wischt den Kaffee auf, den ich auf Ihren Teppich gekippt habe, Captain MacKenzie.«

Scarborough stand auf und rieb sich mit verkniffenem Gesicht den Hinterkopf. Er zog es vor, in dieser Situation lieber zu schweigen.

Mac überging die peinliche Situation mit einem Lachen. »Ach, was soll's. Haut rein, Leute, ehe der Senf die Mortadella verbrennt.«

»Kann das nicht noch eine Minute warten?« sagte Marsha mit kaum unterdrückter Erregung, den Blick schon wieder auf den Monitor geheftet. »Ich bin da gerade auf etwas gestoßen.«

»Klar doch«, sagte Mac. Er schnappte sich die erste Hälfte seines Sandwichs und stopfte es sich in den Mund. »Was gibt's denn, Süße?«

Scarborough setzte sich auf einen freien Stuhl und

nahm ein kaltes Watney's Red Barrel vom Tablett. Er überlegte, ob er sich das Bier direkt auf den Schädel kippen sollte, beschloß dann aber, der Aufnahme über den Verdauungstrakt den Vorzug zu geben.

»Sie haben mich nach Akten des Landwirtschaftsministeriums gefragt, nicht wahr? Vor allem nach Anwesen, die von der Regierung betrieben werden oder sich in öffentlichem Besitz befinden.«

Scarborough nickte. »Richtig.«

»Und Sie haben mir eine Adresse im Johnson County gegeben. Also, das paßt. Die Regierung hat das Land im Jahre 1953 erworben. Sie haben außerdem einen gewissen Charles Higsdon erwähnt, der von 1966 bis 1972 Besitzer der Farm gewesen wäre. Es sieht aus, als hätte er sich danach in South Dakota eine andere Farm gekauft. Ich habe hier die Adresse, wenn Sie die haben wollen. Die Telefonnummer ist auch da.« Sie strahlte die Männer an und nahm die Brille ab. »Na, war das gute Arbeit?« Sie deutete auf den Bildschirm.

Scarborough und MacKenzie wechselten einen überraschten Blick.

»Wundervoll«, sagte Scarborough. »Das ist ganz hervorragend, Marsha ... Lieutenant Manning, wollte ich sagen.« Er trat neben sie und sah auf den Bildschirm. Genau, dort stand es, in großen Buchstaben. »Meine Güte, Sie kommen da wirklich rein!« rief er. Der schmerzende Hinterkopf war vergessen.

»Sie brauchen nicht so väterlich zu tun, Doktor. Ich bin manchmal etwas ungeschickt, aber ich weiß, was ich kann.«

Mac trank einen Schluck Bier und grinste. »Was Sie nicht sagen, Mädchen. Und wer arbeitet jetzt auf der Farm?«

Sie tippte etwas ein, drückte auf RETURN und starrte den Bildschirm an. »Es tut mir leid, aber darüber liegen keine Informationen vor, Captain MacKenzie.«

»Das wundert mich nicht«, meinte Mac mit selbstzufriedenem Lächeln.

»Warten Sie... Da kommt doch noch etwas. Meine Güte, es scheint, als wären in den siebziger Jahren auf dem Gelände wichtige Arbeiten vorgenommen worden. Ich kann hier nicht sehen, was für Arbeiten das waren, aber der Auftraggeber war die Air Force. Da ist es – hier steht, es sei eine landwirtschaftliche Versuchsanstalt gewesen, augenblicklicher Status: in Auflösung begriffen.« Sie sah die Männer fragend an. »Sind das die Informationen, die Sie haben wollten?«

Macs Lächeln gefror. Scarborough stellte das Bier auf den Tisch und zog seinen Gastgeber in die Küche. »Entschuldigen Sie, Lieutenant, wir müssen etwas unter vier Augen besprechen. Könnten Sie inzwischen die Unterlagen der Air Force einsehen und herausfinden, was genau dort in den siebziger Jahren passiert ist?«

»Sicher«, sagte die Frau und begann sofort wieder auf der Tastatur herumzuhacken.

Als er mit Mac außer Hörweite war, fragte Scarborough: »Hast du das gesehen? Wir hätten nicht ins Johnson County fahren müssen, wir hätten nicht den Zeitungsredakteur zu bestechen brauchen, um die Information zu bekommen. Wir hätten einfach nur die Air Force anrufen müssen.«

»Ich kapier's nicht«, sagte Mac. Er holte sich das nächste Bier aus dem Kühlschrank.

»Dann will ich es ganz deutlich sagen: Deine Verschwörungstheorie löst sich in Wohlgefallen auf. Wenn die Regierung uns verschweigen wollte, daß das Land ihr gehört, warum haben sie uns dann Manning geschickt, die uns die Informationen in ein paar Sekunden besorgen kann?«

»Vielleicht weil sie Mist gebaut haben. Es wäre nicht das erste Mal. Möglicherweise wußten sie nicht, daß die Informationen da drin sind.«

»Hör schon auf, Mac. Sieh den Tatsachen ins Gesicht. Es gibt keine Verschwörung. Wir waren auf der falschen Fährte. Wir haben in viel zu wenig Fakten viel zu viele Vermutungen hineingelesen.«

Mac dachte einen Augenblick darüber nach, trank einen Schluck Bier und sagte schließlich: »Okay, okay. Das ist möglich. Aber solange wir hier sind und solange Manning mit ihrem Modem hier ist, wollen wir alle Informationen absaugen, die wir nur kriegen können. Und sei es nur, damit du etwas Material für eine komische Einlage in deinem nächsten Buch bekommst. Was meinst du, sollen wir diesen Higsdon anrufen und nachfragen, wie die falschen Details in unsere Berichte gekommen sind?«

»Meinetwegen, Mac. Ich werde sowieso noch eine Weile unterwegs sein; ich will ja auch sehen, wie es Diane geht. Ich gebe dir noch bis nächsten Dienstag Zeit, mehr nicht. Dann bin ich wieder weg.«

»Das ist ein faires Angebot«, sagte MacKenzie. »Weißt du, Ev, die Sache mit den Aufzeichnungen stört mich sehr – und ich wüßte wirklich gern, warum im Blue Book eine falsche Adresse angegeben ist.«

»Hast du schon einmal gehört, daß das Militär manchmal Mist baut, Mac? Daß die Leute Fehler machen? Die Geschichte ist voller Irrtümer, und Gott allein weiß, wie viele falsche Informationen in Akten verewigt wurden.«

»Ich sollte dich wohl warnen. Weil ich immer noch nicht überzeugt bin. Manning könnte ein Ablenkungsmanöver sein – vielleicht wissen sie schon, daß wir diese Informationen haben und versuchen nur, uns zu düpieren, indem Manning uns das gleiche noch einmal vorführt.«

Scarborough schüttelte den Kopf. »Ich geb's auf, Mac. Du findest immer ein Haar in der Suppe, was?«

Mac setzte eine Unschuldsmiene auf und grinste.

»Mac, es ist – ach, zum Teufel mit dir. Ich will jetzt sehen, was Manning sonst noch mit ihrem Computer aufgegabelt hat.«

»Und später sollten wir dann unbedingt prüfen, ob die Schnittstellen kompatibel sind, was?«

Scarborough wurde schlagartig wieder wütend. Er ignorierte die Bemerkung seines Freundes und kehrte ins Nebenzimmer zurück, um mit Marsha Manning zu sprechen.

26. Kapitel

Timothy Reilly traf Jake Camden pünktlich um 21 Uhr 30 im Eight Ball Saloon. Dort berichtete der Student dem Reporter bei einigen Krügen kaltem Bier aus Milwaukee das wenige, was er zu berichten hatte.

»Sie wollen also diese Woche mit ihr zum Hoover Dam? Irgendwie paßt das«, sagte Camden. Er kippte einen Old Grandad und leckte sich die Lippen.

»Warum denn das?«

»Das ist ein Kraftwerk. UFOs treiben sich gern in der Nähe von Kraftwerken herum.«

»Wie auch immer, ich weiß nur, daß wir nach Nevada fliegen müssen. Diane will unbedingt hin.« Er schüttelte den Kopf. »Ich wünschte, ich könnte mich an unsere Erlebnisse erinnern. Irgendwie beunruhigt es mich, daß ich überhaupt nichts mehr weiß. Ich meine, nur unter uns gesagt, Diane hat manchmal eine unglaubliche Phantasie, und gelegentlich fällt sie ihr sogar zum Opfer.«

»Wollen Sie damit etwa sagen, daß Sie Zweifel haben, ob Sie wirklich an Bord eines UFOs waren?«

»Hören Sie, ich weiß genau, was ich gesehen habe, aber ich weiß nicht genau, was danach passiert ist, und – unter uns gesagt, Mister – ich liebe Diane wirklich, aber ich würde nicht unbedingt alles auf die Goldwaage legen, was sie so von sich gibt. Ich meine, es könnte ja auch alles auf einem Artikel beruhen, den sie vor kurzem gelesen hat. So was passiert ihr manchmal. Sie neigt zu freien Assoziationen, wenn Sie wissen, was ich meine.«

Camden nickte. Er schien stocknüchtern, und klatschte die flache Hand auf die Bartheke. »Verdammt, und ich dachte, man könnte sich darauf verlassen. Ich dachte mir, vielleicht steckt doch ein Körnchen Wahrheit darin.« Er wandte sich wieder an Reilly, und in seinen Augen funkelte ein seltsamer Eifer. »Hören Sie, Tim, Sie waren ehrlich mit mir, und Sie haben mir Ihr Vertrauen geschenkt. Ich weiß nicht warum, aber ich freue mich darüber. Ich muß Ihnen sagen, daß ich in erster Linie, und das ist mir wichtiger als Geld und alles andere, ein guter Journalist sein will. Ich möchte eine sensationelle Geschichte veröffentlichen, und ich brauche dafür eine vernünftige Grundlage.«

Tim Reilly sagte etwas kleinlaut: »Man kann ja nie wissen, was noch alles ans Licht kommt.«

»Wo ist Diane überhaupt?« fragte Camden. Er lehnte ab, als die Bedienung ihm ein neues Bier anbot.

»Heute ist ihr Yoga-Kurs. Sie sagt, sie braucht das, um sich nach dem, was bisher schon geschehen ist und vor dem, was noch alles geschehen wird, zu entspannen. Lassen Sie sie lieber in Ruhe, Jake. Wenn es nach ihr ginge, wären Sie längst draußen.«

»Trotz des Bündnisses mit ihrem Vater?«

»Sie traut Ihnen wohl einfach nicht. Sie sehen, ehrlich gesagt, auch nicht besonders vertrauenserweckend aus, und das hat nicht zuletzt auch mit der Zeitung zu tun, für die Sie arbeiten, und mit Ihrem eigenen Verhalten.«

»Und was ist mit Ihnen, Tim?«

Tim grinste. »Mann, ich habe irisches Blut in den Adern. Ich kann hinter den schönen Schein sehen. Camden, irgend etwas in Ihrem Innern hetzt Sie wie eine Hundemeute. Und ich glaube Ihnen, wenn Sie sagen, daß Sie eine vernünftige Grundlage für Ihre Geschichte suchen. Mein Vater hat in seiner Jugend für eine Zeitung in Boston geschrieben, und auch als er später ein erfolgreicher Geschäftsmann wurde, hat der Reiz dieses Mediums nie nachgelassen. Er hat schließlich sogar eine Zeitung gekauft, aber damit ist er nicht glücklich geworden. Auch heute hat er noch manchmal dieses irre Glitzern in den Augen, das ich jetzt in Ihren sehe.«

Camden nickte und griff in die Jackentasche. Außer Staub förderte er jedoch nichts zutage. »Haben Sie vielleicht noch ein bißchen Kohle dabei? Können Sie das Bier für mich bezahlen?«

Tim hob die Augenbrauen. »Das wird wohl gehen, Jake. Aber das hier ist die letzte Runde. Ich denke, ich werde keinen Tropfen mehr anrühren, bis die ganze Geschichte ausgestanden ist. Sie wollen dabei sein, nicht wahr? Ich meine am Staudamm.«

Camden klopfte Tim auf den Rücken. »Und ob, Tim. Vielen Dank für die Informationen. Die Geschichte wird mir das Leben retten.« Er kippte den Rest seines Biers, blinzelte seinem neuen Freund zu und fügte leise hinzu: »Und vielleicht sogar das, was von meiner Seele noch übrig ist.«

Tim Reilly wankte die Treppe zu seinem Apartment hoch und fummelte mit seiner Schlüsselsammlung herum, bis er den richtigen Schlüssel entdeckt hatte, mit dem er seine Wohnung aufsperren konnte. Nach all dem Alkohol, den er zusammen mit Camden konsumiert hatte, war er mehr als nur ein bißchen angesäuselt. Nein, heute, in den modernen alkoholfreien Zeiten, hieß das »betrunken«. Nicht, daß Reilly dieser Zustand völlig unbekannt gewesen wäre. Es gelang ihm recht gut, den Weg nach Hause zu finden. Vielleicht noch ein Bier und ein Pfeifchen, und das wäre es dann gewesen. Dann würde er in die Kiste steigen und sein Verspechen halten. Kein Bier mehr, bis die Sache erledigt war.

Im Grunde war Tim Reilly ein anständiger Junge. Er hatte nur Angst davor, erwachsen zu werden und Verantwortung zu tragen. Deshalb hatte er sich so lange am College herumgedrückt und den Abschluß gemieden wie der Teufel das Weihwasser – aber es war ihm sehr schwer gefallen, weil dort seine Neugierde die Oberhand gewann. Er vertiefte sich in die faszinierenden Dinge, die er lernte, und tat sich in den Kursen immer wieder mit ausgezeichneten Leistungen hervor, obwohl er sich eigentlich hatte bremsen wollen. Inzwischen war der Master's Degree bedrohlich nahe gerückt, und dieser Abschluß brachte bestimmt Verantwortung mit sich. Er wußte, daß ihm das nicht gefallen würde – zurück nach Massachusetts, im weit verästelten Konzern seines Vaters irgendeine Position übernehmen, mit der großen, bösen Welt konfrontiert werden.

Als er vor der Tür seiner Wohnung mit den Schlüsseln herumklimperte, war er sich der Wolke aus Kneipendunst, die ihn wie eine Aura umgab, peinlich bewußt. Eigentlich, dachte er, kam es ihm vor allem darauf an, in Dianes Nähe zu bleiben. Erst jetzt, als diese verrückte Sache begonnen hatte, war ihm klargeworden, wie sehr er sie wirklich liebte. In ungewohnten Situationen und wenn man sich unsicher fühlte, klammert man sich an Emotionen, die vertraut sind – und das einzige, was jetzt über alle Maßen stark und lebendig war, das waren seine Gefühle für Diane Scarborough. Das Leben mit ihr war nie langweilig, gerade wegen ihrer Sprunghaftigkeit, ihrer Begeisterung, ihrer endlosen Monologe und ihrer übertriebenen Dramatik. Aber er hatte noch nie eine Frau gekannt, in der Intelligenz, Schönheit, Attraktivität und ein einzigartiger Charakter auf die gleiche Art und Weise vereint waren wie bei Diane Scarborough. Nicht, daß es Tim Reilly selbst an Individualität gemangelt hätte – er war im Gegenteil sogar ein äußerst individualistischer Mensch, was nicht zuletzt in der temperamentvollen Kombination von irischen und amerikanischen Ahnen begründet war. Aber Diane Scarborough sorgte dafür, daß er in Bewegung blieb. Natürlich bestand jederzeit die Möglichkeit, daß er aufgrund seiner Vernarrtheit den gleichen Sinnestäuschungen zum Opfer fiel wie sie – aber das war ihm ganz recht, solange er Bett und Leben mit ihr teilen konnte.

Die Wohnung roch nach altem Marihuanaqualm, Weihrauch und Hercules' Katzenklo. Und da war noch etwas ... plötzlich fühlte Tim sich etwas unbehaglich. Ein Schauder lief ihm über den Rücken, als hätte ihn jemand mit einer Feder gekitzelt. Er schaltete das Licht ein und sah sich um. Auf den ersten Blick schien alles in Ordnung zu sein. Andererseits war die Wohnung so unordentlich, daß man kaum sagen konnte, ob jemand seine Sachen durchwühlt hatte – Tims Sammlung von Eisenbahnmodellen, die Spielkarten und Tarotkarten, die Diane mitgebracht hatte, verschiedene Musikinstrumente, an denen

Tim sich versuchen wollte. Wie es schien, war nichts gestohlen worden – der kleine Farbfernseher von Mitsubishi, an dem ein Büstenhalter von Diane hing, stand auf den orangefarbenen Kisten, die Tims Schallplatten- und CD-Sammlung beherbergten. Auch die Stereoanlage war noch da, und auf dem Computer waren die Referate gestapelt, an denen Tim gerade arbeitete. Nein, dachte er, da hat mir meine Phantasie einen Streich gespielt.

Der Druck, den er in der Blase spürte, war aber mit Sicherheit keine Einbildung. Er ging zur Toilette, um sich zu erleichtern.

Als er auf der Toilette war, hörte er, wie eine Tür geöffnet und wieder geschlossen wurde, aber in einem Apartmenthaus mit sechzehn Wohneinheiten trugen die Geräusche weit, und man hörte öfter Türen knallen.

Als er fertig war und gespült hatte, ging er zum Kühlschrank. Ein Bier noch – er hatte eine Reihe verschiedener Sorten vorrätig, aber da er sich nur *eines* genehmigen wollte, fiel seine Wahl auf eine angenehm große Dose Foster's. Tim nahm die Dose grinsend aus dem Kühlschrank, wischte das Kondenswasser vom Metall und knackte sie. »Wohl bekomm's«, prostete er sich selbst zu. »Und jetzt die Filmnacht: *Crocodile Dundee jagt die Außerirdischen.*«

Er trank noch einen Schluck kaltes Bier und fühlte sich sofort viel besser. Jetzt mußte er nur noch sein Pfeifchen stopfen und anzünden, und dann wäre die Welt wieder in Ordnung. Vielleicht würde er die Anlage einschalten, sich einen Kopfhörer aufsetzen und etwas Heavy Metal hören, Motörhead oder Metallica. Heavy Metal war sein privates Laster, das Diane nicht teilte. Ihr Musikgeschmack, der von Barock bis zu elektronischer Popmusik reichte, paßte ansonsten recht gut zusammen, aber hin und wieder hatte Tim einfach das Bedürfnis, sich den Kopf vollzudröhnen und seine Gehirnwindungen ordentlich durchzupusten. Dann hörte er Heavy Metal, auch wenn er sich damit ebenso bissige wie geistreiche Bemerkungen von Diane einhandelte.

Also war es beschlossen und verkündet. Er würde die neue CD von Voivod einlegen und laut aufdrehen. Die riesige Bierdose vor sich hertragend, ging er ins Wohnzimmer. Das letzte, was er dort vorzufinden erwartet hätte, war ein Mann, der vor dem Tisch stand und eine Pistole auf ihn richtete. Tim war so verblüfft, daß er das Bier fallen ließ. Es spritzte aus der Dose und lief schäumend auf den Boden.

»Keine Bewegung«, sagte der Mann. Er war schlank, kräftig gebaut, hatte kurzes, sorgfältig geschnittenes Haar und Narben auf den Wangen. Er trug einen grauen Seidenanzug und einen Schlips.

»Wer – wer, zum Teufel, sind Sie?« stotterte Tim.

Der Mann näherte sich ihm vorsichtig, aber selbstbewußt. »Ich habe die Kanone, ich stelle die Fragen.«

»Aber Sie sehen nicht aus wie ein Einbrecher.«

»Ich bin auch kein Einbrecher.« Er sah in Richtung Schlafzimmer. »Ist Ihre Freundin da, Reilly?«

»Ich weiß nicht, was Sie meinen«, sagte Tim. Plötzlich wußte er, daß alle seine Ängste Wirklichkeit werden würden. Diese UFO-Geschichte nahm eine bedrohliche, gefährliche Wendung, und hinter der ersten Ecke stand ein Mann, der ihn mit der Pistole bedrohte.

»Versuche ja nicht, mich zu verarschen, Freundchen«, sagte der Mann. Er packte Tim am Hemd und zog ihn so nahe zu sich heran, daß Tim die Erdnußbutter riechen konnte, die der Mann gegessen hatte. Tim spürte, wie kräftig er war und machte sich vor Angst fast in die Hosen. Aber er sagte nichts. »Wo ist Diane Scarborough?«

Tim schluckte. »Diane? Ich weiß es nicht. Sie wird wohl in ihrer Wohnung sein.«

»Sie ist nicht da, Idiot. Dort war ich gerade. Wo ist sie?«

»Ich bin nicht ihr Kindermädchen«, sagte Tim. Der Mann zog ihm die Kanone quer durch das Gesicht, und Tim sah Sterne. Als er wieder zu sich kam, spürte er im Gesicht einen pochenden Schmerz, und aus Nase und Mund tropfte etwas Zähflüssiges. Blut. Der Mann zog ihn wieder hoch.

»Willst du leben oder sterben, Arschloch? Sag mir sofort, wo sie ist.«

»He, ich weiß es nicht.« Blut blubberte auf seinen Lippen. »Wer will das überhaupt wissen?«

Der Mann schleuderte Tim quer durch den Raum. Tim fiel über den Tisch, rutschte ab und prallte auf den Boden. Sofort war der Mann über ihm, stemmte ihm ein Knie auf die Brust und schob ihm den Lauf der Pistole in den Mund.

»Ich sage dir, wer das wissen will. Meine verdammte Kanone will es wissen.« Der Mann schob den Lauf tiefer hinein, und Tim begann zu würgen. Dann zog der Mann mit den Aknenarben die Pistole zurück und ließ das harte Metall über Tims Zähne rattern. »Diane Scarborough. Du sagst mir jetzt sofort, wo sie ist, du Arschloch.«

Er ließ die Pistole langsam zu Tims Genitalien hinunterwandern. »Oder ich sorge dafür, daß du nie wieder sie oder eine andere Frau vögeln kannst.« Die Waffe wurde schmerzhaft in seine Hoden gedrückt.

Tim Reilly überkam panische Angst, und fast hätte er die Wahrheit gesagt und dem Mann gesagt, wo sich Diane aufhielt: daß sie beim Yogakurs war und danach eine Freundin besuchen und dort übernachten wollte, um nach den aufregenden Ereignissen des Tages etwas Abstand zu gewinnen. Aber er schluckte seine Angst hinunter und rief seine irische Wut und seinen Starrsinn zu Hilfe. Irgend etwas an dem Mann im teuren Anzug war nicht astrein, irgend etwas kam ihm komisch vor. Zweifellos war das ein Profi, der solche Methoden nicht zum ersten Mal anwandte, aber in seinen Augen funkelte ein Zorn, den Tim für sich nutzen konnte, um Diane zu retten, statt sie zu verraten.

»Sie wollen etwas über die UFOs wissen, nicht wahr?« flüsterte Tim.

Die Waffe wurde zurückgezogen. »Yeah«, meinte der Mann und starrte ihn an.

»Auch ich kann Ihnen sagen, was Sie wissen wollen. Sie brauchen Diane nicht«, krächzte er.

»Wirklich?« Der Mann nahm das Knie von Tims Brust und zog ihn hoch. »Yeah, wahrscheinlich kannst du das wirklich, du Arschloch. Du warst mit Diane Scarborough zusammen – dort, nicht wahr?«

Tim nickte und wischte sich das Blut aus dem Gesicht. »Ja, das stimmt. Ich habe das gleiche erlebt wie sie.« Während er sprach, tastete er mit der rechten Hand nach der Tiffany-Lampe mit dem Stahlfuß, die auf dem Tisch stand.

»Du sagst mir aber trotzdem, wo sie ist, Reilly. Ich bekomme es so oder so aus dir heraus.«

»Okay«, keuchte er, Schwäche vortäuschend. »Okay. Ich sage es Ihnen.« Er beugte sich vor, als wolle er betonen, daß er jetzt die Wahrheit sagte. »Sie ist . . .« Und dann kamen keine Worte aus seinem Mund, sondern ein Batzen Speichel und Blut, den er dem Mann in die Augen spuckte.

»Was . . .!« schrie der Mann, und Tim schnappte sich die Lampe und schlug sie dem Mann auf den Kopf. Dann sprang er auf, drückte ihn zu Boden und deckte seinen Kopf mit Schlägen ein. Der Mann ließ die Waffe fallen.

Leider war Tim von den Schlägen, die er selbst eingesteckt hatte, noch geschwächt, und lange nicht so kräftig, wie er eigentlich hätte sein müssen. Es dauerte nur Sekunden, bis der Mann im Anzug seine Benommenheit abgeschüttelt hatte und Tim abwehren konnte. Er schleuderte Tim zur Seite, und Tim prallte schwer gegen den Tisch.

Den Schlag auf den Hinterkopf, als er gegen die Tischkante prallte, bemerkte er kaum noch.

Ein schwarzer Vorhang senkte sich über ihn. Damit war dieser Akt für Tim Reilly zu Ende.

Als sich der Vorhang wieder hob, saß Timothy Reilly in einem kleinen Raum. Er war nicht durchgehend bewußtlos gewesen und erinnerte sich an alptraumhafte Bilder: Er war in ein Auto geschleppt worden, man hatte ihn auf Asphalt abgelegt, etwas hatte geknattert wie ein Hubschrauber, er hatte das Gefühl gehabt zu fliegen und Angst verspürt zu fallen . . .

Jetzt schien sich die Welt wieder stabilisiert zu haben,

obschon sie ihm an den Rändern etwas unscharf und verschwommen vorkam. Er hatte noch den salzigen Blutgeschmack im Mund, und die Schmerzen waren schlimmer als vorher, aber immerhin lebte er noch. Nachdem er den Mann im Anzug angegriffen hatte war das, fand er, gar nicht so sicher gewesen. Er war an einen Stuhl gefesselt, aber er lebte noch, und das war immerhin etwas.

Irgendwie hatte er den Eindruck, sich im Untersuchungszimmer eines Arztes zu befinden, denn er konnte den Kopf weit genug herumdrehen, um einen Metallschrank zu entdecken. Außerdem sah er einen gepolsterten Untersuchungstisch, auf dem eine Papierbahn lag. Darüber hing ein Vergrößerungsglas mit eingebauter Lampe, neben dem Tisch stand ein Rollwagen mit Edelstahlinstrumenten, die auf steriler Gaze bereitgelegt waren. Es roch nach Desinfektionsmittel und nach Krankenhaus.

Angst überflutete ihn. Er wußte nicht, wie spät es war, und er hatte diesen Raum noch nie gesehen. Aber eines wußte er genau. Nur wenn er den Mund hielt, war Diane Scarborough sicher, und das schien ihm das Wichtigste überhaupt zu sein. Das Ausmaß seines Edelmuts und seiner Tapferkeit überraschte ihn selbst, aber er war viel zu durcheinander, um sich auf die Schulter zu klopfen.

Nach wenigen Minuten wurde die Tür geöffnet. Herein kam der Mann, der in seine Wohnung eingedrungen war, über dem linken Auge ein Pflaster. Er trug jetzt ein kurzärmliges weißes Hemd. Der Mann grinste gemein, und hier, wo das Licht besser war, konnte Tim erkennen, daß der Mann ein Sadist sein mußte. Hinter ihm betrat eine Frau im Laborkittel den Raum. Sie trug ein elektronisches Gerät, das sie auf dem Untersuchungstisch abstellte.

»He, Arschloch«, sagte der Mann, der ihn hergebracht hatte. »Schön, daß du wieder wach bist. Ich hoffe, du hast gut geschlafen, denn was jetzt kommt, wird ein bißchen anstrengend.«

Die Frau im Laborkittel wirkte kalt und war hübsch, obwohl sie kein Make-up aufgelegt hatte. Sie steckte das

Stromkabel der Maschine in einen Anschluß und begann an den Reglern herumzudrehen. Auf einer Art Oszillator erschien eine tanzende Welle, und die Nadeln einiger Anzeigen begannen zu zucken.

»Ich habe meine eigenen Methoden, Informationen zu bekommen, aber die Leute, die das Sagen haben, sind der Meinung, es dürfte keine Narben geben.« Das Grinsen wurde breiter. »Keine äußerlichen Narben, meine ich.«

Die Frau drehte sich um und sah Reilly kühl an.

»Mr. Reilly, Sie haben keinerlei Kontrolle über die Situation, also entspannen Sie sich und nehmen Sie die Schmerzen hin, denen Sie ausgesetzt werden. Sie können sich eine Menge Ärger ersparen, wenn Sie unsere Fragen wahrheitsgemäß beantworten. Es gibt einige Dinge, die wir von Ihnen wissen möchten und die aus Ihrer bewußten Erinnerung gelöscht worden sind. Deshalb müssen wir nach ihnen forschen.« Sie nickte in Richtung des Apparats, den sie mitgebracht hatte. »Das ist nur eines der Geräte, die wir bei der Befragung benutzen werden. Andere folgen.«

Der Mann mit den kräftigen Muskeln, über denen sich die kurzen Hemdsärmel spannten, beugte sich über Tim. »Yeah, und jetzt sagst du uns, wo Diane Scarborough steckt, das erspart dir wirklich eine Menge Ärger.«

Nachdem er ein paarmal den Unterkiefer bewegt hatte, um sich zu vergewissern, daß alles noch im Lot war, sagte Tim: »Lassen Sie mich raten, was wir hier haben – entweder die ›Daughters of the American Revolution‹ oder die Abteilung für organisierte Kriminalität bei der CIA.«

»Woher wissen Sie, daß es nicht der KGB oder die IRA ist oder sonst eine Gruppe?« fragte der Mann mit den kurzen Haaren. »Woher wissen Sie, daß wir nicht von einem anderen Planeten kommen?«

Tim versuchte zu lächeln. »Die anderen Gruppen, die Sie genannt haben, heuern keine miesen kleinen Ganoven wie Sie an.«

Der Mann hob die Hand und wollte Reilly schlagen, aber die Frau hielt ihn mit einem eisigen Blick zurück.

»Bitte! Sie könnten ihn wieder bewußtlos schlagen. Das möchten wir doch vermeiden.«

Der Mann ließ widerstrebend die Hand sinken. »Nun gut, Bürschchen«, sagte er mit ruhiger Stimme. »Dich kriege ich noch.«

»Warum denn? Was habe ich getan, daß die Nazis so sauer auf mich sind?«

Die Frau sah Tim neugierig an. »Sie hätten nur zu kooperieren brauchen, Mr. Reilly. Uns sagen, wo Diane Scarborough ist. Ich fürchte, wir müssen jetzt versuchen, die Informationen, die wir eigentlich von ihr bekommen wollten, von Ihnen zu erhalten. Allerdings wage ich zu behaupten, daß das für Sie ein recht schmerzhafter Prozeß werden könnte.« Sie seufzte und blickte wieder zu ihrer Maschine. »Andererseits gibt mir das die Möglichkeit, eine neue Methode einzusetzen und ein neues Gerät auszuprobieren. Und da Sie uns sowieso schon als ›Ganoven‹ beurteilen ... nun ja, wir können uns weitere Höflichkeiten wohl schenken.« Sie wandte sich an den Muskelmann. »Danke, Sie können jetzt gehen.«

Der Mann küßte eine Fingerspitze und legte sie auf Tims Stirn. »Viel Spaß, Mr. Reilly.«

»Bitte«, sagte die Frau, während sie eine Paste auf die Elektroden strich, »die Steuerbehörden sind erheblich barbarischer als das, was Sie gleich erleben werden. Aber ich möchte mir nicht von Ihnen nachsagen lassen, ich hätte Sie nicht gewarnt.«

Timothy Reilly schloß die Augen und sprach ein stummes Gebet.

Woodrow Justine fühlte sich gut.

Nein, er fühlte sich *ausgezeichnet*, dachte er, als er das Labor verließ und sich von den technischen Einrichtungen entfernte, die auf der Farm im Süden Iowas verborgen waren. Es roch nach Gras und Heu, und er konnte im Sternenlicht die Bäume sehen.

Gemächlich wanderte er zum Farmhaus hinüber, das den Technikern, die auf der Beta Station des Projekts

White Book beschäftigt waren, als Hauptquartier und Unterkunft diente. Dr. Cunningham hatte mit ihren Apparaten und ihren wundervollen Medikamenten die Gespenster aus seinem Gehirn vertrieben. Sein Selbstvertrauen war sofort wieder da gewesen, als er den Abzug hatte durchdrücken dürfen. Und jetzt war auch seine Begeisterung wieder erwacht. Er hatte gute Arbeit geleistet, und das Adrenalin schäumte durch seine Adern. Er fühlte sich stark und lebendig, als er das Büro betrat und sich ans Telefon setzte, um der Zentrale zu berichten. Es war jetzt 1 Uhr 15 – er konnte Richards also noch direkt anrufen.

Der Leitende Editor hörte sich seinen Bericht kommentarlos an.

»Gute Arbeit, Justine. Zu schade, daß Sie Diane Scarborough nicht erwischt haben, aber vielleicht ist das am Ende doch nicht so schlecht. Wir sind, was ihren Vater angeht, immer noch in einer kritischen Phase. Die Dinge spitzen sich zu, und wir dürfen kein Risiko eingehen. Wie fühlen Sie sich?«

»Ausgezeichnet.«

»Gut. Ruhen Sie sich etwas aus, denn Sie müssen morgen das nachholen, was Sie eigentlich heute tun wollten, bevor die Angelegenheit eine unerwartete Wendung nahm. Es is ein ungeheuer wichtiger Auftrag, Justine. Ich habe mich informiert. Wenn in Captain Eric MacKenzies Akten das notiert ist, was ich befürchte, dann kennt er möglicherweise sogar die Adresse der Farm, auf der Sie sich jetzt gerade befinden.«

»Verdammt!«

»Allerdings. Und wenn Scarborough und MacKenzie dort aufkreuzen, dann bleibt Ihnen keine Zeit mehr, die Anlage zu evakuieren. Justine, wir müssen die Akten vernichten. Höchste Priorität. Sie haben die Adresse und die Landkarte?«

»Yeah.«

»Dann ruhen Sie sich etwas aus, und morgen früh nehmen Sie ein ordentliches Frühstück zu sich und versorgen sich mit den passenden Waffen und Explosivstoffen. Und dann fahren Sie nach Iowa City.«

»Und wenn Scarborough mir in die Quere kommt?«

»Zum Teufel mit den Publishern«, sagte Richards. »Der Mann wird so langsam zum Problem. Wir dürfen nicht zulassen, daß er und MacKenzie die Beta Station finden. Wenn er Ihnen in die Quere kommt, dann legen Sie ihn um.«

»Mit Vergnügen«, sagte Justine.

27. Kapitel

Der Anruf kam um 8 Uhr 15; Scarborough war schon aufgestanden. Er sah sich die Ausdrucke an, auf denen nachzulesen war, was Marsha Manning aus den Computern der Regierung herausgeholt hatte. Sie war schon seit 6 Uhr 30 tätig und sah einige Akten der Air Force durch, die sie in ihren Laptop geladen hatte. Mac würde eine ansehnliche Telefonrechnung bekommen. Der ahnungslose Hausherr lag jedoch einen Stock höher schnarchend noch in tiefem Schlaf.

Der Anruf kam von Diane. Sie war sehr aufgeregt, konnte aber glücklicherweise noch zusammenhängend reden und klar denken. Tim war verschwunden, auf dem Boden seiner Wohnung gab es Blutspuren. Die Polizei war bereits unterwegs. Was sollte sie tun?

»Blut? Wieviel?«

»Nur ein Fleck. Aber das Wohnzimmer ist verwüstet, Dad.«

»Diane, beruhige dich. Tim ist ein Herumtreiber, nicht wahr? Sagtest du nicht, er sei gestern abend mit Camden unterwegs gewesen? Das könnte die Erklärung sein. Ich möchte wetten, daß im Zimmer auch Alkohol verschüttet wurde, und . . .«

»Nur ein Bier.«

»Sie haben zuviel getrunken, sie haben sich gestritten –

wer weiß. Aber das ist alles noch lange kein Grund für die Annahme, er sei entführt worden.«

»Sein Auto steht in der Garage.«

»Ja, aber denk doch mal nach, Diane. Wenn er mit Camden unterwegs war, dann haben sie Camdens Auto benutzt. Na? Schau mal, ich habe Tim kennengelernt, und ich weiß, wie er ist. Und ich kann mir lebhaft vorstellen, wie Mr. Jake Camden seine Freizeit verbringt. Sie sind ausgegangen, sie haben ein paar Mädchen aufgegabelt, sie sind in Camdens Hotel ...«

»Daddy! Tim liebt mich, er würde so etwas nie tun.«

»Tim ist ein Mann, Diane. Ein Mann, der gerne einen trinkt. Du weißt nicht, was ...«

»Daddy, ich spüre das einfach. Er ist entführt worden. Ich kann es nicht näher begründen, aber ich bin auch selbst in Gefahr. Meine Intuition sagt mir ...«

»Okay, okay. Beruhige dich.«

»Daddy, kannst du nicht kommen?«

»Schau mal, ich wollte morgen sowieso kommen. Heute muß ich mich noch um einiges kümmern; im Augenblick kann ich nicht weg.«

»Ich möchte nicht hierbleiben, und ich muß dringend mit dir reden, Dad. Spricht etwas dagegen, daß ich zu euch komme?«

»Nein ... überhaupt nicht. Nein, ich würde mich sogar darüber freuen, Diane. Komm nur her. Mac hat genug Platz.«

»Gut, Dad. Ich komme. Die Polizei trifft gerade ein, und ich muß jetzt mit den Beamten sprechen. Ich buche den Flug, und dann rufe ich dich wieder an. Und noch etwas, Dad – du irrst dich, was Tim angeht. Du kennst ihn einfach nicht, und du ziehst vorschnelle Schlußfolgerungen.«

»Ich! Vorschnelle Schluß ...«

Sie hatte schon aufgelegt.

Einigermaßen entgeistert ging er mit seinem Pott Kaffee ins Eßzimmer. Lieutenant Marsha Manning, adrett und professionell wie gewohnt, sah kurz von ihrem Computer auf. Der kleine Drucker, den sie am vergangenen

Abend angeschlossen hate, brachte leise surrend Buchstaben zu Papier.

»Na?« sagte sie.

»Hm?«

»Sie sehen aus, als hätte Ihnen jemand in den Kaffee gespuckt.«

»Oh. Ich habe gerade mit meiner Tochter gesprochen. Sie kommt heute zu uns.«

»Mir scheint, daß Sie über diese Aussicht alles andere als begeistert sind.«

»Sie sind selbst die Tochter Ihres Vaters. Behelligen Sie Ihren Vater mit Unfug? Fördern Sie das Ergrauen seines Haars? Schieben Sie seinen Rollstuhl näher an den Abgrund, beschleunigen Sie seinen Weg ins Grab?«

»Nein. Ich sehe meinen Vater nur an besonderen Feiertagen, und deshalb kommen wir blendend aus.«

»Dann sind Sie eine gute Tochter. Ich bin mit einer Zwanzigjährigen gesegnet, die so störrisch ist wie ich und die mir manchmal als die Nacht erscheint, die den Tag verdunkelt.«

»Oder der Tag, der die Nacht erhellt?«

»He, auf wessen Seite stehen Sie?«

»Ich bin eingetragenes Mitglied der Vereinigten Töchter von Amerika. Ihr Väter könnt manchmal ganz schön schwierig sein.«

»Es heißt ja eigentlich, Töchter wollen ihren Daddy verführen, aber meine will mir das Gehirn amputieren.«

»Das soll vermutlich heißen, daß Sie nicht immer einer Meinung sind?«

»Ja, sie ist völlig aus der Art geschlagen. Eine Jüngerin des New Age. Total ausgeflippt.«

»Was wiederum klingt, als wären Sie sehr stolz auf sie.«

Er seufzte und sah Marsha Manning an, die neugierig, offen und selbstbewußt seinen Blick erwiderte. Er wußte selbst nicht warum, aber er hatte das Gefühl, ihr blind vertrauen zu können. »Sie ist ihrer verstorbenen Mutter sehr ähnlich.« Seltsam, wie schnell man Fremden manchmal völlig private Dinge erzählt, dachte Scarborough.

Marsha schwieg einen Augenblick rücksichtsvoll. »Ich würde mich freuen, sie kennenzulernen. Darf ich Sie zum Flughafen begleiten? Ich glaube, ich könnte gegen Mittag sicher mal eine Pause vertragen.«

Scarborough sah die Seiten durch, die sie ausgedruckt hatte. »Natürlich, warum nicht. Wir können unterwegs etwas essen, und ich kann Ihnen auf der Fahrt die Situation erklären. Was haben wir denn bisher?«

»Nicht sehr viel, fürchte ich. Das Problem bei den Datenbanken der Air Force ist, daß sie genauso verwirrend sind wie die schriftlichen Unterlagen.«

Scarborough nahm einen Stapel Papier in die Hand, ohne jedoch zu lesen. Er starrte nachdenklich ins Leere. »Lieutenant Manning«, begann er, »wie gut sind Sie eigentlich mit Colonel Dolan bekannt?«

Manning sah nicht auf.

»Ich bin ihm nur ein einziges Mal begegnet, Dr. Scarborough. Als er mich zu Ihnen abgeordnet hat.«

Scarborough nickte. »Everett«, bot er an. »Nennen Sie mich Everett oder Ev, wenn Sie wollen.«

»Nur, wenn Sie mich Marsha nennen . . . Ev.«

»Ist das nicht sehr unprofessionell?«

»Manchmal ist es professionell, sich unprofessionell zu verhalten«, sagte sie, und als er sie ansah, lächelte sie ein klein wenig in sich hinein.

Captain Eric MacKenzie starrte düster auf den Bildschirm seines Computers. Er sah den letzten Teil des Zehnten Kapitels von *The Immolator Number 121: Contra Flarup* durch. Zehn Kapitel, mehr hatte der Autor aus New York zum vereinbarten Termin nicht liefern können, und jetzt war es MacKenzies Aufgabe, das Ding in weniger als zwei Wochen zu Ende zu schreiben, damit 100 000 begierige Leser in Supermärkten im ganzen Land das nächste blutrünstige Abenteuer ihres Helden in die Finger bekamen. War es nicht ein seltsamer Zufall, daß ihm dies ausgerechnet in dem Augenblick in die Quere kam, in dem seine UFO-Ermittlungen eine aufregende Wendung nahmen?

»Verdammt, Lou«, murmelte MacKenzie halblaut und nahm seine Bloody Mary mit Tabasco in die Hand – seinen »Tipptreibstoff«, wie er den Mix nannte, und trank einen Schluck. Nun ja, es waren nicht mehr ganz hundert Seiten. Selbst wenn sie in den nächsten Tagen noch ein paar Exkursionen machten – er würde heute zwanzig Seiten schreiben, während Manning und Scarborough die Computerdateien durchgingen, und dann zehn Tage lang jeweils noch ein paar Seiten drauflegen. Anschließend könnte er sich dann mit ein paar Flaschen Popov, einigen Limonen und einer größeren Menge Snappy Tom einschließen, um den Rest zu produzieren. Die Immolator-Geschichten herunterzuschreiben – das gelang ihm inzwischen im Schlaf. Trotzdem vergab er immer mehr an professionelle Autoren, die ein paar Dollar nebenbei verdienen wollten und sich am Wochenende nach ihrer normalen Arbeit hinsetzten und die deftigen, ebenso heroischen wie gewalttätigen Geschichten erfanden. Es war eine Schande, daß Lou Hilton ihn so versetzt hatte. Lou war ein guter Autor, und die Immolator-Bücher, die von ihm stammten, besaßen den richtigen Biß und die Geradlinigkeit des Erfinders selbst. Aber Lou arbeitete leider nicht besonders schnell.

MacKenzie trank wieder einen Schluck, kostete die Schärfe des Alkohols in Verbindung mit dem Tabasco und hackte auf die Tastatur ein, um seinen Helden aus dem nicaraguanischen Dschungel zu befreien. Es war eine traurige, ergreifende Szene. Um die lange Wanderung zu überleben, mußte Harry Diggs eine seiner geliebten Waffen zurücklassen, einen Peacemaker Colt. MacKenzie lächelte in sich hinein, während er die anrührende, erschütternde Szene beschrieb. Der Held muß sich von seiner Waffe trennen. Ja, da bleibt kein Auge trocken.

Er hielt einen Augenblick inne und trank wieder einen Schluck. Das Kapitel war fast beendet, und er wollte nur noch eine oder zwei Seiten des nächsten schreiben, bevor er eine größere Pause einlegte und sich um das Mittagessen kümmerte. Als er begonnen hatte, täglich zu schreiben, war ihm ziemlich schnell klargeworden, daß man sich gewissermaßen selbst das Gewehr für die nächsten Schüsse laden mußte. Nichts war schlimmer, als am Morgen mit einer neuen Szene oder gar einem neuen Kapitel aus dem Stand zu beginnen. MacKenzie hatte gelernt, Bücher zu schreiben wie ein Kettenraucher – der die neue Kippe an der Glut der letzten anzündete. Bloß nicht vom Computer aufstehen, ehe er sich nicht einen Happen für die nächste Sitzung hingeworfen hatte. Es war im Grunde eine Abwandlung von Hemingways Regel, immer ein bißchen Wasser im Brunnen zu lassen, damit das Schöpfen am nächsten Tag leichter fiel. Auf jeden Fall half es MacKenzie, die schlimmste Furcht jedes Autors in Schach zu halten: die Schreibblockade.

Er trank den letzten Schluck Bloody Mary und grinste den Monitor an. Ja, er war vielleicht wirklich der Schrekken der Anonymen Alkoholiker, denn er hatte ihnen ihren Leitspruch geklaut und auf seine eigene Situation zurechtgebogen. Aus »Nur heute noch« war »Nur noch ein paar Worte« geworden.

Harry Diggs näherte sich dem Ende des Kapitels und zerlegte gerade eine Boa Constrictor mit einem stumpfen Schweizer Armeemesser, als sein Schöpfer unten im Erdgeschoß Geräusche hörte. Es waren keine lauten Geräusche, aber er hatte gute Ohren und erkannte sie: Jemand hatte die Hintertür geöffnet und dann wieder geschlossen. Das war seltsam, denn Scarborough und Lieutenant Oberweite waren gerade erst, kurz bevor er sich an den Computer gesetzt hatte, zum Flughafen aufgebrochen. Sie würden frühestens in einer Stunde zurückkommen. Vielleicht war ihnen aber auch etwas dazwischengekommen.

MacKenzie drückte auf F10. Das war bei der alten WordPerfect-Version, die er benutzte, die Taste, mit der die neu geschriebenen Absätze abgespeichert wurden. Er stand auf und ging nach unten, um nach dem Rechten zu sehen. Es schien alles in Ordnung zu sein. Er überprüfte die Hintertür: verschlossen. Er sah zur Zufahrt hinaus. Mannings Mietwagen war nicht da.

Vielleicht habe ich es mir nur eingebildet, sagte er sich. Aber da er schon einmal unten war, dachte er, konnte er sich auch gleich den nächsten Drink mixen. Doch er verwarf die Idee sofort wieder. Etwas Wodka oder Bier im Kreislauf, da lief sein Schreibapparat wie geschmiert, aber wenn es zuviel wurde, dann geriet alles ins Stocken. Der Tag, an dem er zu betrunken oder zu verkatert wäre, um sich an die Schreibmaschine zu setzen, wäre der Tag, an dem er ganz auf den Alkohol verzichten müßte. Und da er nicht den Wunsch hatte, das Trinken aufzugeben, kontrollierte er seine Trinkgewohnheiten mit eiserner Disziplin. So schenkte er sich einen Kaffee ein und stieg die Treppe wieder hoch, um die Riesenschlange endgültig zu erledigen.

Als MacKenzie sein Büro betrat, saß ein Mann an seinem Arbeitsplatz. Der Mann trug einen Seidenanzug, das Haar war kurz geschnitten. Auf der Stirn hatte er ein Heftpflaster, und die leichte Bräune seines Gesichts war von einigen roten Aknenarben durchsetzt. Das Auffälligste an diesem Mann war jedoch die H-K Automatik, die er in der Hand hielt. Die H-K war die womöglich modernste Handfeuerwaffe, die man überhaupt für Geld kaufen konnte. Effizient, zielgenau, zuverlässig und in den Händen eines geschickten Schützen tödlich. Nach dem ersten Schreck sah MacKenzie dem Mann in die Augen, und er wußte sofort, woran er war. Der Mann war nicht nur ein guter Schütze mit einer ausgezeichneten Waffe.

Der Mann war ein Profikiller, der seine Arbeit liebte.

»Guten Tag. Sie müssen Captain Eric MacKenzie sein«, sagte der Mann. Er bewegte sich leicht, und MacKenzie konnte sehen, wie sich unter der Seide die kräftigen Muskeln spannten. Der Kerl hielt sich fit.

»Was, zum Teufel, haben Sie in meinem Haus zu suchen? Soll ich die Polizei rufen, oder soll ich Sie eigenhändig hinauswerfen?« brüllte MacKenzie. Sein Zorn verdrängte das Gefühl von Gefahr.

»Ich habe gerade Ihr kleines Meisterwerk hier gelesen«, sagte der Mann, indem er auf den Bildschirm tippte. »Witzig. Übrigens habe ich eine Zeile dazugeschrieben, die mir wirklich gefällt: ›Die Schlange erwürgte den Immolator und verschluckte ihn mit Haut und Haaren.‹ Wie gefällt Ihnen das, MacKenzie? Ich finde es gut.«

MacKenzie wollte auf ihn losgehen, aber der Mann winkte warnend mit der Pistole. »Vorsicht, Freundchen. Sind Sie blind? Mit diesem kleinen Ding hier kann ich eine direkte Verbindung zwischen Ihrem Bauchnabel und Ihrer Wirbelsäule herstellen. Glauben Sie ja nicht, daß ich nicht schießen würde, wenn es nötig ist.«

»Verdammt, arbeiten Sie für die Regierung? Für die CIA, möchte ich wetten. Diese Arschlöcher. Ich hatte recht. Wir sind wirklich auf eine große Sache gestoßen. Diese Farm . . . da ist irgend jemand richtig sauer auf uns geworden, was?«

»Hören Sie, ich bin nicht gekommen, um Ihnen etwas zu erklären, Herr Schriftsteller. Ich bin hier, um meinen Job zu erledigen, und wenn Sie so freundlich sind, mir zu helfen, dann wird die Schlange Sie vielleicht doch nicht fressen.« Der Mann stand geschmeidig auf. »Die Akten, MacKenzie. Die Akten vom Projekt Blue Book, die Sie unvorsichtigerweise behalten haben. Wo sind sie?«

Aha, darum ging es also. Die Akten. Sie waren dem großen Monster auf die Zehen getreten, und die Reaktion kam schneller, als MacKenzie es erwartet hätte.

»So, demnach gibt es wohl noch mehr korrekte Informationen und problematische Adressen in meinen Notizen, was?« MacKenzie ging langsam ein paar Schritte weiter.

»Das geht Sie nichts an, Mann. Also, wo sind die Akten?«

»In den alten Schränken da drüben, Junge. Im zweiten von links. Aber warum diese Eile? Gehen Sie's doch ruhig an, machen Sie mal Pause, und ich schicke Ihnen das Zeug einfach mit der Post.«

Der Mann sah zum Aktenschrank hinüber, den MaKKenzie ihm genannt hatte, und der Autor wußte, wenn er nicht schnell etwas unternahm, würde er das einzige stichhaltige Material verlieren, das er überhaupt besaß. Mit einer schnellen Bewegung kippte er dem Mann den heißen Kaffee ins Gesicht.

Der Mann schrie und drückte instinktiv ab, aber MacKenzie warf sich zur Seite und gleichzeitig nach vorn und schlug ihm die Faust mit voller Kraft mitten in den Bauch. Der ungebetene Gast kippte schwer gegen den Computertisch, schlug mit dem Handgelenk auf den Rechner, und die Waffe entglitt ihm und fiel auf den Teppich.

MacKenzie konnte noch einen zweiten Volltreffer ins Gesicht des Eindringlings landen, bevor der hervorragend ausgebildete Agent die Oberhand gewann. Er streckte ein Bein aus, MacKenzie stolperte und ging zu Boden, doch im Fallen packte er mit beiden Fäusten das Seidenhemd des Mannes und riß ihn mit sich.

Sie rollten wild auf sich einschlagend umher, und einen Moment lang gewann MacKenzie die Oberhand. Er konnte dem Mann die Hände um den Hals legen, und als er zudrückte, dachte er schon, er hätte ihn erwischt; aber dann spannte der Mann die Muskeln an, und MacKenzie wurde ausgehoben und flach auf den Rücken geschleudert wie ein Ringer, der durch Schulterwurf den Kampf verloren hat. Der Mann warf sich nicht auf ihn, sondern sprang hoch, um nach seiner Waffe zu greifen.

MacKenzie packte ihn am Fuß und hielt verzweifelt fest, mußte aber nach einem Tritt ins Gesicht loslassen. Sein Gegner hielt bereits die Waffe auf ihn gerichtet.

Stöhnend kam MacKenzie auf die Beine und hob die Hände. »Schöner Kampf, Kumpel. Okay, du hast gewonnen und erhältst die Prämie.« Er hustete erschöpft. »Aber ich konnte dich ja nicht so einfach ohne ein kleines Handgemenge davonkommen lassen.«

Die Aknenarben des Mannes glühten hellrot. »Verdammt, du Schreiberling.« Er drehte sich um, schoß auf den Computer und traf das Diskettenlaufwerk.

Das war schlimmer als ein körperlicher Angriff. »Mensch, ich habe meinen Roman da drin! Und keine Sicherungskopien!«

Aus dem Computer schlugen Funken. Der Mann drehte sich rasch zu MacKenzie herum.

»Yeah, Schreiberling. Und jetzt kümmere ich mich um die Software.«

Er schoß MacKenzie in den Bauch.

Der Aufschlag warf MacKenzie anderthalb Meter zurück. Er fühlte sich, als hätte jemand ihn mit der Axt zerteilt, stürzte schwer auf den Boden und spuckte Blut. Schwärze legte sich über sein Bewußtsein wie ein nasser Sack.

Als er zu sich kam, lief immer noch Blut aus seinem Mund. Tief und gurgelnd holte er Luft, und dann war alles wieder da. Er hörte, wie Papiere zu Boden fielen und Schubladen aufgerissen wurden. MacKenzie verrenkte unter Schmerzen den Hals und sah, wie der Mann im Seidenanzug die Akten aus den Schränken riß – aus *allen* Schränken – und sie in der Mitte des Raumes auf einen großen Haufen warf.

»Nein«, krächzte MacKenzie. »Aufhören!«

Er versuchte, hinüberzukriechen, aber die Schmerzen waren zu stark.

»Oh, du lebst also noch?« sagte der Mann, als er die letzte Handvoll Papier auf den großen Stapel warf. »Auch gut. Du kannst gleich einen Pyromanen bei seiner liebsten Beschäftigung beobachten.« Der Mann sah sich um. Auf dem kleinen Tisch stand ein großes altes Benzinfeuerzeug. Er nahm es, riß den Feuerstein und den Docht heraus und kippte das Benzin über die Papiere. »Ein kleiner Vorgeschmack auf die Hölle, du Arschloch!«

Er holte ein Streichholzbriefchen aus der Tasche, riß ein Streichholz an und entzündete an diesem die anderen im Briefchen. Das flackernde Licht gab seinem gespannten Grinsen etwas Diabolisches. Dann hielt er das Streichholzbriefchen über den Papierhaufen.

»Meine Mutter hat immer gesagt, daß ich nicht mit Streichhölzern spielen darf, Captain MacKenzie. Wie Sie sehen, hatte sie recht.«

Lachend warf er die Streichhölzer auf die mit Benzin

getränkten obersten Blätter, und mit einer kleinen Stichflamme begann der Stapel sofort zu brennen. Die Flammen breiteten sich rasch aus.

MacKenzie betrachtete entsetzt den Scheiterhaufen. Einen Augenblick lang vergaß er sogar seine Schmerzen.

Der Mann trat hinter dem brennenden Haufen hervor. »So, das war's dann. Damit wäre die Frage der Akten erledigt. Und jetzt mein abschließender Gruß an Sie.«

Er zielte, und MacKenzie dachte: *Mein Gott, ich hätte mir die Bloody Mary doch noch genehmigen sollen.*

Der Mann im Seidenanzug drückte ab, und die Kugel traf MacKenzie mitten in die breite Brust.

Das letzte, was MacKenzie hörte, bevor er abermals bewußtlos wurde, war der Feueralarm, der im ersten Stock anschlug.

28. Kapitel

Als Diane Scarborough mit der Maschine um 11 Uhr 54 in Iowa City eintraf, wartete ihr Vater mit einer Frau, die die blaue Uniform der Air Force trug, bereits auf sie. Er stellte seine Begleiterin als Lieutenant Marsha Manning vor. Diane, die ihren Eingebungen im allgemeinen blind vertraute, mochte die Frau auf den ersten Blick und spürte zwischen ihr und ihrem Vater sogar eine gewisse erotische Spannung. Aber sie war viel zu sehr mit ihren eigenen Problemen beschäftigt, um die Nuancen bewußt wahrzunehmen.

»Dad, wir müssen unbedingt miteinander reden«, sagte sie.

»Na schön, wir können zu Mittag essen, und dabei kannst du mir alles erzählen, was du zu sagen hast, Diane. Du kannst Lieutenant Manning vertrauen. Sie hat mir bewiesen, daß ich umgekehrt auch ihr vertrauen kann.« Er lächelte die Frau an. »In gewissen Grenzen jedenfalls.«

Marsha Manning nickte knapp. »Ich bin überwältigt.«

Scarborough führte sie in ein nettes Rasthaus, das im Stil der amerikanischen Gründerzeit eingerichtet war. Sie konnten dort in gemütlichem Halbdunkel sitzen und im Nachbau eines altmodischen Hauses das elektrische Glühen eines Feuers beobachten. Es gab dicke Hamburger, die nach Dianes Meinung an feuchte Pappe erinnerten. Sie biß zweimal in ihren hinein, knabberte dann den Krautsalat und aß nur die Pommes frites, die sie als Beilage bekommen hatte.

Um Lieutenant Manning zu informieren, berichtete sie zunächst, was sie mehr als eine Woche zuvor erlebt hatte. Scarborough hatte Marsha die Situation bereits erklärt, sie wußte also um die Probleme, die er mit den Schilderungen seiner Tochter hatte, wollte aber Dianes Version trotzdem mit eigenen Ohren hören. Als nächstes beschrieb Diane ihren Besuch beim Psychologen und den Verlauf der Hypnosesitzung, über die auch Scarborough noch nicht informiert war.

»Am Hoover-Damm?« fragte er. Seine Stimme klang ungläubig.

»Warum wollen die sich mit dir ausgerechnet dort treffen?« Er sah Manning aufgebracht an. »Nicht, daß ich glaube, ›die‹ wären irgend etwas anderes als ein fehlgeleiteter Impuls in Diane Großhirnrinde.«

»Dad, ich bin da nicht so sicher. Überhaupt nicht. Ich weiß nur, daß ich mich an diese Dinge erinnere.« Ihr Gesicht war bleich und wirkte verschlossen. »Willst du mir jetzt bitte zuhören, ohne mich zu unterbrechen?«

»Sie sind wirklich nicht fair, Ev«, tadelte Marsha.

Scarborough warf ihr einen empörten Blick zu, schwieg aber. Sie hatte recht. Und er respektierte Marsha, die stark genug schien, sich ihm entgegenzustellen. Er grunzte nur und kaute seinen Hamburger.

Diane fuhr fort: »Die Polizei hat übrigens etwas Ähnliches gesagt wie du, Dad. Die Beamten meinten, es gäbe keinen wirklichen Beweis dafür, daß Tim entführt worden ist. Sie sagten, ich solle noch einen Tag warten und mich wieder melden, wenn er dann immer noch nicht aufgetaucht sei. Aber ich sage dir, ich *weiß*, daß Tim entführt wurde. Allerdings nicht notwendigerweise von Außerirdischen. Ich spüre es einfach.«

»Da sehen Sie mein Problem«, sagte Scarborough. »›Von Außerirdischen entführt‹, das klingt wie eine Zeile aus einem Comic oder so. Aber das hat nichts mit dem wirklichen Leben zu tun.«

Marsha hörte nicht auf ihn. »Intuitionen treffen nicht immer zu. Wie Ihr Vater ganz richtig bemerkt hat, ist Tim Reilly ein junger Mann, und junge Männer erlauben sich manchmal Eskapaden.«

»Nein, Tim tut das nicht. Dad hält ihn für einen irischen Säufer, aber da irrt er sich. Tim ist ein kluger Junge. Er hat vielleicht keinen besonders guten Ruf, aber er wird irgendwann einen Beruf ergreifen, in dem er anderen Menschen helfen kann. Dad, Tim hat eine Menge guter Dinge getan, von denen du keine Ahnung hast. Er ist ein anständiger, ehrlicher und wertvoller Mensch.«

Scarborough seufzte. »Okay. Angenommen, das trifft alles zu – wie kann ich dir nun helfen?«

»Ich dachte, du könntest mir vielleicht ein paar Fragen beantworten. Ich weiß nicht ... jedenfalls ist das der Grund dafür, daß ich mit dir reden wollte. Nehmen wir an, nicht die Außerirdischen haben Tim entführt ...«

»Das nehme ich gern an«, warf Scarborough ein.

»Und nehmen wir weiter an, er ist kein Herumtreiber – und ich *weiß*, daß er das nicht ist. Dann bleibt nur noch die Möglichkeit, daß er tatsächlich weggebracht wurde. Ich habe allerdings keine Ahnung, warum irgend jemand auf die Idee kommen sollte, Tim zu entführen. Aber ich habe im Flugzeug nachgedacht ... unsere UFO-Erfahrung war einzigartig. Vielleicht gibt es Menschen, die mehr aus uns herausholen wollen ... oder Leute, die nicht möchten, daß wir die Geschichten weitererzählen.«

»Das haut nicht hin«, sagte Scarborough. »Warum sollten sie Tim schnappen? Du bist doch diejenige, die behauptet, die Kerle in der fliegenden Untertasse gesehen zu haben.« Die letzten Worte blieben ihm fast im Hals stecken.

»Nein, warten Sie«, schaltete Marsha sich ein. »Diane, wo waren Sie, bevor Sie zu Ihrer Freundin gefahren sind?«

»Bei einem Yogakurs, der immer ziemlich lange dauert.«

»Hielten Sie sich in Ihrer eigenen Wohnung auf?«

»Nur ein paar Minuten am Nachmittag.«

Manning tippte Scarborough auf die Schulter. »Kann sein, daß sie Diane einfach nicht erwischt und deshalb Tim mitgenommen haben.«

»Tim wußte aber, wo ich war.«

»Vielleicht wollte er es ihnen nicht verraten.«

»Aber wenn Sie ihn entführt haben, dann sind sie möglicherweise auch imstande, ihn zu foltern. Und ... mein Gott.«

»Meine Damen, meine Damen.« Scarborough hob flehend die Hände. »Bitte! Wir sind hier nicht in einem billigen Krimi. Das hier ist das wirkliche Leben. Diane, warum sollte jemand dich entführen wollen, nur weil du ein UFO-Erlebnis hattest? In den Annalen der UFO-Forschung gibt es nichts Vergleichbares. Mein Gott, sogar die berühmten Men in Black geben doch nur leere Drohungen von sich.«

»Aber es ist logisch, Dad, es paßt zusammen.«

»Alles läuft auf einen einzigen Punkt hinaus, und dieser Punkt ist keineswegs gut abgesichert. Hör zu, Diane. Du bleibst heute abend bei uns. Morgen fahren wir dann zusammen nach Kansas. Wenn Tim dann immer noch nicht aufgetaucht ist, werden wir das FBI verständigen. Wir lassen seine Wohnung auf Fingerabdrücke untersuchen, und wir werden alles tun, was man nach kriminaltechnischem und menschlichem Ermessen tun kann, um ihn zu finden. Und ganz egal, was sonst noch passiert, ich werde mir deine UFO-Erfahrung persönlich vornehmen.«

Diane schien zufrieden und beließ es dabei.

Sie hörten schon von ferne die Sirenen der Feuerwehr.

Als sie näherkamen, sahen sie hinter den Bäumen Rauch in einer schrägen schwarzen Säule aufsteigen.

Marsha lenkte den gemieteten Chevy Cavalier in die Zufahrt zu Eric MacKenzies Haus. Es gab keinen Zweifel, es war sein Haus, das brannte.

Zwei ältere rote Feuerwehrwagen der örtlichen Freiwilligen Feuerwehr standen vor dem brennenden Gebäude. Feuerwehrmänner mit Helmen und in gelben Mänteln richteten dicke Wasserstrahlen auf das glosende Dach, wo die Flammen bereits durch die Dachschindeln leckten. Der beißende Geruch von brennendem Holz hing schwer in der Luft.

Everett Scarborough sprang entsetzt aus dem Auto und rannte zu einer Traube von Männern, die am Rande standen und die Feuerbekämpfung beobachteten. Laß Mac bei ihnen sein, betete Scarborough. Gib, daß es ihm gut geht.

Aber in der Gruppe der Männer konnte er keinen rothaarigen Riesen entdecken.

Auf halbem Weg hörte er eine schwache Stimme seinen Namen rufen. »Scarborough! Ev! Hier drüben ... hinter dem Baum.«

Ungefähr dreißig Meter seitlich neben dem Haus, weit entfernt von der Stelle, wo die Feuerwehr den Brand bekämpfte, stand eine alte Eiche, die jetzt im Frühling voller frischer Blätter war. Im Schatten darunter saß MacKenzie, an den Baumstamm angelehnt.

»Mac! Was machst du hier? Was ist mit dem Haus passiert? Ich ...« Und dann sah er das Blut. »Mein Gott, Mac!« Er starrte seinen Freund an. Die ganze Brust war dunkelrot.

Captain Eric MacKenzies Blick war in die Ferne gerichtet, als beobachtete er die Wasserfontänen, die über sein Haus wanderten. Aber dann bemerkte Scarborough, daß seine Augen glasig waren. Die linke Hand hatte er um eine Flasche Glenlivet gelegt.

»Mac, ich hole Hilfe ...«

»Muß – mit – dir – reden.« Die Worte kamen zögernd

und unter Schmerzen heraus. »Kann – nicht – mehr – lange . . .«

»Onkel Mac!« Diane war nähergekommen. Scarborough drehte sich um, und sie blieb wie angewurzelt stehen und starrte den Mann an, der an den Baum gelehnt saß.

»Sag den Männern da drüben, sie sollen einen Krankenwagen rufen«, befahl ihr Vater und Diane rannte sofort los. Scarborough kniete sich neben seinen Freund. Aus der Nähe konnte er jetzt die Einschußlöcher der Kugeln in Macs Bauch und Brust erkennen. Aus MacKenzies Nase und Mund lief Blut, das mit Whisky vermischt war.

»Die Akten. Sie sind gekommen . . . um die Akten zu vernichten«, flüsterte Mac.

»Was . . . deine Unterlagen vom Projekt Blue Book?« fragte Scarborough ungläubig.

Ein Nicken. »Aknenarben – kurzes blondes Haar – Profikiller.« Mac mußte husten und spuckte Blut. »Einer von uns – CIA, glaube ich.«

»Nein, das ist nicht möglich.«

Mac riß die Augen auf und sah ihn wütend an. »Wach endlich auf, Doktor.« Er wandte den Blick ab. »Scheiße. Es tut mir leid, Ev. Ich kann die verdammte . . . kann die Flasche nicht heben.« Sein Blick fiel sehnsüchtig auf die Flasche Scotch. Scarborough nahm sie und setzte sie dem sterbenden Mann vorsichtig an den Mund. Mac trank einen Schluck, verlangte mehr, nahm einen größeren Schluck, hustete und seufzte dann.

»Es wird wieder gut, Mac. Halte nur durch!«

»Vergiß es«, sagte Mac. »Ein Wunder . . . würde jetzt ein Wunder brauchen.«

Scarborough drehte sich um. Diane stand inzwischen bei der Gruppe der Männer und deutete in ihre Richtung. Zwei rannten zum Feuerwehrwagen, der dritte kehrte mit Diane zur Eiche zurück.

»Wir holen einen Krankenwagen – einen Arzt.«

»Ev, ich muß . . . muß es dir sagen. Paß . . . paß auf

dich auf. Ich habe ... wußte nicht, welche Geschütze die auffahren würden.«

»Ja, Mac, ja. Und jetzt bleib ruhig. Spare dir ...«

»Ev – noch was.« Macs rechter Arm bewegte sich, als wollte er etwas aufheben. Scarborough sah einen Stapel schmutziger Papiere. Ein zerknülltes Manuskript. Scarborough griff danach und nahm es. Das Titelblatt kam ihm bekannt vor. *Until the Dawn*, lautete der Titel. Von Eric L. MacKenzie. Auf der Titelseite stand in blutigen Buchstaben: PROFI. BLUE BOOK AKTEN. AKNENARBEN. Eine letzte Botschaft – für alle Fälle.

Er muß das Manuskript aus dem brennenden Haus gerettet und ins Freie geschleppt haben, dachte Scarborough erschüttert.

»Einziges Exemplar jetzt«, sagte Mac. Er sah Scarborough an, und das Leben wich langsam aus seinen Augen. »Fast beendet. Wollte ... wollte es dir widmen, mein Freund.«

Diane und der Feuerwehrmann gesellten sich zu ihnen, gefolgt von Lieutenant Marsha Manning, die sich respektvoll etwas abseits hielt. Der Feuerwehrmann war knapp über zwanzig, hatte Sommersprossen und langes blondes Haar. Er betrachtete Eric MacKenzie und sagte: »Mein Gott, der Mann ist ja *angeschossen* worden.«

»Was Sie nicht sagen, Sherlock Holmes«, keuchte Mac.

»Der Erste-Hilfe-Kasten ist unterwegs!« rief Diane.

»Vergiß nicht das Heftpflaster«, sagte Mac.

Scarborough legte seinem Freund eine Hand auf die Schulter. »Du hast es bis jetzt geschafft, Mac. Halte weiter durch.«

»Das Buch ... Ev. Es ist gut.«

»Natürlich ist es gut, Mac. Du hast es ja geschrieben.«

»Nein, wirklich ... es ist wirklich gut.«

Sein Kopf sank auf die Brust.

Fünf Minuten bevor der Krankenwagen kam, starb Captain Eric MacKenzie, Offizier der amerikanischen Air Force im Ruhestand, mit dem Geschmack von gutem Whisky im Mund. Während er den Sanitätern zusah, die

Macs Leiche in ihren langgestreckten Krankenwagen luden, nippte Everett Scarborough abwesend an der Flasche, die noch nach dem Blut seines Freundes schmeckte. Die Welt, wie er sie gekannt hatte, existierte nicht mehr.

29. Kapitel

Diane und Everett Scarborough übernachteten in Lieutenant Marsha Mannings Motel, einem Holiday Inn mit allem, was dazugehörte. Scarborough brauchte den ganzen Nachmittag, um die Dinge zu klären, die mit dem zerstörten Haus und der Polizei zusammenhingen und um zu regeln, was mit MacKenzies sterblichen Überresten geschehen sollte. Mit Hilfe von Macs Freunden und Bekannten an der Iowa University arrangierte er ein einfaches Begräbnis. Mac hätte auch auf dem Heldenfriedhof in Arlington beerdigt werden können, aber Scarborough lehnte das ab. Er sorgte dafür, daß Mac in Iowa bestattet wurde, inmitten der Felder und Wälder, in denen er so gern herumgestrolcht war. Scarborough hatte angesichts der jüngsten Entwicklungen einigermaßen zwiespältige Gefühle, was die Regierung anging. Wenn Eric MacKenzie wirklich von einem CIA-Agenten umgebracht worden war, dann wäre es sicherlich nicht sein Wunsch gewesen, in der Nähe des Hauptquartiers begraben zu werden.

Sie aßen spät und in gedrückter Stimmung zu Mittag. Scarborough ermahnte seine Tochter streng, unbedingt am nächsten Tag nach Kansas zurückzukehren. Wenn Tim Reilly noch nicht wieder aufgetaucht sei, sollte sie sein Verschwinden noch einmal der Polizei melden und das für Entführungen zuständige FBI einschalten. Anschließend sollte sie nicht in ihre eigene Wohnung zurückkehren, sondern in einem Hotel übernachten und um Polizeischutz bitten.

Scarborough und Manning wollten nach Washington fliegen und sich mit Colonel Walter Dolan treffen. Dolan hatte die Nachricht von Macs Tod entsetzt aufgenommen, als Scarborough ihn angerufen hatte. Er war sofort bereit gewesen, sich mit ihnen zu treffen, aber vermutlich war ihm nicht klar, was ihm bei dem Treffen blühen würde.

Später wollte Scarborough ebenfalls nach Kansas fliegen und die Polizei fragen, wo Diane wohnte, um sich im gleichen Hotel einzumieten. Am nächsten Tag würden sie dann nach Arizona aufbrechen. Er wollte Diane persönlich zum Hoover-Damm begleiten, wo sie sich noch einmal mit den angeblichen Außerirdischen treffen wollte.

So sah der Plan aus, und Diane war einverstanden.

Sie konnten nicht wissen, daß sich alles ganz anders entwickeln würde.

Es klopfte an Scarboroughs Zimmertür.

Scarborough, der am Schreibtisch gesessen und im Zusammenhang mit Macs Tod einige Formalitäten erledigt hatte, stand auf, um zu öffnen. Ted Allbury, ein Professor an der Universität von Iowa hatte sich bereiterklärt, sich um die restlichen Einzelheiten zu kümmern und Macs Freunde zu verständigen, während Scarborough unterwegs war. Die wenigen Angehörigen, die Mac hinterließ, lebten nicht in Iowa. Sein Notizbuch war zwar im Feuer verbrannt, und es würde schwierig werden, die Familie zu verständigen, aber Allbury hatte gemeint, er wolle es versuchen.

Marsha Manning stand vor der Tür. Sie hatte die normalerweise ordentlich gebügelte Uniform der Air Force mit Jeans, einer dunklen Bluse und Turnschuhen vertauscht. Ihr Haar war heute nicht hochgesteckt, sondern fiel locker um ihr dezent geschminktes Gesicht.

»Hi«, sagte sie. »Ich dachte, Sie brauchen vielleicht etwas Gesellschaft.«

Scarborough nickte und ließ sie herein. Marsha hatte eine Papiertüte in einer Hand, aus der sie eine Flasche Whisky aus Kentucky zog. Sie stellte die Flasche auf den Tisch. »Ich dachte, Sie mögen vielleicht auch einen Drink.«

»Nein, danke. Wir müssen morgen früh aufstehen. Außerdem bin ich nicht in Stimmung dafür.«

»Was dagegen, wenn ich mir selbst einen nehme?«

Scarborough zuckte die Schultern. »Eis und Gläser sind dort drüben. Aus Plastikbechern schmeckt Whisky entsetzlich.«

»Ich trinke ihn so selten, daß ich den Unterschied gar nicht bemerken würde«, sagte sie, während sie Eiswürfel in ihr Glas kippte. Sie goß sich Whisky ein, nippte daran und verzog das Gesicht. »Ich brauche wohl noch etwas Wasser.«

»Ich habe nur ein paar Dosen Cola da.«

»Das wäre wundervoll.« Sie knackte eine Dose, und die Cola spritzte über ihre Bluse.

Scarborough kicherte leise. »Sie haben es wohl mit dem Verschütten, wie?«

»Ach, das ist einfach mein Karma.« Sie goß die schäumende Flüssigkeit in ihr Glas. »Wissen Sie, ich hatte bisher noch nie einen schweren Autounfall, keine großen Operationen und keine Knochenbrüche. Ich glaube, ich arbeite meine Unfallneigung mit all diesen kleinen Pannen ab. Ich überlebe, indem ich mich tolpatschig benehme.«

Er setzte sich aufs Bett und lehnte sich an. »Danke, daß Sie gekommen sind. Ich beginne jetzt erst, den Verlust richtig zu spüren.«

»Sie und Captain MacKenzie standen sich wohl sehr nahe.«

»Ja, wir waren gute Freunde.«

»Wer kann ihm nur so etwas angetan haben?«

»Jemand, der nicht will, daß wir etwas herausfinden.«

»Meinen Sie in Zusammenhang mit den UFO-Fällen? Tut mir leid, aber es fällt mir schwer, das zu glauben.«

»Ich kann es Ihnen nicht verdenken. Aber Mac ist tot, und er hat mir, bevor er starb, gesagt, daß sein Mörder die Unterlagen vom Projekt Blue Book verbrannt hat. Was soll ich nun davon halten?«

»Colonel Dolan wird uns bestimmt helfen. Er wird der Sache auf den Grund gehen.«

»Er wird mir einiges erklären müssen, denn sonst wende ich mich an seine Vorgesetzten, das kann ich Ihnen versprechen.«

»Es ist wahrscheinlich ganz gut, daß ich dabei bin. Ich werde mich bemühen, Ihre Geschichte zu bestätigen.« Sie setzte sich neben ihm aufs Bett. Die Eiswürfel klackten in ihrem Glas. Als sie ihm so nahe war, konnte er ihr Parfüm und ihren Körpergeruch wahrnehmen.

»Danke«, sagte er. Ihre Nähe tat ihm gut, er entspannte sich. »Ich werde jede Hilfe brauchen können, die ich nur bekommen kann.«

Sie trank wieder einen Schluck, dann verzog sie verwundert das Gesicht. »Einen Aspekt finde ich aber wirklich erstaunlich. Ich bin eine Angestellte der Air Force, und ich wurde geschickt auf Befehl eines Offiziers, der für genau die Regierung arbeitet, der Captain MacKenzie so sehr mißtraut hat. Mißtrauen Sie mir nicht auch?«

»Nein.«

»Warum nicht?«

»Sie hatten reichlich Gelegenheit, Macs Akten einzusehen. Sie hätten die verräterischen Unterlagen einfach herausnehmen und stehlen oder vernichten können. Wir hättes es möglicherweise überhaupt nicht bemerkt. Sie haben aber nicht einmal gefragt, wo sie überhaupt waren. Nein, der Grund, daß ich Dolan überhaupt noch traue, ist, daß er Sie geschickt hat, denn Sie waren tatsächlich eine Hilfe. Wir wußten bereits, daß die Higsdon-Farm im Besitz der Regierung war. Camden hat das für uns bei der Lokalzeitung ermittelt. Wenn es Ihre Aufgabe gewesen wäre, Informationen zu unterdrücken, dann hätten Sie uns nicht genau diese Information verschafft.«

Sie trank nachdenklich und stellte das Glas dann auf den Nachttisch. »Ich will Ihnen nicht widersprechen, Ev. Sie brauchen mich nicht zu überzeugen, daß ich keine Mata Hari bin.«

»Reine Rhetorik, Marsha.« Er schwieg und starrte die billigen beigen Plastikvorhänge über der Klimaanlage an.

»Sie glauben doch nicht, daß MacKenzie recht hatte,

oder? Sie kommen mir nicht vor wie einer der Leute, die leichtfertig alle möglichen Verschwörungstheorien schlucken.«

»Ganz recht. Und was ich von Dolan will, das sind Beweise, eine Erklärung oder was immer er mir anbieten kann. Ich werde die Information bewerten und darüber nachdenken, ich werde noch etwas nachforschen und mich erkundigen und dann mein Urteil fällen. Das ist eben meine Art.«

»Und wenn MacKenzie recht hatte? Was werden Sie dann tun?«

»Über diese Brücke gehe ich erst, wenn ich sie erreicht habe. Ich bezweifle allerdings, daß es nötig ist. Mac hat angenommen, er sei im Besitz von Informationen, die gewisse Leute lieber unterdrücken würden. Es gibt keinen Beweis dafür, daß die Leute, die den Killer geschickt haben, tatsächlich mit der amerikanischen oder irgendeiner anderen Regierung zu tun haben. Es gibt keinen Beweis dafür, daß sie wirklich auf etwas aus waren, das mit UFOs zu tun hatte. Die UFO-Berichte könnten zufällig mit ins Spiel gekommen sein.«

Sie nahm ihr Glas wieder in die Hand. »Das ist wahr. Ich persönlich glaube auch nicht, daß man in diesem Fall von einer Verschwörung ausgehen muß. Aber legen Sie sich nicht die Dinge ein wenig zu bequem zurecht? Es scheint mir, Sie verdrehen die Fakten, um von vornherein die Möglichkeit auszuschließen, daß Sie sich irren könnten.« Sie zögerte einen Moment, bevor sie weitersprach. »Ich spüre in Ihnen so etwas wie eine Besessenheit – wenn es um UFOs geht, nehmen Sie die Dinge beinahe persönlich. Sie kämpfen mit der Inbrunst eines früheren Rauchers oder eines entwöhnten Alkoholikers.«

»Unfug!« entgegnete Scarborough hitzig. »Ich bin Wissenschaftler. Ich suche die Wahrheit. Wenn Emotionen im Spiel sind, dann ist es nur der Zorn über die Dreistigkeit der Pseudowissenschaft, wenn es um sogenannte Invasionen von UFOs geht.«

»Immer mit der Ruhe, Mann! Ich bin gekommen, um

Sie zu trösten und nicht um mit Ihnen zu kämpfen. Ich dachte, Sie könnten vielleicht ein Taschentuch oder eine Rückenmassage brauchen. Als Sparringspartner stehe ich nicht zur Verfügung.« Unwillig stand sie auf.

»Warten Sie. Es tut mir leid. Ich stehe wirklich unter Hochspannung, hätte Sie aber trotzdem nicht so anfahren dürfen. Vielleicht wäre eine Massage wirklich nicht schlecht.«

»Dann drehen Sie sich auf den Bauch«, sagte sie.

Er gehorchte. Sie kniete sich über ihn und massierte langsam seinen Rücken. Schon nach wenigen Sekunden wurde klar, daß die Frau das notwendige Gefühl in den Händen hatte. Sie übte genau den richtigen Druck aus, um seine Nerven anzuregen. Lernen konnte man das nicht; es war wohl eher ein instinktives Einfühlungsvermögen als eine Fähigkeit, die antrainierbar war. Ausgeführt von der richtigen Frau im richtigen Augenblick und natürlich in der richtigen Situation, konnte sich eine vermeintlich der Entspannung dienende Massage binnen kürzester Zeit in ein ausgesprochen erotisches Erlebnis verwandeln. Nachdem Marsha ihn einige Minuten massiert hatte, war Scarborough erregt wie schon lange nicht mehr. Er spürte, daß sein Herz schneller schlug und daß alle seine Sinne wach waren. Ihr Duft und ihre Ausstrahlung hingen fast wie eine statisch aufgeladene Wolke über ihm.

»Willst du mich?« flüsterte sie heiser.

Ja, er wollte sie. Sogar sehr. Körperlich, sexuell, was auch immer. Ja, ich will dich, wollte er sagen. Aber er fühlte sich immer noch angespannt, und er wurde nachdenklich. Und je länger er darüber nachdachte, desto seltsamer kam ihm die Sache vor. Aus einer ganzen Reihe von Gründen.

»Das ist eine sehr schwierige Frage, Marsha.« Er drehte sich um und sah sie forschend an.

Sie beugte sich vor und küßte ihn. Er konnte nicht anders, er reagierte sofort auf sie – ihre Wärme war so entspannend, so erregend. Aber dann schob er sie sanft zurück.

»Stimmt etwas nicht?«

Er tippte sich an den Kopf. »Ja. Ich muß nachdenken. Ich denke oft nach, wie du sicher weißt.«

»Viel zuviel, Dr. Scarborough. Viel zuviel. Glaube nicht, daß ich jeden Tag einem Mann so ein Angebot mache. Es schien mir ... es schien mir nur gerade angemessen.«

Er schüttelte lächelnd den Kopf. »Ein bißchen Liebesspiel, ein paar Turnübungen im Bett, damit wir vergessen, was heute passiert ist? Und dann würdest du dich fühlen wie eine brave Pfadfinderin, die einen traurigen Wanderer in einen glücklichen Wanderer verwandelt hat.«

Sie versteifte sich und wich etwas zurück. »Vielleicht.«

Er faßte sie am Arm und zog sie an sich. »Marsha, sei mir nicht böse. Ja, ich will dich, verdammt. Du bist so ziemlich die anziehendste Frau, die ich mir überhaupt vorstellen kann.«

Sie machte einen Schmollmund. »Wirklich?«

»Ja. Ehrlich. Aber, Marsha – ich habe viel zu viele Beziehungen dadurch in den Sand gesetzt, daß ich mich zu früh auf Sex eingelassen habe. Vor allem mit Frauen, mit denen ich vor allem *befreundet* sein wollte. Ich habe nicht sehr viele wirkliche Freundinnen, Marsha. Ich glaube ... ich glaube, ich brauche jetzt eine.«

Sie lächelte leicht. »Nämlich mich.«

»Sonst ist ja gerade niemand hier.«

Sie nickte. »Yeah ... das ist mir auch schon passiert, Doc. Sex kann die Dinge manchmal ganz schön durcheinanderbringen.«

»Ich weiß, daß es schön mit dir wäre, Marsha. Wirklich. Aber ich will dich als Freundin haben. Ich will, daß du mir auf die Art und Weise nahe bist, die mir im Augenblick wirklich wichtig ist.«

Sie wandte sich lachend ab. »Mein Gott, ist das verrückt. Jetzt will ich dich nur um so mehr.«

»Hab Geduld mit mir, Marsha. Ich bin innerlich völlig aus dem Leim. Ich brauche dich, aber ich muß wissen, daß ich in dir eine echte Freundin habe.«

»Nein, du brauchst dich nicht zu entschuldigen.« Als sie sich wieder zu ihm umdrehte, sah Scarborough, daß zwei

Tränen über ihre Wangen rollten. »Ich glaube, es könnte schön werden. Ja, ich will deine Freundin sein, Everett.«

»Danke, Marsha. Und jetzt sollten wir vielleicht versuchen, etwas Schlaf zu finden.«

Sie lächelte ihn zärtlich an und betrachtete ihn, als hätte sie ihn noch nie gesehen. »Das bedeutet, daß ich dich nach wie vor beleidigen darf, nicht wahr?«

»Nur, wenn du dabei geistreich bist, Marsha.«

»Ich werde mir Mühe geben. Meine Freundschaft ist aber an eine Bedingung geknüpft, Ev. Wir müssen uns ab und zu in den Arm nehmen. Zum Beispiel dann, wenn wir es beide brauchen.« Sie nahm ihn in die Arme. »Jetzt zum Beispiel.«

»Umarmen? Ich glaube, darin bin ich nicht besonders gut.«

»Das lernt man genau wie das Pfeifen, Dummkopf.« Sie preßte sich fest an ihn. »Nur daß man dabei nicht die Lippen zusammendrückt und nicht bläst.«

Verunsichert umarmte er sie ebenfalls. »So ungefähr?«

»Nicht schlecht, Doktor. Aber wir werden noch etwas üben müssen.« Sie legte den Kopf auf seine Brust. »Mein neuer Kumpel.«

Er seufzte und nannte sie so, wie er sie in diesem Augenblick nennen wollte. »Meine Freundin.«

30. Kapitel

»Everett, Everett«, sagte Colonel Walter Dolan, der sofort aus seinem Büro kam, als die Sekretärin die Besucher angemeldet hatte. »Kommen Sie rein, kommen Sie rein. Sie auch, Lieutenant Manning.« Eine Hand voller Leberflekken klopfte Scarborough freundlich auf den Rücken. »Es tut mir leid, was mit Captain MacKenzie geschehen ist. Ich bin entsetzt und traurig. Er war ein interessanter und aufrechter Mann, und ich weiß ja, wie eng Sie befreundet waren.«

Sie betraten sein Büro, von dem aus man den Shirley Highway, die Vororte im Norden Virginias und den riesigen Parkplatz des Pentagon überblicken konnte. Der Colonel schloß hinter ihnen die Tür.

Scarborough und Manning nahmen auf Stühlen mit geraden Lehnen Platz; Dolan setzte sich hinter seinen Schreibtisch und gab ihnen zu verstehen, daß er bereit war, zuzuhören. Scarborough erzählte ihm kommentarlos, was am vergangenen Tag geschehen war und beobachtete dabei aufmerksam die Reaktionen des Colonels. Als er den Mörder beschrieb und erklärte, was sich zugetragen hatte, glaubte er zu bemerken, wie sich eine Augenbraue des Colonels um eine Winzigkeit hob und wie der Mann ganz leicht schnaufte – aber vielleicht war es auch nur Einbildung.

Es war drei Uhr nachmittags. Scarborough und Manning waren schon früh auf dem National Airport angekommen, und er hatte sie zum Mittagessen ins Clyde's geführt, eins seiner Lieblingsrestaurants in Georgetown. Dann hatten sie in Schallplattenläden und Buchhandlungen gestöbert und hier und dort einen Blick in eine Kunstgalerie geworfen. Der vergangene Abend hatte einen Nachglanz hinterlassen, der den schönen Frühlingstag zu vergolden schien, aber in dem Augenblick, als sie durch die Scheibe des Taxis den Klotz des Pentagon auftauchen sahen, platzte die Seifenblase. Vor seinem inneren Auge konnte Scarborough wieder das Blut auf Macs Brust sehen, und der Gedanke an seinen ermordeten Freund überschattete alles andere.

Als er jetzt in Dolans Büro saß und dem Colonel die jüngsten Ereignisse berichtete, spürte er, wie sein Zorn, seine Frustration und seine Trauer zurückkehrten. Wie Galle stieg es ihm bitter im Hals hoch.

»Wir werden die Angelegenheit gründlich untersuchen«, sagte Dolan schließlich. »Das verspreche ich Ihnen. Wir haben schon einen Beauftragten der Air Force abgestellt, der mit den örtlichen Behörden zusammenarbeitet. Aus welchen Gründen auch immer Captain MacKenzie ermordet wurde, wir werden den Schuldigen seiner gerechten Strafe zuführen.« Dolan knallte die Faust auf den Tisch, doch Scarborough hatte den Eindruck, daß die Geste einstudiert war.

»Aus welchen Gründen auch immer! Ich habe Ihnen doch gesagt, daß der Mann wohl nicht gekommen ist, um Mac zu töten – es war nur so, daß Mac ihn anscheinend gestört hat. Der Killer wollte Macs Akten vernichten. Die Unterlagen vom Projekt Blue Book. Deshalb hat er das Feuer gelegt, Colonel Dolan. Er hat die Akten und alles andere verbrannt. Ich habe Ihnen das am Telefon absichtlich nicht gesagt, Walter, aber Mac hat ihn für einen CIA-Mann gehalten. Abteilung für Sondereinsätze.«

Der Colonel wandte sich an Lieutenant Manning. »Haben Sie das auch von Captain MacKenzie gehört, Lieutenant?«

»Nein, Sir. Er hat es nur zu Dr. Scarborough gesagt.«

»Hmm. Na schön. Wir werden eine Meldung an die entsprechenden Stellen machen«, erklärte der Colonel glatt.

»Sie verstehen anscheinend nicht, was hier los ist, Dolan.« Scarborough machte eine unbestimmte Geste. »Da ist etwas im Gange! Mac glaubte, es sei ein Vertuschungsmanöver, und die Regierung wolle etwas unter den Teppich kehren. Deshalb mußte er sterben. Und deshalb bin ich jetzt hier. Ich will Antworten hören. Sie waren der Mann, der wußte, welche Informationen MacKenzie hatte. Sie wußten es, weil ich es Ihnen gesagt habe. Wir arbeiten jetzt schon sehr lange zusammen, Walter, und ich verabscheue den Gedanken, daß Sie auf irgendeine Weise mit dieser üblen Sache zu tun haben könnten. Also, jetzt sagen Sie mir: Hat außer Ihnen selbst und außer Lieutenant Manning sonst noch jemand gewußt, was Mac und ich planten? Daß wir Unstimmigkeiten in den Unterlagen des Projekts Blue Book überprüfen und die Abweichungen offenlegen wollten?«

»Ich will Ihnen mal was sagen, Ev: Sie deuten damit an, daß irgend jemand vom Militär oder meinetwegen in der

Regierung die Unterlagen des Projekts Blue Book absichtlich verändert hat und jetzt herumläuft und Menschen tötet, damit gewisse Fakten nicht ans Licht kommen. Das ist eine ziemlich wilde Anschuldigung, mein Junge.«

»Wer sonst wußte es, was wir vorhatten, Dolan?«

»Ich habe darüber einen Bericht verfaßt – meine Güte, ein Dutzend Offiziere und Mitarbeiter der Verwaltung, würde ich sagen.«

»Können Sie Ihre Sekretärin bitten, mir eine Liste dieser Namen zu geben?«

»Nein. Ich habe die Information selbst übermittelt«, sagte Dolan.

»Sie haben ... Nein, Colonel, tut mir leid. Ich glaube einfach nicht, daß Sie sich selbst an den Kopierer stellen, die Blätter in Umschläge für die Hauspost stecken und die Umschläge selbst beschriften. Sie wollen mich verschaukeln, Walter, das ist nicht Ihr Stil. Was ist hier los?«

»Ich werde die Angelegenheit gründlich untersuchen«, entgegnete der Colonel. Er saß jetzt steif und aufrecht da und gab sich dienstlich. »Aufgrund der Gefahr, die damit verbunden ist, widerrufe ich Ihre offizielle Beteiligung an dem Fall, Ev. Wir werden Sie natürlich als Berater hinzuziehen, wenn es nötig ist, und Sie bekommen Ihr übliches Honorar für die ...«

»Was soll das?«

»Lieutenant Manning, von Ihnen erwarte ich bis Montagmorgen einen ausführlichen Bericht. Sie können bis dahin die örtlichen Einrichtungen und Unterkünfte der Air Force benutzen. Danach werden Sie von Ihren Aufgaben in dieser Angelegenheit entbunden und kehren auf Ihren bisherigen Posten zurück.«

Lieutenant Marsha Manning schien wie vor den Kopf geschlagen. Sie antwortete nicht, sondern sah nur Scarborough an.

Der Wissenschaftler stand auf, beugte sich über den Schreibtisch und funkelte den Colonel böse an. »Ich wollte Ihnen die Chance geben, die Sache zu erklären, Dolan. Und es scheint mir, als hätten Sie in der Tat eine

Menge erklärt. Wie es aussieht, muß ich mich an eine höhere Stelle wenden. Was meinen Sie, würden Ihre Vorgesetzten sich nicht dafür interessieren, daß Sie eine Rolle – ich weiß nicht, ob groß oder klein – dabei gespielt haben, nicht nur die Öffentlichkeit zu täuschen, sondern auch Gesetze zu brechen? Das riecht nach Kriegsgericht, Colonel, und es wird mir ein Vergnügen sein.«

Dolan stand nun ebenfalls auf. Die Adern auf seiner Stirn schwollen an, während er Scarborough mit dem Zeigefinger drohte. »So lasse ich nicht mit mir reden, Mann. Ich bin Colonel und diene meinem Land seit fünfundvierzig Jahren.« Er hielt inne und schnappte einen Augenblick nach Luft, da ihm anscheinend die richtigen Worte fehlten. »Wollen Sie mich etwa als Verräter bezeichnen?«

»Ich weiß nicht, was Sie sind, Colonel, aber Sie sagen jedenfalls nicht die Wahrheit. Und ich werde das Gefühl nicht los, daß das schon ziemlich lange so geht.«

»Ev! Wie können Sie so etwas sagen?« Der Mann, der früher mit lässigem Südstaatenakzent lakonische Bemerkungen gemacht hatte, schien jetzt wie ausgewechselt.

»Ganz einfach, Walter. Ich öffne den Mund und sage die Wahrheit. Wollen Sie mir nun verraten, was hier eigentlich los ist? Oder soll ich rausgehen und an die richtigen Türen klopfen?«

Plötzlich war in Colonel Dolans Augen nackte Angst zu sehen. »Scarborough«, flüsterte er, »lassen Sie die Finger davon. Wir wissen beide nicht, womit wir es zu tun haben.« Er wandte den Blick ab und wurde bleich. Er sah aus, als müßte er sich gleich übergeben.

»Sie Mistkerl haben uns hereingelegt!« rief Scarborough. Der Zorn legte sich wie eine dunkle Wolke über seine Augen. Er lief um den Schreibtisch herum und baute sich drohend vor dem Colonel auf. »Wie lange geht das schon so, Dolan? Sei 1965, als ich angeheuert wurde?« Die Vorstellung und alle sich daraus ergebenden Konsequenzen, waren so ungeheuerlich, daß Scarborough im Augenblick lieber nicht weiter darüber nachdenken wollte. Er ließ seiner Wut freien Lauf, und sei es nur, um die eigene Seele zu retten, packte den Mann an der Uniform und schüttelte ihn.

»Ev!« rief Lieutenant Manning. »Hör auf!«

Der körperliche Angriff schien Dolans Verwirrung zu beenden. Seine Augen funkelten jetzt auch, und er war hellwach und präsent. »Lassen Sie mich sofort los! Was reden Sie da überhaupt? Ihre Unterstellungen sind einfach absurd, Scarborough.«

»Dieses Mal kommen Sie mir nicht vom Haken, Sie Schwein.« Scarborough schüttelte den älteren Mann noch heftiger, holte aus und gab ihm eine Ohrfeige. »Sie sind für Macs Tod verantwortlich, nicht wahr? Sie persönlich hatten mittelbar oder unmittelbar damit zu tun.«

Dolan griff nach der Sprechanlage. »Hilfe! Corporal, holen Sie Hilfe!«

Scarborough sah nur noch das Gesicht seines sterbenden Freundes vor sich. Er zog den Colonel vom Schreibtisch weg und schleuderte ihn quer durch den Raum. Dolan taumelte, prallte gegen einen Tisch, auf dem eine Azalee stand, und ging zu Boden. Die Pflanze rutschte zur Tischkante, kippte und fiel hinunter. Als der Topf zerbrach, flog dem Colonel die Blumenerde ins Gesicht.

»Das ist einfach niederträchtig!« rief Scarborough. Er setzte dem Colonel ein Knie auf die Brust und nagelte ihn am Boden fest. »Sie haben den Auftrag gegeben, Mac umzubringen, nicht wahr? Und wenn ich dort gewesen wäre, dann wäre ich genauso getötet worden.« Scarborough versetzte dem Mann einen harten Schlag in den weichen, runden Bauch.

Lieutenant Manning lief zu den beiden und wollte Scarborough zurückreißen.

»Ev, nicht! Laß das!«

Die dunklen Wolken lichteten sich teilweise, und Scarborough bemerkte plötzlich, daß Dolan ihn aus schmerzerfüllten Augen voller Schrecken ansah. Scarborough stand auf und schüttelte die besinnungslose, für ihn so untypische Wut ab, die abrupt von ihm Besitz ergriffen hatte. Er staunte und schämte sich zugleich, daß er die Beherrschung verloren hatte.

Als Dolan sich wieder aufrappelte, kam die Sekretärin des Colonels hereingestürzt. »Colonel, ich habe gehört . . .«

»Würden Sie bitte die Militärpolizei rufen?« Dolan gewann allmählich die Fassung zurück. »Offensichtlich gibt es ein kleines Problem.«

»Das wird nicht nötig sein«, sagte Scarborough. »Ich habe mich wieder unter Kontrolle.«

Aber die Sekretärin war schon verschwunden.

Die Wut und die Aufregung, die vorübergehend von seinem Zorn überdeckt worden waren, schwappten über Scarborough zusammen wie eine Flutwelle. Er ließ sich müde und erschüttert auf seinen Stuhl sinken. »Er war mein bester Freund«, murmelte er. »Ich dachte, ich könnte mir einen Platz in der Welt der Wissenschaft sichern. Und jetzt sagen Sie mir, daß das alles nur Schwindel war.«

»Unfug!« rief der Colonel, während er die Blumenerde von der Uniform klopfte. »Sie haben ein mentales Problem, das ist nicht zu übersehen, Scarborough. Versuchen Sie, die Fassung zurückzugewinnen. Nehmen Sie sich zusammen, Mann.«

»Nein, Colonel, ich werde herausfinden, warum mein Freund ermordet wurde. Ich werde herausfinden, warum die Regierung auf Farmen im Mittelwesten geheime Stützpunkte unterhält. Ich werde die Scheuklappen abreißen, die Sie mir aufgesetzt haben, und ich werde die Wahrheit herausfinden – selbst wenn das alles zerstört, was ich mir bisher aufgebaut habe, selbst wenn es allem widerspricht, wofür ich in der Vergangenheit eingestanden bin.«

»Sie sind nicht bei Verstand, Scarborough«, flüsterte Dolan heiser.

Zwei Soldaten mit den Armbinden der Militärpolizei stürmten herein.

Colonel Dolan deutete auf Scarborough. »Nehmen Sie

diesen Mann und sperren Sie ihn sofort in Fort Meyer ein.«

Die beiden kräftigen Militärpolizisten packten Scarboroughs Arme und zogen ihn vom Stuhl.

»Warten Sie, das können Sie nicht machen«, keuchte Scarborough.

»Er hat recht«, wandte Lieutenant Manning ein. »Er ist Zivilist.«

»Er hat viele Jahre für die Air Force gearbeitet«, sagte der Colonel mit einem verschlagenen Grinsen. »Und er hat die entsprechenden Formulare unterschrieben, die *uns* die Disziplinargewalt übertragen.« Dolan wandte sich an Scarborough. »Regen Sie sich ab, Ev. Denken Sie über Ihre Situation nach. Ich werde mich morgen mit Ihnen unterhalten.«

Und während Colonel Dolan sich Lieutenant Manning vorknöpfte, wurde der völlig verblüffte Everett Scarborough von den Militärpolizisten hinausgeschleift.

31. Kapitel

Lieutenant Marsha Manning ging in eine Cafeteria des Pentagon. Sie trank ein paar Tassen Kaffee und dachte nach, wie sie noch nie im Leben nachgedacht hatte.

Mürrische Leute bewegten sich im dem phantasielos eingerichteten Raum zwischen Tischen und Imbißautomaten. Verblichene Fotos hingen an den Wänden, es roch nach billigem Bohnerwachs. Der Anblick erinnerte Marsha daran, wie frustriert und gefangen sie sich in ihrer Position beim Militär fühlte. Sie trank bitteren Kaffee und starrte ins Leere. Sie hätte schon letztes Jahr kündigen können. Statt dessen hatte sie ihre Dienstzeit verlängert. Es war ihr nicht nur um die zehn Jahre gegangen, die sie noch brauchte, um eine anständige Pension zu bekommen. Sie wußte einfach nicht, was sie sonst hätte tun sollen. Sie blieb bei der Air Force, weil sie daran gewöhnt war – und natürlich, weil sie sich nach der traumatischen Trennung von Philip für fast ein Jahr regelrecht in ihren Beruf geflüchtet hatte.

Das Problem war nur, daß das Militär einer Mutantenfamilie glich. Man wurde gefüttert, bekleidet und ausgebildet, man bekam einen warmen Ort, an dem man sich ausruhen konnte. Aber diese Äußerlichkeiten, das war bei weitem nicht alles. Auf den Stützpunkten gab es ein vollständiges Freizeitangebot, und so war das gesamte Leben, auch das Privatleben, unter Kontrolle. Das, was hier als »Leben« galt, kam aufgrund des ständigen Kontakts zu Menschen, die exakt das gleiche taten und erlebten, einer Gehirnwäsche gleich – von der Offiziersmesse über die Fußballteams bis hin zu den billigen Tampons im eigenen Supermarkt des Stützpunktes. Und damit man sich nicht zu sehr an die Einheimischen anschloß, wurde man im ganzen Land und sogar auf dem ganzen Planeten herumgeschickt. Zwei Jahre im Stützpunkt Andrews in Maryland, zwei Jahre in Vandenberg in Kalifornien, zwei Jahre in Japan, zwei in Frankfurt.

Befehle befolgen. Ja, Sir, nein, Sir. Das Binärsystem auf Menschen übertragen: das ergab einen Soldat. Sie hatte sich in einen Roboter verwandelt, wurde ihr klar. Sie war innerlich abgestorben, sie hatte keine Entscheidungsfreiheit mehr gehabt.

Bis sie Everett Scarborough kennenlernte.

Irgendwie hatte seine Nähe bei ihr erstaunliche Reaktionen ausgelöst. Sie hatte einen neuen, wundervollen Freund gewonnen, der ihr das Gefühl gab, etwas Besonders zu sein. Gestern abend und heute, da waren sie sich sehr nahe gekommen. Beim Reden und schweigend, oder wenn sie gemeinsam aßen. Sie ergänzten sich, sie stritten sich. Er konnte sie wütend machen, er konnte ihr das Gefühl geben, eine Madonna oder eine Venus oder ein Genie zu sein. Und das nach nur zwei Tagen. Und dann dieses Versprechen, daß eines Tages zwischen ihnen mehr entstehen konnte. Etwas, das sie am vergangenen Abend zurückgestellt hatten. Doch jetzt trank sie in der Kantine schwarzen Kaffee, ihr Auftrag war vorbei, und Scarborough saß im Bau.

Fast belustigt durchdachte sie die Ereignisse Schritt für Schritt noch einmal. Sie hatte keine Ahnung, ob MacKenzies Theorien korrekt waren, aber es sah jedenfalls ganz so aus, als wäre der Mann auf eine ziemlich üble Sache gestoßen. Und Colonel Dolans Verhalten war einfach unmöglich – Scarborough in eine Arrestzelle stekken zu lassen. Sie hatte noch nie so etwas gehört, auch wenn sie vermutete, daß es Präzedenzfälle gab. Ein Colonel konnte doch nicht einfach das Zivilrecht außer Kraft setzen und das Gesetz selbst in die Hand nehmen. *Das Gesetz. Das Gesetz.*

Natürlich! Marsha hätte sich selbst einen Tritt geben können. Es gab da etwas, das sie für Ev tun konnte. Regeln waren schriftlich fixiert, auch die militärischen. Und wo sonst konnte man sie aufgezeichnet finden, wenn nicht in diesem verdammten Pentagon.

Sie kippte den Rest ihrer dritten Tasse Kaffee in den Mülleimer und machte sich auf den Weg zur Bibliothek.

Um die betreffende Vorschrift zu finden, brauchte sie eine Weile. Ein kleiner Abschnitt über das Zivilrecht in einem dicken Band mit militärischen Bestimmungen, den sie mit Hilfe der Karteien der Bilbiothek gefunden hatte.

Sie fand in ihrer Geldbörse das nötige Kleingeld und kopierte dann den Abschnitt, der bewies, daß sie recht hatte – ein Colonel der Air Force war *nicht* berechtigt, einen Zivilisten einfach einzusperren. Jedenfalls nicht nach einem Krach in seinem Büro. Eine derartige Maßnahme mußte mit den örtlichen Zivilbehörden abgestimmt werden. Als der Kopierer die Seiten ausspuckte, vergewisserte sie sich, ob die Kopie leserlich war. Dann stellte sie das Buch ins Regal zurück und sah auf die Uhr.

17 Uhr 40.

Sie hoffte, Dolan noch in seinem Büro zu erwischen,

weil sie ihn mit ihrem Fund konfrontieren und Scarborough herauspauken wollte. Der Colonel war in seiner Wut über Scarboroughs Angriff über das Ziel hinausgeschossen, und er mußte seinen Fehler einfach einsehen.

Es war zehn vor sechs, als sie das Büro Dolans erreichte. Das Vorzimmer war verwaist, die Sekretärin hatte anscheinend Feierabend gemacht. Aber die Bürotür des Colonels war geschlossen. Vielleicht war er noch da. Hochrangige Offiziere blieben oft bis sechs oder sieben Uhr abends im Pentagon, um Dinge zu erledigen, die tagsüber liegen geblieben waren.

Sie ging zur Tür, die Fotokopie in einer Hand, und hob gerade die andere, um anzuklopfen.

Mitten in der Bewegung hielt sie inne. Sie hörte Stimmen. Unwillkürlich wartete und lauschte sie.

»... aussteigen!« sagte ein Mann. »Es wächst uns über den Kopf, und es gefällt mir ganz und gar nicht, welche Prozeduren Sie bei der Operation zur Anwendung bringen.« Sie erkannte Colonel Walter Dolans Stimme, heiser, aufgeregt und besorgt.

»Hören Sie, Dolan, das können Sie nicht tun. Sie stecken mit Haut und Haaren drin. Sie waren schon hier, bevor ich die Vollzugsabteilung übernommen habe, und Sie wissen selbst, wie wirkungslos die Programme damals abliefen. Die Publisher waren überhaupt nicht erbaut. Deshalb haben sie ja auch neue Editoren rekrutiert.«

»Es gefällt mir nicht. Das war ein kaltblütiger Mord. Es reicht mir wirklich, das kann ich Ihnen sagen.«

»Dolan, wie oft muß ich Ihnen das noch erklären. Justine sagte, es sei ein Unfall gewesen. Er wollte MacKenzie nicht töten. Aber Sie müssen doch zugeben, daß er seinen Job erledigt hat. Es gibt keine Akten mehr, die uns schlaflose Nächte bereiten könnten.« Der Mann, nach der Art und Weise, wie er sprach, offensichtlich ein Zivilist, kicherte amüsiert.

»Das ist mir egal. Ich steige aus.«

»Dolan, Sie wissen genau, daß das unmöglich ist. Sie waren von Anfang an beim Projekt Blue Book dabei. Mir ist zwar klar, daß Sie das Projekt White Book nicht in Gang gesetzt haben, und Gott weiß, wie Sie sich beim Black Book gedrückt haben, aber Sie stehen Ihrem Land und den Publishern gegenüber in der Pflicht. Und vor allem mir gegenüber. Wir können es uns nicht leisten, Sie zu verlieren. Das Ziel ist jetzt so nahe! Sehen Sie, Sie haben doch Ihr Rentenalter fast erreicht. Bleiben Sie noch eine Weile dabei und treten Sie dann in Ehren ab. Wenn nicht, fürchte ich, werden die Publisher sehr unfreundlich mit Ihnen umspringen.«

»Sie meinen, man wird mich umbringen?«

»Das habe ich nicht gesagt, Dolan.«

»Okay, okay, ich verstehe.« Dolans Stimme klang immer noch verzweifelt, aber er schien sich zu fügen. »Verdammt! Und ich wollte doch ... Lieutenant Manning hat sich wirklich gut gemacht. Ich hatte genau die richtigen Informationen in die Computer eingegeben. Sie wären in die Irre gelaufen! Und jetzt muß Justine *so etwas* abziehen. Der Mann ist ja wahnsinnig!«

»Er ist ein sehr nützlicher Irrer.«

»Aber was ist mit Scarborough?«

»Jeder Mann hat seinen Preis, wie man an Ihnen selbst sieht.«

»Sie kennen Everett Scarborough nicht. Er würde lieber sterben, als sich kaufen zu lassen.«

Es gab eine Pause: »Nun, Colonel, die Editoren werden diese Möglichkeit in Betracht ziehen.«

Marsha Manning stand wie eine Salzsäule vor der Tür. Sie hatte gerade genug mitbekommen, um entsetzt zu sein. White Book, Black Book – waren das legitimierte Operationen der Regierung? Oder verdeckte Aktionen wie die von North und Poindexter, und wie Reagans Iranaktionen? Sie mußte bleiben und soviel herausfinden, wie sie nur konnte.

»Okay, okay. Aber bitte, von morgen an bin ich nur noch ein Koordinator. Ein Verbindungsmann.«

»Das wird völlig ausreichen. Ich bin sicher, die Publisher werden jetzt erkennen, daß Everett Scarborough der

Sache nicht mehr dienlich ist. Wir hatten gehofft, ihn noch lange Zeit benutzen zu können, und wir haben uns große Mühe gegeben, ihn gründlich in die Irre zu führen, aber diese Entwicklung konnten wir nicht voraussehen.« Wieder ein amüsiertes Kichern. »Jedenfalls wird er jetzt nicht mehr so ohne weiteres alles in Abrede stellen können, wenn jemand von Vertuschungsaktionen der Regierung spricht, nicht wahr?«

»Gibt es Neuigkeiten von seiner Tochter?«

»Sie hat es bisher geschafft, sich unserem Zugriff zu entziehen. Aber wir konnten die Informationen aus ihrem Freund herausholen. Wir wissen, wo sie bald sein wird, und dort werden wir auch sein. Meine Güte, wie die Zeit vergeht. Ich bin mit dem Generalstaatsanwalt zum Abendessen verabredet.«

Kamen jetzt Schritte in ihre Richtung? Sie durfte sich nicht erwischen lassen, hatte aber keine Chance, durchs Büro auf den Flur hinauszulaufen. Die Männer könnten es hören, wenn die Tür geschlossen wurde, und sie würden wissen, daß jemand hier gewesen war und die Unterhaltung belauscht hatte.

Aber wo konnte sie sich verstecken?

Sie sah sich im Büro um. Die einzige Möglichkeit war der Schreibtisch. Rasch schlich sie hinüber, zog den Stuhl weg und kauerte sich dahinter, gerade noch rechtzeitig, bevor die Tür geöffnet wurde. Sie schob sich so weit wie möglich unter den Tisch und versuchte, leise zu atmen.

»Danke, daß Sie sofort gekommen sind, Richards. Ich warte hier noch auf eine wichtige Nachricht, deshalb konnte ich Sie nicht zu unserem üblichen Treffpunkt bestellen. Wenigstens fühle ich mich jetzt etwas besser.«

»Keine Sorge, wir haben alles unter Kontrolle. Ich werde mich gleich morgen früh als erstes mit unserem Mann befassen. Guten Abend.«

Schritte hallten draußen auf dem Flur und entfernten sich. Die Tür des Vorzimmers wurde geschlossen. Marsha sah, wie die schwarzen, blitzblank polierten Schuhe des Colonels in Richtung seines Büros tappten.

Dann blieben sie abrupt stehen.

Dolan hielt einen langen Augenblick inne, die Füße seltsam quer gegeneinander gestellt. Und dann bewegten sich die Schuhe wieder in ihre Richtung.

Jetzt hat er mich erwischt, dachte sie. Er weiß, daß ich hier bin. Sie mußte sich auf die Zunge beißen, um nicht vor Schreck aufzustöhnen.

Die Schuhe blieben vor dem Schreibtisch stehen. Hände raschelten mit Papieren auf dem Schreibtisch herum. Sie hörte ein zufriedenes Grunzen, ein Umschlag wurde geöffnet, dann machten die Schuhe wieder kehrt und wanderten durch die offene Tür ins Büro des Colonels zurück. Die Tür wurde geschlossen.

Marsha seufzte erleichtert. Sie wartete einen Augenblick, dann kroch sie rasch unter dem Schreibtisch hervor und verließ das Vorzimmer so schnell sie konnte.

Sie wußte jetzt, was sie zu tun hatte. Und sie mußte es rasch tun, bevor es zu spät war.

32. Kapitel

Diane Scarborough hämmerte an die Zimmertür mit der Nummer 134.

»Kommen Sie, Camden. Öffnen Sie schon, Mann! Ich weiß, daß Sie da drin sind. Ich kann das Licht sehen, und Ihr Auto steht unten.«

Keine Antwort. Diane sah sich auf dem Gang vor den Zimmern im ersten Stock um, konnte aber niemand entdecken. Die Sonne stand niedrig über dem Horizont, die Autos auf dem asphaltierten Parkplatz unten warfen lange Schatten. Ein Stück entfernt dröhnte auf dem Highway der Verkehr.

»Camden, ich habe die Story des Jahrhunderts für Sie.«

»Gehen Sie weg.« Die Worte kamen schleppend. Der Kerl war besoffen. So ein *Mist*!

»Camden, lassen Sie mich rein, oder, bei Gott, ich rufe

Ihren Verleger an und erzähle ihm, was Ihnen gerade durch die Lappen geht.«

Eine Pause. Sie hörte unsichere Schritte, dann knallte etwas gegen die Tür. Camden hatte anscheinend die Entfernung falsch eingeschätzt. Der Knopf wurde gedreht, die Tür ging auf, und Diane roch ihn, bevor sie ihn überhaupt sehen konnte. Whiskyschwaden drangen aus der Tür wie eine Nebelbank. »Bitte nicht, machen Sie das nicht. Wenn Sie meinen Chef anrufen, bin ich im Arsch.«

Sie drückte sich an ihm vorbei, und er schloß die Tür und drehte sich unsicher zu ihr um. Sie ging zum Tisch, auf dem mehrere Whiskyflaschen standen, und hob eine leere Flasche hoch. »Jake, wie lange sind Sie schon hier?«

»Seit ... seit gestern abend.« Er mußte sich an die Tür lehnen und hatte anscheinend Mühe, die Augen offen zu halten. »Das passiert manchmal. Reilly verschwunden, MacKenzie ermordet.« Ein Schauder lief durch seinen ganzen Körper. »Mein Gott. Es ist einfach zuviel. Bin gestern abend einen trinken gegangen und hab's wohl übertrieben. Yeah.«

Seine Notizen waren auf dem Tisch und dem Fußboden verstreut. Der Fernseher lief, aber der Ton war leise gestellt. Irgendeine Sendung mit irgendeinem riesigen Glücksrad.

»Okay, Jake. Ich verstehe«, sagte sie leise und versuchte, ihn freundlich anzulächeln.

»Wirklich?«

»Ja. Sie stehen ja auch unter einem enormen Druck. Manchmal muß man einfach etwas tun, um den Druck loszuwerden, nicht wahr?«

»Yeah, genau. S-sie sind eigentlich gar nicht so übel.«

Sanft und beinahe fürsorglich faßte sie ihn am Arm. »Schon gut, Jake. Aber ich möchte Ihnen jetzt etwas im Badezimmer zeigen.«

Er wäre auf dem Weg ins Bad beinahe hingefallen, doch Diane fing ihn auf und führte ihn. »Yeah?« machte Camden. »Was denn?«

Sie schaltete das Licht ein, und er zuckte zusammen.

»Kommen Sie schon, Jake. In der Badewanne. Ich mag Badewannen. Ich finde Badewannen unglaublich anziehend. Ich dachte vielleicht, Sie und ich könnten . . . nun ja, Sie wissen schon!« Sie zupfte einladend an seinem Gürtel und hatte ihn schon zur Hälfte gelöst.

Die schnapsbeseelten Augen glänzten. »Yeah, ich wußte doch gleich, daß Sie auf mich fliegen, Diane«, sagte er und versuchte mit aller Kraft, klar zu denken.

»Oh, yeah«, sagte Diane. Sie drehte ihn herum, bis er mit dem Rücken zur Wanne stand. »Und Sie werden auch gleich abheben, Jake.«

Camden grinste selig und beugte sich mit gespitztem, sabberndem Mund vor.

»Achtung, wir starten jetzt«, sagte sie und gab ihm einen harten Stoß. Er prallte mit den Kniekehlen gegen den Rand, und die Knie gaben nach. Wild herumfuchtelnd kippte er in die Wanne. »Aua!« stöhnte er, als er mit dem Kopf gegen die Kacheln knallte, dann plumpste er auch mit dem Hintern hinein. Sie stellte Camden einen Fuß auf die Brust und drehte die Brause bis zum Anschlag auf. Eiskaltes Wasser schlug Jake Camden ins Gesicht und auf den Oberkörper. Er wand sich wie ein Fisch, schluckte und keuchte und spuckte Wasser. Diane hielt ihn dreißig Sekunden unten, dann gab sie ihn frei. Er kämpfte sich aus der Wanne, rutschte aus und fiel mit lautem Platschen wieder hinein.

»Warum haben Sie das gemacht?« jammerte er, als er tropfnaß aus der Wanne kletterte. Sein Mund arbeitete immer noch wie bei einem Fisch auf dem Trockenen.

»Um Sie so weit auszunüchtern, daß ich mit Ihnen reden kann, Camden. Hat diese Absteige hier einen Zimmerservice?«

»Hmm – nein.«

»Gibt es wenigstens einen Kaffeeautomaten?«

»Yeah, unten sind Getränkeautomaten.«

»Das muß reichen.«

Sie schob den triefnassen Mann aus dem Zimmer und bugsierte ihn hinunter zum Kaffeeautomaten, schob zwei

Quarter in den Schlitz und ließ ihn das Zeug gleich an Ort und Stelle trinken.

»Argh . . . Das ist widerlich.« Aber er trank.

»Gut. Also bekommen Sie noch einen.«

Sie zog einen weiteren Kaffee, schleppte Camden wieder nach oben und pflanzte ihn dort aufs Bett. Die Whiskyflaschen, ob gefüllt oder leer, stellte sie ins Waschbekken, und wandte sich dann dem Mann zu, der wach, aber ziemlich matschig auf dem Bett saß.

»Wow«, machte er. »Sie sind aber energisch.«

»Gut. Halb nüchtern ist besser als gar nichts. Sind Sie aufnahmefähig, Camden?«

»Yeah.«

»Mein Vater hat mich geschickt, damit ich mich um Tims Verschwinden kümmere. Ich habe die Polizei und das FBI verständigt und habe alles getan, was ich tun konnte. Jetzt soll ich hier warten. Das kann ich aber nicht.«

»Genau, Sie müssen sich noch einmal mit diesen Außerirdischen treffen oder so.«

»Woher wissen Sie das denn?«

»Tim hat es mir erzählt.«

»Gut. Ja, das ist richtig, Jake. Und ich will auch hin. Aber ich werde nicht allein fahren. Sie werden mich begleiten. Nüchtern und mit Ihrem Fotoapparat bewaffnet. Ich habe für heute um Mitternacht zwei Plätze für den Flug nach Las Vegas gebucht. Sie werden es kaum glauben, Jake, aber Sie dürfen mich begleiten.«

Jake, der gerade dem Kaffee den Garaus machen wollte, verschluckte sich. Sein Gesicht lief rot an, und Diane klopfte ihm ein paarmal auf den Rücken. Fester, als es notwendig gewesen wäre.

»Ich?« sagte er. »Warum denn das?«

»Inzwischen habe ich darüber nachgedacht und weiß jetzt, daß ich Rückendeckung brauche, Jake. Eigentlich sollte Tim das übernehmen. Ich will dieses Mal einen *Beweis* haben. Ein Foto, ein Tonband, vielleicht sogar einen Super-8-Film oder eine Videoaufnahme.«

Jake ließ müde die Schultern sinken. An seiner Nasenspitze hing ein Tropfen Kaffee. »Diane, ich arbeite für ein übel beleumundetes Blatt. Ich bin ein übel beleumundeter Journalist.«

Er seufzte. In diesem Augenblick verabscheute er sich selbst. »Ich komme nicht einmal vom Schnaps los. Suchen Sie sich einen anderen. Das ist besser für Sie.«

»Sicher, ich gehe am besten ins nächste Fernsehstudio und sage: ›Kommt mit, ich werde gleich von einer fliegenden Untertasse abgeholt.‹ Nein, mein Freund, nicht mit dem Namen, den ich trage – das kann ich meinem Vater nicht antun. Aber ich brauche jemanden, der mich begleitet.«

»Sie reden von Ihrem Vater? Dann wollen Sie jetzt also doch die brave Tochter sein, was?«

»Eigentlich nicht. Er will, daß ich hier bleibe und warte. Das kann ich aber nicht. Ich darf diese Gelegenheit nicht versäumen. Und Sie auch nicht, Jake.« Sie hockte sich neben ihn und legte ihm eine Hand auf den Arm.

»Jake, vergessen Sie nicht, das ist Ihre große Chance. Die große Story, Jake! Um Himmels willen, schlagen Sie zu! Sie sind doch kein Feigling. Sie trinken nur zuviel.«

»Große Story«, grübelte Camden, der allmählich seinen Kater überwand. »Yeah, genau. Ich brauche wirklich eine große Story. Ich muß meinen Job behalten und Geld verdienen.«

»Und ein anständiger Mensch werden, vergessen Sie das nicht.«

Blutunterlaufene Augen stierten kurz in ihre Richtung. Er trank noch einen Schluck Kaffee. »Yeah, sicher.« Er schnaubte. »Ein Haus im Grünen und eine Familie und so weiter.«

»Es geht um eine echte Umkehr, Jake. Um einen neuen Start, eine zweite Chance. Vielleicht winkt Ihnen sogar der Pulitzerpreis. Und Sie müssen nüchtern und klar im Kopf sein, also trinken Sie jetzt den Kaffee aus. Ziehen Sie sich um, und dann packen Sie Ihre Sachen.«

Sie ging zum Schrank und öffnete ihn. Camdens

schreiende, geschmacklose Hemden mit den Blumenmustern hingen dort wie ein Sonderangebot von Regenbogen.

»Erinnern Sie mich daran, daß wir Ihnen in Vegas, wenn wir unseren Mietwagen abgeholt haben, unbedingt ein paar anständige unauffällige Sachen kaufen müssen.«

»Oh, yeah. Ich sehe schon die Schlagzeile: Der erste vollständig dokumentierte UFO-Kontakt – Ein Bericht von dem Mann mit dem schwarzen Schlips.«

Sie warf ihm trockene Kleidung aufs Bett. »Nun machen Sie schon, Herr Reporter. Ziehen Sie sich um. Wir müssen das Flugzeug erwischen.«

33. Kapitel

Es war noch dunkel, als sie ihn weckten.

»Scarborough«, sagte der mürrische Soldat und schüttelte ihn an der Schulter. »He, Freundchen. Wachen Sie auf.«

Seine Erinnerung kehrte in schwarzweißen Fetzen zurück. Er lag auf einer Metallpritsche, nur durch eine dünne Matratze vor dem nackten Maschendraht geschützt. Ein Witz von einem Kissen lag unter seinem Kopf. Der Geruch von starkem Desinfektionsmittel hing so schwer in der Luft, daß sich ihm fast der Magen umdrehte. Er richtete sich auf und rieb sich mit dem Handrücken die Augen. »Was ist los?« murmelte er.

»Sie werden entlassen, Doktor Scarborough. Mir war sowieso nicht ganz klar, was Sie hier zu suchen hatten.«

Die Worte des Soldaten weckten ihn vollends auf. Aber dann wurde er mißtrauisch. »Wer ... wer holt mich denn ab?«

Der Soldat, ein junger Mann mit mürrischem Gesicht, kurzem Haar und einer unübersehbaren Abneigung gegen den Wachdienst und der damit verbundenen Nachtschicht grunzte nur. »Kommen Sie doch mit zur Schreibstube, dann werden Sie es schon sehen.«

Scarborough gehorchte benommen. Er stand auf, suchte seine Jacke, zog die Schuhe an und tappte durch die Tür des Raumes, in den sie ihn gesperrt hatten. Es gab hier keine Gitter, die Zelle bestand aus massiven Wänden.

Was sie mit ihm gemacht hatten, war ganz und gar illegal. Er hatte seinen Anwalt nicht anrufen dürfen. Sie hatten ihn einfach in die Zelle gesteckt und nach einer Weile etwas Essen und Wasser hereingebracht. Wie lange hatte er geschlafen? fragte er sich, als er müde durch den Flur schlurfte. Nicht sehr lange, bewiesen ihm seine müden Knochen und sein Brummschädel.

Der Gefängniswärter schloß die Tür am Ende des Flurs auf und schob Scarborough zum Empfangstisch, wo ein Mann mit militärisch kurzem Haarschnitt und einer Drahtbrille an einer summenden Typenradmaschine saß und einen Bericht tippte. Die Uhr an der Wand zeigte auf 4 Uhr 35. Vor dem Tisch saß Lieutenant Marsha Manning auf einem Holzstuhl. Sie wirkte müde, aber entschlossen.

Als sie ihn sah, lächelte sie erfreut. »Dr. Scarborough«, sagte sie. »Alles in Ordnung?«

»Ich habe kein Leiden, das sich nicht mit einem Kaffee wieder in Ordnung bringen ließe«, antwortete er. »Aber wie, um alles in der Welt . . .«

Der Sergeant am Schreibtisch blickte Scarborough an, dann zog er das Formular aus der Schreibmaschine.

»Würden Sie bitte hier unterschreiben, Lieutenant?« Während sie unterschrieb, wandte sich der Sergeant ohne besonderen Eifer an Scarborough.

»Mir war sowieso nicht klar, was Sie hier zu suchen hatten, Doktor. Es tut mir leid, ich habe nur meine Befehle befolgt.«

»Nur gut, daß es hier keine Duschen und Krematorien gibt«, fauchte Scarborough sarkastisch.

Manning faßte ihn am Arm. »Los jetzt, Ev. Wir müssen sehen, daß wir hier wegkommen. Mein Wagen steht vor der Tür.«

Scarborough warf seinen Wärtern einen letzten empörten Blick zu, ließ sich dann aber hinaus in die beginnende

Morgendämmerung ziehen. Die Baracken und die nicht gekennzeichneten Gebäude, getrennt durch Streifen von Asphalt und Gras, erstreckten sich bis zu einem Highway, der von Lampen erhellt war. Dieses Mal hatte Manning einen Chevy Sprint gewählt. »Das geht auf meine eigene Rechnung, Ev«, sagte sie, während sie ihm die Tür aufschloß. »Beeile dich. Für Erklärungen haben wir unterwegs noch Zeit.«

Er stieg verwirrt ein und schnallte sich geistesabwesend an.

Manning fuhr schweigend durch das Tor. Erst als sie auf die Route 1 einbog und sich in Richtung Washington vom Stützpunkt entfernte, begann sie zu erklären.

»Wir fahren zum National Airport, Ev. Heute morgen geht ein Flug nach Kansas City, den du nehmen mußt. Deine Tochter ist in Gefahr.«

»He, warte mal, warte. Fang doch bitte von vorne an.«

Sie atmete tief durch und erzählte ihm, wie sie die juristischen Informationen bekommen hatte, die ihn aus der Haft befreien sollten, bevor Colonel Dolan wer weiß was mit ihm hätte anstellen können. Hastig berichtete sie dann von ihrem Besuch bei dem Colonel und von dem Gespräch zwischen Dolan und einem Mann namens Richards, das sie belauscht hatte.

»Projekt White Book, Projekt Black Book«, flüsterte Scarborough durch zusammengebissene Zähne. »Publisher? Editoren?« Er war wie vor den Kopf geschlagen. Ihm war schlecht, und er betrachtete eine Weile schweigend den Dunst, der vom Potomac River aufstieg. Und Diane! Mein Gott, Diane!

»Ich brauchte eine Weile, aber schließlich habe ich General Watkins aufgetrieben, den Kommandanten des Stützpunktes. Ich mußte zu ihm nach Hause fahren, Ev«, sie kicherte humorlos, »und habe ihn aus dem Bett geklingelt. Du hättest das sehen müssen. Ich habe ihn gezwungen, sich an Ort und Stelle mit der Angelegenheit zu beschäftigen, aber der Papierkram hat trotzdem noch ein paar Stunden in Anspruch genommen. Meine Güte, ich weiß nicht, wie mir das gelungen ist, aber ich habe den Amtsschimmel auf Trab gebracht.«

»Dolan hatte keine Handhabe, mich einsperren zu lassen. Ich wußte es, und er wußte es auch. Der Mistkerl hat es trotzdem getan.«

»Ev, ich weiß nicht, was im Gange ist, aber legal ist das alles mit Sicherheit nicht. Hast du nach dem, was ich dir erzählt habe, irgendeine Vorstellung, was hier los ist?«

»Es sieht aus, als würden die paranoiden Vorstellungen meines Freundes Mac MacKenzie von der Realität bei weitem übertroffen. Wir haben es hier mit einer Verschwörung von hochrangigen Leuten zu tun«, sagte Scarborough. »Mit einer Verschwörung und einer Vertuschungsaktion. Gott allein weiß, wie weit und wie tief die Verbindungen reichen, aber ich habe mich jedenfalls zwanzig Jahre lang an der Nase herumführen lassen. Und dafür will ich mich revanchieren. Dolan soll meinetwegen am Fahnenmast vor dem Hauptgebäude der Washington Post aufgeknüpft werden.«

»Ist es denn richtig, daß ich dich jetzt zum Flughafen bringe?«

»Ja. Ich muß mich zuerst um Diane kümmern und sehen, daß sie aus der Schußlinie kommt. Meinem unbestimmten Gefühl nach stecken Dolan und seine Freunde – White Book, Black Book, was auch immer – hinter der Sichtung, die sie erlebt hat. Marsha, du bist meine Rettung. Vielen Dank. Ja, du hast dich genau richtig verhalten.«

Sie legte ihm eine Hand aufs Knie. »Alles in Ordnung, Ev?« fragte sie besorgt. »Du siehst aus wie ein Gespenst.«

Scarborough nickte und drückte ihre Hand. »Doch, alles klar. Und vielen Dank. Aber was ist mit dir? Colonel Walter Dolan wird nicht begeistert sein, wenn er herausfindet, daß du mich da herausgeholt hast.«

Sie lächelte in sich hinein. »Nein, das ist er sicher nicht. Aber er weiß nicht, daß ich sein Gespräch mit Richards belauscht habe. Da bin ich ganz sicher, Ev. Was den Rest angeht – ich habe mehr als zehn Jahre Erfahrung mit der Air

Force. Ich glaube, damit komme ich zurecht. Aber ich muß aufpassen, daß ich mir nicht die Nase einklemme. Ich darf sie nicht mehr in Dinge stecken, in die sie nicht gehört, denn sonst weiß ich nicht, was noch passieren könnte.«

»Ja, natürlich«, sagte Scarborough. Er hatte nur mit halbem Ohr zugehört.

Sie legten den restlichen Weg zum Flughafen schweigend zurück, Scarborough in angestrengtem Nachdenken versunken. Diane hatte jetzt die höchste Priorität. Er mußte sicher sein, daß ihr nichts zustieß, mußte sie irgendwo verstecken, und dann würde er sich die Hunde vorknöpfen. Was MacKenzie betraf – ja, es war jetzt ziemlich klar, daß Dolan und dieser Richards seinen Freund auf dem Gewissen hatten. Aber inzwischen ging die Sache weit über die Aufklärung eines Mordes hinaus. Er mußte die *Wahrheit* herausfinden. Das war er sich selbst schuldig. Noch war er nicht imstande, die Ungeheuerlichkeit, auf die er gestoßen war, in ihrem ganzen Ausmaß zu überblicken. Er mußte sich jeweils auf das Naheliegende konzentrieren, sonst würde er sich heillos verirren.

Am Horizont wurde es bereits merklich heller, als Marsha der kurvenreichen Zufahrt zum National Airport folgte und zum richtigen Eingang fuhr.

»Ich wünschte, wir könnten noch zusammen frühstükken, Ev. Aber ich muß mich etwas ausruhen, bevor das Theater losgeht.«

»Schon gut.« Er beugte sich zu ihr, und sie küßten sich. Einen Moment begehrte er sie wie in Iowa, als sie im Bett gelegen hatten, und hätte sie am liebsten gebeten, einfach mit ihm wegzufahren, irgendwohin, nur fort von diesem Irrsinn, nur sie beide.

»Ich weiß gar nicht, wie ich dir danken soll, Marsha«, sagte er, als er sich von ihr löste.

»Ich ... ich ...«, begann sie. Dann unterbrach sie sich und setzte noch einmal an. »Du bist ein wundervoller Mensch, Ev. Ich wünsche dir alles Gute.«

Er stieg aus, aber sie hielt ihn zurück. »Ev, warte.«

Sie kritzelte etwas auf eine Karte. »Wenn ich noch etwas für dich tun kann, wenn ich irgendwie helfen kann ... hier ist meine Telefonnummer.« Sie gab ihm die Karte und legte eine Fingerspitze auf seine Wange. »Aber vielleicht rufst du ja auch einfach mal so an, wenn du in der Nähe bist.«

Er berührte ihre Hand, nickte und eilte ins Terminal, um das Ticket für den Flug nach Kansas City zu kaufen.

Irgendwie schaffte Everett Scarborough es sogar, auf dem zweistündigen Flug nach Kansas City ein paar Minuten zu schlafen. Als die Boeing 737 gelandet war, nahm er einen Mietwagen und fuhr direkt in das Motel, in dem Diane sich aufhalten sollte.

Der Portier erklärte ihm, Diane Scarborough sei am Vorabend abgereist.

»Und Jake Camden?«

Der Portier sah die Unterlagen durch. »Hmm, der ist um die gleiche Zeit abgereist.«

Scarborough rief verwirrt die Ortspolizei und die Staatspolizei an. Ja, sagte man ihm, man ermittle wegen des Verschwindens von Timothy Reilly. Ja, man habe gestern noch Kontakt zu Diane gehabt, aber heute habe man noch nichts von ihr gehört. Scarborough bedankte sich und legte auf.

Eine Spur hatte er noch. Kathryn Rashone, Dianes Freundin, bei der sie übernachtet hatte, als Tim verschwunden war. Scarborough kannte Kathryn. Sie studierte Anthropologie und teilte sich am Stadtrand ein weitläufiges viktorianisches Haus mit einigen anderen Studenten. Vielleicht hatte Diane eine Nachricht bei Kathryn hinterlassen.

Kathryn hatte kein eigenes Telefon. Scarborough mußte in der Telefonzelle vor einem Supermarkt warten, während ein Mitbewohner Kathryn weckte.

»Oh, hallo, Dr. Scarborough«, sagte Kathryn atemlos. »Ich dachte mir schon, daß Sie sich melden würden.«

»Hallo, Kathryn. Ich suche Diane, aber sie ist nicht dort, wo sie sein sollte.«

»Wo sind Sie denn?«

»In der Nähe der Universität.«

»Diane meinte, sie wolle niemandem etwas sagen, dem sie nicht völlig vertrauen könne. Sie klang ziemlich verängstigt. Ich meine, nachdem Tim verschwunden ist, und dann diese seltsamen UFO-Geschichten und so weiter, wer könnte ihr da vorwerfen, daß sie sich Sorgen macht. Dr. Scarborough, Sie sind doch der UFO-Experte. Was halten Sie denn von diesen verrückten Dingen, die Diane erlebt hat?«

»Kathryn, dafür habe ich jetzt leider keine Zeit. Könnten Sie mir bitte sagen, was Diane hinterlassen hat?«

»Oh, natürlich, Dr. Scarborough. Entschuldigen Sie. Sie meinte, es täte ihr leid, aber sie müßte gehen, wohin sie eigentlich nicht gehen dürfte. Sie wollte nicht die Chance verpassen, eine einmalige Erfahrung zu machen. Aber sie wollte mir nicht sagen, wohin sie fährt, Dr. Scarborough. Sie meinte, es sei möglicherweise gefährlich, mir den Ort zu nennen. Haben Sie eine Ahnung, was sie damit gemeint haben kann?«

Scarborough sah einem kleinen Jungen nach, der, eine Flasche Sprudel mit Kirschgeschmack in der Hand, aus der er mittels eines Strohhalms trank, durch die Glastür des Supermarkts kam und an ihm vorbeimarschierte.

»Ja, Kathryn«, sagte er. Er spürte, wie das Adrenalin in seinen Kreislauf schoß und wie sein Herz vor Angst schneller zu schlagen begann. »Ja, ich weiß genau, wo sie ist.«

34. Kapitel

Als Colonel Dolan am nächsten Morgen Brian Richards' Büro im Gebäude der CIA in Langley, Virginia, anrief, wurde er von der Sekretärin informiert, daß Mr. Richards nicht hier sei. Nein, Mr. Richards sei auch nicht auswärtig im Einsatz, sondern er sei zu Hause.

Richards lebte in Great Falls, auf der zu Virginia gehörenden Seite des Potomac, in einer waldreichen, teuren Wohngegend. Es war eine großzügig angelegte Schlafstadt, in der viele hochrangige Verwaltungsangestellte der Regierung wohnten. Dolan war schon einmal in Richards' Haus gewesen. Es war eine schöne, im Kolonialstil gebaute Villa mit acht Hektar Waldland darum herum. Morgens kamen Rehe und leckten an dem Salzstein, der von Richards hinter dem Haus hingelegt worden war. Der Mann hatte drei Kinder, die zur High-School gingen oder das College besuchten, und seine Frau war in der Lokalpolitik sehr aktiv. Im Augenblick hatte sie sogar einen Posten bei der Regierung des County inne. Als Dolan die geheime, für äußerst wichtige Angelegenheiten reservierte Nummer wählte, hob Richards schon beim ersten Klingeln ab. Seine Stimme klang gereizt, als er erkannte, daß Dolan der Anrufer war. »Ich weiß, warum Sie anrufen. Wir müssen miteinander reden. Aber nicht hier und nicht dort. Wir treffen uns exakt um 11 Uhr 15 am Punkt fünf.«

Offensichtlich wußte Richards schon, daß Scarborough es trotz Dolans Vorkehrungen irgendwie geschafft hatte, aus der Haft zu entkommen.

Dolan, der in East Falls Church wohnte und mit dem Auto zur Arbeit fuhr, holte seinen Wagen sofort vom großen Parkplatz und machte sich kurz danach über den George Washington Parkway in Richtung Norden auf dem Weg. Wenn Richards ein Treffen auf die Viertelstunde genau festlegte, dann erwartete er, daß Dolan pünktlich erschien. Der Treffpunkt 5 war um diese Tageszeit für sie beide leicht zu erreichen: Great Falls Park.

Wie hatte Scarborough nur entkommen können? Sie hatten für den heutigen Tag einiges mit ihm vorgehabt, und seine Flucht stellte sie vor große Probleme. Dolan war während der ganzen Fahrt durch das malerische Tal des Potomac River, das jetzt im Frühlingsgrün prangte, sehr angespannt. »Dieser verdammte Scarborough!« fluchte er mit zusammengebissenen Zähnen. Wie konnte etwas, das mehr als zwanzig Jahre lang hervorragend funktioniert hatte, plötzlich dermaßen schiefgehen? Dolan konnte nur beten, daß Richards sich schon etwas überlegt hatte, weil ihm selbst einfach nichts einfallen wollte.

Der Great Falls Park lag einige Meilen nördlich der Kreuzung des Washington Parkway mit dem Washington Beltway. Dolan lenkte seinen Cadillac Seville auf einen von Bäumen beschatteten Parkplatz; dann lief er an Picknicktischen und der Parkverwaltung mit den Toiletten vorbei, bis er die mit Beton verstärkte Plattform auf der Klippe erreichte, von der aus man die mit Felsen durchsetzten Wasserfälle und Wasserläufe überblicken konnte. Zu dieser frühen Stunde waren nur wenige Menschen hier unterwegs, um die frische Luft und den schönen Ausblick zu genießen. In der Luft lag ein leichter Dunst, und irgendwo in der Nähe brannte ein Grillfeuer, auf dem jemand ein frühes Mittagessen zubereiten wollte. Das Tosen der Wasserfälle bot eine gleichmäßige, beruhigende Geräuschkulisse.

Richards lehnte schon am Geländer und blickte zur weißen Gischt des größten Wasserfalls hinüber. Er trug den üblichen etatmäßigen Regenmantel, aber Dolan konnte darunter ein rotes Flanellhemd, Jeans und Turnschuhe erkennen. Dolan selbst hatte Zivilkleidung angezogen und den Schlips abgenommen. Bei Treffen dieser Art trug man besser keine Uniform.

Zwei Meter von Richards entfernt lehnte sich Dolan ans Geländer und zog eine Packung Kaugummi aus der Tasche. Er bot Richards einen an.

»Nein, danke«, lehnte dieser ab.

»Sind wir hier sicher?«

»Ich habe ein paar Männer als Rückendeckung mitgenommen. Aber Sie haben recht. Wir müssen jetzt vorsichtig sein.« Er hob die Nikon, die er sich um den Hals gehängt hatte, und knipste das brausende Wasser unter ihnen. »Ihr weiblicher Lieutenant hat ihn herausgeholt, ich habe das überprüft.«

»Verdammt!«

»Scarborough war im Recht. Sie hatten keine Handhabe, ihn einzusperren. Aber das spielt jetzt keine Rolle mehr. Auf lange Sicht könnte es sogar besser sein, wenn er draußen ist. Ich habe heute morgen mit den Publishern gesprochen. Scarborough war früher eine Trumpfkarte, aber jetzt ist er eine Belastung. Ich glaube, meine Männer können besser mit ihm umgehen, wenn er frei herumläuft, falls Sie verstehen, was ich meine.«

Dolan schauderte es. »Ich wollte weiß Gott nicht, daß es so weit kommt.«

»Ich glaube, wenn Sie wohlbehalten und zufrieden Ihr Rentenalter genießen wollen, dann müssen Sie Ihre Skrupel überwinden, Colonel. Die Dinge sind in Bewegung gekommen.«

Dolan kaute schweigend seinen Kaugummi. Er fühlte sich mies, widersprach aber nicht.

»Ich werde mich um Scarborough kümmern. Er ist jetzt ausschließlich mein Problem. Verstehen Sie? Sie müssen sich für eine Weile abschotten. Gott weiß, was noch alles ans Licht kommen wird. Aber Sie halten sich zurück, bis ich Ihnen etwas anderweitiges sage. Sie bewachen das Blue Book, weiter nichts. White Book und Black Book werden energisch durchgeführt. Die Projekte sind zu wichtig, wir können uns keine Störung erlauben.«

Dolan nickte stumm. Der Kaugummi schmeckte nicht. Er bekam sogar Sodbrennen und Magendrücken, nahm den Kaugummi aus dem Mund und wickelte ihn in ein Taschentuch, das er anschließend in die Hosentasche schob.

Das White Book. Das Black Book. Gott, wie weit sie gekommen waren! Selbst jetzt noch und obwohl er seit Ende der vierziger Jahre mit beiden zu tun hatte, ließ ihn der Gedanke an die Bedeutung der Projekte beinahe schwindeln.

Das Projekt Blue Book war von Anfang an ein Ablenkungsmanöver gewesen. Eine Art Lippenbekenntnis, um den Forderungen der Öffentlichkeit zu entsprechen. Einige wenige wichtige Mitarbeiter der Air Force und der

Regierung, darunter Walter Dolan, hatten von Anfang an die Wahrheit gekannt.

Zunächst hatte sich alles noch sehr einfach angelassen. Aber damals waren nur die höchsten Vertreter der Regierung, vor allem aus dem Verteidigungsministerium, eingeweiht gewesen. Doch dann, als die Organisation, die sich die »Publisher« nannte, hinzugezogen worden war, eine subtil arbeitende, undurchschaubare Gruppe, hatten sich die Dinge kompliziert.

Zuerst hatte der junge, ehrgeizige Walter Dolan keinerlei moralische Bedenken bei dem gehabt, was er tat. Es geschah zum Wohle des Landes. Aber jetzt – Himmel! Was für ein Morast. Er wollte herauskommen, aber er steckte zu tief drinnen. Viel zu tief. Wenn er auch nur einen Ton darüber verlor, daß er aussteigen wollte, dann würde einer der Junior Editors seinem Heim in East Falls Church einen heimlichen Besuch abstatten. Dolan und seine Familie würden in die Mündung einer Pistole schauen, und nicht der arme Scarborough.

»Ich verstehe«, sagte Dolan. »Sie wissen, daß ich vorbehaltlos mit Ihnen kooperiere, Richards.«

»Gut. Ich wollte mich dessen noch einmal vergewissern, Colonel. Wir können es nicht riskieren, Mitarbeiter einzusetzen, die nicht voll und ganz verläßlich sind. Nicht in diesem Stadium des Spiels. Unsere Ziele liegen jetzt zu nahe, um noch etwas zu riskieren.«

»Scarborough wird sich um seine Tochter kümmern wollen. Sie ist ihm sehr wichtig.«

»Ja. Unser Gedankenaustausch mit einem gewissen Timothy Reilly hat sich als sehr fruchtbar erwiesen.«

»Meinen Sie damit, daß Sie wissen, wohin sie gefahren ist?«

»Selbstverständlich. Und das bedeutet, daß auch Scarborough dort auftauchen wird. Ich kann Ihnen versprechen, daß die ganze Sache bis zum Wochenende ausgestanden ist.« Er wandte sich Dolan zu und knuffte ihn. »Aber es wird Unruhe geben. Die Publisher hatten gehofft, Scarborough weiterverwenden zu können. Jetzt müssen sie ihn beseitigen lassen. Das wird die Aufmerksamkeit der Öffentlichkeit erregen.«

»Kann er nicht einfach verschwinden?«

»O nein. Denken Sie nur an die Schlagzeilen – UFO-Debunker entführt. Nein, wir müssen dafür sorgen, daß es aussieht wie ein Unfall, aber dabei darf sein Werk, die gegen UFOs gerichtete Propaganda in seinen Büchern, nicht in die Schußlinie geraten. An diesem Punkt kommen Sie ins Spiel, Colonel. Sie müssen zunächst einmal Scarboroughs Verbindung zur Air Force abschotten.«

Dolan nickte. Er hatte schon so viel abgeschottet – jetzt kam es ihm vor, als hätte er das Wort erfunden.

»Dann brauchen wir einen Ersatzmann. Jemanden, der die Lücke füllen kann. Einen neuen Sprecher der UFO-Zweifler sozusagen. Er muß nicht unbedingt beim Projekt Blue Book dabei gewesen zu sein.« Richards räusperte sich. »Aufgrund der jüngsten Erfahrungen würde ich sogar sagen, daß es besser wäre, wenn er *nicht* dabei gewesen ist. Wie auch immer, er muß einen makellosen wissenschaftlichen Ruf haben, genau wie Scarborough, ein entsprechendes Ansehen genießen und so weiter. Er muß in den Medien gut ankommen, sollte freundlich lächeln können, nie um ein Bonmot verlegen sein, und im Fernsehen eine gute Figur machen.«

»Das sind gewaltige Ansprüche.«

»Keine Sorge. Diese Frage fällt sowieso eher in die Zuständigkeit der Publisher – aber ich kann mir vorstellen, daß man für Vorschläge von Ihrer Seite dankbar wäre.«

Dolan war erleichtert. »Ich kann ja eine Liste mit Kandidaten einreichen«, sagte er. Dann schüttelte er den Kopf. »Eine Schande, daß wir Scarborough abschreiben müssen. Er ist der beste.«

»Genau. Und deshalb wollen wir auch nicht, daß er in der nächsten Zeit in Ted Koppels Sendung ›Nightline‹ auftritt. Ist das klar?«

Dolan schnaufte laut. »Ja, natürlich. Aber was ist mit Diane? Sie können nicht . . .«

Richards warf Dolan einen Blick zu, und dem Colonel

lief es kalt über den Rücken. »Erzählen Sie mir nicht, was ich tun kann oder nicht tun kann, Mann! Sie vergessen, wer hier das Sagen hat.«

Dolan wandte den Blick ab. Weit drunten hatte die Sonne im Dunst über dem tosenden Wasserfall einen kleinen Regenbogen entstehen lassen. Mörder und Schläger, das waren sie – dieser Richards, seine Männer und die Publisher. Trotz ihrer hohen Ziele und ihres vermeintlich edlen Einsatzes für ihr Land und für die ganze Welt. Killer und Rowdys waren sie, vielleicht sogar Wahnsinnige, die einem Adolf Hitler in nichts nachstanden. Nein, damals zu Beginn, in den Tagen des Projekts Blue Book, als Walter Dolan noch stolz darauf gewesen war, seinem Land zu dienen, da war alles viel einfacher gewesen. Jetzt diente Dolan den geheimen Herrschern des Landes.

»Ich verstehe«, sagte er, wandte sich von der Schlucht ab und kehrte zu seinem Auto zurück.

35. Kapitel

»Na, was sagen Sie dazu, Mädchen?«

Camden trat aus der Umkleidekabine des billigen Herrenbekleidungsgeschäfts in Las Vegas und ließ sich von Diane begutachten. Er hatte sich für ein rosa und gelb geblümtes Hemd mit grünem Nylonkragen entschieden. »Etwas dezenter als meine anderen Sachen, was?«

Diane Scarborough starrte die Häßlichkeit entsetzt an. Diese optische Grausamkeit hätte nicht einmal eine gutgeschnittene Jacke überdecken können. Auch wenn Diane manchmal in den Weiten des Kosmos durch ferne Regionen von Zeit und Raum reiste, ihr Modegeschmack war gut ausgeprägt. Einen Reisegefährten, der aussah, als wäre er aus einem Plastikalptraum entsprungen, wollte sie nicht um sich haben.

»Und sogar ziemlich billig«, sagte Camden und winkte ihr mit dem Preisschild.

»Billig, das ist das richtige Wort«, meinte Diane. Sie verzog schmerzlich das Gesicht. »Jake, in dem Ding sehen Sie aus wie ein Clown. Das ist *schrecklich.*«

Es war Nachmittag, ein schöner, sonniger Tag in Las Vegas. Sie hatte Camden ausschlafen lassen, während sie losgezogen war und Stadtpläne und Informationsmaterial über den Hoover-Damm besorgt hatte. Müde und verkatert nützte ihr der Reporter ohnehin nichts. Wie sich herausstellte, war das eine gute Idee gewesen. Nachdem sie ihn in einem Schnellrestaurant mit einem Fließbandfrühstück abgefertigt hatte, war er wieder ganz der alte Jake Camden, zu jeder Verrücktheit bereit und begierig, die »Gespenster« zu jagen, wie er sich ausdrückte. Er hatte sogar einen neuen Kodakfilm für seine Kamera und eine neue Kassette für seinen Recorder gekauft. Jetzt war die Kleidung an der Reihe. Er brauchte neue, dezente Sachen.

»Ich verstehe das einfach nicht. Wie soll ich mich denn unter die Touristen mischen, wenn ich nicht aussehe wie ein Tourist?« Er schien entschlossen, sich ihren Vorstellungen zu widersetzen.

»Jake, Sie begreifen das wirklich nicht. Mir persönlich ist es egal, wie Sie aussehen. Aber was auch immer passiert, es könnte sein, daß Bilder veröffentlicht werden. Wie mein Vater es vermutlich formulieren würde, Jake, wird das Fotomaterial unseriös und fragwürdig wirken, wenn Sie auf den Fotos aussehen wie eine Figur aus der Halbwelt von Los Angeles. *Comprende?*«

Jake zuckte die Schultern. »Okay, meinetwegen. Sie kennen meine Größe. Gehen Sie doch los und suchen Sie was aus, das Ihnen für heute abend richtig vorkommt, das Ihrem Geschmack und Ihren Bedürfnissen entspricht und der Bedeutung der Situation angemessen ist, wenn wir mit Außerirdischen vom Planeten Xenon Kontakt aufnehmen.«

»Jake, sch-scht!« Sie legte einen Finger auf den Mund und sah sich im Geschäft um, wo zwischen Spiegeln und Ständern mit Kleidungsstücken Angestellte herumliefen, die sich Bandmaße um den Hals gelegt hatten. »Sie müssen doch nicht herumbrüllen, was wir heute abend vorhaben.«

»Okay, okay«, sagte Jake etwas leiser. »Sie haben ja recht. Es tut mir leid. Ich bin nur ein bißchen nervös und gereizt. Yeah, wahrscheinlich haben Sie recht. Aber Sie müssen mir helfen. Sie müssen mir etwas aussuchen. Meine Maße wissen Sie ja. Suchen Sie mir was aus, und ich werde es heute abend anziehen. Aber *nur* heute abend.« Er sah auf die Uhr und dann durch das Fenster zum Rexall Drug Store auf der anderen Straßenseite. »Ich gehe inzwischen dort rüber und besorge mir ein paar neue Batterien. Ich will nicht auf einmal mit leeren Batterien dastehen.«

»Okay, Jake.« Sie sah ihn ernst an. »Aber gehen Sie Bars aus dem Weg. Sie haben mir versprochen, nicht zu trinken, bis diese Sache vorbei ist.«

»Nur die Ruhe. So, wie mein Kreislauf jetzt aussieht, muß ich kotzen, sobald ich auch nur einen Tropfen anrühre.«

»Okay, Jake. Ich verlasse mich auf Sie.« Er verschwand wieder in der Umkleidekabine, und Diane machte sich daran, ihm etwas Passendes auszusuchen. Nicht, daß es wirklich wichtig gewesen wäre, überlegte sie. Aber so machte sie es auch immer mit Tim: Sie wählte ihm die Kleidung aus. Vielleicht steckte doch etwas von ihrem Vater in ihr. Sie hatte in der Tat den Wunsch, ihre Umgebung lückenlos zu kontrollieren.

Jake hatte jedenfalls in einer Hinsicht recht. Sie hatten noch ein paar Stunden zur freien Verfügung. Wenn sie sich richtig erinnerte, war das Treffen für einundzwanzig Uhr angesetzt, und jetzt war es erst kurz nach fünf. Sie wollte jedoch früher auf dem Staudamm sein. Zwar hatte sie sich überlegt, daß der Staudamm ein sehr öffentlicher Ort für eine solche Begegnung war, aber irgendwo im Hinterkopf trieb sich die aufregende Idee herum, daß dies möglicherweise der erste offizielle Kontakt eines Erdenbürgers mit außerirdischen Besuchern werden würde.

Wenigstens stelle Diane Scarborough sich so etwas vor. Tim Reilly hatte sie, wenn sie solche Dinge dachte, oft genug wieder auf den Teppich geholt.

Sehr nachdenklich ging sie in die Abteilung mit den Männerjacketts. Sie hätte gern etwas Einfaches ausgesucht, ein schlichtes Hemd und eine geschmackvolle dunkle Freizeithose. Aber am Abend würde es kühl werden, und sie wollte nicht, daß Camdens Hände zitterten, wenn er die Kamera hielt.

Sie suchte in den Ständern mit den passenden Größen herum und dachte noch einmal über die ganze Sache nach, als ihr plötzlich ein wenig schwindlig wurde.

Während sie den Stoff einer Leinenjacke befühlte, löste sich die Welt vor ihren Augen auf.

Der Boden schien unter ihren Füßen wegzusacken.

Sie war wieder an Bord des Schiffs.

Vor ihr standen zwei Männer. Sie sahen in ihren Overalls völlig normal aus. Die Gefühle und die Aufregung, die Ehrfurcht, so etwas Bedeutendes zu erleben, waren wieder da. Es schien der wichtigste Augenblick in der ganzen Menschheitsgeschichte zu sein.

»Um einundzwanzig Uhr am Hoover-Damm. Sie werden dann besser auf das vorbereitet sein, was wir Ihnen mitzuteilen haben.«

Aber der Mann mit dem grauen Haar und den intelligenten Augen hatte noch mehr gesagt.

»Wir treffen uns aber nicht direkt auf dem Damm, sondern zwei Meilen entfernt etwas abseits der Straße. Dort gibt es ein von kleinen Hügeln umgebenes Tal, das von der Straße aus nicht eingesehen werden kann, und einen alten Steinbruch. Ein Stück vor dem Damm zweigt eine kleine Straße nach rechts ab. Sie führt von der Stadt, die Sie Las Vegas nennen, nach Südosten. Dort werden wir uns um einundzwanzig Uhr treffen, nachdem die Sonne untergegangen ist.«

Zitternd baute sich vor ihren Augen das Konfektionsgeschäft wieder auf, und sie mußte sich an einem Ständer festhalten, um nicht das Gleichgewicht zu verlieren und hinzufallen.

»Geht es Ihnen nicht gut, Miss?« fragte ein kahlköpfiger Verkäufer.

»Oh, äh, schon gut. Ich war nur einen Augenblick etwas benommen.«

»Soll ich Ihnen ein Glas Wasser holen?«

»Nein, nein. Es ist schon wieder in Ordnung.«

»Darf ich Ihnen dann bei der Auswahl helfen?«

»Nein, ich glaube, ich habe mich schon entschieden.« Sie mußte rasch aus dem Laden herauskommen und mit Camden sprechen. Die Dinge waren komplizierter, als es zunächst ausgesehen hatte. Sie mußten ihre Pläne ändern. Rasch ging sie die Anzüge auf dem Ständer durch und fand einen billigen dunklen Baumwollanzug, nicht sehr modisch, aber keineswegs unansehnlich, mit dem Camden sich praktisch überall blicken lassen konnte, ohne unangenehm aufzufallen – zur Not sogar in einem interstellaren Raumschiff, das sie mit Überlichtgeschwindigkeit zu einer Audienz beim Herrscher der Außerirdischen beförderte – oder etwas später auf der Titelseite der Zeitschrift *Time*. Sie nahm den Anzug vom Ständer und gab ihn dem Verkäufer. »Kann ich mit VISA bezahlen?«

Einen halben Block vom Konfektionsladen entfernt saß Woodrow Justine in einem blauen Buick und sprach über sein Handy mit den anderen Mitgliedern des Teams.

»Okay, sie kommt jetzt aus dem Geschäft und geht über die Straße. Sie will in den Rexall Drug Store, den ihr Begleiter bereits betreten hat.«

»Sollen wir sie hochnehmen, wenn sie herauskommen?« fragte ein Kollege, der ein Stück weiter die Straße hinunter in einem roten Oldsmobile mit getönten Scheiben saß. Obwohl der Kollege ganz nahe war, lief das Signal zuerst zur Telefongesellschaft und von dort aus über Satellit zum Empfänger. Justine fand diese Vorstellung aufregend.

»Negativ.«

Sie hatten am vergangenen Abend einen Mann zum Flughafen von Las Vegas beordert, der Camden und

Diane zu ihrem Motel verfolgt hatte. Heute waren die beiden den ganzen Tag von ihnen beschattet worden.

»Wir folgen ihnen zum Damm. Wir unternehmen nichts, solange es nicht dunkel ist, und wir werden vorsichtig sein. Klar?«

»Klar. So muß es laufen. Und irgendwann später müßte dann auch Scarborough da eintreffen, nicht wahr?«

Justine grinste. »Genau.«

36. Kapitel

Der Hoover-Damm hatte nicht immer diesen Namen getragen.

Der Staudamm, ein geschwungener Koloß und einer der größten Betondämme der Welt, war von 1928 bis 1932 unter Präsident Herbert Hoover gebaut worden. Er sollte den Südwesten mit Strom versorgen, den Wasserstand des Colorado River regulieren, Überschwemmungen verhindern und die Flußschiffahrt verbessern. Außerdem sollte er für die sehr trockenen Gebiete in der Umgebung Wasser liefern. 1931 war er zu Ehren des Präsidenten »Hoover Dam« genannt worden, aber nachdem Präsident Hoover eine desolate Wirtschaft hinterlassen hatte, nannte ihn das Innenministerium nach der nahegelegenen Stadt im Staat Nevada Boulder Dam oder Boulder Canyon Dam. Doch 1947, als es keine Warteschlangen vor Sozialhilfestationen mehr gab und als die schweren Zeiten überwunden waren, wurde der Damm vom Kongreß endgültig auf den Namen »Hoover Dam« getauft.

Der Hoover-Damm liegt an der Grenze zwischen den Staaten Arizona und Nevada, ungefähr dreißig Kilometer südöstlich von Las Vegas.

Scarborough landete am frühen Abend eines für diese Gegend typischen heißen Tages in der Hauptstadt des Glücksspiele. Teils wegen eines Gewitters in Kansas City und teils wegen der üblichen menschlichen oder technischen Fehler hatte sein Flug Verspätung. Die Piloten entschuldigten sich mit einigen lässig-sonoren Bemerkungen, die ihrer Meinung nach geeignet waren, die entnervten Fluggäste zu beruhigen. Als Scarborough endlich in Las Vegas bei Avis seinen Mietwagen abholen konnte, war er nicht sicher, ob er es überhaupt noch rechtzeitig zum Damm schaffen würde, um Diane in Sicherheit zu bringen, bevor Richards' Leute sie schnappen konnten.

Gern hätte er Rückendeckung von der Poilzei gehabt, aber er konnte schlecht sagen: »Meine Tochter wartet auf ein Raumschiff von einem anderen Planeten, aber eigentlich soll sie im Rahmen einer geheimen Verschwörung der Regierung entführt werden.« Na klar, Mr. Scarborough. Und heute abend wird Godzilla vor den Spielhöllen die Parkuhren kontrollieren.

Er kaufte eine Straßenkarte und ließ sich an einer Shell-Tankstelle den Weg erklären. Ein Highway, Route 93, lief über den Hoover-Damm. Der Tankwart erklärte ihm, daß dort abends nur wenig Verkehr sei. Eine Vollmondnacht stand bevor, und der Himmel war klar. Der Mond würde sein weiches Licht über den Damm, über die umgebenden Ausläufer des El Dorado-Gebirges, die Wüste, die der Stausee bewässerte, und den Lake Mead werfen, der durch den Damm entstanden war. Dieser Anblick war schon für sich genommen eine Touristenattraktion.

Die Sonne versank bereits am dunstigen Horizont, als Scarborough den Highway entlang fuhr. Die Karte lag aufgefaltet auf dem Beifahrersitz. Er war nicht ganz sicher, was er tun sollte, nachdem er Diane gefunden hatte – vielleicht würden sie in Las Vegas in einem Motel übernachten und am nächsten Morgen weiterfliegen, vielleicht würden sie einfach nur mit dem Auto nach Westen in Richtung Kalifornien fahren. Das war eigentlich gar keine schlechte Idee, denn er hatte in Los Angeles Freunde, bei denen sie bleiben konnten. Andererseits war es vielleicht doch nicht ratsam, über offenes Land zu fahren – man konnte sie irgendwo an einer einsamen Stelle ohne weiteres abfangen. Scarborough hätte gern gewußt, wie weit die Verschwörung wirklich ging und wie weit Colonel Dolan mit diesem Richards zusammenarbeitete. Allmählich fiel er auch selbst der Paranoia zum Opfer. Aber nein – Marsha hatte ihn mit legalen Mitteln aus dem Knast geholt. Die Verschwörung, wie sie auch konkret aussehen mochte, war begrenzt.

Scarborough hatte einem Reiseführer, den er am Flughafen von Kansas City gekauft hatte, einige Informationen über den Hoover-Damm entnehmen können. Die Ironie hinsichtlich dieses Treffpunkts entging ihm also nicht. Arizona war womöglich der Staat, der mehr als jeder andere amerikanische Bundesstaat mit UFOs zu tun hatte – mystisch orientierte UFO-Leute und medial begabte Menschen glaubten, die Außerirdischen liebten die unwirtliche Landschaft und die Wüsten in diesem Staat und würden von Kraftzentren angezogen, die auf unterirdische Kristallvorkommen zurückgingen. Der Damm selbst erzeugte gewaltige Mengen Strom durch Wasserkraft und versorgte große Teile Arizonas, Nevadas und Südkaliforniens. Wie es hieß, wurden UFOs von Kraftwerken magisch angezogen. Aber Dr. Scarborough glaubte keine Sekunde daran, daß in Dianes Geschichte auch nur ein Fünkchen Wahrheit stecken könnte. Er hielt das alles für einen reinen Zufall. Andere, viel weltlichere Kräfte waren hier am Werk. Dafür gab es reichlich Beweise.

Eine Waffe könnte er jetzt gut gebrauchen, dachte er, als die Kakteen und Hügel vorbeiflogen, während er über die schnurgerade Straße fuhr. Aber ins Flugzeug hätte er keine Waffe mitnehmen dürfen, und er hatte keine Ahnung, wo man in Las Vegas eine Waffe bekam. Außerdem wußte er sowieso nicht, wie man damit umging. Mac hatte ihm immer zugesetzt, er solle es lernen, aber er hatte sich nie dazu durchringen können. Jetzt befand er sich in einer Sitaution, in der es beruhigend gewesen wäre, irgendeine gute Waffe in der Hand zu haben. Immerhin hatte er noch seinen Verstand – sein Verstand und seine Intelligenz mußten ausreichen.

Als Scarborough den Damm erreichte, war die Sonne

zwar noch nicht ganz untergegangen, doch sie war diesem Punkt sehr nahe gekommen. Ihr Licht ließ seltsame Farben über die zackigen Felsen zu beiden Seiten des Damms spielen, und die Sonnenstrahlen tanzten auf dem Lake Mead, der jetzt, nach der Schneeschmelze des Frühlings, gut gefüllt war. Man hatte von hier aus einen wundervollen Blick auf die Wüstenlandschaft von Arizona: rotes und braunes Gestein, dazwischen Schatten, die sich infolge des Sonnenuntergangs extrem verlängerten. Das Geräusch des herabströmenden Wassers, das unterhalb des riesigen, geschwungenen Staudamms wieder zu einem Fluß wurde, mischte sich in das dumpfe Pochen gewaltiger Maschinen, die tief im Innern des Damms arbeiteten.

Scarborough stellte seinen Wagen auf dem für Besucher und Touristen vorgesehenen Parkplatz ab und ging zum Informationsstand des Fremdenverkehrsamtes von Nevada. Auf einem Schild stand, daß zu jeder vollen Stunde Führungen ins Innere des Staudamms durchgeführt würden, aber die letzte hatte bereits um siebzehn Uhr stattgefunden. Er kaufte an einem Automaten eine Dose Pepsi und kehrte zu seinem Auto zurück. Jetzt, da die Sonne hinter dem Horizont verschwand, wurde es empfindlich kühl. Er konnte keine Spur von Diane entdecken, aber das hatte er auch nicht unbedingt erwartet. Sie hatte gesagt, das Treffen solle um neun Uhr abends stattfinden, und jetzt war es erst kurz nach acht.

Er war pünktlich gewesen, seine Aufregung ließ allmählich nach, und seine Zweifel meldeten sich wieder.

Ich hätte noch jemanden mitnehmen sollen. Irgend jemanden. Ich bin allein, unbewaffnet und relativ schutzlos und weiß nicht einmal, was mich hier erwartet.

Tatsächlich hatte er völlig überstürzt gehandelt und fand erst jetzt Muße, die Sache zu überdenken. Aber was sonst hätte er tun können? Es wäre ihm sowieso nicht genug Zeit geblieben, irgend etwas anderes zu versuchen. Also hörte er lieber auf, sich selbst zu verurteilen. Es war sicher besser, sich in der Zwischenzeit auf andere Dinge zu konzentrieren. Er las im Reiseführer über Nevada noch einmal die Angaben zum Hoover-Damm nach.

Der Staudamm war 3740 Meter lang und 220 Meter hoch. Aufzüge liefen vierundvierzig Stockwerke tief in den Damm hinein bis kurz vor die Fundamente. Das Fundament war 180 Meter dick und enthielt etwa 4 Millionen Kubikmeter Beton. Das wäre genug Baumaterial gewesen, um eine zweispurige Straße von der Westküste bis zur Ostküste zu bauen. Mit ihren riesigen Turbinen konnte die Anlage bis zu 1344800 Kilowatt erzeugen.

Wirklich ein gewaltiges Bauwerk, dachte Scarborough.

Er wartete, bis die Dämmerung in die Nacht überging, dann stieg er aus dem Wagen. Inzwischen waren die Natriumdampflampen auf der Dammkrone eingeschaltet worden, die den zweispurigen Highway auf dem Damm selbst beleuchteten. Scarborough steckte die Schlüssel in die Hosentasche, ließ aber die Türen des Leihwagens unverschlossen. Vielleicht war es später nötig, rasch das Weite zu suchen. Er atmete die trockene, saubere Wüstenluft tief ein und ging zum Damm.

Also gut, Diane, dachte er. *Wo steckst du?*

Von seinem Standort aus konnte er den Zugang zu den Aufzügen sehen. Im Eingang, einem Klotz aus Beton, der an einen Bunker erinnerte, brannten kleine Lichter. Direkt hinter der Tür saß ein Wachmann, der die ganze Dammkrone überblicken konnte.

Die Tür war verschlossen. Er klopfte, und kurz darauf antwortete eine metallische Lautsprecherstimme. »Ja, bitte?«

»Entschuldigen sie, ich wollte mich hier mit meiner Tochter treffen. Haben Sie eine attraktive blonde Frau gesehen, zwanzig Jahre alt, die sich hier umgeschaut hat?«

»Nein.«

»Sind Sie sicher? Es ist sehr wichtig.«

»Ihre Tochter, sagen Sie? Mister, abends wandern nicht sehr viele Blondinen auf dem Hoover-Damm herum. Das hier ist nicht gerade ein Ort, wo sich Liebespaare treffen. Wenn ich sie gesehen hätte, dann könnte ich mich an sie erinnern. Aber ich habe sie nicht gesehen.«

»Na schön, vielen Dank. Ist es eigentlich erlaubt, am Abend zu Fuß über den Damm zu gehen?«

»Das hier ist ein freies Land, und das da vorne ist eine öffentliche Straße. Aber passen Sie auf sich auf, ja?«

»Es ist ein wunderschöner Abend.«

»Yeah, man hat einen schönen Ausblick. Viel Spaß noch.«

»Falls Sie sie sehen, würden Sie ihr dann bitte ausrichten, daß ihr Vater da ist?«

»Sicher doch. Aber wenn sie so hübsch ist, wie Sie sagen, darf ich sie dann fragen, ob sie mit mir ausgeht?«

»Dies ist ein freies Land.«

Der Wachmann lachte, und Scarborough entfernte sich vom Eingang und überquerte den Highway, um auf den Gehweg zu kommen. Der Verkehr hatte stark nachgelassen, nur noch hin und wieder kam ein einsames Auto vorbei. Zwischen den steilen Felsen und auf dem Damm machten die Reifen seltsam hallende Geräusche, und gelegentlich klapperte eine leere Getränkedose. Scarborough lief auf den Damm hinaus. Niemand sonst war zu sehen. Seine Schritte tappten hohl auf dem Betonstreifen, der auf dem Damm als Fahrbahn und Gehweg diente. Zwischen Gehweg und Straße befand sich ein niedriges Geländer, der Rand des Dammes war mit einer höheren Betonmauer gesichert. Als Scarborough ein Drittel des Weges hinter sich gebracht hatte, lehnte er sich ans Geländer und sah aus schwindelnder Höhe zum Überlauf des Dammes hinunter. Der helle Vollmond spiegelte sich im Wasserlauf zwischen den Betonwänden. Die Betreiber ließen anscheinend einen Teil des Wassers ungenutzt ablaufen. Normalerweise wurde bei einem Wasserkraftwerk das Wasser durch Rohre zu den Turbinen geleitet, die die Elektrizität erzeugten. Scarborough erinnerte sich, daß die Hauptfallrohre des Staudamms neun Meter weite Metallröhren mit beinahe zwei Zentimeter dicken

Wänden waren. Weit unten, am Fuß des Dammes, konnte er sehen, wie das Wasser aus den Rohren wieder herausgesprudelt kam.

Er ging ein Stück weiter, bis er die Mitte des geschwungenen Dammes erreichte. Der Staudamm war gekrümmt, damit sich der Druck des Wassers auf die Verankerungen an den Seiten und im Fundament verteilen konnte, die ihrerseits im gewachsenen Fels befestigt waren. Während Everett Scarborough über den Damm lief, konnte er nicht umhin, dieses technische Meisterwerk der Ingenieurskunst zu bewundern.

Eine Weile starrte er zum Mond und den ersten Sternen hoch, die zögernd am dunkelblauen Himmel über der Wüste auftauchten. Er schloß die Augen, nahm den Geruch des Wassers und die Ausstrahlung des mächtigen Bauwerks in sich auf und versuchte, sich zu beruhigen. Am Rande seines Gesichtsfeldes bemerkte er, wie ein Wagen über den Highway herankam, war jedoch so in seiner Meditation versunken, daß er es nicht bemerkte, als der Wagen anhielt.

Scarborough öffnete die Augen, holte noch einmal tief Luft und wollte gerade wieder zurückgehen, als er Schritte hörte. Überrascht drehte er sich um. Mit der Geschwindigkeit und Geschicklichkeit eines Athleten sprang der Mann, der einen grauen Anzug trug, über das Geländer, das den Gehweg von der Straße trennte, und baute sich vor Scarborough auf. Noch bevor er reagieren konnte, hatte der Mann ihm schon eine Pistole in den Bauch gedrückt.

»Hallo, Mr. Scarborough«, sagte der Mann. Er roch nach teurem Rasierwasser, nach Schweiß und dem Kaugummi mit Fruchtgeschmack, den er kaute. »Ich wollte Sie schon immer mal kennenlernen. Was für eine grandiose Umgebung für unsere erste Begegnung.«

Sie standen im dunklen Bereich zwischen zwei Laternen, aber das Licht war hell genug, daß Scarborough das Gesicht des Angreifers erkennen konnte. Kurzes Haar, kräftige Gesichtszüge, Wangen voller Pockennarben. Nein, Aknenarben!

Scarborough lehnte sich an die Brüstung aus Zement. Ein kalter Wüstenwind fuhr ihm durchs Haar und ließ die Jacke des Berufskillers flattern. »Sie sind der Schweinehund, der Eric MacKenzie umgebracht hat!«

Woodrow Justine hatte mehr als eine Stunde auf der zu Arizona gehörenden Seite des Damms gewartet. Er hatte nicht bemerkt, daß auf der Nevada-Seite ein Wagen auf den Parkplatz gefahren war, denn er hatte in diesem Augenblick die Toilette aufgesucht. Erst als ein einsamer Besucher sich dem Zugang zu den Aufzügen näherte, setzte er das Fernglas an die Augen und sah, daß Scarborough gekommen war. Als er sein Auto gestartet und auf die Straße gelenkt hatte, die zum Damm führte, wanderte Scarborough schon über den Gehweg.

Justine fuhr wieder von der Straße herunter und hielt an. Er mußte nachdenken. Die anderen Jungs verfolgten Diane Scarborough und ihren Begleiter, es war gut, daß sie bisher noch nicht wieder aufgetaucht waren, denn Justine wollte sich Scarborough allein vornehmen. Er fand, es wäre eine elegante und kräftesparende Geste, Scarborough sofort zu schnappen – eine Geste, mit der er Richards seine Kompetenz beweisen konnte. Aber er mußte entscheiden, ob er warten wollte, bis der Mann zu seinem Auto zurückkehrte, oder ob er ihn mitten auf dem Damm angreifen sollte.

Zuerst hielt Justine es für besser, zu warten. Scarborough mußte irgendwann zum Auto zurück, und auf dem Parkplatz wäre er viel einfacher zu überwältigen. Aber der Kerl hing da draußen am Geländer, als wäre er eingeschlafen, und so fluchte Justine schließlich, ließ sein Auto wieder an und fuhr auf den Damm. Kein Problem, dachte er. Kurz anhalten, bei laufendem Motor aus dem Wagen springen, Scarborough ins Auto ziehen (oder den Mistkerl erschießen, falls er sich wehrte), und mit ihm nach Arizona fahren.

Es ging auch alles gut, bis Scarborough zu reden begann. Justine hatte den Wagen mit den rechten Reifen auf den Bordstein gesetzt, so daß auf der Fahrbahn genug Platz blieb. Blitzschnell war er draußen und hatte die Waffe auf den Mann gerichtet, der immer noch am Geländer lehnte, als wollte er hinunterspringen. Aber dann kam die Überraschung. Der Mann sah Justine furchtlos in die Augen und sagte ihm auf den Kopf zu, daß er, Justine, Eric MacKenzie umgebracht hatte. Das stimmte natürlich, aber wie konnte Scarborough das wissen? Er hatte MacKenzie tot in einem brennenden Haus zurückgelassen. Niemand in Iowa City hatte ihn kommen oder gehen sehen. Was Scarborough sagte, verwirrte ihn sehr.

»Das stimmt, Scarborough«, sagte Justine, seine Überraschung durch Direktheit überspielend. »Und jetzt sind Sie dran. Kaum zu glauben, Sie hatten es so gut, und Sie haben es vermasselt. Verdammt, ich habe Sie sogar mal beschützt. Und jetzt werde ich Sie umlegen, falls Sie nicht kooperieren.«

Auf der Gegenfahrbahn kam ein Wagen vorbei. »Okay, ich werde kooperieren. Aber wer sind Sie und woher kommen Sie?«

»Das geht Sie nichts an, Freundchen. Steigen Sie ins Auto.«

»He, warten Sie. Können wir nicht darüber reden? Für wen arbeiten Sie und wie ist Ihre Bezahlung? Ich bin sicher, daß eine finanzielle Einigung möglich wäre.«

»Steigen Sie ins Auto, Mann, sonst landen Sie im Fluß.«

»Nein, das würden Sie hier auf dem Damm nicht wagen. Ich komme mit, aber zuerst muß ich wissen, wo meine Tochter Diane ist.«

»Scarborough, meine Geduld hat Grenzen. Sie haben recht, dies ist keine günstige Stelle, und ich will hier verschwinden. Doch wenn ich Ihren blutenden Körper ins Auto zerren muß, dann werde ich das eben . . .«

Jetzt näherte sich ein Wagen auf der Seite, auf der sie sich befanden. Er wurde langsamer und blieb direkt hinter Justines Auto stehen. Meine Güte, dachte Justine, wer, zum Teufel, ist das ausgerechnet jetzt? Er konnte nicht sehen, wer am Steuer saß, aber er durfte kein Risiko eingehen, trat näher an Scarborough heran und schirmte die Waffe mit dem Körper ab, damit der Neuankömmling sie nicht sehen konnte. »Halten Sie den Mund, sonst sind Sie erledigt«, flüsterte er.

Justine hörte, wie die Tür geöffnet wurde. Ein Mann stieg aus.

»Drehen Sie sich um, bis Sie mit dem Rücken zum Wagen stehen.« Justine stieß Scarborough die Pistole in die Seite, um seiner Forderung Nachdruck zu verleihen. Scarborough gehorchte. Auf diese Weise konnte Justine zugleich Scarborough und den Neuankömmling im Auge behalten. Er beobachtete den Wagen, um zu sehen, wer herauskäme.

Es war ein großer schwarzer Wagen mit Heckflossen. Ein älterer Cadillac. Der Mann, der ausstieg, wurde von der Lampe auf der anderen Seite des Highway beleuchtet. Er hatte unordentliches Haar, und sein Gesicht lag im Schatten und war nicht zu erkennen. Der Anzug, den er trug, war ein bißchen zu groß, die Hosen beulten sich aus.

Der Anzug war völlig *schwarz*.

»He, Jungs«, sagte der Mann. »Habt ihr hier in der Nähe vielleicht UFOs gesehen?«

Schwarz. *Schwarz!*

Woodrow Justine wurde es schwindlig.

Wir kommen dich holen, Justine, sagte eine Stimme in seinem Kopf. *Du mußt uns gehorchen, du mußt mit uns kommen.*

Der Arm, in den Klinghoffer ihm die Spritze gejagt hatte, begann schmerzhaft zu pochen.

Woodrow Justine rastete aus.

»Nein!« rief er. »Verschwinde! Laß mich in Ruhe!«

Die Waffe zielte nicht mehr auf Scarborough. Woodrow Justine schoß auf den Mann in Schwarz.

37. Kapitel

Der Mann mit der Pistole schoß, die Augen in nackter, unbeschreiblicher Angst weit aufgerissen.

Der Neuankömmling stieß einen überraschten Fluch aus, griff sich an den Arm und warf sich hinter seinem Auto in Deckung. Everett Scarborough wußte, daß er keine zweite Chance bekommen würde. Die Waffe zielte nicht mehr auf ihn, der Killer hatte Scarboroughs Arm losgelassen und den rechten Arm an Scarborough vorbei zum Schuß ausgestreckt. Fast instinktiv fuhr Scarborough herum, faltete die Hände und knallte beide Fäuste gleichzeitig auf das Handgelenk des Mannes. Ein Schmerzensschrei, und der Mann ließ die Waffe los. Sie fiel auf den Boden und rutschte über den Gehweg ein Stück weiter zu einer Stelle, die in tiefem Schatten lag.

Aus welchem Grund auch immer der Profikiller über den Neuankömmling so erschrocken gewesen war, an diesem Punkt übernahmen seine geschulten Reflexe wieder die Regie. Kraftvoll und mit einem wilden Schrei schleuderte er Scarborough gegen die Zementmauer und deckte ihn mit harten, schnellen Schlägen ein. Scarborough krümmte sich, um sich zu schützen, aber die Schläge kamen so heftig, daß er das Bewußtsein zu verlieren drohte, deshalb stürzte er sich mit dem Mut der Verzweiflung auf den Angreifer. Der Mann mußte bis zum gegenüberliegenden Geländer zurückweichen, glitt dort aus und stürzte fluchend zu Boden.

»Scarborough!« rief jemand. »Scarborough, sind Sie das? Was ist denn da . . .«

Everett Scarborough erkannte die Stimme! »Camden! Nehmen Sie die Pistole . . .«

Scarborough trat nach dem Mann und traf das Gesicht; die Wucht des Tritts warf Justines Kopf zurück. Aber als Scarborough noch einmal zutreten wollte, packte der Killer seinen Fuß und hielt fest wie ein Alligator, der seine Beute gepackt hat.

»Ich bin verletzt! Er wird wieder auf mich schießen!«

schrie Camden. »Ich habe die Waffe weggestoßen. Sie ist ...« Da drehte der Mann im grauen Anzug Scarboroughs Fuß herum und warf ihn zu Boden. Scarborough, der sich im Fallen herumwarf, gelang es, mit dem Knie den Bauch des Mannes zu treffen. Justine schnaufte laut, schaffte es aber trotzdem, Scarboroughs Hemd zu packen und ihn mit Faustschlägen einzudecken. Erst jetzt wurde Scarborough klar, wie stark sein Gegner wirklich war.

Dann stand auf einmal Camden über ihnen, an dessen Schulter Blut glänzte, und trat den Mann mit den Aknenarben so fest er konnte. Er versuchte anscheinend, die Genitalien zu treffen.

»Nein, Camden! Die Pistole ...!«

»Ich weiß nicht, wo ...« Sein Fuß trat die Genitalien des Angreifers; der Mann stieß einen Schmerzensschrei aus, schaffte es im gleichen Augenblick jedoch, sich von Scarborough zu lösen. Camden an der Jacke zu packen und ihn umzureißen.

»Scheiße!« rief Camden, schaffte es aber irgendwie, dem Killer noch im Fallen einen harten Faustschlag zu versetzen. Scarborough brachte sich auf allen vieren in Sicherheit.

»Halten Sie ihn unten, Camden!«

Camden klammerte sich mit aller Kraft an den Mann, der aufzustehen versuchte. »Was soll ich machen? Soll ich ihn mit meinem Blut ersäufen?«

Scarborough schenkte sich die Antwort. Er hastete zu der Stelle, an der die Waffe zu Boden gefallen war. Das war ihre einzige Hoffnung – die Waffe. Aber wo war sie?

Er tastete im Dunkeln herum, suchte nach der Pistole, fand aber nichts außer Zement und Luft. Wo, zum Teufel, war sie geblieben? Hinter sich hörte er Flüche und Faustschläge. Die Schmerzensschreie schienen zum größten Teil von Camden zu kommen, aber der Reporter hielt mit aller Kraft fest wie ein Terrier, der sich in die Hosenbeine des Briefträgers verbissen hat.

Scarborough hörte das Herz in seinen Ohren hämmern. Die Pistole! Er mußte die Pistole finden. Wenn nicht, würde Camden jeden Augenblick unterliegen, und dann ...

Sein Fuß prallte gegen etwas Hartes. Metall rutschte klappernd über Beton. Irgend etwas funkelte im Licht. Er hatte das Ding gefunden, hatte es aber mit einem Tritt wieder weggestoßen.

»Verdammt!« schrie Camden. »Er hat sich befreit, Scarborough! Er steht auf! Er ...«

Scarborough drehte sich um. Der Mann stand bereits aufrecht, griff nach hinten in seinen Rücken und wollte etwas herausziehen, das in seinem Gürtel steckte. Er hatte eine zweite Waffe.

Scarborough wirbelte herum und sprang in die Richtung, in der er die Waffe vermutete. Da war sie! Er stürzte, bekam die Pistole zu fassen – und hörte in diesem Augenblick einen Schuß, nur Zentimeter von seinem Gesicht entfernt flogen Betonsplitter aus der Mauer. Ohne die Bewegung, mit der er die Waffe aufgehoben hatte, zu unterbrechen, rollte Scarborough sich unter dem Metallgeländer durch und ging hinter einem der Wagen in Deckung.

Er hielt die Waffe schußbereit und hob langsam den Kopf. Der Killer kam in seine Richtung gerannt, die Waffe auf ihn gerichtet.

Jetzt oder nie! dachte Everett Scarborough. Das war seine letzte Chance. Er zielte, so gut er konnte, und feuerte in die Richtung, aus welcher der Angreifer kam.

Eine Blutfontäne spritzte aus dem Körper des Mannes, und er wurde schwer gegen das Metallgeländer zurückgeworfen. Seine Waffe klirrte auf den Boden. Der Killer war ein großer Mann, und er prallte rücklings gegen das Geländer. Die Kugel hatte ihn mit solcher Wucht getroffen – anscheinend in die Brust –, daß sich der Oberkörper rückwärts über das Geländer bog und die Beine nachzog. Es sah aus wie ein gekonnter Salto rückwärts.

Irgendwie gelang es dem Mann trotzdem, einen Arm auszustrecken und sich an der Kante der Betonmauer festzuhalten. Er hing hilflos an der Außenseite des Staudamms.

Scarborough holte tief Luft und eilte zu ihm. Der Mann baumelte an einer Hand über dem Abgrund, die Fingernägel in den Zement gekrallt, die Fingerkuppen blutig gescheuert.

Scarborough legte die Waffe auf den Boden, um dem Mann wieder über die Brüstung zu helfen, bevor er abstürzte. Der Killer war schwer verletzt und konnte sich bestimmt nicht mehr lange halten – und vielleicht hatte er Informationen, die Scarborough brauchte. Er beugte sich vor und packte das Handgelenk des Mannes. Ihm wurde schwindlig und übel, als er tief drunten den Überlauf des Dammes sah.

Der Mann hatte sich herumgeschwungen und hielt sich jetzt mit beiden Händen fest, aber er würde es nicht mehr lange machen. Scarborough mußte ihn hochziehen, bis er ein Bein über das Geländer bekam. »Okay, du Mistkerl, du bist ziemlich kräftig ... du wirst es schon schaffen.«

Wilde Angst und Panik flackerten in den Augen des Mannes, aber er sagte nichts. Scarborough zog ihn ein Stück hoch, aber er war zu schwer.

»Camden«, rief er, »beeilen Sie sich! Ich brauche Hilfe.«

»Was denn, ich sterbe hier!«

Camden, dessen dunkler Anzug vom Kampf ziemlich ramponiert war, kam trotzdem näher, wenn auch etwas schwankend.

»Fassen Sie seine Jacke! Helfen Sie mir, ihn heraufzuziehen!«

»Der Schweinehund wollte mich umbringen ...«

»Machen Sie schon, verdammt. Wir müssen wissen, wer dahintersteckt!« rief Scarborough. Es kostete ihn seine ganze Kraft, den Mann zu halten, auf dessen Stirn Schweißperlen glänzten. Blut strömte unablässig aus der Wunde, tropfte hinunter und verteilte sich weit unten als feiner Schleier auf den Zementmauern des Überlaufs. »Wo ist Diane?«

»Sie hält sich ungefähr fünf Kilometer entfernt in einem alten Steinbruch auf«, sagte Camden. »Es geht ihr gut.«

Scarborough zog den Mann ein Stück herauf. »Okay,

wer ist Ihr Auftraggeber? Wir lassen Sie fallen, wenn Sie uns nicht verraten, für wen Sie arbeiten.«

Die Augen des Mannes wurden glasig, und als er zu Scarborough aufblickte, sprach blanker Haß aus ihnen. »Holt mich rauf!« Es war keine Bitte, es war eine Forderung.

»Meine Güte, wie konnte der nur wissen, daß ich ein Mann in Schwarz bin?« fragte Camden sarkastisch, während er zugriff und die Jacke des Mannes packte.

Die Bemerkung hatte auf den Killer, der an der Außenmauer des Staudamms hing, eine erstaunliche Wirkung. Er öffnete und schloß den Mund wie ein Fisch auf dem Trockenen. »Die Männer in Schwarz! Nein! Laßt mich . . .«

Ein Krampf durchzuckte seinen ganzen Körper, die Finger verloren den Halt auf der Kante. Einen Augenblick lang konnte Scarborough ihn noch halten, aber der Krampf des Mannes war so heftig, daß er sich aus Scarboroughs Griff wand. Camden versuchte nicht einmal zu helfen.

Der Mann stürzte ab.

»Scheiße!« rief Scarborough.

Schreiend und wie in Zeitlupe stürzte der Mann tiefer und tiefer.

Er prallte auf die schräge Außenmauer des Staudamms, schmale Streifen Blut auf dem Zement hinterlassend. Er fiel und fiel, rollte und überschlug sich und hörte schließlich zu schreien auf, als er in der Gischt und im tosenden Wasser verschwand und von der Dunkelheit der beginnenden Nacht verschluckt wurde.

Scarborough sah ihm ebenso entsetzt wie fasziniert nach. Dann legte er die Arme eng um seinen Oberkörper.

»Da muß ich wohl was Falsches gesagt haben«, meinte Camden. »Nun ja, es ist kein großer Verlust.«

Scarborough seufzte. »Alles klar bei Ihnen?«

»Oh, yeah. Nur eine Fleischwunde. Tut höllisch weh, ist aber nichts Ernstes.«

»Das war der Mann, der Mac getötet hat.«

»Sind Sie sicher?«

»Ziemlich. Er hatte Aknenarben, und das paßt zu der Beschreibung, die Mac mir kurz vor seinem Tod gab. Außerdem hat er es zugegeben.«

»Der Schweinehund.« Camden seufzte und preßte seine Hand auf seine Wunde. »Diane hat mich geschickt, Sie hier abzuholen.«

»Woher wußte sie überhaupt, daß ich hier bin?«

»Sie hat ihre Freundin in Kansas angerufen und von ihr erfahren, daß Sie sich gemeldet hatten. Diane wußte, daß Sie wußten, wohin sie wollte. Aber jetzt wurde der Treffpunkt verlegt ... Sagen Sie mal, warum ist der Kerl eigentlich so ausgeflippt, als er mich gesehen hat?«

»Das ist etwas, das wir vermutlich nie erfahren werden. Übrigens – warum tragen Sie einen schwarzen Anzug?«

Camden verdrehte die Augen. »Das ist eine lange Geschichte.«

»Wir können jedenfalls nicht dumm herumstehen. Sie müssen mich zu der Stelle bringen, wo Sie Diane zurückgelassen haben. Sagten Sie nicht, es sei ein Steinbruch?«

»Yeah, ungefähr fünf Kilometer nordwestlich, ein Stück von der Straße entfernt auf der Seite, die zu Nevada gehört.«

Plötzlich war das Heulen von Sirenen zu hören. Scarborough fuhr herum und sah Blaulichter, die in ihre Richtung kamen.

»Es sieht allerdings so aus, als müßten wir vorher einige Fragen beantworten«, meinte Camden.

»Dazu haben wir keine Zeit«, gab Scarborough zurück. »Die werden uns schnappen. Kommen Sie schon! Zu Ihrem Wagen!« Er schob Camden zum Mietwagen, doch gerade als sie einsteigen wollten tauchten auf der anderen Seite des Damms ebenfalls Blaulichter auf.

»Everett, alter Kumpel, ich denke, wir sollten vielleicht doch lieber hierbleiben.« Camden klopfte ihm auf die Schulter, und sie warteten auf die Polizei.

38. Kapitel

Als sie in dem aufgegebenen Steinbruch stand und die kühle Wüstennacht sich senkte wie schwarzer Samt, begann Diane Scarborough, was sehr selten geschah, zu zweifeln.

Die Gegend sah aus wie die Kulisse eines Science Fiction-Films. Wie auf einem anderen Planeten, dachte Diane, als sie die wilde, zerklüftete Landschaft betrachtete. Der Steinbruch ähnelte einem Krater, den man in den Granit geschnitten hatte, umgeben von vereinzelten Wüstenpflanzen und hier und dort mit Sand zugeweht. Inzwischen waren die Sterne am Himmel zu sehen. Helle Lichtpunkte am kalten Firmament, die erbarmungslos auf den öden Fels und eine einsame junge Frau herunterstarrten. Das einzig Schöne an diesem Ort waren die wenigen Wüstenblumen. Alles andere schien häßlich und kalt – erinnerte an Sand und Fels und den Kampf ums Überleben.

Vielleicht hätte sie Camden nicht fortschicken sollen.

Vielleicht brauchte sie ihn dringender, als ihr selbst klar war.

Sie sah auf ihre Armbanduhr. Eigentlich müßte er bald wieder da sein. Er hatte ja nur auf dem Damm nachschauen sollen, ob ihr Vater dort wäre.

Warum hatte sie überhaupt Kathryn angerufen? Hätte sie das nicht getan, dann wüßte sie überhaupt nicht, daß ihr Vater da war, und sie hätte sich mit Camden auf das Erlebnis konzentrieren können – falls es überhaupt ein Erlebnis werden würde. Je länger sie wartete, desto mehr verstärkte sich ihre Überzeugung, daß ihre ›Vision‹ nichts weiter gewesen war als ein geistiger Defekt, ein Flackern in ihrem Gehirn.

Und wenn das der Fall war, dann sollte sie wohl am besten die ganze Sache einfach vergessen und sich um ihr Leben kümmern. Aber in einer Situation wie dieser verlangte Diane Scarborough sich etwas mehr Geduld ab. Sie mußte es einfach wissen. Wenn es wirklich Außerirdische waren, die sie gerufen hatten, dann wollte sie ihnen begegnen.

»Verdammt auch«, sagte sie, während sie um den großen Felsklotz marschierte, der fast im Zentrum des Steinbruchs stand. »Beeil dich doch, Camden. Ich fühle mich nicht wohl hier.«

Aber noch lieber wäre es ihr gewesen, ihren Vater auftauchen zu sehen. Nachdem sie ihre Freundin angerufen und erfahren hatte, daß Scarborough nun wußte, wo sie war, standen die Chancen recht gut, daß er ihr gefolgt war. Das war gut, aber jetzt befand er sich auf der falschen Fährte ... er lief möglicherweise genau den Verbrechern in die Arme, die Tim Reilly gekidnappt hatten.

Andererseits – wenn es wirklich Außerirdische waren, die mit ihr Kontakt aufnehmen wollten, und wenn ihr Vater Zeuge dieses Ereignisses werden könnte ... das wäre wirklich wundervoll.

Irgendwo in der Ferne heulte ein Kojote. Eine scharfe Bö des Nachtwindes ließ ihr Halstuch flattern. Es war ein rotes Seidentuch mit einer goldenen Borte, eins ihrer liebsten Halstücher. Ihr Vater hatte es ihr aus Italien mitgebracht. Sie knöpfte sich die Jacke zu und schauderte in der überraschend kalten Nachtluft.

Der Wind ließ nicht nach, sondern wurde sogar noch stärker, zischte zwischen den Felsen und trug Sandfahnen mit sich.

»Verdammt auch!« schnaufte sie. Bevor sie das Gesicht abwenden konnte, waren ihr schon einige Dreckkrümel in die Augen geflogen. Es tat weh, und sie beugte sich vor, um sich den Sand aus den Augen zu reiben.

In diesem Augenblick setzte der Lärm ein.

Es begann als leises Summen. Diane Scarborough dachte zuerst, das Geräusch entstünde durch den plötzlich aufgekommenen Wind, der durch die Felsspalten an der Zufahrt blies. Sie hatte die Augen halb geschlossen und versuchte, möglichst vorsichtig den Sand zu entfernen, ohne zu stark über die Augäpfel zu reiben. Aber das Geräusch wurde immer lauter, und es klang sehr fremdartig.

Es war ein brüllendes Geräusch, das zu einem tiefen

Summen anschwoll, und kurz danach verwandelte es sich in ein Dröhnen.

War das nicht das Geräusch eines Hubschraubers? dachte Diane, als das Dröhnen immer näher kam und laut durch den Steinbruch donnerte. Sie wußte es nicht, sie hatte nicht viel Erfahrung mit Hubschraubern. Ihre Augen tränten so, daß sie vor Feuchtigkeit kaum etwas sehen konnte, und obwohl sie die Lider halbwegs offen hielt, konnte sie so gut wie nichts erkennen.

In diesem Augenblick traf sie das Licht.

Es hätte eine starke Taschenlampe oder ein Suchscheinwerfer sein können. Sie wußte es nicht. Für sie war es nur ein blendend helles Licht, das in den Augen schmerzte und, wie es schien, ihren ganzen Körper durchdrang.

Vor ihr knirschte etwas, aber sie konnte nichts sehen außer dem grellen Licht, in das sie getaucht wurde.

Sie hatte ein ungutes Gefühl. Das war ganz anders als das Erlebnis in Kansas. Völlig anders. Hier war nichts Mystisches, nichts Wundervolles und Hypnotisches.

Plötzlich bekam sie große Angst, und das einzige, was ihr in diesem Augenblick einfiel, war, sich umzudrehen und wegzulaufen.

Sie wandte sich vom Licht ab, aber in der anderen Richtung war es beinahe genauso hell.

Trotzdem begann sie zu rennen – aber irgend etwas traf sie von hinten. Plötzlich verblaßten die Lichter, und sie sank langsam auf einen Stein und verlor das Bewußtsein.

39. Kapitel

Nachdem Camdens Fleischwunde im nächsten Krankenhaus versorgt und bandagiert worden war, wurden Scarborough und Camden noch mehr als zwei Stunden auf der Hauptwache der Ortspolizei festgehalten, wo sie Fragen beantworten, Formulare ausfüllen und betteln mußten, freigelassen zu werden. Man legte ihnen nichts zur

Last, aber sie wurden aufgefordert, in der Nähe zu bleiben und am nächsten Tag noch einmal zum Verhör zu kommen. Als erstes verlangte Everett Scarborough, man möge einen Streifenwagen zum Mitchell-Steinbruch schicken, weil er fürchtete, seine Tochter könnte in großer Gefahr sein. Der Polizeisergeant, ein junger und intelligenter Mann namens Ferrer, der Scarborough erkannte und sogar eines seiner Bücher gelesen hatte, war sofort einverstanden.

Eine halbe Stunde später gab der Streifenwagen die Meldung durch, im Steinbruch und in der Umgebung sei keine junge Frau gefunden worden, auf die Scarboroughs Beschreibung paßte.

Scarborough füllte eine Vermißtenmeldung aus und bat darum, sofort eine Suchaktion zu starten. Sergeant Ferrer meinte jedoch bedauernd, eine solche Suchaktion sei erst möglich, nachdem eine gewisse Anzahl von Stunden verstrichen sei.

Bevor sie freigelassen wurden, gingen auch die Ergebnisse der Suche nach dem Mann mit den Aknenarben ein: Im Colorado war noch keine Leiche gefunden worden.

Dann bekam Camden die Schlüssel seines Leihwagens zurück, und die beiden wurden freigelassen. Als Everett Scarborough auf dem Beifahrersitz saß, sagte er zu Camden: »Fahren Sie mich bitte zum Steinbruch.«

»Everett, mein Freund – sie muß es aufgegeben haben und zum Motel in Vegas zurückgefahren sein. Vielleicht ist sie längst dort.«

Sie hielten an einer Tankstelle, und Camden telefonierte mit dem Motel.

»Nun?« wollte Scarborough wissen.

Camden zuckte die Schultern. »Niemand hat sie gesehen.«

»Der Steinbruch«, sagte Scarborough entschlossen. Dann verfiel er in düsteres Schweigen.

»Camden«, sagte er schließlich leise. »Ich kann überhaupt nicht mit einer Waffe umgehen.«

»Wie? Oh, yeah.« Camden nickte. »Der Killer auf dem

Damm. Das war ein echter Glückstreffer. Sie haben uns das Leben gerettet, Scarborough.«

»Reines Glück«, sagte Scarborough. »Ja.«

Camden hatte Mühe, die Stelle in der Dunkelheit wiederzufinden, aber nachdem sie einige Male falsch abgebogen waren, erwischte er die richtige Straße und fuhr an den großen Felsblöcken vorbei, die das riesige Loch vor der Straße abschirmten.

»Richtig! Sie hat dort drüben auf dem Stein gesessen«, sagte Camden und zeigte in die Richtung.

»Fahren Sie hin, aber halten Sie zehn Meter davor und schalten Sie das Fernlicht ein«, sagte Scarborough.

Camden gehorchte.

Scarborough stieg aus und sah sich um. Die Klippen des aufgegebenen Steinbruchs waren durch die Erosion im Laufe der Zeit zu Hängen abgeflacht, die eine Fläche von ungefähr hundert Metern Durchmesser umgaben. Hier und dort wuchsen ein paar Wüstenpflanzen, und Scarborough konnte sehen, wie sich im Scheinwerferlicht nackte Felsblöcke erhoben, um die der Wüstenwind Sand und Staubfahnen trieb. Die Scheinwerfer von Camdens Wagen zielten genau auf einen Granitklotz, der am Rand einer Sandfläche lag.

Scarborough lief hinüber, achtete genau darauf, wohin er trat, und untersuchte den losen Sand. Camden folgte respektvoll in einigem Abstand.

Scarborough deutete auf den Stein. »Hier hat sie gewartet?«

»Yeah, genau.«

Scarborough nickte. Sein Gesicht war leichenblaß. Er deutete stumm auf die Geschichte, die am Sand und an den abgeknickten Zweigen der Büsche abzulesen war. Verwischte Fußabdrücke. Reifenspuren. Um sicher zu gehen, verglich Camden die Abdrücke mit den Reifen ihres Autos. Sie waren nicht identisch.

Jake sah ihn an. »He, das kann auch der Streifenwagen gewesen sein.«

Scarborough schüttelte den Kopf.

Sie schauten sich noch eine Weile um. Hinter den Büschen fand Camden etwas. Es war einer von Dianes Schuhen. Dann, in der Nähe, ihre Handtasche. Scarborough betrachtete beides im Scheinwerferlicht.

»Wir müssen den Inhalt der Handtasche später im Motel untersuchen«, murmelte Scarborough.

»Du meine Güte«, sagte Camden. Er blickte zum wolkenlosen Himmel hinauf, an dem der Vollmond hing. »Glauben Sie am Ende, daß Diane recht hatte? Glauben Sie, hier ist wirklich ein Raumschiff gelandet und hat sie entführt, wie sie es sagte?«

Scarborough warf Camden einen wütenden Blick zu. »Natürlich nicht, Sie Idiot! Wir haben doch den Beweis direkt vor unserer Nase. Es war die Gruppe, von der auch der Mann mit den Aknenarben, der Mac umgebracht hat, seinen Auftrag erhielt – die Gruppe, zu der Colonel Dolan gehört.« Seine Stimme brach, die nächsten Worte waren kaum mehr als ein Krächzen. »Die Leute, die mich seit mehr als zwanzig Jahren zum Narren halten.« Er machte eine hilflose Geste. »Diese Leute haben jetzt Diane entführt. Es sind keine Außerirdischen, es ist das Projekt White Book, das Projekt Black Book. Eine Verschwörung.«

»Evvie, Kumpel, beruhigen Sie sich doch, sonst platzt Ihnen noch eine Arterie im Gehirn. Ich verspreche Ihnen, daß wir Ihre Tochter finden werden.« Er legte Scarborough eine Hand auf die Schulter, aber der Wissenschaftler schüttelte sie ab. »Mann«, flüsterte Camden ehrfürchtig, »was für eine Geschichte.«

Scarborough fühlte sich, als wäre ihm der Boden unter den Füßen weggezogen worden. Ein Schmerz, den er nicht mehr gespürt hatte, seit Phyllis gestorben war, stieg in seiner Brust auf. Er wendete sich von Camden ab, ging zum Auto zurück und lehnte sich gegen den Kotflügel. Tief durchatmend versuchte er, sein Gleichgewicht wiederzufinden.

Er mußte sich zusammennehmen. Wenn er Diane helfen wollte, mußte er einen kühlen Kopf bewahren.

Es war seine Schuld, daß sie von diesen Wahnsinnigen entführt worden war. Seine Schuld – und er wußte, daß sie in großer Gefahr schwebte.

Nach einer Weile drehte er sich um, und sein Gesicht schien, trotzig, entschlossen und hart, plötzlich sehr alt.

»Ihr Schweine!« rief er und drohte mit der Faust zum Himmel, drohte der Dunkelheit, in der sich die bösen Mächte versteckten, die ihm die einzige Tochter geraubt hatten. »Ich werde sie finden, und ihr werdet dafür bezahlen. Hört ihr mich? Das sollt ihr mir büßen!«

Jake Camden zündete sich eine Zigarette an, nahm einen Zug, bugsierte Dr. Everett Scarborough ins Auto und fuhr mit ihm nach Las Vegas zurück.

»Irgend etwas sagt mir«, flüsterte er, als Scarborough trübselig durchs Fenster in die Wüste hinaus starrte, »daß wir noch viel zu tun haben, mein Freund.«

Epilog

Die beiden Männer in Geschäftsanzügen, die wie Anwälte wirkten, obwohl sie keine waren, sahen aus ihrem Versteck hinter einem großen Felsblock zwischen den Klippen zu, wie der schwarze Wagen den Steinbruch verließ.

Einer der Männer hatte graue Haare, der andere, der viel jünger war, hielt ein Präzisionsgewehr mit einem großen Zielfernrohr in der Hand.

Als der schwarze Wagen in der Nacht verschwunden war, wandte sich der jüngere Mann an den älteren.

»Es ist alles gut verlaufen«, sagte er seufzend. »Ich freue mich darüber.«

»Ja. Scarborough hat sich im ersten Teil des Irrgartens nicht völlig verlaufen«, sagte der ältere. »Sein Tod war nicht notwendig, und darüber bin ich sehr froh.« Er wandte sich an seinen Partner. »Aber wir dürfen nicht annehmen, daß damit schon alles erledigt ist. Everett Scarborough wird noch viele Hindernisse überwinden müssen, und auch wir müssen Schwierigkeiten bewältigen, bevor wir unser Ziel erreichen.«

Der jüngere Mann nickte und verstaute sein Gewehr im Kofferraum des Wagens. Er sah den älteren nachdenklich an. »Ja, Bruder. Während ich Everett Scarborough in den letzten Wochen gefolgt bin, habe ich mitunter vergessen, daß mehr auf dem Spiel steht als das Leben eines einzigen Mannes.«

Der ältere Mann blickte einen Moment zum klaren Sternenhimmel über der Wüste hinauf und seufzte schwer.

Dann stiegen die beiden Männer in den schwarzen Anzügen in ihren Cadillac und fuhren hinaus in die kühle Wüstennacht.

Die Trilogie besteht aus den Romanen »Entführt«, »Getäuscht« und »Enthüllt.«